D1386307

SCHNEEWITTCHEN MUSS STERBEN

Das Buch

An einem regnerischen Novembertag werden Pia Kirchhoff und Oliver von Bodenstein vom Hofheimer K 11 zu einem mysteriösen Verkehrsunfall gerufen: Eine Frau stürzte von einer Fußgängerbrücke auf ein fahrendes Auto. Ein Zeuge glaubt beobachtet zu haben, dass die Frau von der Brücke gestoßen wurde. Die Ermittlungen führen Pia und Bodenstein in das kleine Taunusdorf Altenhain, in dem das Unfallopfer Rita Cramer früher gelebt hat. Elf Jahre zuvor verschwanden dort an einem Abend im September zwei siebzehnjährige Mädchen spurlos. In einem reinen Indizienprozess wurde damals der 20-jährige Tobias Sartorius, Rita Cramers Sohn, zu zehn Jahren Haft verurteilt. Bodenstein und Pia Kirchhoff erfahren, dass Tobias nach Verbüßung seiner Haftstrafe vor kurzem in seinen Heimatort Altenhain zurückgekehrt ist. Hat der Angriff auf seine Mutter etwas mit seiner Rückkehr zu tun? Im Dorf stoßen Pia und Bodenstein auf eine Mauer des Schweigens. Als wieder ein Mädchen verschwindet, scheinen sich die Ereignisse der Vergangenheit auf unheilvolle Weise zu wiederholen. Die Ermittlungen werden zu einem Wettlauf gegen die Zeit, denn für die Dorfbewohner steht sofort fest, wer der Schuldige ist – und sie sind entschlossen, dieses Mal die Sache selbst in die Hand zu nehmen.

Die Autorin

Nele Neuhaus, geboren in Münster/Westfalen, lebt seit ihrer Kindheit im Taunus und schreibt bereits ebenso lange. *Schneewittchen muss sterben* brachte ihr den großen Durchbruch, seitdem gehört sie zu den erfolgreichsten Krimiautorinnen Deutschlands. Außerdem schreibt die passionierte Reiterin Pferde-Jugendbücher und, unter ihrem Mädchennamen Nele Löwenberg, Unterhaltungsliteratur. Ihre Bücher erscheinen in über 20 Ländern.

Weitere Informationen finden Sie unter: www.neleneuhaus.de

Von Nele Neuhaus sind in unserem Hause bereits erschienen:

In der Serie »Ein Bodenstein-Kirchhoff-Krimi«:
Eine unbeliebte Frau · Mordsfreunde · Tiefe Wunden ·
Schneewittchen muss sterben · Wer Wind sät · Böser Wolf ·
Die Lebenden und die Toten

Außerdem:
Unter Haien

Und unter dem Namen Nele Löwenberg:
Sommer der Wahrheit · Straße nach Nirgendwo

NELE NEUHAUS

SCHNEEWITTCHEN MUSS STERBEN

Kriminalroman

List Taschenbuch

Besuchen Sie uns im Internet:
www.list-taschenbuch.de

Originalausgabe im List Taschenbuch
List ist ein Verlag der Ullstein Buchverlage GmbH, Berlin.
1. Auflage Juli 2010
32. Auflage 2016
© Ullstein Buchverlage GmbH, Berlin 2010
Konzeption: semper smile Werbeagentur GmbH, München
Umschlaggestaltung: bürosüd° GmbH, München
Titelabbildung: © masterfile / royalty-free
Satz: Pinkuin Satz und Datentechnik, Berlin
Gesetzt aus der Sabon
Druck und Bindearbeiten: CPI books GmbH, Leck
Printed in Germany
ISBN 978-3-548-60982-9

Für Simone

Prolog

Die rostige Eisentreppe war schmal und führte steil nach unten. Er tastete an der Wand nach dem Lichtschalter. Sekunden später tauchte die 25-Watt-Birne den kleinen Raum in schummeriges Licht. Lautlos öffnete sich die schwere Eisentür. Er ölte regelmäßig die Scharniere, damit kein Quietschen sie aufweckte, wenn er sie besuchte. Warme Luft, vermischt mit dem süßlichen Duft verwelkender Blumen, drang ihm entgegen. Sorgfältig schloss er die Tür hinter sich, schaltete das Licht ein und verharrte einen Moment reglos. Der große, etwa zehn Meter lange und fünf Meter breite Raum war schlicht eingerichtet, aber sie schien sich hier wohl zu fühlen. Er ging hinüber zur Stereoanlage und betätigte die PLAY-Taste. Die raue Stimme von Bryan Adams füllte den Raum. Er selbst konnte der Musik nicht viel abgewinnen, aber sie liebte den kanadischen Sänger, und er pflegte Rücksicht auf ihre Vorlieben zu nehmen. Wenn er sie schon verstecken musste, dann sollte es ihr an nichts fehlen. Wie üblich sagte sie nichts. Sie sprach nicht mit ihm, antwortete ihm nie auf seine Fragen, aber das störte ihn nicht. Er rückte die spanische Wand, die den Raum diskret teilte, beiseite. Da lag sie, still und schön auf dem schmalen Bett, die Hände auf dem Bauch gefaltet, das lange Haar breitete sich wie ein schwarzer Fächer um ihren Kopf aus. Neben dem Bett standen ihre Schuhe, auf dem Nachttisch ein Strauß verwelkter weißer Lilien in einer gläsernen Vase.

»Hallo, Schneewittchen«, sagte er leise. Der Schweiß trat ihm auf die Stirn. Die Hitze war kaum auszuhalten, aber sie mochte es so. Schon früher hatte sie schnell gefroren. Sein Blick wanderte zu den Fotos, die er für sie neben ihrem Bett aufgehängt hatte. Er wollte sie bitten, ob er ein neues Foto dazuhängen durfte. Aber er musste diese Bitte zu einem geeigneten Moment anbringen, nicht dass sie beleidigt war. Vorsichtig setzte er sich auf die Bettkante. Die Matratze senkte sich unter seinem Gewicht, und für einen Moment glaubte er schon, sie habe sich bewegt. Aber nein. Sie bewegte sich nie. Er streckte die Hand aus und legte sie an ihre Wange. Ihre Haut hatte im Laufe der Jahre einen gelblichen Farbton angenommen, fühlte sich fest und ledrig an. Sie hatte wie immer die Augen geschlossen, und wenn auch ihre Haut nicht mehr so zart und rosig war, ihr Mund war so schön wie früher, als sie noch mit ihm geredet und ihn angelächelt hatte. Eine ganze Weile saß er da und betrachtete sie. Nie war der Wunsch, sie zu beschützen, stärker gewesen.

»Ich muss wieder gehen«, sagte er schließlich bedauernd. »Ich habe so viel zu tun.«

Er stand auf, nahm die welken Blumen aus der Vase und vergewisserte sich, dass die Flasche Cola auf ihrem Nachttischchen voll war.

»Du sagst mir, wenn du etwas brauchst, ja?«

Manchmal vermisste er ihr Lachen, dann wurde er traurig. Natürlich wusste er, dass sie tot war, dennoch fand er es einfacher, so zu tun, als wisse er es nicht. So ganz hatte er die Hoffnung auf ein Lächeln von ihr nie aufgegeben.

Donnerstag, 6. November 2008

Er sagte nicht »Auf Wiedersehen«. Niemand, der aus dem Knast entlassen wird, sagt »Auf Wiedersehen«. Oft, sehr oft hatte er sich in den vergangenen zehn Jahren den Tag seiner Haftentlassung ausgemalt. Jetzt musste er feststellen, dass seine Gedanken eigentlich immer nur bis zu dem Augenblick gegangen waren, in dem er durch das Tor in die Freiheit trat, die ihm plötzlich bedrohlich erschien. Er hatte keine Pläne für sein Leben. Nicht mehr. Auch ohne die gebetsmühlenartigen Vorhaltungen der Sozialarbeiter war ihm seit langem bewusst, dass die Welt nicht auf ihn wartete und er sich auf allerhand Vorbehalte und Niederlagen in seiner nicht mehr besonders rosigen Zukunft würde einstellen müssen. Eine Karriere als Arzt, die er damals nach seinem Einser-Abi angestrebt hatte, konnte er vergessen. Unter Umständen mochten ihm sein Studium und die Ausbildung zum Schlosser, die er im Knast absolviert hatte, weiterhelfen. Auf jeden Fall war es an der Zeit, dem Leben ins Auge zu sehen.

Als sich das graue, zackenbewehrte Eisentor der JVA Rockenberg mit einem metallischen Scheppern hinter ihm schloss, sah er sie auf der anderen Straßenseite stehen. Obwohl sie in den vergangenen zehn Jahren die Einzige aus der alten Clique gewesen war, die ihm regelmäßig geschrieben hatte, war er erstaunt, sie hier zu sehen. Eigentlich hatte er seinen Vater erwartet. Sie lehnte am Kotflügel eines silbernen

Geländewagens, ein Handy am Ohr, und rauchte mit hastigen Zügen eine Zigarette. Er blieb stehen. Als sie ihn erkannte, richtete sie sich auf, steckte das Telefon in die Manteltasche und schnippte die Kippe weg. Er zögerte einen Augenblick, bevor er die kopfsteingepflasterte Straße überquerte, den kleinen Koffer mit seinen Habseligkeiten in der linken Hand, und vor ihr stehen blieb.

»Hallo, Tobi«, sagte sie und lächelte nervös. Zehn Jahre waren eine lange Zeit; genauso lange hatten sie sich nicht gesehen, denn er hatte nicht gewollt, dass sie ihn besuchte.

»Hallo, Nadja«, erwiderte er. Eigenartig, sie bei diesem fremden Namen zu nennen. In Wirklichkeit sah sie besser aus als im Fernsehen. Jünger. Sie standen sich gegenüber, blickten einander an, zögerten. Ein kühler Wind trieb das trockene Herbstlaub raschelnd über das Pflaster. Die Sonne hatte sich hinter dichten grauen Wolken versteckt. Es war kalt.

»Schön, dass du wieder draußen bist.« Sie schlang ihre Arme um seine Mitte und küsste seine Wange. »Ich freue mich. Echt.«

»Ich freue mich auch.« In dem Augenblick, in dem er diese Floskel aussprach, fragte er sich, ob das stimmte. Freude fühlte sich anders an als dieses Gefühl der Fremdheit, der Unsicherheit. Sie ließ ihn los, weil er keine Anstalten machte, sie ebenfalls zu umarmen. Früher einmal war sie, die Nachbarstochter, seine beste Freundin gewesen, ihre Existenz in seinem Leben eine Selbstverständlichkeit. Nadja war die Schwester, die er nie gehabt hatte. Aber jetzt hatte sich alles verändert, nicht nur ihr Name. Aus der burschikosen Nathalie, die sich für ihre Sommersprossen, für die Zahnspange und ihren Busen geschämt hatte, war Nadja von Bredow geworden, eine berühmte und gefragte Schauspielerin. Sie hatte ihren ehrgeizigen Traum verwirklicht, hatte das Dorf, aus dem sie beide stammten, weit hinter sich gelassen und war auf der Leiter des gesellschaftlichen Ansehens bis ganz nach oben geklettert. Er selbst konnte seinen Fuß nicht einmal mehr auf die unterste Stufe dieser Leiter stellen. Seit heute war er ein Exknacki, der zwar seine Strafe abgesessen hatte, den aber die Gesellschaft nicht gerade mit offenen Armen erwartete.

»Dein Vater hatte für heute nicht freibekommen.« Unvermittelt machte sie einen Schritt von ihm weg, mied dabei seinen Blick, als ob sich seine Befangenheit auf sie übertragen hätte. »Deshalb hole ich dich ab.«

»Das ist nett von dir.« Tobias schob seinen Koffer auf den Rücksitz ihres Autos und setzte sich auf den Beifahrersitz. Das helle Leder hatte noch keinen einzigen Kratzer, das Wageninnere roch neu.

»Wow«, sagte er ehrlich beeindruckt und warf einen Blick auf das Cockpit, das dem eines Flugzeugs ähnelte. »Tolles Auto.«

Nadja lächelte kurz, gurtete sich an und drückte auf einen Knopf, ohne den Schlüssel in die Zündung gesteckt zu haben. Sofort sprang der Motor mit einem dezenten Surren an. Gekonnt manövrierte sie den wuchtigen Wagen aus der Parklücke. Tobias' Blick streifte ein paar mächtige Kastanien, die dicht an der Gefängnismauer standen. Ihr Anblick von seinem Zellenfenster aus war während der vergangenen zehn Jahre sein Kontakt zur Außenwelt gewesen. Die Bäume im Wechsel der Jahreszeiten waren für ihn zum einzig realen Bezug nach draußen geworden, während der Rest der Welt in einem diffusen Nebel hinter den Gefängnismauern verschwunden war. Und nun musste er, der verurteilte Mädchenmörder, nach Verbüßung seiner Strafe zurück in diesen Nebel. Ob er wollte oder nicht.

»Wo soll ich dich hinfahren? Zu mir?«, fragte Nadja, als sie den Wagen auf die Autobahn lenkte. Sie hatte ihm in ihren letzten Briefen mehrfach angeboten, zunächst bei ihr einzuziehen – ihre Wohnung in Frankfurt sei groß genug. Die Aussicht, nicht nach Altenhain zurückkehren und der Vergangenheit ins Auge blicken zu müssen, war verlockend, dennoch lehnte er ab.

»Später vielleicht«, sagte er deshalb. »Ich will erst mal nach Hause.«

*

Kriminaloberkommissarin Pia Kirchhoff stand im strömenden Regen auf dem Gelände des ehemaligen Militärflugplatzes bei Eschborn. Sie hatte ihr blondes Haar zu zwei kurzen Zöpfchen geflochten, eine Basecap aufgesetzt und sah nun, die Hände tief in den Taschen ihrer Daunenjacke vergraben, mit ausdrucksloser Miene ihren Kollegen von der Spurensicherung zu, die eine Zeltplane über das Loch zu ihren Füßen spannten. Bei den Abrissarbeiten eines der baufälligen Flugzeughangars hatte ein Baggerfahrer in einem der leeren Treibstofftanks Knochen und einen menschlichen Schädel entdeckt und sehr zur Verärgerung seines Chefs daraufhin die Polizei gerufen. Nun stand die Arbeit seit zwei Stunden still, und Pia durfte sich die Schimpftiraden des übellaunigen Vorarbeiters anhören, dessen multikulturelle Abbruchmannschaft sich beim Auftauchen der Polizei schlagartig dezimiert hatte. Der Mann zündete sich die dritte Zigarette innerhalb einer Viertelstunde an und zog die Schultern hoch, als ob das den Regen daran hindern könnte, ihm in den Jackenkragen zu laufen. Dabei fluchte er unablässig vor sich hin.

»Wir warten auf den Rechtsmediziner. Er wird schon kommen.« Pia interessierte weder die offensichtliche Beschäftigung von Schwarzarbeitern auf der Baustelle noch der Zeitplan der Abbrucharbeiten. »Reißen Sie doch erst eine andere Halle ab.«

»Sie sagen das so einfach«, beschwerte sich der Mann und wies in Richtung der wartenden Bagger und Lkw. »Wegen so 'n paar Knochen kommen wir richtig in Verzug, das kostet ein Vermögen.«

Pia zuckte die Schultern und wandte sich um. Ein Auto holperte über den zerborstenen Beton. Unkraut hatte sich durch jede Fuge gefressen und aus der ehemals glatten Rollbahn eine wahre Buckelpiste gemacht. Seit der Stilllegung des Flugplatzes hatte die Natur eindrucksvoll bewiesen, dass sie in der Lage war, jedes von Menschenhand erschaffene Hindernis wieder zu überwinden. Pia ließ den Vorarbeiter lamentieren und ging auf den silbernen Mercedes zu, der neben den Polizeifahrzeugen angehalten hatte.

»Du hast dir ja ordentlich Zeit gelassen«, begrüßte sie ihren Exmann wenig freundlich. »Wenn ich eine Erkältung kriege, bist du schuld.«

Dr. Henning Kirchhoff, stellvertretender Leiter der Frankfurter Rechtsmedizin, ließ sich nicht hetzen. In aller Seelenruhe zog er den obligatorischen Einwegoverall über, tauschte seine blitzblanken schwarzen Lederschuhe gegen Gummistiefel und setzte die Kapuze auf.

»Ich hatte eine Vorlesung«, entgegnete er. »Und dann gab's noch einen Stau an der Messe. Tut mir leid. Was haben wir?«

»Ein Skelett in einem der alten Bodentanks. Die Abbruchfirma hat es vor etwa zwei Stunden gefunden.«

»Ist es bewegt worden?«

»Ich glaube nicht. Sie haben nur den Beton und die Erde entfernt, dann den oberen Teil des Tanks aufgeschweißt, weil sie die Dinger nicht komplett abtransportieren können.«

»Gut.« Kirchhoff nickte, grüßte die Beamten der Spurensicherung und schickte sich an, in die Grube unter der Zeltplane zu klettern, in der sich der untere Teil des Tanks befand. Zweifellos war er der beste Mann für diese Aufgabe, denn er war einer der wenigen forensischen Anthropologen Deutschlands, und menschliche Knochen waren sein Spezialgebiet. Der Wind trieb den Regen nun beinahe horizontal über die freie Fläche. Pia fror bis ins Mark. Das Wasser tropfte vom Schirm ihrer Baseballkappe auf ihre Nase, ihre Füße hatten sich in Eisklumpen verwandelt, und sie beneidete die Männer des zur Untätigkeit verdammten Abrisstrupps, die im Flugzeughangar standen und heißen Kaffee aus Thermosflaschen tranken. Wie üblich arbeitete Henning sorgfältig; hatte er erst einmal irgendwelche Knochen vor sich, verloren Zeit und äußere Einflüsse für ihn völlig an Bedeutung. Er kniete auf dem Boden des Tanks, über das Skelett gebeugt, und betrachtete einen Knochen nach dem anderen. Pia bückte sich unter die Plane und hielt sich an der Leiter fest, um nicht abzurutschen.

»Ein komplettes Skelett«, rief Henning zu ihr hinauf. »Weiblich.«

»Alt oder jung? Wie lange liegt es schon hier?«

»Dazu kann ich noch nichts Genaues sagen. Auf den ersten Blick sind keine Gewebereste mehr zu sehen, also vermutlich schon ein paar Jahre.« Henning Kirchhoff richtete sich auf und kletterte die Leiter hinauf. Die Männer von der Spurensicherung begannen mit der vorsichtigen Bergung der Knochen und des umgebenden Erdreiches. Es würde eine Weile dauern, bis das Skelett in die Rechtsmedizin transportiert werden konnte, wo Henning und seine Mitarbeiter es gründlich untersuchen würden. Immer wieder wurden bei Tiefbauarbeiten menschliche Knochen gefunden; eine genaue Beurteilung der Leichenliegezeit war wichtig, da Gewaltverbrechen gegen das Leben, bis auf Mord, nach dreißig Jahren verjährten. Erst wenn Alter und Liegezeit des Skeletts feststanden, ergab ein Abgleich mit den Vermisstenfällen einen Sinn. Der Flugbetrieb auf dem alten Militärflughafen war irgendwann in den fünfziger Jahren eingestellt worden, ebenso lang lag wohl die letzte Befüllung der Tanks zurück. Das Skelett mochte das einer amerikanischen Soldatin aus dem US-Camp sein, das bis Oktober 1991 nebenan existiert hatte, oder gar das einer Bewohnerin des ehemaligen Asylantenheimes auf der anderen Seite des verrosteten Maschendrahtzaunes.

»Gehen wir noch irgendwo einen Kaffee trinken?« Henning setzte seine Brille ab und rieb sie trocken, dann schälte er sich aus dem durchnässten Overall. Pia blickte ihren Exmann überrascht an. Cafébesuche während der Arbeitszeit waren ganz und gar nicht seine Art.

»Ist irgendetwas passiert?«, fragte sie deshalb argwöhnisch. Er schürzte die Lippen, dann stieß er einen tiefen Seufzer aus.

»Ich sitze ganz schön in der Bredouille«, gab er zu. »Und ich brauche deinen Rat.«

*

Das Dorf kauerte im Tal, überragt von zwei hässlichen, mehrstöckigen Bausünden aus den Siebzigern, als jede Gemeinde, die etwas auf sich hielt, Hochhäuser genehmigt hatte. Rechts am Hang lag der »Millionenhügel«, wie die Alteingesessenen mit verächtlichem Unterton die beiden Straßen nannten, in denen die wenigen Zugezogenen in Villen auf großzügigen Grundstücken lebten. Er spürte, wie sein Herz aufgeregt klopfte, je näher sie dem Haus seiner Eltern kamen. Elf Jahre war es her, dass er zum letzten Mal hier gewesen war. Zur Rechten lag das Fachwerkhäuschen von Oma Dombrowski, das seit eh und je so aussah, als würde es nur noch stehen, weil es zwischen zwei anderen Häusern eingequetscht war. Ein Stück weiter kam links der Hof von Richters mit dem Laden. Und schräg gegenüber die Gaststätte seines Vaters, der Goldene Hahn. Tobias musste schlucken, als Nadja davor anhielt. Ungläubig wanderten seine Augen über die heruntergekommene Fassade, den abblätternden Putz, die geschlossenen Rollläden, die herabhängende Dachrinne. Unkraut hatte sich durch den Asphalt gefressen, das Hoftor hing schief in den Angeln. Beinahe hätte er Nadja gebeten weiterzufahren – schnell, schnell, nur weg hier! Doch er widerstand auch dieser Versuchung, bedankte sich knapp, stieg aus und nahm seinen Koffer von der Rückbank.

»Wenn du irgendetwas brauchst, ruf mich an«, sagte Nadja zum Abschied, dann gab sie Gas und düste davon. Was hatte er erwartet? Einen fröhlichen Empfang? Er stand allein auf dem kleinen asphaltierten Parkplatz vor dem Gebäude, das einmal der Mittelpunkt dieses traurigen Kaffs gewesen war. Der ehemals strahlend weiße Putz war verwittert und bröckelte ab, der Schriftzug »Zum Goldenen Hahn« war kaum noch zu erkennen. In der Eingangstür hing hinter einer gesprungenen Milchglasscheibe ein Schild. »Vorübergehend geschlossen«, stand da in verblasster Schrift. Sein Vater hatte ihm zwar irgendwann erzählt, dass er die Gaststätte aufgegeben hatte, und das mit seinen Bandscheibenproblemen begründet, aber Tobias ahnte, dass ihn etwas anderes zu dieser schweren Entscheidung veranlasst hatte. Hartmut Sartorius war in dritter Generation und mit Leib und Seele Gastwirt gewesen, er hatte selbst geschlachtet und gekocht, seinen eigenen Apfelwein gekeltert und die Gaststätte keinen einzigen Tag wegen Krankheit vernachlässigt. Wahrscheinlich waren die Gäste ausgeblieben. Niemand wollte bei den Eltern eines Doppelmörders essen oder gar feiern. Tobias holte tief

Luft und ging zum Hoftor. Es bedurfte einiger Anstrengung, wenigstens einen der Torflügel zu bewegen. Der Zustand des Hofes versetzte ihm einen Schock. Dort, wo im Sommer einst Tische und Stühle unter den ausladenden Ästen einer mächtigen Kastanie und einer malerisch von wildem Wein überrankten Pergola gestanden hatten, wo Kellnerinnen geschäftig von einem Tisch zum anderen geeilt waren, herrschte traurige Verwahrlosung. Tobias' Blick wanderte über Berge von achtlos abgestelltem Sperrmüll, zerbrochenen Möbeln und Unrat. Die Pergola war zur Hälfte eingestürzt, der wilde Wein verdorrt. Niemand hatte die herabgefallenen Blätter der Kastanie zusammengefegt, die Mülltonne war offenbar seit Wochen nicht mehr an den Straßenrand gestellt worden, denn die Müllsäcke stapelten sich daneben zu einem stinkenden Haufen. Wie konnten seine Eltern hier leben? Tobias spürte, wie ihn das letzte bisschen Mut, mit dem er hier angekommen war, verließ. Er bahnte sich langsam einen Weg bis zu den Stufen, die zur Haustür hinaufführten, streckte die Hand aus und drückte auf die Klingel. Das Herz schlug ihm bis zum Hals, als die Tür zögerlich geöffnet wurde. Der Anblick seines Vaters trieb Tobias die Tränen in die Augen, gleichzeitig stieg Wut in ihm auf, Wut auf sich selbst und auf die Leute, die seine Eltern im Stich gelassen hatten, nachdem er ins Gefängnis gegangen war.

»Tobias!« Ein Lächeln flog über das eingefallene Gesicht von Hartmut Sartorius, der nur noch ein Schatten des vitalen, selbstbewussten Mannes von damals war. Sein ehemals volles, dunkles Haar war grau und schütter geworden, seine gekrümmte Körperhaltung verriet, wie schwer er an der Last trug, die das Leben ihm aufgebürdet hatte.

»Ich … ich hatte eigentlich noch etwas aufräumen wollen, aber ich habe nicht freibekommen und …« Er brach ab, hörte auf zu lächeln. Stand einfach nur da, ein gebrochener

Mann, der dem Blick seines Sohnes beschämt auswich, weil ihm bewusst wurde, was dieser sah. Das war mehr, als Tobias ertragen konnte. Er ließ den Koffer fallen, breitete die Arme aus und umarmte unbeholfen diesen ausgemergelten, grauen Fremden, in dem er seinen Vater kaum noch erkannte. Wenig später saßen sie sich befangen am Küchentisch gegenüber. Es gab so viel zu sagen, und doch war jedes Wort überflüssig. Die grellbunte Wachstuchtischdecke war voller Krümel, die Fensterscheiben schmutzig, eine verdorrte Topfpflanze am Fenster hatte den Kampf ums Überleben vor langer Zeit verloren. Es war klamm in der Küche, es roch unangenehm nach saurer Milch und kaltem Zigarettenrauch. Kein Möbelstück war umgestellt, kein Bild von der Wand genommen worden, seitdem man ihn am 16. September 1997 verhaftet und er das Haus verlassen hatte. Aber damals war alles hell und freundlich und blitzsauber gewesen, seine Mutter war eine tüchtige Hausfrau. Wie konnte sie diese Verwahrlosung zulassen und ertragen?

»Wo ist Mama?«, brach Tobias schließlich das Schweigen. Er merkte, dass diese Frage seinen Vater in eine neue Verlegenheit stürzte.

»Wir ... wir wollten es dir eigentlich sagen, aber ... aber dann dachten wir, es sei besser, wenn du es nicht erfährst«, erwiderte Hartmut Sartorius schließlich. »Deine Mutter ist vor einer Weile ... ausgezogen. Sie weiß aber, dass du heute nach Hause kommst, und freut sich, dich zu sehen.«

Tobias blickte seinen Vater verständnislos an.

»Was soll das heißen – sie ist ausgezogen?«

»Es war nicht einfach für uns, nachdem du ... weggegangen bist. Das Gerede hörte nicht auf. Sie hat das irgendwann nicht mehr ausgehalten.« Es lag kein Vorwurf in seiner Stimme, die brüchig und leise geworden war. »Vor vier Jahren sind wir geschieden worden. Sie wohnt jetzt in Bad Soden.«

Tobias schluckte mühsam.

»Wieso habt ihr mir nie etwas gesagt?«, flüsterte er.

»Ach, es hätte doch nichts geändert. Wir wollten nicht, dass du dich aufregst.«

»Das heißt, du lebst hier ganz alleine?«

Hartmut Sartorius nickte und schob mit der Handkante die Krümel auf der Tischdecke hin und her, ordnete sie zu symmetrischen Formen und wischte sie wieder auseinander.

»Und die Schweine? Die Kühe? Wie schaffst du die ganze Arbeit?«

»Die Tiere habe ich schon vor vielen Jahren abgeschafft«, antwortete der Vater. »Ein bisschen Landwirtschaft mache ich noch. Und ich habe einen ganz guten Job in einer Küche in Eschborn gefunden.«

Tobias ballte die Hände zu Fäusten. Wie beschränkt war er gewesen, anzunehmen, nur er sei vom Leben bestraft worden! Er hatte nie richtig begriffen, wie sehr auch seine Eltern unter alldem gelitten hatten. Bei ihren Besuchen im Gefängnis hatten sie ihm eine heile Welt vorgespielt, die es in Wahrheit nie gegeben hatte. Wie viel Kraft musste sie das gekostet haben! Hilfloser Zorn legte sich wie eine Hand um seine Kehle und würgte ihn. Er stand auf, trat ans Fenster und starrte blicklos hinaus. Seine Absicht, nach ein paar Tagen bei seinen Eltern woanders hinzugehen, um weit entfernt von Altenhain einen neuen Start ins Leben zu versuchen, zerfiel zu Staub. Er würde hierbleiben. In diesem Haus, auf diesem Hof, in diesem verfluchten Kaff, in dem man seine Eltern hatte leiden lassen, obwohl sie gänzlich ohne Schuld waren.

*

Der holzgetäfelte Gastraum im Schwarzen Ross war brechend voll, der Geräuschpegel entsprechend hoch. An Tischen und Tresen hatte sich halb Altenhain versammelt, ungewöhnlich für einen frühen Donnerstagabend. Amelie Fröhlich balancierte dreimal Jägerschnitzel mit Pommes zu Tisch 9, servierte und wünschte guten Appetit. Normalerweise hatten Dachdeckermeister Udo Pietsch und seine Kumpels immer einen blöden Spruch parat, der auf ihr ungewöhnliches Äußeres abzielte, aber heute hätte Amelie wahrscheinlich nackt bedienen können, und man hätte sie nicht beachtet. Die Stimmung war so angespannt wie sonst höchstens bei der Übertragung eines Champions-League-Spieles. Amelie spitzte neugierig die Ohren, als sich Gerda Pietsch nun zum Nachbartisch hinüberbeugte, an dem die Richters saßen, die den Lebensmittelladen auf der Hauptstraße betrieben.

»... habe gesehen, wie er gekommen ist«, erzählte Margot Richter gerade. »So eine Unverschämtheit, hier wieder aufzutauchen, als wär nix gewesen!«

Amelie ging zurück zur Küche. An der Essensausgabe wartete Roswitha auf das Rumpsteak für Fritz Unger an Tisch 4, medium, mit Zwiebeln und Kräuterbutter.

»Was ist denn hier heute Abend eigentlich für ein Aufruhr?«, fragte Amelie die ältere Kollegin, die einen ihrer Gesundheitslatschen abgestreift hatte und sich unauffällig mit dem rechten Fuß die Krampfadern an der linken Wade rieb. Roswitha blickte sich zu ihrer Chefin um, die aber zu sehr mit den zahlreichen Getränkebestellungen beschäftigt war, als dass sie sich um ihr Personal kümmern konnte.

»Ei, der Bub vom Sartorius is heude aus'm Knast gekomme«, verriet Roswitha mit gesenkter Stimme. »Zehn Jahr hat der gesesse, weil er doch damals die zwaa Mädsche umgebracht hat!«

»Ach!« Amelie riss erstaunt die Augen auf. Sie kannte Hartmut Sartorius flüchtig, der allein auf seinem riesigen, verlotterten Hof unterhalb ihres Hauses wohnte, aber sie hatte nichts von einem Sohn gewusst.

»Ja.« Roswitha nickte mit dem Kopf Richtung Tresen, an dem Schreinermeister Manfred Wagner mit glasigen Augen vor sich hin stierte, in der Hand das zehnte oder elfte Glas Bier an diesem Abend. Normalerweise brauchte er zwei Stunden länger für dieses Pensum. »Dem Manfred sei Tochter, die Laura, die hat er umgebracht, der Tobias. Un die klaa Schneeberger. Bis heut hat er net verrade, was er mit dene gemacht hat.«

»Einmal Rumpsteak mit Kräuterbutter und Zwiebeln!« Kurt, der Beikoch, schob den Teller durch die Durchreiche, Roswitha schlüpfte in ihre Latschen und manövrierte ihre Leibesfülle geschickt durch den vollbesetzten Gastraum zu Tisch 4. Tobias Sartorius – Amelie hatte den Namen noch nie gehört. Sie war erst vor einem halben Jahr aus Berlin nach Altenhain gekommen, und das nicht freiwillig. Das Dorf und seine Bewohner interessierte sie so viel wie ein Sack Reis in China, und wäre sie nicht durch den Chef ihres Vaters an den Job im Schwarzen Ross gekommen, würde sie hier immer noch niemanden kennen.

»Drei Weizenbier, eine kleine Cola light«, rief Jenny Jagielski, die junge Chefin, die für die Getränke zuständig war. Amelie schnappte ein Tablett, stellte die Gläser darauf und warf einen kurzen Blick auf Manfred Wagner. Seine Tochter war vom Sohn von Hartmut Sartorius *ermordet* worden! Das war ja richtig spannend. Im langweiligsten Dorf der Welt taten sich ungeahnte Abgründe auf. Sie lud die drei Weizenbier an dem Tisch ab, an dem Jenny Jagielskis Bruder Jörg Richter mit zwei anderen Männern saß. Eigentlich sollte er an Jennys Stelle hinterm Tresen stehen, aber er tat nur selten das, was er tun sollte. Schon gar nicht, wenn der Chef, Jennys Mann, nicht da war. Die Cola light kam zu Frau Unger an Tisch 4. Ein kurzer Boxenstopp in der Küche. Alle Gäste waren mit Essen versorgt, und Roswitha hatte bei einer weiteren Runde durch den Gastraum neue Details in Erfahrung gebracht, die sie nun mit glühenden Wangen und bebendem Busen vor ihrer neugierigen Zuhörerschaft zum Besten gab. Außer Amelie spitzten Kurt und Achim, die Beiköche, und Wolfgang, der Küchenchef, die Ohren. Der Lebensmittelladen von Margot Richter – zu Amelies Verwunderung hieß es in Altenhain immer ›wir gehen bei die Margot‹, obwohl der Laden genau genommen ihrem Mann gehörte – lag schräg gegenüber vom ehemaligen Goldenen Hahn, und so waren Margot und die Friseurin Inge Dombrowski, die sich gerade zu einem Schwätzchen im Laden aufgehalten hatte, am Nachmittag Augenzeugen der Rückkehr von *diesem Kerl* geworden. Er war aus einem silbernen Luxusauto ausgestiegen und auf den Hof seiner Eltern gegangen.

»Des is schon 'ne Freschheit«, regte Roswitha sich auf. »Die Mädels sin tot, und der Kerl taucht hier wieder auf, als wär nix gewese!«

»Ei, wo soller denn aach hiegehe?«, bemerkte Wolfgang nachsichtig und nahm einen Schluck aus seinem Bierglas.

»Isch glaab, des du se net mehr alle hast!«, fuhr Roswitha ihn an. »Was tätst denn du saache, wenn der Mörder von deiner Tochter plötzlisch vor dir stehe tät?«

Wolfgang zuckte gleichgültig die Schultern.

»Und was weiter?«, drängte Achim. »Wo ist er hingegangen?«

»Ei, enei ins Haus«, sagte Roswitha. »Der werd sich gewunnert habbe, als er gesehe hat, wie's do jetzt aussieht.«

Die Schwingtür ging auf. Jenny Jagielski marschierte in die Küche und stemmte die Arme in die Seiten. Wie ihre Mutter Margot Richter war sie ständig in dem Glauben, ihr Personal würde hinter ihrem Rücken in die Kasse greifen oder über sie herziehen. Drei kurz aufeinanderfolgende Schwangerschaften hatten die Figur der ohnehin stämmigen Jenny vollends verdorben: Sie war so rund wie ein Fass.

»Roswitha!«, rief sie scharf der um dreißig Jahre älteren Frau zu. »Tisch 10 will zahlen!«

Roswitha verschwand gehorsam, und Amelie wollte ihr folgen, aber Jenny Jagielski hielt sie zurück.

»Wie oft habe ich dir schon gesagt, dass du diese unappetitlichen Piercings rausnehmen und dir eine gescheite Frisur machen sollst, wenn du zur Arbeit kommst!« Die Missbilligung stand ihr in das aufgeschwemmte Gesicht geschrieben. »Außerdem wäre eine Bluse passender als dieses Leibchen! Da kannst du ja gleich in Unterwäsche bedienen! Wir sind eine anständige Gaststätte und keine ... keine Berliner Untergrunddisko!«

»Den Männern gefällt's aber«, erwiderte Amelie schnippisch. Jenny Jagielskis Augen verengten sich, rote Flecken erschienen wie flammende Male an ihrem fetten Hals.

»Das ist mir egal«, zischte sie drohend. »Lies dir mal die Hygienevorschriften durch!«

Amelie lag schon eine heftige Erwiderung auf der Zunge, aber sie beherrschte sich in der letzten Sekunde. Auch wenn ihr die Jagielski von ihrer verbrannten Billigdauerwelle bis zu den fleischigen Bratwurstwaden von Herzen zuwider war, so durfte sie es sich nicht mit ihr verscherzen. Sie brauchte den Job im Schwarzen Ross.

»Und ihr?« Die Chefin funkelte ihre Köche an. »Habt ihr nichts zu tun?«

Amelie verließ die Küche. Just in diesem Augenblick kippte Manfred Wagner mitsamt dem Barhocker um.

»Hey, Manni«, rief einer der Männer vom Stammtisch. »Es ist doch erst halb zehn!« Die anderen lachten gutmütig. Niemand regte sich sonderlich darüber auf, wiederholte sich dieses Schauspiel doch so oder ähnlich an beinahe jedem Abend, üblicherweise allerdings erst gegen elf. Man rief dann seine Frau an, die innerhalb weniger Minuten erschien, die Zeche bezahlte und ihren Mann nach Hause bugsierte. Heute Abend jedoch veränderte Manfred Wagner die Choreographie. Der sonst so friedfertige Mann rappelte sich ohne fremde Hilfe auf, wandte sich um, packte sein Bierglas und schmetterte es auf den Boden. Die Gespräche an den Tischen verstummten, als er auf den Stammtisch zuwankte.

»Ihr Arschlöcher«, nuschelte er mit alkoholschwerer Zunge. »Ihr sitzt hier und quatscht blödes Zeug, als wär nichts! Euch kann's ja auch egal sein!«

Wagner hielt sich an einer Stuhllehne fest und blickte aus blutunterlaufenen Augen wild in die Runde. »Aber ich, ich muss dieses ... Schwein ... sehen und ... dran denken ...« Er brach ab und senkte den Kopf. Jörg Richter war aufgestanden und legte Wagner nun die Hand auf die Schulter.

»Komm, Manni«, sagte er. »Mach keinen Ärger. Ich ruf die Andrea an, und die ...«

»Fass mich nicht an!«, heulte Wagner auf und stieß ihn so heftig weg, dass der jüngere Mann ins Taumeln geriet und stürzte. Im Fallen hielt er sich an einem Stuhl fest und riss den darauf Sitzenden mit zu Boden. Im Nu herrschte Chaos.

»Ich bring das Schwein um!«, brüllte Manfred Wagner immer wieder. Er schlug um sich, die vollen Gläser auf dem Stammtisch kippten um, ihr Inhalt ergoss sich über die Kleidung der Männer auf den Boden. Fasziniert verfolgte Amelie von der Kasse aus das Spektakel, während ihre Kollegin mitten im Getümmel ums Überleben kämpfte. Eine richtig fette Schlägerei im Schwarzen Ross! Endlich passierte mal etwas in diesem öden Kaff! Jenny Jagielski walzte an ihr vorbei in die Küche.

»Eine anständige Gaststätte«, murmelte Amelie spöttisch und erntete dafür einen finsteren Blick. Sekunden später kam die Chefin mit Kurt und Achim im Gefolge aus der

Küche gestürmt. Die beiden Köche überwältigten den Betrunkenen im Handumdrehen. Amelie schnappte sich den Handfeger und die Kehrschaufel und ging zum Stammtisch, um die Scherben zusammenzukehren. Manfred Wagner wehrte sich nicht mehr und ließ sich widerstandslos abführen, aber in der Tür entwand er sich dem Zugriff der Männer und drehte sich um. Schwankend stand er da, die Augen blutunterlaufen. Speichel tropfte aus seinem Mundwinkel in den zerzausten Vollbart. Ein dunkler Fleck breitete sich auf der Vorderseite seiner Hose aus. Er muss ja richtig besoffen sein, dachte Amelie. Bisher hatte sie noch nicht erlebt, dass er sich vollpinkelte. Plötzlich empfand sie Mitleid für den Mann, über den sie sich bisher insgeheim immer lustig gemacht hatte. Ob der Mord an seiner Tochter der Grund für die beharrliche Regelmäßigkeit war, mit der er sich jeden Abend ins Koma soff? In der Gaststätte herrschte Totenstille.

»Ich krieg das Schwein!«, schrie Manfred Wagner. »Ich schlag ihn tot, dieses ... dieses ... Mörderschwein!«

Er senkte den Kopf. Und begann zu schluchzen.

*

Tobias Sartorius trat aus der Dusche und griff nach dem Handtuch, das er sich bereitgelegt hatte. Er wischte mit der Handfläche über den beschlagenen Spiegel und betrachtete sein Gesicht in dem schummerigen Licht, das die letzte funktionierende Glühbirne in dem Spiegelschrank spendete. Am Morgen des 16. September 1997 hatte er sich das letzte Mal in diesem Spiegel angesehen, wenig später waren sie gekommen, um ihn zu verhaften. Für wie erwachsen er sich damals gehalten hatte, in dem Sommer nach dem Abitur! Tobias schloss die Augen und lehnte die Stirn gegen die kalte

Fläche. Hier, in diesem Haus, in dem ihm jeder Winkel so vertraut war, schienen die zehn Knastjahre wie ausgelöscht. Er erinnerte sich an jedes Detail der letzten Tage vor seiner Verhaftung, als sei alles erst gestern geschehen. Nicht zu fassen, wie naiv er gewesen war. Aber bis heute gab es die schwarzen Löcher in seiner Erinnerung, die ihm das Gericht nicht geglaubt hatte. Er öffnete die Augen, starrte in den Spiegel und war für eine Sekunde fast überrascht, das kantige Gesicht eines Dreißigjährigen zu sehen. Mit den Fingerspitzen berührte er die weißliche Narbe, die sich von seinem Kieferknochen bis zum Kinn zog. Diese Verletzung hatte man ihm in der zweiten Woche im Knast zugefügt, und sie war der Grund gewesen, weshalb er zehn Jahre lang in einer Einzelzelle gesessen und kaum Kontakt zu seinen Mithäftlingen gehabt hatte. In der strengen Knasthierarchie stand ein Mädchenmörder nur Millimeter über dem allerletzten Dreck, dem Kindsmörder. Die Tür des Badezimmers schloss nicht mehr richtig, ein kalter Luftzug traf seine feuchte Haut und ließ ihn erschauern. Von unten drangen Stimmen zu ihm herauf. Sein Vater musste Besuch bekommen haben. Tobias wandte sich ab und zog Unterhose, Jeans und T-Shirt an. Vorhin hatte er den deprimierenden Rest des großen Hofes besichtigt und festgestellt, dass der vordere Teil im Vergleich zum hinteren geradezu ordentlich aussah. Sein vages Vorhaben, Altenhain schnell wieder zu verlassen, hatte er aufgegeben. Unmöglich konnte er seinen Vater in dieser Verwahrlosung allein lassen. Da er ohnehin nicht so bald damit rechnen konnte, einen Job zu bekommen, würde er in den nächsten Tagen den Hof auf Vordermann bringen. Danach konnte er weitersehen. Er verließ das Bad, ging an der geschlossenen Tür seines ehemaligen Jugendzimmers vorbei und die Treppe hinunter, wobei er aus alter Gewohnheit die Stufen ausließ, die knarrten. Sein Vater saß am Küchentisch, der Besucher wandte Tobias den Rücken zu. Trotzdem erkannte er ihn sofort.

*

Als Oliver von Bodenstein, seines Zeichens Kriminalhauptkommissar und Leiter des Dezernats für Gewaltverbrechen bei der Regionalen Kriminalinspektion in Hofheim, um halb zehn nach Hause kam, traf er als einziges Lebewesen seinen Hund an, dessen Begrüßung eher verlegen als freudig ausfiel – untrügerisches Indiz für ein schlechtes Gewissen. Den Grund dafür roch Bodenstein, bevor er ihn sah. Er hatte einen stressigen Vierzehnstundentag hinter sich, mit einer öden Sitzung im LKA, einem Skelettfund in Eschborn, den seine Chefin, die Kriminalrätin Dr. Nicola Engel, mit ihrer Vorliebe für Anglizismen als »Cold Case« bezeichnete, und zu guter Letzt noch der Ausstandsfeier eines Kollegen vom K 23, der nach Hamburg versetzt wurde. Bodenstein knurrte der Magen, denn außer jeder Menge Alkohol hatte es nur ein paar Chips gegeben. Verstimmt öffnete er den Kühlschrank und erblickte dort nichts, was seine Geschmacksnerven hätte befriedigen können. Hätte Cosima nicht wenigstens mal einkaufen können, wenn sie ihm schon kein Abendessen vorbereitete? Wo war sie überhaupt? Er ging durch die Eingangshalle, ignorierte den stinkenden Haufen und die Pfütze, die dank der Fußbodenheizung schon zu einer klebrigen, gelblichen Lache getrocknet war, und ging die Treppe hinauf zum Zimmer seiner jüngsten Tochter. Sophias Bettchen war erwartungsgemäß leer. Cosima musste die Kleine mitgenommen haben, wohin auch immer sie gefahren war. Er würde sie nicht anrufen, wenn sie ihm noch nicht einmal einen Zettel mit einer Information hinterlassen oder ihm eine SMS schreiben konnte! Gerade als Bodenstein sich ausgezogen hatte und ins Badezimmer ging, um zu duschen, klingelte das Telefon. Natürlich befand sich das Gerät nicht in der Ladestation auf der Kommode im Flur, sondern lag irgendwo im Haus herum. Mit wachsender Verärgerung machte er sich auf die Suche und fluchte, als er im Wohnzimmer auf irgendein herumliegendes Kinderspielzeug trat. Gerade als er das Telefon auf der Couch gefunden hatte, brach das Läuten ab. Gleichzeitig drehte sich der Schlüssel in der Haustür, und der Hund begann aufgeregt zu bellen. Cosima kam herein, auf einem Arm das schlaftrunkene Kind, in der anderen Hand ein riesiger Blumenstrauß.

»Du bist ja zu Hause«, sagte sie als einzige Begrüßung zu ihm. »Warum gehst du nicht ans Telefon?«

Sofort war er in Harnisch.

»Weil ich es erst mal suchen musste. Wo warst du überhaupt?«

Sie gab ihm keine Antwort, ignorierte die Tatsache, dass er bis auf die Unterhose nackt war, und ging an ihm vorbei in die Küche. Dort legte sie den Blumenstrauß auf den Tisch und hielt ihm Sophia entgegen, die nun gänzlich wach war und unleidlich quengelte. Bodenstein nahm seine kleine Tochter auf den Arm. Er roch sofort, dass die Windel bis zum Rand voll sein musste.

»Ich hatte dir mehrere SMS geschrieben, dass du Sophia bei Lorenz und Thordis abholst.« Cosima zog ihren Mantel aus. Sie sah erschöpft aus und genervt, aber er fühlte sich unschuldig.

»Ich habe keine SMS gekriegt.«

Sophie wand sich in seinen Armen und begann zu weinen.

»Weil dein Handy aus war. Du hast doch seit Wochen gewusst, dass ich heute Nachmittag im Filmmuseum bin, bei der Eröffnung der Fotoausstellung über Neuguinea.« Cosimas Stimme klang scharf. »Eigentlich hattest du mir versprochen, heute Abend zu Hause zu sein und auf Sophia aufzupassen. Als du mal wieder nicht aufgetaucht bist und dein Handy ausgeschaltet war, hat Lorenz Sophia abgeholt.«

Bodenstein musste sich eingestehen, dass er Cosima tatsächlich versprochen hatte, heute Abend früh zu Hause zu sein. Er hatte es vergessen, und das verärgerte ihn noch zusätzlich.

»Sie hat die Windel voll«, sagte er und hielt das Kind ein Stück von sich weg. »Außerdem hat der Hund ins Haus gemacht. Du hättest ihn doch wenigstens rauslassen können, bevor du weggegangen bist. Und du könntest auch mal wieder einkaufen gehen, damit ich nach einem langen Arbeitstag etwas zu essen im Kühlschrank finde.«

Cosima antwortete nicht. Sie bedachte ihn stattdessen mit einem Blick unter hochgezogenen Brauen, der ihn richtig in Rage brachte, weil er sich sofort verantwortungslos und mies fühlte. Sie nahm ihm das weinende Kind ab und ging nach oben, um es trockenzulegen und ins Bett zu bringen. Bodenstein stand unentschlossen in der Küche. In seinem Innern tobte ein Kampf zwischen Stolz und Vernunft, schließlich siegte Letztere. Seufzend nahm er eine Vase aus dem Schrank, ließ Wasser einlaufen und stellte die Blumen hinein. Aus der Vorratskammer holte er einen Eimer und eine Rolle Kleenex und machte sich daran, die Hinterlassenschaften des Hundes in der Eingangshalle zu beseitigen. Das Letzte, was er eigentlich wollte, war ein Streit mit Cosima.

*

»Hallo, Tobias.« Claudius Terlinden lächelte freundlich. Er erhob sich von seinem Stuhl und streckte ihm die Hand hin. »Schön, dass du wieder zu Hause bist.«

Tobias ergriff kurz die dargebotene Hand, blieb aber

stumm. Der Vater seines ehemals besten Freundes Lars hatte ihn mehrfach im Gefängnis besucht und ihm versichert, dass er seinen Eltern helfen würde. Tobias hatte sich die Beweggründe für seine Freundlichkeit nie erklären können, denn er hatte Terlinden durch seine Aussage während der Ermittlungen seinerzeit ziemliche Probleme bereitet. Das schien dieser ihm nicht nachgetragen zu haben, im Gegenteil, er hatte innerhalb kürzester Zeit einen der besten Strafanwälte Frankfurts für Tobias engagiert. Doch auch der hatte die Höchststrafe nicht abwenden können.

»Ich möchte euch nicht lange stören, ich bin nur gekommen, um dir ein Angebot zu machen«, sagte Claudius Terlinden nun und setzte sich wieder auf den Küchenstuhl. Er hatte sich kaum verändert in den letzten Jahren. Schlank und selbst jetzt, im November, braungebrannt, trug er das leicht ergraute Haar nach hinten gekämmt, seine früher scharf geschnittenen Gesichtszüge waren ein wenig schwammiger geworden. »Wenn du dich hier wieder eingewöhnt hast und nicht sofort einen Job findest, könntest du bei mir arbeiten. Was hältst du davon?«

Er blickte Tobias erwartungsvoll über den Rand seiner Halbbrille an. Obwohl er weder durch körperliche Größe noch durch ein besonders gutes Aussehen beeindrucken konnte, so strahlte er doch die gelassene Selbstsicherheit des erfolgreichen Unternehmers und eine angeborene Autorität aus, die andere Menschen dazu brachte, sich ihm gegenüber bescheiden, ja unterwürfig zu verhalten. Tobias setzte sich nicht auf den freien Stuhl, sondern blieb in den Türrahmen gelehnt stehen, die Arme vor der Brust verschränkt. Nicht dass es viele Alternativen zu Terlindens Angebot gegeben hätte, aber irgendetwas daran machte Tobias misstrauisch. In seinem teuren Maßanzug, dem dunklen Kaschmirmantel und den auf Hochglanz polierten Schuhen wirkte Claudius

Terlinden in der schäbigen Küche wie ein Fremdkörper. Tobias spürte Ohnmacht in sich aufsteigen. Er wollte nicht in der Schuld dieses Mannes stehen. Sein Blick wanderte zu seinem Vater, der mit hochgezogenen Schultern dasaß und stumm auf seine gefalteten Hände starrte, wie ein devoter Leibeigener beim Besuch des Großgrundbesitzers. Dieses Bild gefiel Tobias überhaupt nicht. Sein Vater sollte es nicht nötig haben, sich vor jemandem ducken zu müssen, auch und erst recht nicht vor Claudius Terlinden, der das halbe Dorf mit seiner selbstverständlichen Großzügigkeit zu seinen Schuldnern gemacht hatte, ohne dass irgendjemand die Möglichkeit hatte, sich dafür zu revanchieren. Aber so hatte Terlinden es schon immer gehalten. Beinahe alle jungen Leute aus Altenhain hatten irgendwann einmal bei ihm gejobbt oder auf andere Art von ihm profitiert. Claudius Terlinden erwartete dafür keine andere Gegenleistung als Dankbarkeit. Da die Hälfte aller Altenhainer ohnehin bei ihm angestellt war, genoss er einen gottähnlichen Status in diesem Nest. Das Schweigen wurde unbehaglich.

»Na ja.« Terlinden erhob sich, und sofort sprang auch Hartmut Sartorius auf. »Du weißt ja, wo du mich findest. Sag mir einfach kurz Bescheid, wenn du dich entschieden hast.«

Tobias nickte nur und ließ ihn vorbeigehen. Er blieb in der Küche, während sein Vater den Gast zur Haustür begleitete.

»Er meint es nur gut«, sagte Hartmut Sartorius, als er zwei Minuten später zurückkehrte.

»Ich will nicht auf seine Gunst angewiesen sein«, erwiderte Tobias heftig. »Wie er hier auftritt, wie ... wie ein König, der seinem Knecht die Gnade eines Besuches angedeihen lässt. Als wäre er etwas Besseres!«

Hartmut Sartorius seufzte. Er füllte den Wasserkessel und stellte ihn auf die Herdplatte.

»Er hat uns sehr geholfen«, sagte er leise. »Wir hatten

ja nie etwas gespart, immer alles in den Hof und die Gaststätte gesteckt. Der Anwalt hat viel Geld gekostet, und dann blieben die Gäste weg. Irgendwann konnte ich die laufenden Kredite bei der Bank nicht mehr bedienen. Sie drohten mit Zwangsversteigerung. Claudius hat unsere Schulden bei der Bank abgelöst.«

Tobias starrte seinen Vater ungläubig an.

»Das heißt, der ganze Hof gehört eigentlich – *ihm*?«

»Genau genommen ja. Aber wir haben einen Vertrag. Ich kann ihm den Hof jederzeit wieder abkaufen und habe Einsitzrecht auf Lebenszeit.«

Diese Neuigkeit musste Tobias erst einmal verdauen. Er lehnte den Tee, den sein Vater ihm anbot, ab.

»Wie viel Geld schuldest du ihm?«

Hartmut Sartorius zögerte einen Moment mit seiner Antwort. Er kannte das hitzige Temperament seines Sohnes von früher. »Dreihundertfünfzigtausend Euro. Mit dem Betrag stand ich bei der Bank in der Kreide.«

»Allein das Grundstück ist mindestens das Doppelte wert!«, erwiderte Tobias mit mühsam beherrschter Stimme. »Er hat deine Notlage ausgenutzt und ein Schnäppchen gemacht.«

»Wir konnten nicht wählerisch sein.« Hartmut Sartorius hob die Schultern. »Es gab keine Alternative. Sonst hätte die Bank den Hof zwangsversteigert, und wir hätten auf der Straße gestanden.«

Plötzlich fiel Tobias noch etwas ein. »Was ist mit dem Schillingsacker?«, fragte er.

Sein Vater wich seinem Blick aus und betrachtete den Wasserkessel.

»Papa!«

»Mein Gott.« Hartmut Sartorius schaute hoch. »Das war doch nur eine Wiese!«

Tobias begann zu verstehen. In seinem Kopf fügten sich

die Details zu einem Bild zusammen. Sein Vater hatte Claudius Terlinden den Schillingsacker verkauft, deshalb hatte die Mutter ihn verlassen! Es war nicht einfach nur eine Wiese gewesen, sondern die Mitgift, die sie mit in die Ehe gebracht hatte. Der Schillingsacker war eine Apfelbaumwiese gewesen mit einem rein ideellen Wert, erst nach der Änderung des Flächennutzungsplanes im Jahr 1992 war sie das wohl wertvollste Grundstück in der Altenhainer Gemarkung gewesen, denn sie lag mit beinahe 1500 m² mitten im geplanten Gewerbegebiet. Terlinden war seit Jahren scharf darauf gewesen.

»Was hat er dir dafür bezahlt?«, fragte Tobias mit flacher Stimme.

»Zehntausend Euro«, gab sein Vater zu und ließ den Kopf hängen. Ein so großes Grundstück mitten im Gewerbegebiet war das Fünfzigfache wert! »Claudius hat es dringend gebraucht, für seinen Neubau. Nach allem, was er für uns getan hat, konnte ich einfach nicht anders. Ich musste es ihm geben.«

Tobias biss die Zähne aufeinander und ballte in hilflosem Zorn die Hände zu Fäusten. Er konnte seinem Vater keine Vorwürfe machen, denn er allein war schuld an der misslichen Lage, in die seine Eltern geraten waren. Plötzlich hatte er das Gefühl, in diesem Haus, in diesem verdammten Dorf ersticken zu müssen. Trotzdem würde er bleiben, und zwar so lange, bis er herausgefunden hatte, was vor elf Jahren wirklich geschehen war.

*

Amelie verließ das Schwarze Ross um kurz vor elf durch den Hinterausgang neben der Küche. Gerne wäre sie heute Abend länger geblieben, um noch mehr über das Thema des Tages zu erfahren. Aber Jenny Jagielski achtete streng auf die

Vorschriften des Jugendarbeitsschutzgesetzes, da Amelie erst siebzehn Jahre alt war und sie keinen Ärger mit den Behörden riskieren wollte. Amelie war es egal, sie war froh, dass sie den Job als Kellnerin hatte und eigene Kohle verdiente. Ihr Vater hatte sich als der Geizhals erwiesen, als den ihre Mutter ihn immer beschrieben hatte, und verweigerte ihr das Geld für die Anschaffung eines neuen Laptops mit der Begründung, der alte tue es ja auch noch. Die ersten drei Monate in diesem elenden Dorf waren grausam gewesen. Da jedoch das Ende ihres unfreiwilligen Aufenthalts in Altenhain absehbar war, hatte sie beschlossen, sich für die fünf Monate bis zu ihrem 18. Geburtstag so gut wie möglich zu arrangieren. Spätestens am 21. April 2009 würde sie ohnehin in den erstbesten Zug zurück nach Berlin steigen. Hindern konnte sie dann niemand mehr daran. Amelie zündete sich eine Zigarette an und blickte sich in der Dunkelheit nach Thies um, der jeden Abend auf sie wartete, um sie nach Hause zu begleiten. Ihre enge Freundschaft war für die Tratschweiber im Dorf ein gefundenes Fressen. Die wildesten Gerüchte machten die Runde, aber das interessierte Amelie nicht. Thies Terlinden lebte mit dreißig Jahren noch immer bei seinen Eltern, weil er nicht ganz richtig im Kopf war, wie man im Dorf hinter vorgehaltener Hand erzählte. Amelie schulterte ihren Rucksack und lief los. Thies stand unter der Laterne vor der Kirche, die Hände in den Jackentaschen vergraben, den Blick auf den Boden gesenkt, und schloss sich ihr wortlos an, als sie an ihm vorbeiging.

»Heute Abend war richtig was los«, erzählte Amelie und berichtete Thies von den Ereignissen im Schwarzen Ross und was sie über Tobias Sartorius erfahren hatte. Sie hatte sich daran gewöhnt, von Thies so gut wie nie eine echte Antwort zu bekommen. Er sei dumm, hieß es, und er könne nicht sprechen, der Dorfdepp. Dabei stimmte das nicht. Thies war überhaupt nicht dumm, er war eben ... anders. Amelie war auch anders. Ihr Vater mochte es nicht, dass sie ihre Zeit mit Thies verbrachte, aber er konnte nichts dagegen tun. Wahrscheinlich, so dachte Amelie hin und wieder mit zynischer Belustigung, hatte ihr spießiger Vater es längst bitter bereut, dass er auf Stiefmama Barbaras Drängen seine durchgeknallte Tochter aus seiner kurzen ersten Ehe bei sich aufgenommen hatte. Er war in ihren Augen nichts anderes als ein grauer konturloser Fleck ohne Ecken, Kanten und Rückgrat, der sich vorsichtig durch sein angepasstes Buchhalterleben lavierte, ständig darum bemüht, bloß nicht aufzufallen. Eine vorbestrafte, verhaltensauffällige siebzehnjährige Tochter, deren Gesicht ein halbes Pfund Metall schmückte, die ausschließlich schwarze Klamotten trug und, was Frisur und Make-up betraf, das Vorbild von Bill Kaulitz von Tokio Hotel hätte sein können, musste für ihn der blanke Horror sein. Gegen Amelies Freundschaft mit Thies hatte Arne Fröhlich sicherlich eine ganze Menge einzuwenden, ein Verbot hatte er allerdings nie ausgesprochen. Nicht dass es etwas genützt hätte. Über Verbote hatte Amelie sich ihr Leben lang hinweggesetzt. Den wahren Grund seiner schweigenden Duldung vermutete Amelie in der Tatsache, dass Thies der Sohn vom Chef ihres Vaters war. Sie ließ die Zigarettenkippe in einen Gully fallen und fuhr fort, laut über Manfred Wagner, Tobias Sartorius und die toten Mädchen nachzudenken.

Anstatt die beleuchtete Hauptstraße entlangzugehen, hatten sie den schmalen, düsteren Hohlweg eingeschlagen, der von der Kirche aus am Friedhof und den Gärten der Häuser vorbei quer durch den Ort bis hoch zum Waldrand führte. Nach zehn Minuten Fußmarsch erreichten sie die Waldstraße, in der ein Stück oberhalb des Dorfes auf großen Grundstücken nur drei Häuser standen: in der Mitte das Haus, in dem Amelie mit ihrem Vater, ihrer Stiefmutter und ihren beiden jüngeren Halbgeschwistern wohnte; rechts davon stand der Bungalow von Lauterbachs und ein Stück weiter links, umgeben von einem parkähnlichen Grundstück, die große alte Villa von Terlindens direkt am Waldrand. Nur wenige Meter vom schmiedeeisernen Tor des Terlinden-Anwesens entfernt befand sich die rückwärtige Toreinfahrt des Sartorius-Hofes, der sich den ganzen Hang hinunter bis zur Hauptstraße erstreckte. Früher war es ein richtiger Bauernhof gewesen, mit Kühen und Schweinen. Heute war der ganze Hof ein einziger Schweinestall, wie Amelies Vater abfällig zu sagen pflegte. Ein Schandfleck. Amelie blieb am Fuß der Treppe stehen. Üblicherweise trennten Thies und sie sich hier, er ging einfach weiter, ohne ein Wort zu sagen. Heute aber brach er sein Schweigen, als Amelie sich anschickte, die Treppe hochzugehen.

»Hier haben mal Schneebergers gewohnt«, sagte er mit seiner monotonen Stimme. Amelie drehte sich erstaunt um. Das erste Mal an diesem Abend sah sie den Freund direkt an, aber er erwiderte ihren Blick wie üblich nicht.

»Echt?«, vergewisserte sie sich ungläubig. »Das eine Mädchen, das Tobias Sartorius umgebracht hat, hat in *unserem* Haus gewohnt?«

Thies nickte, ohne sie anzusehen.

»Ja. Hier hat Schneewittchen gewohnt.«

Freitag, 7. November 2008

Tobias schlug die Augen auf und war für einen Augenblick verwirrt. Statt der weiß getünchten Decke seiner Zelle strahlte ihm Pamela Anderson von einem Poster entgegen. Erst da begriff er, dass er sich nicht mehr im Knast, sondern in seinem alten Zimmer im Haus seiner Eltern befand. Ohne sich zu regen lag er da und lauschte auf die Geräusche, die durch das schräggestellte Fenster drangen. Sechs Schläge der Kirchturmglocke verkündeten die frühe Uhrzeit, irgendwo bellte ein Hund, ein anderer fiel ein, dann verstummten beide wieder. Das Zimmer war unverändert: der Schreibtisch und das Bücherregal aus billigem Furnierholz, der Schrank mit der schiefen Tür. Die Poster von Eintracht Frankfurt, Pamela Anderson und Damon Hill im Williams Renault, der 1996 die Formel-1-Weltmeisterschaft gewonnen hatte. Die kleine Stereoanlage, die er im März 1997 von seinen Eltern bekommen hatte. Das rote Sofa, auf dem er ... Tobias richtete sich auf und schüttelte unwillig den Kopf. Im Gefängnis hatte er seine Gedanken besser unter Kontrolle gehabt. Jetzt holten ihn die quälenden Überlegungen ein: Was wäre damals geschehen, wenn Stefanie nicht an jenem Abend mit ihm Schluss gemacht hätte? Würde sie heute noch leben? Er wusste, was er getan hatte. Das hatten sie ihm schließlich Hunderte Male erklärt – erst die Polizei, dann sein Anwalt, der Staatsanwalt und die Richterin. Es war schlüssig gewesen, es gab Indizien, es gab Zeugen, es gab das Blut in seinem Zimmer, an seiner Kleidung, in seinem Auto. Und doch fehlten in seiner Erinnerung volle zwei Stunden. Bis heute war da nichts als ein schwarzes Loch.

Er konnte sich genau an den 6. September 1997 erinnern. Der geplante Kerbeumzug war ausgefallen, aus Pietät, denn in London wurde an jenem späten Vormittag Prinzessin Diana zu Grabe getragen. Die halbe Welt hatte vor den Fernsehern gesessen und dabei zugesehen, wie der Sarg mit Englands tödlich verunglückter Rose durch die Straßen der englischen Hauptstadt gefahren wurde. Die ganze Kerb hatte man in Altenhain dennoch nicht ausfallen lassen wollen. Wären sie doch nur besser abends alle zu Hause geblieben!

Tobias seufzte und drehte sich auf die Seite. Es war so still, dass er seinen Herzschlag hören konnte. Für einen Moment gab er sich der Illusion hin, er wäre wieder zwanzig und das alles nicht passiert. Sein Studienplatz wartete in München auf ihn. Mit seinem Notendurchschnitt von 1,1 beim Abitur hatte er ihn ohne Probleme bekommen. In die glücklichen Erinnerungen mischten sich wieder schmerzliche. Auf der ausgelassenen Abifeier auf dem Gartengrundstück eines Klassenkameraden in Schneidhain hatte er Stefanie das erste Mal geküsst. Laura war vor Zorn beinahe geplatzt und hatte sich vor seinen Augen Lars an den Hals geworfen, um ihn eifersüchtig zu machen. Aber wie hatte er noch an Laura denken können, wenn er Stefanie im Arm hielt! Sie war das erste Mädchen, um das er sich wirklich hatte bemühen müssen. Das war eine gänzlich neue Erfahrung für ihn gewesen, liefen ihm die Mädchen üblicherweise doch, sehr zum Missfallen seiner Kumpels, in Scharen nach. Wochenlang hatte er um Stefanie geworben, bis sie ihn endlich erhört hatte. Die folgenden vier Wochen waren die glücklichsten seines Lebens gewesen – bis zur Ernüchterung am 6. September. Stefanie war zur Miss Kerb gekürt worden, ein alberner Titel, auf den eigentlich seit

Jahren Laura abonniert gewesen war. Diesmal hatte Stefanie sie ausgestochen. Er hatte mit Nathalie und ein paar anderen am Getränkeausschank im Zelt gearbeitet und beobachten müssen, wie Stefanie mit anderen Typen flirtete, bis sie plötzlich verschwunden war. Vielleicht hatte er da schon mehr getrunken als gut für ihn war. Nathalie hatte gemerkt, wie sehr er litt. Geh sie schon suchen, hatte sie zum ihm gesagt. Er war aus dem Zelt gerannt. Lange hatte er nicht suchen müssen, und als er sie gefunden hatte, war die Eifersucht wie eine Bombe in seinem Innern explodiert. Wie hatte sie ihm das antun, ihn so vor allen Leuten kränken und verletzen können? Alles nur wegen dieser dämlichen Hauptrolle in dem noch dämlicheren Theaterstück? Tobias warf die Decke zurück und sprang auf. Er musste etwas tun, arbeiten, sich irgendwie ablenken von diesen quälenden Erinnerungen.

*

Amelie ging mit gesenktem Kopf durch den feinen Nieselregen. Das Angebot ihrer Stiefmutter, sie zur Bushaltestelle zu fahren, hatte sie wie jeden Morgen abgelehnt, aber nun musste sie sich sputen, wenn sie den Schulbus nicht verpassen wollte. Der November zeigte sich von seiner unfreundlichsten Seite, neblig und regnerisch, aber Amelie hatte etwas für die düstere Trostlosigkeit dieses Monats übrig. Sie mochte den einsamen Fußmarsch durch das schlafende Dorf. Über die Ohrstöpsel ihres iPod dröhnte trommelfellzerfetzend laut Musik von den ›Schattenkindern‹, einer ihrer bevorzugten Dark-Wave-Gruppen. Die halbe Nacht hatte sie wach gelegen und über Tobias Sartorius und die ermordeten Mädchen nachgedacht. Laura Wagner und Stefanie Schneeberger waren damals siebzehn Jahre alt gewesen, genauso alt, wie sie jetzt war. Und sie wohnte ausgerechnet in dem Haus, in dem früher einmal eines der Mordopfer gelebt haben sollte. Sie musste unbedingt mehr über das Mädchen erfahren, das Thies »Schneewittchen« genannt hatte. Was war damals in Altenhain vorgefallen?

Ein Auto bremste neben ihr. Sicher ihre Stiefmutter, die sie mit enervierender Freundlichkeit an den Rand des Wahnsinns zu treiben vermochte. Aber dann erkannte Amelie Claudius Terlinden, den Chef ihres Vaters. Er hatte das Seitenfenster auf der Beifahrerseite heruntergelassen und machte ihr ein Zeichen, näher zu kommen. Amelie schaltete die Musik aus.

»Soll ich dich mitnehmen?«, fragte er. »Du wirst ja ganz nass!«

Der Regen störte Amelie eigentlich nicht, aber sie fuhr gerne in Terlindens Auto mit. Sie mochte den fetten, schwarzen Mercedes mit den hellen Ledersitzen, er roch noch ganz neu, und sie war fasziniert von den technischen Raffinessen, die Claudius Terlinden ihr nur zu gerne vorführte. Aus unerfindlichen Gründen konnte sie den Nachbarn gut leiden, obwohl er mit seinen teuren Anzügen, den dicken Autos und seiner protzigen Villa eigentlich der Prototyp des dekadenten Geldsacks war, den sie und ihre Kumpels zu Hause von Herzen verachtet hatten. Dazu kam noch etwas anderes. Manchmal fragte Amelie sich, ob sie noch ganz normal war, denn bei jedem männlichen Wesen, das einigermaßen freundlich zu ihr war, dachte sie in letzter Zeit sofort an Sex. Wie Herr Terlinden wohl reagieren würde, wenn sie ihm die Hand aufs Bein legte und ihm ein eindeutiges Angebot machte? Schon beim Gedanken daran stieg ein hysterisches Kichern in ihr auf, das sie nur mit Mühe unterdrücken konnte.

»Na, komm schon!«, rief er und winkte mit der Hand. »Steig ein!«

Amelie stopfte die Ohrstöpsel in ihre Jackentasche und ließ sich auf den Beifahrersitz fallen. Die schwere Tür der Luxuskarosse schloss sich mit einem satten Schmatzen. Terlinden fuhr die Waldstraße hinunter und lächelte Amelie an.

»Was ist mit dir?«, fragte er. »Du siehst so grüblerisch aus.«

Amelie zögerte einen Moment. »Darf ich Sie was fragen?«

»Natürlich. Nur zu.«

»Die beiden Mädchen, die damals verschwunden sind. Haben Sie die gekannt?«

Claudius Terlinden warf ihr einen raschen Blick zu. Er lächelte nicht mehr. »Wieso möchtest du das wissen?«

»Ich bin halt neugierig. Es wird so viel geredet, seit dieser Mann wieder da ist. Irgendwie finde ich es spannend.«

»Hm. Das war eine traurige Sache damals. Und ist es bis heute«, erwiderte Terlinden. »Natürlich habe ich die beiden Mädchen gekannt. Stefanie war ja die Tochter unserer Nachbarn. Und Laura kannte ich auch, seit ihrer Kindheit. Ihre Mutter hat bei uns als Haushälterin gearbeitet. Es ist einfach schrecklich für die Eltern, dass die Mädchen nie gefunden wurden.«

»Hm«, machte Amelie nachdenklich. »Hatten sie Spitznamen?«

»Wen meinst du?« Claudius Terlinden schien verwundert über diese Frage.

»Stefanie und Laura.«

»Das weiß ich nicht. Warum … ach, doch. Stefanie hatte einen Spitznamen. Die anderen Kinder nannten sie Schneewittchen.«

»Und wieso?«

»Vielleicht wegen ihres Nachnamens. Schneeberger.« Terlinden runzelte die Stirn und verlangsamte die Fahrt. Der Schulbus stand schon mit eingeschaltetem Warnblinker an der Haltestelle und wartete auf die wenigen Schüler, die er nach Königstein transportieren sollte.

»Ach nein«, erinnerte sich Claudius Terlinden dann. »Ich glaube, das hing mit diesem Theaterstück zusammen, das in der Schule aufgeführt werden sollte. Stefanie hatte die Hauptrolle bekommen. Sie sollte das Schneewittchen spielen.«

»Sollte?«, fragte Amelie neugierig nach. »Hat sie es nicht getan?«

»Nein. Sie wurde ja vorher … hm … sie verschwand vorher.«

*

Die Brotscheiben schnellten mit einem Klacken aus dem Toaster. Pia schmierte gesalzene Butter auf beide Seiten, dazu eine ordentliche Schicht Nutella und klappte die beiden Hälften zusammen. Sie war geradezu süchtig nach dieser eigenwilligen Kombination aus salzig und süß, genoss jeden Bissen und leckte die geschmolzene Butter-Nutella-Mischung von ihren Fingern, bevor sie auf die Zeitung tropfen konnte, die sie aufgeschlagen vor sich liegen hatte. Der gestrige Skelettfund vom alten Flugplatz wurde in einer fünfzeiligen Notiz erwähnt, dem 11. Prozesstag gegen Vera Kaltensee widmete die Frankfurter Neue Presse im Lokalteil vier Spalten. Heute um neun musste Pia vor dem Landgericht ihre Aussage über die Ereignisse in Polen vom letzten Sommer machen. Unwillkürlich wanderten ihre Gedanken zu Henning. Aus der einen Tasse Kaffee waren gestern drei geworden. Er hatte so offen mit ihr gesprochen wie in den ganzen sechzehn Jahren ihrer Ehe nicht, aber Pia hatte auch keine Lösung für sein Dilemma gewusst. Seit dem Abenteuer in Polen war er mit Pias bester Freundin Miriam Horowitz liiert, dennoch hatte er sich unter Umständen, auf die er zu ihrem Bedauern nicht näher eingegangen war, dazu hinreißen lassen, mit seiner glühenden Verehrerin, der Staatsanwältin Valerie Löblich, ins Bett zu

42

steigen. Ein Ausrutscher, wie er versichert hatte, aber mit fatalen Folgen, denn die Löblich war jetzt schwanger. Henning war mit der Situation völlig überfordert und spielte mit dem Gedanken an Flucht in die USA. Schon seit Jahren lockte ihn die University of Tennessee mit einem sehr lukrativen und wissenschaftlich hochinteressanten Posten. Während Pia noch über Hennings Probleme nachsann und gleichzeitig überlegte, ob sie der ersten Kalorienbombe eine zweite folgen lassen sollte, kam Christoph aus dem Badezimmer und setzte sich ihr gegenüber an den Küchentisch. Sein Haar war noch feucht, und er duftete nach Rasierwasser.

»Meinst du, du schaffst es heute Abend?«, fragte er und goss sich einen Kaffee ein. »Annika würde sich freuen.«

»Wenn nichts dazwischenkommt, dürfte es kein Problem sein.« Pia gab der Versuchung nach und machte sich einen zweiten Toast. »Ich muss um neun bei Gericht eine Aussage machen, aber sonst haben wir nichts Dringendes.«

Christoph grinste belustigt über Nutella und Salzbutter und biss in sein vernünftig-gesundes Schwarzbrot mit Hüttenkäse. Noch immer verursachte sein Anblick ein warmes Kribbeln in ihrem Bauch. Es waren seine dunkelbraunen Toffifee-Augen, die sie bei ihrer allererersten Begegnung sofort in ihren Bann gezogen hatten und die bis heute nichts von ihrer Anziehungskraft verloren hatten. Christoph Sander war ein beeindruckender Mann, der seine Stärke nicht hervorkehren musste. Zwar besaß er nicht das kompromisslos gute Aussehen von Pias Chef, aber seine Gesichtszüge hatten etwas Bemerkenswertes, das Menschen dazu brachte, ein zweites Mal hinzuschauen. Es war vor allen Dingen sein Lächeln, das in seinen Augen anfing und dann über sein ganzes Gesicht wanderte, das in Pia jedes Mal das kaum zu unterdrückende Bedürfnis auslöste, sich in seine Arme zu werfen.

Christoph und sie hatten sich vor zwei Jahren kennengelernt, als die Ermittlungen in einem Mordfall Pia in den Kronberger Opelzoo geführt hatten. Christoph, der Zoodirektor, hatte ihr auf Anhieb gefallen – der erste Mann, für den sie seit ihrer Trennung von Henning überhaupt Augen hatte. Die Sympathie war gegenseitig gewesen. Dummerweise hatte Oliver von Bodenstein Christoph zunächst eine ganze Weile für höchst verdächtig gehalten. Nachdem der Fall gelöst und Christoph von jedem Verdacht reingewaschen war, hatte sich ihre Beziehung ziemlich schnell entwickelt, aus leidenschaftlicher Verliebtheit war Liebe geworden, und nun waren sie seit gut zwei Jahren ein Paar. Zwar hatte jeder seine eigene Wohnung behalten, aber das würde sich in Kürze ändern, denn Christophs drei Töchter, die er nach dem plötzlichen Tod seiner Frau vor siebzehn Jahren allein großgezogen hatte, wurden flügge: Andrea, die Älteste, arbeitete seit dem Frühjahr in Hamburg, Antonia, die Jüngste, lebte mehr oder weniger bei ihrem Freund Lukas, und nun wollte Annika mit ihrem Kind zu dessen Erzeuger nach Australien ziehen. Heute Abend gab sie im Hause ihres Vaters ihre Abschiedsparty, morgen ging das Flugzeug nach Sydney. Pia wusste, dass Christoph darüber alles andere als glücklich war. Er misstraute dem jungen Mann, der Annika vor vier Jahren schwanger hatte sitzenlassen. Zu dessen Verteidigung war allerdings vorzubringen, dass Annika ihm seinerzeit die Schwangerschaft verschwiegen und stattdessen mit ihm Schluss gemacht hatte. Nun hatte sich alles eingerenkt, Jared Gordon war mittlerweile promovierter Meeresbiologe und arbeitete auf einer Forschungsstation auf einer Insel im Great Barrier Reef; er war also quasi ein Berufskollege von Christoph, der seiner Tochter und ihrem Freund schließlich, wenn auch widerstrebend, seinen Segen gegeben hatte.

Da es für Pia nicht in Frage kam, den Birkenhof aufzugeben, hatte Christoph sein Haus in Bad Soden zum 1. Januar vermietet. Annikas Abschiedsparty heute Abend war auch Christophs Abschied von dem Haus, in dem er lange Jahre gelebt hatte. Die Kisten waren schon gepackt, die Möbelspedition für den nächsten Montag bestellt. Bis das Frankfurter Bauamt grünes Licht für den geplanten Um- und Ausbau von Pias kleinem Häuschen gab, sollten die größten Möbel vorübergehend eingelagert werden. Ja, Pia war ziemlich zufrieden mit der Entwicklung, die ihr Privatleben genommen hatte.

*

Tobias hatte alle Rollläden hochgezogen und bei Tageslicht den jämmerlichen Zustand des Hausinneren begutachtet. Sein Vater war zum Einkaufen losgezogen, und er hatte begonnen, die Fenster zu putzen. Gerade als er mit dem Fenster im Esszimmer beschäftigt war, kehrte sein Vater zurück und ging mit gesenktem Kopf stumm an ihm vorbei in die Küche. Tobias stieg von der Trittleiter und folgte ihm.

»Was ist passiert?« Sein Blick fiel auf den leeren Einkaufskorb.

»Sie hat mich nicht bedient«, antwortete Hartmut Sartorius leise. »Ist nicht so schlimm. Ich fahre zum Supermarkt nach Bad Soden runter.«

»Bis gestern hast du aber bei Richters eingekauft, oder nicht?«, wollte Tobias wissen. Sein Vater nickte leicht. Kurz entschlossen nahm Tobias seine Jacke von der Garderobe, ergriff den Korb, in dem das Portemonnaie seines Vaters lag, und verließ das Haus. Er zitterte innerlich vor Zorn. Richters waren früher einmal gute Freunde seiner Eltern gewesen, und heute warf diese dürre Krähe seinen Vater einfach aus dem Laden! Das würde er sich nicht gefallen lassen. Als er die Straße überqueren wollte, nahm er aus dem Augenwinkel etwas Rotes an der Fassade der Gaststätte wahr und wandte sich um. HIER WOHNT EIN MÖRDERSCHWEIN stand in roter Sprühfarbe an der Mauer des Gebäudes. Tobias starrte ein paar Sekunden stumm auf den hässlichen Schriftzug, der jedem Vorbeifahrenden sofort ins Auge fallen musste. Sein Herz hämmerte gegen seinen Brustkorb, und der Knoten in seinem Magen zog sich fester zusammen. Diese Schweine! Was wollten sie damit erreichen? Ihn aus seinem Elternhaus vertreiben? Würden sie es als Nächstes womöglich anzünden? Er zählte bis zehn, dann drehte er sich wieder um und ging schnurstracks über die Straße zu Richters Lebensmittelladen. Die versammelte Tratschweiber-Mafia hatte ihn durch die großen Fensterscheiben kommen sehen. Als die Türglocke schrillte, standen sie da wie in einem Theaterstück: Margot Richter thronte hinter der Kasse, drahtig und biestig, mit Eisen im Rückgrat wie eh und je. Dahinter hatte sich ihr vierschrötiger Mann aufgebaut, eher schutzsuchend als drohend. Tobias bedachte jede der anderen Anwesenden mit einem Blick. Er kannte sie alle, die Mütter seiner Freunde aus Kindertagen. Ganz vorne Inge Dombrowski, Friseurin und ungekrönte Königin der verleumderischen Andeutungen. Dahinter Gerda Pietsch mit ihrem Bulldoggengesicht, doppelt so dick wie früher, aber wahrscheinlich auch doppelt so spitzzüngig. Neben ihr Nadjas Mutter Agnes Unger, verhärmt und mittlerweile grauhaarig. Unglaublich, dass sie eine so schöne Tochter hervorgebracht hatte!

»Guten Morgen«, sagte er. Eisiges Schweigen schlug ihm entgegen. Aber es hinderte ihn auch niemand daran, durch die Regale zu gehen. Überlaut summten die Aggregate der Kühltheken in der angespannten Stille. Tobias lud in aller Seelenruhe in den Korb, was sein Vater auf dem Einkaufszettel notiert hatte. Als er an die Kasse trat, stand jeder noch wie eingefroren an seinem Platz. Äußerlich ungerührt legte Tobias die Waren auf das Förderband, doch Margot Richter hatte die Arme vor der Brust verschränkt und machte keine Anstalten, ihn abzukassieren. Die Glocke an der Ladentür klingelte, der ahnungslose Fahrer eines Paketdienstes kam herein. Er bemerkte die angespannte Stimmung und blieb zögernd stehen. Tobias wich keinen Millimeter zur Seite. Es war ein Kräftemessen, nicht nur zwischen ihm und Margot Richter, sondern zwischen ihm und ganz Altenhain.

»Jetzt lass ihn schon bezahlen.« Lutz Richter knickte nach wenigen Minuten ein. Zähneknirschend gehorchte seine Frau und tippte stumm Tobias' Einkauf in die Kasse.

»Zweiundvierzigsiebzig.«

Tobias gab ihr einen 50-Euro-Schein, sie reichte ihm das Wechselgeld widerwillig und ohne ein Wort der Höflichkeit. Ihr Blick hätte die Südsee einfrieren lassen, aber das kümmerte Tobias nicht. Im Knast hatte er andere Machtkämpfe ausgefochten und war oft genug Sieger geblieben.

»Ich habe meine Strafe abgesessen und bin wieder zurück.« Er schaute reihum in betretene Gesichter mit niedergeschlagenen Augen. »Ob es euch nun passt oder nicht.«

*

Pia kam gegen halb zwölf auf dem Kommissariat an, nachdem sie ihre Zeugenaussage im Prozess gegen Vera Kaltensee im Frankfurter Landgericht gemacht hatte. Da schon seit Wochen niemand das Verlangen verspürt hatte, auf zweifelhafte Art aus dem Leben zu scheiden, gab es beim K 11 vergleichsweise wenig zu tun. Das Skelett aus dem Erdtank des Eschborner Flughafens war der einzige aktuelle Fall. Die Ergebnisse aus der Rechtsmedizin ließen noch auf sich warten, deshalb ging Kriminalkommissar Kai Ostermann ohne sonderliche Hektik die Vermisstenfälle der vergangenen Jahre durch. Unterstützung hatte er keine. Kollege Frank Behnke hatte am Montag für die ganze Woche einen gelben Schein abgegeben, bei einem Sturz vom Fahrrad hatte er sich angeblich Gesichtsverletzungen und Prellungen zugezogen. Dass KK Andreas Hasse ebenfalls krank war, erstaunte niemanden. Schon seit Jahren war er immer wieder für Wochen und Monate krankgeschrieben. Man hatte sich im K 11 darauf eingerichtet, auch ohne ihn zurechtzukommen, und er fehlte niemandem. Pia traf ihre jüngste Kollegin Kathrin Fachinger am Kaffeeautomat im Flur, wo sie ein Schwätzchen mit der Sekretärin von Kriminalrätin Dr. Nicola Engel hielt. Die Zeiten, in denen Kathrin mit Rüschenblusen und karierten Hosen herumzulaufen pflegte, waren vorüber. Ihre runde Eulenbrille hatte sie gegen ein modernes eckiges Modell getauscht, und seit neuestem trug sie knallenge Jeans, hochhackige Stiefel und knappe Pullöverchen, die ihre beneidenswert schlanke Figur perfekt zur Geltung brachten. Den Grund für diese Veränderung kannte Pia nicht, und wieder einmal fiel ihr auf, wie wenig sie über das Privatleben ihrer Kollegen wusste. Auf jeden Fall hatte das Küken der Abteilung deutlich an Selbstbewusstsein gewonnen.

»Pia! Warte mal!«, rief Kathrin, und Pia blieb stehen.

»Was gibt's?«

Kathrin blickte sich wie eine Verschwörerin auf dem Flur um.

»Ich war gestern Abend mit ein paar Freunden in Sachsenhausen«, sagte sie dann mit gesenkter Stimme. »Du glaubst nicht, wen ich da gesehen habe!«

»Doch nicht etwa Johnny Depp?«, spöttelte Pia. Jeder vom K 11 wusste, dass Kathrin eine glühende Verehrerin des amerikanischen Schauspielers war.

»Nein, ich habe Frank gesehen«, fuhr Kathrin unbeeindruckt fort. »Er arbeitet hinter der Bar im Klapperkahn und ist alles andere als krank.«

»Ach!«

»Na ja, jetzt weiß ich nicht, was ich tun soll. Eigentlich müsste ich's dem Chef sagen, oder?«

Pia runzelte die Stirn. Wenn man als Polizeibeamter einen Nebenjob ausüben wollte, musste man einen Antrag stellen und die Genehmigung abwarten. Ein Job in einer Kneipe mit eher zweifelhaftem Ruf gehörte ganz sicher nicht zu denen, die genehmigt wurden. Falls Kathrin richtig gesehen hatte, riskierte Behnke einen Verweis, eine Geldbuße oder gar ein Disziplinarverfahren.

»Vielleicht ist er nur für einen Kumpel eingesprungen.« Pia hatte für ihren Kollegen Behnke nicht viel übrig, aber ihr war nicht ganz wohl beim Gedanken an die Konsequenzen, die eine offizielle Anschuldigung nach sich ziehen würde.

»Ist er nicht.« Kathrin schüttelte den Kopf. »Er hat mich gesehen und ist sofort auf mich losgegangen. Er hat mir unterstellt, ich würde ihm nachspionieren. So ein Quatsch! Und dann sagt dieser Arsch auch noch, ich könnte was erleben, wenn ich ihn verpetze!«

Kathrin war verständlicherweise tief gekränkt und wütend. Pia zweifelte keine Sekunde an ihrer Darstellung. Das hörte sich ganz nach ihrem Lieblingskollegen an. Behnke besaß so viel Sinn für Diplomatie wie ein Pitbull.

»Hast du der Schneider eben schon was gesagt?«, forschte Pia.

»Nein.« Kathrin schüttelte den Kopf. »Obwohl ich's am liebsten getan hätte. Ich bin so was von sauer!«

»Kann ich verstehen. Frank hat echt ein Talent, andere auf die Palme zu bringen. Lass mich mit dem Chef reden. Vielleicht kann man die Sache auch diskret regeln.«

»Warum eigentlich?«, entgegnete Kathrin aufgebracht. »Warum nimmt jeder diesen Mistkerl in Schutz? Er darf sich hier alles erlauben, seine miese Laune an uns auslassen, und nichts passiert.«

Sie sprach Pia aus der Seele. Aus irgendeinem Grund besaß Frank Behnke Narrenfreiheit. In dem Moment bog Bodenstein in den Flur ein.

Pia sah Kathrin an. »Du musst selbst wissen, was du tust«, sagte sie.

»Das tue ich auch«, erwiderte Kathrin und ging entschlossen auf Bodenstein zu. »Ich muss mal kurz mit Ihnen reden, Chef. Unter vier Augen.«

*

Amelie hatte entschieden, dass Recherchen über die Mädchenmorde in Altenhain eindeutig höhere Priorität besaßen als die Schule, und deshalb nach der dritten Stunde der Lehrerin weisgemacht, sie sei krank. Nun saß sie an ihrem Schreibtisch vor ihrem Laptop, gab den Namen des Nachbarssohnes bei Google ein und erhielt tatsächlich Hunderte von Treffern. Mit wachsender Faszination las sie die Presseberichte über die Ereignisse aus dem Sommer 1997 und die Gerichtsverhandlung, bei der Tobias Sartorius zu zehn Jahren Jugendhaft verurteilt worden war. Es war ein reiner Indizienprozess gewesen, denn die Leichen der Mädchen waren nie gefunden worden. Genau das hatte man Tobias zum Vorwurf gemacht; sein Schweigen hatte sich strafverschärfend auf das Urteil ausgewirkt. Amelie betrachtete die Fotos, die einen dunkelhaarigen Jungen mit noch unfertigen Gesichtszügen zeigten, in denen der Mann zu erahnen war, der er einmal sein würde. Tobias Sartorius musste heute ziemlich gut aussehen. Auf den Bildern trug er Handschellen, aber er versteckte sein Gesicht weder unter einer Jacke noch hinter einem Aktenordner, sondern blickte direkt in die Kameras. Als »eiskalten Killer« hatte man ihn bezeichnet, als arrogant, gefühlskalt und grausam.

»*Die Eltern der ermordeten Mädchen treten als Nebenkläger beim Prozess gegen Tobias S., den Gastwirtssohn aus dem kleinen Dorf im Vordertaunus, auf. Doch auch das verzweifelte Flehen von Andrea W. und Beate S. ließ den Einserabiturienten kalt. Auf die Frage, was er mit den Leichen der beiden Mädchen gemacht habe, schwieg S., dem ein psychologisches Gutachten überdurchschnittliche Intelligenz bescheinigt. Taktik oder Arroganz? Selbst als die Richterin S. das Angebot machte, im Falle eines Geständnisses die Anklage wegen Mordes an Stefanie S. in Totschlag umzuwandeln, schwieg der junge Mann beharrlich. Das völlige Fehlen von Empathie erstaunte selbst erfahrene Prozessbeobachter. Die Staatsanwaltschaft hat keine Zweifel an seiner Täterschaft, da die Indizienkette und die Rekonstruktion des Tathergangs lückenlos sind. Zwar versuchte S. zuvor, durch zahlreiche Verleumdungen anderer und angebliche Erinnerungslücken seine Unschuld zu beweisen, aber das Gericht ließ sich nicht beirren. Den Urteilsspruch nahm Tobias S. ohne äußerliche Gefühlsregung auf, eine Revision lehnte das Gericht ab.*«

Amelie überflog andere, ähnlich lautende Berichte über den Prozess, bis sie endlich einen Artikel fand, der sich mit den vorangegangenen Ereignissen befasste. Laura Wagner und Stefanie Schneeberger waren in der Nacht vom 6. auf den 7. September 1997 spurlos verschwunden. In Altenhain war Kerb gewesen und das ganze Dorf auf den Beinen. Recht bald war Tobias Sartorius in den Fokus der Ermittlungen gerückt, denn Nachbarn hatten beobachtet, wie die beiden Mädchen am Abend das Haus seiner Eltern betreten, aber nicht mehr verlassen hatten. Mit Laura Wagner, seiner Exfreundin, hatte Tobias vor der Haustür heftig und handgreiflich gestritten. Beide hatten auf der Kerb größere Mengen Alkohol konsumiert. Wenig später war Stefanie Schneeberger, Tobias' aktuelle Freundin, dazugekommen. Er selbst hatte später ausgesagt, dass sie an diesem Abend mit ihm Schluss gemacht und er aus Verzweiflung darüber in seinem Zimmer noch fast eine ganze Flasche Wodka getrunken habe. Schon am nächsten Tag hatten Polizeihunde Blutspuren auf dem Grundstück der Sartorius gefunden; der Kofferraum von Tobias' Auto war voller Blut gewesen, außerdem hatte man Blut und Hautpartikel, die beiden Mädchen zugeordnet werden konnten, an seiner Kleidung und im Haus gefunden. Zeugen hatten Tobias noch in der Nacht am Steuer seines Autos erkannt, als er zu später Stunde die Hauptstraße entlanggefahren war. In seinem Zimmer war schließlich der Rucksack von Stefanie Schneeberger sichergestellt worden, die Halskette von Laura Wagner hatte in der Milchküche unter einem Waschbecken gelegen. Vorausgegangen war den Ereignissen eine Liebesgeschichte: Tobias hatte Laura für Stefanie verlassen, dann hatte Stefanie wiederum mit ihm Schluss gemacht. Daraufhin war es zu den Bluttaten gekommen, der reichlich konsumierte Alkohol mochte bei Tobias als Katalysator gewirkt haben. Zwar hatte er bis zum letzten Tag des Prozesses bestritten, mit dem Verschwinden der Mädchen etwas zu tun zu haben, aber das Gericht hatte seine angeblichen Erinnerungslücken nicht gelten lassen, und Entlastungszeugen waren auch nicht aufgetreten. Im Gegenteil. Seine Freunde hatten vor Gericht ausgesagt, Tobias sei hitzköpfig, oft jähzornig und daran gewöhnt, dass die Mädchen ihm zu Füßen lagen – schon möglich, dass er aus Frust über Stefanies Laufpass überreagiert habe. Er hatte nicht die geringste Chance gehabt.

Genau das verstärkte Amelies Neugier, die nichts so sehr hasste wie Ungerechtigkeiten, war sie doch selbst oft genug Opfer ungerechtfertigter Beschuldigungen geworden. Sie konnte nachvollziehen, wie Tobias sich gefühlt haben musste, sollten seine Unschuldsbeteuerungen tatsächlich wahr sein. Sie würde weitere Nachforschungen anstellen, wie genau, wusste sie noch nicht. Aber zuerst musste sie Tobias Sartorius kennenlernen.

*

Zwanzig nach fünf. Eine halbe Stunde lang musste er sich noch hier am Bahnsteig herumdrücken, bis die anderen Jungs auftauchen und ihn vielleicht ins Jugendzentrum zum Proben mitnehmen würden. Nico Bender hatte extra das Fußballtraining geschwänzt, nur um sie nicht zu verpassen, wenn sie mit der S-Bahn um fünf vor sechs aus Schwalbach kamen. Obwohl er für sein Leben gern Fußball spielte, waren ihm die Clique und ihre Band ungleich wichtiger. Früher waren sie Freunde gewesen, aber seit seine Eltern ihn gezwungen hatten, nach Königstein statt nach Schwalbach auf die Schule zu gehen, gehörte er nicht mehr richtig dazu. Dabei hatte er viel mehr drauf als Mark oder Kevin, denn er konnte wirklich gut Schlagzeug spielen. Nico seufzte und beobachtete den bärtigen Mann mit der Baseballkappe, der schon seit einer halben Stunde regungslos am anderen Ende des Bahnsteigs stand. Trotz des Regens hatte er sich nicht zu ihm in das Wartehäuschen gesetzt, es schien ihm egal zu sein, dass er nass wurde. Die S-Bahn aus Frankfurt kam. Acht Wagen im Berufsverkehr. Saß er hier strategisch günstig? Wenn die Jungs im vordersten Wagen waren, würde er sie vielleicht verpassen. Die Türen öffneten sich, Leute stiegen aus, spannten Schirme auf und rannten mit eingezogenem Genick zur Fußgängerbrücke oder an ihm vorbei zur Unterführung. Seine Kumpels waren nicht im Zug gewesen. Nico stand auf und ging langsam den Bahnsteig entlang. Da sah er wieder den Mann mit der Baseballkappe. Er folgte einer Frau Richtung Brücke, sprach sie an. Sie blieb stehen, doch dann schien sie Angst zu bekommen, denn sie ließ ihre Einkaufstüte fallen und lief weg.

Der Mann sprintete ihr nach, packte sie am Arm, sie schlug nach ihm. Nico blieb wie erstarrt stehen. Das war ja wie in einem Film! Der Bahnsteig war schon wieder menschenleer, die Türen des Zuges schlossen sich, und die S-Bahn fuhr an. Dann sah er die beiden auf der Fußgängerbrücke. Es sah so aus, als würden sie kämpfen. Und auf einmal war die Frau verschwunden. Nico hörte Bremsen quietschen, dann ein dumpfes Geräusch, gefolgt von metallischem Krachen und Splittern. Das endlose Band greller Scheinwerfer jenseits der Bahngleise kam ins Stocken. Fassungslos begriff Nico, dass er soeben Zeuge eines Verbrechens geworden war. Der Mann hatte die Frau einfach über das Brückengeländer hinunter auf die vielbefahrene Limesspange gestoßen! Und nun kam er direkt auf ihn zugerannt, mit gesenktem Blick, in der Hand die Tasche der Frau. Nicos Herz schlug bis zum Hals. Angst stieg in ihm auf. Wenn der Typ kapierte, dass er ihn beobachtet hatte, würde er nicht lange fackeln. Voller Panik rannte Nico los. Wie ein Hase floh er in die Unterführung, rannte, was seine Beine hergaben, bis er sein Fahrrad erreicht hatte, das er auf der Bad Sodener Seite der Gleise abgestellt hatte. Die Jungs waren ihm egal, genauso wie die Band und das Jugendzentrum. Er schwang sich auf sein Rad und trat keuchend in die Pedale, als der Mann die Treppe hinaufkam und ihm irgendetwas hinterherbrüllte. Nico riskierte einen Blick über die Schulter und stellte erleichtert fest, dass er ihm nicht folgte. Dennoch fuhr er in Höchstgeschwindigkeit am Eichwald entlang, bis er zu Hause und in Sicherheit war.

*

Die Straßenkreuzung an der S-Bahn-Haltestelle Sulzbach-Nord bot ein Bild der Verwüstung. Sieben Autos waren ineinandergerast, Feuerwehrleute versuchten, mit Schneidbrennern und schwerem Gerät die Blechknäuel zu entwirren, und streuten Sand in die Lachen ausgelaufenen Benzins. Mehrere Rettungswagen standen hintereinander und versorgten verletzte Unfallopfer. Trotz der Kälte und des Regens hatten sich Schaulustige hinter den Absperrbändern eingefunden, die sensationslüstern das grausige Schauspiel verfolgten. Bodenstein fragte sich durch, bis er Polizeioberkommissar Hendrik Koch vom Eschborner Revier gegenüberstand, der als einer der Ersten am Unfallort gewesen war.

»Ich hab ja schon so einiges erlebt, aber das ist wirklich das Übelste, was ich je gesehen habe.« Dem erfahrenen Polizisten stand das Grauen deutlich ins Gesicht geschrieben. Er erklärte Bodenstein und Pia in knappen Worten die Sachlage. Eine Frau war um 17:26 Uhr von der Fußgängerbrücke gefallen, direkt auf die Windschutzscheibe eines aus Richtung Schwalbach kommenden BMW. Der Fahrer hatte, ohne zu bremsen, sein Fahrzeug scharf nach links gezogen und war frontal in den Gegenverkehr gerast. Auf beiden Seiten hatte es daraufhin mehrere Auffahrunfälle gegeben. Ein Autofahrer, der in Sulzbach an der roten Ampel gestanden hatte, wollte gesehen haben, dass die Frau von einer anderen Person über das Geländer gestoßen worden war.

»Was ist mit der Frau?«, erkundigte sich Pia.

»Sie lebt«, erwiderte POK Koch und fügte hinzu: »Noch. Der Notarzt versorgt sie da drüben in einem der Rettungswagen.«

»Uns wurde ein Toter gemeldet.«

»Der Fahrer des BMW hat einen tödlichen Herzinfarkt erlitten. Wohl vor Schreck. Reanimierungsversuche waren vergeblich.« POK Koch nickte mit dem Kopf in Richtung Mitte der Kreuzung. Neben dem völlig demolierten BMW lag eine Leiche. Ein Paar Schuhe ragte unter einer nassen Decke hervor. Am Rande der Absperrung kam es zu einem

Tumult. Zwei Polizeibeamte hielten eine grauhaarige Frau fest, die verzweifelt versuchte, in das Innere des abgesperrten Bereiches zu gelangen. POK Kochs Funkgerät rauschte, eine Stimme knarzte.

»Das ist wohl die Frau des BMW-Fahrers«, sagte er mit angespannter Stimme zu Bodenstein und Pia. »Entschuldigen Sie mich.«

Er sagte etwas in sein Funkgerät und schickte sich an, das Schlachtfeld zu überqueren. Pia beneidete ihn nicht um die Aufgabe, die vor ihm lag. Angehörige über den Tod eines Menschen zu informieren, gehörte mit zu den schwersten Aufgaben in ihrem Job, und weder eine psychologische Schulung noch jahrelange Erfahrung machten es leichter.

»Kümmere du dich um die Frau«, sagte Bodenstein. »Ich rede mit dem Zeugen.«

Pia nickte und ging zu dem Rettungswagen hinüber, in dem die Schwerverletzte noch immer behandelt wurde. Die hintere Tür öffnete sich, und der Notarzt stieg aus. Pia kannte ihn von früheren Einsätzen.

»Ach, Frau Kirchhoff«, begrüßte er sie. »Wir haben sie soweit stabilisiert und bringen sie jetzt nach Bad Soden ins Krankenhaus. Mehrere Knochenbrüche, Gesichtsverletzungen, wohl auch innere Verletzungen. Sie ist nicht ansprechbar.«

»Konnten Sie etwas über ihre Identität in Erfahrung bringen?«

»Sie hatte einen Autoschlüssel in der …« Der Notarzt verstummte und trat einen Schritt zurück, denn der Rettungswagen setzte sich in Bewegung, und das Martinshorn machte jedes Gespräch unmöglich. Pia sprach noch kurz mit ihm, dann bedankte sie sich und ging zu ihren Kollegen hinüber. In der Jackentasche der verletzten Frau hatte man nur einen Autoschlüssel gefunden, sonst nichts. Eine Handtasche hatte die etwa fünfzigjährige Frau nicht bei sich gehabt, nur eine Einkaufstüte voller Lebensmittel hatte man bei der Suche auf der Brücke und dem Bahnsteig gefunden. Bodenstein hatte unterdessen mit dem Autofahrer gesprochen, der den Sturz der Frau beobachtet hatte. Er schwor Stein und Bein, dass jemand die Frau gestoßen habe – ein Mann, da war er sich trotz der Dunkelheit und des Regens sicher.

Bodenstein und Pia gingen die Treppe hoch auf die Brücke.

»Von hier ist sie heruntergefallen.« Pia blickte an der markierten Stelle von der Brücke. »Was schätzt du, wie hoch das ist?«

»Hm«, Bodenstein warf einen Blick über das Geländer, das ihm gerade bis zur Hüfte reichte. »Fünf, sechs Meter. Ich kann kaum glauben, dass sie das überlebt hat. Immerhin kam das Auto mit einigem Tempo an.«

Von hier oben hatte der Anblick der zertrümmerten Fahrzeuge, der blau und orange blinkenden Lichter, der Helfer in den reflektierenden Westen etwas Surreales. Regen wehte schräg durch das Licht der Scheinwerfer. Was mochte der Frau durch den Kopf gegangen sein, als sie das Gleichgewicht verlor und ihr bewusst wurde, dass es keine Rettung mehr gab? Oder war es zu schnell gegangen, um überhaupt noch etwas zu denken?

»Sie hatte einen Schutzengel«, bemerkte Pia und schauderte. »Hoffentlich lässt er sie nicht noch im Stich.«

Sie wandte sich um und ging, gefolgt von Bodenstein, hinüber zum Bahnsteig. Wer war die Frau? Wo kam sie her und wo hatte sie hingewollt? Eben noch hatte sie ahnungslos in der S-Bahn gesessen, und Minuten später lag sie mit zerschmetterten Knochen in einem Rettungswagen. So schnell konnte es gehen. Ein falscher Schritt, eine falsche Begegnung mit dem falschen Menschen – und nichts war mehr wie vorher. Was hatte der Mann von ihr gewollt? War er ein Räuber? Es sah beinahe so aus, denn Bodenstein fand es eigentümlich, dass die Frau keine Tasche bei sich gehabt haben sollte.

»Jede Frau hat eine Tasche«, sagte er zu Pia. »Sie hatte ja noch eingekauft, da brauchte sie doch Geld, ein Portemonnaie.«

»Denkst du wirklich, der Mann wollte sie um halb sechs auf einem belebten Bahnsteig berauben?« Pia ließ den Blick links und rechts die Gleise entlangschweifen.

»Vielleicht war die Gelegenheit günstig. Bei dem Wetter will ja jeder schnell nach Hause. Er kann ihr schon in der S-Bahn gefolgt sein, weil er zuvor beobachtet hatte, wie sie am Geldautomaten war.«

»Hm.« Pia wies auf die Kamera, die den Bahnsteig überwachte. »Wir sollten uns die Bänder ansehen. Mit etwas Glück ist der Winkel der Kamera so groß, dass wir die Brücke sehen können.«

Bodenstein nickte nachdenklich. Mussten heute Abend zwei Familien mit schlimmen Nachrichten fertig werden, nur weil ein Gelegenheitsräuber eine Handtasche klauen wollte? Nicht dass es etwas am tragischen Ergebnis geändert hätte, dennoch erschien es Bodenstein entsetzlich, dass Tod und Verstümmelung aus einem so lächerlichen Grund resultieren sollten. Zwei Beamte kamen aus der Unterführung. Sie hatten auf dem Parkplatz neben der Böschung zum Bahnsteig einen roten Honda Civic gefunden, zu dem der Autoschlüssel aus der Jackentasche der Frau passte. Die Kennzeichenüberprüfung hatte ergeben, dass die Halterin des Fahrzeuges in Neuenhain wohnte. Ihr Name war Rita Cramer.

*

Bodenstein rangierte seinen BMW gekonnt in eine Parklücke vor dem hässlichen Hochhaus im Bad Sodener Stadtteil Neuenhain. Pia musste eine Weile suchen, um unter den
rund fünfzig Klingelschildchen das von Rita Cramer zu finden. Niemand meldete sich. Also versuchte Pia es wahllos
bei anderen Mietern, bis sie endlich jemand hereinließ. Das
Haus, so hässlich es von außen war, war im Innern sehr gepflegt. Im vierten Stock wurden Bodenstein und Pia von einer
älteren Dame erwartet, die mit einer Mischung aus Argwohn
und Neugier ihre Ausweise in Augenschein nahm. Pia warf
ungeduldig einen Blick auf die Uhr. Beinahe neun! Sie hatte
Christoph fest versprochen, auf Annikas Party zu kommen,
und es war nicht abzusehen, wie lange die ganze Sache hier
noch dauern konnte. Eigentlich hatte sie heute Abend frei-
gehabt. Innerlich verfluchte sie Hasse und Behnke.

Die Nachbarin war ein wenig mit Rita Cramer befreundet und hatte einen Schlüssel für deren Wohnung, den sie
ohne Umstände herausrückte, nachdem Bodenstein und Pia
sich ausgewiesen und von dem Unfall erzählt hatten. Leider wusste die Nachbarin nicht, ob Rita Cramer Angehörige hatte. Besuch bekam sie jedenfalls nie. Die Wohnung
war denn auch deprimierend. Blitzsauber und akkurat aufgeräumt zwar, aber nur spärlich möbliert. Nirgendwo gab es
einen Hinweis auf die Persönlichkeit von Rita Cramer, private Fotos waren Fehlanzeige, und an den Wänden hingen
Bilder, wie man sie für ein paar Euro in Baumärkten kaufen
kann. Bodenstein und Pia gingen durch die Wohnung, öffneten Schranktüren und Schubladen in der Hoffnung, einen
Hinweis auf Angehörige oder einen Grund für den Überfall
zu finden. Nichts.

»So anonym wie ein Hotelzimmer«, stellte Bodenstein fest.
»Das gibt's doch gar nicht.«

Pia betrat die Küche. Ihr Blick fiel auf den blinkenden

Anrufbeantworter. Sie drückte die Wiedergabetaste. Leider hatte der Anrufer nichts aufs Band gesprochen, sondern aufgelegt, aber Pia notierte sich die Nummer, die im Display des Telefons aufleuchtete. Eine Königsteiner Vorwahl. Sie holte ihr Handy hervor und tippte die Nummer ein. Nach dem dritten Läuten sprang auf der anderen Seite auch nur ein Anrufbeantworter an.

»Eine Arztpraxis«, sagte sie. »Da ist jetzt niemand mehr.«

»Ist sonst noch ein Anruf gespeichert?«, fragte Bodenstein. Pia drückte auf den Tasten herum, dann schüttelte sie den Kopf.

»Schon eigenartig, dass ein Mensch so leben kann.« Sie stellte das Telefon zurück und sah den Küchenkalender durch, der seit Mai nicht mehr umgeblättert worden war. Es gab keinen einzigen Eintrag. Am Pinnbrett aus Kork hingen lediglich der Prospekt eines Pizzaservice und die vergilbte blaue Kopie eines Strafzettels für Falschparken vom April. Das alles sah nicht nach einem erfüllten, glücklichen Leben aus.

»Wir rufen morgen bei dieser Arztpraxis an«, entschied Bodenstein. »Heute richten wir nichts mehr aus. Ich fahre noch mal im Krankenhaus vorbei und erkundige mich nach Frau Cramers Zustand.«

Sie verließen die Wohnung und gaben den Schlüssel der Nachbarin zurück.

»Könntest du mich bei Christoph rauslassen, bevor du ins Krankenhaus fährst?«, fragte Pia, als sie mit dem Aufzug wieder nach unten fuhren. »Liegt ja auf dem Weg.«

»Ach ja, die Party.«

»Woher weißt du das denn schon wieder?« Pia drückte schwungvoll die Glastür auf und hätte sie fast einem Mann in den Rücken gerammt, der vorgebeugt die Klingelschildchen studierte.

»Entschuldigung«, sagte sie. »Ich hab Sie gar nicht gesehen.«

Pia erhaschte einen flüchtigen Blick auf sein Gesicht und lächelte zerknirscht.

»Nichts passiert«, antwortete der Mann, und sie gingen weiter.

»Ich bin über meine Mitarbeiter gerne gut informiert.« Bodenstein schlug den Mantelkragen hoch. »Das weißt du doch.«

Pia erinnerte sich an ihr morgendliches Gespräch mit Kathrin Fachinger. Die Gelegenheit war ideal.

»Na, dann weißt du ja auch, dass Kollege Behnke einen Nebenjob hat, der ganz sicher nicht offiziell genehmigt wurde.«

Bodenstein runzelte die Stirn und warf ihr einen raschen Blick zu.

»Nein, das habe ich bis heute Morgen allerdings nicht gewusst«, gab er zu. »Du etwa?«

»Ich bin wohl die Letzte, der Behnke etwas erzählen würde«, erwiderte Pia und schnaubte verächtlich. »Er macht aus seinem Privatleben ja immer ein Geheimnis, als wäre er noch beim SEK.«

Bodenstein musterte Pia im fahlen Licht der Straßenlaterne.

»Er hat ziemlich große Probleme«, sagte er dann. »Seine Frau hat ihn vor einem Jahr verlassen, er konnte den Kredit für die Eigentumswohnung nicht mehr bedienen und musste sie aufgeben.«

Pia blieb stehen und starrte ihn einen Augenblick sprachlos an. Das also war die Erklärung für Behnkes Verhalten in der Vergangenheit, für seine ständige Gereiztheit, seine Übellaunigkeit, die Aggressivität. Dennoch verspürte sie kein Mitleid, sondern Verärgerung.

»Du nimmst ihn mal wieder in Schutz«, stellte sie fest. »Was läuft da zwischen euch, dass er so eine Narrenfreiheit hat?«

»Er hat doch keine Narrenfreiheit«, entgegnete Bodenstein.

»Und weshalb darf er sich dauernd Fehler und Nachlässigkeiten erlauben, ohne dass es Konsequenzen hat?«

»Ich habe wohl gehofft, dass er sein Leben irgendwie wieder in den Griff bekommt, wenn ich ihm nicht zu viel Druck mache.« Bodenstein zuckte die Schultern. »Aber wenn er tatsächlich einem nichtgenehmigten Nebenerwerb nachgeht, dann kann ich auch nichts mehr für ihn tun.«

»Du meldest das also der Engel?«

»Ich fürchte, das muss ich.« Bodenstein seufzte und setzte sich wieder in Bewegung. »Allerdings werde ich zuerst mit Frank reden.«

Samstag, 8. November 2008

»O mein Gott.« Dr. Daniela Lauterbach reagierte ehrlich entsetzt, als Bodenstein ihr erklärte, wie er an ihre Telefonnummer gelangt war. Unter ihrer Sonnenbräune wurde sie blass.
»Rita ist eine gute Freundin von mir. Bis zu ihrer Scheidung
vor ein paar Jahren waren wir Nachbarinnen.«

»Ein Zeuge will beobachtet haben, dass Frau Cramer über
die Brüstung der Fußgängerbrücke gestoßen wurde«, sagte
Bodenstein. »Deshalb ermitteln wir wegen versuchten Mordes gegen unbekannt.«

»Das ist ja fürchterlich! Die arme Rita! Wie geht es ihr?«

»Nicht gut. Ihr Zustand ist kritisch.«

Dr. Daniela Lauterbach faltete die Hände wie zum Gebet
und schüttelte betroffen den Kopf. Bodenstein schätzte sie
auf sein Alter, Ende vierzig bis Anfang fünfzig. Sie hatte eine
sehr weibliche Figur, das glänzende dunkle Haar zu einem
schlichten Knoten frisiert. Mit ihren warmen braunen Augen,
die von Lachfältchen umgeben waren, strahlte sie Herzlich-
keit und etwas Mütterliches aus. Bestimmt war sie eine Ärztin, die sich noch Zeit für ihre Patienten und deren Belange
nahm. Die weitläufige Praxis lag in der Königsteiner Fußgängerzone über einem Juweliergeschäft, große, helle Räume mit
hohen Decken und Parkettfußböden.

»Gehen wir in mein Büro«, schlug die Ärztin vor. Bodenstein folgte ihr in einen sehr großen Raum, der von einem

wuchtigen, altmodischen Schreibtisch dominiert wurde. An den Wänden bildeten großformatige expressionistische Bilder in düsteren Farben einen ungewöhnlichen, wenn auch reizvollen Kontrast zu der freundlichen Umgebung.

»Kann ich Ihnen einen Kaffee anbieten?«

»O ja, gerne.« Bodenstein lächelte und nickte. »Ich bin heute noch gar nicht zum Kaffeetrinken gekommen.«

»Sie sind früh auf den Beinen.« Daniela Lauterbach stellte eine Tasse unter die automatische Espressomaschine, die auf einer Anrichte neben allerhand Fachliteratur stand, und drückte einen Knopf. Das Mahlwerk begann zu rasseln, und der appetitliche Geruch frisch gemahlenen Kaffees erfüllte die Luft.

»Sie aber auch«, entgegnete Bodenstein. »Und das an einem Samstag.«

Am späten Abend hatte er eine Nachricht auf dem Anrufbeantworter der Praxis hinterlassen, und sie hatte ihn heute Morgen um halb acht zurückgerufen.

»Am Samstagvormittag mache ich Hausbesuche.« Sie reichte ihm eine Tasse Kaffee, Milch und Zucker lehnte er dankend ab. »Und danach steht üblicherweise der Schreibkram auf dem Programm. Leider wird es immer mehr. Ich würde die Zeit lieber für meine Patienten nutzen.«

Sie machte eine einladende Handbewegung in Richtung Schreibtisch, und Bodenstein ließ sich auf einem der Besucherstühle nieder. Die Fenster hinter dem Schreibtisch boten einen herrlichen Ausblick über den Kurpark auf die Königsteiner Burgruine.

»Wie kann ich Ihnen helfen?«, fragte Daniela Lauterbach, nachdem sie einen Schluck aus ihrer Kaffeetasse genommen hatte.

»In der Wohnung von Frau Cramer haben wir leider keinen einzigen Hinweis auf einen Angehörigen gefunden«, erwiderte Bodenstein. »Aber es muss irgendjemanden geben, den wir von dem Unfall unterrichten können.«

»Rita hat noch immer ein gutes Verhältnis zu ihrem geschiedenen Mann«, sagte Daniela Lauterbach. »Ich bin sicher, dass er sich um sie kümmern wird.« Wieder schüttelte sie kummervoll den Kopf. »Wer kann nur das getan haben?« Sie betrachtete Bodenstein nachdenklich aus ihren rehbraunen Augen.

»Das interessiert uns auch. Hatte sie Feinde?«

»Rita? Um Gottes willen, nein! Sie ist ein so lieber Mensch und musste in ihrem Leben schon sehr viel einstecken. Trotzdem ist sie nie verbittert.«

»Einstecken? Was meinen Sie damit?« Bodenstein musterte die Ärztin aufmerksam. Daniela Lauterbach war ihm mit ihrer unaufgeregten, ruhigen Art ausgesprochen sympathisch. Sein eigener Hausarzt fertigte seine Patienten wie am Fließband ab. Jedes Mal wenn Bodenstein ihn aufsuchen musste, war er anschließend nervös von der Hektik, mit der die Untersuchung durchgeführt wurde.

»Ihr Sohn musste ins Gefängnis«, antwortete Dr. Lauterbach und seufzte. »Das war schlimm für Rita. Daran ist wohl letztendlich auch ihre Ehe zerbrochen.«

Bodenstein, der gerade einen Schluck Kaffee hatte nehmen wollen, erstarrte in der Bewegung.

»Der Sohn von Frau Cramer sitzt im Gefängnis? Weshalb?«

»Er *saß* im Gefängnis, vor zwei Tagen wurde er entlassen. Er hat vor zehn Jahren zwei Mädchen ermordet.«

Bodenstein strengte sein Gedächtnis an, aber ihm mochte kein jugendlicher Doppelmörder mit Namen Cramer einfallen.

»Rita hat nach ihrer Scheidung wieder ihren Mädchennamen angenommen, damit sie nicht sofort mit dieser

schrecklichen Sache in Verbindung gebracht wird«, erklärte
Daniela Lauterbach, als habe sie Bodensteins Gedanken gelesen. »Früher hieß sie Sartorius.«

*

Pia traute ihren Augen kaum. Ungläubig überflog sie das in
nüchternem Beamtendeutsch verfasste Schreiben auf grauem
Umweltpapier. Ihr Herz hatte einen erfreuten Satz gemacht,
als sie eben den lang ersehnten Brief vom Bauamt der Stadt
Frankfurt in ihrem Briefkasten gefunden hatte, aber das, was
sie nun lesen musste, hatte sie ganz und gar nicht erwartet.
Seit Christoph und sie beschlossen hatten, zusammen auf
dem Birkenhof zu leben, planten sie den Umbau des Häus-
chens, das für zwei Personen schon ein wenig eng war, ganz
zu schweigen von der Unterbringung möglicher Besucher.
Pia hatte von einem befreundeten Architekten Pläne für den
Umbau anfertigen und eine Bauvoranfrage stellen lassen. Ungeduldig hatte sie seitdem auf eine Antwort gewartet, denn
am liebsten hätte sie sofort losgelegt. Sie las den Inhalt des
Briefes ein zweites und ein drittes Mal, dann legte sie ihn
weg, erhob sich vom Küchentisch und ging ins Bad. Nach
einer schnellen Dusche schlang sie ein Handtuch um ihren
Körper und betrachtete sich missmutig im Spiegel. Es war
halb vier gewesen, als sie die Party verlassen hatten, trotzdem
war Pia um sieben Uhr aufgestanden, um die Hunde rauszulassen und die anderen Tiere zu füttern. Dann hatte sie eine
kurze regenfreie Phase genutzt, um die beiden jungen Pferde
zu longieren und die Boxen auszumisten. Für lange Party-
nächte fehlte ihr eindeutig die Kondition. Mit einundvierzig
Jahren steckte man eine durchfeierte Nacht nicht mehr so
leicht weg wie mit einundzwanzig. Sie bürstete nachdenklich ihr schulterlanges, blondes Haar und flocht es zu zwei

Zöpfen. An Schlaf war nach dieser Hiobsbotschaft ohnehin nicht mehr zu denken. Pia ging durch die Küche, nahm den unerfreulichen Brief vom Tisch und betrat das Schlafzimmer.

»Hey, Süße«, murmelte Christoph und blinzelte verschlafen ins Licht. »Wie viel Uhr ist es?«

»Viertel vor zehn.«

Er richtete sich auf und massierte stöhnend seine Schläfen. Entgegen seiner sonstigen Gewohnheiten hatte er gestern Abend ganz ordentlich dem Alkohol zugesprochen. »Wann geht noch mal Annikas Flugzeug?«

»Heute Mittag um zwei. Wir haben jede Menge Zeit.«

»Was hast du da?«, fragte er, als er den Brief in Pias Hand sah.

»Eine Katastrophe«, erwiderte sie düster. »Das Bauamt hat geschrieben.«

»Und?« Christoph bemühte sich, wach zu werden.

»Das ist eine Abrissverfügung!«

»Wie bitte?«

»Die Vorbesitzer hatten das Haus ohne eine Genehmigung gebaut, stell dir das mal vor! Und jetzt haben wir mit unserer Anfrage schlafende Hunde geweckt. Genehmigt sind lediglich eine Gartenhütte und ein Pferdestall. Ich versteh das nicht.«

Sie setzte sich auf die Bettkante und schüttelte den Kopf.

»Ich bin seit ein paar Jahren hier gemeldet, die Müllabfuhr holt den Müll ab, ich bezahle Wasser und Kanalgebühren. Was dachten die sich denn? Dass ich in einer Gartenhütte hause?«

»Zeig mal.« Christoph kratzte sich am Kopf und las den amtlichen Brief.

»Dagegen legen wir Einspruch ein. Das kann doch nicht sein. Der Nachbar baut eine riesige Halle, und du darfst nicht mal ein Häuschen umbauen!«

Das Handy auf dem Nachttisch klingelte. Pia, die heute

Bereitschaftsdienst hatte, ging ohne große Begeisterung dran. Sie hörte eine Minute schweigend zu.

»Ich komme hin«, sagte sie dann, drückte das Gespräch weg und warf das Handy aufs Bett. »Verdammt.«

»Du musst weg?«

»Ja, leider. Bei den Kollegen in Niederhöchstadt hat sich ein Junge gemeldet, der gestern Abend auf dem Bahnsteig gesehen haben will, wie ein Mann die Frau über das Geländer gestoßen hat.«

Christoph legte ihr einen Arm um die Schulter und zog sie an sich. Pia stieß einen tiefen Seufzer aus. Er küsste erst ihre Wange, dann ihren Mund. Hätte dieser Junge mit seinem Mitteilungsbedürfnis nicht bis heute Nachmittag warten können? Pia hatte überhaupt keine Lust, jetzt zu arbeiten. Eigentlich hätte ohnehin Behnke an diesem Wochenende turnusmäßig Bereitschaft gehabt. Aber der war ja *krank*. Und Hasse war auch *krank*. Zum Teufel mit den blöden Kerlen! Pia ließ sich nach hinten sinken und schmiegte sich an Christophs schlafwarmen Körper. Seine Hand glitt unter das Badehandtuch, streichelte ihren Bauch.

»Jetzt mach dir mal keine Sorgen wegen diesem Wisch«, flüsterte er und küsste sie wieder. »Dafür finden wir schon eine Lösung. So schnell wird nicht abgerissen.«

»Immer und überall gibt es nur Probleme«, murmelte Pia und entschied, dass der Junge auch noch eine Stunde länger auf dem Revier in Niederhöchstadt warten konnte.

*

Bodenstein saß in seinem Auto gegenüber des Bad Sodener Krankenhauses und wartete auf seine Kollegin. Daniela Lauterbach hatte ihm die Adresse von Rita Cramers Exmann in Altenhain gegeben, aber bevor er dem Mann die schlimme

Nachricht überbrachte, hatte er sich im Krankenhaus erst noch einmal nach Rita Cramers Befinden erkundigt. Sie hatte die erste Nacht überlebt; nach einer Operation lag sie im künstlichen Koma auf der Intensivstation. Es war halb zwölf, als Pia neben ihm anhielt, ausstieg und um die Pfützen herum zu seinem Auto stiefelte.

»Der Junge konnte eine ziemlich genaue Beschreibung des Mannes geben.« Sie ließ sich auf den Beifahrersitz fallen und gurtete sich an. »Sollte es Kai jetzt noch gelingen, ein einigermaßen gescheites Foto aus dem Überwachungsvideo herauszuschneiden, hätten wir ein Fahndungsbild für die Presse.«

»Sehr gut.« Bodenstein startete den Motor. Er hatte Pia gebeten, mit ihm zu Rita Cramers Exmann zu fahren. Während der kurzen Fahrt nach Altenhain berichtete er ihr von seinem Gespräch mit Dr. Daniela Lauterbach. Pia hatte Mühe, sich zu konzentrieren. Viel mehr beschäftigte sie das Schreiben vom Bauamt. Abrissverfügung! Sie hatte mit allem gerechnet, aber nicht damit! Was, wenn die Stadt Ernst machen und sie zwingen würde, das Haus abzureißen? Wo sollten Christoph und sie dann wohnen?

»Hörst du mir eigentlich zu?«, fragte Bodenstein.

»Klar«, erwiderte Pia. »Sartorius. Nachbarin. Altenhain. Tut mir leid. Es war vier Uhr, als wir nach Hause gekommen sind.«

Sie gähnte und schloss die Augen. Sie war todmüde. Leider besaß sie nicht Bodensteins eiserne Selbstbeherrschung. Der ließ sich auch nach durchwachten Nächten und anstrengenden Ermittlungen nie gehen. Hatte sie ihn überhaupt schon einmal gähnen sehen?

»Der Fall hat vor elf Jahren Schlagzeilen gemacht«, hörte sie ihren Chef sagen. »Tobias Sartorius wurde in einem reinen Indizienprozess wegen Mordes und Totschlags zur Höchststrafe verurteilt.«

»Ach ja«, murmelte sie. »Ich erinnere mich dunkel. Doppelmord ohne Leichen. Sitzt der Typ noch?«

»Eben nicht. Tobias Sartorius wurde am Donnerstag aus der Haft entlassen. Und er ist wieder in Altenhain, bei seinem Vater.«

Pia dachte ein paar Sekunden nach, dann öffnete sie die Augen.

»Du meinst, dass es einen Zusammenhang geben könnte zwischen der Haftentlassung und dem Anschlag auf seine Mutter?«

Bodenstein warf ihr einen belustigten Blick zu.

»Unglaublich«, sagte er.

»Was denn?«

»Dein Scharfsinn lässt dich sogar im Halbschlaf nicht im Stich.«

»Ich bin hellwach«, verteidigte Pia sich und kämpfte mit äußerster Willensanstrengung einen neuerlichen Gähnkrampf nieder.

Sie passierten das Ortsschild von Altenhain und erreichten die Adresse in der Hauptstraße, die Daniela Lauterbach Bodenstein aufgeschrieben hatte. Bodenstein bog auf den ungepflegten Parkplatz vor der ehemaligen Gaststätte ein. Ein Mann war gerade damit beschäftigt, ein rotes Graffito an der Fassade des Gebäudes mit weißer Farbe zu überpinseln. HIER WOHNT EIN MÖRDERSCHWEIN stand da. Die roten Buchstaben schimmerten noch immer durch die weiße Farbe hindurch. Auf dem Bürgersteig vor der Hofeinfahrt standen drei Frauen mittleren Alters.

»Du Mörder!«, hörten Bodenstein und Pia eine von ihnen keifen, als sie die Türen öffneten, um auszusteigen. »Verschwinde von hier, du Dreckskerl! Sonst kannst du was erleben!«

Sie spuckte auf den Boden.

»Was ist hier los?«, fragte Bodenstein, aber die drei Frauen beachteten ihn nicht und machten sich aus dem Staub. Der Mann hatte die Beschimpfungen völlig ignoriert. Bodenstein grüßte ihn höflich und stellte sich und Pia vor.

»Was wollten die Frauen von Ihnen?«, erkundigte sich Pia neugierig.

»Fragen Sie sie doch«, erwiderte der Mann schroff. Er bedachte sie mit einem uninteressierten Blick und fuhr mit seiner Arbeit fort. Trotz der Kälte trug er nur ein langärmeliges graues T-Shirt, Jeans und Arbeitsschuhe.

»Wir hätten gern mit Herrn Sartorius gesprochen.«

Da drehte sich der Mann um, und Pia glaubte, ihn wiederzuerkennen.

»Waren Sie nicht gestern Abend an dem Haus in Neuenhain, in dem Frau Cramer wohnt?«, fragte sie. Wenn er erstaunt war, ließ er es sich nicht anmerken. Er starrte sie, ohne zu lächeln, aus außergewöhnlich meerblauen Augen an, und ihr wurde unwillkürlich heiß.

»Ja, stimmt«, sagte er. »Ist das verboten?«

»Nein, natürlich nicht. Aber was wollten Sie dort?«

»Zu meiner Mutter. Wir waren verabredet, und sie ist nicht aufgetaucht. Ich hab mir Sorgen gemacht.«

»Ach, dann sind Sie Tobias Sartorius?«

Seine Augenbrauen zuckten in die Höhe, ein spöttischer Zug erschien um seinen Mund.

»Ja, der bin ich. Der Mädchenmörder.«

Er sah auf eine beunruhigende Weise attraktiv aus. Die schmale, weißliche Narbe, die sich von seinem linken Ohr bis zum Kinn zog, machte sein gutgeschnittenes Gesicht interessanter, statt es zu entstellen. Etwas an der Art, wie er sie anschaute, weckte in Pia ein seltsames Gefühl, und sie überlegte, woran das liegen mochte.

»Ihre Mutter hatte gestern Abend einen schweren Unfall«,

mischte sich nun Bodenstein ein. »Sie wurde letzte Nacht noch operiert und liegt jetzt auf der Intensivstation. Ihr Zustand ist kritisch.«

Pia beobachtete, wie sich Tobias Sartorius' Nasenflügel für einen Moment blähten, er presste die Lippen zu einem schmalen Strich zusammen. Dann warf er achtlos die Farbrolle in den Eimer weißer Farbe und ging zum Hoftor. Bodenstein und Pia wechselten einen kurzen Blick und folgten ihm. Der Hof glich einer Müllhalde. Plötzlich stieß Bodenstein einen unterdrückten Schrei aus und blieb wie versteinert stehen. Pia wandte sich zu ihrem Chef um.

»Was ist los?«, fragte sie erstaunt.

»Eine Ratte!«, stieß Bodenstein hervor. Er war kreidebleich geworden. »Das Vieh ist mir direkt über den Fuß gelaufen!«

»Kein Wunder bei dem ganzen Dreck hier.« Pia zuckte die Schultern und wollte weitergehen, aber Bodenstein stand da, wie zur Salzsäule erstarrt.

»Ich hasse nichts so sehr wie Ratten«, sagte er mit bebender Stimme.

»Du bist doch auf einem Gutshof aufgewachsen«, entgegnete Pia. »Da wird es doch die eine oder andere Ratte gegeben haben.«

»Eben drum.«

Pia schüttelte ungläubig den Kopf. Eine solche Phobie hätte sie ihrem Chef gar nicht zugetraut!

»Komm schon«, sagte sie. »Die rennen doch weg, wenn sie uns sehen. Müllratten sind scheu. Meine Freundin, die hatte früher zwei zahme Ratten. Das war etwas anderes. Wir haben mit ihnen …«

»Ich will es nicht hören!« Bodenstein holte tief Luft. »Geh du vor!«

»Also, so was!« Pia musste grinsen, als Bodenstein ihr auf dem Fuß folgte. Misstrauisch und jederzeit zur Flucht bereit, beäugte er die Müllberge zu beiden Seiten des schmalen Pfades, der zum Wohnhaus führte.

»Huch, da ist noch eine! Und was für eine fette.« Pia blieb abrupt stehen. Bodenstein prallte gegen sie und blickte sich panisch um. Seine übliche Gelassenheit war dahin.

»War nur ein Spaß«, grinste Pia, aber Bodenstein konnte nicht darüber lachen.

»Wenn du das noch mal machst, dann kannst du nachher zurück laufen«, drohte er. »Ich hab fast einen Herzinfarkt bekommen!«

Sie gingen weiter. Tobias Sartorius war im Haus verschwunden, aber die Haustür stand offen. Bodenstein überholte Pia auf den letzten Metern und erklomm die drei Treppenstufen zur Tür, wie ein Wanderer, der nach einem Gang durchs Moor endlich festen Boden unter den Füßen haben will. Im Türrahmen erschien ein älterer Mann mit krummen Schultern. Er trug abgenutzte Hausschlappen, eine fleckige graue Hose und eine fadenscheinige Strickjacke, die um seinen mageren Körper herumschlotterte.

»Sind Sie Hartmut Sartorius?«, fragte Pia, und der Mann nickte. Er wirkte ähnlich vernachlässigt wie sein Hof. In sein schmales, längliches Gesicht hatten sich tiefe Falten gegraben, und die einzige Ähnlichkeit mit Tobias Sartorius waren die ungewöhnlich blauen Augen, die aber jede Leuchtkraft verloren hatten.

»Es geht um meine Exfrau, sagt mein Sohn.« Seine Stimme war dünn.

»Ja«, Pia nickte. »Sie hatte gestern einen schweren Unfall.«

»Kommen Sie herein.« Er führte sie durch einen schmalen, düsteren Flur in eine Küche, die gemütlich hätte sein können, wäre sie nicht so schmutzig gewesen. Tobias stand am Fenster, die Arme vor der Brust verschränkt.

»Frau Dr. Lauterbach hat uns Ihre Adresse gegeben«, begann nun Bodenstein, der sich schnell wieder gefasst hatte. »Laut Zeugenaussagen wurde Ihre Exfrau gestern am späten Nachmittag am S-Bahnhof Sulzbach-Nord von jemandem über das Brückengeländer direkt vor ein fahrendes Auto gestoßen.«

»Großer Gott.« Alle Farbe wich aus dem hageren Gesicht des Mannes, er griff nach der Lehne eines Stuhles. »Aber ... aber wer tut denn so etwas?«

»Das werden wir herausfinden«, erwiderte Bodenstein. »Können Sie sich vorstellen, wer das getan haben könnte? Hatte Ihre Exfrau Feinde?«

»Meine Mutter wohl kaum«, meldete sich Tobias Sartorius aus dem Hintergrund zu Wort. »Aber ich. Nämlich das ganze verdammte Kaff hier.«

Seine Stimme klang bitter.

»Haben Sie einen bestimmten Verdacht?«, fragte Pia.

»Nein«, antwortete Hartmut Sartorius rasch. »Nein, so etwas Schreckliches traue ich niemandem zu.«

Pias Blick fiel auf Tobias Sartorius, der noch immer vor dem Fenster stand. Im Gegenlicht konnte sie seine Gesichtszüge nicht richtig erkennen, aber an der Art, wie er die Augenbrauen hob und den Mund verzog, war zu erkennen, dass er mit seinem Vater nicht einer Meinung war. Pia konnte die zornigen Schwingungen beinahe spüren, die von seinem angespannten Körper auszugehen schienen. In seinen Augen loderte eine lang unterdrückte Wut wie ein kleines, gefährliches Flämmchen, das nur auf einen Grund wartete, um sich in einen Flächenbrand zu verwandeln. Tobias Sartorius war zweifellos eine Bombe mit tickendem Zeitzünder. Sein Vater hingegen wirkte müde und kraftlos, wie ein sehr alter Mann. Der Zustand des Hauses und des Hofes sprachen für sich. Der Lebensmut des Mannes war erloschen, er hatte sich im wahrsten Sinne des Wortes hinter den Trümmern seines Lebens verbarrikadiert. Eltern eines Mörders zu sein war immer furchtbar, aber wie schlimm musste es für Hartmut Sartorius und seine geschiedene Frau gewesen sein, in einem so kleinen Dorf wie Altenhain ausharren zu müssen, jeder Tag ein neues Spießrutenlaufen, das Frau Sartorius irgendwann nicht mehr ertragen hatte? Sie hatte ihren Mann allein zurückgelassen, sicher mit einem schlechten Gewissen. Ein neuer Anfang war ihr nicht geglückt, das hatte die lieblose Leere ihrer Wohnung deutlich gezeigt.

Pia blickte zu Tobias Sartorius hinüber. Er nagte gedankenverloren an seinem Daumenknöchel und starrte vor sich hin. Was brütete er hinter seiner ausdruckslosen Miene aus? Machte ihm das, was er seinen Eltern angetan hatte, zu schaffen? Bodenstein reichte Hartmut Sartorius seine Karte, die dieser kurz betrachtete und dann in die Tasche seiner Strickjacke steckte.

»Vielleicht könnten Sie und Ihr Sohn sich um Ihre Exfrau kümmern. Es geht ihr wirklich nicht gut.«

»Natürlich. Wir fahren sofort ins Krankenhaus.«

»Und wenn Sie einen Verdacht haben, wer das getan haben könnte, zögern Sie bitte nicht, mich anzurufen.«

Sartorius senior nickte, sein Sohn reagierte nicht. Pia beschlich eine ungute Vorahnung. Hoffentlich begann Tobias Sartorius nicht, auf eigene Faust nach dem Mann zu suchen, der seine Mutter überfallen hatte.

*

Hartmut Sartorius fuhr sein Auto in die Garage. Der Besuch bei Rita war entsetzlich gewesen. Der Arzt, mit dem er gesprochen hatte, wollte keine Prognose wagen. Glück habe sie gehabt, hatte er gesagt, dass ihre Wirbelsäule nahezu unverletzt geblieben sei, aber ansonsten seien von allen 206 Knochen des menschlichen Körpers etwa die Hälfte gebrochen, ganz zu schweigen von den schweren inneren Verletzungen, die sie bei dem Sturz auf das fahrende Auto erlitten habe. Tobias hatte auf der Rückfahrt keinen Ton von sich gegeben, nur düster vor sich hin gestarrt. Sie gingen durchs Tor zum Haus, aber vor der Treppe zur Haustür blieb Tobias stehen und schlug den Kragen seiner Jacke hoch.

»Was hast du vor?«, fragte Hartmut Sartorius seinen Sohn.

»Ich gehe noch ein bisschen frische Luft schnappen.«

»Jetzt? Es ist gleich halb zwölf. Und es gießt in Strömen. Du wirst doch klatschnass bei dem Sauwetter.«

»Ich hatte in den letzten zehn Jahren überhaupt kein Wetter.« Tobias blickte seinen Vater an. »Es stört mich nicht, wenn ich nass werde. Und um die Uhrzeit sieht mich wenigstens niemand.«

Hartmut Sartorius zögerte, aber dann legte er seinem Sohn die Hand auf den Arm.

»Mach keinen Unsinn, Tobi. Bitte versprich mir das.«

»Natürlich nicht. Musst dir keine Sorgen machen.« Er lächelte kurz, obwohl ihm nicht nach Lächeln zumute war, und wartete, bis sein Vater im Haus verschwunden war. Mit gesenktem Kopf lief er durch die Dunkelheit, vorbei an den leerstehenden Stallungen und der Scheune. Der Gedanke an seine Mutter, wie sie mit zerschmetterten Knochen auf der Intensivstation lag, mit den ganzen Schläuchen und Apparaten, setzte ihm mehr zu, als er erwartet hatte. Stand dieser Angriff auf sie im Zusammenhang mit seiner Freilassung? Wenn sie sterben würde, was die Ärzte nicht für ausgeschlossen hielten, dann hatte derjenige, der sie von der Brücke gestoßen hatte, einen Mord auf dem Gewissen.

Tobias hielt inne, als er das hintere Hoftor erreichte. Es war geschlossen und von Efeu und Unkraut überwuchert. Wahrscheinlich war es in den letzten Jahren nicht mehr geöffnet worden. Gleich morgen würde er mit dem Aufräumen beginnen. Seine Sehnsucht nach frischer Luft und selbstbestimmter Arbeit nach zehn Jahren war enorm. Schon nach drei Wochen im Knast hatte er gemerkt, dass er verblöden würde, wenn er seinen Geist nicht anstrengte. Eine Chance auf vorzeitige Entlassung habe er nicht, hatte ihm sein Anwalt mitgeteilt, eine Revision war abgelehnt worden. Deshalb hatte er sich um ein Studium an der Fernuniversität Hagen beworben und sofort eine Ausbildung zum Schlosser begonnen. Jeden Tag hatte er acht Stunden gearbeitet und nach einer Stunde Sport die halbe Nacht über seinen Büchern gesessen, um sich abzulenken und die Eintönigkeit der Tage erträglicher zu machen. Er hatte sich im Laufe der Jahre an die strengen Regeln gewöhnt, und die plötzliche Strukturlosigkeit seines Lebens erschien ihm bedrohlich. Nicht dass er Heimweh nach dem Knast gehabt hätte, aber es würde eine Weile dauern, bis er sich wieder an die Freiheit gewöhnt hätte. Tobias schwang sich über das Tor und blieb im Schutze des Kirschlorbeers stehen, der sich zu einem mächtigen Baum entwickelt hatte. Er wandte sich nach links, ging an der Einfahrt des Terlinden-Anwesens vorbei. Das doppelflügelige schmiedeeiserne Tor war geschlossen, neu war die Kamera oberhalb des einen Torpfostens. Hinter dem Haus begann gleich der Wald. Nach etwa fünfzig Metern bog Tobias in den schmalen Fußweg ein, von den Ortsansässigen der »Stichel« genannt, der sich quer durch das Dorf bis zum Friedhof schlängelte, vorbei an den rückwärtigen Gärtchen und Hinterhöfen der eng beieinanderstehenden Häuser. Tobias kannte jeden Winkel, jede Treppenstufe und jeden Zaun – nichts hatte sich verändert! Als Kinder und Jugendliche waren sie oft hier entlanggelaufen, auf dem Weg zur Kirche, zum Sport oder zu Freunden. Er steckte die Hände in die Jackentaschen. Links hatte die alte Maria Kettels gewohnt, in einem winzigen Häuschen. Sie wäre seine einzige Entlastungszeugin gewesen, die Stefanie an jenem Abend spät noch gesehen haben wollte, aber ihre Aussage war vom Gericht nicht gehört worden. Jeder in Altenhain wusste, dass die Kettels-Marie an Demenz litt und dazu noch halbblind war. Sie musste damals schon weit über achtzig gewesen sein, sicherlich war sie mittlerweile auf den Friedhof umgezogen. Neben ihrem Grundstück lag das von Paschkes. Es grenzte direkt an den Sartorius-Hof und war so akkurat aufgeräumt wie immer. Der alte Paschke pflegte jedem Unkräutchen sofort mit der chemischen Keule zu Leibe zu rücken. Früher war er Arbeiter bei der Stadt gewesen und hatte aus dem Arsenal des städtischen Bauhofes schöpfen können, so wie sämtliche Nachbarn, die bei der Hoechst AG gearbeitet und ohne jedes Unrechtsbewusstsein ihre Häuser und Gärten mit dem Material der Firma erbaut und renoviert hatten. Paschkes waren die Eltern von Gerda Pietsch, der Mutter von Tobias' Freund Felix. Jeder war hier mit jedem um ein paar Ecken verwandt und mit den Familiengeschichten der anderen aufs beste vertraut. Man kannte die geheimsten Geheimnisse, tratschte mit Vorliebe über Verfehlungen, Niederlagen und Krankheiten der Nachbarn. Aufgrund seiner geographisch ungünstigen Lage in einem engen Tal war Altenhain von Neubaugebieten weitgehend verschont geblieben. Zugezogene gab es kaum, und so war die Dorfgemeinschaft seit hundert Jahren mehr oder weniger dieselbe geblieben.

Tobias hatte den Friedhof erreicht und drückte mit der Schulter gegen das kleine Holztor, das sich mit einem gequälten Quietschen öffnete. Die nackten Äste der mächtigen Bäume zwischen den Gräbern peitschten im Wind, der sich zu einem Sturm auswuchs. Langsam ging er durch die Reihen der Gräber. Friedhöfe hatten ihn noch nie gegruselt. Sie hatten für ihn etwas Friedvolles. Tobias näherte sich der Kirche, als die Turmuhr mit zwölf Schlägen die Mitte der Nacht verkündete. Er blieb stehen, legte den Kopf in den Nacken und blickte einen Augenblick den gedrungenen Turm aus grauem Quarzit hoch. Sollte er nicht doch besser auf Nadjas Angebot eingehen und zu ihr ziehen, bis er auf eigenen Füßen stehen konnte? In Altenhain wollte man ihn nicht, das war deutlich. Aber er konnte seinen Vater auch nicht einfach im Stich lassen! Er stand tief in der Schuld seiner Eltern, die sich nie von ihm, dem verurteilten Mädchenmörder, abgewandt hatten. Tobias ging um die Kirche herum und betrat den Vorraum. Er fuhr erschrocken zusammen, als er zu seiner Rechten eine Bewegung wahrnahm. Im schwachen Licht der Straßenlaterne erkannte er ein dunkelhaariges Mädchen, das auf der Lehne der Holzbank neben dem Eingangsportal saß und eine Zigarette rauchte. Sein Herz machte ein paar rasche Schläge, er traute seinen Augen kaum. Vor ihm saß Stefanie Schneeberger.

*

Amelie war kaum weniger erschrocken, als plötzlich ein Mann unter das Vordach der Kirche trat. Seine Jacke glänzte vor Nässe, das dunkle Haar hing ihm tropfnass ins Gesicht. Sie hatte ihn noch nie gesehen, aber sie wusste trotzdem sofort, wer er war.

»Guten Abend«, sagte sie und nahm die Ohrstöpsel ihres iPods aus den Ohren. Die Stimme von Adrian Hates, dem Sänger ihrer absoluten Lieblingsband Diary of Dreams, quäkte aus dem Kopfhörer, bis sie den iPod abschaltete. Es war ganz still, nur der Regen rauschte. Auf der Straße unterhalb der Kirche fuhr ein Auto vorbei. Das Licht der Scheinwerfer huschte für den Bruchteil einer Sekunde über das Gesicht des Mannes. Kein Zweifel, das war Tobias Sartorius! Amelie hatte sich im Internet genügend Fotos von ihm angesehen, um ihn zu erkennen. Eigentlich sah er nett aus. Ziemlich gut sogar. Gar nicht wie die ganzen anderen Typen in dem Kaff hier. Und schon gar nicht wie ein Mörder.

»Hallo«, erwiderte er endlich und musterte sie mit einem eigenartigen Gesichtsausdruck. »Was machst du hier so spät?«

»Musik hören. Eine rauchen. Mir regnet's zu doll, um jetzt nach Hause zu latschen.«

»Aha.«

»Ich bin Amelie Fröhlich«, sagte sie. »Und du bist Tobias Sartorius, nicht wahr?«

»Ja. Wieso?«

»Ich habe viel von dir gehört.«

»Das bleibt wohl nicht aus, wenn man in Altenhain wohnt.« Seine Stimme klang zynisch. Er schien zu überlegen, wo er sie einordnen sollte.

»Ich wohne erst seit Mai hier«, erklärte Amelie. »Eigentlich komme ich aus Berlin. Aber ich hab mich so mit dem neuen Kerl von meiner Mutter gezofft, dass sie mich zu meinem Vater und meiner Stiefmutter abgeschoben haben.«

»Und die lassen dich nachts einfach so herumlaufen?« Tobias Sartorius lehnte sich an die Mauer und betrachtete sie eingehend. »Wenn ein Mörder zurück im Dorf ist?«

Amelie grinste. »Ich glaube, davon haben sie noch gar nichts gehört. Ich schon. Ich arbeite nämlich abends da drüben.« Sie nickte in Richtung der Gaststätte, die auf der anderen Seite des Parkplatzes neben der Kirche lag. »Da bist du seit zwei Tagen Hauptgesprächsthema.«

»Wo?«

»Im Schwarzen Ross.«

»Ach ja. Das gab's damals noch nicht.«

Amelie erinnerte sich, dass zu der Zeit, als die Morde in Altenhain geschehen waren, der Vater von Tobias Sartorius die einzige Gaststätte in Altenhain betrieben hatte, den Goldenen Hahn.

»Was machst du denn um die Uhrzeit hier?« Amelie kramte das Zigarettenpäckchen aus ihrem Rucksack und hielt es ihm hin. Er zögerte einen Moment, dann nahm er eine Zigarette und gab ihr Feuer mit ihrem Feuerzeug.

»Ich laufe einfach rum.« Er stemmte ein Bein gegen die Mauer. »Ich war zehn Jahre im Knast, da ging das nicht.«

Sie rauchten eine Weile schweigend. Auf der anderen Seite des Parkplatzes verließen ein paar späte Gäste das Schwarze Ross. Stimmen drangen zu ihnen herüber, dann knallten Autotüren. Motorengeräusche entfernten sich.

»Hast du keine Angst, abends, in der Dunkelheit?«

»Nee.« Amelie schüttelte den Kopf. »Ich komme aus Berlin. Manchmal habe ich mit ein paar Kumpels in leerstehenden Abrisshäusern gepennt, da gab's schon mal Ärger mit den Pennern, die da auch hausten. Oder mit den Bullen.«

Tobias Sartorius ließ den Zigarettenrauch durch die Nase entweichen.

»Wo wohnst du?«

»In dem Haus neben Terlindens.«

»Ach?«

»Ja, ich weiß. Thies hat es mir erzählt. Da hat damals Schneewittchen gewohnt.«

Tobias Sartorius erstarrte.

»Jetzt lügst du aber«, sagte er nach einer Weile mit veränderter Stimme.

»Tue ich nicht«, widersprach Amelie.

»Doch. Thies redet nicht. Nie.«

»Mit mir schon. Hin und wieder. Er ist nämlich mein Freund.«

Tobias zog an der Zigarette. Der Lichtschein der Glut erhellte sein Gesicht, und Amelie sah, wie er die Augenbrauen hob.

»Nicht so ein Freund, wie du jetzt denkst«, sagte sie rasch. »Thies ist mein bester Freund. Und mein einziger ...«

Sonntag, 9. November 2008

Die Feier zum 70. Geburtstag von Gräfin Leonora von Bodenstein fand nicht im vornehmen Schlosshotel statt, sondern in der Reithalle, auch wenn Bodensteins Schwägerin Marie-Louise heftig dagegen protestiert hatte. Aber die Gräfin mochte kein Brimborium um ihre Person, wie sie es ausdrückte. Bescheiden und naturverbunden, wie sie war, hatte sie sich ausdrücklich eine kleine, zünftige Feier in den Stallungen oder der Reithalle gewünscht, und so hatte Marie-Louise von Bodenstein sich gefügt. Sie hatte die Organisation des »Events« in die Hand genommen, energisch und professionell, wie es ihre Art war, und das Ergebnis war atemberaubend.

Bodenstein und Cosima trafen mit Sophia um kurz nach elf auf Hofgut Bodenstein ein und fanden nur mit Mühe und Not einen Parkplatz. Im historischen Innenhof des Reitstalles mit dem Kopfsteinpflaster und seinen sorgfältig renovierten Fachwerkgebäuden war kein Strohhalm zu sehen, die große Stalltür stand weit offen.

»Mein Gott«, bemerkte Cosima amüsiert. »Marie-Louise muss Quentin gezwungen haben, Nachtschichten einzulegen!«

Die alten, hohen Stallungen, um 1850 erbaut, bildeten einen Schenkel der viereckig angelegten Marstallanlage des gräflichen Schlosses. Im Laufe der Jahre hatten sie eine ehrwürdige Patina aus Spinnweben, Staub und Schwalbenkot bekommen – aber die war restlos verschwunden. Alle Pferdeboxen, die Wände und die hohen Decken erstrahlten in frischem Glanz, die Sprossenfenster waren blank geputzt, selbst die Wandbilder, die Jagdszenen darstellten, waren farblich aufgefrischt worden. Den Pferden, die neugierig über die Türen ihrer Boxen auf den Trubel in der breiten Stallgasse schauten, hatte man zur Feier des Tages die Mähnen eingeflochten. In der Vorhalle, liebevoll dekoriert wie zum Erntedankfest, schenkten die Kellner des Schlosshotels Sekt aus.

Bodenstein grinste. Sein jüngerer Bruder Quentin gehörte zu der bequemen Sorte Mensch; er war Landwirt und verwaltete Gut und Reitstall, und ihn störte es nicht im Geringsten, wenn der Zahn der Zeit seine Spuren hinterließ. Mehr und mehr hatte er seiner Frau die Verantwortung für das Restaurant oben im Schloss überlassen, und Marie-Louise hatte in den letzten Jahren ein erstklassiges Sterne-Lokal etabliert, dessen guter Ruf weit über die Region hinausging.

Sie fanden das Geburtstagskind im Kreise von Familie und Gratulanten im Vorraum der Reithalle, die ebenso wunderbar geschmückt war. Bodenstein konnte seiner Mutter gerade zum Geburtstag gratulieren, als das Jagdhornbläsercorps des befreundeten Kelkheimer Reitvereins in der Reitbahn das Programm eröffnete. Die Vorführungen waren eine Überraschung der Einsteller und Reitschüler für ihre Gräfin. Bodenstein wechselte ein paar Worte mit seinem Sohn Lorenz, der mit der Kamera in der Hand die Ereignisse filmte. Seine Freundin Thordis trug die Verantwortung für das Gelingen der Dressurquadrille, den Auftritt der Voltigiergruppe und würde später auch bei der Springquadrille mitreiten. In der Menge traf Bodenstein auf seine Schwester Theresa, die extra für die Feier angereist war. Man hatte sich lange nicht gesehen und viel zu erzählen. Cosima hatte mit Sophia neben ihrer Mutter, der Gräfin Rothkirch, auf der Tribüne an der langen Seite der Reitbahn Platz genommen und verfolgte die Dressurquadrille.

»Cosima sieht zehn Jahre jünger aus«, stellte Bodensteins Schwester gerade fest und nippte an ihrem Sektglas. »Ich könnte neidisch werden.«

»Ein kleines Kind und ein guter Ehemann wirken eben Wunder«, entgegnete Bodenstein und grinste.

»Selbstgerecht wie eh und je, der kleine Bruder«, gab Theresa spöttisch zurück. »Als ob es tatsächlich an euch Kerlen liegen würde, wenn eine Frau gut aussieht!«

Sie war zwei Jahre älter als Bodenstein und sprühte wie immer vor Energie. Dass ihr ebenmäßiges Gesicht eher herb als schön war und sich erste graue Strähnen in ihr dunkles Haar mischten, tat ihrer Ausstrahlung keinen Abbruch. Sie habe sich jede Falte und jedes graue Haar hart erarbeitet, hatte sie einmal gesagt. Ihr durch einen Herzinfarkt früh dahingeschiedener Gatte hatte ihr eine angesehene, aber marode Kaffeerösterei in Hamburg hinterlassen, ein stark renovierungsbedürftiges Familienschloss in Schleswig-Holstein und mehrere hochverschuldete Immobilien in Hamburgs bester Lage. Als promovierte Betriebswirtin hatte sie nach dem Tod ihres Mannes trotz dreier Kinder und düsterer Zukunftsperspektiven energisch die Zügel in die Hand genommen und sich furchtlos in den Kampf gegen Gläubiger und Banken gestürzt. Nun, nach zehn Jahren harter Arbeit und geschickten Taktierens, waren Firma und Privatbesitz gerettet und saniert. Kein Arbeitsplatz war verlorengegangen, und Theresa genoss bei Belegschaft und Geschäftspartnern allerhöchstes Ansehen.

»Apropos Kerle«, meldete sich Quentin zu Wort. »Wie sieht es bei dir aus, Esa? Gibt es Neuigkeiten?«

Sie lächelte. »Eine Dame genießt und schweigt.«

»Warum hast du ihn nicht mitgebracht?«

»Weil ich wusste, dass ihr euch auf den armen Kerl stürzen und ihn gnadenlos sezieren würdet.« Sie nickte in Richtung ihrer Eltern und der übrigen Verwandtschaft, die gebannt die Ereignisse in der Reitbahn verfolgten. »Und die ganze Mischpoke ebenfalls.«

»Also hast du einen«, bohrte Quentin weiter. »Verrat uns doch etwas über ihn.«

»Nein.« Sie hielt dem jüngsten Bruder ihr leeres Glas hin. »Du könntest mal für Nachschub sorgen.«

»Immer ich«, beschwerte sich Quentin, gehorchte aber aus alter Gewohnheit und verschwand.

»Habt ihr Probleme, Cosima und du?«, wandte sich Theresa an Bodenstein. Der blickte seine Schwester überrascht an.

»Nein«, sagte er. »Wie kommst du denn darauf?«

Sie zuckte die Achseln, ließ die Schwägerin nicht aus den Augen. »Irgendetwas ist anders zwischen euch.«

Bodenstein kannte die unfehlbare Intuition seiner Schwester. Es hatte keinen Sinn zu leugnen, dass es zwischen Cosima und ihm tatsächlich nicht zum Besten stand.

»Na ja, im Sommer nach unserer Silberhochzeit hatten wir eine kleine Krise«, gab er deshalb zu. »Cosima hatte eine Finca auf Mallorca gemietet und wollte drei Wochen mit der ganzen Familie Urlaub machen. Nach einer Woche musste ich abreisen, wir hatten einen schwierigen Fall. Das hat sie mir übelgenommen.«

»Aha.«

»Sie hat mir vorgeworfen, ich ließe sie mit Sophia völlig allein, obwohl wir es ursprünglich anders besprochen hätten. Aber was sollte ich denn tun? Ich kann ja schließlich nicht in Elternzeit gehen und den Hausmann spielen!«

»Aber drei Wochen Urlaub werden doch wohl drin sein«, erwiderte Theresa. »Ich will dir nicht zu nahe treten, aber du bist Beamter. In deiner Abwesenheit wird wohl jemand da sein, der dich vertritt, oder nicht?«

»Höre ich da Verachtung für meinen Beruf aus deiner Stimme?«

»Nicht so empfindlich, mein Lieber!«, besänftigte seine Schwester ihn. »Aber ich kann verstehen, dass Cosima sauer war. Sie hat ja immerhin auch einen Beruf und passt wirklich nicht in die Kinder-Küche-Kirche-Ecke, in der du alter Macho sie am liebsten haben willst. Vielleicht bist du sogar ganz froh drüber, dass sie keine Expeditionen mehr macht und du sie ganz unter deiner Fuchtel hast.«

»Das stimmt doch gar nicht!«, widersprach Bodenstein konsterniert. »Ich habe ihre Arbeit immer unterstützt. Ich finde es gut, was sie macht.«

Theresa blickte ihn an, ein spöttisches Lächeln breitete sich auf ihrem Gesicht aus. »Quatsch. Das kannst du erzählen, wem du willst, aber nicht mir. Ich kenne dich schon eine Weile.«

Bodenstein schwieg ertappt. Sein Blick wanderte zu Cosima hinüber. Schon immer war es seiner großen Schwester ohne jede Mühe gelungen, den Finger genau auf den wunden Punkt zu legen. Und auch diesmal hatte sie recht. Er war tatsächlich erleichtert, dass Cosima, seitdem Sophia auf der Welt war, nicht mehr wochenlang durch die Weltgeschichte reiste. Aber es gefiel ihm nicht, das aus dem Mund seiner älteren Schwester zu hören.

Quentin kam mit drei Gläsern Sekt zurück, und ihr Gespräch wandte sich anderen, unverfänglicheren Themen zu. Nachdem die Reitvorführungen beendet waren, eröffnete Marie-Louise das Büfett, das ihre Mitarbeiter in Windeseile im Vorraum der Stallung aufgebaut hatten. Stehtische und lange Reihen von Tischen und Bänken, mit bequemen Kissen gepolstert, weiß eingedeckt und mit Herbstblumengestecken dekoriert, luden zum Hinsetzen ein. Bodenstein traf Verwandte und alte Bekannte, die er lange nicht gesehen hatte, es gab viel zu reden und zu lachen. Die Stimmung war entspannt. Er sah Cosima im Gespräch mit Theresa und hoffte, dass seine Schwester sie nicht mit ihren Emanzensprüchen gegen ihn aufhetzte. Im nächsten Jahr würde Sophia in den Kindergarten kommen, dann hatte Cosima wieder mehr Zeit für sich. Sie arbeitete an einem neuen Filmprojekt, das sie sehr in Anspruch nahm. In einem Anflug guten Willens nahm Bodenstein sich vor, in Zukunft früher zu Hause zu sein und sich die Wochenenden freizuhalten, um Cosima das Kind öfter abnehmen zu können. Vielleicht würde sich dann das seit dem heftigen Mallorca-Krach angespannte Verhältnis zwischen ihnen wieder normalisieren.

»Papa.« Rosalie tippte ihm auf die Schulter, und er wandte sich zu seiner älteren Tochter um. Sie machte eine Lehre als Köchin im Schlosshotel bei Maître Jean-Yves St. Clair, dem französischen Sternekoch, und beaufsichtigte das Büfett. An ihrer Hand hielt sie Sophia, die von oben bis unten mit einer bräunlichen Substanz beschmiert war, von der Bodenstein hoffte, dass es nicht das war, für was er es hielt.

»Ich kann Mama nicht finden«, sagte Rosalie genervt. »Vielleicht könntest du den Zwerg mal umziehen. Mama hat doch sicher noch Ersatzklamotten im Auto.«

»Was hat sie da im Gesicht und an den Händen?« Bodenstein manövrierte mühsam seine langen Beine unter dem Tisch hervor.

»Keine Sorge, das ist nur Mousse au Chocolat«, erwiderte Rosalie. »Ich muss wieder arbeiten.«

»Na, dann komm mal her, du kleines Schweinchen.« Bodenstein ergriff seine jüngste Tochter und nahm sie auf den Arm. »Wie siehst du denn schon wieder aus, hm?«

Sophia stemmte ihre Händchen gegen seine Brust und

strampelte. Sie konnte es nicht leiden, in ihrer Bewegungsfreiheit eingeschränkt zu werden. Mit ihren Pfirsichbäckchen, dem weichen dunklen Haar und ihren kornblumenblauen Augen sah sie zum Anbeißen süß aus, aber das täuschte. Sophia hatte Cosimas Temperament geerbt und wusste sich durchzusetzen. Bodenstein trat mit ihr aus dem Stalltor und überquerte den Hof. Rein zufällig blickte er nach links in die offenstehende Tür der Schmiede auf der anderen Seite des Innenhofes und erblickte zu seiner Überraschung Cosima, die hin und her ging, das Handy am Ohr. Die Art, wie sie sich durchs Haar fuhr, den Kopf schief legte und lachte, überraschte ihn. Wieso versteckte sie sich zum Telefonieren? Bevor sie ihn sehen konnte, ging er rasch weiter, aber ein leises Gefühl des Misstrauens blieb in seinem tiefsten Inneren zurück wie ein winziger Stachel.

*

Wie an jedem Sonntag nach der Kirche hatten sich im Schwarzen Ross die üblichen Verdächtigen versammelt. Der Frühschoppen war reine Männerangelegenheit, die Frauen durften sich daheim um den Sonntagsbraten kümmern. Nicht zuletzt deshalb empfand Amelie die Sonntage in Altenhain als Gipfel der Spießigkeit. Heute war auch der Chef höchstpersönlich anwesend. Unter der Woche kümmerte sich Andreas Jagielski um seine beiden Nobelrestaurants in Frankfurt und überließ die Regie im Schwarzen Ross seiner Frau und seinem Schwager, nur sonntags war er selbst da. Amelie konnte ihn nicht sonderlich leiden. Jagielski war ein massiger Mann mit hervorquellenden Froschaugen und wulstigen Lippen. Nach der Wende war er einer der ersten Ossis in Altenhain gewesen, das hatte Amelie von Roswitha erfahren. Er hatte als Koch im Goldenen Hahn gearbeitet, seinen Arbeitgeber aber bei den ersten Anzeichen des drohenden Niedergangs schnöde im Stich gelassen, um sich niederträchtigerweise als Konkurrenz im Schwarzen Ross niederzulassen. Mit haargenau derselben Karte wie Hartmut Sartorius, aber erheblich günstigeren Preisen und dem Luxus eines großen Parkplatzes, hatte er seinem ehemaligen Chef das Wasser abgegraben und nicht unerheblich zur endgültigen Schließung des Goldenen Hahnes beigetragen. Roswitha hatte bis zum Ende loyal bei Sartorius ausgeharrt und nur widerwillig den Job bei Jagielski angenommen.

Amelie hatte sich am Morgen mit großer Sorgfalt zurechtgemacht, sämtliche Piercings entfernt, die Haare zu zwei Zöpfen geflochten und dezenteres Make-up aufgetragen. Aus dem Kleiderschrank ihrer Stiefmutter hatte sie sich eine weiße Bluse Größe XXS ausgeliehen und in ihrem eigenen nach einigem Suchen einen sexy kurzen Schottenminirock gefunden. Blickdichte schwarze Strümpfe und wadenhohe Springerstiefel vervollständigten das Outfit. Vor dem Spiegel hatte sie die Bluse, die ihr eigentlich zu klein war, so weit aufgeknöpft, dass man den schwarzen BH und den Ansatz ihrer Brüste sehen konnte. Jenny Jagielski hatte sich nicht provozieren lassen und sie nur kurz gemustert, ihr Mann jedoch hatte einen tiefen Blick in Amelies Dekolleté geworfen und ihr anzüglich zugezwinkert. Jetzt hockte er am vollbesetzten runden Stammtisch in der Mitte des Gastraumes, zwischen Lutz Richter und Claudius Terlinden, einem eher seltenen Gast im Schwarzen Ross, der sich heute leutselig und volksnah gab. Auch am Tresen saßen die Männer Ellbogen an Ellbogen, Jenny und ihr Bruder Jörg zapften im Akkord. Manfred Wagner hatte sich wieder erholt, er schien sogar beim Friseur gewesen zu sein, denn sein zotteliger Vollbart war verschwunden, und er sah einigermaßen kultiviert aus. Als Amelie mit einer neuen Runde Weizenbier am Stammtisch ankam, schnappte sie den Namen Tobias Sartorius auf und spitzte die Ohren.

»… dreist und überheblich wie eh und je«, sagte Lutz Richter gerade. »Es ist eine glatte Provokation, dass er wieder hier aufgetaucht ist.«

Zustimmendes Gemurmel erklang, nur Terlinden und Jagielski schwiegen.

»Wenn er so weitermacht, wird es über kurz oder lang knallen«, fügte ein anderer hinzu.

»Er bleibt nicht lange hier«, sagte ein Dritter. »Dafür werden wir schon sorgen.«

Es war Udo Pietsch, der Dachdecker, der das gesagt hatte, und die anderen Männer nickten und murmelten beifällig.

»Liebe Leute, niemand von euch wird hier für irgendwas sorgen«, schaltete sich Claudius Terlinden ein. »Der Junge hat seine Strafe abgesessen und kann bei seinem Vater wohnen, so lange er will und hier keinen Ärger macht.«

Die Runde verstummte, niemand wagte ein Widerwort, aber Amelie sah, wie einige der Männer verstohlene Blicke wechselten. Mochte Claudius Terlinden auch eine Diskussion beenden können, gegen die kollektive Abneigung, die man in Altenhain gegen Tobias Sartorius hegte, würde auch er nichts ausrichten.

»Acht Weizen für die Herren«, machte sich Amelie, der das Tablett allmählich zu schwer wurde, bemerkbar.

»Ah ja, danke, Amelie.« Terlinden nickte ihr wohlwollend zu, aber plötzlich entgleisten ihm für den Bruchteil einer Sekunde die Gesichtszüge. Er hatte sich sofort wieder im Griff und lächelte ein wenig gezwungen. Amelie begriff, dass ihre veränderte Erscheinung Grund für sein Erstaunen war. Sie lächelte zurück, legte kokett den Kopf schräg und hielt seinem Blick ein wenig länger stand, als anständige Mädchen das tun sollten, dann machte sie sich daran, den Nachbartisch abzuräumen. Sie spürte, dass er jede ihrer Bewegungen mit Blicken verfolgte, und konnte nicht widerstehen, absichtlich ein bisschen mit dem Popo zu wackeln, als sie mit dem Tablett benutzter Gläser zurück zur Küche ging. Hoffentlich waren die Männer ordentlich durstig; sie brannte darauf, noch mehr interessante Dinge zu erlauschen. Bisher war ihr Interesse an der ganzen Angelegenheit der Tatsache entsprungen, dass sie eine Verbindung zwischen sich und einem der Mordopfer festgestellt hatte, aber nachdem sie gestern Tobias Sartorius kennengelernt hatte, gab es für sie eine neue Motivation. Er gefiel ihr.

*

Tobias Sartorius war sprachlos. Als Nadja ihm erzählt hatte, sie wohne im Karpfenweg am Westhafen in Frankfurt, da hatte er an einen sanierten Altbau im Gutleutviertel gedacht, aber nicht an das, was er nun sah. Auf dem riesigen Areal des ehemaligen Westhafens wenige Blocks südlich des Hauptbahnhofs war ein neuer, exklusiver Stadtteil entstanden, mit modernen Bürogebäuden auf der Landseite und zwölf siebenstöckigen Wohnhäusern auf der ehemaligen Hafenmole, die nun den Namen »Karpfenweg« erhalten hatte. Er hatte sein Auto am Straßenrand abgestellt und ging mit einem Blumenstrauß unterm Arm staunend über die Brücke, die sich über das ehemalige Hafenbecken spannte. Im schwarzen Wasser dümpelten einige Yachten an Bootsanlegestegen. Am späten Nachmittag hatte Nadja bei ihm angerufen und ihn zu sich zum Abendessen eingeladen. Zwar hatte Tobias keine große Lust verspürt, bis in die Stadt zu fahren, aber er schuldete Nadja etwas für die unverbrüchliche Treue, mit der sie ihm in den letzten zehn Jahren beigestanden hatte. Er hatte also geduscht und war um halb acht mit dem Auto seines Vaters losgefahren, nicht ahnend, welche Veränderungen auf ihn warteten. Angefangen hatte es mit einem nagelneuen Kreisel am Tengelmannmarkt in Bad Soden; auch das Main-Taunus-Zentrum war gewachsen. Und in Frankfurt hatte er sich überhaupt nicht mehr zurechtgefunden. Für einen ungeübten Autofahrer wie ihn war die Stadt ein wahrer Alptraum. Er hatte eine Dreiviertelstunde Verspätung, als er nach einigem Suchen das Haus mit der richtigen Hausnummer fand.

»Nimm den Aufzug in den 7. Stock«, tönte Nadjas fröhliche Stimme durch die Sprechanlage. Der Türdrücker summte, und Tobias betrat das Foyer des Hauses, das nobel mit Granit und Glas gestaltet war. Der gläserne Aufzug trug ihn in Sekundenschnelle nach ganz oben, faszinierend der Ausblick über das Wasser zur Frankfurter Skyline, die sich in den letzten Jahren sehr verändert hatte. Neue Hochhäuser schienen dazugekommen zu sein.

»Da bist du ja!« Nadja strahlte ihm entgegen, als er im siebten Stock aus dem Aufzug trat. Unbeholfen überreichte er ihr den in Zellophanhülle verpackten Blumenstrauß, den er an einer Tankstelle erworben hatte.

»Ach, das war doch nicht nötig.« Sie nahm den Blumenstrauß, ergriff seine Hand und führte ihn in die Wohnung, die ihm den Atem stocken ließ. Das Penthouse war gewaltig. Riesige Panoramafenster bis zum glänzenden Parkettfußboden boten spektakuläre Ausblicke zu allen Seiten. Im Kamin prasselte ein Feuer, die warme Stimme von Leonard Cohen rieselte aus unsichtbaren Lautsprechern, raffinierte Beleuchtung und brennende Kerzen verliehen den ohnehin großzügigen Räumen noch mehr Tiefe. Für einen Augenblick war Tobias versucht, auf dem Absatz kehrtzumachen und davonzulaufen. Er war kein neidischer Mensch, aber das Gefühl, ein jämmerlicher Versager zu sein, überkam ihn beim Anblick dieser Traumwohnung so heftig wie selten zuvor und schnürte ihm die Kehle zu. Zwischen Nadja und ihm lagen Welten. Was zum Teufel wollte sie von ihm? Sie war berühmt, sie war reich, sie war wunderschön – ganz sicher konnte sie ihre Abende mit anderen wohlhabenden, amüsanten und geistreichen Menschen verbringen statt mit einem verbitterten Exknacki wie ihm.

»Gib mir deine Jacke«, sagte sie. Er zog sie aus und schämte sich sogleich für das billige, abgeschabte Ding. Stolz führte Nadja ihn in die große Wohnküche mit dem Küchenblock in der Mitte. Granit und Edelstahl dominierten, die Geräte waren von Gaggenau. Es duftete verführerisch nach gebratenem Fleisch, und Tobias spürte, wie sich seine Magennerven zusammenzogen. Er hatte den ganzen Tag auf dem Hof geschuftet und den Müll sortiert, gegessen hatte er so gut wie nichts. Nadja nahm eine Flasche Moët & Chandon aus dem chromblitzenden amerikanischen Kühlschrank und erzählte, dass sie das Appartement eigentlich nur als Übernachtungsmöglichkeit erworben habe, wenn sie in Frankfurt drehe – sie könne Hotels nicht leiden –, aber mittlerweile sei es ihr Hauptwohnsitz. Sie schenkte Champagner in zwei Kristallgläser und reichte ihm eins.

»Ich freue mich, dass du gekommen bist«, lächelte sie.

»Und ich bedanke mich für die Einladung«, erwiderte Tobias, der sich von seinem ersten Schock erholt hatte und ihr Lächeln erwidern konnte.

»Auf dich«, sagte Nadja und stieß mit ihrem Glas sachte gegen seines.

»Nein, auf dich«, antwortete Tobias ernst. »Danke für alles.«

Wie schön sie geworden war! Ihr beinahe androgynes, klares Gesicht mit den süßen Sommersprossen, das früher trotz aller Ebenmäßigkeit immer ein wenig kantig gewirkt hatte, war weicher geworden. Die hellen Augen leuchteten, einige Strähnen ihres honigblonden Haares hatten sich aus dem Knoten gelöst und fielen in den zarten, leicht gebräunten Nacken. Sie war sehr schlank, aber nicht zu dünn. Ihre Zähne zwischen den vollen Lippen waren weiß und regelmäßig, das erfreuliche Ergebnis der verhassten Zahnspange aus Teenagerzeiten. Sie lächelten sich an und nahmen einen Schluck, aber urplötzlich schob sich das Gesicht einer anderen Frau vor das von Nadja. Ja, genau so hatte er mit Stefanie leben wollen, nach Abschluss des Medizinstudiums, wenn er als Arzt gut verdiente. Er war davon überzeugt gewesen, in ihr die Liebe seines Lebens gefunden zu haben, er hatte von einer gemeinsamen Zukunft geträumt, von Kindern …

»Was hast du?«, fragte Nadja. Tobias begegnete ihrem prüfenden Blick.

»Nichts. Wieso?«

»Du hast plötzlich so erschrocken ausgesehen.«

»Weißt du, wie lange ich keinen Champagner mehr getrunken habe?« Er zwang sich zu einem Grinsen, aber die Erinnerung an Stefanie hatte ihm einen schmerzhaften Stich versetzt. Noch immer, nach all den Jahren, musste er an sie denken. Nur vier Wochen hatte die Illusion des vollkommenen Glücks damals gedauert, die in einer Katastrophe geendet war. Er verscheuchte die unwillkommenen Gedanken und setzte sich an den Tisch in der Küche, den Nadja liebevoll dekoriert hatte. Es gab mit Ricotta und Spinat gefüllte Tortelloni, perfekt gebratenes Rinderfilet mit Barolosauce, Rucolasalat mit gehobeltem Parmesankäse, dazu einen herrlichen, fünfzehn Jahre alten Pomerol. Tobias stellte fest, dass es entgegen seiner Befürchtung nicht schwierig war, sich mit Nadja zu unterhalten. Sie erzählte von ihrer Arbeit, von witzigen und besonderen Ereignissen und Begegnungen – und das auf eine amüsante Weise, ohne mit dem Erreichten anzugeben. Nach dem dritten Glas Rotwein spürte Tobias dessen Wirkung. Sie verließen die Küche und setzten sich ins Wohnzimmer auf die Ledercouch, sie in eine Ecke, er in die andere. Wie gute, alte Freunde eben. Über dem Kamin hing ein gerahmtes Filmplakat von Nadjas erstem Kinofilm – der einzige Hinweis auf ihren großen Erfolg als Schauspielerin.

»Es ist wirklich unglaublich, was du erreicht hast«, sagte Tobias versonnen. »Ich bin echt wahnsinnig stolz auf dich.«

»Danke schön.« Sie lächelte und zog ein Bein unter sich. »Tja. Wer hätte das damals für möglich gehalten: Die hässliche Nathalie ist heute ein großer Filmstar.«

»Du warst doch nie hässlich«, widersprach Tobias, erstaunt darüber, dass sie sich selbst so gesehen hatte.

»Auf jeden Fall hast du mich nie beachtet.«

Zum ersten Mal an diesem Abend näherte sich ihr Gespräch dem heiklen Thema, das sie bisher beide sorgfältig vermieden hatten.

»Du warst doch immer meine allerbeste Freundin«, sagte Tobias. »Alle anderen Mädchen waren eifersüchtig auf dich, weil ich so viel mit dir zusammen war.«

»Aber geküsst hast du mich nie …«

Sie sagte das in einem neckischen Tonfall, aber plötzlich wurde Tobias klar, dass sie das damals gekränkt haben musste. Kein Mädchen wollte die beste Freundin eines attraktiven Jungen sein, und wenn das in dessen Augen eine noch so große Auszeichnung sein mochte. Tobias versuchte sich zu erinnern, weshalb er sich nie in Nadja verliebt hatte. Vielleicht weil sie so etwas wie eine kleine Schwester für ihn gewesen war? Sie hatten buchstäblich im selben Sandkasten gespielt, waren gemeinsam in den Kindergarten und in die Grundschule gegangen. Ihre Existenz in seinem Leben war eine Selbstverständlichkeit gewesen. Aber jetzt hatte sich etwas verändert. Nadja hatte sich verändert. Neben ihm saß nicht mehr Nathalie, die verlässliche, ehrliche, zuverlässige

Gefährtin aus Kindertagen. Neben ihm saß eine äußerst anziehende, wunderschöne Frau, die ihm, wie er allmählich begriff, ganz eindeutige Signale sendete. Konnte es tatsächlich sein, dass sie mehr von ihm wollte als Freundschaft?

»Warum hast du nie geheiratet?«, fragte er unvermittelt. Seine Stimme war heiser.

»Weil ich nie den passenden Mann getroffen habe.« Nadja zuckte die Achseln, beugte sich vor und schenkte Rotwein in die Gläser nach. »Mein Job ist ein absoluter Beziehungskiller. Dazu können die meisten Männer eine erfolgreiche Frau nicht vertragen. Und einen eitlen, selbstverliebten Berufskollegen will ich ganz sicher nicht. Das kann nicht gutgehen. Ich fühl mich ganz wohl, so wie es ist.«

»Ich habe deine Karriere verfolgt. Im Knast hat man viel Zeit zum Lesen und zum Fernsehen.«

»Welcher meiner Filme hat dir am besten gefallen?«

»Ich weiß nicht.« Tobias lächelte. »Alle sind gut.«

»Du Schmeichler.« Sie legte den Kopf schief. Eine lose Haarsträhne fiel ihr in die Stirn. »Eigentlich hast du dich gar nicht verändert.«

Sie zündete sich eine Zigarette an, zog einmal dran und steckte sie Tobias zwischen die Lippen, so wie sie es früher oft getan hatte. Ihre Gesichter waren einander ganz nah. Tobias hob die Hand und berührte ihre Wange. Er spürte ihren Atem warm auf seinem Gesicht, dann ihre Lippen auf seinem Mund. Sie zögerten beide für einen kurzen Moment.

»Es ist schlecht für deinen Ruf, wenn jemand erfährt, dass du einen Exknacki kennst«, flüsterte Tobias.

»Stell dir vor, mein Ruf war mir schon immer egal«, erwiderte sie mit rauer Stimme. Sie nahm ihm die Zigarette aus der Hand und legte sie achtlos hinter sich in den Aschenbecher. Ihre Wangen glühten, ihre Augen glänzten. Er empfand ihr Verlangen wie ein Echo seiner eigenen Begierde und zog sie über sich. Seine Hände glitten über ihre Oberschenkel, umfassten ihre Hüften. Sein Herz schlug schneller, eine Welle der Lust wogte durch seinen Körper, als ihre Zunge in seinen Mund drang. Wann hatte er das letzte Mal mit einer Frau geschlafen? Er konnte sich kaum daran erinnern. *Stefanie … das rote Sofa …* Ihr Kuss wurde leidenschaftlich. Ohne ihn zu unterbrechen, zerrten sie sich die Kleider vom Leib, liebten sich voller Begierde, stumm und keuchend und ohne jede Zärtlichkeit. Für die würde später Zeit genug sein.

Claudius Terlinden trank seinen Kaffee im Stehen und blickte aus dem Küchenfenster hinunter auf das Nachbarhaus. Wenn er sich beeilte, konnte er das Mädchen wieder mit hinunter an die Bushaltestelle nehmen. Als sein Prokurist Arne Fröhlich ihm vor ein paar Monaten seine fast erwachsene Tochter aus erster Ehe vorgestellt hatte, war es ihm nicht sofort aufgefallen. Die Piercings, die verrückte Frisur und die ausgefallene, schwarze Kleidung hatten ihn irritiert, ebenso wie ihr mürrisches Gesicht und die abweisende Haltung. Aber gestern, im Schwarzen Ross, als sie ihn angelächelt hatte, da hatte ihn die Erkenntnis wie ein Blitzschlag getroffen. Das Mädchen ähnelte auf beinahe schon unheimliche Weise Stefanie Schneeberger. Dieselben fein geschnittenen, alabasterblassen Gesichtszüge, der üppige Mund, die dunklen, wissenden Augen – einfach unglaublich!

»Schneewittchen«, murmelte er. In der letzten Nacht hatte er von ihr geträumt, ein eigenartiger, unheilvoller Traum, in dem sich Gegenwart und Vergangenheit auf verwirrende Weise vermischt hatten. Als er mitten in der Nacht schweißgebadet aufgewacht war, hatte er einen Moment gebraucht, um zu begreifen, dass es nur ein Traum gewesen war. Hinter sich hörte er Schritte und drehte sich um. Seine Frau erschien in der Küchentür, trotz der frühen Stunde perfekt frisiert.

99

»Du bist früh auf.« Er ging zur Spüle und ließ heißes Wasser über die Tasse laufen. »Hast du etwas vor?«

»Ich bin um zehn mit Verena in der Stadt verabredet.«

»Schön.« Es interessierte ihn nicht im Geringsten, wie seine Frau ihren Tag herumbrachte.

»Es geht wieder los«, sagte sie in diesem Augenblick. »Gerade, wo etwas Gras über das alles gewachsen ist.«

»Was meinst du?« Terlinden warf ihr einen irritierten Blick zu.

»Es wäre vielleicht wirklich besser gewesen, Sartorius' wären hier weggezogen.«

»Wo sollen sie denn hin? So eine Geschichte holt einen überall ein.«

»Trotzdem. Es wird Probleme geben. Die Leute im Dorf wetzen schon die Messer.«

»Das habe ich befürchtet.« Claudius Terlinden stellte seine Kaffeetasse in die Spülmaschine. »Übrigens ist Rita am Freitagabend bei einem Unfall schwer verletzt worden. Jemand soll sie von einer Brücke vor ein fahrendes Auto gestoßen haben.«

»Wie bitte?« Christine Terlinden riss erschüttert die Augen auf. »Woher weißt du das?«

»Ich habe gestern Abend noch kurz mit Tobias gesprochen.«

»Du hast – was? Warum erzählst du mir nichts davon?« Sie sah ihren Mann ungläubig an. Christine Terlinden war auch mit 51 Jahren noch immer eine bemerkenswert schöne Frau. Das naturblonde Haar trug sie zu einem modischen Pagenschnitt frisiert. Sie war klein und zierlich und schaffte es, selbst im Morgenmantel elegant zu wirken.

»Weil ich dich gestern Abend nicht mehr gesehen habe.«

»Du redest mit dem Jungen, besuchst ihn im Gefängnis, hilfst seinen Eltern – hast du vergessen, dass er dich damals in die ganze Sache mit hineingezogen hat?«

»Nein, das habe ich nicht«, erwiderte Claudius Terlinden. Sein Blick fiel auf die Küchenuhr an der Wand. Viertel nach sieben. In zehn Minuten würde Amelie das Haus verlassen. »Tobias hat damals der Polizei nur das gesagt, was er gehört hatte. Und eigentlich war es so auch besser, als wenn ...« Er hielt inne. »Sei froh, dass alles so gekommen ist. Sonst stünde Lars heute ganz sicher nicht da, wo er steht.«

Terlinden hauchte seiner Frau pflichtschuldig einen Kuss auf die dargebotene Wange.

»Ich muss los. Es kann spät werden heute Abend.«

Christine Terlinden wartete, bis sie die Haustür ins Schloss fallen hörte. Sie nahm eine Tasse vom Bord, stellte sie unter die Espressomaschine und drückte auf den Knopf für einen doppelten Espresso. Mit der Tasse in den Händen trat sie ans Fenster und beobachtete, wie der dunkle Mercedes ihres Gatten langsam die Auffahrt hinunterrollte. Wenig später hielt er vor dem Haus der Fröhlichs, die roten Bremslichter leuchteten in der Dunkelheit des frühen Morgens. Das Nachbarmädchen schien auf ihn gewartet zu haben und stieg nun zu ihm ins Auto. Christine Terlinden zog scharf die Luft ein, ihre Finger krampften sich um die Tasse. Sie hatte es kommen sehen, seit ihr Amelie Fröhlich das erste Mal begegnet war. Die unheilvolle Ähnlichkeit war ihr sofort aufgefallen. Es gefiel ihr nicht, dass das Mädchen eine Freundschaft mit Thies pflegte. Ihren behinderten Sohn aus alldem herauszuhalten war schon damals nicht leicht gewesen. Sollte sich etwa alles wiederholen? Das beinahe vergessene Gefühl hilfloser Verzweiflung machte sich in ihrem Innern breit.

»O nein, lieber Gott«, murmelte sie. »Bitte, bitte nicht noch einmal.«

*

Das Foto, das Ostermann aus dem Überwachungsvideo vom Bahnsteig herausgeschnitten hatte, war zwar nur in Schwarz-weiß und ziemlich grobkörnig, dennoch war der Mann mit der Baseballkappe recht gut zu erkennen. Leider hatte der Winkel der Kamera nicht ausgereicht, um die Vorkommnisse auf der Brücke aufzuzeichnen, aber die glaubhafte Zeugenaussage des vierzehnjährigen Niklas Bender reichte aus, um den Mann, sollte man ihn finden, festnehmen zu können. Bodenstein und Pia waren auf dem Weg nach Altenhain, um das Foto Hartmut Sartorius und seinem Sohn zu zeigen. Aber auch nach mehrfachem Klingeln öffnete niemand.

»Lass uns rüber in den Laden gehen und das Bild dort herumzeigen«, schlug Pia vor. »Ich habe irgendwie das Gefühl, dass dieser Angriff wirklich mit Tobias zusammenhing.«

Bodenstein nickte. Pia besaß eine ähnlich gute Intuition wie seine Schwester und behielt mit ihren Vermutungen oft recht. Den ganzen gestrigen Abend über hatte Bodenstein an das Gespräch mit Theresa gedacht und vergeblich darauf gewartet, dass Cosima ihm erzählen würde, mit wem sie in der Schmiede telefoniert hatte. Wahrscheinlich, so hatte Bodenstein sich eingeredet, war es völlig belanglos gewesen, und Cosima hatte es aus diesem Grunde schon vergessen. Sie telefonierte viel und wurde häufig von ihren Mitarbeitern angerufen, auch sonntags. Heute Morgen beim Frühstück hatte er beschlossen, der Sache keine zu große Bedeutung beizumessen, zumal sich Cosima ihm gegenüber völlig normal verhielt. Heiter und gutgelaunt hatte sie ihm von ihren Plänen für den Tag berichtet: Arbeiten am Film im Schneideraum, Treffen mit dem Sprecher, der den Text des Films sprechen würde, Mittagessen mit dem Team in Mainz. Alles ganz normal. Zum Abschied hatte sie ihn geküsst, wie beinahe jeden Morgen in den vergangenen fünfundzwanzig Jahren. Nein, er machte sich umsonst Sorgen.

Die Türglocke des kleinen Lebensmittelladens läutete, als sie das Geschäft betraten. Ein paar Frauen mit Einkaufskörben steckten zwischen den Regalen die Köpfe zusammen und tauschten wohl gerade den neuesten Dorfklatsch aus.

»Dein Einsatz, Chef«, sagte Pia leise zu Bodenstein, der die meisten weiblichen Wesen mit seinem unverschämt guten Aussehen und seinem Cary-Grant-Charme üblicherweise problemlos um den Finger wickeln konnte. Aber heute schien Bodenstein nicht in Form.

»Mach du das besser«, erwiderte er. Durch eine offene Tür konnte man in den Hof blicken, wo ein kräftiger, grauhaariger Mann gerade Steigen mit Obst und Gemüse aus einem Lieferwagen auslud. Pia zuckte die Schultern und steuerte direkt auf die Gruppe der Frauen zu.

»Guten Morgen.« Sie präsentierte ihren Ausweis. »Kripo Hofheim.«

Misstrauische und neugierige Blicke.

»Am Freitagabend wurde die Exfrau von Hartmut Sartorius Opfer eines hinterhältigen Angriffs.« Pia wählte ihre Worte mit Absicht ein wenig dramatisch. »Ich gehe mal davon aus, dass Sie Rita Cramer kennen?«

Allgemeines Kopfnicken.

»Wir haben hier ein Foto von dem Mann, der sie von einer Brücke direkt vor ein fahrendes Auto gestoßen hat.«

Das Ausbleiben entsetzter Reaktionen ließ vermuten, dass die Nachricht von dem Unfall bereits die Runde im Dorf gemacht hatte. Pia zog das Foto hervor und hielt es der Frau mit dem weißen Kittel, offenbar die Ladenbesitzerin, hin.

»Erkennen Sie diesen Mann?«

Die Frau betrachtete das Foto kurz mit zusammengekniffenen Augen, dann blickte sie auf und schüttelte den Kopf.

»Nein«, sagte sie und täuschte Bedauern vor. »Tut mir leid. Den habe ich noch nie gesehen.«

Auch die anderen drei schüttelten nacheinander ratlos die Köpfe, aber Pia war nicht der rasche Blick entgangen, den eine von ihnen mit der Ladenbesitzerin gewechselt hatte.

»Sind Sie ganz sicher? Schauen Sie noch mal genau hin. Die Bildqualität ist nicht besonders gut.«

»Wir kennen den Mann nicht.« Die Ladenbesitzerin hielt Pia das Foto hin und erwiderte ihren Blick, ohne mit der Wimper zu zucken. Sie log. Das war eindeutig.

»Schade.« Pia lächelte. »Darf ich fragen, wie Sie heißen?«

»Richter. Margot Richter.«

In dem Moment polterte der Mann aus dem Hof mit drei Kisten Obst in den Laden und stellte sie geräuschvoll ab.

»Lutz, das ist die Kriminalpolizei«, ließ sich Margot Richter vernehmen, bevor Pia auch nur den Mund öffnen konnte. Ihr Mann kam näher. Er war groß und korpulent, sein gutmütiges, knollennasiges Gesicht von Kälte und Anstrengung gerötet. Die Art, wie er seine Frau ansah, verriet, dass er unter ihrem Pantoffel stand und wenig zu melden hatte. Er ergriff das Foto mit seiner Pranke, aber bevor er es anschauen konnte, pflückte Margot Richter es ihm aus der Hand.

»Mein Mann kennt den Kerl auch nicht.«

Pia bedauerte den Ehemann, der sicherlich nicht viel zu lachen hatte.

»Sie erlauben.« Sie nahm Frau Richter das Bild wieder ab und hielt es ihrem Mann, bevor sie dagegen protestieren konnte, erneut vor die Nase. »Haben Sie diesen Mann schon einmal gesehen? Er hat Ihre ehemalige Nachbarin am Freitag vor ein fahrendes Auto gestoßen. Rita Cramer liegt seitdem auf der Intensivstation im künstlichen Koma, und es steht noch nicht fest, ob sie überleben wird.«

Richter zögerte kurz, schien seine Antwort abzuwägen. Er war kein guter Lügner, aber ein gehorsamer Ehemann. Sein unsicherer Blick zuckte für eine Sekunde zu seiner Frau hinüber.

»Nein«, sagte er schließlich. »Den kenne ich nicht.«

»Na gut. Vielen Dank auch.« Pia zwang sich zu einem Lächeln. »Einen schönen Tag noch.«

Sie verließ den Laden, gefolgt von Bodenstein.

»Sie kannten ihn alle.«

»Ja, ganz sicher.« Bodenstein blickte die Hauptstraße hinunter. »Da drüben ist ein Friseurladen. Lass es uns da versuchen.«

Sie gingen die paar Meter den schmalen Bürgersteig entlang, aber als sie den kleinen altmodischen Salon betraten, hängte die Friseurin gerade mit schuldbewusstem Gesichtsausdruck das Telefon ein.

»Guten Morgen«, grüßte Pia und nickte in Richtung Telefon. »Frau Richter hat Sie sicherlich schon über unser Anliegen informiert. Da kann ich mir meine Frage ja sparen.«

Die Frau guckte dämlich aus der Wäsche, ihr Blick wanderte von Pia zu Bodenstein und blieb an ihm hängen. Wäre ihr Chef heute besser drauf gewesen, hätte die Friseurin keine Chance gehabt.

»Was ist denn mit dir?«, erkundigte sich Pia leicht verärgert, als sie eine Minute später wieder auf der Straße standen. »Du hättest die Friseurtante doch nur einmal anlächeln müssen, dann wäre sie dahingeschmolzen und hätte dir wahrscheinlich Name, Adresse und Telefonnummer unseres Verdächtigen gegeben.«

»Entschuldige«, erwiderte Bodenstein nur lahm. »Ich bin heute irgendwie nicht richtig bei der Sache.«

Ein Auto rauschte in der engen Straße vorbei, ein zweites, dann ein Lkw. Sie mussten sich an die Hauswand pressen, um nicht von einem Außenspiegel gestreift zu werden.

»Auf jeden Fall lasse ich mir heute Mittag gleich die alten

Akten von dem Sartorius-Fall kommen«, sagte Pia. »Ich schwöre dir, das hängt alles zusammen.«

Eine Nachfrage im Blumenladen blieb genauso ergebnislos wie die im Kindergarten und im Sekretariat der Grundschule. Margot Richter hatte ihre Instruktionen bereits weitergegeben. Die Dorfgemeinschaft vollführte einen kollektiven Schulterschluss und übte sich in sizilianisch anmutendem Schweigen, um einen der Ihren zu schützen.

*

Amelie lag in der Hängematte, die Thies eigens für sie zwischen zwei Topfpalmen angebracht hatte, und ließ sich sanft hin und her wiegen. Vor den Sprossenfenstern rauschte der Regen herab und trommelte auf das Dach der Orangerie, die versteckt hinter einer mächtigen Trauerweide im weitläufigen Park der Terlinden'schen Villa lag. Hier war es warm und behaglich, es roch nach Ölfarbe und Terpentin, denn Thies nutzte das langgestreckte Gebäude, in dem die empfindlichen mediterranen Pflanzen aus dem Park überwinterten, als Atelier. Hunderte von bemalten Leinwänden reihten sich an den Wänden auf, akkurat nach Größe geordnet. In leeren Marmeladegläsern standen Dutzende von Pinseln. Thies war in allem, was er tat, zwanghaft ordentlich. Sämtliche Kübelpflanzen – Oleander, Palmen, Wandelröschen, Zitronen- und Orangenbäumchen – standen nebeneinander wie die Zinnsoldaten, ebenfalls geordnet nach ihrer Größe. Nichts war willkürlich abgestellt. Die Werkzeuge und Geräte, die Thies im Sommer für die Pflege des großen Parks brauchte, hingen an der Wand oder standen in Reih und Glied darunter. Manchmal verrückte Amelie etwas oder ließ mit Absicht eine Zigarettenkippe irgendwo liegen, um Thies damit zu ärgern. Er korrigierte diesen für ihn unerträglichen Zustand jedes

Mal unverzüglich. Auch bemerkte er sofort, wenn sie Pflanzen vertauscht hatte.

»Ich finde es total aufregend«, sagte Amelie. »Am liebsten würde ich noch mehr rausfinden, aber ich weiß nicht, wie.«

Sie erwartete keine Antwort, warf aber dennoch einen raschen Blick zu Thies hinüber. Er stand vor seiner Staffelei und malte konzentriert. Seine Bilder waren zum größten Teil abstrakt und in düsteren Farben gehalten, nichts für Wohnungen von depressiven Menschen, wie Amelie fand. Auf den ersten Blick sah Thies ganz normal aus. Wären seine Gesichtszüge nicht so steinern, wäre er sogar ein ziemlich hübscher Mann, mit dem ovalen Gesicht, der geraden, schmalen Nase und dem weichen, vollen Mund. Die Ähnlichkeit mit seiner schönen Mutter war nicht zu übersehen. Er hatte ihr helles Blondhaar geerbt und die großen nordischblauen Augen, umkränzt von dichten, dunklen Wimpern. Am liebsten mochte Amelie aber seine Hände. Thies besaß die sensiblen, feingliedrigen Hände eines Pianisten, denen auch die Gartenarbeit nicht geschadet hatte. Wenn er sich aufregte, führten sie mitunter ein Eigenleben, flatterten hin und her wie aufgescheuchte Vögel in einem Käfig. Jetzt aber war er ganz ruhig, wie fast immer, wenn er malte.

»Ich frage mich«, fuhr Amelie nachdenklich fort, »was Tobias mit den beiden Mädchen wohl gemacht hat. Wieso hat er das nie gesagt? Dann wäre er vielleicht gar nicht so lange im Gefängnis gewesen. Schon komisch. Aber irgendwie gefällt er mir. Er ist so ganz anders als die anderen Typen hier in diesem Kaff.«

Sie verschränkte die Arme hinter dem Kopf, schloss die Augen und gab sich einem behaglichen Gruseln hin. »Ob er sie zerstückelt hat? Vielleicht hat er sie sogar irgendwo auf seinem Hof einbetoniert.«

Thies arbeitete ungerührt weiter, mischte auf seiner Palette ein dunkles Grün mit einem Rubinrot, verwarf das Ergebnis nach kurzem Überlegen und fügte ein wenig Weiß hinzu. Amelie hielt die Hängematte an.

»Findest du mich eigentlich hübscher, wenn ich meine Piercings draußen habe?«

Thies schwieg. Amelie stemmte sich vorsichtig aus der schwankenden Hängematte hoch und ging zu ihm hinüber. Sie warf einen Blick über seine Schulter auf die Leinwand. Ihr klappte der Mund auf, als sie erkannte, was er in den vergangenen zwei Stunden gemalt hatte.

»Boah«, sagte sie beeindruckt und überrascht zugleich. »Das ist ja geil.«

*

Vierzehn abgegriffene Aktenordner waren aus dem Archiv des Frankfurter Polizeipräsidiums gekommen und standen in Kisten neben Pias Schreibtisch. 1997 hatte es im Main-Taunus-Kreis noch kein eigenes Dezernat für Gewaltdelikte gegeben; im Falle von Mord, Vergewaltigung und Totschlag war bis zur Reform der hessischen Polizei vor ein paar Jahren das K11 in Frankfurt zuständig gewesen. Aber das Aktenstudium musste noch warten, Dr. Nicola Engel hatte für vier Uhr eine dieser nutzlosen Teambesprechungen angesetzt, die sie so sehr liebte.

Es war warm und stickig im Besprechungsraum. Da nichts Spektakuläres auf der Tagesordnung stand, war die Stimmung schläfrig bis gelangweilt. Vor den Fenstern rauschte der Regen vom wolkenverhangenen Himmel, es wurde schon dunkel.

»Das Fahndungsfoto des Unbekannten geht heute an die Presse«, ordnete die Kriminalrätin an. »Irgendjemand wird ihn erkennen und sich melden.«

Andreas Hasse, der am Morgen bleich und wortkarg wieder zum Dienst erschienen war, nieste.

»Warum bleibst du nicht einfach noch zu Hause, bevor du uns hier alle verpestest?«, fuhr ihn Kai Ostermann, der direkt neben ihm saß, gereizt an. Hasse blieb die Antwort schuldig.

»Gibt es sonst noch etwas?« Der aufmerksame Blick von Dr. Nicola Engel wanderte von einem zum anderen, doch ihre Untergebenen mieden wohlweislich direkten Blickkontakt, denn sie schien jedem direkt ins Gehirn blicken zu können. Mit ihrem seismographischen Gespür hatte sie längst die unterschwellige Spannung bemerkt, die in der Luft lag und deren Ursache sie zu ergründen suchte.

»Ich habe mir die Akten des Falles Sartorius kommen lassen«, meldete sich Pia zu Wort. »Irgendwie habe ich das Gefühl, der Angriff auf Frau Cramer könnte im direkten Zusammenhang mit der Freilassung von Tobias Sartorius stehen. Die Leute in Altenhain haben heute alle den Mann auf dem Foto erkannt, dies aber geleugnet. Sie wollen ihn schützen.«

»Sehen Sie das auch so?«, wandte sich Nicola Engel an Bodenstein, der die ganze Zeit abwesend vor sich hin starrte.

»Das ist durchaus möglich.« Bodenstein nickte. »Die Reaktion der Leute war auf jeden Fall seltsam.«

»Gut.« Nicola Engel blickte Pia an. »Sie sehen die Akten durch. Aber halten Sie sich nicht zu lange mit dem alten Kram auf. Wir erwarten ja auch noch die Ergebnisse zu dem Skelett aus der Rechtsmedizin, und das hat dann Vorrang.«

»Tobias Sartorius ist in Altenhain verhasst«, sagte Pia. »Man hat das Haus seines Vaters mit einem Spruch beschmiert, und als wir am Samstag hinkamen, um die Nachricht vom Unfall zu überbringen, standen drei Frauen auf der anderen Straßenseite und haben ihn beschimpft.«

»Ich habe den Kerl damals erlebt.« Hasse räusperte sich ein paarmal. »Dieser Sartorius war ein eiskalter Killer. Ein arroganter, überheblicher Schönling, der allen weismachen wollte, er hätte einen Filmriss gehabt und könnte sich an nichts erinnern. Dabei war die Spurenlage offensichtlich. Er hat gelogen, bis er in den Knast ging.«

»Aber jetzt hat er seine Strafe abgesessen. Er hat ein Recht auf Resozialisierung«, entgegnete Pia. »Und das Verhalten der Dorfleute irritiert mich. Wieso lügen sie? Wen wollen sie schützen?«

»Das glaubst du aus den alten Akten herauslesen zu können?« Hasse schüttelte den Kopf. »Der Kerl hat seine Freundin erschlagen, als sie mit ihm Schluss gemacht hat, und weil seine Exfreundin das beobachtet hatte, musste sie auch sterben.«

Pia wunderte sich über das ungewöhnliche Engagement, das ihr sonst eher gleichgültiger Kollege plötzlich an den Tag legte.

»Das mag ja sein«, erwiderte sie. »Dafür hat er ja auch zehn Jahre gesessen. Aber vielleicht stoße ich in den alten Verhörprotokollen auf denjenigen, der Rita Cramer von der Brücke gestoßen hat.«

»Aber was willst du mit ...«, begann Hasse wieder, doch Nicola Engel beendete die Diskussion energisch.

»Frau Kirchhoff sieht die Akten durch, bis es Fakten über das Skelett gibt.«

Da es sonst nichts zu besprechen gab, war die Sitzung beendet. Nicola Engel verschwand in ihr Büro, das versammelte K 11 löste sich auf.

»Ich muss nach Hause«, sagte Bodenstein unvermittelt, nach einem Blick auf seine Uhr. Pia beschloss, ebenfalls heimzufahren und einen Teil der Akten mitzunehmen. Hier würde sich kaum noch etwas Wichtiges ereignen.

*

»Soll ich Ihnen den Koffer ins Haus tragen, Herr Minister?«, fragte der Chauffeur, aber Gregor Lauterbach schüttelte den Kopf.

»Das schaffe ich schon noch.« Er lächelte. »Sehen Sie zu, dass Sie nach Hause kommen, Forthuber. Morgen früh brauche ich Sie erst um acht.«

»In Ordnung. Dann noch einen schönen Abend, Herr Minister.«

Lauterbach nickte und ergriff den kleinen Koffer. Drei Tage war er nicht zu Hause gewesen, erst hatte er Termine in Berlin gehabt, dann die Kultusministerkonferenz in Stralsund, bei der sich die Kollegen aus Baden-Württemberg und Nordrhein-Westfalen über die Festlegung der Leitlinien zur Deckung des Lehrkräftebedarfs heftig in die Wolle gekriegt hatten. Er hörte das Telefon klingeln, als er die Haustür aufschloss und mit einem Handgriff die Alarmanlage abschaltete. Der Anrufbeantworter sprang an, aber der Anrufer machte sich nicht die Mühe, aufs Band zu sprechen. Gregor Lauterbach stellte den Koffer vor der Treppe ab, machte Licht und ging in die Küche. Er warf einen Blick auf die Post, die sich auf dem Küchentisch stapelte, von der Putzfrau fein säuberlich in zwei Stapel getrennt. Daniela war noch nicht zu Hause. Wenn er sich recht erinnerte, hielt sie heute Abend einen Vortrag bei einem Ärztekongress in Marburg. Lauterbach ging weiter ins Wohnzimmer und betrachtete eine Weile die Flaschen auf dem Sideboard, bevor er sich für einen zweiundvierzig Jahre alten Black Bowmore Scotch Whisky entschied. Ein Geschenk von irgendjemandem, der sich bei ihm anbiedern wollte. Er schraubte die Flasche auf und goss zwei Fingerbreit in ein Glas. Seit er Kultusminister in Wiesbaden war, trafen er und Daniela sich nur noch zufällig oder um ihre Terminkalender abzugleichen. Im selben Bett schliefen sie seit zehn Jahren nicht mehr. Lauterbach besaß eine geheime Wohnung in Idstein, in der er sich einmal pro Woche mit einer diskreten Geliebten traf. Er hatte ihr von vorneherein unmissverständlich klargemacht, dass er nicht vorhabe, sich jemals von Daniela scheiden zu lassen, und so spielte dieses Thema bei ihren Treffen keine Rolle. Ob Daniela ihrerseits ein Verhältnis hatte, wusste er nicht, und er würde sie nicht danach fragen. Er lockerte seine Krawatte, zog seine Anzugsjacke aus, warf sie nachlässig über die Lehne eines Sofas und nahm einen Schluck Scotch. Das Telefon klingelte erneut. Dreimal, dann übernahm wieder der Anrufbeantworter.

»Gregor.« Die männliche Stimme hatte einen dringlichen Unterton. »Wenn du da bist, geh bitte dran. Es ist sehr wichtig!«

Lauterbach zögerte einen Moment. Er erkannte die Stimme. Immer und überall schien alles sehr wichtig zu sein. Aber schließlich stieß er einen Seufzer aus und nahm ab. Der Anrufer hielt sich nicht mit höflichen Floskeln auf. Während Lauterbach zuhörte, spürte er, wie sich seine Nackenhaare aufstellten. Er richtete sich unwillkürlich auf. Das Gefühl der Bedrohung sprang ihn so plötzlich an wie ein Raubtier.

»Danke, dass du angerufen hast«, sagte er mit heiserer Stimme und drückte das Gespräch weg. Wie erstarrt stand er im Halbdunkel. Ein Skelett in Eschborn. Tobias Sartorius zurück in Altenhain. Seine Mutter war von einem Unbekannten von einer Brücke gestoßen worden. Und eine ehrgeizige Beamtin vom K 11 in Hofheim wühlte in alten Akten. Verdammt. Der teure Whisky schmeckte bitter. Achtlos stellte er das Glas ab und ging eilig die Treppe hinauf in sein Schlafzimmer. Es musste nichts bedeuten. Das alles konnte Zufall sein, versuchte er sich zu beruhigen. Aber es gelang ihm nicht. Lauterbach setzte sich auf das Bett, streifte die Schuhe von den Füßen und ließ sich zurücksinken. Eine Flut unwillkommener Bilder rauschte durch seinen Kopf. Wie konnte es sein, dass eine einzige, an sich unbedeutende falsche Entscheidung so katastrophale Auswirkungen hatte? Er schloss die Augen. Die Müdigkeit kroch durch seinen Körper. Seine Gedanken glitten von der Gegenwart auf verschlungenen Pfaden in die Welt der Träume und Erinnerungen. *Weiß wie Schnee, rot wie Blut, schwarz wie Ebenholz ...*

Dienstag, 11. November 2008

»Bei dem Skelett handelt es sich um ein Mädchen, das beim Eintritt des Todes zwischen fünfzehn und achtzehn Jahre alt gewesen ist.« Dr. Henning Kirchhoff war in Eile. Er musste das Flugzeug nach London erreichen, wo man ihn in einem Fall als Gutachter erwartete. Bodenstein saß auf einem Stuhl vor dem Schreibtisch und hörte zu, während Kirchhoff notwendige Unterlagen in seinen Koffer packte und dabei über verschmolzene Basilarnähte, partiell verschmolzene Darmbeinkämme und andere Altersindikatoren dozierte.

»Wie lang hat sie in dem Tank gelegen?«, unterbrach Bodenstein ihn schließlich.

»Zehn bis maximal fünfzehn Jahre.« Der Rechtsmediziner trat an den Leuchtkasten und tippte auf eine Röntgenaufnahme. »Sie hatte sich mal den Oberarm gebrochen. Hier ist deutlich eine verheilte Fraktur zu sehen.«

Bodenstein starrte auf das Bild. Weiß leuchteten die Knochen vor dem schwarzen Hintergrund.

»Ach ja, und was noch ganz interessant ist ...« Kirchhoff gehörte nicht zu der Sorte Mensch, der mit seinem Wissen herausplatzte. Selbst unter Zeitdruck vermochte er es noch spannend zu machen. Er blätterte ein paar Röntgenbilder durch, hielt sie gegen das Neonlicht des Kastens und hängte jenes, nach dem er gesucht hatte, neben die Aufnahme des

Armknochens. »Man hatte ihr die ersten Prämolare im rechten und linken Oberkiefer gezogen, wahrscheinlich weil ihr Kiefer zu klein war.«

»Und was bedeutet das?«

»Dass wir Ihren Leuten Arbeit abgenommen haben.« Kirchhoff fixierte Bodenstein mit hochgezogenen Brauen. »Als wir nämlich die Daten zum Zahnschema im Computer mit der Vermisstendatei abgeglichen haben, erhielten wir einen Treffer. Das Mädchen ist seit 1997 als vermisst gemeldet. Wir verglichen also unsere Röntgenbilder mit antemortalen Röntgenbildern der Vermissten – und siehe da ...«, er heftete ein weiteres Bild an den Leuchtkasten, »da haben wir den Bruch, als er noch ziemlich frisch war.«

Bodenstein übte sich in Geduld, obwohl ihm mittlerweile dämmerte, wen die Arbeiter auf dem alten Flugplatz in Eschborn da zufällig ausgegraben hatten. Ostermann hatte eine Liste von Mädchen und jungen Frauen erstellt, die in den letzten fünfzehn Jahren verschwunden und nicht wieder aufgetaucht waren. Zuoberst standen die Namen der beiden Mädchen, die Tobias Sartorius ermordet hatte.

»Da keine organischen Substanzen mehr vorhanden sind«, fuhr Kirchhoff fort, »war eine Sequenzierung nicht möglich, aber wir konnten die mitochondriale DNS extrahieren und landeten einen zweiten Treffer. Bei dem Mädchen aus dem Tank handelt es sich um ...«

Er verstummte, ging um seinen Schreibtisch herum und wühlte in einem der zahlreichen Papierberge.

»Laura Wagner oder Stefanie Schneeberger«, vermutete Bodenstein. Kirchhoff blickte auf und lächelte säuerlich.

»Sie sind ein Spielverderber, Bodenstein«, sagte er. »Weil Sie mir in Ihrer Ungeduld meine Pointe vermasseln wollten, sollte ich Sie eigentlich bis zu meiner Rückkehr aus London zappeln lassen. Aber wenn Sie so freundlich sind, mich bei diesem Sauwetter zur S-Bahn zu fahren, dann verrate ich Ihnen unterwegs, welche der beiden es ist.«

*

Pia saß an ihrem Schreibtisch und grübelte. Sie hatte gestern bis spät in die Nacht die Akten studiert und war dabei über einige Ungereimtheiten gestolpert. Die Fakten des Falles Tobias Sartorius waren klar, die Beweise gegen ihn auf den ersten Blick eindeutig. Aber eben nur auf den ersten Blick. Schon bei der Lektüre der Vernehmungsprotokolle hatten sich Pia Fragen aufgedrängt, auf die sie im Laufe des Aktenstudiums keine Antworten fand. Tobias Sartorius war zwanzig Jahre alt gewesen, als er wegen Totschlags an der damals siebzehnjährigen Stefanie Schneeberger und wegen Mordes an der ebenfalls siebzehnjährigen Laura Wagner zur höchsten Strafe, die das Jugendstrafrecht kannte, verurteilt worden war. Ein Nachbar hatte beobachtet, wie die beiden Mädchen am späten Abend des 6. September 1997 das Haus von Familie Sartorius im Abstand von wenigen Minuten betreten hatten; schon auf der Straße hatte es eine lautstarke Auseinandersetzung zwischen Tobias und seiner Exfreundin Laura Wagner gegeben. Zuvor waren alle drei auf der Kerb gewesen und hatten dort nach Zeugenaussagen erhebliche Mengen Alkohol konsumiert. Das Gericht hatte es als erwiesen angesehen, dass Tobias seine Freundin Stefanie Schneeberger im Affekt mit einem Wagenheber erschlagen hatte, um danach seine Exfreundin Laura, die Zeugin der Tat geworden war, ebenfalls zu erschlagen. Gemessen an der Menge des Blutes von Laura, das man überall im Haus, an Tobias' Kleidung und im Kofferraum seines Autos gefunden hatte, musste die Tat mit äußerster Brutalität ausgeführt worden sein. Die Mordmerkmale Grausamkeit und Verdeckung einer

Straftat waren somit gegeben. Bei einer Hausdurchsuchung hatte man Stefanies Rucksack in Tobias' Zimmer gefunden, Lauras Halskette in der Milchküche unter einem Waschbecken und schließlich die Mordwaffe, den Wagenheber, in der Jauchegrube hinter dem Kuhstall. Die Argumentation der Verteidigung, Stefanie habe nach dem Streit ihren Rucksack im Zimmer des Freundes vergessen, wurde als unerheblich abgetan. Zeugen hatten Tobias später, kurz nach 23:00 Uhr, in seinem Auto aus Altenhain hinausfahren sehen. Aber gegen 23:45 wollten seine Freunde Jörg Richter und Felix Pietsch an der Haustür mit ihm gesprochen haben! Er sei voller Blut gewesen und habe es abgelehnt, mit zur Wache am Kerbebaum zu kommen.

Über diese Zeitangaben war Pia gestolpert. Das Gericht war davon ausgegangen, dass Tobias die Leichen der beiden Mädchen im Kofferraum seines Autos wegtransportiert hatte. Aber was hatte er in einer knappen Dreiviertelstunde ausrichten können? Pia nahm einen Schluck Kaffee und stützte nachdenklich das Kinn in die Hand. Die Kollegen waren damals gründlich gewesen und hatten im Laufe ihrer Ermittlungsarbeit beinahe jeden Einwohner Altenhains befragt. Dennoch hatte sie das unbestimmte Gefühl, dass seinerzeit etwas übersehen worden war.

Die Tür ging auf, Kollege Hasse erschien im Türrahmen. Er war käsig weiß, nur seine Nase leuchtete rot und entzündet vom vielen Naseputzen.

»Na«, sagte Pia. »Geht's dir besser?«

Zur Antwort nieste Hasse zweimal hintereinander, dann holte er schniefend Luft und zuckte die Schultern.

»Mensch, Andreas, fahr nach Hause.« Pia schüttelte den Kopf. »Leg dich ins Bett und kurier dich aus. Hier ist doch im Moment tote Hose.«

»Wie weit bist du mit dem Zeug?« Er nickte argwöhnisch

in Richtung der Akten, die sich auf dem Boden neben Pias Schreibtisch stapelten. »Hast du was gefunden?«

Sie wunderte sich kurz über sein Interesse, aber wahrscheinlich trieb ihn nur die Befürchtung um, sie könne ihn um Hilfe bitten.

»Wie man's nimmt«, erwiderte sie. »Auf den ersten Blick scheint alles sehr sorgfältig überprüft worden zu sein. Aber trotzdem stimmt irgendetwas nicht. Wer hat damals die Ermittlungen geleitet?«

»KHK Brecht vom K 11 in Frankfurt«, sagte Hasse. »Aber falls du mit ihm reden willst, kommst du ein Jahr zu spät. Er ist letzten Winter gestorben. Ich war auf seiner Beerdigung.«

»Ach.«

»Ein Jahr nach seiner Pensionierung. So hat's Vater Staat am liebsten. Da schuftet man, bis man fünfundsechzig ist, und dann wandert man gleich in die Kiste.«

Pia überhörte die übliche Bitterkeit in seiner Stimme. Kollege Hasse hatte sich in seinem Leben sicher noch nicht dem Risiko ausgesetzt, sich zu Tode zu schuften.

*

Nachdem er Dr. Kirchhoff an der S-Bahn-Haltestelle am Stadion abgesetzt hatte, fuhr Bodenstein auf den Zubringer Richtung Frankfurter Kreuz. Die Eltern von Laura Wagner würden heute endlich Gewissheit über das Schicksal ihrer Tochter erhalten. Möglicherweise brachte es ihnen Erleichterung, wenn sie die sterblichen Überreste des Mädchens nach elf Jahren beerdigen und damit endgültig Abschied nehmen konnten. Er war so in Gedanken versunken, dass er ein paar Sekunden brauchte, bevor er das Kennzeichen des dunklen X5 direkt vor ihm erkannte. Was machte Cosima hier in Frankfurt? Hatte sie sich nicht noch heute Morgen bei ihm beklagt, sie müsse wohl den Rest der Woche im Sender in Mainz verbringen, weil sie mit dem Schnitt des Filmmaterials nicht vorwärtskamen? Bodenstein tippte ihre Handynummer ein. Trotz schlechter Sicht durch Nieselregen und Spritzwasser konnte er sehen, wie die Fahrerin vor ihm ein Handy ans Ohr hob. Er lächelte, als ihre vertraute Stimme aus dem Lautsprecher ertönte. *Schau mal in den Rückspiegel* hatte er eigentlich sagen wollen, aber eine plötzliche Eingebung hielt ihn davon ab. Die Worte seiner Schwester zuckten durch sein Gehirn. Er würde Cosima auf die Probe stellen und sich davon überzeugen lassen, dass sein Misstrauen ungerechtfertigt war.

»Was machst du gerade?«, fragte er also stattdessen. Ihre Antwort verschlug ihm die Sprache.

»Ich bin noch in Mainz. Heute hat gar nichts geklappt«, erwiderte sie in einem Tonfall, der ihn normalerweise nicht an ihrer Aussage hätte zweifeln lassen. Die Lüge versetzte ihm einen so heftigen Schock, dass er innerlich zu zittern begann. Seine Hände schlossen sich fester um das Lenkrad, er nahm den Fuß vom Gaspedal, ließ sich zurückfallen und von einem anderen Auto überholen. Sie log! Sie log immer weiter! Während sie den rechten Blinker setzte und auf die A5 abbog, erzählte sie ihm, dass sie den ganzen Szenenplan umgeworfen habe und deshalb nicht rechtzeitig mit dem Schnitt fertig geworden war.

»Wir hatten den Schneideraum nur bis zwölf zur Verfügung«, sagte sie. Das Blut rauschte in seinen Ohren. Die Erkenntnis, dass Cosima, seine Cosima, ihn derart eiskalt und unverfroren anlog, war mehr, als Bodenstein ertragen konnte. Am liebsten hätte er sie angeschrien, hätte gerufen *Bitte, bitte, lüg doch nicht, ich fahre hinter dir her!*, aber er konnte nichts sagen, brummte nur irgendetwas und drückte dann das Gespräch weg. Wie in Trance fuhr er den Rest der

Strecke zum Kommissariat. An den Garagen, in denen die Einsatzfahrzeuge standen, stellte er den Motor ab und blieb im Auto sitzen. Der Regen prasselte auf das Dach des BMW, rann über die Scheiben. Seine Welt zerfiel in Stücke. Wieso, zum Teufel, log Cosima ihn an? Die einzige Erklärung war, dass sie etwas getan hatte, von dem er nichts erfahren durfte. Was das sein könnte, wollte er überhaupt nicht wissen. So etwas passierte anderen, aber doch nicht ihm! Es dauerte eine Viertelstunde, bis er endlich in der Lage war, auszusteigen und zum Gebäude hinüberzugehen.

*

Im steten Nieselregen belud Tobias den Anhänger des Traktors, um dann alles zu den Containern zu transportieren, die neben der trockengelegten Jauchegrube abgestellt worden waren. Holz, Sperr- und Restmüll. Der Typ vom Entsorgungsunternehmen hatte mehrfach darauf hingewiesen, dass es ein teurer Spaß werden würde, sollte er den Dreck nicht anständig sortieren. Wegen des Metallschrotts war gegen Mittag der Schrotthändler auf den Hof gekommen. Dem Mann hatten Dollarzeichen in den Augen gestanden, als er gesehen hatte, welche Goldgrube sich vor ihm auftat. Mit zwei Gehilfen hatte er alles aufgeladen, angefangen von den rostigen Ketten, mit denen früher die Kühe angebunden worden waren, bis hin zu den Großteilen aus Stall und Scheune. Vierhundertfünfzig Euro hatte der Schrotthändler Tobias ausgezahlt und versprochen, in der nächsten Woche wiederzukommen und den Rest zu holen. Tobias war deutlich bewusst, dass jeder seiner Handgriffe von Nachbar Paschke mit Argusaugen beobachtet wurde. Der Alte verbarg sich hinter der Gardine, aber hin und wieder linste er durch einen Spalt hinaus. Tobias beachtete ihn nicht. Als sein Vater um halb fünf von der Arbeit kam, war von den Müllbergen im unteren Hof nichts mehr zu sehen.

»Aber die Stühle«, wandte Hartmut Sartorius verstört ein. »Die waren doch noch in Ordnung. Und die Tische. Das hätte man doch alles streichen können ...«

Tobias bugsierte seinen Vater ins Haus, dann zündete er sich eine Zigarette an und gönnte sich die erste wohlverdiente Pause seit dem Morgen. Er setzte sich auf die oberste Treppenstufe und blickte zufrieden über den aufgeräumten Hof, in dessen Mitte nur noch die alte Kastanie stand. Nadja. Das erste Mal gestattete er es seinen Gedanken, zur vorgestrigen Nacht zurückzuschweifen. Er mochte zwar dreißig Jahre alt sein, aber was Sex anbelangte, war er ein blutiger Anfänger. Im Vergleich zu dem, was Nadja und er getan hatten, erschienen ihm seine Erlebnisse von früher geradezu kindisch. Seine Phantasie hatte sie aus Mangel an Vergleichen im Laufe der Jahre zu etwas Großartigem, Einzigartigem aufgebauscht, aber nun konnte er sie in die richtige Relation rücken. Kinderkram, das verschämte Rein und Raus im muffigen Jugendbett, die Jeans samt Unterhose in den Kniekehlen, immer mit wachsam gespitzten Ohren – nicht dass unverhofft die Eltern hereinplatzten, weil doch der Schlüssel der Zimmertür fehlte.

»Puh«, seufzte er nachdenklich. Es hörte sich schwülstig an, aber zweifellos hatte erst Nadja ihn wirklich zum Mann gemacht. Nach der ersten, hastigen Vereinigung auf dem Sofa waren sie ins Bett gegangen, und er hatte angenommen, das sei alles gewesen. Sie hatten sich in den Armen gehalten, gestreichelt, geredet, und Nadja hatte ihm gestanden, dass sie ihn schon damals geliebt habe. Es sei ihr erst bewusst geworden, als er aus ihrem Leben verschwunden sei. Und all die Jahre habe sie jeden Mann, dem sie begegnete, unbewusst an ihm gemessen. Dieses Geständnis aus dem Mund dieser wunderschönen Fremden, die er nicht mehr recht mit der Freundin aus Kindertagen in Verbindung zu bringen vermochte, hatte ihn irritiert und gleichzeitig tief beglückt. Es war ihr gelungen, ihn zu schweißtreibenden körperlichen Höchstleistungen zu motivieren, zu denen er selbst sich nie für fähig gehalten hatte. Er glaubte, sie noch immer zu riechen, zu schmecken und zu spüren. Einfach wundervoll. Großartig. Geil. Tobias war so in Gedanken versunken, dass er die leisen Schritte nicht hörte und erschrocken zusammenzuckte, als eine Gestalt unerwartet um die Hausecke bog.

»Thies?«, fragte er erstaunt. Er stand auf, machte aber keinen Versuch, auf den Sohn der Nachbarn zuzugehen oder ihn gar zu umarmen. Thies Terlinden hatte solche Vertraulichkeiten noch nie geschätzt. Er schaute ihm auch jetzt nicht in die Augen, stand nur stumm da, die Arme fest an den Körper gepresst. Seine Behinderung sah man ihm heute wie damals nicht an. So ähnlich musste also Lars heute aussehen. Lars, der um zwei Minuten jüngere Zwilling, der durch die Krankheit seines Bruders unfreiwillig zum Kronprinzen der Terlinden-Dynastie aufgestiegen war. Tobias hatte seinen besten Freund nach jenem verhängnisvollen Tag im September 1997 nie mehr wiedergesehen. Erst jetzt fiel ihm auf, dass er mit Nadja gar nicht über Lars gesprochen hatte, obwohl sie früher wie Geschwister gewesen waren. Kalle, Anders und Eva-Lotte, hatten sie sich genannt, die Weiße Rose – wie bei Astrid Lindgren. Plötzlich machte Thies von sich aus einen Schritt auf Tobias zu und hielt ihm zu seiner Verwunderung die Hand hin, mit der Handfläche nach oben. Erstaunt begriff Tobias, was Thies erwartete: So hatten sie sich früher begrüßt, mit einem dreimaligen Abklatschen. Zuerst war es ihr geheimes Banden-Erkennungszeichen gewesen, später ein Spaß, den sie beibehalten hatten. Ein leichtes Lächeln erschien auf Thies' hübschem Gesicht, als Tobias ihn abklatschte.

»Hallo, Tobi«, sagte er mit seiner eigentümlichen Stimme, der jede Intonation fehlte. »Schön, dass du wieder da bist.«

*

Amelie wischte den langen Tresen ab. Der Gastraum im Schwarzen Ross war noch leer, um halb sechs war es zu früh für die abendliche Kundschaft. Zu ihrem eigenen Erstaunen war es ihr nicht schwergefallen, heute auf ihr übliches Outfit zu verzichten. Sollte ihre Mutter wieder einmal recht behalten und war ihr Goth-Dasein nicht etwa, wie von ihr behauptet, eine Lebenseinstellung, sondern tatsächlich nur eine pubertäre Protestphase? In Berlin hatte sie sich in den weiten, schwarzen Klamotten wohl gefühlt, mit dem Schmuck, der Schminke und der aufwendigen Frisur. Ihre Freunde sahen alle so aus, und niemand drehte sich nach ihnen um, wenn sie wie ein Schwarm schwarzer Raben in der Gruppe durch die Straßen vagabundierten, mit den Springerstiefeln gegen Laternenpfähle traten und gelegentlich mit Mülleimern Fußball spielten. Was die Lehrer und andere Spießer sagten, war ihr schnuppe gewesen, sie hatte sie nicht einmal richtig wahrgenommen. Störende Objekte, die die Lippen bewegten und unsinniges Zeug redeten. Doch plötzlich war alles anders. Die anerkennenden Blicke der Männer am Sonntag, die zweifellos ihrer Figur und ihrem tiefen Ausschnitt gegolten hatten, hatten ihr gefallen. Mehr als das. Sie war wie auf Wolken gelaufen, als sie begriffen hatte, dass jeder Mann im Schwarzen Ross auf ihren Hintern starrte, Claudius Terlinden inklusive. Dieses Hochgefühl hielt noch immer an. Jenny Jagielski kam aus der Küche gewatschelt, die Kreppsohlen ihrer Schuhe verursachten ein quatschendes Geräusch. Bei Amelies Anblick zog sie die Augenbrauen hoch.

»Von der Vogelscheuche zum Vamp«, bemerkte sie spitz. »Na, wem's gefällt.«

Dann beäugte sie kritisch das Ergebnis von Amelies Arbeit, fuhr mit dem Zeigefinger über die Platte und war zufrieden.

»Du kannst noch die Gläser spülen«, sagte sie. »Mein Bruder hat es wohl mal wieder nicht geschafft.«

Vom Mittagsgeschäft standen noch Dutzende benutzter Gläser neben dem Spülbecken. Amelie war es egal, was sie tat. Hauptsache, sie bekam jeden Abend ihre Kohle. Jenny kletterte auf einen Barhocker vor dem Tresen und zündete sich trotz Rauchverbots eine Zigarette an. Das tat sie öfter, wenn sie allein war und in friedlicher Stimmung wie heute. Amelie ergriff die günstige Gelegenheit, sie über Tobias Sartorius auszufragen.

»Natürlich kenne ich ihn von früher«, antwortete Jenny. »Der Tobi war ja ein guter Kumpel von meinem Bruder und oft bei uns zu Hause.«

Sie seufzte und schüttelte den Kopf.

»Trotzdem wär's besser, er wäre nicht hierher zurückgekommen.«

»Wieso?«

»Na ja, überleg doch mal, wie das für Manfred und Andrea sein muss, wenn sie dem Mörder ihrer Tochter über den Weg laufen!«

Amelie trocknete die ersten gespülten Gläser ab, polierte sie sorgfältig.

»Was ist denn damals überhaupt passiert?«, fragte sie beiläufig, aber es bedurfte keiner Motivation, denn ihre Chefin war in Plauderlaune.

»Tobi war erst mit der Laura zusammen, dann mit der Stefanie. Die war neu in Altenhain. An dem Tag, an dem die beiden verschwunden sind, war Kerb. Das ganze Dorf war im Zelt. Ich war damals vierzehn und fand es toll, dass ich den ganzen Abend dableiben durfte. Ehrlich gesagt habe ich gar nicht mitbekommen, was passiert ist. Erst am nächsten Morgen, als die Polizei auftauchte, mit Hunden und Hubschrauber und so weiter, da habe ich mitgekriegt, dass die Laura und die Stefanie verschwunden waren.«

»Hätte ich gar nicht gedacht, dass in so einem Kaff wie Altenhain so etwas Aufregendes passieren kann«, sagte Amelie.

»Aufregend war's tatsächlich«, erwiderte Jenny und betrachtete versonnen die Zigarette, die zwischen ihren Wurstfingern vor sich hin qualmte. »Aber seitdem ist hier im Dorf nichts mehr, wie es mal war. Früher waren alle miteinander befreundet. Das ist vorbei. Tobis Vater war der Wirt vom Goldenen Hahn, da war jeden Abend was los, mehr als hier. Die hatten noch einen riesigen Saal, da ging an Fasching richtig die Post ab. Das Schwarze Ross gab's damals ja noch gar nicht. Mein Mann hat früher als Koch im Goldenen Hahn gearbeitet.«

Sie verstummte, hing ihren Erinnerungen nach. Amelie schob ihr einen Aschenbecher hin.

»Ich weiß noch, dass die Polizei Jörg und seine Freunde stundenlang verhört hat«, fuhr Jenny schließlich fort. »Niemand wusste irgendwas. Und dann hieß es, Tobi hätte die beiden Mädchen umgebracht. Die Polizei hat Blut von Laura in Tobis Auto gefunden und Stefanies Sachen unter seinem Bett. Und der Wagenheber, mit dem Stefanie erschlagen worden ist, lag in Sartorius' Jauchegrube.«

»Ist ja krass. Haben Sie Laura und Stefanie gekannt?«

»Die Laura, ja. Die war ja in der Clique mit meinem Bruder, Felix, Micha, Tobi, Nathalie und Lars.«

»Nathalie? Lars?«

»Terlinden. Und die Nathalie Unger ist eine berühmte Schauspielerin geworden. Heute nennt sie sich Nadja von

Bredow. Vielleicht hast du sie schon mal im Fernsehen gesehen.« Jenny starrte vor sich hin. »Aus den beiden ist was Gescheites geworden. Lars muss einen Superjob bei einer Bank haben. Was Genaues weiß keiner. Er war nie mehr hier in Altenhain. Tja, ich hab auch immer von der großen, weiten Welt geträumt. Aber oft kommt es eben anders, als man denkt …«

Es fiel Amelie schwer, sich ihre fette, chronisch schlechtgelaunte Chefin als fröhliches, vierzehnjähriges Mädchen vorzustellen. War sie vielleicht deshalb oft so bösartig, weil sie in diesem Kaff hängen geblieben war, mit drei ewig nölenden kleinen Kindern und einem Mann, der sie als Anspielung auf ihre Figur vor allen Leuten verächtlich »Micheline« rief?

»Und Stefanie?«, fragte Amelie, als Jenny in ihren Erinnerungen zu versinken drohte. »Wie war sie so?«

»Hm.« Jenny starrte nachdenklich ins Leere. »Schön war sie. Weiß wie Schnee, rot wie Blut, schwarz wie Ebenholz.«

Ihr Blick richtete sich auf Amelie. Ihre hellen Augen mit den blonden Wimpern erinnerten an die eines Schweins.

»Du siehst ein bisschen aus wie sie.« Das klang nicht wie ein Kompliment.

»Ehrlich?« Amelie hielt mit ihrer Arbeit inne.

»Stefanie war ein ganz anderes Kaliber als die Mädchen aus dem Dorf«, sprach Jenny weiter. »Sie war gerade erst mit ihren Eltern hierhergezogen, und Tobi hatte sich sofort in sie verknallt und mit Laura Schluss gemacht.« Jenny kicherte verächtlich. »Da hat mein Bruder seine Chance gesehen. Die Jungs waren alle ganz verrückt nach der Laura. Die war richtig hübsch. Aber auch ganz schön zickig. Sie war stinkwütend, als Stefanie zur Miss Kerb gewählt worden ist und nicht sie.«

»Warum sind Schneebergers hier weggezogen?«

»Würdest du in dem Dorf bleiben, wo deinem Kind so was

Schreckliches zugestoßen ist? Sie haben noch ungefähr drei Monate hier gewohnt, dann waren sie eines Tages weg.«

»Hm. Und der Tobi? Was war das für ein Typ?«

»Ach, in den waren alle Mädchen verliebt. Ich auch.« Jenny lächelte wehmütig bei der Erinnerung an die Zeiten, in denen sie noch jung und dünn und voller Träume gewesen sein mochte. »Er sah toll aus und war einfach ... cool. Und trotzdem nie überheblich, wie die anderen Jungs. Wenn sie ins Schwimmbad gefahren sind, hatte er nichts dagegen, wenn ich mitkomme. Die anderen haben gemault, von wegen die kleine Klette soll doch zu Hause bleiben und so. Nee, er war schon süß. Und gescheit noch dazu. Alle haben geglaubt, er wird mal was richtig Großes. Tja. Und dann das. Aber Alkohol verändert einen Menschen. Wenn Tobi was getrunken hat, ist er nicht mehr er selbst ...«

Die Tür ging auf, zwei Männer kamen herein, und Jenny drückte rasch die Zigarette aus. Amelie räumte die gespülten Gläser weg, dann ging sie zu den Gästen, reichte ihnen die Speisekarten. Auf dem Rückweg nahm sie von einem Tisch die Tageszeitung mit. Ihr Blick fiel auf die aufgeschlagene Seite im Lokalteil. Die Polizei suchte nach dem Mann, der Tobias' Mutter von der Brücke gestoßen hatte.

»Ach du Scheiße«, murmelte Amelie und bekam große Augen. Auch wenn das Fahndungsfoto von schlechter Qualität war, hatte sie den Mann sofort erkannt.

*

Bodenstein hatte den Moment gefürchtet, in dem er Cosima gegenübertreten musste. Er hatte in seinem Büro gesessen und nachgedacht, bis es sich nicht mehr aufschieben ließ. Sie war oben im Badezimmer, als er das Haus betrat, lag in der Badewanne, wie er am Plätschern des Wassers hörte. Mit hängenden Armen stand er in der Küche, als sein Blick auf ihre Tasche fiel, die über einer Stuhllehne hing. Noch nie in seinem Leben hatte Bodenstein die Tasche seiner Frau durchsucht. Genauso wenig wäre es ihm je eingefallen, auf ihrem Schreibtisch herumzuschnüffeln – weil er ihr immer vertraut hatte und davon ausgegangen war, dass sie nichts vor ihm zu verbergen suchte. Jetzt war es anders. Er kämpfte einen Augenblick mit sich, dann ergriff er die Tasche und wühlte darin herum, bis er ihr Handy gefunden hatte. Das Herz schlug ihm bis zum Hals, als er das Gerät aufklappte. Sie hatte es nicht ausgeschaltet. Bodenstein wusste, dass er einen schlimmen Vertrauensbruch beging, aber er konnte nicht anders. Im Menü rief er den Ordner Nachrichten auf und klickte sich durch die SMS. Gestern Abend um 21:48 hatte sie von einem unbekannten Absender eine Kurznachricht erhalten. *Morgen, 9:30? Gleicher Ort?* Und sie hatte geantwortet, nur eine Minute später. Wo war er denn gewesen? Wieso hatte er nicht mitbekommen, dass Cosima schrieb: *Alles klar, freue mich!!!* Drei Ausrufezeichen. Ein flaues Gefühl machte sich in seinem Magen breit. Die Befürchtungen, die er den ganzen Tag mit sich herumgetragen hatte, schienen sich zu bewahrheiten. Mit den drei Ausrufezeichen fielen schon mal die harmloseren Möglichkeiten wie Arzt oder Friseur weg. Darüber würde sie sich um zehn vor zehn an einem Montagabend kaum so sehr freuen. Bodenstein lauschte mit einem Ohr nach oben, während er das Handy weiter nach verräterischen Botschaften durchsuchte. Aber Cosima musste erst kürzlich den Speicher gelöscht haben, er fand sonst nichts. Er zückte sein eigenes Handy und speicherte die Telefonnummer des Unbekannten, der sich an einem Dienstagvormittag um halb zehn offenbar zum wiederholten Mal mit seiner Ehefrau traf. Bodenstein klappte das Handy zu und ließ es zurück in die Tasche gleiten. Ihm war übel. Der Gedanke, dass Cosima ihn hinterging, ihn belog, war schier unerträglich. Er selbst hatte sie noch nie angelogen, in über fünfundzwanzig Jahren Ehe nicht. Es war nicht immer von Vorteil, stets gradlinig und ehrlich zu sein, aber Lügen und falsche Versprechungen widerstrebten seinem Charakter und seiner strengen Erziehung zutiefst. Sollte er jetzt hochgehen und sie mit seinem Verdacht konfrontieren, sie fragen, weshalb sie ihn angelogen hatte? Bodenstein fuhr sich mit allen zehn Fingern durch das dichte, dunkle Haar und holte tief Luft. Nein, entschied er, er würde nichts sagen. Würde den Schein und die Illusion einer intakten Beziehung noch ein wenig wahren. Das mochte feige sein, aber er fühlte sich einfach nicht imstande, sein Leben in beide Hände zu nehmen und zu zerschmettern. Noch bestand die winzige Hoffnung, dass es nicht das war, wonach es aussah.

*

Sie kamen zu zweit oder in kleinen Gruppen, wurden durch den Hintereingang in die Kirche eingelassen, nachdem sie das Codewort genannt hatten. Die Einladung war mündlich erfolgt, das Codewort war wichtig, denn er wollte sichergehen, dass nur die Richtigen dabei waren. Elf Jahre war es her, dass er ein solches Geheimtreffen einberufen und damit noch größeres Unheil verhindert hatte. Nun war es höchste Zeit, erneut Maßnahmen zu ergreifen, bevor die Situation eskalierte. Er stand neben der Orgel auf der Empore, hinter einem der Holzbalken verborgen, und beobachtete mit wachsender Nervosität, wie sich die Bankreihen unter ihm allmählich füllten. Das Flackern der wenigen Kerzen im Altarraum warf groteske Schatten an Decke und Wände des gewölbeartigen Kirchenschiffs. Elektrisches Licht hätte möglicherweise ungewollte Aufmerksamkeit erregt, denn selbst der dichte

Nebel, der sich draußen herabgesenkt hatte, würde die hell erleuchteten Kirchenfenster nicht verbergen können. Er räusperte sich, rieb die feuchten Handflächen aneinander. Ein Blick auf die Uhr verriet ihm, dass es so weit war. Sie waren alle da. Langsam tastete er sich die hölzerne Wendeltreppe nach unten, die Stufen knarrten unter seinem Gewicht. Als er aus der Dunkelheit in das schummerige Kerzenlicht trat, erstarben die flüsternd geführten Gespräche. Die Kirchturmglocke schlug elfmal – eine perfekte Choreographie. Er trat vor die erste Bankreihe in den Mittelgang, blickte in die vertrauten Gesichter; was er sah, machte ihm Mut. Alle Augen waren auf ihn gerichtet, und er erkannte in ihnen dieselbe Entschlossenheit wie damals. Sie alle hatten verstanden, um was es hier ging.

»Danke, dass ihr heute Abend hierhergekommen seid«, begann er die Rede, an der er im Geiste lange gefeilt hatte. Obwohl er leise sprach, drang seine Stimme bis in den letzten Winkel des großen Raumes. Die Akustik der Kirche war perfekt, das wusste er von den Chorproben. »Die Situation ist unhaltbar geworden, seitdem *er* wieder da ist, und ich habe euch heute hierhergebeten, um mit euch zu entscheiden, wie wir mit der Sache umgehen.«

Er war kein geübter Redner, zitterte innerlich vor Aufregung, wie immer, wenn er vor anderen Menschen sprechen musste. Dennoch gelang es ihm, sein und des Dorfes Anliegen in wenige Worte zu fassen. Keinem der Anwesenden musste erklärt werden, um was es heute Abend ging, und so zuckte auch niemand mit der Wimper, als er seinen Entschluss verkündete. Für einen Augenblick herrschte Totenstille. Jemand hustete unterdrückt. Er spürte, wie ihm der Schweiß über den Rücken lief. Auch wenn er von der absoluten Notwendigkeit seines Vorhabens fest überzeugt war, so war er sich doch dessen bewusst, dass er in einer Kirche stand und zu einem

Mord aufgerufen hatte. Sein Blick glitt über die Gesichter der vierunddreißig Menschen vor ihm. Jeden Einzelnen kannte er, seitdem er denken konnte. Niemand von ihnen würde auch nur ein Wort über das, was hier besprochen wurde, verlauten lassen. Damals, vor elf Jahren, war es nicht anders gewesen. Gespannt wartete er.

»Ich bin dabei«, ertönte endlich eine Stimme aus der dritten Reihe.

Es wurde still. Ein Freiwilliger fehlte noch. Zu dritt mussten sie mindestens sein.

»Ich komme auch mit«, sagte schließlich jemand. Ein Aufseufzen ging durch die Versammlung.

»Gut.« Er war erleichtert. Für einen Moment hatte er befürchtet, sie würden einen Rückzieher machen. »Es wird eine Warnung sein. Wenn er danach nicht freiwillig verschwindet, machen wir Ernst.«

Mittwoch, 12. November 2008

Missvergnügt betrachtete Dr. Nicola Engel ihr dezimiertes K 11. Sie waren nur zu viert bei der morgendlichen Teambesprechung, außer Behnke fehlte heute auch Kathrin Fachinger. Während Ostermann über das wenig zufriedenstellende Echo ihres Fahndungsaufrufes berichtete, rührte Bodenstein mit abwesender Miene in seinem Kaffee. Pia fand, er sah übernächtigt aus, als habe er nicht viel Schlaf gefunden. Was war bloß mit ihm los? Seit ein paar Tagen machte er den Eindruck, als würde er einen Meter neben sich stehen. Pia vermutete familiäre Sorgen. Im Mai des vorletzten Jahres war er schon mal so seltsam gewesen; damals hatte er sich Sorgen um Cosimas Gesundheit gemacht, die sich im Nachhinein als unbegründet erwiesen hatten – er hatte nichts von ihrer Schwangerschaft gewusst.

»Also.« Dr. Engel ergriff das Wort, als Bodenstein es nicht tat. »Bei dem Skelett aus dem Flugzeughangar handelt es sich um die seit dem September 1997 vermisste Laura Wagner aus Altenhain. Die DNA passt, die verheilte Fraktur des linken Oberarmes stimmt mit einem Vergleich antemortaler Röntgenaufnahmen überein.«

Pia und Ostermann kannten den Inhalt des rechtsmedizinischen Berichts, hörten aber geduldig zu, bis ihre oberste Chefin ihren Vortrag beendet hatte. Ob sich Frau Dr. Engel in ihrem Job langweilte und sich deshalb ständig in die Arbeit des K 11 einmischte? Ihr Vorgänger, Dr. Nierhoff, war alle Jubeljahre mal aufgetaucht, meist nur dann, wenn es einen richtig spektakulären Fall aufzuklären galt.

»Ich frage mich nur«, sagte Pia, als Dr. Engel geendet hatte, »wie Tobias Sartorius innerhalb einer knappen Dreiviertelstunde von Altenhain nach Eschborn gefahren, in ein gesichertes und abgesperrtes Militärgelände eingedrungen und die Leiche in einen Erdtank geworfen haben soll.«

In der Runde war es still; alle bis auf Bodenstein sahen sie an.

»Sartorius hat die beiden Mädchen angeblich im Haus seiner Eltern ermordet«, erläuterte Pia. »Er wurde von den Nachbarn beobachtet, als er erst mit Laura Wagner das Haus betreten hat und später, als er Stefanie Schneeberger die Tür geöffnet hat. Das nächste Mal wurde er von seinen Freunden gegen Mitternacht gesehen, als die ihn abholen wollten.«

»Was wollen Sie damit sagen?«, wollte Dr. Engel wissen.

»Dass Tobias Sartorius möglicherweise nicht der Täter gewesen ist.«

»Natürlich war er's«, widersprach Hasse sofort. »Hast du vergessen, dass er verurteilt wurde?«

»In einem reinen Indizienprozess. Und ich bin beim Studium der Akten auf einige Ungereimtheiten gestoßen. Um Viertel vor elf hat der Nachbar beobachtet, wie Stefanie Schneeberger zu Tobias Sartorius ins Haus gegangen ist, und eine halbe Stunde später wurde sein Auto von zwei Zeugen in Altenhain gesehen.«

»Ja«, sagte Hasse. »Er hat die Mädchen getötet, sich in sein Auto gesetzt und die beiden Leichen weggeschafft. Das alles wurde nachgestellt.«

»Damals ging man davon aus, dass er die Leichen in der Nähe abgelegt hatte. Heute wissen wir, dass das nicht der Fall war. Und wie ist er auf das abgesperrte Militärgelände gelangt?«

»Die jungen Leute haben dort immer wieder heimlich gefeiert. Sie kannten irgendeinen geheimen Zugang.«

»Das ist doch Unsinn.« Pia schüttelte den Kopf. »Wie soll denn ein angetrunkener Mann so etwas alleine fertigbringen? Und was hat er mit der zweiten Leiche gemacht? Die haben wir nicht in dem Tank gefunden! Ich sage euch, das Zeitfenster ist viel zu knapp!«

»Frau Kirchhoff«, mahnte Dr. Engel. »Wir ermitteln hier nicht. Der Täter wurde seinerzeit gefasst, überführt, verurteilt und hat seine Strafe abgesessen. Fahren Sie zu den Eltern des Mädchens, teilen Sie ihnen mit, dass die sterblichen Überreste ihrer Tochter gefunden wurden, und basta.«

*

»Und basta!«, äffte Pia ihre Chefin nach. »Ich denke gar nicht daran, das einfach auf sich beruhen zu lassen. Es ist offensichtlich, dass damals schlampig ermittelt wurde und die Schlussfolgerungen absolut willkürlich waren. Und ich frage mich, warum!«

Bodenstein, der ihr das Steuer überlassen hatte, erwiderte nichts. Er hatte seine langen Beine in dem unbequem engen Dienst-Opel gefaltet, die Augen geschlossen und die ganze Fahrt über keinen Ton gesagt.

»Sag mal, was ist eigentlich los mit dir, Oliver?«, fragte Pia schließlich leicht verärgert. »Ich hab keine Lust, den ganzen Tag mit jemandem herumzufahren, der so gesprächig ist wie eine Leiche!«

Bodenstein öffnete ein Auge und seufzte. »Cosima hat mich gestern angelogen.«

Aha. Ein familiäres Problem. Wie vermutet.

»Und? Wer hat nicht schon einmal gelogen?«

»Ich.« Bodenstein öffnete auch das zweite Auge. »Ich habe

Cosima noch nie angelogen. Selbst die Sache mit der Kaltensee damals habe ich ihr gesagt.«

Er räusperte sich, dann erzählte er Pia, was gestern geschehen war. Sie hörte mit wachsendem Unbehagen zu. Das klang
allerdings ernst. Doch sogar in dieser Situation bereitete ihm
sein aristokratisches Ehrgefühl ein schlechtes Gewissen, weil
er im Handy seiner Frau heimlich nach Beweisen gesucht
hatte.

»Es kann für alles eine ganz harmlose Erklärung geben«,
erwiderte Pia, obwohl sie nicht daran glaubte. Cosima von
Bodenstein war eine schöne, temperamentvolle Frau, die
durch ihren Job als Filmproduzentin selbständig und finanziell unabhängig war. In der letzten Zeit hatte es des Öfteren
kleinere Reibereien zwischen ihr und Bodenstein gegeben,
das hatte Pia mitbekommen, aber ihr Chef schien dem keine große Bedeutung beigemessen zu haben. Typisch für ihn,
dass er jetzt wie vor den Kopf geschlagen war. Er lebte in
einem Elfenbeinturm. Und das war umso erstaunlicher, wenn
man bedachte, wie sehr ihn die Abgründe der Beziehungen
anderer Menschen faszinierten, mit denen sie tagtäglich konfrontiert wurden. Im Gegensatz zu Pia ließ er sich nur sehr
selten emotional in einen Fall verwickeln, er wahrte eine
innerliche Distanz, die sie für ziemlich selbstgerecht hielt.
Glaubte er, ihm könne so etwas nicht widerfahren und er sei
über so etwas Profanes wie Eheprobleme erhaben? Dachte er
wirklich, Cosima sei damit zufrieden, mit einem kleinen Kind
zu Hause herumzusitzen und auf ihn zu warten? Sie war ein
ganz anderes Leben gewohnt.

»Wenn sie sich mit jemandem trifft und mir erzählt, sie
sei ganz woanders gewesen?«, hielt er nun dagegen. »Das ist
nicht harmlos. Was soll ich nur machen?«

Pia antwortete nicht sofort. Sie in seiner Situation hätte
alles darangesetzt, die Wahrheit zu erfahren. Wahrscheinlich

hätte sie ihren Partner sofort zur Rede gestellt, mit Geschrei und Tränen und Vorwürfen. Unmöglich, einfach so zu tun, als sei nichts.

»Frag sie doch einfach«, schlug sie deshalb vor. »Sie wird dir wohl kaum ins Gesicht lügen.«

»Nein«, antwortete er entschieden. Pia seufzte innerlich. Oliver von Bodenstein tickte eben anders als normale Menschen. Vielleicht würde er sogar, nur um den Schein zu wahren und seine Familie zu schützen, einen möglichen Nebenbuhler akzeptieren und still leiden. Im Fach Selbstbeherrschung hatte er eine Eins mit Sternchen verdient.

»Hast du dir die Handynummer aufgeschrieben?«

»Ja.«

»Gib sie mir. Ich rufe dort an. Mit unterdrückter Nummer.«

»Nein, lieber nicht.«

»Willst du nicht die Wahrheit wissen?«

Bodenstein zögerte.

»Hör mal«, sagte Pia. »Es frisst dich doch auf, wenn du nicht weißt, woran du bist.«

»Verdammt!«, fuhr er auf. »Ich wünschte, ich hätte sie nicht gesehen! Ich wünschte, ich hätte sie nicht angerufen!«

»Hast du aber. Und sie hat gelogen.«

Bodenstein holte tief Luft und fuhr sich mit einer Hand durchs Haar. Selten hatte Pia ihren Chef so ratlos gesehen, nicht einmal als er herausgefunden hatte, dass die Tochter von Vera Kaltensee ihn unter Drogen gesetzt und zu sexuellen Handlungen genötigt hatte, um ihn erpressbar zu machen. Diese Sache hier ging ihm viel mehr an die Nieren.

»Was mache ich, wenn ich herausfinde, dass sie ... dass sie mich betrügt?«

»Du hast schon mal völlig falsche Schlüsse aus ihrem Verhalten gezogen«, erinnerte Pia ihn besänftigend.

»Diesmal ist es anders«, sagte er. »Würdest du die Wahrheit wissen wollen, wenn du den Verdacht hättest, dass du betrogen wirst?«

»Aber hundertprozentig.«

»Und wenn ...«, er brach ab. Pia sagte nichts. Sie hatten die Schreinerei von Manfred Wagner im Gewerbegebiet von Altenhain erreicht. Männer, dachte sie. Alle gleich. Kein Problem, im Job eine Entscheidung zu fällen. Aber sobald es um die Beziehung ging und Gefühle ins Spiel kamen, waren sie alle verdammte Feiglinge.

*

Amelie wartete, bis ihre Stiefmutter das Haus verlassen hatte. Barbara hatte ihr, ohne zu zögern, geglaubt, dass heute die erste Stunde ausfallen würde. Amelie grinste vor sich hin. Diese Frau war so was von gutgläubig, dass es schon langweilig war, sie zu belügen. Ganz anders als ihre misstrauische Mutter. Die glaubte ihr prinzipiell kein Wort, daher hatte Amelie es sich zur Gewohnheit gemacht, sie anzulügen. Oft schluckte sie die Lügen eher als die Wahrheit.

Amelie wartete, bis Barbara mit den beiden Kleinen in ihrem roten Mini davongebrummt war, dann schlüpfte sie aus der Haustür und rannte zum Hof der Sartorius. Es war noch dunkel und kein Mensch auf der Straße unterwegs, auch von Thies war weit und breit nichts zu sehen. Ihr Herz klopfte, als sie über den düsteren Hof schlich, vorbei an der Scheune und dem langgestreckten Stallgebäude, in dem schon lange keine Tiere mehr lebten. Sie hielt sich dicht an der Mauer, bog um die Ecke und bekam vor Schreck fast einen Herzinfarkt, als plötzlich zwei Gestalten mit vermummten Gesichtern vor ihr standen. Bevor sie schreien konnte, packte sie der eine und presste seine Hand auf ihren Mund. Brutal drehte er ihr die Arme auf den Rücken und stieß sie gegen die Mauer. Der Schmerz war so heftig, dass ihr die Luft wegblieb. Was fiel dem Kerl ein, ihr so weh zu tun? Und was hatten diese Typen hier morgens um halb acht zu suchen? Amelie hatte schon manch bedrohliche Situation in ihrem Leben gemeistert, und auch jetzt empfand sie nach dem ersten Schreck keine Angst, sondern Zorn. Verbissen kämpfte sie gegen die eiserne Umklammerung, sie trat um sich und versuchte, ihrem Angreifer die Maske mit den Augenschlitzen vom Kopf zu ziehen. Mit der Kraft der Verzweiflung gelang es ihr, den Mund freizubekommen. Sie sah ein Stück Haut direkt vor ihren Augen, eine bloße Stelle zwischen Handschuh und Jackenärmel, und biss zu, so kräftig sie konnte. Der Mann stieß einen unterdrückten Schmerzensschrei aus und stieß Amelie zu Boden. Weder er noch sein Kumpan hatten mit einer so heftigen Gegenwehr gerechnet, sie keuchten vor Anstrengung und Zorn. Schließlich versetzte der zweite Mann Amelie einen Tritt in die Rippen, der ihr den Atem nahm. Dann schlug er ihr mit der Faust ins Gesicht. Amelie sah nur noch Sternchen, und ihr Instinkt schrie ihr zu, besser liegen zu bleiben und die Klappe zu halten. Schritte entfernten sich eilig, dann war es ganz still, bis auf ihren eigenen heftigen Atem.

»Scheiße«, fluchte sie und versuchte mühsam, sich aufzurichten. Ihre Klamotten waren klatschnass und dreckig. Blut lief ihr warm über das Kinn und tropfte auf ihre Hände. Diese Mistkerle hatten ihr richtig weh getan.

*

Die Schreinerei Wagner und das angebaute Wohnhaus vermittelten den Eindruck, als sei mitten im Bau das Geld knapp geworden. Unverputzte Mauern, der Hof halb gepflastert, halb asphaltiert, voller Schlaglöcher – hier sah es nicht weniger deprimierend aus als auf dem Hof von Sartorius. Überall stapelten sich Holzbohlen und Bretter, manche waren schon von Moos bedeckt und sahen aus, als lägen sie seit Jahren hier. In Plastik eingeschweißte Türen lehnten an der Wand der Werkstatt, alles war schmutzig.

Pia klingelte an der Haustür des Wohnhauses, dann an der Tür mit der Aufschrift Büro, aber nichts tat sich. Im Innern des Werkstattgebäudes brannte Licht, also drückte sie das Metalltor auf und ging hinein. Bodenstein folgte ihr. Es roch nach frischem Holz.

»Hallo?«, rief sie. Sie gingen quer durch die Werkstatt, die ein einziges Durcheinander war, und fanden hinter einem Bretterstapel einen jungen Mann, der Ohrstöpsel in den Ohren hatte und mit dem Kopf im Takt der Musik nickte. Er war damit beschäftigt, mit einer Hand irgendetwas zu lackieren, hatte dabei aber eine Zigarette im Mund. Als Bodenstein ihm auf die Schulter klopfte, fuhr er herum. Er zerrte die Ohrstöpsel aus den Ohren und machte ein schuldbewusstes Gesicht.

»Machen Sie die Zigarette aus«, sagte Pia zu ihm, und er gehorchte sofort. »Wir suchen Herrn oder Frau Wagner. Sind die hier irgendwo?«

»Im Büro drüben«, sagte der Junge. »Glaub ich zumindest.«

»Danke.« Pia sparte sich den Hinweis auf Brandschutzverordnungen und machte sich auf die Suche nach dem Chef, dem alles egal zu sein schien. Sie fanden Manfred Wagner in einem winzigen, fensterlosen Büro, das so vollgestopft war, dass man sich kaum zu dritt darin aufhalten konnte. Der Mann hatte den Hörer neben das Telefon gelegt und las die BILD-Zeitung. Auf Kundschaft legte man hier offenbar keinen großen Wert. Als Bodenstein nun an die geöffnete Tür klopfte, um sich bemerkbar zu machen, blickte er unwillig von seiner Lektüre auf.

»Ja?« Er war ungefähr Mitte fünfzig und roch trotz der frühen Tageszeit nach Alkohol. Sein brauner Arbeitsoverall wirkte, als habe er seit Wochen keine Waschmaschine mehr von innen gesehen.

»Herr Wagner?«, übernahm Pia. »Wir sind von der Kripo in Hofheim und möchten mit Ihnen und Ihrer Frau sprechen.«

Er wurde leichenblass, starrte sie aus rotgeränderten, wässrigen Augen an wie ein Kaninchen die Schlange. Im gleichen Moment fuhr draußen ein Auto vor, eine Autotür fiel ins Schloss.

»Da … da kommt … meine Frau«, stotterte Wagner. Andrea Wagner betrat die Werkstatt, ihre Absätze klapperten auf dem Betonfußboden. Sie hatte kurze, blondierte Haare und war sehr dünn. Früher einmal musste sie hübsch gewesen sein, aber jetzt sah sie verhärmt aus. Kummer, Verbitterung und die Ungewissheit über das Schicksal ihrer Tochter hatten tiefe Falten in ihr Gesicht gegraben.

»Wir sind gekommen, um Ihnen mitzuteilen, dass man die sterblichen Überreste Ihrer Tochter Laura gefunden hat«, sagte Bodenstein, nachdem er sich Frau Wagner vorgestellt hatte. Einen Moment herrschte Schweigen. Manfred Wagner schluchzte auf. Eine Träne rann über seine unrasierte Wange, und er verbarg das Gesicht in den Händen. Seine Frau blieb ruhig und gefasst.

»Wo?«, fragte sie nur.

»Auf dem Gelände des alten Militärflughafens in Eschborn.«

Andrea Wagner stieß einen tiefen Seufzer aus. »Endlich.«

In diesem einen Wort lag so viel Erleichterung, wie sie es mit zehn Sätzen nicht hätte ausdrücken können. Wie viele Tage und Nächte des vergeblichen Hoffens und verzweifelten Bangens lagen hinter diesen beiden Menschen? Wie musste es sein, ständig von den Gespenstern der Vergangenheit verfolgt zu werden? Die Eltern des anderen Mädchens waren weggezogen, aber Wagners hatten den Betrieb, ihre Existenzgrundlage, nicht aufgeben können. Sie hatten bleiben müssen, während ihre Hoffnung auf eine Rückkehr der Tochter immer geringer wurde. Elf Jahre Ungewissheit mussten die Hölle gewesen sein. Vielleicht würde es helfen, wenn sie ihre Tochter nun beerdigen und von ihr Abschied nehmen konnten.

*

»Nein, lass«, wehrte Amelie ab. »Ist nicht so tragisch. Gibt 'n blauen Fleck, mehr nicht.«

Sie würde sich ganz sicher nicht ausziehen und Tobias die Stelle zeigen, wo dieser eine Penner sie mit dem Schuh erwischt hatte. Es war ihr ohnehin schon peinlich genug, so dreckig und hässlich vor ihm zu sitzen.

»Aber die Platzwunde sollte besser genäht werden.«

»Quatsch. Das wird schon wieder.«

Tobias hatte sie angestarrt wie einen Geist, als sie um kurz nach halb acht vor der Haustür gestanden hatte, blutverschmiert und schmutzig, und ihm erzählte, dass sie soeben von zwei maskierten Männern überfallen worden war, draußen, auf seinem Hof! Er hatte sie auf einen Küchenstuhl gesetzt und ihr vorsichtig das Blut aus dem Gesicht getupft. Das Nasenbluten hatte aufgehört, aber der Riss über ihrer Augenbraue, dessen Ränder er nur mit zwei Pflastern notdürftig zusammengeklebt hatte, würde wieder zu bluten anfangen.

»Du machst das echt gut.« Amelie grinste schief und zog an der Zigarette. Sie fühlte sich zittrig, ihr Herz klopfte, und das hatte nichts mit dem Überfall zu tun, sondern mit Tobias. Aus der Nähe und bei Tageslicht betrachtet, sah er noch viel besser aus, als sie zuerst angenommen hatte. Die Berührung seiner Hände elektrisierte sie, und wie er sie immer wieder aus seinen unglaublich blauen Augen anblickte, so besorgt und nachdenklich – das war fast zu viel für ihre Nerven. Kein Wunder, dass früher alle Mädchen in Altenhain hinter ihm her gewesen waren!

»Ich frag mich, was die hier gewollt haben«, überlegte sie, während Tobias sich an der Kaffeemaschine zu schaffen machte. Sie blickte sich neugierig um. In diesem Haus waren also die zwei Mädchen ermordet worden, Schneewittchen und Laura.

»Wahrscheinlich haben sie auf mich gewartet, und du bist ihnen in die Quere gekommen«, erwiderte er. Er stellte zwei Tassen auf den Tisch, dazu die Zuckerdose, und holte Milch aus dem Kühlschrank.

»Das sagst du so einfach! Hast du denn keine Angst?«

Tobias lehnte sich an die Arbeitsplatte und verschränkte die Arme vor der Brust. Mit schiefgelegtem Kopf sah er sie an. »Was soll ich denn machen? Mich verstecken? Weglaufen? Den Gefallen tue ich ihnen nicht.«

»Weißt du denn, wer das gewesen sein könnte?«

»Nicht genau. Aber ich kann es mir schon denken.«

Amelie spürte, wie ihr unter seinem Blick heiß wurde. Was war bloß los? So etwas war ihr noch nie passiert! Sie traute sich kaum, ihm in die Augen zu sehen, am Ende merkte er noch, was für ein Gefühlschaos er in ihrem Inneren auslöste. Die Kaffeemaschine gab ungesunde, röchelnde Töne von sich und stieß Dampfschwaden aus.

»Die müsste mal wieder entkalkt werden«, stellte sie fest. Ein jähes Lächeln erhellte sein düsteres Gesicht und veränderte es auf eine unglaubliche Weise. Amelie starrte ihn an. Plötzlich verspürte sie das unsinnige Verlangen, ihn zu beschützen, ihm zu helfen.

»Die Kaffeemaschine hat nicht unbedingt die oberste Priorität.« Er grinste. »Erst muss ich draußen aufräumen.«

Im gleichen Moment schrillte die Klingel der Haustür. Tobias trat ans Fenster, das Lächeln verschwand aus seinem Gesicht.

»Schon wieder die Bullen«, sagte er mit plötzlicher Anspannung. »Verschwinde besser. Ich will nicht, dass man dich hier sieht.«

Sie nickte und stand auf. Er führte sie durch die Diele und wies auf eine Tür.

»Da geht es durch die Milchküche in den Stall. Schaffst du das alleine?«

»Klar. Ich hab keine Angst. Jetzt, wo es hell ist, werden die Kerle kaum noch draußen rumlungern«, erwiderte sie betont cool. Sie blickten sich an, Amelie senkte die Augen.

»Danke«, sagte Tobias leise. »Du bist ein mutiges Mädchen.«

Amelie machte eine abwehrende Handbewegung und wandte sich zum Gehen. Da schien Tobias etwas einzufallen.

»Warte mal«, hielt er sie zurück.

»Ja?«

»Warum warst du eigentlich auf dem Hof?«

»Ich hab auf dem Bild in der Zeitung den Mann erkannt, der deine Mutter von der Brücke gestoßen hat«, antwortete Amelie nach einem kurzen Zögern. »Es ist Manfred Wagner. Der Vater von Laura.«

＊

»Sie schon wieder.« Tobias Sartorius machte keinen Hehl daraus, dass ihm die Polizei nicht sonderlich willkommen war. »Ich habe wenig Zeit. Was gibt es noch?«

Pia schnupperte. In der Luft hing der Duft von frisch gebrühtem Kaffee.

»Haben Sie Besuch?«, fragte sie. Bodenstein hatte eben geglaubt, eine zweite Person durch das Küchenfenster gesehen zu haben, eine Frau mit dunklem Haar.

»Nein, habe ich nicht.« Tobias blieb mit verschränkten Armen in der Haustür stehen. Er bat sie nicht hinein, obwohl es angefangen hatte zu regnen. Auch gut.

»Sie müssen wie ein Verrückter gearbeitet haben«, stellte Pia fest und lächelte freundlich. »Hier sieht es toll aus.«

Ihre Freundlichkeit verfehlte ihre Wirkung. Tobias Sartorius blieb abweisend, seine ganze Körperhaltung strahlte Ablehnung aus.

»Wir wollten Ihnen nur mitteilen, dass man die sterblichen Überreste von Laura Wagner gefunden hat«, sagte Bodenstein nun.

»Wo?«

»Das müssten Sie eigentlich besser wissen als wir«, entgegnete Bodenstein kühl. »Immerhin haben Sie die Leiche von Laura doch am Abend des 6. September 1997 im Kofferraum Ihres Autos dorthin transportiert.«

»Nein, das habe ich nicht.« Tobias runzelte die Stirn, doch seine Stimme blieb ruhig. »Ich habe Laura überhaupt nicht mehr gesehen, nachdem sie weggelaufen ist. Aber das habe ich sicher schon hundertmal gesagt, nicht wahr?«

»Lauras Skelett wurde bei Bauarbeiten auf dem alten Militärflughafen in Eschborn gefunden«, sagte Pia. »In einem Bodentank.«

Tobias sah sie an und schluckte. In seinen Augen lag Verständnislosigkeit.

»Auf dem Flughafen«, sagte er leise zu sich selbst. »Darauf wäre ich nie gekommen.«

Alles Abweisende war mit einem Mal von ihm abgefallen, er wirkte betroffen, geradezu verstört. Pia machte sich bewusst, dass er elf Jahre Zeit gehabt hatte, sich auf diesen Augenblick der Konfrontation mit seiner Tat vorzubereiten.

Er musste damit gerechnet haben, dass man die Leichen der Mädchen eines Tages finden würde. Vielleicht hatte er seine Reaktion einstudiert, hatte eingehend darüber nachgedacht, wie er glaubwürdig den Überraschten spielen konnte. Andererseits – wozu sollte er das tun? Er hatte seine Strafe verbüßt, es konnte ihm egal sein, wenn man die Leichen fand. Ihr fiel ein, wie Hasse den Mann charakterisiert hatte: arrogant, überheblich, eiskalt. Stimmte das?

»Uns würde interessieren, ob Laura schon tot war, als Sie sie in den Tank geworfen haben«, sagte Bodenstein. Pia beobachtete Tobias genau. Er war sehr blass, es zuckte um seinen Mund, als wolle er in Tränen ausbrechen.

»Darauf kann ich Ihnen keine Antwort geben«, erwiderte er tonlos.

»Wer dann?«, fragte Pia.

»Diese Frage beschäftigt mich seit elf Jahren beinahe Tag und Nacht.« Seine Stimme klang mühsam beherrscht. »Es ist mir egal, ob Sie mir das glauben oder nicht. Ich habe mich längst daran gewöhnt, für den Bösen gehalten zu werden.«

»Ihrer Mutter könnte es jetzt erheblich bessergehen, wenn Sie damals gesagt hätten, was Sie mit dem Mädchen gemacht haben«, bemerkte Bodenstein. Tobias schob die Hände in die Taschen seiner Jeans.

»Heißt das, dass Sie herausgefunden haben, welches Schwein meine Mutter von der Brücke gestoßen hat?«

»Nein, das haben wir noch nicht«, räumte Bodenstein ein. »Aber wir gehen mittlerweile davon aus, dass es jemand aus dem Dorf war.«

Tobias lachte. Ein kurzes Schnauben ohne Heiterkeit.

»Herzlichen Glückwunsch zu dieser unglaublich scharfsinnigen Erkenntnis«, sagte er spöttisch. »Ich könnte Ihnen ja weiterhelfen, denn ich weiß, wer's gewesen ist. Aber warum sollte ich das tun?«

»Weil derjenige eine Straftat begangen hat«, erwiderte Bodenstein. »Sie müssen uns sagen, was Sie wissen.«

»Ich muss einen Scheißdreck.« Tobias Sartorius schüttelte den Kopf. »Vielleicht seid ihr ja besser als eure Kollegen damals. Meiner Mutter, meinem Vater und mir würde es nämlich ebenfalls *erheblich bessergehen*, wenn die Polizei damals ordentlicher gearbeitet und den wirklichen Mörder gefasst hätte.«

Pia wollte etwas Beschwichtigendes einwenden, aber Bodenstein kam ihr zuvor. »Natürlich.« Seine Stimme klang sarkastisch. »Sie sind ja unschuldig. Das kennen wir. Unsere Gefängnisse sind voll mit Unschuldigen.«

Tobias musterte ihn mit steinerner Miene. In seinen Augen flackerte mühsam unterdrückte Wut. »Ihr Bullen seid doch alle gleich – überheblich und selbstherrlich«, zischte er verächtlich. »Ihr habt doch keinen blassen Schimmer, was hier abgeht. Und jetzt verschwindet von hier! Lasst mich endlich in Ruhe!«

Bevor Pia oder Bodenstein noch etwas sagen konnten, knallte er ihnen die Haustür vor der Nase zu.

»Das hättest du nicht sagen sollen«, sagte Pia vorwurfsvoll, als sie zurück zum Auto gingen. »Jetzt hast du ihn richtig gegen uns aufgebracht, und wir wissen immer noch nicht mehr.«

»Ich hatte doch recht!« Bodenstein blieb stehen. »Hast du seine Augen gesehen? Der Kerl ist zu allem fähig, und falls er wirklich weiß, wer seine Mutter von der Brücke gestoßen hat, dann ist derjenige in Gefahr.«

»Du bist voreingenommen«, warf Pia ihm vor. »Er kommt nach über zehn Jahren Knast, in dem er möglicherweise wirklich zu Unrecht gesessen hat, nach Hause und muss feststellen, dass sich hier alles verändert hat. Seine Mutter wird angegriffen und schwer verletzt, Unbekannte aus dem Dorf beschmieren das Haus seiner Eltern. Ist es da ein Wunder, dass er wütend ist?«

»Ich bitte dich, Pia! Du glaubst doch wohl nicht im Ernst, dass man den Kerl fälschlicherweise wegen Doppelmordes verurteilt hat!«

»Ich glaube gar nichts. Aber ich bin in den alten Fallakten auf Unstimmigkeiten gestoßen und habe so meine Zweifel bekommen.«

»Der Mann ist eiskalt. Und was die Reaktionen der Dörfler angeht, kann ich sie sogar verstehen.«

»Sag mal, du wirst doch nicht gutheißen, dass die Hauswände beschmieren und kollektiv einen Straftäter decken!« Pia schüttelte ungläubig den Kopf.

»Ich behaupte ja nicht, dass ich das gutheiße«, erwiderte Bodenstein. Sie standen unter dem Torbogen und zankten wie ein altes Ehepaar, dabei bemerkten sie nicht, wie Tobias Sartorius das Haus verließ und über den rückwärtigen Hof verschwand.

*

Andrea Wagner konnte nicht schlafen. Man hatte Lauras Leiche gefunden, oder eher das, was von ihr übrig war. Endlich, endlich war die Ungewissheit vorbei. Auf ein Wunder gehofft hatte sie schon lange nicht mehr. Zuerst hatte sie nichts als grenzenlose Erleichterung empfunden, aber dann war die Trauer gekommen. Elf Jahre lang hatte sie sich Tränen und Trauer verboten, hatte Stärke gezeigt und ihren Mann gestützt, der sich seinem Kummer um das verlorene Kind hemmungslos hingegeben hatte. Sie selbst hatte es sich nicht leisten können, zusammenzubrechen. Da war die Firma, die laufen musste, damit sie die Schulden bei der Bank bezahlen konnten. Und da waren ihre jüngeren Kinder, die ein Recht auf ihre Mutter hatten. Nichts war mehr so, wie es einmal gewesen war. Manfred hatte jede Energie und Lebensfreude verloren, war ihr ein Klotz am Bein geworden mit seinem weinerlichen Selbstmitleid und seiner Trunksucht. Manchmal verachtete sie ihn deswegen. Er machte es sich so leicht mit seinem Hass auf Tobias' Familie.

Andrea Wagner öffnete die Tür zu Lauras Zimmer, in dem seit elf Jahren nichts verändert worden war. Manfred bestand darauf, und sie akzeptierte es. Sie schaltete das Licht ein, nahm das Foto von Laura vom Schreibtisch und setzte sich auf das Bett. Vergeblich wartete sie auf die Tränen. Ihre Gedanken wanderten zu jenem Augenblick vor elf Jahren, als die Polizei vor der Haustür gestanden und ihr mitgeteilt hatte, dass man nach Auswertung der Spurenlage Tobias Sartorius für den Mörder ihrer Tochter halte.

Wieso Tobias?, hatte sie verwirrt gedacht. Auf Anhieb waren ihr zehn andere eingefallen, die mehr Gründe gehabt hätten, sich an Laura zu rächen, als Tobias. Andrea Wagner hatte gewusst, was man im Dorf hinter vorgehaltener Hand über ihre Tochter redete. Als Flittchen hatte man sie bezeichnet, als berechnendes kleines Aas mit Drang nach Höherem. Während Manfred seine älteste Tochter abgöttisch und kritiklos liebte und für ihr Fehlverhalten immer eine Entschuldigung fand, so hatte Andrea auch Lauras Schwächen gesehen und gehofft, sie würden sich im Laufe der Jahre verwachsen. Dazu hatte das Mädchen keine Gelegenheit mehr bekommen. Seltsam eigentlich, dass sie sich im Zusammenhang mit Laura nur mit Mühe an schöne Ereignisse erinnern konnte. Viel lebhafter war die Erinnerung an die unerfreulichen Dinge, von denen es einige gegeben hatte. Laura hatte ihren Vater geringgeschätzt und sich für ihn geschämt. Sie wünsche sich einen Vater wie Claudius Terlinden, der Manieren und Macht besaß, das hatte sie Manfred ins Gesicht gesagt, zu jeder passenden oder unpassenden Gelegenheit. Manfred hatte diese Kränkungen eingesteckt, ohne mit der Wimper zu zucken, der Liebe zu seiner hübschen Tochter hatten sie keinen Abbruch getan. Andrea hingegen hatte schockiert begriffen, wie wenig sie ihre Tochter kannte und dass sie offensichtlich in der Erziehung etwas versäumt hatte. Gleichzeitig hatte sie Angst bekommen. Was, wenn Laura herausfand, dass sie mit Claudius, ihrem Chef, ein Verhältnis hatte?

Nächtelang hatte sie wach gelegen und über ihre Tochter nachgegrübelt. In den darauffolgenden Jahren hatte sie noch viel mehr Gründe zur Besorgnis gehabt, denn Laura trieb es toll mit den Jungs im Dorf – bis sie endlich mit Tobias zusammenkam. Ganz plötzlich war sie wie ausgewechselt gewesen, zufrieden und fröhlich. Tobias tat ihr gut. Zweifellos war er etwas Besonderes, er sah gut aus, er war ein hervorragender Schüler und Sportler, die anderen Jungen hörten auf ihn. Er war genau das, was Laura sich immer gewünscht hatte, und sein Glanz färbte auf sie, seine Freundin, ab. Ein halbes Jahr ging alles gut – bis Stefanie Schneeberger nach Altenhain kam. Laura hatte sie sofort als Konkurrentin erkannt und sich mit ihr angefreundet, aber vergeblich. Tobias verliebte sich in Stefanie und machte mit Laura Schluss. Diese Niederlage hatte sie kaum verkraftet. Was genau sich in jenem Sommer zwischen den jungen Leuten abgespielt hatte, wusste Andrea Wagner nicht, wohl aber, dass Laura mit dem Feuer gespielt hatte, als sie die Freunde gegen Stefanie aufgestachelt hatte. Sie hatte Laura am Kopierer im Büro angetroffen, wo sie einen ganzen Stapel Kopien angefertigt hatte. Laura war ausgerastet, als sie einen Blick darauf hatte werfen wollen. Es war zu einem heftigen Streit gekommen, und Laura hatte in der Aufregung die Kopiervorlage auf dem Kopierer vergessen. Nur ein einziger Satz in Fettschrift stand auf dem weißen Blatt: SCHNEEWITTCHEN MUSS STERBEN. Andrea Wagner hatte das Blatt zusammengefaltet und aufgehoben, aber weder ihrem Mann noch der Polizei gezeigt. Der Gedanke, dass *ihr* Kind einem anderen Menschen den Tod wünschte, war für sie unerträglich gewesen. War Laura vielleicht Opfer ihrer eigenen Intrige geworden? Sie hatte den Mund gehalten, den Dingen ihren Lauf gelassen und Abend für Abend zugehört, wenn Manfred seine Tochter glorifizierte.

»Laura«, murmelte sie und streichelte das Foto mit dem Zeigefinger. »Was hast du getan?«

Plötzlich rollte eine Träne über ihre Wange, dann noch eine. Sie blinzelte, fuhr sich mit der Hand über das Gesicht. Es war keine Trauer, die ihr die Tränen in die Augen trieb, sondern das schlechte Gewissen darüber, dass sie ihre Tochter nicht geliebt hatte.

*

Es war halb zwei, als er vor ihrem Haus stand. Drei Stunden lang war er ziellos in der Gegend herumgefahren. So viel war heute auf ihn eingestürmt, dass er es daheim einfach nicht mehr ausgehalten hatte. Erst Amelie, die blutüberströmt vor ihm gestanden hatte. Der Schock bei ihrem Anblick. Es war nicht das Blut in ihrem Gesicht, das seinen Adrenalinspiegel in die Höhe des Mount Everest hatte schnellen lassen, sondern ihre unglaubliche Ähnlichkeit mit Stefanie. Dabei war sie ganz anders. Nicht die eitle kleine Schönheitskönigin, die ihn betört, verführt und eingewickelt hatte, nur um ihn dann eiskalt abzuservieren. Amelie war ein beeindruckendes Mädchen. Und sie schien überhaupt keine Berührungsängste zu haben.

Dann waren die Bullen aufgetaucht. Man hatte Lauras Leiche gefunden. Weil es so stark geregnet hatte, hatte er die Aufräumarbeiten im Hof sein lassen und seine Wut ins

Ausmisten seines Zimmers gesteckt. Er hatte die albernen Poster von den Wänden gerissen, den Inhalt der Schränke und sämtlicher Schubladen kurz entschlossen in blaue Müllsäcke gestopft. Nur weg mit dem ganzen Kram! Plötzlich hatte er eine CD in der Hand gehalten. *Time to say goodbye* von Sarah Brightman und Andrea Bocelli. Stefanie hatte ihm diese CD geschenkt, weil sie sich bei diesem Lied zum ersten Mal geküsst hatten, im Juni, auf der Abiparty. Er hatte die CD aufgelegt, nicht gefasst auf das Gefühl der Leere, das ihn mit dem ersten Akkord jäh ergriffen und bis jetzt nicht mehr losgelassen hatte. Nie zuvor hatte er sich so einsam, so verlassen gefühlt, nicht einmal im Gefängnis. Da hatte er noch auf bessere Zeiten hoffen können, aber jetzt wusste er, dass sie nicht kommen würden. Sein Leben war vorbei.

Es dauerte einen Moment, bis Nadja ihn hereinließ. Er hatte schon befürchtet, sie sei nicht zu Hause. Er war nicht gekommen, um mit ihr zu schlafen, daran hatte er gar nicht gedacht, aber als sie jetzt vor ihm stand und verschlafen ins helle Licht blinzelte, das blonde Haar wirr auf ihren Schultern, so süß und warm, da durchzuckte ihn der Blitz des sexuellen Begehrens mit einer Heftigkeit, die er nicht für möglich gehalten hatte.

»Was ...«, fragte sie, aber Tobias erstickte den Rest der Frage mit einem Kuss, zog sie an sich, wartete beinahe darauf, dass sie sich wehren, ihn von sich stoßen würde. Aber das Gegenteil war der Fall. Sie streifte ihm die nasse Lederjacke von den Schultern, knöpfte sein Hemd auf und schob sein T-Shirt hoch. Im nächsten Moment lagen sie schon auf dem Boden, er drang ungestüm in sie ein, spürte ihre Zunge in seinem Mund und ihre Hände auf seinem Hinterteil, die ihn drängten, härter und schneller zuzustoßen. Viel zu bald spürte er die Flutwelle heranrasen, die Hitze, die ihm den Schweiß aus allen Poren trieb. Dann brach es über ihn herein, so herrlich, so erleichternd, dass er aufstöhnte, ein Stöhnen, das zu einem dumpfen Schrei wurde. Mit rasendem Herzschlag lag er für ein paar Sekunden auf ihr und konnte kaum glauben, was er getan hatte. Er ließ sich zur Seite rutschen, blieb mit geschlossenen Augen auf dem Rücken liegen und schnappte nach Luft wie ein Fisch auf dem Trockenen. Ihr leises Lachen veranlasste ihn dazu, die Augen zu öffnen.

»Was ist?«, flüsterte er verwirrt.

»Ich glaube, wir müssen noch ein bisschen üben«, erwiderte sie. Mit einer grazilen Bewegung kam sie auf die Füße und hielt ihm die Hand hin. Er ergriff sie, erhob sich ächzend und folgte ihr ins Schlafzimmer, nachdem er sich seiner Schuhe und der Jeans entledigt hatte. Die Geister der Vergangenheit waren verschwunden. Wenigstens für den Moment.

Donnerstag, 13. November 2008

»Die Polizei war gestern bei mir.« Tobias pustete in den heißen Kaffee, den Nadja ihm eingeschenkt hatte. Gestern Nacht hatte er nicht von dem Thema anfangen wollen, aber nun musste er ihr davon erzählen. »Sie haben das Skelett von Laura auf dem alten Flughafen in Eschborn gefunden. In einem Bodentank.«

»Wie bitte?« Nadja, die gerade einen Schluck aus ihrer Tasse nehmen wollte, erstarrte mitten in der Bewegung. Sie saßen an dem Tisch aus grauem Granit in der Küche, an dem sie neulich schon gemeinsam zu Abend gegessen hatten. Es war kurz nach sieben, und vor den Panoramafenstern herrschte noch tiefe Dunkelheit. Nadja musste um acht Uhr ihren Flug nach Hamburg erwischen, wo die Außendreharbeiten für die neue Folge der Serie stattfanden, in der sie die Kriminalkommissarin spielte.

»Wann ...« Sie stellte die Tasse ab. »Ich meine ... woher wissen sie, dass es Laura ist?«

»Keine Ahnung.« Tobias schüttelte den Kopf. »Viel mehr haben sie nicht gesagt. Zuerst wollten sie auch gar nicht damit herausrücken, wo sie das Skelett gefunden haben. Der Oberbulle meinte nur, ich wisse ja wohl, wo.«

»O mein Gott«, stieß Nadja schockiert hervor.

»Nadja.« Er beugte sich vor und legte seine Hand auf ihre. »Sag mir bitte, wenn du willst, dass ich verschwinde.«

»Aber wieso sollte ich das denn wollen?«

»Ich sehe doch, dass es dir vor mir graut.«

»So ein Unsinn.«

Er ließ sie los, stand auf und wandte ihr den Rücken zu. Einen Moment kämpfte er mit sich selbst. Die halbe Nacht hatte er wach gelegen, hatte ihren regelmäßigen Atemzügen gelauscht und sich gefragt, wann sie seiner wohl überdrüssig werden würde. Schon jetzt fürchtete er sich vor dem Tag, an dem sie ihn mit verlegenen Ausreden abwimmeln, ihm ausweichen, sich vor ihm verleugnen lassen würde. Dieser Tag musste kommen. Er war nicht der richtige Mann für sie. Niemals würde er in ihre Welt, in ihr Leben passen.

»Dieses Thema lässt sich nicht einfach ausklammern«, sagte er schließlich mit belegter Stimme. »Ich bin wegen Mordes verurteilt worden und habe zehn Jahre im Knast gesessen. Wir können nicht einfach so tun, als sei das alles nie geschehen und wir wären noch zwanzig.«

Er drehte sich um. »Ich habe keine Ahnung, wer Laura und Stefanie umgebracht hat. Ich kann nicht ausschließen, dass ich es war, aber ich müsste mich doch daran erinnern! Und das kann ich bis heute nicht. Es gibt da nur dieses … dieses schwarze Loch. Die Psychologin vor Gericht hat damals behauptet, das menschliche Gehirn würde bei so etwas mitunter wie bei einem Schock mit einer Art Amnesie reagieren. Aber glaubst du nicht, dass ich mich wenigstens an irgendetwas erinnern müsste? Daran, wie ich Laura in den Kofferraum gelegt habe und irgendwo hingefahren bin. Ich weiß einfach *nichts* mehr. Das Letzte, an das ich mich erinnere, ist, wie Stefanie mir gesagt hat, dass sie … dass sie … mich nicht mehr liebt. Und dann waren Felix und Jörg irgendwann an der Tür, da hatte ich aber so viel Wodka getrunken, dass mir nur noch schlecht war. Und plötzlich stehen die Bullen da und behaupten, ich hätte Laura und Stefanie umgebracht!«

Nadja saß da und blickte ihn aus ihren großen, jadegrünen Augen aufmerksam an.

»Verstehst du, Nadja.« Sein Tonfall wurde flehend. Der Schmerz in seinem Inneren war wieder da, mächtiger als je zuvor. Zu viel stand auf dem Spiel. Er wollte sich nicht auf eine Beziehung mit Nadja einlassen, wenn er wusste, dass sie mit einer weiteren Enttäuschung enden würde. »Es quält mich schrecklich, nicht zu wissen, was damals wirklich geschehen ist. Bin ich ein Mörder? Oder bin ich keiner?«

»Tobi«, sagte Nadja leise. »Ich liebe dich. Seit ich denken kann. Es spielt für mich keine Rolle, selbst wenn du es getan haben solltest.«

Tobias verzog verzweifelt das Gesicht. Sie wollte einfach nicht verstehen. Dabei brauchte er so dringend jemanden, der ihm glaubte. Der an ihn glaubte. Er war für ein Leben als Ausgestoßener nicht gemacht und würde daran zerbrechen.

»Aber für mich spielt es eine Rolle«, erwiderte er eindringlich. »Ich habe zehn Jahre meines Lebens verloren. Ich habe keine Zukunft mehr. Irgendjemand hat sie mir kaputtgemacht. Und ich kann nicht einfach so tun, als wäre alles vorbei.«

»Was hast du stattdessen vor?«

»Ich will die Wahrheit wissen. Auch auf die Gefahr hin, herauszufinden, dass ich es wirklich getan habe.«

Nadja schob den Stuhl zurück. Sie kam mit leichten Schritten auf ihn zu, schlang ihre Arme um seine Mitte und blickte zu ihm auf.

»Ich glaube dir«, sagte sie leise. »Und wenn du willst, dann helfe ich dir bei allem, was du tun musst. Aber geh nicht zurück nach Altenhain. Bitte.«

»Wo soll ich denn sonst hin?«

»Bleib hier. Oder in meinem Haus im Tessin. Oder in Hamburg.« Sie lächelte, erwärmte sich für ihre Idee. »Genau!

Komm doch gleich mit! Das Haus wird dir gefallen. Es liegt direkt am Wasser.«

Tobias zögerte. »Ich kann doch meinen Vater jetzt nicht alleine lassen. Und meine Mutter braucht mich auch. Wenn es ihr erst bessergeht, dann vielleicht.«

»Von hier bist du mit dem Auto in einer Viertelstunde bei deinem Vater.« Nadjas große grüne Augen waren dicht vor seinen. Er roch den Duft ihrer Haut, ihres Shampoos. Die halbe männliche Bevölkerung Deutschlands träumte davon, von Nadja von Bredow gebeten zu werden, bei ihr einzuziehen. Was hielt ihn davon ab?

»Tobi, bitte!« Sie legte ihre Handflächen an seine Wangen. »Ich habe Angst um dich. Ich will nicht, dass dir etwas zustößt. Wenn ich nur daran denke, dass diese Typen dich erwischt hätten statt dieses Mädchens ...«

Amelie! An sie hatte er gar nicht mehr gedacht! Sie war in Altenhain, da, wo sich die Wahrheit über die schrecklichen Ereignisse irgendwo versteckte.

»Ich pass schon auf mich auf«, versicherte er. »Mach dir keine Sorgen.«

»Ich liebe dich, Tobi.«

»Ich liebe dich auch«, erwiderte er und zog sie fest an sich.

*

»Chef?« Kai Ostermann stand in der Tür seines Büros, in der Hand hielt er zwei Blätter.

Bodenstein blieb stehen. »Was gibt's?«, fragte er.

»Das ist eben per Fax gekommen.« Ostermann reichte ihm die Blätter und warf einen forschenden Blick auf Bodensteins Gesicht, aber da dieser nichts weiter sagte, enthielt auch Ostermann sich eines Kommentars.

»Danke«, sagte Bodenstein nur und ging mit klopfendem Herzen in sein Büro. Es war das Bewegungsprofil von Cosimas Handy im Zeitraum der letzten vierzehn Tage, das er vorgestern bei der Telekom angefordert hatte. Zum ersten Mal hatte er seine beruflichen Möglichkeiten ausgenutzt, um in einer Privatangelegenheit etwas in Erfahrung zu bringen. Der Drang, Gewissheit zu bekommen, war stärker als sein schlechtes Gewissen wegen eines Vorgehens, das ihm ein böswilliger Sachbearbeiter als Amtsmissbrauch auslegen könnte. Er setzte sich an seinen Schreibtisch und wappnete sich innerlich. Was er lesen musste, raubte ihm jede Illusion. Sie war an genau zwei Tagen tatsächlich in Mainz gewesen, und das nur für jeweils eine Stunde. Dafür aber hatte sie ihre Vormittage an acht Tagen in Frankfurt verbracht. Bodenstein stützte die Ellbogen auf den Schreibtisch, legte das Kinn auf seine Fäuste und überlegte einen Moment. Dann griff er zum Telefon und wählte die Nummer von Cosimas Büro. Kira Gasthuber, Cosimas Produktionsassistentin und Mädchen für alles, meldete sich nach dem zweiten Läuten. Cosima sei für kurze Zeit außer Haus. Weshalb er es nicht einfach auf ihrem Handy probiere.

›Damit sie mich nicht anlügt, du dumme Nuss‹, dachte Bodenstein. Er wollte gerade das Gespräch beenden, da hörte er das helle Stimmchen seiner jüngsten Tochter im Hintergrund. Sofort schrillten alle Alarmglocken in seinem Kopf. Cosima nahm Sophia normalerweise immer und überallhin mit. Warum hatte sie das Kind heute im Büro gelassen? Auf seine Frage antwortete die schlagfertige Kira, Cosima sei ja nicht lange weg, und Sophia amüsiere sich bestens bei ihr und René. Als er aufgelegt hatte, saß Bodenstein noch eine ganze Weile an seinem Schreibtisch. Seine Gedanken kreisten. Fünfmal war Cosimas Telefon in der Funkzelle geortet worden, die sich im Frankfurter Nordend zwischen der Glauburgstraße, dem Oeder Weg, der Eckenheimer Landstraße und der Eschersheimer Anlage befand. Auf dem Stadtplan mochte das klein aussehen, aber das Gebiet umfasste Hunderte von Häusern mit Tausenden von Wohnungen. Verdammt. Wo trieb sie sich herum? Und vor allen Dingen mit wem? Wie würde er reagieren, wenn sich herausstellte, dass sie ihn tatsächlich betrog? Und wieso glaubte er überhaupt, dass sie es nötig hatte, ihn zu betrügen? Gut, ihr Sexleben war nicht mehr so rege wie noch vor Sophias Geburt, das brachte die Anwesenheit eines kleinen Kindes eben mit sich. Aber es war ja nicht so, dass Cosima etwas vermisste. Oder? Zu seiner Schande konnte er sich gar nicht mehr genau erinnern, wann er das letzte Mal mit seiner Frau geschlafen hatte. Er dachte nach und rechnete zurück. Doch! An dem Abend, als sie leicht beschwipst und bester Laune von der Geburtstagsfeier eines Freundes zurückgekommen waren. Bodenstein suchte seinen Terminplaner heraus und schaute nach. Ihn beschlich ein eigenartiges Gefühl, das sich verstärkte, je weiter er zurückblätterte. Hatte er gar vergessen, Bernhards Geburtstag einzutragen? Nein, hatte er nicht. Bernhard hatte am 20. September seinen Fünfzigsten gefeiert, auf Schloss Johannisberg im Rheingau. Das konnte doch nicht wahr sein! Er zählte nach und stellte beschämt fest, dass er seit acht Wochen nicht mehr mit Cosima geschlafen hatte. War er am Ende selbst daran schuld, wenn sie fremdging? Es klopfte an der Tür, Nicola Engel trat ein.

»Was gibt's?«, fragte er.

»Wann«, sagte sie mit frostiger Miene, »wolltest du mir mitteilen, dass Kriminaloberkommissar Behnke einem nicht genehmigten Nebenjob in einer Kneipe in Sachsenhausen nachgeht?«

Verdammt! Das hatte er doch glatt vergessen über seine privaten Probleme. Er fragte nicht, woher sie schon wieder

Bescheid wusste, und verzichtete auch auf jede Art der Recht-
fertigung.

»Ich wollte erst selbst mit ihm sprechen«, antwortete er
nur. »Dazu hatte ich bisher noch keine Gelegenheit.«

»Heute Abend um 18:30 hast du sie. Ich habe Behnke hier-
herbestellt, ob krank oder nicht. Sieh zu, wie du die Kuh vom
Eis kriegst.«

*

Sein Handy klingelte schon, als er an der Zollkontrolle vorbei
zum Ausgang ging. Lars Terlinden wechselte den Aktenkoffer
in die andere Hand und nahm das Gespräch entgegen. Den
ganzen Tag hatte er sich in Zürich vom Vorstand fertigmachen lassen müssen, dabei hatten sie ihn noch vor ein paar
Monaten für genau diesen Deal, für den sie ihn heute ans
Kreuz schlagen wollten, gefeiert wie den Heiland. Verdammt,
er war auch kein Hellseher! Wie hatte er wissen sollen, dass
Dr. Markus Schönhausen in Wirklichkeit Matthias Mutzler
hieß, nicht aus Potsdam stammte, sondern aus einem Dorf auf
der Schwäbischen Alb und ein Hochstapler der allerübelsten
Sorte war! Es war schließlich nicht sein Problem, wenn die
Rechtsabteilung seiner Bank ihre Hausaufgaben nicht richtig
machte. Da waren schon Köpfe gerollt, und seiner würde der
nächste sein, wenn ihm nicht einfiel, womit er den Totalaus-
fall in dreistelliger Millionenhöhe wettmachen konnte.

»Ich bin in zwanzig Minuten im Büro«, sagte er zu seiner
Sekretärin, als sich die Milchglasscheiben vor ihm öffneten.
Er war erschöpft, ausgebrannt, fertig mit den Nerven und
der Welt. Und das mit gerade mal dreißig Jahren. Schlafen
konnte er nur noch mit Tabletten, das Essen fiel ihm schwer,
nur trinken, das ging noch. Lars Terlinden wusste, dass er
auf dem besten Weg war, ein Alkoholiker zu werden, aber

um das Problem konnte er sich später kümmern, wenn dieses Drama überstanden war. Wobei ein Ende nicht in Sicht war. Die Weltwirtschaft wankte, die größten Banken Amerikas gingen bankrott. Lehman Brothers war nur der Anfang gewesen. Sein eigener Arbeitgeber, immerhin eine der größten Schweizer Banken, hatte im letzten Jahr schon 5000 Mitarbeiter weltweit entlassen, in den Büros und Fluren herrschte nackte Existenzangst. Das Telefon klingelte wieder, er steckte es in die Tasche und beachtete es nicht. Die Nachricht von der Pleite von Schönhausens Immobilienimperium vor sechs Wochen hatte ihn völlig unerwartet getroffen, noch zwei Tage zuvor hatte er mit Schönhausen im Adlon in Berlin zu Mittag gegessen. Da hatte der Mann längst gewusst, dass die Insolvenz bevorstand, dieser aalglatte Schweinehund, der mittlerweile von Interpol gesucht wurde, weil er sich aus dem Staub gemacht hatte. In einem Kraftakt war es Lars Terlinden wenigstens noch geglückt, einen großen Teil des Kreditportfolios zu verbriefen und an Investoren zu verkaufen, aber 350 Millionen Euro waren futsch.

Eine Frau trat ihm in den Weg, er wollte ihr ausweichen, denn er hatte es eilig, aber sie blieb beharrlich stehen und sprach ihn an. Da erst erkannte er seine Mutter, die er seit acht Jahren nicht mehr gesehen hatte.

»Lars!«, wiederholte sie bittend. »Lars, bitte warte doch!«

Sie sah aus wie immer. Zierlich und gepflegt, das goldblonde Haar zu einem perfekten Pagenschnitt frisiert. Dezentes Make-up, die Perlenkette am sonnengebräunten Dekolleté. Sie lächelte demütig, und das brachte ihn sofort auf die Palme.

»Was willst du?«, fragte er unfreundlich. »Hat dein Mann dich geschickt?«

Die Worte *mein Vater* brachte er nicht über die Lippen.

»Nein, Lars. So bleib doch stehen. Bitte.«

Er verdrehte die Augen und gehorchte. Als Kind hatte er seine Mutter verehrt, sie angehimmelt und schmerzlich vermisst, wenn sie wieder einmal für Tage oder mehrere Wochen auf Reisen war und ihn und Thies der Haushälterin überlassen hatte. Er hatte ihr alles verziehen, um ihre Liebe gebuhlt, aber nie mehr bekommen als ein Lächeln, schöne Worte und Versprechungen. Erst sehr viel später hatte er begriffen, dass sie nicht mehr geben konnte, weil sie nicht mehr hatte. Christine Terlinden war ein leeres Gefäß, eine geistlose Schönheit ohne jede Persönlichkeit, die es sich zur Lebensaufgabe gemacht hatte, die perfekte repräsentative Ehefrau des erfolgreichen Konzernlenkers Claudius Terlinden zu sein.

»Gut siehst du aus, Junge. Ein bisschen mager vielleicht.« Sie blieb sich auch jetzt treu. Nach all der Zeit reichte es wieder nur zu einer ihrer Floskeln. Lars Terlinden hatte angefangen, seine Mutter zu verachten, als ihm klargeworden war, dass sie ihn sein ganzes Leben lang getäuscht hatte.

»Was willst du, Mutter?«, wiederholte er ungeduldig.

»Tobias ist aus dem Gefängnis zurück«, sagte sie mit gesenkter Stimme. »Und die Polizei hat das Skelett von Laura gefunden. Auf dem alten Flugplatz in Eschborn.«

Er biss die Zähne zusammen. Unversehens raste sein Leben im Zeitraffertempo zurück in die Vergangenheit. Er hatte das entsetzliche Gefühl, mitten in der Ankunftshalle des Frankfurter Flughafens wieder zu einem pickligen Neunzehnjährigen zusammenzuschrumpfen, dem die nackte Angst im Genick saß. Laura! Nie würde er ihr Gesicht vergessen, ihr Lachen, ihre unbekümmerte Lebensfreude, der so jäh ein Ende gesetzt worden war. Er hatte nicht einmal mehr mit Tobias sprechen können, so schnell hatte sein Vater alle Entscheidungen für ihn getroffen und ihn in Windeseile auf das Landgut irgendeines Bekannten im tiefsten Oxfordshire verbannt. *Denk an*

deine Zukunft, Junge! Halt dich da raus, halt nur den Mund.
Dann wird nichts passieren. Er hatte natürlich auf seinen
Vater gehört. Sich rausgehalten und geschwiegen. Es war zu
spät gewesen, als er von Tobis Verurteilung gehört hatte. Elf
Jahre lang hatte er alles getan, um nicht mehr daran denken
zu müssen, an diesen schrecklichen Abend, an sein Entsetzen,
an seine Angst. Elf beschissene Jahre lang hatte er beinahe
rund um die Uhr gearbeitet, nur um vergessen zu können.
Und jetzt kam seine Mutter im Pelzmäntelchen angetrippelt
und riss mit puppenhaftem Lächeln die alten Wunden auf.

»Das interessiert mich nicht mehr, Mutter«, sagte er scharf.
»Ich habe nichts damit zu tun.«

»Aber …«, setzte sie an, doch er ließ sie nicht ausreden.

»Lass mich in Ruhe!«, zischte er. »Hast du verstanden?
Ich wünsche nicht, dass du mich noch mal kontaktierst! Halt
dich einfach von mir fern, wie du es dein Leben lang getan
hast!«

Damit drehte er sich um, ließ sie stehen und marschierte zu
der Rolltreppe, die hinunter zum S-Bahnhof führte.

*

Sie standen in der Garage und tranken Bier direkt aus der
Flasche, ganz wie früher. Tobias fühlte sich unbehaglich, und
allen anderen schien es ebenso zu gehen. Weshalb war er überhaupt hierhergekommen? Sein alter Freund Jörg hatte ihn
zu seiner Überraschung am Nachmittag angerufen und ihn
eingeladen, mit ihm, Felix und ein paar Kumpels ein Bierchen
zu trinken. In der großen Garage, die Jörgs Onkel gehörte,
hatten sie als Jugendliche oft zusammen an ihren Mofas,
später dann an den Mopeds und schließlich an ihren Autos
herumgeschraubt. Jörg war ein begnadeter Automechaniker,
der schon als Junge davon geträumt hatte, Rennfahrer zu

werden. Es roch in der Garage genauso wie in Tobias' Erinnerung, nach Motoröl und Lack, nach Leder und Politur. Sie saßen auf derselben alten Werkbank, auf umgedrehten Bierkästen und Autoreifen. Nichts um sie herum hatte sich verändert. Tobias hielt sich aus dem Gespräch heraus, das wohl wegen seiner Anwesenheit so gezwungen launig geriet. Jeder hatte ihn zwar mit Handschlag begrüßt, aber die Wiedersehensfreude hielt sich in Grenzen. Nach einer Weile ergab es sich, dass Tobias, Jörg und Felix zusammenstanden. Felix war Dachdecker geworden, im Betrieb seines Vaters. Schon als Teenager war er von kräftiger Statur gewesen, die schwere Arbeit und eifriger Bierkonsum hatten ihn über die Jahre zu einem Koloss gemacht. Seine gutmütigen Augen verschwanden beinahe in einer Fettschicht, wenn er lachte. Tobias musste an ein Rosinenbrötchen denken. Jörg hingegen sah noch fast aus wie damals, nur sein Haaransatz war weit die Stirn hinaufgerutscht.

»Was ist eigentlich aus Lars geworden?«, fragte Tobias.

»Nicht das, was sein Alter sich erhofft hatte.« Felix grinste boshaft. »Auch die Reichen haben Probleme mit ihren Kindern. Der eine ist ein Depp, und der andere hat ihm was geschissen.«

»Lars hat richtig fett Karriere gemacht«, erklärte Jörg. »Hat mir meine Mutter erzählt, die weiß es von seiner. Investmentbanking. Großes Geld. Ist verheiratet, zwei Kinder, und hat 'ne Riesenvilla in Glashütten gekauft, nachdem er aus England zurückgekommen ist.«

»Ich dachte immer, er wollte Theologie studieren und Priester werden«, bemerkte Tobias. Der Gedanke an den besten Freund, der so plötzlich und ohne jeden Abschied aus seinem Leben verschwunden war, schmerzte zu seinem Erstaunen tatsächlich.

»Ich wollte auch nie Dachdecker werden.« Felix öffnete

mit seinem Feuerzeug eine neue Flasche Bier. »Aber beim Bund wollten sie mich nicht und bei der Polizei auch nicht, und die Lehre als Bäcker hab ich ja geschmissen, kurz nachdem ... äh ... ihr wisst schon ...«

Er brach ab, senkte verlegen den Blick.

»Und ich konnte nach meinem Unfall eine Karriere als Rennfahrer abschreiben«, fügte Jörg eilig hinzu, bevor das Schweigen noch peinlicher wurde. »Deshalb bin ich auch nicht in der Formel 1 gelandet, sondern im Schwarzen Ross. Du weißt ja, dass meine Schwester den Jagielski geheiratet hat, oder?«

Tobias nickte. »Mein Vater hat's mir damals erzählt.«

»Tja.« Jörg nahm einen Schluck aus der Bierflasche. »Scheint ganz so, als ob keiner von uns das erreicht hat, wovon er mal geträumt hat.«

»Nathalie schon«, entgegnete Felix. »Mensch, was haben wir sie immer ausgelacht, wenn sie gesagt hat, dass sie eine berühmte Schauspielerin werden will!«

»Zielstrebig war sie schon immer«, sagte Jörg. »Was die uns rumkommandiert hat! Aber dass sie mal so eine Berühmtheit wird, hätte ich auch nie gedacht.«

»Na ja.« Tobias grinste ein bisschen. »Ich hätte auch nicht gedacht, dass ich mal im Knast eine Schlosserlehre und ein Wirtschaftsstudium mache.«

Seine Freunde zögerten erst einen Moment verlegen, aber dann lachten sie. Der Alkohol lockerte die Stimmung. Nach der fünften Flasche Bier wurde Felix redselig.

»Ich mach mir heute noch Vorwürfe, dass ich damals den Bullen erzählt hab, dass wir noch mal bei dir waren, Alter«, sagte er zu Tobias und legte ihm schwer die Hand auf die Schulter.

»Ihr habt nur die Wahrheit gesagt.« Tobias zuckte die Achseln. »Es konnte ja keiner ahnen, wohin das alles führen würde. Ist aber jetzt auch egal. Ich bin wieder da, und ich bin echt froh, dass ihr mir nicht aus dem Weg geht, wie die meisten hier im Dorf.«

»Quatsch.« Jörg klopfte ihm auf die andere Schulter. »Wir sind doch Freunde, Mann! Weißt du noch, wie wir den alten Opel, den mein Onkel in tausend Stunden Fummelarbeit restauriert hat, zu Schrott gefahren haben? Mensch, da war was los!«

Tobias erinnerte sich, Felix auch. Und schon waren sie mittendrin im *Weißt du noch?* Die Party bei Terlindens, bei der sich die Mädchen ausgezogen hatten und mit Mutter Terlindens Pelzmänteln durchs Haus gerannt waren. Der Geburtstag von Micha, als die Bullen anrückten. Die Mutproben auf dem Friedhof. Die Italienreise mit der C-Jugend. Das Feuer beim Martinsumzug, das außer Kontrolle geraten war, weil Felix einen Kanister Benzin als Brandbeschleuniger benutzt hatte. Sie kamen aus den Erinnerungen und aus dem Lachen nicht mehr heraus. Jörg wischte sich die Lachtränen vom Gesicht.

»Mensch, könnt ihr euch erinnern, wie meine Schwester den Schlüsselbund von meinem Alten für den Flugplatz geklaut hat und wir in dem alten Flugzeughangar Rennen gefahren sind? Mann, das war geil!«

*

Amelie saß an ihrem Schreibtisch und surfte im Internet, als es an der Haustür klingelte. Sie klappte ihren Laptop zu und sprang auf. Es war Viertel vor elf! Verflucht! Hatten die Alten den Haustürschlüssel vergessen? Auf Strümpfen sauste sie die Treppe hinunter, bevor es noch einmal klingelte und die Kleinen wach wurden, die sie mit Mühe und Not vor einer Stunde ins Bett befördert hatte. Sie warf einen Blick auf den kleinen Monitor, der mit den beiden Kameras links und rechts der Haustür verbunden war. Das unscharfe Schwarzweißbild zeigte einen Mann mit hellen Haaren. Amelie riss die Tür auf und staunte nicht schlecht, als Thies vor ihr stand. Seit sie ihn kannte, war er noch nie bis an ihre Haustür gekommen, und geklingelt hatte er erst recht nicht. Ihr Erstaunen verwandelte sich in Besorgnis, als sie erkannte, in welchem Zustand der Freund war. So nervös hatte sie Thies noch nie erlebt. Seine Hände flatterten hin und her, seine Augen flackerten, er zuckte am ganzen Körper.

»Was ist denn los?«, fragte Amelie leise. »Ist was passiert?«

Statt zu antworten, hielt Thies ihr eine Papierrolle hin, die sorgfältig mit einem breiten Band verschnürt war. Amelies Füße verwandelten sich auf dem kalten Treppenabsatz in Eisklumpen, aber sie machte sich echte Sorgen um den Freund.

»Willst du nicht reinkommen?«

Thies schüttelte heftig den Kopf und sah sich immer wieder um, als befürchte er, verfolgt zu werden.

»Die Bilder darf niemand sehen«, sagte er plötzlich mit seiner wie immer etwas heiser klingenden Stimme. »Du musst sie verstecken.«

»Klar«, sagte sie. »Mach ich.«

Die Scheinwerfer eines Autos krochen durch den Nebel die Straße hoch und erfassten sie für einen Moment, als der Wagen in die Einfahrt der Lauterbachs einbog. Die Garage befand sich nur knapp fünf Meter unterhalb der Treppe, auf der Amelie gerade stand – allein, wie sie plötzlich feststellte; Thies war wie vom Erdboden verschluckt. Daniela Lauterbach stellte den Motor ab und stieg aus.

»Hallo, Amelie!«, rief sie freundlich.

»Hallo, Frau Dr. Lauterbach«, erwiderte Amelie.

»Was stehst du denn vor der Haustür herum? Hast du dich ausgesperrt?«

»Ich bin grad von der Arbeit gekommen«, sagte Amelie schnell, ohne recht zu wissen, warum sie die Nachbarin anlog.

»Na dann. Grüß deine Eltern. Gute Nacht!« Dr. Lauterbach winkte ihr zu und ließ per Fernbedienung das elektrische Tor der Doppelgarage hochfahren. Sie ging hinein, und das Tor senkte sich wieder hinter ihr.

»Thies?«, zischte Amelie. »Wo bist du?«

Sie fuhr erschrocken zusammen, als er hinter der großen Eibe hervortrat, die neben der Haustür stand.

»Was soll das?«, flüsterte sie. »Warum …?«

Ihr blieben die Worte im Hals stecken, als sie Thies' Gesicht sah. In seinen Augen stand nackte Angst – wovor fürchtete er sich? Tief besorgt streckte sie die Hand nach ihm aus und berührte seinen Arm, um ihn zu beruhigen. Er zuckte zurück.

»Du musst gut auf die Bilder aufpassen.« Die Worte klangen abgehackt, seine Augen glänzten fiebrig. »Keiner darf die Bilder sehen. Auch du nicht! Du musst es versprechen!«

»Ja, ja. Ich versprech's dir. Aber was …«

Bevor sie die Frage vollenden konnte, war Thies in der nebligen Dunkelheit verschwunden. Amelie blickte ihm kopfschüttelnd nach. Sie konnte sich keinen Reim auf das eigenartige Verhalten ihres Freundes machen. Aber man musste Thies eben so nehmen, wie er war.

*

Cosima lag tief und fest schlafend auf der Couch im Wohnzimmer, der Hund hatte sich in ihren Kniekehlen zusammengerollt und hob nicht einmal den Kopf, sondern wedelte nur faul mit der Schwanzspitze, als Bodenstein hereinkam und stehen blieb, um das friedvolle Bild in sich aufzunehmen. Cosima schnarchte ganz leise, die Lesebrille war ihr auf die Nase gerutscht, das Buch, in dem sie gelesen hatte, lag auf ihrer Brust. Normalerweise wäre er jetzt zu ihr hingegangen und hätte sie mit einem Kuss geweckt, vorsichtig, um sie nicht zu erschrecken. Doch die unsichtbare Mauer, die plötzlich zwischen ihnen stand, hielt ihn davon ab. Das Gefühl der Zärtlichkeit, das sich sonst in ihm ausbreitete, sobald er seine Frau sah, blieb zu seinem Erstaunen aus. Es war höchste Zeit für eine offene Konfrontation, bevor das Misstrauen seine Ehe vergiftete. Eigentlich sollte er sie jetzt an der Schulter packen und schütteln und sie fragen, warum sie ihn angelogen hatte, doch seine feige Harmoniesucht und die Angst vor einer Wahrheit, die er nicht würde ertragen können, hielten ihn davon ab. Er wandte sich ab und ging in die Küche. Der Hund, von verfressener Hoffnung getrieben, sprang von der Couch, um ihm zu folgen, und weckte Cosima damit. Sie erschien mit verschlafenem Gesicht in der Küche, als er sich einen Joghurt aus dem Kühlschrank nahm.

»Hallo«, sagte er.

»Ich bin wohl eingeschlafen«, erwiderte sie. Er löffelte den Joghurt und betrachtete sie unauffällig. Auf einmal bemerkte er Falten in ihrem Gesicht, die ihm zuvor nie aufgefallen waren, schlaffer werdende Haut an ihrem Hals und Wassereinlagerungen unter ihren müden Augen. Sie sah aus wie eine Frau von fünfundvierzig Jahren. War mit dem Vertrauen auch plötzlich der Weichzeichner seiner Zuneigung verschwunden?

»Wieso hast du heute im Büro angerufen und nicht bei mir auf dem Handy?«, fragte sie beiläufig, während sie suchend in den Kühlschrank blickte.

»Weiß ich gar nicht mehr«, log er und kratzte konzentriert den Joghurtbecher aus. »Ich bin wohl aus Versehen auf die falsche Nummer gekommen, und danach hab ich nicht mehr dran gedacht. War nicht wichtig.«

»Na ja, ich war nur im Main-Taunus-Zentrum ein paar Sachen einkaufen.« Cosima schloss den Kühlschrank und gähnte. »Kira hat mir Sophiechen abgenommen. Ohne sie geht alles ein bisschen schneller.«

»Hm, natürlich.« Er stellte dem Hund den leeren Becher hin. Einen Moment lang überlegte er, ob er sie fragen sollte, was sie denn eingekauft hatte, denn er glaubte ihr kein Wort. Und plötzlich wurde ihm klar, dass er das nie mehr tun würde.

*

Amelie hatte die Rolle mit den Bildern in ihrem Kleiderschrank versteckt und sich wieder an den Laptop gesetzt. Aber sie konnte sich nicht mehr konzentrieren. Es kam ihr vor, als würden ihr die Bilder leise zurufen: *»Schau uns an! Komm schon! Hol uns raus!«*

Sie drehte sich auf ihrem Stuhl um und starrte den Schrank an, haderte mit ihrem Gewissen. Unten knallten Autotüren, die Haustür ging auf.

»Wir sind wieder da!«, rief ihr Vater. Amelie ging kurz nach unten, um die Leute, bei denen sie wohnte, zu begrüßen. Obwohl Barbara und die kleinen Nervensägen sie freundlich aufgenommen hatten, brachte sie es nie über sich, »meine Familie« zu denken oder gar zu sagen. Dann kehrte sie in ihr Zimmer zurück, legte sich aufs Bett und überlegte. Nebenan rauschte die Toilettenspülung. Was konnte auf den Bildern drauf sein? Thies malte immer so einen abstrakten Kram, mal abgesehen von diesem geilen Porträt von ihr, das sie vorgestern gesehen hatte. Aber warum wollte er die Bilder unbedingt verstecken? Es schien ihm verdammt wichtig gewesen zu sein, immerhin hatte er bei ihr geklingelt und sie gebeten, die Dinger niemandem zu zeigen. Das war schon sehr eigenartig.

Amelie wartete, bis Ruhe im Haus eingekehrt war, dann ging sie zum Schrank und nahm die Rolle heraus. Sie war ziemlich schwer, es mussten mehr als nur zwei oder drei Bilder sein. Und sie rochen auch nicht so intensiv nach Farbe wie frisch gemalte Bilder. Vorsichtig öffnete sie die zahlreichen Knoten des Bandes, mit dem Thies die Rolle umwickelt hatte. Es waren acht Bilder in einem relativ kleinen Format. Und sie waren völlig anders, gar nicht Thies' üblicher Malstil, sondern sehr gegenständlich und detailgetreu mit Menschen, die … Amelie erstarrte und betrachtete das erste Bild genauer. Sie spürte ein Kribbeln im Genick, ihr Herzschlag beschleunigte sich. Vor einer großen Scheune mit weit geöffnetem Tor beugten sich zwei Jungen über ein am Boden liegendes blondes Mädchen, dessen Kopf in einer Blutlache lag. Ein weiterer Junge mit dunklen Locken stand daneben, ein vierter rannte mit panischem Gesichtsausdruck direkt auf den Betrachter zu. Und dieser vierte war – Thies! Fieberhaft blätterte sie die anderen Bilder durch.

»O Gott«, flüsterte sie. Die Scheune mit dem offenen Tor, daneben ein etwas flacheres Stallgebäude, dieselben Personen. Thies saß neben der Scheune, der Junge mit den dunklen Locken stand an der offenen Tür des Stalles und beobachtete die Vorgänge im Innern des Stalls. Einer der Jungen vergewaltigte das blonde Mädchen, der andere Junge hielt es fest. Amelie schluckte und blätterte weiter. Wieder die Scheune, ein anderes Mädchen mit langen, schwarzen Haaren und einem knappen hellblauen Kleid, das sich mit einem Mann küsste. Er hatte eine Hand auf ihrer Brust und sie ein Bein um seinen Oberschenkel geschlungen. Die Situation wirkte unglaublich lebensecht. Im Hintergrund der dunklen Scheune war der lockige Junge von den anderen Bildern zu erkennen. Die Bilder ähnelten Fotografien; Thies hatte jedes Detail eingefangen, die Farben der Kleider, die Halskette des Mädchens, eine Schrift auf einem T-Shirt. Unglaublich! Die Bilder zeigten unzweifelhaft den Hof der Familie Sartorius. Und sie stellten die Ereignisse vom September 1997 dar. Amelie glättete mit beiden Händen das letzte Bild und erstarrte. Im Haus war es so still, dass sie ihren Puls in den Ohren pochen hörte. Das Bild zeigte den Mann, der sich mit dem schwarzhaarigen Mädchen geküsst hatte, von vorne. Sie kannte ihn. Sie kannte ihn gut.

Freitag, 14. November 2008

»Guten Morgen.« Gregor Lauterbach nickte seiner Büroleiterin Ines Schürmann-Liedtke zu und betrat sein großes Büro im hessischen Kultusministerium am Luisenplatz in Wiesbaden. Er hatte heute einen knallvollen Terminkalender. Für acht Uhr war eine Besprechung mit seinem Staatssekretär angesetzt, um zehn stand die Rede im Plenum an, in der er den Haushaltsentwurf für das kommende Jahr vorstellen würde. Mittags war eine Stunde für ein kurzes gemeinsames Mittagessen mit Vertretern der Lehrerdelegation aus Wisconsin, dem amerikanischen Partnerstaat Hessens, reserviert. Auf seinem Schreibtisch lag schon die Post, ordentlich nach Wichtigkeit geordnet in verschiedenfarbigen Wiedervorlagemappen. Zuoberst die Mappe mit der Korrespondenz, die er unterschreiben musste. Lauterbach knöpfte sein Jackett auf und setzte sich an den Schreibtisch, um schnell das Wichtigste zu erledigen. Zwanzig vor acht. Der Staatssekretär würde pünktlich sein, das war er immer.

»Ihr Kaffee, Herr Kultusminister.« Ines Schürmann-Liedtke kam herein und stellte ihm eine Tasse mit dampfendem Kaffee hin.

»Danke«, er lächelte. Die Frau war nicht nur eine intelligente und hocheffiziente Büroleiterin, sondern darüber hinaus eine echte Augenweide: drall, dunkelhaarig, mit großen, dunklen Augen und einer Haut wie Milch und Honig. Sie erinnerte ihn ein bisschen an Daniela, seine Frau. Manchmal gestattete er sich lüsterne Tagträume, in denen sie eine Hauptrolle spielte, aber in der Realität war sein Verhalten ihr gegenüber stets untadelig. Zwar hätte er das Recht gehabt, bei seinem Amtsantritt vor zwei Jahren die Stellen in seinem Büro mit neuem Personal zu besetzen, aber Ines hatte ihm auf Anhieb gefallen, und sie dankte ihm den Erhalt ihres Arbeitsplatzes mit absoluter Loyalität und unglaublichem Fleiß.

»Sie sehen heute wieder großartig aus, Ines«, sagte er und nippte an seinem Kaffee. »Das Grün steht Ihnen wunderbar.«

»Vielen Dank.« Sie lächelte geschmeichelt, wurde aber sofort wieder professionell und las ihm rasch die Liste der Anrufer vor, die um Rückruf gebeten hatten. Lauterbach hörte mit einem Ohr zu, während er seine Unterschrift unter die Briefe setzte, die Ines geschrieben hatte, nickte oder schüttelte mit dem Kopf. Als sie fertig war, reichte er ihr die Korrespondenz. Sie verließ sein Büro, und er widmete sich der Post, die Ines Schürmann-Liedtke bereits vorsortiert hatte. Vier Briefe waren dabei, die ausdrücklich »persönlich« an ihn gerichtet waren, und die hatte sie auch noch nicht geöffnet. Er schlitzte alle vier mit dem Brieföffner auf, überflog die ersten beiden rasch und legte sie beiseite. Als er den dritten Brief öffnete, stockte ihm der Atem:

Wenn du weiter die Klappe hältst, wird nichts passieren. Wenn nicht, dann erfährt die Polizei, was du damals in der Scheune verloren hast, als du deine minderjährige Schülerin gevögelt hast. Liebe Grüße von Schneewittchen.

Sein Mund war plötzlich staubtrocken. Er betrachtete das zweite Blatt, das ein Foto von einem Schlüsselbund zeigte.

Kalte Angst kroch durch seine Adern, gleichzeitig brach ihm der Schweiß aus. Das hier war kein Scherz, sondern bitterer Ernst. Seine Gedanken rasten. Wer hatte das geschrieben? Wer konnte von ihm und seinem Ausrutscher mit dem Mädchen wissen? Und warum, zum Teufel, kam dieser Brief ausgerechnet jetzt? Gregor Lauterbach hatte das Gefühl, ihm müsse das Herz aus der Brust springen. Elf Jahre lang hatte er die Geschehnisse von damals erfolgreich verdrängen können. Aber jetzt war alles wieder da, so lebendig, als sei es erst gestern passiert. Er stand auf und trat ans Fenster, starrte hinaus auf den leeren Luisenplatz, der im allmählich heller werdenden Licht des trüben Novembermorgens dalag. Er atmete langsam ein und aus. Nur jetzt nicht die Nerven verlieren! In einer Schreibtischschublade fand er das abgegriffene Notizbuch, in dem er sich seit Jahren Telefonnummern notierte. Als er zum Telefonhörer griff, bemerkte er verärgert, dass seine Hand zitterte.

*

Die knorrige alte Eiche stand im vorderen Teil des großen Parks, keine fünf Meter von der Mauer entfernt, die das ganze Grundstück umgab. Das Baumhaus war ihr noch nie aufgefallen, vielleicht weil es im Sommer vom dichten Blätterkleid des Baumes verdeckt wurde. Es war nicht ganz einfach, im Minirock und mit Strumpfhose die wenig vertrauenerweckend aussehenden Stufen der morschen Leiter hinaufzuklettern, die vom Regen der letzten Tage glitschig geworden waren. Hoffentlich kam Thies nicht ausgerechnet jetzt auf die Idee, sein Atelier zu verlassen. Er würde sofort wissen, was sie hier tat. Endlich hatte sie das Baumhaus erreicht und kroch auf allen vieren hinein. Es war ein stabiler Kasten aus Holz, so ähnlich wie die Hochsitze im Wald.

Amelie richtete sich vorsichtig auf und blickte sich um, dann setzte sie sich auf die Bank und blickte durch das vordere Fenster nach unten. Volltreffer! Sie kramte ihren iPod aus der Jackentasche und rief die Bilder auf, die sie gestern Nacht noch fotografiert hatte. Die Perspektive stimmte zu hundert Prozent. Von hier bot sich ihr ein grandioser Ausblick über das halbe Dorf, der obere Teil des Sartorius-Hofes mit Scheune und Kuhstall lag ihr direkt zu Füßen. Selbst mit bloßem Auge war jedes Detail genau zu sehen. Wenn sie davon ausging, dass der Kirschlorbeer vor elf Jahren noch ein kleiner Busch gewesen war, dann musste der Schöpfer der Bilder von genau dieser Stelle aus die Ereignisse beobachtet haben. Amelie zündete sich eine Zigarette an und stemmte die Füße gegen die Holzwand. Wer hatte hier gesessen? Thies konnte es nicht gewesen sein, denn er war auf dreien der Bilder zu sehen. Hatte jemand von hier aus Fotos gemacht, die Thies gefunden und abgemalt hatte? Noch viel interessanter war die Frage, wer die anderen Leute auf den Bildern waren. Laura Wagner und Stefanie »Schneewittchen« Schneeberger, das war klar. Und den Mann, der es mit Schneewittchen in der Scheune getrieben hatte, kannte sie auch. Aber wer waren die drei Jungs? Nachdenklich zog Amelie an ihrer Zigarette und überlegte, was sie mit ihrem Wissen anfangen sollte. Die Polizei schied aus. Sie hatte in der Vergangenheit nur schlechte Erfahrungen mit den Bullen gemacht; nicht zuletzt deshalb war sie in dieses Kaff zu ihrem Erzeuger abgeschoben worden, von dem sie in den zwölf Jahren zuvor außer an ihren Geburtstagen und Weihnachten so gut wie nichts gehört hatte. Alternative zwei, ihre Eltern, würde auch auf die Bullen hinauslaufen, ergab deshalb keinen Sinn. Eine Bewegung im Hof der Sartorius erregte ihre Aufmerksamkeit. Tobias betrat die Scheune, wenig später knatterte der Motor des alten roten Traktors. Wahrscheinlich nutzte er den halbwegs trockenen Tag und räumte weiter auf. Wie wäre es, wenn sie *ihm* von den Bildern erzählte?

*

Auch wenn Frau Dr. Engel nachdrücklich darauf hingewiesen hatte, dass es keine neuen Ermittlungen in zwei elf Jahre alten Mordfällen geben würde, beschäftigte Pia sich weiterhin mit den sechzehn Ordnern. Nicht zuletzt, um ihre Gedanken von der Drohung hinter den lapidaren Worten des Bauamtes abzulenken. Sie hatte im Geiste das neue Haus auf dem Birkenhof schon eingerichtet und zu dem geschmackvoll-gemütlichen Heim gemacht, von dem sie immer geträumt hatte. Viele von Christophs Möbeln passten wunderbar in ihre innenarchitektonischen Träume: der uralte, zerkratzte Refektoriumstisch, an dem zwölf Personen ohne Not Platz hatten, das knautschige Ledersofa aus seinem Wintergarten, das antike Vertiko, die zierliche Recamiere ... Pia seufzte. Vielleicht würde sich ja doch noch alles zum Guten wenden und das Bauamt die Genehmigung erteilen, damit sie loslegen konnten.

Sie konzentrierte sich wieder auf die vor ihr liegende Akte, überflog einen Bericht und notierte sich zwei Namen. Ihre letzte Begegnung mit Tobias Sartorius hatte ein eigenartiges Gefühl in ihr hinterlassen. Was, wenn er die ganzen Jahre über die Wahrheit gesagt hatte, wenn er tatsächlich nicht der Mörder der beiden Mädchen war? Abgesehen davon, dass dann der wirkliche Mörder noch immer frei herumlief, hätte das Fehlurteil ihn zehn Jahre seines Lebens und seinen Vater die Existenz gekostet. Neben ihren Notizen skizzierte sie das Dorf Altenhain. Wer wohnte wo? Wer war mit wem befreundet? Auf den ersten Blick waren Tobias Sartorius und seine Eltern damals im Dorf geachtete und beliebte Personen gewesen. Las man jedoch zwischen den Zeilen, sprach deutlich der Neid aus den Worten der vernommenen Leute. Tobias Sartorius war ein bemerkenswert gutaussehender junger Mann gewesen, intelligent, sportlich, großzügig. Er schien die allerbesten Voraussetzungen für eine großartige Zukunft mitzubringen, niemand sagte etwas Schlechtes über den Klassenprimus, die Sportskanone, den Mädchenschwarm. Pia betrachtete einige Fotos. Wie hatten sich Tobias' unscheinbare Freunde mit ihren glänzenden Pickelgesichtern im ständigen Vergleich mit ihm gefühlt? Wie musste es sein, immer im Schatten zu stehen, bei den hübschesten Mädchen nur zweite Wahl zu sein? Waren Neid und Eifersucht nicht vorprogrammiert? Und dann bot sich unversehens eine Gelegenheit, sich für all die kleinen Niederlagen zu rächen: »... *Ja, ein bisschen jähzornig kann der Tobias schon sein*«, hatte einer seiner besten Freunde ausgesagt. »*Besonders, wenn er was getrunken hat. Dann flippt er schon mal richtig aus.*«

Als einen sehr guten, ehrgeizigen Schüler, dem alles zuflog, der aber auch unglaublich diszipliniert lernen konnte, hatte ihn sein ehemaliger Lehrer charakterisiert. Ein Wortführer, selbstbewusst bis zur Überheblichkeit, bisweilen ein Hitzkopf, ziemlich reif für sein Alter. Ein Einzelkind, das von seinen Eltern geradezu angebetet wurde. Aber auch jemand, der mit Konkurrenz und Niederlagen nur schlecht umgehen konnte. Verflixt, wo hatte sie das bloß gelesen? Pia blätterte hin und her. Das Vernehmungsprotokoll von Tobias' Lehrer, zum Zeitpunkt ihres Verschwindens auch der Lehrer der beiden Mädchen, war nicht mehr da. Pia stutzte, kramte auf ihrem Schreibtisch nach ihren Notizen der vergangenen Woche und verglich ihre Aufstellung der Namen mit der Liste, die sie heute angefertigt hatte.

»Das ist ja ein Ding«, sagte sie.

»Was ist los?« Ostermann blickte kauend an seinem Computerbildschirm vorbei.

»In der Akte fehlen die Vernehmungsprotokolle von Gregor Lauterbach zur Sache Stefanie Schneeberger und Tobias Sartorius«, erwiderte sie, blätterte weiter hin und her. »Wie geht das denn?«

»Sie werden in einem anderen Ordner sein.« Ostermann wandte sich wieder seiner Arbeit und seinem Donut zu. Er aß die fettigen Gebäckringe für sein Leben gern, und Pia wunderte sich seit Jahren, dass ihr Kollege nicht längst dick und fett war. Ostermann musste einen sensationellen Stoffwechsel haben, um die Tausenden von Kalorien zu verbrennen, die er jeden Tag in sich hineinmampfte. Sie an seiner Stelle würde jedenfalls nur noch durch die Gegend rollen.

»Nein.« Pia schüttelte den Kopf. »Sie sind echt nicht mehr da!«

»Pia«, sagte Ostermann in geduldigem Tonfall. »Wir sind bei der *Polizei*. Hier kommt keiner einfach so rein und klaut Protokolle aus einem alten Aktenordner!«

»Das weiß ich auch. Aber Fakt ist, dass sie nicht mehr da sind. Letzte Woche habe ich sie noch gelesen.« Pia runzelte die Stirn. Wer konnte ein Interesse an dem alten Fall haben? Es gab keinen Grund, an und für sich unwichtige Vernehmungsprotokolle zu klauen. Das Telefon auf ihrem Schreibtisch klingelte. Sie nahm ab und hörte kurz zu. In Wallau war ein Lieferwagen von der Straße abgekommen und in Flammen aufgegangen, nachdem er sich mehrfach überschlagen hatte. Der Fahrer war schwer verletzt, aber in den Trümmern des Fahrzeugs hatte die Feuerwehr mindestens zwei bis zur Unkenntlichkeit verbrannte Personen ausgemacht. Mit einem Seufzer klappte sie den Ordner zu, verstaute ihre Notizen in einer Schublade. Die Aussicht, bei dem Wetter auf einem matschigen Acker herumzukriechen, war wenig erfreulich.

*

Der Wind heulte um die Scheune, pfiff durch die Dachsparren und rüttelte am Tor, als ob er Einlass begehrte. Tobias Sartorius kümmerte das nicht. Er hatte am Nachmittag mit einem Immobilienmakler telefoniert und für Mittwoch nächster Woche einen Besichtigungstermin vereinbart. Bis dahin mussten Hof, Scheune und die alten Stallungen picobello sein. Mit Schwung warf er einen alten Autoreifen nach dem anderen auf die Ladefläche der Rolle. Zu Dutzenden stapelten sie sich in einer Ecke der Scheune, sein Vater hatte sie aufgehoben, um die Planen über den Heu- und Strohballen draußen im Feld zu beschweren. Jetzt gab es keine Heuballen mehr und auch kein Stroh, die Autoreifen waren nichts als Abfall.

Den ganzen Tag verfolgte ihn schon der Schatten einer flüchtigen Erinnerung, und es machte Tobias schier verrückt, dass ihm nicht einfallen wollte, was es war. Irgendeiner seiner Freunde hatte gestern Abend in der Garage etwas gesagt, das eine blitzartige Assoziation bei ihm ausgelöst hatte, aber die Erinnerung war irgendwo in der Tiefe seines Bewusstseins versunken und ließ sich nicht an die Oberfläche locken, so sehr er sich auch darum bemühte. Atemlos hielt er inne, fuhr sich mit dem Unterarm über die verschwitzte Stirn. Ein kalter Lufthauch streifte ihn, und er wandte sich um, als er aus dem Augenwinkel eine Bewegung wahrnahm. Erschrocken zuckte er zusammen. Drei dunkel gekleidete Gestalten mit bedrohlich vermummten Gesichtern hatten die Scheune betreten. Eine von ihnen schob von innen den schweren, eisernen Riegel vor die Tür. Stumm standen sie da und fixierten ihn durch die Sehschlitze ihrer Sturmhauben. Die Baseballschläger in ihren behandschuhten Händen verrieten ihre Absicht. Adrenalin durchflutete seinen Körper von den Zehen bis zu den Haarspitzen. Er zweifelte nicht daran, dass es sich bei zweien von ihnen um die Männer handelte, die Amelie niedergeschlagen hatten. Sie waren wiedergekommen, um ihr eigentliches Ziel zu erwischen, nämlich ihn. Er wich zurück und überlegte fieberhaft, wie er den drei Männern entkommen könnte. In der Scheune gab es keine Fenster, keine Hintertür. Aber eine Leiter, die hoch auf den leeren Heuboden führte! Sie war seine einzige Chance. Er zwang sich, nicht zu ihr hinüberzusehen, um den drei Männern sein Vorhaben nicht zu verraten. Trotz der aufsteigenden Panik in seinem Inneren gelang es ihm, ruhig zu bleiben. Er musste die Leiter erreichen, bevor sie bei ihm waren. Sie waren noch knapp fünf Meter von ihm entfernt, als er losrannte. In Sekunden war er an der Leiter, kletterte, so schnell er konnte. Der Schlag eines Baseballschlägers traf mit voller Wucht seinen Unterschenkel. Er spürte keinen Schmerz, aber sein linkes Bein war sofort taub. Mit zusammengebissenen Zähnen kletterte er weiter, doch einer der Verfolger war nicht viel langsamer als er, packte seinen Fuß und zerrte daran. Tobias klammerte sich an den Sprossen der Leiter fest, trat mit dem anderen Fuß nach dem Mann. Er hörte einen unterdrückten Schmerzensschrei und spürte, wie sich der Griff an seinem Knöchel lockerte. Die Leiter schwankte, plötzlich griff er ins Leere und verlor beinahe den Halt. Drei Sprossen fehlten! Er warf einen Blick nach unten, fühlte sich wie eine Katze an einem nackten Baumstamm, der drei blutrünstige Rottweiler auf den Fersen waren. Irgendwie erreichte er die nächste Sprosse, zog sich mit aller Kraft nach oben, das taube Bein kribbelte und war ihm kaum eine Hilfe. Endlich hatte er den Heuboden erreicht. Zwei der Kerle kletterten ihm nach, der dritte war verschwunden. Tobias blickte sich hektisch im Halbdunkel des Bodens um. Die Leiter war an die Holzbohlen geschraubt, unmöglich, sie umzukippen! Er humpelte, so schnell er konnte, zu der niedrigsten Stelle des Daches, drückte mit der Hand von unten gegen die Dachziegel. Eine löste sich, dann eine zweite. Immer wieder schaute er über die Schulter. Der Kopf des ersten Verfolgers erschien über dem Rand des Heubodens. Verdammt! Das Loch war noch viel zu klein, um sich hindurchzwängen zu können. Als er die Sinnlosigkeit seines Unterfangens einsehen musste, lief er zu der Luke, unter der einige Meter tiefer die Rolle mit den Autoreifen stand. Mit dem Mut der Verzweiflung wagte er den Sprung. Einer der Verfolger kehrte auf der Leiter um und kletterte wie eine große schwarze Spinne eilig wieder nach unten. Tobias ließ sich zu Boden gleiten, duckte sich in den schwarzen Schatten unter den Anhänger. Er tastete suchend den Boden ab und verfluchte seinen Aufräumwahn. Nichts lag mehr herum, was er als Verteidigungswaffe hätte benutzen können! Das Herz hämmerte gegen seinen Brustkorb, er verharrte noch kurz, dann setzte er alles auf eine Karte und rannte los.

Sie erreichten ihn in dem Augenblick, als er den Riegel schon in der Hand hatte. Die Schläge trafen ihn an den Schultern und Armen, im Kreuz. Seine Knie gaben nach, er rollte sich zusammen, schlang schützend die Arme um seinen Kopf. Sie prügelten und traten auf ihn ein, ohne einen Ton von sich zu geben. Schließlich packten sie seine Arme, bogen sie mit roher Gewalt auseinander und zerrten ihm Pullover und T-Shirt über den Kopf. Tobias biss die Zähne zusammen, um nicht zu jammern oder um sein Leben zu betteln. Er sah, wie einer der Männer eine Wäscheleine zu einer Schlinge knotete. Sosehr er sich auch wehrte, sie waren in der Übermacht, fesselten seine Hand- und Fußgelenke hinter seinem Körper zusammen und legten ihm die Schlinge um den Hals. Hilflos wie ein Paket verschnürt, musste er es erdulden, dass sie ihn mit nacktem Oberkörper unsanft über den rauen, eisigen Boden zur rückwärtigen Wand schleiften, ihm einen stinkigen Lappen als Knebel in den Mund steckten und ihm die Augen verbanden. Keuchend lag er auf dem

Boden, sein Herz raste. Die Wäscheleine schnürte ihm die Luft ab, sobald er sich auch nur einen Millimeter bewegte. Tobias lauschte auf Geräusche, hörte aber nur den Sturm, der unvermindert heftig um die Scheune toste. Sollten die drei sich damit zufriedengeben? Hatten sie gar nicht vor, ihn umzubringen? Waren sie weg? Die Spannung ließ ein winziges bisschen nach, seine Muskeln entkrampften sich. Aber seine Erleichterung war verfrüht. Er hörte ein Zischen, roch den Geruch von Lack. Im selben Moment traf ihn ein Schlag mitten ins Gesicht, sein Nasenbein brach mit einem Knacken, das durch seinen Kopf hallte wie ein Schuss. Tränen schossen ihm in die Augen, Blut verstopfte seine Nase. Durch den Knebel in seinem Mund bekam er kaum noch Luft. Die Panik war wieder da, hundertmal heftiger als zuvor, denn nun konnte er seine Angreifer nicht mehr sehen. Tritte und Schläge prasselten auf ihn ein, und in diesen Sekunden, die zu Stunden, Tagen und Wochen wurden, wuchs in ihm die Gewissheit, dass sie ihn töten wollten.

*

Es war nicht viel los im Schwarzen Ross. Die übliche Skatrunde am Stammtisch war nicht vollzählig, auch Jörg Richter fehlte, was die Laune seiner Schwester auf ein vorläufiges Jahrestief hatte sinken lassen. Eigentlich hätte Jenny Jagielski an diesem Abend zum Elternabend im Kindergarten gehen müssen, aber in Abwesenheit ihres Bruders brachte sie es nicht über sich, das Schwarze Ross ihren Angestellten zu überlassen, zumal Roswitha sich krankgemeldet hatte und Jenny mit Amelie allein im Service war. Es war halb zehn, als Jörg Richter und sein Kumpel Felix Pietsch auftauchten. Sie zogen die nassen Jacken aus und setzten sich an einen der Tische; kurz darauf kamen noch zwei andere Männer, die

Amelie schon des Öfteren zusammen mit dem Bruder ihrer Chefin gesehen hatte. Jenny stapfte wie ein Racheengel zu ihrem Bruder, aber der fertigte sie mit knappen Worten ab. Sie kehrte mit zusammengekniffenen Lippen zurück hinter den Tresen, die roten Wutflecke leuchteten an ihrem Hals.

»Bring uns mal vier Bier und vier Willis!«, rief Jörg Richter Amelie zu.

»Nix gibt's«, knirschte Jenny Jagielski zornig. »Dieser Drecksack!«

»Aber die anderen sind doch Gäste«, bemerkte Amelie arglos.

»Haben die bei dir schon mal bezahlt?«, schnappte Jenny, und als Amelie daraufhin den Kopf schüttelte, sagte sie: »Von wegen Gäste. Schmarotzer sind das!«

Es dauerte keine zwei Minuten, bis Jörg Richter selbst hinter den Tresen marschierte und vier Bier zapfte. Er war nicht weniger übelgelaunt als seine Schwester, es kam zu einem heftigen, im Flüsterton geführten Wortwechsel. Amelie fragte sich, was passiert war. Eine unterschwellige Aggressivität lag wie Elektrizität in der Luft. Der dicke Felix Pietsch war puterrot im Gesicht, auch die beiden anderen zogen finstere Mienen. Amelie wurde von ihren Überlegungen abgelenkt, als die drei fehlenden Skatbrüder hereinpolterten und noch auf dem Weg zum runden Tisch Schnitzel mit Bratkartoffeln, Rumpsteak und Weizenbier bei ihr orderten. Sie entledigten sich ihrer nassen Jacken und Mäntel und setzten sich; einer von ihnen, Lutz Richter, begann sofort, etwas zu erzählen. Die Männer steckten die Köpfe zusammen und lauschten aufmerksam. Richter verstummte, als Amelie mit den Getränken am Tisch erschien, und wartete, bis sie wieder außer Hörweite war. Amelie maß dem eigenartigen Verhalten der Männer keine Bedeutung bei, in Gedanken war sie schon wieder bei Thies' Bildern. Vielleicht war es doch das Beste, vorerst das zu tun, worum Thies sie gebeten hatte, und Stillschweigen zu bewahren.

*

Er kam zur Haustür herein und zog die durchnässte Jacke und die schmutzigen Schuhe im Windfang aus. Im Spiegel neben der Garderobe begegnete er seinem Blick und senkte unwillkürlich den Kopf. Es war nicht richtig, was sie getan hatten. Absolut nicht richtig. Wenn Terlinden davon erfuhr, dann war er reif – und die anderen beiden auch. Er ging in die Küche, fand noch eine Flasche Bier im Seitenfach des Kühlschranks. Seine Muskeln schmerzten, und morgen würde er sicher einige blaue Flecke an Armen und Beinen haben, so hatte der Kerl sich gewehrt. Aber vergeblich. Zu dritt waren sie stärker gewesen. Schritte näherten sich.

»Und?«, ertönte hinter ihm die neugierige Stimme seiner Frau. »Wie ist es gelaufen?«

»Wie geplant.« Er drehte sich nicht zu ihr um, nahm einen Flaschenöffner aus der Schublade und setzte ihn an. Mit einem Zischen und einem leisen »Plopp« sprang der Kronkorken von der Flasche. Er schauderte. So hatte es geklungen, als das Nasenbein von Tobias Sartorius unter seiner Faust gebrochen war.

»Ist er …?« Sie ließ den Satz unvollendet. Da drehte er sich um und musterte sie.

»Wahrscheinlich«, erwiderte er. Der klapprige Küchenstuhl ächzte unter seinem Gewicht, als er sich hinsetzte. Er trank einen Schluck Bier. Es schmeckte schal. Die anderen hätten den Kerl ersticken lassen, aber er hatte noch rasch den Knebel aus dem Mund des Bewusstlosen entfernt, ohne dass sie es bemerkt hatten. »Wir haben ihm auf jeden Fall einen ordentlichen Denkzettel verpasst.«

Seine Frau hob die Augenbrauen, und er wandte den Blick ab.

»Einen Denkzettel. Na toll«, sagte sie verächtlich.

Er dachte daran, wie Tobias sie angesehen hatte, die nackte Todesangst im Gesicht. Erst als sie ihm die Augen verbunden hatten, war er in der Lage gewesen, ebenfalls zuzuschlagen und zu treten. Aus Ärger über seine Schwäche hatte er dann alle Kraft in seine Schläge und Tritte gelegt. Jetzt schämte er sich dafür. Nein, es war ganz und gar nicht richtig gewesen!

»Weichlinge«, schob seine Frau in diesem Moment nach. Mit Mühe unterdrückte er den aufsteigenden Zorn. Was erwartete sie denn von ihm? Dass er einen Mann umbrachte? Einen Nachbarn? Das Letzte, was sie jetzt brauchen konnten, waren Bullen, die überall im Dorf herumschnüffelten und blöde Fragen stellten! Es gab zu viele Geheimnisse, die auch besser welche blieben.

*

Es war kurz nach Mitternacht, als Hartmut Sartorius aufwachte. Der Fernseher lief noch immer – irgendein brutaler Horrorschocker, in dem kreischende Teenager mit angstvoll aufgerissenen Augen vor einem maskierten Psychopathen flohen, der sie nacheinander mit einer Axt und einer Kettensäge abschlachtete. Benommen tastete Hartmut Sartorius nach der Fernbedienung und schaltete das Gerät ab. Seine Knie schmerzten, als er aufstand. In der Küche brannte Licht, die abgedeckte Pfanne mit dem Schnitzel und den Bratkartoffeln stand unangetastet auf dem Herd. Ein Blick auf die Küchenuhr zeigte ihm, wie spät es war. Tobias' Jacke hing nicht in der Garderobe, aber der Autoschlüssel lag auf der Ablage unter dem Spiegel, also war er nicht weggefahren. Der Junge übertrieb es wirklich mit seiner Aufräumerei. Er hatte den

Ehrgeiz, den Hof in der nächsten Woche dem Makler völlig picobello präsentieren zu können. Hartmut Sartorius hatte jedem Vorschlag von Tobias zugestimmt, aber er wusste, dass er unbedingt mit Claudius sprechen musste, was den Makler anbetraf. Immerhin war Claudius Terlinden der alleinige Eigentümer des ganzen Anwesens, auch wenn das Tobias nicht passte. Hartmut Sartorius ging pinkeln, dann rauchte er am Küchentisch eine Zigarette. Mittlerweile war es zwanzig vor eins. Mit einem Seufzer kam er auf die Beine und ging in die Diele. Er zog seine alte Strickjacke über, bevor er die Haustür öffnete und in die stürmische, kalte Regennacht hinausging. Zu seiner Verwunderung blieb der Scheinwerfer an der Hausecke dunkel, obwohl Tobias erst vor drei Tagen einen Bewegungsmelder montiert hatte. Er ging über den Hof und sah, dass es auch im Stall und in der Scheune dunkel war. Das Auto und der Traktor standen aber da. War Tobias bei seinen Freunden? Ein seltsames Gefühl beschlich ihn, als er den Lichtschalter an der Tür des Kuhstalles betätigte. Es klackte, aber das Licht ging nicht an. Hoffentlich war Tobias nicht irgendetwas passiert, während er behaglich im Haus vor dem Fernseher geschlafen hatte! Hartmut Sartorius ging in die Milchküche. Hier hing der Sicherungskasten, und hier funktionierte auch das Licht, denn dieser Raum war an den Sicherungskreis des Hauses angeschlossen. Drei Sicherungen waren herausgesprungen. Er drückte sie hinein, und sofort flammten grell die Scheinwerfer über der Stalltür und dem Scheunentor auf. Hartmut Sartorius überquerte den Hof und stieß einen unterdrückten Fluch aus, als er mit den Filzschlappen in eine Pfütze trat.

»Tobias?« Er blieb stehen, lauschte. Nichts. Der Stall war leer, keine Spur von seinem Sohn weit und breit. Er ging weiter. Der Wind zerrte an seinen Haaren, fuhr durch die Maschen der Strickjacke. Er fror. Der Sturm hatte die dichte

Wolkendecke aufgerissen, Wolkenfetzen segelten schnell am halbvollen Mond vorbei. In dessen bleichem Licht wirkten die drei großen Container, die nebeneinander weiter oben im Hof standen, wie feindliche Panzer. Das Gefühl, dass etwas nicht in Ordnung war, wurde stärker, als er sah, dass ein Flügel des Scheunentores knarrend im Wind hin und her schwang. Er versuchte, das Tor zu fassen, aber es riss sich unter einer neuerlichen Böe beinahe los, als hätte es ein Eigenleben. Mit aller Kraft zog Hartmut Sartorius es hinter sich zu. Der Scheinwerfer verlosch nur Sekunden später, aber er kannte sich auf seinem Hof auch im Dunkeln aus und fand sofort den Lichtschalter.

»Tobias!«

Die Neonröhren brummten und flackerten auf, und im selben Moment sah er die roten Buchstaben an der Wand. WER NICHT HÖREN WILL, MUSS FÜLEN! Ihm fiel der Rechtschreibfehler auf, erst dann erblickte er die zusammengekrümmte Gestalt auf dem Boden. Der Schreck fuhr ihm so heftig in die Glieder, dass er zu zittern begann. Er stolperte quer durch die Scheune, sank in die Knie und sah voller Entsetzen, was geschehen war. Die Tränen schossen ihm in die Augen. Man hatte Tobias an Händen und Füßen gefesselt, eine Schnur lag so straff um seinen Hals, dass sie tief ins Fleisch geschnitten hatte. Tobias' Augen waren verbunden, sein Gesicht und sein nackter Oberkörper zeigten deutliche Spuren grausamer Misshandlungen. Das musste Stunden her sein, denn das Blut war bereits geronnen.

»O Gott, o Gott, Tobi!« Mit bebenden Fingern machte sich Hartmut Sartorius daran, die Fesseln zu öffnen. Mit roter Sprühfarbe hatten sie ein Wort auf seinen nackten Rücken gesprüht: MÖRDER! Er berührte die Schulter seines Sohnes und erschrak. Tobias' Haut war eiskalt.

Samstag, 15. November 2008

Gregor Lauterbach ging ruhelos im Wohnzimmer auf und ab. Er hatte schon drei Gläser Whisky getrunken, aber die beruhigende Wirkung des Alkohols blieb diesmal aus. Den ganzen Tag über hatte er den bedrohlichen Inhalt des anonymen Briefes verdrängen können, doch kaum hatte er sein Haus betreten, war die Angst über ihn hergefallen. Daniela hatte schon im Bett gelegen, er hatte sie nicht stören wollen. Einen Moment hatte er daran gedacht, seine Geliebte anzurufen und sich mit ihr in seiner Wohnung zu treffen, einfach um sich abzulenken, aber den Gedanken hatte er wieder verworfen. Diesmal musste er alleine damit fertig werden. Er hatte also eine Schlaftablette genommen und sich ins Bett gelegt. Aber das Klingeln des Telefons hatte ihn um ein Uhr morgens aus dem Schlaf gerissen. Anrufe um diese Uhrzeit verhießen nie etwas Gutes. Zitternd hatte er im Bett gelegen, schweißnass und wie verrückt vor Angst. Daniela hatte von ihrem Zimmer aus das Gespräch entgegengenommen, wenig später war sie den Flur entlanggegangen, leise, um ihn nicht zu wecken. Erst als die Haustür hinter ihr ins Schloss gefallen war, war er aufgestanden und nach unten gegangen. Es kam vor, dass sie nachts zu einem Patienten fahren musste. Er hatte ihre Bereitschaftsdienste nicht im Kopf. Mittlerweile war es kurz nach drei, und er stand kurz vor einem Nervenzusammenbruch. Wer konnte ihm diesen Brief geschickt haben? Wer wusste von Schneewittchen und ihm und dem verlorenen Schlüsselbund? Herrje! Seine Karriere stand auf dem Spiel, sein Ansehen, sein ganzes Leben! Wenn dieser Brief oder ein ähnlicher in falsche Hände geriet, war er erledigt. Die Presse wartete doch nur auf einen fetten Skandal! Gregor Lauterbach wischte seine schweißfeuchten Handflächen am Bademantel ab. Er schenkte sich noch einen Whisky ein, einen dreifachen diesmal, und setzte sich auf das Sofa. Nur das Licht in der Eingangshalle brannte, im Wohnzimmer war es dunkel. Daniela konnte er nicht von dem Brief erzählen. Schon damals hätte er besser den Mund gehalten. Sie war es, die vor siebzehn Jahren dieses Haus gebaut und bezahlt hatte. Mit seinem schmalen Beamtensalär hätte er sich niemals eine solche Villa leisten können. Es hatte ihr Spaß gemacht, ihn, den kleinen Gymnasiallehrer, unter ihre Fittiche zu nehmen und ihn in die richtigen gesellschaftlichen und politischen Kreise einzuführen. Daniela war eine sehr gute Ärztin, in Königstein und Umgebung hatte sie viele wohlhabende und ausgesprochen einflussreiche Privatpatienten, die das politische Talent ihres Mannes erkannten und förderten. Gregor Lauterbach verdankte seiner Frau alles, das hatte er schmerzlich begreifen müssen, als sie ihm damals um ein Haar ihre Gunst und Unterstützung entzogen hätte. Seine Erleichterung, als sie ihm verziehen hatte, war unendlich gewesen. Mit ihren 58 Jahren sah sie noch blendend aus – eine Tatsache, die ihm ständig Sorgen bereitete. Auch wenn sie seit damals nie mehr miteinander geschlafen hatten, liebte er Daniela doch aus tiefstem Herzen. Alle anderen Frauen, die durch sein Leben und sein Bett huschten, waren unwichtige, rein körperliche Angelegenheiten. Er wollte Daniela nicht verlieren. Nein, er *durfte* sie nicht verlieren! Unter gar keinen Umständen. Sie wusste zu viel von ihm, sie kannte seine Schwächen, seine Minderwertigkeitskomplexe und die Anfälle quälender Versagensängste, die er mittlerweile im Griff hatte. Lauterbach fuhr zusammen, als sich der Schlüssel in der Haustür drehte. Er stand auf und schleppte sich in die Halle.

»Du bist ja wach«, stellte seine Frau erstaunt fest. Sie sah ruhig und gelassen aus, wie immer, und er fühlte sich wie ein Seemann auf rauer See, der in der Ferne den rettenden Leuchtturm erblickt.

Sie betrachtete ihn prüfend und schnupperte. »Du hast Alkohol getrunken. Ist etwas passiert?«

Wie gut sie ihn kannte! Noch nie hatte er ihr etwas vormachen können. Er setzte sich auf die unterste Treppenstufe.

»Ich kann nicht schlafen«, erwiderte er nur, sparte sich jede Begründung und Ausrede. Ganz plötzlich und mit einer Heftigkeit, die ihn erschreckte, sehnte er sich nach ihrer mütterlichen Liebe, nach ihrer Umarmung, ihrem Trost.

»Ich gebe dir eine Lorazepam«, sagte sie.

»Nein!« Gregor Lauterbach erhob sich, schwankte etwas und streckte die Hand nach ihr aus. »Ich will keine Tabletten nehmen. Ich will ...«

Er brach ab, als er ihren erstaunten Blick sah. Fühlte sich mit einem Mal kümmerlich und mickrig.

»Was willst du?«, fragte sie leise.

»Ich will heute Nacht nur einfach bei dir schlafen, Dani«, flüsterte er mit belegter Stimme. »Bitte.«

*

Pia betrachtete die Frau, die ihr am Küchentisch gegenübersaß. Sie hatte Andrea Wagner mitgeteilt, dass die Rechtsmedizin die sterblichen Überreste ihrer Tochter Laura freigegeben hatte. Da die Mutter des toten Mädchens einen gefassten Eindruck gemacht hatte, stellte Pia ihr ein paar Fragen über Laura und deren Verhältnis zu Tobias Sartorius.

»Warum möchten Sie das wissen?«, fragte Frau Wagner argwöhnisch.

»Ich habe mich in den letzten Tagen ausführlich mit den alten Akten beschäftigt«, erwiderte Pia. »Und irgendwie habe ich das Gefühl, dass etwas damals übersehen wurde. Als wir Tobias Sartorius gesagt haben, man hätte Laura gefunden, da hatte ich den Eindruck, dass er wirklich ahnungslos war. Verstehen Sie mich bitte nicht falsch, ich will damit nicht sagen, dass ich ihn für unschuldig halte.«

Andrea Wagner blickte sie aus stumpfen Augen an. Eine ganze Weile sagte sie gar nichts.

»Ich habe aufgehört, über all das nachzudenken«, sagte sie dann. »Es ist schwer genug, vor den Augen des ganzen Dorfes immer weiterzumachen. Meine anderen beiden Kinder mussten im Schatten ihrer toten Schwester aufwachsen, ich habe alle Kraft gebraucht, damit sie eine einigermaßen normale Kindheit hatten. Aber das ist nicht einfach mit einem Vater, der sich jeden Abend im Schwarzen Ross bis zur Besinnungslosigkeit betrinkt, weil er nicht akzeptieren will, was geschehen ist.«

Das klang nicht bitter, es war die Feststellung einer Tatsache.

»Ich lasse das Thema nicht mehr an mich ran. Sonst wäre hier schon längst alles in die Binsen gegangen.« Sie wies mit einer Handbewegung auf einen Stapel Papier auf dem Tisch. »Unbezahlte Rechnungen, Mahnungen. Ich gehe im Supermarkt in Bad Soden arbeiten, damit das Haus und die Schreinerei nicht zwangsversteigert werden oder wir in die gleiche Lage kommen wie der Sartorius. Irgendwie muss es ja weitergehen. Ich kann mir nicht leisten, in der Vergangenheit zu leben, wie mein Mann das tut.«

Pia sagte nichts. Nicht zum ersten Mal erlebte sie, wie ein schreckliches Ereignis das Leben einer ganzen Familie komplett aus der Bahn werfen und für immer zerstören konnte. Wie stark mussten Menschen wie Andrea Wagner sein, um Morgen für Morgen aufzustehen und weiterzumachen, ohne Hoffnung auf Besserung? Gab es im Leben dieser Frau überhaupt noch irgendetwas, was sie freute?

»Ich kenne Tobias seit seiner Geburt«, fuhr Andrea Wagner fort. »Wir waren mit der Familie befreundet, wie mit allen Leuten hier im Dorf. Mein Mann war Wehrführer bei der Feuerwehr, Jugendtrainer im Sportverein, Tobias war sein bester Stürmer. Manfred war immer sehr stolz auf ihn.« Ein Lächeln huschte über ihr blasses, abgehärmtes Gesicht, erlosch aber sofort wieder. Sie seufzte. »Keiner hätte ihm so was zugetraut, ich erst auch nicht. Aber man kann einem Menschen eben nur vor die Stirn gucken, nicht wahr?«

»Ja, damit haben Sie wohl recht.« Pia nickte bestätigend. Die Familie Wagner hatte weiß Gott genug Schlimmes erlebt, sie wollte nicht weiter in alten Wunden stochern. Eigentlich hatte sie auch überhaupt keine Grundlage, um Fragen zu einem längst aufgeklärten Fall zu stellen. Da war eben nur dieses undeutliche Gefühl.

Sie verabschiedete sich von Frau Wagner, verließ das Haus und ging über den verwahrlosten Hof hinüber zu ihrem Auto. Aus dem Innern der Werkstatt drang das kreischende Geräusch einer Säge an ihr Ohr. Pia hielt inne, dann machte sie kehrt und öffnete die Tür der Schreinerei. Es war nur fair, wenn sie auch Manfred Wagner mitteilte, dass er in Kürze seine Tochter zu Grabe tragen und damit einen Schlussstrich unter ein entsetzliches Kapitel ziehen konnte. Vielleicht würde er irgendwie wieder Fuß fassen können im Leben. Er stand mit dem Rücken zu ihr an einer Werkbank und schob ein Brett durch eine Bandsäge. Als er die Maschine abstellte, machte Pia sich bemerkbar. Der Mann trug keine Ohrenschützer, nur eine schmuddelige Baseballkappe, und in seinem

Mundwinkel hing ein erloschener Zigarillo. Er streifte sie nur mit einem unfreundlichen Blick und bückte sich nach einem weiteren Brett, wobei seine verbeulte Hose herunterrutschte und Pia die unschöne Aussicht auf den haarigen Ansatz seines verlängerten Rückens präsentierte.

»Was wollen Sie?«, nuschelte er. »Ich hab zu tun.«

Er hatte sich seit ihrer letzten Begegnung nicht mehr rasiert, seine Kleidung verströmte den scharfen Geruch von altem Schweiß. Pia schauderte und machte unwillkürlich einen Schritt rückwärts. Wie musste es sein, tagein, tagaus mit einem solch ungepflegten Mann zusammenleben zu müssen? Ihr Mitgefühl mit Andrea Wagner wuchs.

»Herr Wagner, ich war gerade bei Ihrer Frau, aber ich wollte es auch Ihnen persönlich sagen«, begann Pia.

Wagner richtete sich auf und wandte sich zu ihr um.

»Die Rechtsmedizin hat ...« Pia verstummte. Die Baseballkappe! Der Bart! Es gab keinen Zweifel. Vor ihr stand der Mann, den sie mit dem Foto aus dem Film der Überwachungskamera suchten.

»Was?« Er starrte sie mit einer Mischung aus Aggressivität und Gleichgültigkeit an, doch dann wurde er blass, als habe er Pias Gedanken gelesen. Er wich zurück, das schlechte Gewissen stand ihm ins Gesicht geschrieben.

»Es ... es war ein Unfall«, stammelte er und hob hilflos die Hände. »Ich schwöre Ihnen, ich wollte das nicht. Ich ... ich hab nur mit ihr reden wollen, wirklich!«

Pia holte tief Luft. Sie hatte also mit ihrer Vermutung, es könne eine Verbindung zwischen dem Angriff auf Rita Cramer und den Ereignissen aus dem Herbst 1997 geben, recht behalten.

»Aber ... aber ... als ich gehört hab, dass dieser ... dieser dreckige Mörder raus ist aus'm Knast und wieder hier in Altenhain, da ... da ist auf einmal alles wieder in mir hochgekommen. Ich dachte, die Rita, die kenn ich doch gut. Wir waren Freunde, früher. Ich wollte nur mit ihr reden, damit sie dafür sorgt, dass der Kerl hier verschwindet ... aber dann ist sie vor mir weggelaufen ... und sie hat nach mir geschlagen und getreten ... und auf einmal ... auf einmal war ich so wütend ...«

Er brach ab.

»Wusste Ihre Frau davon?«, wollte Pia wissen. Wagner schüttelte stumm den Kopf. Seine Schultern sackten nach vorne.

»Erst nicht. Aber dann hat sie das Foto gesehen.«

Natürlich hatte Andrea Wagner ihren Mann erkannt, so, wie ihn jeder Altenhainer erkannt hatte. Sie hatten geschwiegen, um ihn zu schützen. Er war einer der Ihren, ein Mann, der auf grausame Weise seine Tochter verloren hatte. Vielleicht hielten sie das Unglück, das er der Familie Sartorius zugefügt hatte, sogar für ausgleichende Gerechtigkeit.

»Dachten Sie, Sie kommen damit durch, nur weil das ganze Dorf Ihre Tat gedeckt hat?« Pias Mitgefühl mit Manfred Wagner war wie weggefegt.

»Nein«, flüsterte er. »Ich ... ich wollte ja zur Polizei gehen.«

Plötzlich übermannten ihn Kummer und Zorn. Er ließ die Faust auf die Werkbank krachen. »Dieser dreckige Mörder hat seine Strafe abgesessen, aber meine Laura, die ist für immer tot! Als Rita mir nicht zuhören wollte, da hab ich plötzlich rotgesehen. Und das Geländer war so niedrig.«

*

Andrea Wagner stand mit vor der Brust verschränkten Armen und ausdrucksloser Miene im Hof und sah zu, wie zwei Polizeibeamte ihren Mann abführten. Der Blick, mit dem sie ihn streifte, sprach Bände. Zwischen den beiden war kein Rest von Zuneigung, geschweige denn Liebe mehr übrig. Was sie noch zusammenhielt, mochten die Kinder sein, die Pflichten des Alltags oder die Perspektivlosigkeit einer Trennung, aber nicht viel mehr. Andrea Wagner verachtete ihren Mann, der seine Sorgen und Probleme im Alkohol ertränkte, statt sich ihnen zu stellen. Pia empfand echtes Mitleid mit der leidgeprüften Frau. Die Zukunft der Familie Wagner sah nicht viel rosiger aus als die Vergangenheit. Sie wartete, bis der Streifenwagen den Hof verlassen hatte. Bodenstein war schon informiert und würde später auf dem Kommissariat mit Wagner sprechen.

Pia setzte sich in ihr Auto, schnallte sich an und wendete. Sie fuhr durch das kleine Gewerbegebiet, das hauptsächlich aus der Firma Terlinden bestand. Hinter einem hohen Zaun lagen auf einem weitläufigen Gelände große Werkshallen zwischen gepflegten Rasenflächen und Parkplätzen. Wollte man zum Hauptgebäude gelangen, einem großen, halbrunden Bau mit einer meterhohen gläsernen Front, musste man Schranken und ein Pförtnerhäuschen passieren. Mehrere Lkw warteten vor einer der Schranken auf Einlass, auf der anderen Seite wurde ein Lkw von Wachpersonal kontrolliert. Der Lkw hinter ihr hupte. Pia hatte schon den linken Blinker gesetzt, um auf die B 519 nach Hofheim abzubiegen, doch dann entschloss sie sich zu einem kurzen Besuch bei Familie Sartorius und bog nach rechts ab.

Der Frühnebel hatte sich gelichtet und Platz für einen trockenen, sonnigen Tag gemacht, ein Hauch von Spätsommer mitten im November. Altenhain lag wie ausgestorben da, Pia sah lediglich eine junge Frau, die zwei Hunde spazieren führte, und einen alten Mann, der in der Einfahrt seines Hofes stand, die Arme auf das halbhohe Tor gelegt, im Gespräch mit einer älteren Frau. Sie fuhr am Schwarzen Ross mit seinem noch leeren Parkplatz und an der Kirche vorbei, folgte der scharfen Rechtskurve und musste bremsen, weil eine dicke, graue Katze in würdevoller Langsamkeit die schmale Straße überquerte. Vor der ehemaligen Gaststätte von Hartmut Sartorius stand ein silberner Porsche Cayenne mit Frankfurter Kennzeichen. Pia stellte ihr Auto daneben ab und betrat den Hof durch das weit geöffnete Tor. Von Müllbergen und Schrotthaufen war nichts mehr zu sehen, auch die Ratten hatten sich wohl in ergiebigere Gefilde verzogen. Sie ging die drei Stufen zur Haustür des Wohnhauses hoch und klingelte. Hartmut Sartorius öffnete. Neben ihm stand eine blonde Frau. Pia traute ihren Augen kaum, als sie Nadja von Bredow erkannte, die Schauspielerin, deren Gesicht nicht zuletzt durch die populäre Rolle der Kriminalkommissarin Stein aus dem Hamburger Tatort in der ganzen Republik bekannt geworden war. Was tat diese Frau hier?

»Ich finde ihn schon«, sagte sie gerade zu Hartmut Sartorius, der neben dieser hochgewachsenen, eleganten Erscheinung noch verhärmter wirkte als sonst. »Vielen Dank erst mal. Wir sehen uns später noch.«

Sie streifte Pia mit einem desinteressierten Blick und ging an ihr vorbei, ohne zu grüßen oder ihr wenigstens zuzunicken. Pia blickte ihr nach, dann wandte sie sich dem Vater von Tobias zu.

»Nathalie ist die Tochter unserer Nachbarn«, erklärte dieser unaufgefordert, weil er wohl das Erstaunen in Pias Gesicht bemerkt hatte. »Sie und Tobias haben zusammen im Sandkasten gespielt, und sie hat während seiner ganzen Haftzeit den Kontakt zu ihm gehalten. Als Einzige von allen.«

»Aha.« Pia nickte. Auch eine berühmte Schauspielerin musste irgendwo aufgewachsen sein, warum also nicht in Altenhain?

»Was kann ich für Sie tun?«

»Ist Ihr Sohn da?«

»Nein. Er ist spazieren gegangen. Aber kommen Sie doch herein.«

Pia folgte ihm ins Haus und weiter in die Küche, die ebenso wie der Hof bedeutend aufgeräumter aussah als bei ihrem letzten Besuch. Warum eigentlich führten die Leute die Polizei immer in ihre Küche?

*

Amelie ging in Gedanken versunken am Waldrand entlang, die Hände in den Jackentaschen. Dem heftigen Regen der vergangenen Nacht war ein stiller, milder Tag gefolgt. Über den Obstbaumwiesen lagen dünne Nebelschleier, die Sonne fand einen Weg durch die graue Wolkendecke und ließ den Wald hier und da in Herbstfarben erglühen. Rot, gelb und braun leuchteten die letzten Blätter an den Ästen der Laubbäume, es duftete nach Eicheln und feuchter Erde, nach einem Feuer, das irgendjemand auf einer der Wiesen angezündet hatte. Amelie, das Großstadtkind, sog die frische, klare Luft tief in ihre Lungen. Sie fühlte sich so lebendig wie selten zuvor und musste sich eingestehen, dass das Leben auf dem Land durchaus angenehme Seiten hatte. Unten im Tal lag das Dorf. Wie friedlich es aus der Ferne wirkte! Ein Auto krabbelte wie ein roter Marienkäfer die Straße entlang und verschwand im Gewirr der dicht beieinanderstehenden Häuser. Auf der Holzbank neben dem alten Wegekreuz saß ein Mann. Als Amelie näher kam, erkannte sie zu ihrem Erstaunen Tobias.

»Hey«, sagte sie und blieb vor ihm stehen. Er hob den Kopf. Ihr Erstaunen verwandelte sich in Entsetzen, als sie sein Gesicht sah. Dunkelviolette Blutergüsse zogen sich über seine linke Gesichtshälfte, ein Auge war zugeschwollen, seine

Nase auf die Größe einer Kartoffel angewachsen. Eine Platz-wunde an der Augenbraue war geklammert.

»Hey«, erwiderte er. Sie sahen sich einen Moment an. Seine schönen, blauen Augen waren glasig, er hatte starke Schmer-zen, das war nicht zu übersehen. »Sie haben mich erwischt. Gestern Abend, in der Scheune.«

»Na super.« Amelie setzte sich neben ihn. Eine Weile sagte keiner der beiden ein Wort.

»Eigentlich müsstest du zu den Bullen gehen«, sagte sie zö-gernd und ohne rechte Überzeugung. Er schnaubte abfällig.

»Im Leben nicht. Hast du vielleicht eine Zigarette?«

Amelie kramte in ihrem Rucksack und förderte ein zer-knautschtes Zigarettenpäckchen samt Feuerzeug zutage. Sie zündete zwei Zigaretten an, reichte ihm eine.

»Gestern Abend ist der Bruder von der Jenny Jagielski ziem-lich spät mit seinem Kumpel, dem dicken Felix, ins Schwarze Ross gekommen. Sie haben mit zwei anderen Kerlen in einer Ecke gehockt und waren ganz komisch drauf«, sagte Amelie, ohne Tobias anzusehen. »Und bei der üblichen Skatrunde am Stammtisch fehlten der alte Pietsch, der Richter vom Laden und der Traugott Dombrowski. Die sind erst gegen Viertel vor zehn aufgetaucht.«

»Hm«, machte Tobias nur und zog an seiner Zigarette.

»Vielleicht waren es welche von denen.«

»Höchstwahrscheinlich sogar«, erwiderte Tobias gleich-gültig.

»Ja, aber ... wenn du doch weißt, wer es gewesen sein könnte ...« Amelie wandte den Kopf und begegnete seinem Blick. Sie sah schnell wieder weg. Es war bedeutend einfacher, mit ihm zu reden, wenn sie ihm nicht in die Augen sah.

»Warum bist du auf meiner Seite?«, fragte er plötzlich. »Ich war zehn Jahre im Knast, weil ich zwei Mädchen umge-bracht habe.«

Seine Stimme klang nicht bitter, nur müde und resigniert.

»Ich war drei Wochen im Jugendarrest, weil ich für einen Freund gelogen und behauptet habe, das Dope, das die Bullen gefunden habe, wäre meins«, entgegnete Amelie.

»Was willst du denn damit sagen?«

»Dass ich nicht glaube, dass du zwei Mädchen umgebracht hast.«

»Nett von dir.« Tobias beugte sich vor und verzog das Gesicht. »Ich muss dich dran erinnern, dass es einen Prozess gab mit einem Haufen Beweisen, die allesamt gegen mich sprachen.«

»Ich weiß.« Amelie zuckte die Schultern. Sie zog noch einmal an ihrer Zigarette, dann schnippte sie die Kippe in die Wiese auf der anderen Seite des geschotterten Weges. Sie musste ihm unbedingt von den Bildern erzählen! Wie sollte sie nur damit anfangen? Sie entschied sich für einen Umweg.

»Haben die Lauterbachs damals schon hier gewohnt?«, fragte sie.

»Ja«, erwiderte Tobias erstaunt. »Wieso willst du das wissen?«

»Es gibt ein Bild«, sagte Amelie. »Eigentlich sogar mehrere. Ich hab sie gesehen, und ich meine, auf drei Bildern ist der Lauterbach drauf.«

Tobias blickte sie aufmerksam und verständnislos zugleich an.

»Also, ich glaube, es gibt jemanden, der damals beobachtet hat, was wirklich passiert ist«, fuhr Amelie nach kurzem Zögern fort. »Thies hat mir Bilder gegeben, die ...«

Sie verstummte. Ein Auto kam mit hoher Geschwindigkeit den schmalen Weg hoch, ein silberner Geländewagen. Der Schotter knirschte unter den breiten Reifen, als der Porsche Cayenne direkt vor ihnen anhielt. Eine schöne, blonde Frau stieg aus. Amelie sprang auf und schulterte ihren Rucksack.

»Warte!« Tobias streckte bittend den Arm nach ihr aus und erhob sich mit schmerzverzerrtem Gesicht. »Was für Bilder? Was ist mit Thies? Nadja ist meine beste Freundin. Du kannst ihr das auch alles erzählen.«

»Nee, lieber nicht.« Amelie blickte der Frau skeptisch entgegen. Sie war sehr schlank und wirkte sehr elegant mit ihren engen Jeans, dem Rollkragenpullover und der beigefarbenen Daunenweste mit dem auffälligen Logo eines teuren Designerlabels. Das glatte, blonde Haar hatte sie zu einem Knoten frisiert, auf ihrem ebenmäßigen Gesicht lag ein besorgter Ausdruck.

»Hallo!«, rief die Frau und kam näher. Sie musterte Amelie kurz mit einem misstrauischen Blick, dann wandte sich ihr ausschließliches Interesse Tobias zu.

»O mein Gott, Schatz!« Sie legte ihre Hand sanft an seine Wange. Diese vertraute Geste versetzte Amelie einen Stich, und sie verspürte sofort eine heftige Abneigung gegen diese Nadja.

»Wir sehen uns später«, sagte sie schnell und ließ die beiden allein.

*

Pia hatte ein zweites Mal an diesem Tag an einem Küchentisch Platz genommen und höflich einen Kaffee abgelehnt, nachdem sie Hartmut Sartorius von Manfred Wagners Geständnis und Verhaftung unterrichtet hatte.

»Wie geht es Ihrer Exfrau?«, fragte sie dann.

»Unverändert«, erwiderte Sartorius. »Die Ärzte reden nur drum rum und legen sich nicht fest.«

Pia betrachtete das ausgemergelte und müde Gesicht von Tobias' Vater. Der Mann hatte nicht viel weniger leiden müssen als die Wagners, im Gegenteil: Während den Eltern der

Opfer Mitgefühl und Solidarität entgegengebracht wurde, hatte man die Eltern des Täters ausgegrenzt und für das Tun ihres Sohnes bestraft. Das Schweigen wurde unbehaglich. Pia wusste selbst nicht, warum sie hierhergefahren war. Was wollte sie eigentlich hier?

»Lässt man Sie und Ihren Sohn denn jetzt einigermaßen in Ruhe?«, fragte sie schließlich. Hartmut Sartorius stieß ein kurzes, bitteres Lachen aus. Er zog eine Schublade auf und holte einen zerknitterten Zettel heraus, den er Pia reichte.

»Der war heute im Briefkasten. Tobias hat ihn weggeworfen, aber ich habe ihn wieder aus dem Mülleimer geholt.«

Mörderpack, las Pia. *Verschwindet von hier, bevor noch ein Unglück passiert.*

»Ein Drohbrief«, stellte sie fest. »Anonym, oder?«

»Natürlich.« Sartorius zuckte die Schultern und setzte sich wieder an den Tisch. »Gestern haben sie Tobias in der Scheune überfallen und zusammengeschlagen.« Seine Stimme schwankte, er kämpfte um Beherrschung, aber in seinen Augen glänzten plötzlich Tränen.

»Wer?«, wollte Pia wissen.

»Die alle.« Sartorius machte eine hilflose Handbewegung. »Sie trugen Masken und hatten Baseballschläger. Als ich … als ich Tobias in der Scheune gefunden habe … da … dachte ich zuerst, er sei … er sei tot.«

Er biss sich auf die Lippen, senkte den Blick.

»Warum haben Sie nicht die Polizei gerufen?«

»Das bringt doch nichts. Es wird nie aufhören.« Der Mann schüttelte mit einer Mischung aus Resignation und Verzweiflung den Kopf. »Tobias bemüht sich, den Hof wieder einigermaßen herzurichten, und hofft, dass wir einen Käufer finden.«

»Herr Sartorius.« Pia hielt den Drohbrief noch immer in der Hand. »Ich kenne die Akten über den Fall Ihres Sohnes.

Und mir sind einige Ungereimtheiten aufgefallen. Eigentlich wundert es mich, dass Tobias' Anwalt damals nicht in Revision gegangen ist.«

»Das wollte er ja, aber das Gericht hat eine Revision abgelehnt. Die Indizien, die Zeugenaussagen – alles war eindeutig.« Sartorius fuhr sich mit der Hand über das Gesicht. Alles an ihm strahlte Mutlosigkeit aus.

»Aber jetzt ist Lauras Leiche gefunden worden«, beharrte Pia. »Und ich frage mich, wie Ihr Sohn das tote Mädchen innerhalb einer knappen Dreiviertelstunde aus dem Haus in den Kofferraum seines Autos geschafft, nach Eschborn auf das abgesperrte Gelände eines ehemaligen Militärflughafens gebracht und in einen alten Bodentank geworfen haben soll.«

Hartmut Sartorius hob den Kopf und sah sie an. In seinen verschwommenen blauen Augen glomm ein winziger Hoffnungsfunke, der aber sofort wieder erlosch.

»Es nützt nichts. Es gibt keine neuen Beweise. Und selbst wenn, für die Leute hier ist er ein Mörder und wird es immer bleiben.«

»Vielleicht sollte Ihr Sohn Altenhain für eine Weile verlassen«, riet Pia. »Wenigstens bis nach der Beerdigung des Mädchens, wenn sich die Gemüter hier wieder einigermaßen beruhigt haben.«

»Und wo soll er hingehen? Wir haben kein Geld. Tobias wird so schnell keinen Job bekommen. Wer stellt schon einen Knacki ein, auch wenn der ein abgeschlossenes Studium hat?«

»Er könnte vorübergehend in die Wohnung seiner Mutter ziehen«, schlug Pia vor, aber Hartmut Sartorius schüttelte nur den Kopf.

»Tobias ist dreißig Jahre alt«, sagte er. »Es ist gut von Ihnen gemeint, aber ich kann ihm nichts befehlen.«

*

»Ich hatte gerade echt ein Déjà-vu, als ich euch beide auf der Bank gesehen habe.« Nadja schüttelte den Kopf. Tobias hatte sich wieder hingesetzt und betastete vorsichtig seine Nase. Die Erinnerung an die Todesangst, die er gestern Nacht empfunden hatte, lag wie ein düsterer Schatten über dem sonnigen Tag. Als die Männer endlich aufgehört hatten, auf ihn einzuschlagen, und verschwunden waren, hatte er mit dem Leben abgeschlossen. Wäre nicht einer von ihnen zurückgekehrt, um ihm den Lappen aus dem Mund zu ziehen, wäre er an dem Knebel erstickt. Sie hatten es wirklich ernst gemeint. Tobias fröstelte bei dem Gedanken daran, wie nah er dem Tod gewesen war. Die Verletzungen, die er davongetragen hatte, waren zwar schmerzhaft und sahen dramatisch aus, aber sie waren nicht lebensbedrohlich. Sein Vater hatte gestern Nacht noch Frau Dr. Lauterbach angerufen, und sie war sofort gekommen, um ihn zu verarzten. Sie hatte die Platzwunde an seiner Augenbraue geklammert und ihm Schmerztabletten dagelassen. Sie schien ihm nicht nachzutragen, dass er auch ihren Mann damals in den Prozess hineingezogen hatte.

»Findest du nicht?«, drang Nadjas Stimme in sein Bewusstsein.

»Was meinst du?«, fragte er. Sie war so schön und so besorgt. Eigentlich wurde sie zu Dreharbeiten in Hamburg erwartet, aber offenbar war er ihr wichtiger. Nach seinem Anruf von vorhin musste sie direkt losgefahren sein. Das zeichnete eine echte Freundin aus!

»Dass die Kleine eben Stefanie so ähnlich sieht. Unglaublich!«, sagte Nadja und ergriff seine Hand. Sie streichelte mit dem Daumen seinen Handballen, eine zärtliche Berührung, die ihm unter anderen Umständen vielleicht gefallen hätte. Jetzt aber störte sie ihn.

»Ja, unglaublich ist Amelie wirklich«, antwortete er versonnen. »Unglaublich mutig und unerschrocken.«

Er dachte daran, wie sie den Überfall im Hof weggesteckt hatte. Jedes andere Mädchen wäre in Tränen aufgelöst nach Hause oder zur Polizei gelaufen, nicht so Amelie. Was hatte sie ihm eben noch erzählen wollen? Was hatte Thies ihr gesagt?

»Gefällt sie dir?«, wollte Nadja wissen. Wäre er nicht so in Gedanken gewesen, hätte er vielleicht eine andere, diplomatischere Antwort gegeben.

»Ja«, antwortete er aber. »Ich mag sie. Sie ist so ... anders.«

»Anders als wer? Als ich?«

Da blickte Tobias auf. Er begegnete ihrem konsternierten Blick, wollte lächeln, aber das Lächeln wurde zu einer Grimasse.

»Anders als die Leute hier, wollte ich sagen.« Er drückte ihre Hand. »Amelie ist gerade mal siebzehn. Sie ist wie eine kleine Schwester.«

»Na, dann pass mal auf, dass du der kleinen Schwester nicht den Kopf verdrehst mit deinen blauen Augen.« Nadja entzog ihm ihre Hand und schlug die Beine übereinander. Sie blickte ihn mit schräggelegtem Kopf an. »Ich glaube, du hast keinen blassen Schimmer davon, wie du auf Frauen wirkst, oder?«

Ihre Worte erinnerten ihn an früher. Wieso hatte er damals nie bemerkt, dass in Nadjas kritischen Bemerkungen über andere Mädchen immer ein Funken von Eifersucht gesteckt hatte?

»Ach, komm schon«, sagte er und machte eine wegwerfende Handbewegung. »Amelie arbeitet im Schwarzen Ross und hat da einiges aufgeschnappt, was sie so gehört hat. Unter anderem hat sie Manfred Wagner auf dem Fahndungsfoto erkannt. Er war es, der meine Mutter von der Brücke gestoßen hat.«

»Wie bitte?«

»Ja. Und sie glaubt auch, dass der Pietsch, der Richter und der Dombrowski mich gestern Nacht zusammengeschlagen haben. Sie kamen gestern ungewöhnlich spät zu ihrem Skatabend.«

Nadja starrte ihn ungläubig an. »Das ist nicht dein Ernst!«

»Doch. Außerdem ist Amelie der festen Überzeugung, dass es jemanden gibt, der damals etwas beobachtet hat, was mich entlasten könnte. Gerade als du gekommen bist, wollte sie mir etwas von Thies, vom Lauterbach und von irgendwelchen Bildern erzählen.«

»Das wäre ja ... das ... das wäre ja ungeheuerlich!« Nadja sprang auf und ging ein paar Schritte bis zu ihrem Auto. Sie drehte sich um und sah Tobias aufgebracht an. »Aber warum hat denn derjenige nie etwas gesagt?«

»Tja, wenn ich das nur wüsste.« Tobias lehnte sich zurück und streckte vorsichtig die Beine aus. Jede Bewegung seines geschundenen Körpers schmerzte, trotz der Tabletten. »Auf jeden Fall muss Amelie auf irgendetwas gestoßen sein. Stefanie hatte mir damals erzählt, sie hätte was mit dem Lauterbach. Du erinnerst dich an ihn, oder?«

»Natürlich.« Nadja nickte heftig und starrte ihn an.

»Ich dachte erst, sie sagt das nur so, um sich wichtig zu machen, aber dann habe ich die beiden zusammen hinter dem Zelt gesehen, auf der Kerb. Das war der Grund, weshalb ich schnurstracks nach Hause gegangen bin. Ich war ...«, er brach ab, suchte nach den richtigen Worten, um den Gefühlsaufruhr zu beschreiben, der damals in ihm getobt hatte. Kein Blatt Papier hätte zwischen die beiden gepasst, so eng beieinander hatten sie dagestanden, und der Lauterbach hatte seine Hand auf ihrem Po liegen gehabt. Die jähe Erkenntnis, dass Stefanie mit anderen Männern herummachte, hatte ihn wie ein Strudel in ein tiefes Loch gerissen.

»… wütend«, ergänzte Nadja gerade.

»Nein«, widersprach Tobias. »Ich war eben nicht *wütend*. Ich war … verletzt und traurig. Ich habe Stefanie echt geliebt!«

»Stell dir mal vor, das käme raus.« Nadja lachte leise und ein wenig boshaft. »Was meinst du, was das für Schlagzeilen geben würde: ein Kinderficker als Kultusminister!«

»Meinst du denn, die hatten ein richtiges Verhältnis?«

Nadja hörte auf zu lachen. In ihren Augen lag ein eigenartiger Ausdruck, den er nicht deuten konnte. Sie zuckte die Achseln.

»Zugetraut hätte ich es ihm auf jeden Fall. Er war ja wie bekloppt hinter seinem Schneewittchen her, hat ihr sogar die Hauptrolle gegeben, obwohl sie so was von talentfrei war! Wenn sie nur um die Ecke kam, hing ihm die Zunge aus dem Hals.«

Plötzlich waren sie mittendrin in dem Thema, das sie bisher so sorgfältig vermieden hatten. Tobias hatte sich damals nicht gewundert, dass Stefanie die Hauptrolle im Weihnachtsmärchen der Theater AG bekommen hatte. Schon rein äußerlich war sie die ideale Besetzung für das Schneewittchen. Er erinnerte sich lebhaft an den Abend, als es ihm das erste Mal richtig aufgefallen war. Stefanie war in sein Auto gestiegen, sie hatte ein weißes Sommerkleid getragen und roten Lippenstift, das dunkle Haar hatte im Fahrtwind geweht. *Weiß wie Schnee, rot wie Blut, schwarz wie Ebenholz* – das hatte sie selbst gesagt und gelacht. Wohin waren sie gefahren, an jenem Abend? In dieser Sekunde traf ihn die Erkenntnis wie ein Blitzschlag. Da war der Gedanke wieder, der seit Tagen in seinem Kopf herumspukte! … *könnt ihr euch erinnern, wie meine Schwester den Schlüsselbund von meinem Alten für den Flugplatz geklaut hat und wir in dem alten Flugzeughangar Rennen gefahren sind?* Das hatte Jörg am Donnerstagabend in der Garage gesagt. Natürlich konnte er sich er- innern! Auch an diesem Abend waren sie dorthin unterwegs gewesen, Stefanie hatte ihn gedrängt, schnell loszufahren, damit sie alleine im Auto waren. Jörgs Vater Lutz Richter war beim Fernmeldeamt gewesen und hatte in den siebziger und achtziger Jahren auf dem Gelände des ehemaligen Mi- litärflughafens gearbeitet! Als Kinder hatten Jörg, er und die anderen ihn gelegentlich begleiten und auf dem verwilderten Areal spielen dürfen, während er dort zu tun hatte. Später dann, als sie älter waren, hatten sie dort heimlich Autorennen veranstaltet und Partys gefeiert. Und nun war Lauras Skelett genau dort gefunden worden. Konnte das ein Zufall sein?

*

Wie aus dem Boden gewachsen stand er vor ihr, gerade als sie sich noch einmal umgewandt hatte, um einen letzten Blick auf Tobias und diese blonde Schnecke mit dem Luxusschlit- ten zu werfen.

»Mensch, Thies!«, stieß sie erschrocken hervor und wisch- te sich verstohlen die Tränen von der Wange. »Musst du mich so erschrecken, verdammt?«

Manchmal war es ihr schon unheimlich, wie lautlos Thies auftauchen und verschwinden konnte. Erst jetzt bemerkte sie, dass er krank aussah. Seine Augen lagen tief in den Höhlen und glänzten fiebrig. Er zitterte am ganzen Körper, hielt die Arme fest um seinen Oberkörper geschlungen. Ihr schoss der Gedanke durch den Kopf, dass er wirklich wie ein Irrer wirk- te. Sofort schämte sie sich dafür.

»Was ist mit dir? Geht's dir nicht gut?«, fragte sie.

Er reagierte nicht, blickte sich nervös um. Sein Atem ging schnell und stoßweise, als sei er gerannt. Plötzlich löste er die Arme von seinem Oberkörper und ergriff zu Amelies großem

Erstaunen ihre Hand. Das hatte er noch nie getan. Berührungen waren ihm zuwider, das wusste sie.

»Ich konnte Schneewittchen nicht beschützen«, sagte er mit heiserer, angespannter Stimme. »Aber auf dich passe ich besser auf.«

Seine Augen wanderten unruhig hin und her, immer wieder blickte er zum Waldrand hoch, als erwarte er aus dieser Richtung irgendeine Gefahr. Amelie schauderte. Die Puzzlestückchen setzten sich mit einem Mal wie von selbst in ihrem Kopf zusammen.

»Du hast gesehen, was passiert ist, stimmt's?«, flüsterte sie. Thies wandte sich abrupt um und zog sie mit sich, ihre Hand immer noch fest umklammert. Amelie stolperte hinter ihm her durch einen matschigen Graben und dichtes Gestrüpp. Als sie den schützenden Wald erreicht hatten, verlangsamte Thies das Tempo etwas, dennoch war es viel zu schnell für Amelie, die zu viel rauchte und zu wenig Sport trieb. Eisern hielt er ihre Hand fest; als sie stolperte und hinfiel, zerrte er sie gleich wieder hoch. Es ging bergauf. Trockene Zweige knackten unter ihren Füßen, Elstern zeterten in den Wipfeln der Tannen. Unvermittelt blieb er stehen. Amelie blickte sich keuchend um und erkannte durch die Bäume ein Stück unterhalb des Hangs die hellroten Dachziegel der Terlinden-Villa. Schweiß rann über ihr Gesicht, sie hustete. Warum war Thies um das ganze Grundstück herumgelaufen? Der Weg quer durch den Park wäre weitaus weniger beschwerlich gewesen. Er ließ ihre Hand los und machte sich an einem rostigen, schmalen Tor zu schaffen, das sich mit einem widerwilligen Quietschen öffnete. Amelie folgte ihm durch das Tor und sah, dass sie sich direkt hinter der Orangerie befanden. Thies wollte wieder nach ihrer Hand greifen, aber sie entzog sie ihm.

»Warum rennst du wie ein Bekloppter durch die Gegend?«

Sie versuchte, das Unbehagen, das sie plötzlich erfüllte, zu verdrängen, aber mit Thies stimmte etwas ganz und gar nicht. Die beinahe lethargische Ruhe, die er üblicherweise an den Tag legte, war verschwunden, und als er sie nun anblickte, ganz direkt und ohne ihrem Blick auszuweichen, erschreckte sie der Ausdruck in seinen Augen.

»Wenn du niemandem etwas sagst«, sagte er leise, »dann zeige ich dir mein Geheimnis. Komm!«

Er öffnete die Tür der Orangerie mit dem Schlüssel, der unter der Fußmatte lag. Sie überlegte kurz, ob sie einfach weglaufen sollte. Aber Thies war ihr Freund, er vertraute ihr. Also beschloss sie, auch ihm zu vertrauen, und folgte ihm in den Raum, den sie gut kannte. Er schloss die Tür von innen sorgfältig ab und blickte sich um.

»Kannst du mir sagen, was mit dir los ist?«, fragte Amelie. »Ist irgendetwas passiert?«

Thies antwortete nicht. Er rückte im hinteren Teil des großen Raumes eine große Kübelpalme zur Seite und lehnte das Brett, auf dem sie gestanden hatte, an die Wand. Neugierig trat Amelie näher heran und sah erstaunt eine in den Boden eingelassene Falltür. Thies öffnete die Luke und drehte sich zu ihr um. »Komm«, forderte er sie auf.

Amelie betrat die schmale, rostige Eisentreppe, die steil nach unten ins Dunkel führte. Thies schloss die Luke über sich, Sekunden später flammte schwach eine Glühbirne auf. Er schob sich dicht an ihr vorbei und öffnete eine massive Eisentür. Ein Schwall trockener, warmer Luft schlug ihnen entgegen, und Amelie staunte nicht schlecht, als sie den großen Kellerraum betrat. Heller Teppichboden, in einem fröhlichen Orange gehaltene Wände. Ein Regal voller Bücher an der einen, ein gemütlich aussehendes Sofa auf der anderen Seite. Die hintere Hälfte des Raumes war mit einer Art Paravent abgetrennt. Amelie klopfte das Herz bis in den Hals. Thies hatte ihr nie signalisiert, dass er etwas von ihr wollte, und auch jetzt glaubte sie nicht, dass er über sie herfallen und sie vergewaltigen würde. Außerdem war sie notfalls mit ein paar Schritten auf der Treppe und im Park.

»Komm«, sagte Thies wieder. Er schob den Paravent zur Seite, und Amelie sah ein altmodisches Bett mit einem hohen hölzernen Kopfteil. An der Wand hingen Fotografien, säuberlich in Reih und Glied aufgehängt, wie es Thies' Art war.

»Komm nur. Ich habe Schneewittchen schon so viel von dir erzählt.«

Sie kam näher heran, und es verschlug ihr den Atem. Mit einer Mischung aus Grauen und Faszination blickte sie in das Gesicht einer Mumie.

*

»Was hast du denn?« Nadja ging vor ihm in die Hocke, legte die Hände vorsichtig auf seine Oberschenkel, aber er schob sie ungeduldig weg und stand auf. Er humpelte ein paar Meter, blieb dann stehen. Der Verdacht war ungeheuerlich!

»Lauras Leiche lag in einem Bodentank auf dem Gelände des alten Militärflughafens in Eschborn«, sagte Tobias mit belegter Stimme. »Du erinnerst dich sicher, dass wir dort früher öfter gefeiert haben. Jörgs Vater hatte ja noch die Schlüssel für das Tor.«

»Was meinst du?« Nadja kam ihm nach und sah ihn verständnislos an.

»*Ich* habe Laura nicht in den Tank geworfen«, erwiderte Tobias heftig und biss die Zähne so fest aufeinander, dass sie knirschten. »Verdammt, verdammt, verdammt.« Er ballte die Hände zu Fäusten. »Ich will wissen, was wirklich passiert ist! Meine Eltern wurden ruiniert, ich hab zehn Jahre im Knast gesessen, und dann stößt Lauras Vater auch noch meine Mutter von einer Brücke! Ich kann das alles nicht mehr ertragen!«, schrie er, während Nadja stumm vor ihm stand.

»Komm mit mir, Tobi. Bitte.«

»Nein!«, entgegnete er scharf. »Kapierst du's nicht? Genau das wollen die doch erreichen, diese Arschlöcher!«

»Gestern haben sie dich nur zusammengeschlagen. Was, wenn sie wiederkommen und Ernst machen?«

»Mich umbringen, meinst du?« Tobias blickte Nadja an. Ihre Unterlippe zitterte leicht, ihre großen grünen Augen schwammen in Tränen. Nadja hatte es wirklich nicht verdient, dass er sie anschrie. Sie hatte als Einzige unerschütterlich zu ihm gehalten. Ja, sie hätte ihn sogar im Gefängnis besucht, aber das hatte er nicht gewollt. Plötzlich war sein Zorn verraucht, und er verspürte nur noch ein schlechtes Gewissen.

»Entschuldige bitte«, sagte er leise und streckte die Arme aus. »Ich wollte dich nicht anschreien. Komm zu mir.«

Sie lehnte sich an ihn, schmiegte ihr Gesicht an seine Brust, und er schloss sie fest in seine Arme.

»Wahrscheinlich hast du recht«, flüsterte er in ihr Haar. »Die Zeit lässt sich sowieso nicht mehr zurückdrehen.«

Sie hob den Kopf, blickte ihn an. Tiefe Besorgnis stand in ihren Augen. »Ich habe Angst um dich, Tobi.« Ihre Stimme zitterte leicht. »Ich will dich nicht noch einmal verlieren, jetzt, wo ich dich endlich wiederhabe!«

Tobias verzog das Gesicht. Er schloss die Augen und legte seine Wange an ihre. Wenn er doch nur wüsste, ob es gutgehen könnte mit ihm und ihr! Er wollte nicht wieder enttäuscht werden. Lieber blieb er bis an sein Lebensende alleine.

*

Manfred Wagner saß wie ein Häufchen Elend an dem Tisch im Vernehmungsraum und hob mühsam den Kopf, als Pia und Bodenstein eintraten. Aus rotgeränderten, wässrigen Trinkeraugen starrte er sie an.

»Sie haben sich mehrerer schwerer Verbrechen schuldig gemacht«, begann Bodenstein ernst, nachdem er das Tonband eingeschaltet und die notwendigen Angaben für das Protokoll gemacht hatte. »Körperverletzung, gefährlicher Eingriff in den Straßenverkehr und – je nachdem, wie der Staatsanwalt das beurteilt – fahrlässige Tötung oder sogar Totschlag.«

Manfred Wagner wurde noch eine Spur blasser. Sein Blick wanderte zu Pia und zurück zu Bodenstein. Er schluckte.

»Aber … aber … Rita lebt doch noch«, stammelte er.

»Das stimmt«, bestätigte Bodenstein. »Aber der Mann, auf dessen Windschutzscheibe sie gefallen ist, ist noch am Unfallort einem Herzinfarkt erlegen. Ganz abgesehen von dem Sachschaden an den Autos, die in den Unfall involviert waren. Diese Angelegenheit wird für Sie schwerwiegende Konsequenzen haben, und es war nicht gut, dass Sie sich nicht der Polizei gestellt haben.«

»Das wollte ich ja tun«, beteuerte Wagner mit weinerlicher Stimme. »Aber … aber die haben mir alle abgeraten.«

»Wen meinen Sie?«, fragte Pia. Jegliches Mitgefühl für den Mann war in ihr erloschen. Er hatte einen schlimmen Verlust erlitten, aber das rechtfertigte nicht seinen Angriff auf Tobias' Mutter.

Wagner zuckte die Schultern, blickte sie nicht an.

»Die alle«, erwiderte er, genauso vage wie Hartmut Sartorius wenige Stunden zuvor, als Pia ihn gefragt hatte, wer hinter den anonymen Drohbriefen und dem Angriff auf seinen Sohn stecke.

»Aha. Tun Sie immer, was *die alle* sagen?« Es klang schärfer als beabsichtigt, zeigte aber Wirkung.

»Sie haben doch keine Ahnung!«, fuhr Wagner auf. »Meine Laura war etwas ganz Besonderes. Sie hätte es zu was gebracht. Und sie war so schön. Manchmal konnte ich gar nicht glauben, dass sie wirklich mein Kind war. Und dann musste sie sterben. Wurde einfach weggeworfen, wie ein Stück Müll. Wir waren eine glückliche Familie, hatten gerade neu gebaut, draußen im neuen Gewerbegebiet, und meine Schreinerei lief gut. Im Ort waren wir eine gute Gemeinschaft, jeder war mit jedem befreundet. Und dann … verschwanden Laura und ihre Freundin. Tobias hat sie ermordet, dieses eiskalte Schwein! Ich hab ihn angebettelt, mir zu sagen, warum er sie ermordet hat und was er mit ihrer Leiche gemacht hat. Aber er hat es nie gesagt.«

Er krümmte sich und schluchzte haltlos. Bodenstein wollte schon das Aufnahmegerät abschalten, aber Pia hielt ihn zurück. Weinte Wagner wirklich aus Kummer um die verlorene Tochter oder aus purem Selbstmitleid?

»Hören Sie auf mit dem Theater«, sagte sie.

Der Kopf von Manfred Wagner fuhr hoch, er starrte sie so verblüfft an, als hätte sie ihm in den Hintern getreten. »Ich habe mein Kind verloren«, begann er mit zittriger Stimme.

»Das weiß ich«, schnitt Pia ihm das Wort ab. »Und dafür haben Sie mein ganzes Mitgefühl. Aber Sie haben noch zwei andere Kinder und eine Frau, die Sie brauchen. Haben Sie überhaupt nicht darüber nachgedacht, was es für Ihre Familie bedeutet, wenn Sie Rita Cramer etwas antun?«

Wagner blieb stumm, aber plötzlich verzerrte sich sein Gesicht.

»Sie wissen ja gar nicht, was ich mitgemacht habe in den letzten elf Jahren!«, schrie er zornig.

»Ich weiß aber, was Ihre Frau mitgemacht hat«, erwiderte Pia kühl. »Sie hat nicht nur ein Kind verloren, sondern auch ihren Mann, der sich vor lauter Selbstmitleid jeden Abend betrinkt und sie völlig im Stich lässt! Ihre Frau kämpft ums Überleben. Und was tun Sie?«

Wagners Augen begannen zu funkeln. Pia hatte offenbar eine wunde Stelle getroffen.

»Was geht Sie das an, zum Teufel?«

»Wer hat Ihnen geraten, sich nicht der Polizei zu stellen?«

»Meine Freunde.«

»Etwa dieselben Freunde, die tatenlos zusehen, wie Sie sich jeden Abend im Schwarzen Ross volllaufen lassen und Ihre Existenz aufs Spiel setzen?«

Wagner öffnete den Mund zu einer Entgegnung, sagte aber nichts. Sein feindseliger Blick wurde unsicher, glitt zu Bodenstein.

»Ich lass mich hier nicht fertigmachen.« Seine Stimme schwankte. »Ohne einen Anwalt sag ich keinen Ton mehr.«

Er verschränkte die Arme vor der Brust und presste das Kinn auf die Brust, wie ein trotziges Kind. Pia sah ihren Chef an und hob die Augenbrauen. Bodenstein drückte auf die Stopp-Taste des Aufnahmegerätes.

»Sie dürfen nach Hause gehen«, sagte er.

»Bin ich ... bin ich nicht ... verhaftet?«, krächzte Wagner erstaunt.

»Nein.« Bodenstein stand auf. »Wir wissen ja, wo wir Sie finden können. Der Staatsanwalt wird Anklage gegen Sie erheben. Einen Anwalt brauchen Sie auf jeden Fall.«

Er öffnete die Tür; Wagner wankte an ihm vorbei, begleitet von dem Beamten, der beim Verhör im Raum gewesen war. Bodenstein blickte ihm nach.

»Fast könnte er einem leidtun in seiner ganzen Jämmerlichkeit«, sagte Pia neben ihm. »Aber auch nur fast.«

»Wieso bist du ihn so hart angegangen?«, wollte Bodenstein wissen.

»Weil ich das Gefühl habe, dass viel mehr hinter der ganzen Sache steckt, als wir im Moment sehen können«, antwortete Pia. »In diesem Kaff geht irgendetwas vor sich. Und zwar seit damals. Da bin ich mir ganz sicher.«

Sonntag, 16. November 2008

Bodenstein war überhaupt nicht in Stimmung für eine weitere Familienfeierlichkeit, aber da diese im kleinen Kreis und zu Hause stattfinden sollte, fügte er sich in sein Schicksal und gab den Sommelier. Lorenz wurde fünfundzwanzig; am Abend zuvor hatte er mit seinem unüberschaubar großen Freundeskreis in einer Disko, deren Besitzer er aus seinen DJ-Zeiten kannte, bis in die frühen Morgenstunden hineingefeiert, am Sonntagmittag wollte er nun im Kreise der Familie seinen halbrunden Geburtstag in ruhigerem Rahmen begehen. Cosimas Mutter war aus Bad Homburg gekommen, Bodensteins Eltern und Quentin mit seinen drei Töchtern – Marie-Louise war im Schlossrestaurant unabkömmlich – sowie die Mutter von Lorenz' Freundin Thordis, die Tierärztin Inka Hansen, vervollständigten die Runde um den ganz in Weiß eingedeckten und liebevoll herbstlich dekorierten Tisch im Esszimmer. Maître St. Clair hatte seiner besten Mitarbeiterin für den Tag freigegeben, und so werkelte Rosalie mit roten Wangen und hart am Rande eines Nervenzusammenbruchs seit dem frühen Morgen in der Küche, die sie zur Sperrzone erklärt hatte. Das Ergebnis war phantastisch. Der gebratenen Gänseleber mit Mandelcreme und Limone folgte eine Brunnenkresse-Schaumsuppe mit marinierten Krustentieren und Wachtelei. Beim Hauptgang hatte Rosalie sich schließlich selbst übertroffen: Der Rehrücken mit Erbsenmelange, gefüllten Knuspercannelloni und Karotten-Ingwerpüree wäre auch ihrem Chef nicht besser gelungen. Die Runde spendete der Küchenchefin begeisterten Applaus, und Bodenstein nahm seine von der Arbeit und der Last der Verantwortung vollkommen erschöpfte Älteste in den Arm.

»Ich glaube, wir behalten dich«, scherzte er und küsste ihren Scheitel. »Das war wirklich wundervoll, meine Große.«

»Danke, Papa«, erwiderte sie matt. »Jetzt brauche ich einen Schnaps!«

»Zur Feier des Tages sollst du einen bekommen«, er lächelte. »Wer möchte noch einen ...«

»Wir möchten lieber noch einen Champagner«, mischte sich Lorenz ein und zwinkerte seiner Schwester zu. Die erinnerte sich wohl an eine Absprache und verschwand wie der Blitz wieder in der Küche, gefolgt von Lorenz und Thordis. Bodenstein setzte sich und wechselte einen Blick mit Cosima. Er hatte sie den ganzen Vormittag unauffällig beobachtet. Rosalie hatte sie gegen zehn Uhr aus dem Haus komplimentiert, und so waren sie in den Taunus gefahren, um bei erstaunlich mildem Altweibersommerwetter einmal rund um den Glaskopf zu spazieren. Cosima hatte sich völlig normal benommen, so wie er es von ihr gewohnt war, ja sie hatte beim Spaziergang sogar seine Hand genommen. Sein Verdacht war immer mehr ins Wanken geraten, dennoch hatte er sich nicht getraut, sie darauf anzusprechen.

Rosalie, Lorenz und Thordis kehrten zurück ins Esszimmer, auf einem Tablett balancierten sie gefüllte Champagnergläser, servierten jedem Gast eines, sogar den drei Nichten im jungen Teenageralter, die aufgeregt kicherten. In Abwesenheit ihrer strengen Mutter drückte Quentin ein Auge zu.

»Liebe Familie«, ergriff Lorenz feierlich das Wort. »Thordis und ich wollten den Tag und die Anwesenheit der ganzen Familie zum Anlass nehmen, Euch zu verkünden, dass wir heiraten werden!«

Er legte Thordis den Arm um die Schulter, und die beiden lächelten sich zufrieden an.

»Keine Sorge, Papa«, wandte sich Lorenz grinsend an seinen Vater. »Wir *müssen* nicht heiraten – wir wollen es einfach!«

»Hört, hört«, sagte Quentin. Stühle rückten, alle erhoben sich, um den beiden zu gratulieren. Auch Bodenstein umarmte seinen Sohn und seine Schwiegertochter in spe. Die Ankündigung der Hochzeit überraschte ihn eigentlich nicht, erstaunt war er nur darüber, dass Lorenz so eisern sein Geheimnis bewahrt hatte. Er begegnete Cosimas Blick und trat zu ihr. Sie wischte sich ein Tränchen der Rührung aus den Augenwinkeln.

»Siehst du«, sagte sie und lächelte. »Auch unser Großer wird spießig und heiratet.«

»Er hat uns ja auch lange genug mit seinem abenteuerlichen Leben in Atem gehalten«, erwiderte Bodenstein. Lorenz hatte sich nach dem Abitur eine bedrohlich lang erscheinende Weile als DJ und mit allerhand Aushilfsjobs bei Rundfunk und Fernsehen durchgeschlagen. Bodenstein hätte damals gerne ein Machtwort gesprochen, aber Cosima war ruhig geblieben, fest davon überzeugt, dass Lorenz eines Tages seine wahre Bestimmung finden würde. Mittlerweile moderierte ihr Sohn bei einem großen privaten Radiosender eine tägliche dreistündige Sendung. Nebenbei verdiente er erstaunlich viel Geld als Moderator auf Galas, Sportveranstaltungen und anderen Events in ganz Deutschland.

Man setzte sich wieder, die Stimmung war fröhlich und entspannt. Auch Rosalie hatte ihre Küche verlassen und trank Champagner.

»Oliver.« Bodensteins Mutter beugte sich vor. »Hast du noch einen Schluck Wasser für mich?«

»Ja, natürlich.« Er schob den Stuhl zurück, stand auf und ging durch die Küche, die seine tüchtige Tochter schon ziemlich aufgeräumt hatte, in die Speisekammer, wo er zwei Flaschen Mineralwasser aus einem Kasten nahm. Just in diesem Moment gab ein Handy in einer der Jacken, die neben der Tür zur Garage an Haken hingen, einen Signalton von sich. Bodenstein kannte diesen Ton. Es war Cosimas Handy! Er kämpfte mit sich, doch diesmal siegte sein Misstrauen. Schnell klemmte er eine der Flaschen unter den Arm und durchsuchte einhändig die Taschen der Jacke, die sie heute getragen hatte. Er fand das Handy in der Innentasche, ließ es aufschnappen und drückte auf das Briefsymbol. MEIN HERZ, ICH DENKE DEN GANZEN TAG AN DICH! MORGEN MITTAGESSEN? GLEICHE ZEIT, GLEICHER ORT? ICH WÜRDE MICH FREUEN! Die Buchstaben im Display verschwammen vor seinen Augen, seine Knie wurden weich. Die Enttäuschung traf ihn wie ein Faustschlag in den Magen. Wie konnte sie sich nur derart verstellen, ihn anlächeln und Hand in Hand mit ihm um den Glaskopf laufen? Cosima würde merken, dass jemand die SMS gelesen hatte, denn das Briefsymbol war nun erloschen. Beinahe wünschte er sogar, sie würde ihn darauf ansprechen. Er steckte das Telefon zurück in die Jacke, wartete, bis sein Herz wieder in einer normalen Frequenz schlug, und kehrte zurück ins Esszimmer. Cosima saß da, Sophia auf dem Schoß, lachte und scherzte, als ob alles in bester Ordnung wäre. Am liebsten hätte er sie vor allen Anwesenden zur Rede gestellt, ihr gesagt, dass eine Nachricht von ihrem Liebhaber auf ihrem Handy wartete, aber dann fiel sein Blick auf Lorenz, Thordis und Rosalie. Es wäre egoistisch und unverantwortlich, ihnen mit seinem noch längst nicht bewiesenen Verdacht diesen schönen Tag zu verderben. Ihm blieb nichts anderes übrig, als gute Miene zum bösen Spiel zu machen.

*

Tobias schlug mühsam die Augen auf und ächzte. Sein Kopf dröhnte, kaum dass er sich bewegte, wurde ihm wieder übel. Er beugte sich über den Bettrand und übergab sich würgend in den Eimer, den jemand neben sein Bett gestellt hatte. Das Erbrochene stank erbärmlich nach Galle. Er ließ sich zurücksinken und fuhr sich mit der Hand über den Mund. Seine Zunge war pelzig, und das Karussell in seinem Kopf wollte einfach nicht anhalten. Was war passiert? Wie war er nach Hause gekommen? Bilder jagten durch sein benebeltes Gehirn. Er erinnerte sich an Jörg und Felix und andere alte Kumpels, an die Garage, an Wodka mit Red Bull gemischt. Auch ein paar Mädchen waren da gewesen, sie hatten ihm immer wieder auffällig unauffällige Blicke zugeworfen und miteinander geflüstert und gekichert. Er hatte sich wie ein Tier im Zoo gefühlt. Wann war das gewesen? Wie viel Uhr war es jetzt?

Mit größter Anstrengung gelang es ihm, sich aufzurichten und die Beine über den Bettrand zu heben. Das Zimmer schwankte vor seinen Augen. Amelie war auch da gewesen – oder brachte er da etwas durcheinander? Tobias stemmte sich auf die Beine, stützte sich an der Dachschräge ab und taumelte zur Tür, öffnete sie und tastete sich den Gang entlang. So einen schlimmen Kater hatte er ja noch nie gehabt! Im Badezimmer musste er sich zum Pinkeln hinsetzen, sonst wäre er umgekippt. Sein T-Shirt stank nach Zigarettenrauch, Schweiß und Kotze. Widerlich. Er zog sich vom Klo hoch und erschrak, als er sein Gesicht im Spiegel sah. Die Hämatome rund um seine Augen waren abgerutscht und bildeten violettgelbe Flecken auf seinen bleichen, unrasierten Wangen. Er sah aus wie ein Zombie, und genau so fühlte er sich auch. Schritte im Flur, ein Klopfen an der Tür.

»Tobias?« Das war sein Vater.

»Ja, komm rein.« Er drehte den Wasserhahn auf, ließ kaltes Wasser in die hohlen Hände laufen und trank ein paar Schlucke. Es schmeckte widerlich. Die Tür ging auf. Sein Vater musterte ihn besorgt.

»Wie geht es dir?«

Tobias setzte sich wieder auf die Klobrille. »Total beschissen.« Es bedurfte einer unendlichen Anstrengung, den bleischweren Kopf anzuheben. Er bemühte sich, seinen Vater anzusehen, aber sein Blick rutschte immer wieder weg. Erst war alles ganz nah, dann weit weg. »Wie viel Uhr ist es?«

»Halb vier. Sonntagnachmittag.«

»O Gott.« Tobias kratzte sich am Kopf. »Ich vertrag wohl echt nichts mehr.«

Die Erinnerung kehrte zurück, wenigstens teilweise: Nadja war bei ihm gewesen, oben, am Waldrand, sie hatten geredet. Danach hatte Nadja ihn nach Hause gefahren, weil sie dringend zum Flughafen musste. Aber was hatte er dann getan? Jörg. Felix. Die Garage. Jede Menge Alkohol. Jede Menge Mädchen. Er hatte sich nicht wohl gefühlt. Warum nicht? Wieso war er überhaupt dahin gegangen?

»Der Vater von Amelie Fröhlich hat eben angerufen«, sagte sein Vater gerade. Amelie! Irgendetwas war auch mit ihr gewesen. Ach ja! Sie hatte ihm irgendetwas Wichtiges erzählen wollen, aber dann war Nadja aufgetaucht, und Amelie war weggelaufen.

»Sie ist gestern Abend nicht nach Hause gekommen.« Der dringliche Unterton in der Stimme seines Vaters ließ ihn aufhorchen. »Ihre Eltern machen sich Sorgen und wollen die Polizei informieren.«

Tobias starrte seinen Vater an. Er brauchte einen Moment, bis er begriff. Amelie war nicht nach Hause gekommen. Und er hatte Alkohol getrunken, sehr viel. Genau wie damals. Sein Herz krampfte sich zusammen.

»Du ... du glaubst doch wohl nicht, dass ich etwas damit ...«, er brach ab und schluckte.

»Frau Dr. Lauterbach hat dich gestern Nacht an der Bushaltestelle vor der Kirche gefunden, als sie von einem Notfalleinsatz zurückkam. Es war halb zwei. Sie war es, die dich nach Hause gebracht hat. Wir hatten alle Mühe, dich aus dem Auto und hoch in dein Zimmer zu bekommen. Und du hast immer wieder von Amelie geredet ...«

Tobias schloss die Augen und verbarg sein Gesicht in den Händen. Er versuchte verzweifelt, sich zu erinnern. Aber da war – nichts. Die Freunde in der Garage, die kichernden, tuschelnden Mädchen. War Amelie auch dabei gewesen? Nein. Oder doch? Nein. Bitte nicht. Bitte, bitte nicht.

Montag, 17. November 2008

Das komplette K11 hatte sich im Besprechungsraum rings um den großen Tisch versammelt; bis auf Hasse waren alle anwesend, sogar Behnke, der noch mürrischer als sonst dreinblickte.

»Entschuldigung«, sagte Pia und steuerte den letzten freien Stuhl an. Sie zog ihre Jacke aus. Nicola Engel warf einen demonstrativen Blick auf ihre Armbanduhr.

»Es ist zwanzig nach acht«, bemerkte sie scharf. »Wir sind hier nicht bei den Rosenheim-Cops. Organisieren Sie Ihre Bauernhofarbeit in Zukunft bitte so, dass sie nicht mit Ihren Dienstzeiten kollidiert!«

Pia spürte, wie ihr die Hitze ins Gesicht sprang. So eine blöde Kuh!

»Ich war noch in der Apotheke und habe mir etwas gegen Erkältung besorgt«, erwiderte sie mit derselben Schärfe. »Oder wäre es Ihnen lieber, ich würde mich auch noch krankschreiben lassen?«

Die beiden Frauen starrten sich einen Augenblick an.

»Dann sind jetzt wohl alle anwesend«, sagte die Kriminalrätin, ohne sich für ihre ungerechtfertigte Unterstellung zu entschuldigen. »Wir haben ein verschwundenes Mädchen. Die Kollegen aus Eschborn haben uns heute Morgen davon unterrichtet.«

Pias Blick wanderte durch die Runde. Behnke hing breitbeinig auf seinem Stuhl und kaute heftig auf seinem Kaugummi herum. Immer wieder starrte er provokativ zu Kathrin hinüber, die seine Blicke mit zusammengepressten Lippen feindselig erwiderte. Pia erinnerte sich, dass Bodenstein letzte Woche auf Betreiben von Dr. Engel ein Gespräch mit Behnke geführt hatte. Was war dabei herausgekommen? Auf jeden Fall schien Behnke zu wissen, dass Kathrin dem Chef ihre Begegnung in der Sachsenhäuser Kneipe gemeldet hatte. Die Spannung zwischen den beiden war nicht zu übersehen. Bodenstein saß am Kopfende des Tisches und blickte starr auf die Tischplatte. Sein Gesicht war ausdruckslos, aber die Schatten unter seinen Augen und die steile Falte zwischen seinen Augenbrauen verrieten, dass irgendetwas mit ihm nicht in Ordnung war. Auch Ostermann machte einen ungewohnt missmutigen Eindruck. Er saß zwischen den Stühlen. Behnke war ein alter Kumpel, er hatte ihn immer in Schutz genommen und seine Fehler ausgebügelt, aber zuletzt hatte er sich auch immer wieder darüber geärgert, dass sein Kollege seine gutmütige Hilfsbereitschaft mehr und mehr ausgenutzt hatte. Mit Kathrin Fachinger verstand Ostermann sich gut – auf wessen Seite stand er?

»Ist die Sache in Wallau aufgeklärt?«, fragte Nicola Engel. Pia brauchte einen Moment, um zu begreifen, dass die Frage an sie gerichtet war.

»Ja«, antwortete sie und verzog das Gesicht bei der Erinnerung an den Großeinsatz von Spurensicherung und Rechtsmedizinern am Unfallort. »Es gab zwar zwei Leichen, aber mit denen haben wir wohl kaum etwas zu tun.«

»Wieso?«

»Es waren zwei gebratene Spanferkel, die zu einer Feier ausgeliefert werden sollten«, erklärte Pia. »Das Fahrzeug ist bei dem Unfall völlig ausgebrannt, weil der Partyservice-

Mensch ein paar Butangasflaschen auf der Ladefläche stehen hatte, die wohl durch die Hitzeentwicklung zusätzlich in die Luft gegangen sind.«

Dr. Engel verzog keine Miene. »Umso besser. Und der Fall Rita Cramer ist Sache der Staatsanwaltschaft.« Sie wandte sich an Bodenstein. »Dann übernehmen Sie das verschwundene Mädchen. Wahrscheinlich taucht es sowieso bald wieder auf. 98 Prozent aller Fälle von vermissten Jugendlichen klären sich innerhalb von wenigen Stunden oder Tagen.«

Bodenstein räusperte sich. »Zwei Prozent aber auch nicht«, sagte er.

»Sprechen Sie mit den Eltern und Freunden des Mädchens«, riet Dr. Engel. »Ich habe jetzt einen Termin beim BKA. Halten Sie mich auf dem Laufenden.«

Sie stand auf, nickte in die Runde und war weg.

»Was haben wir?«, fragte Bodenstein Ostermann, als sie die Tür hinter sich geschlossen hatte.

»Amelie Fröhlich, siebzehn Jahre alt, aus Bad Soden«, antwortete der. »Ihre Eltern haben sie gestern als vermisst gemeldet. Sie wurde das letzte Mal am Samstagvormittag von ihren Eltern gesehen. Da sie in der Vergangenheit aber bereits öfter von zu Hause abgehauen ist, haben sie erst noch abgewartet.«

»Gut.« Bodenstein nickte. »Pia und ich fahren zu den Eltern des Mädchens. Frank, Sie und Frau Fachinger fahren …«

»Nein«, unterbrach Kathrin ihren Chef, der sie erstaunt anblickte. »Ich fahre ganz sicher nicht mit Behnke irgendwohin.«

»Ich könnte mit Frank fahren«, bot Ostermann eilig an. Für einen Moment war es ganz still. Behnke kaute auf seinem Kaugummi herum und grinste zufrieden vor sich hin.

»Muss ich hier jetzt auch noch Rücksicht auf die Befindlichkeiten Einzelner nehmen?«, fragte Bodenstein. Die Falte zwischen seinen Augenbrauen hatte sich vertieft, er sah richtig verärgert aus, was bei ihm nur selten der Fall war. Kathrin schob trotzig die Unterlippe vor. Das war eine klare Arbeitsverweigerung.

»Passt mal auf, Leute.« Bodensteins Stimme klang gefährlich ruhig. »Es ist mir *scheißegal*, wer hier mit wem momentan Probleme hat. Wir haben Arbeit, und ich erwarte von euch, dass ihr meinen Anweisungen Folge leistet. Ich bin vielleicht in der Vergangenheit ein bisschen zu gutmütig gewesen, aber ich bin nicht euer Hanswurst! Frau Fachinger und Herr Behnke fahren jetzt in die Schule des Mädchens und sprechen mit Lehrern und Klassenkameraden. Wenn sie damit fertig sind, nehmen sie sich die Nachbarn des Mädchens vor. Ist das klar?«

Bockiges Schweigen war die Antwort. Und plötzlich tat Bodenstein etwas, das er noch nie getan hatte. Er schlug mit der Faust auf den Tisch.

»OB DAS KLAR IST?«, brüllte er.

»Ja«, erwiderte Kathrin Fachinger eisig. Sie stand auf, ergriff ihre Jacke und Tasche. Behnke erhob sich ebenfalls. Die beiden verschwanden, und auch Ostermann verzog sich in sein Büro.

Bodenstein holte tief Luft und blickte Pia an.

»Oh Mann.« Er atmete wieder aus und grinste schief. »Das tat gut.«

*

»Altenhain?«, fragte Pia erstaunt. »Ostermann hat doch was von Bad Soden gesagt.«

»Waldstraße 22.« Bodenstein deutete auf das Navigationssystem seines BMW, auf das er sich blind zu verlassen pflegte, obwohl es ihn in der Vergangenheit schon einige Male in die

Irre geführt hatte. »Das ist in Altenhain. Gehört ja zu Bad Soden.«

Pia beschlich eine düstere Vorahnung. Altenhain. Tobias Sartorius. Sie würde es niemals zugeben, aber sie empfand so etwas wie Sympathie für den jungen Mann. Nun war wieder ein Mädchen verschwunden, und sie konnte nur hoffen, dass er nichts damit zu tun hatte. Sie zweifelte allerdings keine Sekunde daran, wie die Einwohner des Dorfes urteilen würden, egal, ob er ein Alibi hatte oder nicht. Ihr ungutes Gefühl verstärkte sich, als sie die angegebene Adresse von Arne und Barbara Fröhlich erreicht hatten. Das Haus lag nur wenige Meter von der rückwärtigen Ausfahrt des Sartorius-Hofes entfernt. Sie hielten vor der hübschen, verklinkerten Villa mit tiefgezogenem Walmdach und mehreren Gauben. Die Eltern erwarteten sie bereits. Arne Fröhlich war seinem Nachnamen zum Trotz ein ernsthaft wirkender Mann von etwa fünfundvierzig Jahren mit Stirnglatze, dünnem, sandfarbenem Haar und einer stahlgefassten Brille. Sein Gesicht zeichnete sich durch das Fehlen jeglicher markanter Merkmale aus. Er war weder dick noch dünn, mittelgroß und sah so durchschnittlich aus, dass es schon wieder ungewöhnlich war. Seine Frau, höchstens Anfang dreißig, war das völlige Gegenteil, nämlich ausgesprochen attraktiv. Mittelblonde, glänzende Haare, ausdrucksvolle Augen, regelmäßige Gesichtszüge, ein breiter Mund, eine leichte Stupsnase. Was fand sie wohl an ihrem Mann?

Beide waren besorgt, aber sehr beherrscht, keine Spur von der Hysterie, die Eltern von verschwundenen Kindern normalerweise an den Tag legen. Barbara Fröhlich gab Pia ein Foto. Amelie war offenbar auch eine auffällige Erscheinung, wenn auch sicher nicht im Sinne ihrer Mutter: Die großen, dunklen Augen waren stark mit Kajal und Eyeliner betont, sie trug mehrere Piercings in Augenbrauen, Unterlippe und in der Kinngrube. Das dunkle Haar hatte sie aufwendig toupiert und so fixiert, dass es wie ein Brett von ihrem Kopf abstand. Unter dieser Maskerade war Amelie ein hübsches Mädchen.

»Sie ist schon öfter ausgerissen«, erwiderte ihr Vater gerade auf Bodensteins Frage, weshalb er seine Tochter erst relativ spät als vermisst gemeldet hatte. »Amelie ist meine Tochter aus erster Ehe und etwas ... hm ... schwierig. Vor einem halben Jahr haben wir sie zu uns genommen, vorher lebte sie bei meiner Exfrau in Berlin, und da hatte sie auch große Probleme mit ... der Polizei.«

»Inwiefern?«, fragte Bodenstein. Die Antwort war Arne Fröhlich sichtlich unangenehm.

»Ladendiebstahl, Drogen, Hausfriedensbruch und Landstreicherei«, zählte er auf. »Sie war manchmal wochenlang verschwunden. Meine Exfrau war irgendwann völlig überfordert und bat mich, Amelie zu mir zu nehmen. Deshalb haben wir erst einmal herumtelefoniert und abgewartet.«

»Aber dann ist mir aufgefallen, dass sie keine Kleider mitgenommen hat«, ergänzte Barbara Fröhlich. »Nicht einmal das Geld, das sie beim Kellnern verdient hat. Das fand ich seltsam. Und ihren Ausweis hat sie auch hiergelassen.«

»Hatte Amelie Streit mit jemandem? Gab es Probleme in der Schule oder mit Freunden?«, ging Bodenstein die üblichen Fragen durch.

»Nein, ganz im Gegenteil«, antwortete die Stiefmutter. »Ich hatte sogar den Eindruck, dass sie sich in der letzten Zeit zu ihrem Vorteil verändert hatte. Sie trug die Haare nicht mehr so wild und hat sich bei mir Kleider ausgeliehen. Normalerweise trägt sie ausschließlich schwarze Kleidung, aber auf einmal zog sie einen Rock an und eine Bluse ...« Sie verstummte.

»Steckt hinter dieser Veränderung vielleicht ein Junge?«,

forschte Pia. »Es könnte ja sein, dass sie jemanden im Internet kennengelernt hat und zu ihm hingefahren ist.«

Arne und Barbara Fröhlich wechselten einen ratlosen Blick und zuckten mit den Schultern.

»Wir haben ihr viel Freiheit gelassen«, sagte nun wieder der Vater. »Amelie war auch in letzter Zeit sehr zuverlässig. Mein Chef, Herr Terlinden, hatte ihr einen Kellnerjob im Schwarzen Ross vermittelt, weil sie eigenes Geld verdienen wollte.«

»Schulische Probleme?«

»Sie hat nicht viele Freundinnen«, antwortete Barbara Fröhlich. »Sie ist gerne für sich. Über die Schule hat sie nicht viel geredet, sie ist ja erst seit September dort. Der Einzige, mit dem sie regelmäßigen Kontakt pflegt, ist Thies Terlinden, der Sohn der Nachbarn.«

Für einen Moment presste Arne Fröhlich die Lippen zusammen. Es war ihm anzusehen, dass er diese Freundschaft nicht billigte.

»Was meinen Sie damit?«, hakte Pia nach. »Sind die beiden ein Paar?«

»O nein«, Barbara Fröhlich schüttelte den Kopf. »Thies ist ... nun ja ... anders. Er ist Autist, lebt bei seinen Eltern und kümmert sich dort um den Garten.«

Auf Bodensteins Bitte führte Barbara Fröhlich sie in Amelies Zimmer. Es war groß und freundlich mit zwei Fenstern, von denen eines auf die Straße hinausging. Die Wände waren nackt, Poster von Popstars, die Mädchen in Amelies Alter gerne aufhängen, waren Fehlanzeige. Barbara Fröhlich erklärte sich das damit, dass Amelie sich hier nur auf »Durchreise« fühle.

»An ihrem 18. Geburtstag im nächsten Jahr will sie sofort zurück nach Berlin«, sagte sie, und das klang ehrlich bedauernd.

»Wie ist Ihr Verhältnis zu Ihrer Stieftochter?« Pia ging durch das Zimmer, öffnete die Schreibtischschubladen.

»Wir verstehen uns gut. Ich halte mich sehr mit Vorschriften zurück. Amelie reagiert auf Strenge eher mit innerem Rückzug als mit lautem Protest. Ich glaube, inzwischen hat sie Vertrauen zu mir. Zu ihren Halbgeschwistern ist sie oft ruppig, aber die beiden hängen sehr an ihr. Wenn ich nicht da bin, spielt sie stundenlang mit ihnen Playmobil oder liest ihnen etwas vor.«

Pia nickte. »Unsere Kollegen werden den Computer mitnehmen«, sagte sie. »Hat Amelie ein Tagebuch geführt?«

Sie hob den Laptop hoch und sah etwas, was ihre schlimmsten Befürchtungen bestätigte. Auf die Schreibtischunterlage war ein Herz gezeichnet. Und darin stand in verschnörkelten Buchstaben ein Name: Tobias.

*

»Ich mache mir Sorgen um Thies«, erwiderte Christine Terlinden auf die verärgerte Frage ihres Mannes, was denn wohl so dringend sei, dass sie ihn extra aus einer Sitzung nach Hause kommen ließ. »Er ist … ganz verstört.«

Claudius Terlinden schüttelte den Kopf und ging die Treppe hinunter ins Souterrain. Als er die Tür von Thies' Zimmer öffnete, erkannte er sofort, dass seine Frau mit dem Ausdruck »verstört« stark untertrieben hatte. Thies kniete mit stierem Blick splitternackt auf dem Boden in der Mitte des Zimmers in einem akkuraten Kreis aus Kinderspielzeugen und schlug sich immer wieder mit der Faust ins Gesicht. Blut rann ihm aus der Nase über das Kinn, es roch scharf nach Urin. Der Anblick war ein Schock und erinnerte Terlinden schmerzlich an längst vergangene Zeiten. Lange Zeit hatte er sich strikt geweigert, zu akzeptieren, dass sein ältester Sohn psychisch krank war. Die Diagnose Autismus hatte er nicht hören wollen. Die Stereotypien in Thies' Verhalten waren beängstigend, schlimmer noch die abstoßende Angewohnheit des Jungen, alles zu zerfetzen und mit Kot und Urin zu beschmieren. Christine und er hatten dieser Problematik völlig hilflos gegenübergestanden und keine andere Lösung gesehen, als das Kind einzusperren und von anderen Menschen – vor allem von seinem Bruder Lars – fernzuhalten. Aber als der Junge mit zunehmendem Alter immer tobsüchtiger und aggressiver geworden war, hatten sie die Augen nicht länger verschließen können. Widerwillig hatte sich Claudius Terlinden mit dem Krankheitsbild seines Sohnes auseinandergesetzt und in Gesprächen mit Ärzten und Therapeuten erfahren, dass es keine Aussicht auf Heilung gab. Daniela Lauterbach, ihre Nachbarin, hatte ihm schließlich erklärt, was Thies brauchte, um einigermaßen gut mit seiner Krankheit leben zu können. Wichtig war eine gewohnte Umgebung, in der am besten nie etwas verändert wurde und nur wenig Unvorhergesehenes passierte. Ebenso wichtig war es, Thies seine eigene, streng ritualisierte Welt zu lassen, in die er sich zurückziehen konnte. Eine Weile ging alles gut, bis zum 12. Geburtstag der beiden Jungen. Irgendetwas geschah an diesem Tag, das Thies völlig aus der Bahn warf. Er rastete so heftig aus, dass er dabei beinahe seinen Bruder tötete und sich selbst schwer verletzte. Da war für Claudius Terlinden das Maß voll gewesen, und der tobende und schreiende Junge war in die geschlossene Kinderpsychiatrie gebracht worden, wo er drei Jahre lang blieb. Man hatte ihn dort mit beruhigenden Medikamenten behandelt, sein Zustand hatte sich gebessert. Tests hatten ergeben, dass Thies überdurchschnittlich intelligent war. Aber leider wusste er mit dieser Intelligenz nichts anzufangen, denn er lebte wie ein Gefangener in seiner eigenen Welt, vollkommen abgekapselt von seiner Umgebung und seinen Mitmenschen.

Drei Jahre später hatte Thies das erste Mal die Einrichtung, in der er lebte, für einen Besuch zu Hause verlassen dürfen. Er war ruhig und friedlich, aber wie taub gewesen. Im Haus war er sofort ins Souterrain hinuntergegangen und hatte angefangen, seine Spielzeuge von früher nebeneinander hinzustellen. Stundenlang hatte er das getan, ein befremdlicher Anblick. Unter dem Einfluss der Medikamente kam es nicht ein einziges Mal mehr zu einem Ausbruch. Thies öffnete sich sogar ein wenig. Er half dem Gärtner, er begann zu malen. Freilich aß er am Tisch noch immer mit seinem Kinderbesteck von seinem Teddybärteller, aber er aß, er trank, er benahm sich weitgehend normal. Die Ärzte zeigten sich hochzufrieden mit dieser Entwicklung und rieten den Eltern, den Jungen nach Hause zu holen. Seitdem, seit nunmehr fünfzehn Jahren, hatte es keinen einzigen Zwischenfall mehr gegeben. Thies bewegte sich frei im Dorf, die meiste Zeit verbrachte er im Garten, den er ohne jede Hilfe zu einem symmetrisch angelegten Park mit Buchsbaumhecken, Blumenbeeten und jeder Menge mediterraner Pflanzen verwandelt hatte. Und er malte, oft bis zur völligen Erschöpfung. Die großformatigen Bilder waren eindrucksvolle Werke: eigenwillig, verstörend düster, beklemmende Botschaften aus den verborgenen Tiefen seines autistischen Innenlebens. Gegen Ausstellungen seiner Bilder hatte Thies nichts einzuwenden, zweimal hatte er seine Eltern sogar zu Vernissagen begleitet, auch störte es ihn nicht, wenn er sich von den Bildern trennen musste, wie Claudius Terlinden anfangs befürchtet hatte. Thies malte also, hielt den Garten in Ordnung, und alles war gut, selbst Kontakte mit der Öffentlichkeit meisterte Thies, ohne auszurasten. Hin und wieder sprach er sogar ein paar Worte. Er schien auf dem besten Weg, die Tür zu seinem Innersten einen winzigen Spalt zu öffnen. Und nun das. Was für ein Rückschlag! Stumm und tief beunruhigt betrachtete

Claudius Terlinden seinen Sohn. Der Anblick tat ihm in der Seele weh.

»Thies!«, sagte er mit sanfter Stimme, dann etwas strenger: »Thies!«

»Er hat seine Medikamente nicht mehr genommen«, flüsterte Christine Terlinden hinter ihm. »Imelda hat sie in der Toilette gefunden.«

Claudius Terlinden ging in das Zimmer, kniete sich außerhalb des Kreises hin. »Thies«, sagte er leise. »Was hast du denn?«

»Washastdudenn«, repetierte Thies tonlos und schlug sich mit der Regelmäßigkeit eines Uhrwerks ins Gesicht. »Washastdudenn ... washastdudenn ... washastdudenn ...«

Terlinden sah, dass er etwas in der Faust hielt. Als er den Arm seines Sohnes ergreifen wollte, sprang Thies unvermittelt auf und stürzte sich auf seinen Vater, schlug mit den Fäusten auf ihn ein und trat nach ihm. Claudius Terlinden war von dem Angriff überrascht, intuitiv wehrte er sich, aber Thies war kein kleiner Junge mehr, sondern ein erwachsener Mann mit von der Gartenarbeit gestählten Muskeln. Sein Blick war wild, Speichel und Blut tropften von seinem Kinn. Keuchend erwehrte Claudius Terlinden sich seines Sohnes, wie durch einen Nebel hörte er seine Frau hysterisch schreien. Endlich gelang es ihm, Thies gewaltsam die Faust zu öffnen und ihm deren Inhalt zu entwenden. Auf allen vieren kroch er zur Tür. Thies folgte ihm nicht, sondern stieß ein schauerliches Geheul aus und blieb zusammengekrümmt auf dem Boden liegen.

»Amelie«, brabbelte er. »Amelie Amelie Amelie Amelie. Washastdudenn ... Washastdudenn ... Washastdudenn ... Papa ... Papa ...Papa ...«

Schwer atmend kam Claudius Terlinden auf die Beine. Er zitterte am ganzen Körper. Seine Frau starrte ihn an, die Hände vor den Mund geschlagen, die Augen voller Tränen.

Terlinden faltete das Papier auseinander, und ihn traf beinahe der Schlag. Von dem zerknitterten Foto lachte ihm Stefanie Schneeberger entgegen.

＊

Arne und Barbara Fröhlich waren am Samstagvormittag mit ihren beiden jüngeren Kindern zu Freunden in den Rheingau gefahren und erst spätabends nach Hause gekommen. Amelie hatte am Abend im Schwarzen Ross gearbeitet; als sie um Mitternacht nicht zurück war, hatte ihr Vater in der Gaststätte angerufen und von der aufgebrachten Chefin erfahren, dass Amelie um kurz nach zehn gegangen war, obwohl sie vor Arbeit nicht mehr ein noch aus gewusst hatten. Die Fröhlichs hatten danach sämtliche Klassenkameraden und Bekannte ihrer Tochter, deren Telefonnummern sie finden konnten, abtelefoniert. Vergebens. Niemand hatte Amelie gesehen oder mit ihr gesprochen.

Bodenstein und Pia befragten Jenny Jagielski, die Wirtin vom Schwarzen Ross, die ihnen bestätigte, was Arne Fröhlich zuvor gesagt hatte. Amelie habe sich den ganzen Abend seltsam abwesend verhalten und in der Küche ständig versucht zu telefonieren. Um zehn Uhr habe sie dann einen Anruf erhalten und sei einfach weggelaufen. Und am Sonntag sei sie nicht wie üblich zum Frühschoppen aufgetaucht. Nein, sie hatte nicht mitbekommen, von wem der Anruf gekommen war, der Amelie wohl dazu gebracht hatte, ihren Arbeitsplatz fluchtartig zu verlassen, auch der Rest des Personals hatte keine Ahnung. An dem Abend war in der Gaststätte die Hölle los gewesen.

»Halt doch mal kurz am Laden an«, sagte Pia zu Bodenstein, als sie wieder die Hauptstraße entlangfuhren. »Kann ja nicht schaden, wenn wir uns da mal umhören.«

Es stellte sich heraus, dass sie zu einer günstigen Zeit gekommen waren, was das »Umhören« betraf. Margot Richters kleiner Laden war an diesem späten Montagvormittag offenbar der zentrale Treffpunkt der weiblichen Bevölkerung Altenhains. Diesmal zeigten sich die Damen sehr viel redseliger als bei ihrem letzten Besuch.

»Genau so hat es damals auch angefangen«, sagte die Friseurin Inge Dombrowski, und alle anderen Anwesenden nickten zustimmend. »Ich will nichts behaupten, aber der Paschke Willi hat mir erzählt, dass er die Amelie bei Sartorius drüben im Hof gesehen hat.«

»Ich hab auch gesehen, wie sie neulich bei denen ins Haus gegangen ist«, meldete sich eine andere Frau und ergänzte erklärend, dass sie schräg gegenüber wohne und den Hof gut im Blick habe.

»Außerdem ist sie ja ein Kopp und ein Arsch mit unserem Dorfdepp«, ließ sich eine dicke Frau von der Obsttheke aus vernehmen.

»Ja, genau«, bestätigten drei oder vier andere Frauen eifrig.

»Mit wem?«, fragte Pia nach.

»Mit dem Thies Terlinden«, erklärte wieder die Friseurin. »Der hat nicht alle Tassen im Schrank, schleicht nachts durchs Dorf und durch den Wald. Würde mich nicht wundern, wenn der dem Mädchen was angetan hätte.«

Beifällig nickten die anderen Frauen. Mit Verdächtigungen war man in Altenhain offenbar schnell bei der Hand. Weder Bodenstein noch Pia sagten etwas dazu, ließen die Frauen einfach reden, und die wetzten mit Genuss und Sensationslust die Messer, als hätten sie die Anwesenheit der Polizei vergessen.

»Die Terlindens hätten den Kerl längst in ein Heim stecken müssen«, ereiferte sich eine der Frauen. »Aber hier traut sich ja keiner, dem Alten mal was zu sagen.«

»Klar, weil sie dann Angst um ihren Job haben müssen!«

»Der Letzte, der was gegen die Terlindens gesagt hat, war der Albert Schneeberger. Dann ist seine Tochter verschwunden, und kurz danach war auch er weg.«

»Ist schon eigenartig, wie der Terlinden den Sartorius geholfen hat. Vielleicht hatten die beiden Jungs ja doch was mit der Sache zu tun.«

»Der Lars ist ja danach auch schnell aus Altenhain weggegangen.«

»Und jetzt, hab ich gehört, hat der Terlinden dem Mörder sogar einen Job angeboten! Nicht zu fassen! Anstatt dafür zu sorgen, dass er hier verschwindet!«

Einen Moment war es ganz still im Laden, jede schien über die mögliche Bedeutung dieser Worte nachzusinnen. Plötzlich gackerten alle durcheinander. Pia beschloss, sich unwissend zu stellen.

»Entschuldigung!«, rief sie und versuchte, sich Gehör zu verschaffen. »Wer ist denn eigentlich dieser Terlinden, über den Sie sprechen?«

Den Damen wurde schlagartig bewusst, dass sie nicht unter sich waren. Eine nach der anderen verließ unter irgendeinem Vorwand zügig den Laden, die meisten von ihnen mit leeren Körben. Zurück blieb Margot Richter hinter ihrer Kasse. Sie hatte sich bisher aus den Gesprächen herausgehalten. Wie sich das für eine gute Ladenbesitzerin gehörte, sperrte sie zwar die Ohren auf, wahrte aber Neutralität.

»Das wollten wir jetzt nicht«, sagte Pia entschuldigend, aber die Ladenbesitzerin blieb gelassen.

»Die kommen schon wieder«, erwiderte sie. »Claudius Terlinden ist der Chef von der Firma Terlinden, oben, im Gewerbegebiet. Die Familie und die Firma gibt es hier in Altenhain seit über hundert Jahren. Und ohne die würde hier auch nicht viel laufen.«

»Wie meinen Sie das?«

»Terlindens sind sehr großzügig. Sie unterstützen die Vereine, die Kirche, die Grundschule, die Stadtteilbücherei. Das ist bei denen so Familientradition. Und die Hälfte vom Dorf arbeitet oben in der Firma. Der eine Sohn, den die Christa eben als ›Dorfdepp‹ bezeichnet hat, der Thies, das ist ein ganz friedlicher Kerl. Der tut keiner Fliege was zuleide. Ich kann mir nicht vorstellen, dass der dem Mädchen etwas angetan haben soll.«

»Apropos – kennen Sie Amelie Fröhlich?«

»Ja, natürlich.« Sie lächelte ein wenig verbissen. »Die kann man ja kaum übersehen, so, wie die sich immer verkleidet! Außerdem arbeitet sie doch bei meiner Tochter im Schwarzen Ross.«

Pia nickte und machte sich eine Notiz. Wieder einmal ließ ihr Chef sie völlig im Stich, stand nur abwesend neben ihr und gab keinen Ton von sich.

»Was denken Sie denn, was mit dem Mädchen passiert sein könnte?«

Margot Richter zögerte einen Moment, aber ihr Blick zuckte nach rechts, und Pia wusste sofort, wen sie im Verdacht hatte, denn von ihrem Platz an der Kasse konnte Frau Richter genau auf den Goldenen Hahn blicken. Das Gerede von Terlindens Sohn war nur vorgeschoben. In Wirklichkeit verdächtigte jeder der Einwohner Tobias Sartorius, der so etwas schließlich schon einmal getan hatte.

»Ich habe keine Ahnung, was passiert sein könnte«, antwortete Margot Richter ausweichend. »Vielleicht taucht sie ja wieder auf.«

*

»Tobias Sartorius ist in allergrößter Gefahr, gelyncht zu werden«, sagte Pia ernsthaft besorgt, als sie zurück auf dem K 11 waren. »Am Freitagabend wurde er schon in seiner Scheune überfallen und zusammengeschlagen, außerdem kriegt sein Vater immer wieder anonyme Drohbriefe, mal ganz abgesehen von den Schmierereien an der Hauswand.«

Ostermann hatte sich schon Amelies Laptop und ihr Tagebuch vorgenommen, das zu seinem Missvergnügen größtenteils in einer Geheimschrift geschrieben war, die er nicht entziffern konnte. Kathrin Fachinger und Frank Behnke waren gleichzeitig mit Bodenstein und Pia eingetroffen und wussten nichts wirklich Hilfreiches zu berichten. Amelie hatte keine engeren Freundinnen, sie hielt sich abseits, redete nur im Bus mit den beiden Klassenkameradinnen, die auch in Altenhain wohnten. Allerdings, so hatte eines der beiden Mädchen erzählt, habe Amelie in letzter Zeit großes Interesse an Tobias Sartorius und den schrecklichen Ereignissen von vor elf Jahren gehabt und immer wieder danach gefragt. Ja, sie habe wohl auch mit *dem Kerl* gesprochen, mehrfach sogar.

Ostermann kam mit einem Fax in den Besprechungsraum. »Der Verbindungsnachweis von Amelies Handy ist gekommen«, verkündete er. »Am Samstagabend um 22:11 Uhr wurde das letzte Mal telefoniert. Sie hat eine Festnetznummer in Altenhain angerufen, ich habe sie schon überprüft.«

»Sartorius?«, vermutete Bodenstein.

»Ja, genau. Die Verbindung dauerte nur sieben Sekunden, offenbar wurde nicht gesprochen. Vorher hatte sie zwölfmal diese Nummer gewählt und immer sofort wieder aufgelegt. Nach 22:11 Uhr war das Handy ausgeschaltet, ein Bewegungsprofil lässt sich nicht erstellen, weil das Gerät nur von der einzigen Funkzelle in Altenhain erfasst wurde, und die hat einen Radius von etwa fünf Kilometern.«

»Eingehende Anrufe werden ja nicht erfasst, oder?«, fragte Bodenstein, und Ostermann schüttelte den Kopf.

»Was ergibt der Computer?«

»Ich hab noch nicht mal das Passwort geknackt.« Ostermann machte ein langes Gesicht. »Aber ich habe das Tagebuch durchgeblättert, zumindest die Stellen, die ich entziffern konnte. Tobias Sartorius, ein ›Thies‹ und ein ›Claudius‹ werden häufig erwähnt.«

»In welchem Zusammenhang?«

»Für Sartorius und diesen Claudius schien sie sich zu interessieren. Auf welche Art, das kann ich noch nicht beurteilen.«

»Gut.« Bodenstein blickte in die Runde, seine alte Entschlossenheit war zurückgekehrt. »Das Mädchen ist jetzt seit knapp vierzig Stunden verschwunden. Ich will das ganze Programm: mindestens zwei Hundertschaften, Hunde, Hubschrauber mit Wärmebildkamera. Behnke, Sie organisieren eine SoKo, ich will jeden verfügbaren Beamten für eine Befragung aller Einwohner des Dorfes. Frau Fachinger, lassen Sie die Busverbindungen und Taxizentralen überprüfen. Der fragliche Zeitraum liegt am Samstag zwischen 22 Uhr und sagen wir 2 Uhr morgens. Noch Fragen?«

»Wir sollten mit diesem Thies und seinem Vater reden«, sagte Pia. »Und mit Tobias Sartorius.«

»Ja. Das machen wir beide jetzt gleich.« Bodenstein blickte sich in der Runde um. »Ach, Ostermann. Presse, Rundfunk, Fernsehen und der übliche Eintrag in der Vermisstendatei. Um 18 Uhr treffen wir uns wieder hier.«

*

Eine Stunde später wimmelte es in Altenhain von Polizei. Eine Hundestaffel war mit speziell ausgebildeten »Man-Trailern« unterwegs, Hunden, die selbst eine vier Wochen alte Spur aufnehmen und verfolgen konnten. Eine Hundertschaft der Bereitschaftspolizei durchkämmte systematisch die nach

Planquadraten eingeteilten Wiesen und Waldränder rings um das Dorf. Ein Hubschrauber mit einer Wärmebildkamera flog dicht über die Baumwipfel, die Kripobeamten der SoKo »Amelie« klingelten an jeder Haus- und Wohnungstür in Altenhain. Jeder Beteiligte war motiviert und voller Hoffnung, das Mädchen möge schnell und unverletzt aufgefunden werden, aber genauso war jedem bewusst, dass der Druck und die Erwartung eines schnellen Ergebnisses enorm waren. Bodensteins Telefon klingelte beinahe unablässig. Er hatte Pia das Steuer des Autos überlassen und koordinierte hochkonzentriert den Einsatz. Absperrungen an der Straße vor dem Haus der Fröhlichs sollten Belästigungen der Eltern durch die Presse und Neugierige unterbinden. Die Hundeführer würden ihre Suche an dem Ort beginnen, an dem Amelie das letzte Mal gesehen worden war, nämlich am Schwarzen Ross. Ja, eine Freundin durfte zu Fröhlichs, der Pfarrer auch. Ja, der Film des Starenkastens am Ortsausgang sollte überprüft werden. Nein, Zivilpersonen sollten nicht bei der Suche helfen. Gerade als sie vor dem Goldenen Hahn anhielten, rief Dr. Engel an und wollte den Stand der Dinge wissen.

»Sobald es etwas mitzuteilen gibt, sind Sie selbstverständlich die Erste, die ich informiere«, sagte Bodenstein knapp und schaltete sein Handy stumm.

Hartmut Sartorius öffnete die Haustür, lugte aber nur hinter der vorgelegten Sicherheitskette hervor.

»Wir wollen mit Ihrem Sohn sprechen, Herr Sartorius«, sagte Bodenstein. »Bitte lassen Sie uns herein.«

»Verdächtigen Sie ihn jetzt jedes Mal, wenn irgendwo ein Mädchen zu spät nach Hause kommt?« Das klang ruppig, fast aggressiv.

»Sie haben schon davon gehört?«

»Ja. Natürlich. So was spricht sich schnell herum.«

»Wir verdächtigen Tobias nicht.« Bodenstein blieb ganz

ruhig, weil er sah, wie nervös Hartmut Sartorius war. »Aber Amelie hat am Abend, an dem sie verschwunden ist, dreizehnmal Ihre Festnetznummer angerufen.«

Die Haustür ging zu, dann, nach dem Klacken einer Sicherheitskette, ganz auf. Hartmut Sartorius straffte die Schultern und bemühte sich offensichtlich um ein autoritäres Auftreten. Sein Sohn allerdings sah schlimm aus. Er saß zusammengesunken auf dem Sofa im Wohnzimmer, sein Gesicht war von Blutergüssen entstellt, er nickte Bodenstein und Pia nur leicht zu, als sie eintraten.

»Wo waren Sie am Samstagabend zwischen 22 Uhr und dem Sonntagmorgen?«, wollte Bodenstein von ihm wissen.

»Also doch!«, fuhr Vater Sartorius auf. »Mein Sohn war den ganzen Abend zu Hause. Am Abend zuvor hat man ihn bei uns in der Scheune überfallen und halbtot geschlagen!«

Bodenstein ließ sich nicht aus dem Konzept bringen. »Amelie hat am Samstagabend um 22:11 Uhr Ihre Telefonnummer gewählt. Der Anruf wurde auch entgegengenommen, aber er war so kurz, dass wohl nicht gesprochen wurde. Davor hatte sie schon einige Male hier angerufen.«

»Wir haben einen Anrufbeantworter, der sich sofort einschaltet«, erklärte Sartorius. »Wegen der ganzen anonymen Anrufe und Beschimpfungen.«

Pia beobachtete Tobias. Er starrte blicklos vor sich hin und schien dem Gespräch überhaupt nicht zu folgen. Sicher ahnte er, was sich draußen gegen ihn zusammenbraute.

»Welchen Grund kann Amelie gehabt haben, bei Ihnen anzurufen?«, fragte sie ihn direkt. Er zuckte die Schultern.

»Herr Sartorius«, sagte sie eindringlich. »Ein Mädchen aus der Nachbarschaft, das mit Ihnen Kontakt hatte, ist verschwunden. Ob Sie wollen oder nicht, man wird Sie damit in Verbindung bringen. Wir wollen Ihnen nur helfen.«

»Na klar«, versetzte Hartmut Sartorius bitter. »Genau

das haben Ihre Kollegen damals auch gesagt. Wir wollen dir nur helfen, Junge. Sag schon, wo du die Mädchen versteckt hast! Und dann hat ja doch niemand meinem Sohn geglaubt. Gehen Sie jetzt. Tobias war den ganzen Samstagabend hier im Haus!«

»Schon gut, Papa«, ließ sich Tobias plötzlich vernehmen. Er verzog das Gesicht, als er sich nun mühsam aufrichtete. »Ich weiß, dass du es gut meinst.«

Er blickte Pia an. Seine Augen waren gerötet.

»Ich habe Amelie am Samstagmittag zufällig getroffen. Oben, am Wald. Sie wollte mir dringend etwas erzählen. Offenbar hatte sie irgendetwas über die Sache von damals herausgefunden. Aber dann kam Nadja dazu, und Amelie ist gegangen. Wahrscheinlich hat sie deshalb später versucht, mich anzurufen. Ich habe kein Handy, deswegen wird sie die Festnetznummer gewählt haben.«

Pia erinnerte sich an ihre Begegnung mit Nadja von Bredow am Samstag, an den silbernen Cayenne. Es konnte stimmen.

»Was hat sie Ihnen erzählt?«, wollte Bodenstein wissen.

»Leider nicht sehr viel«, erwiderte Tobias. »Sie sagte, es gebe jemanden, der damals alles beobachtet habe, sie erwähnte Thies und irgendwelche Bilder, auf denen auch der Lauterbach zu sehen sei.«

»Wer?«

»Gregor Lauterbach.«

»Der Kultusminister?«

»Ja, genau. Der wohnt ja direkt neben dem Haus von Amelies Vater. Er war früher der Lehrer von Laura und Stefanie.«

»Und Ihrer auch, nicht wahr?« Pia erinnerte sich an die Protokolle, die sie gelesen hatte und die danach aus den Akten verschwunden waren.

»Ja«, bestätigte Tobias mit einem Nicken. »Er war in der Oberstufe mein Deutschlehrer.«

»Was hat Amelie über ihn herausgefunden?«

»Keine Ahnung. Wie gesagt, Nadja tauchte auf, und Amelie sagte nichts mehr, nur, dass sie mir später alles erzählen wollte.«

»Was haben Sie gemacht, als Amelie gegangen war?«

»Nadja und ich haben uns noch eine Weile unterhalten, dann sind wir hierhergefahren und saßen ungefähr noch eine halbe Stunde in der Küche. Bis sie wegmusste, das Flugzeug nach Hamburg erwischen.« Tobias Sartorius verzog das Gesicht, fuhr sich durch das ungekämmte Haar. »Ich bin dann zu einem Freund gegangen. Wir haben dort mit anderen Freunden getrunken. Ziemlich viel.«

Er blickte auf. Seine Miene war ausdruckslos. »Ich kann mich leider nicht mehr daran erinnern, wann und wie ich nach Hause gekommen bin. Mir fehlen vierundzwanzig Stunden in meiner Erinnerung.«

Hartmut Sartorius schüttelte verzweifelt den Kopf. Er sah aus, als wolle er am liebsten in Tränen ausbrechen. Das Summen von Bodensteins stummgeschaltetem Handy klang überlaut in der plötzlich eingetretenen Stille. Er nahm das Gespräch entgegen, hörte zu und bedankte sich knapp. Sein Blick suchte den von Pia.

»Wann ist Ihr Sohn nach Hause gekommen, Herr Sartorius?«, wandte er sich an Tobias' Vater. Der zögerte.

»Sag ihm die Wahrheit, Papa.« Tobias' Stimme klang müde.

»Etwa um halb zwei am Sonntagmorgen«, sagte sein Vater schließlich. »Frau Dr. Lauterbach, unsere Ärztin, hat ihn nach Hause gebracht. Sie hat ihn gefunden, als sie spät von einem Notfall zurückkam.«

»Wo?«

»An der Bushaltestelle vor der Kirche.«

»Waren Sie gestern mit dem Auto unterwegs?«, fragte Bodenstein Tobias.

»Nein, ich bin gelaufen.«

»Wie heißen Ihre Freunde, mit denen Sie am Samstag zusammen waren?« Pia zückte ihren Stift und notierte die Namen, die Tobias ihr nannte.

»Wir werden mit denen sprechen«, sagte Bodenstein ernst. »Aber ich muss Sie bitten, sich zu unserer Verfügung zu halten.«

*

Der Einsatzleiter der Suchmannschaft hatte Bodenstein den Fund von Amelies Rucksack gemeldet. Er hatte in einem Gebüsch zwischen dem Parkplatz vom Schwarzen Ross und der Kirche gelegen – unweit der Bushaltestelle, an der Frau Dr. Lauterbach Samstagnacht Tobias Sartorius aufgegabelt hatte.

»Damals war es genauso«, sagte Pia nachdenklich, als sie die wenigen Meter zum Fundort mit dem Auto zurücklegten. »Tobias hatte Alkohol getrunken und einen Filmriss. Staatsanwaltschaft und Gericht glaubten ihm das allerdings nicht.«

»Glaubst du ihm das denn?«, fragte Bodenstein. Pia überlegte. Tobias Sartorius schien eben die Wahrheit gesagt zu haben. Er mochte das Nachbarsmädchen. Aber hatte er nicht die beiden Mädchen, die er vor zehn Jahren ermordet hatte, auch gemocht? Damals war Eifersucht im Spiel gewesen, gekränkte Eitelkeit – das konnte in Bezug auf Amelie keine Rolle spielen. Hatte das Mädchen tatsächlich etwas herausgefunden, das in direkter Beziehung zu dem Fall von früher stand, oder hatte Tobias Sartorius sich das nur ausgedacht?

»Ich kann die Sache von damals nicht beurteilen«, erwiderte sie. »Aber heute, denke ich, hat Tobias uns nicht angelogen. Er erinnert sich wirklich nicht.«

Bodenstein enthielt sich eines Kommentars. Er hatte die Intuition seiner Kollegin, die sie oft auf die richtige Fährte geführt hatte, mittlerweile schätzen gelernt, wohingegen seine eigene ihn des Öfteren hoffnungslos in die Irre geführt hatte. Dennoch: Er hielt Tobias Sartorius in den beiden alten Mordfällen und auch heute nicht für unschuldig, wie Pia das zu tun schien.

Der Rucksack enthielt Amelies Portemonnaie, ihren iPod, Schminkutensilien und allerhand Krimskrams, aber kein Handy. Eins stand damit fest: Sie war nicht von zu Hause weggelaufen, ihr musste etwas zugestoßen sein. Der Suchhund hatte auf dem Parkplatz die Spur verloren und wartete nun ungeduldig hechelnd mit seinem Führer auf den nächsten Einsatz, der für ihn ein aufregendes Spiel war. Pia, die den Plan des Dorfes dank ihrer Skizze klar vor Augen hatte, sprach mit den Beamten, die sich nach und nach auf dem Parkplatz versammelten. Die Haustürbefragungen hatten nichts Hilfreiches ergeben.

»Der Hund hat am Waldrand Spuren gefunden, überall in der Straße, in der das Mädchen wohnt, am Haus der Nachbarn, an deren Gartenhaus«, berichtete der Einsatzleiter gerade.

»Wie heißen die Nachbarn?«, erkundigte sich Pia.

»Terlinden«, antwortete der Beamte. »Die Frau sagte uns, dass Amelie oft bei ihrem Sohn zu Besuch sei. Es ist also nicht unbedingt eine heiße Spur.« Er wirkte enttäuscht. Nichts war unerquicklicher als eine Suche ohne Ergebnis.

*

Kai Ostermann war es gelungen, das Passwort von Amelies Computer zu knacken. Er hatte sich den Verlauf der Seiten angesehen, die Amelie in letzter Zeit im Internet besucht hatte. Entgegen seiner Erwartung war sie selten in den gängigen Netzwerken wie SchülerVZ, Facebook, MySpace oder Wer-kennt-wen aktiv gewesen; zwar besaß sie überall Benutzerprofile, aber die pflegte sie kaum, und sie hatte auch nur wenige Kontakte. Dafür hatte sie offenbar ausführliche Recherchen über die alten Mordfälle von 1997 und die Verurteilung von Tobias Sartorius betrieben. Außerdem hatte sie sich für die Einwohner von Altenhain interessiert, hatte Namen bei verschiedenen Suchmaschinen eingegeben. Ein besonders starkes Interesse schien sie an der Familie Terlinden gehabt zu haben. Ostermann war enttäuscht. Er hatte gehofft, auf irgendeinen Chatpartner oder eine andere verdächtige Internetbekanntschaft zu stoßen, irgendetwas, was konkrete Ermittlungen ermöglicht hätte. Die von Bodenstein kurzfristig angesetzte Besprechung, bei der sich fünfundzwanzig Personen im Besprechungsraum des K 11 drängten, war dann auch wenig ergiebig. Die Suche hatte man bei Einbruch der Dunkelheit ergebnislos abgebrochen. Dank der Wärmebildkamera des Hubschraubers hatte man ein Liebespärchen in einem Auto auf einem versteckten Waldparkplatz ausfindig gemacht sowie ein Reh im Todeskampf, das nach einem missglückten Schuss dem Jäger entkommen war, aber von Amelie gab es keine Spur. Man hatte mit dem Fahrer des 803er-Busses von Bad Soden nach Königstein gesprochen, der um 22:16 Uhr vor der Kirche in Altenhain gehalten hatte, ebenso mit seinem Kollegen, der wenig später die Gegenrichtung gefahren war. Keinem der beiden Männer war ein dunkelhaariges Mädchen aufgefallen. Auch die Taxizentralen aus der Umgebung hatten in der betreffenden Zeit kein Mädchen als Fahrgast chauffiert. Einer der Kollegen vom K 23 hatte einen

Mann ausfindig gemacht, der beim späten Hundespaziergang am Samstagabend einen Mann auf der Bank an der Bushaltestelle hatte sitzen sehen, etwa gegen halb eins.

»Wir sollten Haus und Grundstück von Sartorius durchsuchen«, schlug Behnke vor.

»Wieso? Dafür gibt es noch keine Veranlassung«, widersprach Pia ihm sofort, obwohl sie wusste, dass das nicht ganz richtig war. Die Fakten sprachen leider deutlich gegen Tobias Sartorius. Seine Freunde hatten bestätigt, dass er gegen 19 Uhr in der Garage aufgetaucht war. Jörg Richter hatte ihn am späten Nachmittag angerufen und eingeladen. Tobias hatte einiges getrunken, aber nicht so viel, dass er davon einen solchen Filmriss hätte davontragen können. Gegen 22 Uhr hatte er die Garage verlassen, ganz plötzlich. Zuerst hatten sie gedacht, er sei nur pinkeln gegangen, aber er war nicht wiedergekommen.

»Mensch, ein siebzehnjähriges Mädchen, das erwiesenermaßen Kontakt zu einem verurteilten Mädchenmörder hatte, ist verschwunden«, regte sich Behnke auf. »Ich habe eine Tochter in dem Alter, ich kann verstehen, was in den Eltern vorgeht!«

»Denkst du, man muss selbst Kinder haben, um sich in die Eltern hineinversetzen zu können?«, schnappte Pia zurück. »Und wenn du schon dabei bist, Durchsuchungsbeschlüsse zu beantragen, warum lässt du nicht auch das Haus von Terlinden durchsuchen? Da haben die Hunde massenweise Spuren gefunden!«

»Das stimmt zwar«, mischte sich Bodenstein ein, bevor es zwischen den beiden zu einem Streit vor versammelter Mannschaft kommen konnte, »aber Amelies Stiefmutter hat selbst gesagt, dass das Mädchen sehr häufig bei den Nachbarn war. Insofern ist es fraglich, ob diese Spuren eine tatrelevante Bedeutung haben.«

Pia schwieg. Tobias hatte seinen Vater gebeten, die Wahrheit zu sagen, obwohl er wissen musste, dass ihn das alles belasten würde. Er hätte einfach schweigen oder seinen Vater als Alibi benutzen können, wie der es ihm erst angeboten hatte. Hatte er nur darauf verzichtet, weil es schon einmal nicht funktioniert hatte?

»Ich glaube, Amelie ist auf irgendetwas gestoßen, was direkt mit dem Fall von damals zusammenhängt«, sagte sie nach einer Weile. »Und ich glaube auch, dass mehrere Leute großes Interesse daran haben, dass Geheimnisse geheim bleiben.«

»Quatsch.« Behnke schüttelte nachdrücklich den Kopf. »Dieser Kerl verliert die Kontrolle über sich, wenn er säuft. Er kam von der Party, Amelie lief ihm über den Weg, und er hat sie abgemurkst.«

Pia zog die Augenbrauen hoch. Behnke neigte wie immer dazu, alles auf den einfachsten Nenner zu bringen.

»Und was hat er mit ihrer Leiche gemacht? Er hatte kein Auto dabei.«

»Behauptet er.« Behnke nickte in Richtung Tafel. »Schaut euch das Mädchen doch an.«

Automatisch wandten alle die Köpfe zu dem Foto von Amelie, das an der Wandtafel angebracht war.

»Sie sieht aus wie die Kleine, die er damals umgebracht hat. Der Typ ist krank.«

»Also gut«, entschied Bodenstein. »Frau Fachinger, kümmern Sie sich um einen Durchsuchungsbeschluss für Haus, Auto und Grundstück von Sartorius. Kai, Sie arbeiten weiter an dem Tagebuch. Alle anderen halten sich bitte zur Verfügung, wir machen morgen um 8 Uhr mit der Suche weiter und weiten den Radius aus.«

Unter dem Scharren der Stühle löste sich die Runde auf. Noch war die Stimmung gedämpft optimistisch. Der Großteil der Beamten war Behnkes Meinung und hoffte auf das

Ergebnis einer Hausdurchsuchung bei Sartorius. Pia wartete, bis die Kollegen den Besprechungsraum verlassen hatten, aber bevor sie mit ihrem Chef sprechen und ihre Vorbehalte anbringen konnte, betrat Dr. Nicola Engel mit zwei Herren in Anzug und Krawatte den Raum.

»Einen Moment«, sagte sie zu Behnke, der gerade gehen wollte. Pia begegnete dem Blick von Kathrin Fachinger, sie verließen gemeinsam den Raum.

»Frau Fachinger? Sie warten bitte einen Moment draußen.« Damit schloss Nicola Engel hinter ihnen die Tür.

»So«, sagte Kathrin auf dem Flur. »Jetzt bin ich mal gespannt.«

»Wer ist das?«, fragte Pia erstaunt.

»Dienststelle Interne Ermittlung.« Kathrin wirkte ziemlich zufrieden. »Hoffentlich reißen sie dem Mistkerl mal richtig den Arsch auf.«

Erst da fiel Pia wieder die Angelegenheit mit Behnke in der Kneipe ein und Kathrins erfolglose Weigerung, mit ihm gemeinsam zu ermitteln.

»Wie hat er sich dir gegenüber eigentlich heute benommen?«, erkundigte sie sich. Kathrin hob nur die Augenbrauen.

»Dir muss ich ja wohl nichts erzählen«, antwortete sie. »Er war absolut widerlich. Hat mich vor allen Leuten runtergeputzt wie ein dummes Mädchen. Ich hab die Klappe gehalten. Nur eins sage ich dir: Wenn er wieder ungeschoren davonkommt, dann beantrage ich meine Versetzung. Ich hab auf den Typ echt keinen Bock mehr.«

Pia nickte. Sie konnte ihre Kollegin verstehen. Aber sie ahnte, dass es für Frank Behnke diesmal nicht glimpflich ausgehen würde, denn Nicola Engel hegte irgendeine alte Abneigung gegen ihn, die aus der gemeinsamen Zeit beim K 11 in Frankfurt herrührte. Es sah düster aus für Kollege Arschloch, und das tat ihr überhaupt nicht leid.

Dienstag, 18. November 2008

Die Tageszeitung lag aufgeschlagen vor ihm auf der Schreibtischplatte. Wieder war in Altenhain ein Mädchen verschwunden, und das kurz nachdem das Skelett von Laura Wagner gefunden worden war. Lars Terlinden war sich bewusst, dass man ihn in seinem gläsernen Büro vom Handelsraum und seinem Vorzimmer aus beobachten konnte, deshalb widerstand er dem Impuls, das Gesicht in den Händen zu vergraben. Wäre er doch bloß niemals nach Deutschland zurückgekehrt! In seiner Gier nach noch mehr Geld hatte er vor zwei Jahren seinen ohnehin schon hochbezahlten Job als Derivatehändler in London aufgegeben und war ins Management einer Schweizer Großbank nach Frankfurt gewechselt. Das hatte in der Szene damals für großes Aufsehen gesorgt, immerhin war er gerade 28 Jahre alt gewesen. Aber dem »German Wunderkind«, wie ihn das *Wall Street Journal* nannte, schien weiterhin alles zu gelingen – und er war der Illusion erlegen, er sei der Größte und Beste. Nun war er unsanft auf dem Boden der Tatsachen gelandet und musste darüber hinaus seiner Vergangenheit ins Auge sehen und erkennen, was er aus Feigheit angerichtet hatte. Lars Terlinden stieß einen tiefen Seufzer aus. Seine einzige, weitreichende Fehlentscheidung hatte darin bestanden, dass er ihnen damals von der Kerb aus heimlich gefolgt war, getrieben von dem wahnsinnigen Bedürfnis, Laura seine Liebe zu gestehen. Hätte er das doch nur seinlassen! Hätte er doch nur ... Er schüttelte heftig den Kopf, faltete entschlossen die Zeitung zusammen und warf sie in den Papierkorb. Es nützte nichts, mit der Vergangenheit zu hadern. Er brauchte seine volle Konzentration für die Probleme, mit denen er im Moment konfrontiert wurde. Zu viel stand auf dem Spiel, als dass er sich von so einem Kram ablenken lassen durfte. Er hatte Familie und jede Menge finanzielle Verpflichtungen, denen er in den Zeiten der Wirtschaftskrise nur äußerst mühsam nachkommen konnte: Die riesige Villa im Taunus war nicht abbezahlt, die Finca auf Mallorca schon gar nicht, die Leasingraten für seinen Ferrari und den Geländewagen seiner Frau waren jeden Monat fällig. Ja, er war wieder in einer Spirale gefangen, so wie damals. Und diese Spirale, das merkte er immer deutlicher, raste in atemberaubender Geschwindigkeit abwärts. Zum Teufel mit Altenhain!

*

Seit drei Stunden saß er vor dem Haus im Karpfenweg und starrte in das Wasser des Hafenbeckens. Weder die ungemütliche Kälte noch die skeptischen Blicke der Hausbewohner, die im Vorbeigehen misstrauisch sein demoliertes Gesicht musterten, störten ihn. Zu Hause hatte er es nicht länger ausgehalten, und außer Nadja war ihm niemand eingefallen, mit dem er reden konnte. Und er musste reden, sonst würde er platzen. Amelie war verschwunden, in Altenhain drehte die Polizei in einer gigantischen Suchaktion jeden Stein um, genauso wie damals. Er fühlte sich – ebenfalls wie damals – unschuldig, aber der Zweifel nagte an ihm mit scharfen, kleinen Zähnchen. Dieser verdammte Alkohol! Nie mehr würde er auch nur einen einzigen Tropfen anrühren. Absätze klackten hinter ihm. Tobias hob den Kopf und erkannte Nadja, die mit schnellen Schritten auf ihn zukam, das Handy am Ohr.

Plötzlich fragte er sich, ob er ihr überhaupt willkommen sein würde. Ihr Anblick verstärkte das bedrückende Gefühl der Unzulänglichkeit, das ihn jedes Mal in ihrer Gegenwart überfiel. Er kam sich vor wie ein Penner, in seiner abgeschabten, billigen Lederjacke und mit der zerschlagenen Visage. Vielleicht sollte er besser von hier verschwinden und nie mehr wiederkommen.

»Tobi!« Nadja steckte das Telefon weg und eilte mit entsetzter Miene auf ihn zu. »Was tust du denn hier in der Kälte?«

»Amelie ist weg«, erwiderte er. »Die Polizei war schon bei mir.«

Mühsam richtete er sich auf. Seine Beine waren wie Eis, sein Rücken schmerzte.

»Wieso denn das?«

Er rieb seine Hände, pustete hinein.

»Na, einmal Mädchenmörder, immer Mädchenmörder. Außerdem habe ich kein Alibi für die Zeit, in der Amelie verschwunden ist.«

Nadja starrte ihn an. »Jetzt komm erst mal rein.« Sie zückte den Haustürschlüssel, schloss die Tür auf. Er folgte ihr mit steifen Schritten.

»Wo warst du?«, fragte er, als sie mit dem gläsernen Aufzug zum Penthouse hochglitten. »Ich warte seit ein paar Stunden auf dich.«

»Ich war in Hamburg, das weißt du doch.« Sie schüttelte den Kopf und legte besorgt ihre Hand auf seine. »Du solltest dir echt mal ein Handy anschaffen.«

Erst jetzt fiel ihm wieder ein, dass Nadja am Samstag zu Dreharbeiten nach Hamburg geflogen war. Sie half ihm, die Jacke auszuziehen, und schob ihn in Richtung Küche.

»Setz dich«, sagte sie. »Ich mach dir erst mal einen Kaffee zum Aufwärmen. Meine Güte!«

Sie warf ihren Mantel über eine Stuhllehne. Das Handy meldete sich mit einem polyphonen Klingelton, aber sie beachtete es nicht und machte sich stattdessen an der Espressomaschine zu schaffen.

»Ich mache mir echt Sorgen um Amelie«, sagte Tobias. »Ich habe ja keine Ahnung, was sie wirklich über damals weiß und mit wem sie darüber gesprochen hat. Wenn ihr irgendetwas zugestoßen ist, nur weil sie mir helfen wollte, dann ist das alles meine Schuld.«

»Du hast sie doch nicht gezwungen, in der Vergangenheit herumzuschnüffeln«, entgegnete Nadja. Sie stellte zwei Kaffeetassen auf den Tisch, nahm Milch aus dem Kühlschrank und setzte sich ihm gegenüber. Ungeschminkt, mit violetten Schatten unter den Augen, sah sie müde aus.

»Na komm.« Sie legte ihre Hand auf seine. »Jetzt trink deinen Kaffee. Und dann legst du dich in die Badewanne, damit du wieder auftaust.«

Warum verstand sie nicht, was in ihm vorging? Er wollte weder einen Scheißkaffee trinken noch in die Scheißbadewanne! Er wollte aus ihrem Mund hören, dass sie an seine Unschuld glaubte, und mit ihr gemeinsam überlegen, was mit Amelie geschehen sein könnte. Stattdessen redete sie von Kaffee und Aufwärmen, als sei das jetzt wichtig!

Nadjas Handy klingelte wieder, wenig später das Festnetztelefon. Mit einem Seufzer stand sie auf und nahm das Gespräch entgegen. Tobias starrte vor sich auf den Tisch. Obwohl ihm der Oberbulle ganz offensichtlich nicht geglaubt hatte, machte er sich mehr Sorgen um Amelie als um sich selbst. Nadja kehrte zurück, trat hinter ihn und schlang die Arme um seinen Hals. Sie küsste sein Ohr und seine unrasierte Wange. Tobias musste sich beherrschen, um sich nicht gewaltsam von ihr loszumachen. Ihm stand nicht der Sinn nach Zärtlichkeiten. Merkte sie das nicht? Er bekam eine Gänsehaut, als sie mit ihrem Zeigefinger die Strangmarke an seinem Hals entlangfuhr, die die Wäscheleine hinterlassen hatte. Nur damit sie aufhörte, ergriff er ihr Handgelenk, rückte mit dem Stuhl nach hinten und zog sie auf seinen Schoß.

»Ich war am Samstagabend mit Jörg und Felix und ein paar anderen in der Garage von Jörgs Onkel«, flüsterte er eindringlich. »Wir haben zuerst Bier getrunken, dann dieses Red-Bull-Zeug mit Wodka drin. Das hat mich total umgehauen. Als ich am Sonntagnachmittag aufgewacht bin, hatte ich einen Riesenkater und einen totalen Filmriss.«

Ihre Augen waren ganz dicht vor seinen, aufmerksam blickte sie ihn an.

»Hm«, machte sie nur. Er glaubte zu verstehen, was sie dachte.

»Du zweifelst an mir«, warf er ihr vor und schob sie von sich. »Du denkst, ich hätte Amelie … umgebracht, so wie damals Laura und Stefanie! Stimmt's?«

»Nein! Nein, das tue ich nicht!«, beteuerte Nadja. »Warum hättest du Amelie etwas antun sollen? Sie wollte dir doch helfen!«

»Ja, eben. Ich verstehe es ja auch nicht.« Er stand auf, lehnte sich an den Kühlschrank und fuhr sich mit der Hand durchs Haar. »Fakt ist, dass ich mich an die Zeit zwischen halb zehn abends und vier Uhr Sonntagnachmittag nicht mehr erinnere. Im Prinzip hätte ich es tun können, und so sehen es auch die Bullen. Dazu kommt, dass Amelie zigmal versucht hat, mich anzurufen. Und mein Vater sagt, ich sei um halb zwei nachts von der Lauterbach nach Hause gebracht worden. Sie hat mich besoffen an der Bushaltestelle vor der Kirche gefunden.«

»Scheiße«, sagte Nadja und setzte sich hin.

»Du sagst es.« Tobias entspannte sich ein wenig, griff nach den Zigaretten, die auf dem Tisch lagen, und zündete sich eine an. »Die Bullen haben mir gesagt, dass ich mich zur Verfügung halten soll.«

»Aber wieso denn das?«

»Weil ich verdächtig bin, ganz einfach.«

»Aber … aber das können sie doch nicht machen«, begann Nadja.

»Sie können«, unterbrach Tobias sie. »Sie haben es schon einmal getan. Das hat mich zehn Jahre gekostet.«

Er inhalierte den Rauch der Zigarette, starrte an Nadja vorbei in die neblige, graue Düsternis. Die kurze Schönwetterphase war vorüber, der November zeigte sich von seiner ungemütlichsten Seite. Dichter Regen rauschte aus tiefhängenden, schwarzen Wolken gegen die großen Scheiben. Die Friedensbrücke war nur als schwache Silhouette zu erkennen.

»Es muss jemand gewesen sein, der die Wahrheit kennt«, sinnierte Tobias und griff nach der Kaffeetasse.

»Wovon redest du?« Nadja betrachtete ihn mit schräggelegtem Kopf. Tobias blickte auf. Es ärgerte ihn, dass sie so ruhig und beherrscht wirkte. »Von Amelie«, erwiderte er und registrierte ein kurzes Hochschnellen ihrer Augenbrauen. »Ich bin mir sicher, dass sie irgendetwas Gefährliches herausgefunden hat. Sie muss von Thies ein oder mehrere Bilder bekommen haben, aber was genau darauf zu sehen war, hat sie mir nicht mehr gesagt. Ich glaube, jemand fühlte sich durch sie bedroht.«

*

Das hohe, mit vergoldeten Spitzen versehene Tor vor dem Anwesen der Familie Terlinden war geschlossen, auch auf mehrfaches Klingeln öffnete niemand. Nur die kleine Kamera mit dem rot blinkenden Licht folgte jeder ihrer Bewegungen. Pia signalisierte ihrem Chef, der telefonierend im Auto saß, mit einem Schulterzucken die Ergebnislosigkeit ihrer Bemühungen. Zuvor hatten sie bereits vergeblich versucht, Claudius Terlinden in seiner Firma zu sprechen. Er sei wegen eines privaten Problems nicht im Büro, hatte seine Sekretärin bedauernd mitgeteilt.

»Wir fahren zu Sartorius.« Bodenstein ließ den Motor an und fuhr ein Stück rückwärts, um zu wenden. »Terlinden läuft uns nicht weg ...«

Sie fuhren an der rückwärtigen Ausfahrt des Sartorius-Hofes vorbei, auf dem es vor Beamten wimmelte. Der Durchsuchungsbeschluss war anstandslos erteilt worden. Kathrin Fachinger hatte Pia gestern Abend noch spät angerufen, um ihr das mitzuteilen. In erster Linie hatte sie ihr aber erzählen wollen, wie die Sache mit den internen Ermittlern ausgegangen war. Tatsächlich war es mit der Nachsicht, die Behnke bisher genossen hatte, vorbei, daran hatte auch Bodensteins Versuch einer Intervention nichts ändern können. Da Behnke keine Genehmigung für seinen Zweitjob eingeholt hatte, musste er nun mit einem Disziplinarverfahren, einer Rüge in seiner Personalakte und höchstwahrscheinlich sogar mit einer Rückstufung des Dienstgrades rechnen. Außerdem hatte Dr. Engel ihm klipp und klar ins Gesicht gesagt, dass sie, sollte er sich Kathrin Fachinger gegenüber in irgendeiner Weise unangemessen verhalten oder sie gar bedrohen, seine sofortige Suspendierung vom Dienst veranlassen würde. Pia selbst hätte wohl nie eine offizielle Beschwerde gegen ihn eingereicht. War das ein Zeichen von Feigheit oder von Loyalität unter Kollegen? Offen gestanden bewunderte sie ihre jüngere Kollegin für ihre Courage, einen Kollegen bei der Dienstaufsicht anzuzeigen. Sie alle hatten Kathrin offensichtlich unterschätzt.

Der sonst leere Parkplatz vor dem Goldenen Hahn war ebenfalls voller Polizeifahrzeuge. Auf dem Bürgersteig gegenüber hatten sich trotz des Regens Neugierige eingefunden. Sechs oder sieben ältere Leute, die nichts Besseres zu tun hatten. Bodenstein und Pia stiegen aus. Hartmut Sartorius war gerade damit beschäftigt, einen neuen Schriftzug mit der Wurzelbürste von der Fassade der ehemaligen Gaststätte zu entfernen. Ein hoffnungsloses Unterfangen. ACHTUNG, stand da, HIER WOHNT EIN MÄDCHENMÖRDER!

»Das kriegen Sie mit Seifenlauge nicht weg«, sagte Bodenstein. Der Mann wandte sich um. In seinen Augen standen Tränen, er bot ein Bild des Jammers mit dem nassen Haar und dem durchweichten blauen Kittel.

»Warum lassen sie uns nicht in Ruhe?«, fragte er verzweifelt. »Früher waren wir gute Nachbarn. Unsere Kinder haben zusammen gespielt. Und jetzt ist da nur noch Hass!«

»Gehen wir ins Haus«, schlug Pia behutsam vor. »Wir schicken Ihnen jemanden, der das entfernt.«

Sartorius ließ die Wurzelbürste in den Eimer fallen. »Ihre Leute stellen das Haus und den Hof auf den Kopf.« Seine Stimme klang anklagend. »Das ganze Dorf redet schon wieder deshalb. Was wollen Sie von meinem Sohn?«

»Ist er da?«

»Nein.« Er hob die Schultern. »Ich weiß nicht, wohin er gefahren ist. Ich weiß gar nichts mehr.«

Sein Blick irrte an Pia und Bodenstein vorbei. Urplötzlich, und mit einer Wut, die sie beide überraschte, ergriff er den Eimer und rannte über den Parkplatz. Er schien vor ihren Augen zu wachsen, wurde für einen Moment zu dem Mann, der er früher einmal gewesen sein musste.

»Haut ab, ihr verdammten Arschlöcher!«, brüllte er und schleuderte den Eimer mit heißer Seifenlauge quer über die Straße auf die Leute, die sich dort versammelt hatten. »Verpisst euch endlich! Lasst uns in Ruhe!«

Seine Stimme überschlug sich, er war drauf und dran, sich

auf die Gaffer zu stürzen, als Bodenstein seinen Arm zu fassen bekam. Der Energieschub verpuffte so schnell, wie er gekommen war. Sartorius fiel unter Bodensteins festem Griff in sich zusammen wie ein Luftballon, dem die Luft entweicht.

»Entschuldigung«, sagte er leise. Ein zittriges Lächeln huschte über sein Gesicht. »Aber das hätte ich schon längst einmal tun sollen.«

*

Da das Haus von den Kollegen der Spurensicherung durchsucht wurde, schloss Hartmut Sartorius den Hintereingang zur Gaststätte auf und führte Pia und Bodenstein in den großen, rustikal eingerichteten Gastraum, in dem alles so aussah, als sei lediglich für die Mittagspause abgeschlossen worden. Stühle standen auf den Tischen, auf dem Boden war kein Stäubchen zu sehen, in Kunstleder gebundene Speisekarten lagen in einem ordentlichen Stapel neben der Kasse. Der Tresen war auf Hochglanz gewienert, die Bierzapfanlage blitzte, die Barhocker standen in Reih und Glied. Pia blickte sich um und fröstelte. Hier schien die Zeit stehengeblieben zu sein.

»Ich bin jeden Tag hier«, erklärte Sartorius. »Schon meine Eltern und Großeltern haben den Hof bewirtschaftet und den Goldenen Hahn betrieben. Ich bringe es einfach nicht über mich, hier alles herauszureißen.«

Er nahm die Stühle von einem runden Tisch in der Nähe des Tresens, bot Bodenstein und Pia mit einer Handbewegung Platz an.

»Möchten Sie etwas trinken? Einen Kaffee vielleicht?«

»Ja, das wäre nett.« Bodenstein lächelte. Sartorius ging geschäftig hinter dem Tresen hin und her, nahm Tassen aus dem Schrank, füllte Kaffeebohnen in die Maschine. Vertraute, tausendmal ausgeführte Handgriffe, die ihm Sicherheit gaben. Dabei erzählte er lebhaft von früher, als er noch selbst geschlachtet, gekocht und seinen eigenen Apfelwein gekeltert hatte.

»Aus Frankfurt sind die Leute hierhergekommen«, sagte er mit unüberhörbarem Stolz in der Stimme. »Nur wegen unserm Ebbelwoi. Und wer schon alles hier war! Oben, im großen Saal, da wurde jede Woche gefeiert. Früher, bei meinen Eltern, gab's Kino und Boxkämpfe und was nicht alles. Damals hatten die Leute noch keine Autos und fuhren nicht woandershin zum Essen.«

Bodenstein und Pia wechselten einen stummen Blick. Hier, in seinem Reich, war Hartmut Sartorius wieder der Chef, dem das Wohl seiner Gäste am Herzen lag und den die Schmierereien an der Fassade ärgerten, nicht mehr länger der geduckte, gedemütigte Schatten, zu dem ihn die Umstände gemacht hatten. Erst jetzt erfasste Pia die ganze Tragweite des Verlustes, den dieser Mann erlitten hatte, und empfand tiefes Mitgefühl. Sie hatte ihn fragen wollen, weshalb er nach den Vorfällen damals nicht aus Altenhain weggezogen war, aber nun erübrigte sich diese Frage. Hartmut Sartorius war mit dem Dorf, in dem seine Familie seit Generationen lebte, so fest verwurzelt wie die Kastanie draußen im Hof.

»Sie haben den Hof aufgeräumt«, begann Bodenstein das Gespräch. »Das muss viel Arbeit gewesen sein.«

»Das hat Tobias gemacht. Er will, dass ich alles verkaufe«, erwiderte Sartorius. »Eigentlich hat er recht damit, wir werden hier nie wieder auf einen grünen Zweig kommen. Aber das Problem ist, dass mir der Hof nicht mehr gehört.«

»Wem denn?«

»Wir mussten viel Geld aufnehmen, um den Anwalt für Tobias zu bezahlen«, erzählte Sartorius bereitwillig. »Es überstieg unsere Möglichkeiten, zumal wir uns ohnehin schon verschuldet hatten, um die neue Küche in der Gaststätte, einen Traktor und verschiedene andere Sachen zu bezahlen. Drei Jahre konnte ich noch die Schulden abstottern, aber dann … Die Gäste blieben weg. Ich musste das Lokal schließen. Wäre Claudius nicht gewesen, wir hätten von heute auf morgen auf der Straße gestanden.«

»Claudius Terlinden?«, fragte Pia nach und zückte ihren Block. Plötzlich begriff sie, was Andrea Wagner neulich mit der Bemerkung gemeint hatte, sie wolle nicht in dieselbe Lage geraten wie Sartorius. Lieber gehe sie arbeiten, als sich in die Abhängigkeit von Claudius Terlinden zu begeben.

»Ja. Claudius war der Einzige, der zu uns hielt. Er hatte den Anwalt besorgt und Tobias später regelmäßig im Gefängnis besucht.«

»Aha.«

»Die Familie Terlinden gibt es in Altenhain schon genauso lange wie unsere. Der Urgroßvater von Claudius war der Schmied im Dorf, bis er eine technische Erfindung gemacht hat, aus der sich eine Schlosserei entwickelt hat. Claudius' Großvater schließlich hat daraus die Firma gemacht und die Villa oben am Wald gebaut«, erzählte Hartmut Sartorius. »Die Terlindens waren immer sozial eingestellt und haben viel für das Dorf, ihre Mitarbeiter und deren Familien getan. Sie hätten es heute nicht mehr nötig, aber Claudius hat für jeden ein offenes Ohr. Er hilft jedem, der in der Bredouille ist. Ohne seine Unterstützung hätten die Vereine im Dorf keine Chance. Der Feuerwehr hat er vor ein paar Jahren ein neues Löschfahrzeug geschenkt, er ist im Vorstand vom SV und sponsert die 1. und 2. Mannschaft. Ja, auch den Kunstrasenplatz verdanken sie ihm.«

Er blickte einen Moment versonnen vor sich hin, aber Bodenstein und Pia hüteten sich, seinen Redefluss zu unterbrechen. Nach einer Weile sprach Sartorius weiter.

»Claudius hat Tobias sogar einen Job in seiner Firma angeboten. Bis er etwas anderes gefunden hätte. Lars war ja auch damals Tobias' bester Freund. Er ist bei uns ein und aus gegangen wie ein zweiter Sohn, und Tobias war auch bei Terlindens wie daheim.«

»Lars«, bemerkte Pia. »Er ist geistig behindert, nicht wahr?«

»O nein, nicht Lars.« Sartorius schüttelte nachdrücklich den Kopf. »Das ist Thies, der Ältere der beiden. Und er ist auch nicht geistig behindert. Thies ist Autist.«

»Wenn ich mich recht erinnere«, sagte Bodenstein, der sich mit Pias Unterstützung über den alten Fall ausführlich informiert hatte, »dann fiel seinerzeit auch ein Verdacht auf Claudius Terlinden. Hatte nicht Ihr Sohn behauptet, Terlinden habe etwas mit Laura gehabt? Eigentlich kann er auf Tobias ja nicht besonders gut zu sprechen sein.«

»Ich glaube nicht, dass da etwas zwischen Claudius und dem Mädchen gewesen ist«, erwiderte Sartorius nach kurzem Überlegen. »Die Kleine war hübsch und ein bisschen kess. Ihre Mutter war Haushälterin oben in der Villa, und Laura war deshalb oft dort. Sie hat Tobias erzählt, dass Claudius hinter ihr her wäre, wohl um ihn eifersüchtig zu machen. Es hat sie ziemlich gekränkt, dass er mit ihr Schluss gemacht hat. Aber Tobias war bis über beide Ohren in Stefanie verliebt, da hatte Laura keine Chance mehr. Hm, die war auch ein ganz anderes Kaliber, die Stefanie. Schon eine richtige junge Frau, sehr schön und sehr selbstbewusst.«

»Schneewittchen«, sagte Pia.

»Ja, so wurde sie genannt, nachdem sie die Rolle bekommen hatte.«

»Welche Rolle?«, wollte Bodenstein wissen.

»Ach, in einem Theaterstück in der Schule. Die anderen Mädchen waren sehr neidisch. Stefanie war schließlich die

Neue und hatte trotzdem gleich die begehrte Hauptrolle in der Theater AG bekommen.«

»Aber Laura und Stefanie waren doch Freundinnen, oder nicht?«, fragte Pia nach.

»Die beiden und Nathalie waren in einer Klasse. Sie verstanden sich gut und gehörten alle zur selben Clique.« Sartorius' Gedanken schweiften in eine friedlichere Vergangenheit.

»Wer?«

»Laura, Nathalie und die Jungs: Tobias, Jörg, Felix, Michael und wie sie alle hießen. Als Stefanie nach Altenhain kam, gehörte sie schnell dazu.«

»Und Tobias hat wegen ihr mit Laura Schluss gemacht.«

»Ja.«

»Aber dann hat Stefanie mit *ihm* Schluss gemacht. Warum eigentlich?«

»Das weiß ich auch nicht so genau.« Sartorius hob die Schultern. »Wer weiß schon, was in den jungen Leuten vorgeht? Angeblich hatte sie sich in ihren Lehrer verguckt.«

»In Gregor Lauterbach?«

»Ja.« Seine Miene verfinsterte sich. »Daraus haben sie ja auch vor Gericht ein Motiv gedrechselt. Tobias sei eifersüchtig auf den Lehrer gewesen und habe Stefanie deswegen ... umgebracht. Aber das ist Unsinn.«

»Wer hat denn die Hauptrolle in dem Theaterstück bekommen, nachdem Stefanie sie nicht mehr spielen konnte?«

»Wenn ich mich richtig erinnere, dann war das Nathalie.« Pia warf Bodenstein einen Blick zu.

»Nathalie – also Nadja«, sagte sie, »hat Ihrem Sohn immer die Treue gehalten. Bis heute. Warum?«

»Ungers sind unsere direkten Nachbarn«, antwortete Sartorius. »Nathalie war für Tobias wie eine kleine Schwester. Später war sie seine beste Freundin. Sie war – ein Kumpel.

Ziemlich burschikos und überhaupt nicht zickig. Ein Mädel zum Pferdestehlen. Tobias und seine Freunde haben sie immer wie einen Jungen behandelt, weil sie alles mitgemacht hat. Sie ist Moped gefahren, auf Bäume geklettert und hat sich mit ihnen geprügelt, als sie noch jünger waren.«

»Um noch mal auf Claudius Terlinden zurückzukommen«, begann Bodenstein, aber in diesem Augenblick marschierte Behnke, gefolgt von zwei weiteren Beamten, durch die nur angelehnte Hintertür in die Gaststube. Am Morgen hatte Bodenstein ihn mit der Leitung der Hausdurchsuchung betraut. Er baute sich vor dem Tisch auf, die Kollegen wie zwei Flügeladjutanten zu seinen Seiten.

»Wir haben etwas Interessantes im Zimmer Ihres Sohnes gefunden, Herr Sartorius.«

Pia bemerkte das triumphierende Glitzern in Behnkes Augen, den überheblichen Zug um seinen Mund. Mit Genuss spielte er in Situationen wie dieser die Überlegenheit aus, die er kraft seines Amtes besaß. Ein schäbiger Charakterzug, den Pia zutiefst verabscheute.

Wie von einem Zauberstab berührt, sackte Sartorius wieder in sich zusammen.

»Das«, verkündete Behnke, ohne Sartorius aus den Augen zu lassen, »steckte in der Gesäßtasche einer Jeans im Zimmer Ihres Sohnes.« Er blähte siegesgewiss die Nasenflügel. »Gehört das Ihrem Sohn? Hm? Wohl kaum! Hier auf der Rückseite stehen nämlich mit Eddingstift Initialen, schauen Sie mal!«

Bodenstein räusperte sich nachdrücklich und streckte die Hand aus, dazu machte er noch eine auffordernde Bewegung mit dem Zeigefinger. Pia hätte ihren Chef dafür küssen können, sie musste sich alle Mühe geben, nicht breit zu grinsen. Ohne große Worte wies er Behnke in seine Schranken – und das vor den Kollegen von der Spurensicherung. Behnkes erbostes Zähneknirschen war beinahe zu hören, als er seinem Chef nun widerwillig den Plastikbeutel mit seiner Beute reichte.

»Danke«, sagte Bodenstein, ohne ihn auch nur anzusehen. »Ihr könnt draußen weitermachen.«

Behnkes mageres Gesicht wurde erst blass, dann rot vor Zorn über diese Maßregelung. Wehe dem armen Tropf, der ihm jetzt über den Weg lief und einen Fehler machte! Sein Blick streifte den von Pia, aber es gelang ihr, eine gänzlich unbeteiligte Miene zu bewahren. Bodenstein betrachtete unterdessen eingehend den Fund in der Plastiktüte und legte die Stirn in Falten.

»Das scheint das Handy von Amelie Fröhlich zu sein«, sagte er ernst, als Behnke und die beiden anderen Beamten verschwunden waren. »Wie kann das in die Hosentasche Ihres Sohnes gelangt sein?«

Hartmut Sartorius war blass geworden und schüttelte verwirrt den Kopf.

»Ich ... ich habe keine Ahnung«, flüsterte er. »Wirklich nicht.«

*

Nadjas Handy klingelte und vibrierte, aber sie warf nur einen raschen Blick auf das Display und legte es wieder weg.

»Geh doch dran.« Tobias ging die Melodie allmählich auf die Nerven. »Der gibt ja doch keine Ruhe.«

Sie griff nach dem Gerät und nahm das Gespräch entgegen. »Hallo, Hartmut«, sagte sie und blickte Tobias an. Dieser richtete sich unwillkürlich auf. Was wollte sein Vater von Nadja?

»Ach? ... Aha ... Ja, ich verstehe.« Sie hörte zu, ohne ihn aus den Augen zu lassen. »Nein ... tut mir leid. Er ist nicht hier ... Nein, ich weiß nicht, wo er sein könnte. Ich bin eben erst aus Hamburg zurückgekommen ... Ja, ja natürlich. Sollte er sich bei mir melden, werde ich es ihm sagen.«

Sie legte auf. Einen Augenblick war es ganz still.

»Du hast gelogen«, stellte Tobias fest. »Wieso?«

Nadja antwortete nicht sofort. Sie senkte den Blick, seufzte. Als sie wieder aufblickte, kämpfte sie mit den Tränen.

»Die Polizei durchsucht gerade euer Haus«, sagte sie dann mit gepresster Stimme. »Sie wollen mit dir reden.«

Eine Hausdurchsuchung? Wieso das denn? Tobias erhob sich abrupt. Unmöglich konnte er seinen Vater in dieser Situation allein lassen. Das Maß dessen, was er ertragen konnte, war ohnehin längst voll.

»Bitte, Tobi!«, bat Nadja. »Fahr nicht hin! Ich ... ich ... lasse nicht zu, dass sie dich wieder verhaften!«

»Wer sagt denn, dass sie mich verhaften wollen?«, entgegnete Tobias erstaunt. »Wahrscheinlich haben sie nur noch ein paar Fragen.«

»Nein!« Sie sprang auf, der Stuhl krachte auf den Granitfußboden. Ihre Miene war verzweifelt, die Tränen quollen aus ihren Augen.

»Aber was hast du denn?«

Sie schlang ihre Arme um seinen Hals, drängte sich an ihn. Er konnte sich keinen Reim auf ihr Verhalten machen, streichelte ihren Rücken und hielt sie in seinen Armen.

»Sie haben in einer Jeans von dir Amelies Handy gefunden.« Ihre Stimme klang dumpf an seinem Hals. Das verschlug Tobias die Sprache. Bestürzt löste er sich aus Nadjas Umklammerung. Es musste sich um einen Irrtum handeln! Wie sollte Amelies Handy in seine Jeans gelangen?

»Geh nicht«, bettelte Nadja. »Lass uns irgendwohin fahren! Ganz weit weg, bis sich hier alles aufgeklärt hat!«

Tobias starrte stumm vor sich hin. Angestrengt versuchte

er, seine Fassungslosigkeit unter Kontrolle zu bekommen. Er ballte seine Hände zu Fäusten und lockerte sie wieder. Was war nur geschehen, in den Stunden, an die er keine Erinnerung hatte?

»Sie werden dich verhaften!«, sagte Nadja wieder einigermaßen beherrscht und wischte sich mit dem Handrücken die Tränen von der Wange. »Das weißt du doch auch! Und dann hast du keine Chance mehr.«

Sie hatte recht, das wusste er. Die Ereignisse wiederholten sich auf geradezu unheimliche Weise. Damals war Lauras Halskette, die in der Milchküche gefunden worden war, als Indiz für seine Schuld gewertet worden. Er spürte das Prickeln der Panik seinen Rücken hinaufkriechen und ließ sich schwer auf den Küchenstuhl sinken. Kein Zweifel, er war der ideale Täter. Man würde ihm aus der Tatsache, dass Amelies Handy in seiner Hosentasche gesteckt hatte, einen Strick drehen und den um seinen Hals legen, sobald er sich ihnen stellte. Plötzlich brach die alte Qual wieder auf, wie giftiger Eiter krochen die Selbstzweifel durch seine Adern, seinen Körper, durch jede Windung seines Gehirns. *Mörder, Mörder, Mörder!* Sie hatten es ihm so lange gesagt, bis er selbst überzeugt gewesen war, es getan zu haben. Er sah Nadja an.

»Okay«, flüsterte er heiser. »Ich fahre nicht hin. Aber ... was ist, wenn ich es wirklich getan habe?«

*

»Kein Wort zur Presse oder zu irgendjemandem wegen des Handys!«, ordnete Bodenstein an. Alle an der Hausdurchsuchung beteiligten Beamten hatten sich unter der Toreinfahrt versammelt. Es goss in Strömen, dazu waren die Temperaturen in den vergangenen vierundzwanzig Stunden um zehn Grad gefallen. In den Regen mischten sich erste Schnee-flocken.

»Aber wieso nicht?«, begehrte Behnke auf. »Der Kerl macht sich in Ruhe aus dem Staub, und wir stehen da wie die Idioten!«

»Ich will hier keine Hexenjagd vom Zaun brechen«, entgegnete Bodenstein. »Die Stimmung im Dorf ist aufgeheizt genug. Es besteht eine absolute Informationssperre, bis ich mit Tobias Sartorius gesprochen habe. Ist das klar?«

Die Männer und Frauen nickten, nur Behnke verschränkte trotzig die Arme und schüttelte den Kopf. Die Demütigung von vorhin glomm in ihm wie eine brennende Lunte, das wusste Bodenstein. Darüber hinaus hatte Behnke genau begriffen, was sein Einsatz bei der Spurensicherung bedeutete: Diese Degradierung war eine Strafe. Bodenstein hatte ihm bei seinem Vieraugengespräch klargemacht, wie bitter enttäuscht er von Behnkes Vertrauensbruch war. In den vergangenen zwölf Jahren hatte Bodenstein immer großzügig die Probleme ausgebügelt, die sich Behnke wegen seines explosiven Temperaments regelmäßig eingehandelt hatte. Aber nun, das hatte er ihm deutlich gesagt, war Schluss damit. Dieser Verstoß gegen die Regeln war auch mit familiären Problemen nicht zu entschuldigen. Bodenstein hoffte, dass Behnke sich an seine Anweisung halten würde, denn sonst gab es keine Möglichkeit mehr, ihn vor einer drohenden Suspendierung zu bewahren. Er wandte sich ab und folgte Pia mit schnellen Schritten zum Auto.

»Gib eine Fahndung nach Tobias Sartorius durch.« Er ließ den Motor an, fuhr aber noch nicht los. »Verdammt, ich war mir sicher, dass wir auf dem Hof noch irgendeine Spur von dem Mädchen finden würden!«

»Du glaubst, er war's, stimmt's?« Pia griff zum Telefon und rief bei Ostermann an. Die Scheibenwischer schrammten über die Windschutzscheibe, das Gebläse der Heizung lief auf Hochtouren. Bodenstein biss sich nachdenklich auf die Unterlippe. Wenn er ehrlich war, blickte er überhaupt nicht durch. Immer wenn er versuchte, sich auf den Fall zu konzentrieren, schob sich das Bild einer nackten Cosima, die sich mit einem fremden Mann in den Laken wälzte, vor sein inneres Auge. Hatte sie sich gestern wieder mit dem Kerl getroffen? Als er spätabends nach Hause gekommen war, hatte sie schon im Bett gelegen und geschlafen. Er hatte die Gelegenheit genutzt, ihr Handy zu kontrollieren, und dabei festgestellt, dass sämtliche Ruflisten und SMS gelöscht worden waren. Diesmal hatte er nicht einmal mehr ein schlechtes Gewissen verspürt, auch nicht, als er ihre Tasche und ihren Mantel gefilzt hatte. Beinahe hätte er seinen Verdacht schon wieder verworfen, als er in ihrem Portemonnaie, versteckt zwischen den Kreditkarten, zwei Kondome gefunden hatte.

»Oliver!« Pias Stimme schreckte ihn aus seinen Gedanken. »Kai ist in Amelies Tagebuch auf eine Stelle gestoßen, an der sie schreibt, dass ihr Nachbar offenbar jeden Morgen darauf warte, sie mit zur Bushaltestelle nehmen zu können.«

»Ja und?«

»Der Nachbar ist Claudius Terlinden.«

Bodenstein begriff nicht, worauf Pia hinauswollte. Er konnte nicht nachdenken. Er war überhaupt nicht frei im Kopf, um diese Ermittlung leiten zu können.

»Wir müssen mit ihm reden«, sagte Pia mit einem Anflug von Ungeduld in der Stimme. »Wir wissen noch viel zu wenig vom Umfeld des Mädchens, als dass wir uns auf Tobias Sartorius als einzigen möglichen Täter festlegen sollten.«

»Ja, du hast recht.« Er legte den Rückwärtsgang ein und fuhr auf die Straße.

»Achtung! Der Bus!«, schrie Pia, aber zu spät. Bremsen

quietschten, Metall krachte auf Metall, das Auto wurde von einem heftigen Stoß erschüttert. Bodensteins Kopf knallte unsanft gegen das Seitenfenster.

»Na super.« Pia öffnete ihren Gurt und stieg aus. Benommen blickte Bodenstein über die Schulter nach hinten und erkannte durch die regennasse Scheibe die Umrisse eines großen Fahrzeugs. Etwas Warmes lief über sein Gesicht, er berührte seine Wange und starrte verwirrt auf das Blut an seiner Hand. Erst dann realisierte er, was geschehen war. Der Gedanke, jetzt hinaus in den Regen zu gehen und mitten auf der Straße mit einem erbosten Busfahrer zu diskutieren, kotzte ihn an. Alles kotzte ihn an. Die Tür wurde geöffnet.

»Mensch, du blutest ja!« Pias Stimme klang erst erschrocken, aber dann prustete sie plötzlich los. Hinter ihr auf der Straße im Regen herrschte Gedränge. Beinahe jeder Kollege, der bei der Hausdurchsuchung mitgewirkt hatte, wollte offenbar den Schaden an BMW und Bus begutachten.

»Was gibt's denn da wohl zu lachen?« Bodenstein blickte sie gekränkt an.

»Entschuldige bitte.« Die Anspannung der letzten Stunden entlud sich in einem beinahe hysterischen Lachanfall. »Aber irgendwie dachte ich, dein Blut wäre blau und nicht rot.«

*

Es war schon fast dunkel, als Pia den ziemlich zerbeulten, aber immerhin noch fahrbereiten BMW durch das Tor des Terlinden-Anwesens lenkte, das diesmal weit geöffnet war. Es war purer Zufall, dass sich Frau Dr. Lauterbach in ihrer »Zweigstelle«, wie sie es nannte, aufgehalten hatte. Normalerweise hatte sie in ihrer Praxis im alten Rathaus in Altenhain nur mittwochnachmittags Sprechstunde, aber sie hatte gerade eine Krankenakte für einen Patientenbesuch holen wollen, als es auf der Straße krachte. Sie hatte die Platzwunde an Bodensteins Kopf sachkundig und rasch verarztet und ihm geraten, sich für den Rest des Tages hinzulegen, denn eine Gehirnerschütterung sei nicht auszuschließen. Aber das hatte er entschieden abgewehrt. Pia, die ihren Heiterkeitsausbruch schnell wieder unter Kontrolle bekommen hatte, ahnte, was ihren Chef beschäftigte, auch wenn er Cosima und seinen Verdacht nicht mehr erwähnt hatte.

Sie fuhren die geschwungene, von niedrigen Laternen beleuchtete Auffahrt entlang, die durch einen Park mit herrlichen alten Bäumen, Buchsbaumhecken und winterlich kahlen Blumenrabatten führte. Hinter einer Kurve tauchte in der nebligen Dämmerung des hereinbrechenden Abends das Haus auf, eine große, alte Villa im Fachwerkstil mit Erkern, Türmen, spitzgiebligen Dächern und einladend beleuchteten Fenstern. Sie fuhr in den Innenhof und hielt direkt vor der dreistufigen Treppe. Unter dem von massiven Holzpfosten getragenen Vordach grinste ihnen ein Arrangement von Halloween-Kürbissen entgegen. Pia betätigte die Türglocke, sofort erhob sich im Innern des Hauses vielstimmiges Hundegebell. Durch die altmodischen Milchglasscheiben der Haustür erkannte sie undeutlich eine ganze Meute von Hunden, die bellend an der Tür hochsprangen; am höchsten schaffte es ein langbeiniger Jack-Russel-Terrier, der wie ein Irrsinniger kläffte. Ein kalter Wind trieb den feinen Regen, der allmählich zu scharfen, kleinen Schneekristallen wurde, unter das Vordach. Pia klingelte erneut, woraufhin sich das Gebell der Hunde zu einem ohrenbetäubenden Crescendo steigerte.

»Vielleicht kommt bald mal einer«, schimpfte sie und schlug den Kragen ihrer Jeansjacke hoch.

»Früher oder später wird schon jemand aufmachen.« Bodenstein lehnte sich an das hölzerne Geländer, verzog keine Miene. Pia warf ihm einen missmutigen Blick zu. Seine stoische Geduld brachte sie manchmal auf die Palme. Endlich näherten sich Schritte, die Hunde verstummten und verschwanden wie von Geisterhand. Die Haustür ging auf, und im Türrahmen erschien eine mädchenhaft zierliche Blondine, gekleidet in eine pelzumsäumte Weste über einem Rollkragenpullover, einen knielangen Karorock und modische hochhackige Stiefel. Auf den ersten Blick hätte Pia die Frau für Mitte zwanzig gehalten. Sie hatte ein alterslos glattes Gesicht und große, blaue Puppenaugen, mit denen sie erst Pia, dann Bodenstein mit höflicher Zurückhaltung musterte.

»Frau Terlinden?« Pia suchte in den Taschen der Daunenweste, dann in der Jeansjacke darunter nach ihrer Marke, während Bodenstein stumm wie ein Fisch blieb. Die Frau nickte. »Mein Name ist Kirchhoff, das ist mein Kollege Bodenstein. Wir kommen vom K 11 in Hofheim. Ist Ihr Mann zu Hause?«

»Nein, tut mir leid.« Frau Terlinden reichte ihnen freundlich lächelnd die Hand, die ihr wahres Alter verriet. Sie musste die fünfzig seit ein paar Jahren überschritten haben, ihr jugendliches Outfit wirkte plötzlich wie eine Verkleidung. »Kann ich Ihnen helfen?«

Sie machte keine Anstalten, sie ins Haus zu bitten. Durch die geöffnete Tür erhaschte Pia dennoch einen Blick in das Innere und sah eine breite Freitreppe, deren Stufen mit bordeauxrotem Teppich ausgelegt waren, eine Eingangshalle mit Marmorboden im Schachbrettmuster und düstere, gerahmte Ölgemälde an hohen, safrangelb tapezierten Wänden.

»Sie wissen ja sicher, dass die Tochter Ihrer Nachbarn seit Samstagabend vermisst wird«, begann Pia. »Die Suchhunde haben gestern immer wieder in der Nähe Ihres Hauses angeschlagen, und wir fragen uns, weshalb.«

»Kein Wunder. Amelie ist ja oft bei uns.« Frau Terlindens Stimme klang wie Vogelgezwitscher, ihr Blick wanderte von

Pia zu Bodenstein und wieder zurück. »Sie ist mit unserem Sohn Thies befreundet.«

Mit einer unbewusst wirkenden Geste strich sie sich vorsichtig über den perfekt sitzenden Pagenkopf und schaute wieder kurz und ein wenig irritiert zu Bodenstein hinüber, der sich schweigend im Hintergrund hielt. Das Pflaster an seiner Stirn leuchtete hellweiß im dämmrigen Licht.

»Befreundet? Ist Amelie die Freundin Ihres Sohnes?«

»Nein, nein, das nicht. Sie verstehen sich nur gut, die beiden«, entgegnete Frau Terlinden zurückhaltend. »Das Mädchen hat keine Berührungsängste und lässt ihn nicht spüren, dass er … anders ist.«

Obwohl es Pia war, die das Gespräch führte, wanderten ihre Blicke immer wieder zu Bodenstein, als erhoffte sie Unterstützung von ihm. Pia kannte diesen Frauentypus, diese gekonnt einstudierte Mischung aus weiblicher Hilflosigkeit und Koketterie, die in beinahe jedem Mann den Beschützerinstinkt weckte. Die wenigsten Frauen waren tatsächlich so, die meisten hatten diese Rolle im Laufe der Zeit als wirkungsvolle Manipulationsmethode für sich entdeckt.

»Wir würden gerne mit Ihrem Sohn sprechen«, sagte sie. »Vielleicht kann er uns etwas über Amelie erzählen.«

»Das geht leider nicht.« Christine Terlinden zupfte am Pelzkragen ihrer Weste, strich wieder über ihren blonden Helm. »Thies geht es nicht gut. Er hatte gestern einen Anfall, wir mussten die Ärztin rufen.«

»Was für einen Anfall?«, hakte Pia nach. Sollte Frau Terlinden gehofft haben, die Polizei würde sich mit vagen Andeutungen zufriedengeben, so sah sie sich jetzt im Irrtum. Pias Frage schien sie unangenehm zu berühren.

»Nun ja. Thies ist sehr labil. Schon kleine Veränderungen in seinem Lebensumfeld können ihn mitunter völlig aus der Bahn werfen.«

Das klang, als habe sie das auswendig gelernt. Der Mangel jeglicher Empathie in ihren Worten war bemerkenswert. Offensichtlich interessierte es Frau Terlinden nur wenig, was mit dem Nachbarmädchen geschehen war. Sie hatte nicht einmal aus Höflichkeit nachgefragt. Das war seltsam. Pia erinnerte sich an die Mutmaßungen der Frauen im Dorfladen, die es durchaus für möglich hielten, dass Thies dem Mädchen etwas angetan haben könnte, wenn er nachts durch die Straßen schlich.

»Was macht Ihr Sohn den ganzen Tag?«, wollte Pia wissen. »Geht er arbeiten?«

»Nein. Fremde Menschen überfordern ihn«, antwortete Christine Terlinden. »Er kümmert sich um unseren Garten und um die Gärten von einigen Nachbarn. Er ist ein sehr guter Gärtner.«

Unwillkürlich fiel Pia das alte Lied von Reinhard Mey ein, das dieser als Parodie auf die Edgar-Wallace-Filme aus den 6oer Jahren geschrieben hatte. *Der Mörder ist immer der Gärtner.* War es so einfach? Wussten die Terlindens mehr und versteckten ihren behinderten Sohn, um ihn zu schützen?

*

Der Regen war endgültig in Schnee übergegangen. Ein feiner, weißer Belag hatte sich auf dem Asphalt der Straße gebildet, und Pia hatte alle Mühe, den schweren BMW mit den Sommerreifen vor dem Tor des Firmengeländes von Terlinden zum Stehen zu bekommen.

»Du solltest mal die Reifen wechseln lassen«, sagte sie zu ihrem Chef. »Winterreifen von O bis O.«

»Was?« Bodenstein runzelte irritiert die Stirn. Er war in Gedanken irgendwo, aber ganz sicher nicht bei ihrem Fall. Sein Handy summte.

»Hallo, Frau Dr. Engel …«, meldete er sich nach einem Blick aufs Display.

»Oktober bis Ostern«, murmelte Pia, ließ die Scheibe herunter und zeigte dem Portier ihre Kripomarke. »Herr Terlinden erwartet uns.«

Das stimmte zwar nicht ganz, aber der Mann nickte nur, strebte zurück in sein warmes Häuschen und fuhr die Schranke hoch. Pia gab vorsichtig Gas, um nicht ins Rutschen zu geraten, und steuerte das Auto über leere Parkplätze vor die gläserne Front des Hauptgebäudes. Direkt vor der Eingangstür stand ein schwarzer S-Klasse-Mercedes. Pia hielt dahinter und stieg aus. Konnte Bodenstein sein Gespräch mit der Engel nicht abkürzen? Ihre Füße waren Eisklumpen, die kurze Fahrt durch Altenhain hatte die Heizung des Autos kaum in Gang gebracht. Der Schneefall wurde dichter. Wie sollte sie den BMW später noch bis nach Hofheim chauffieren, ohne im Straßengraben zu landen? Ihr Blick fiel auf eine hässliche Delle am linken hinteren Kotflügel des schwarzen Mercedes, und sie sah genauer hin. Sehr alt konnte der Schaden nicht sein, sonst hätte sich Rost gebildet.

Sie hörte, wie eine Autotür hinter ihr zuschlug, und wandte sich um. Bodenstein hielt ihr die Tür auf, sie betraten die Empfangshalle. Hinter einem Tresen aus poliertem Walnussholz saß ein junger Mann; an der meterhohen weißen Wand hinter ihm prangte nur der Name TERLINDEN in goldenen Lettern. Schlicht und dennoch imposant. Pia erläuterte ihm ihr Anliegen, und nach einem kurzen Telefonat begleitete er sie und Bodenstein zu einem Aufzug im hinteren Teil der Halle. Schweigend fuhren sie in den 4. Stock, wo sie bereits von einer gepflegten Dame mittleren Alters erwartet wurden. Sie war offenbar im Aufbruch in den Feierabend begriffen und trug schon Mantel, Schal und ihre Tasche über der Schulter, führte sie aber pflichtschuldig zum Büro ihres Chefs.

Nach allem, was Pia bisher über Claudius Terlinden gehört hatte, hatte sie einen jovialen Patriarchen erwartet und war zuerst ein wenig enttäuscht, als sie den ziemlich durchschnittlich aussehenden Mann in Anzug und Krawatte hinter einem völlig überladenen Schreibtisch sitzen sah. Er erhob sich, als sie eintraten, knöpfte sein Jackett zu und kam ihnen entgegen.

»Guten Abend, Herr Terlinden.« Bodenstein war aus seiner Starre erwacht. »Entschuldigen Sie die späte Störung, aber wir haben heute schon mehrfach versucht, Sie zu erreichen.«

»Guten Abend«, erwiderte Claudius Terlinden und lächelte. »Meine Sekretärin hat mir Ihre Nachricht hinterlassen. Ich hätte mich gleich morgen früh gemeldet.«

Er war etwa Mitte bis Ende fünfzig, sein dichtes, dunkles Haar wurde an den Schläfen grau. Aus der Nähe betrachtet, sah er alles andere als durchschnittlich aus, stellte Pia fest. Claudius Terlinden war kein schöner Mann, seine Nase war zu groß, das Kinn zu kantig, sein Mund für einen Mann etwas zu voll, dennoch strahlte er etwas aus, das sie faszinierte.

»Großer Gott, Sie haben ja eiskalte Hände!«, stellte er besorgt fest, als er ihr eine angenehm warme, trockene Hand reichte, und legte ganz kurz auch seine andere Hand um die ihre. Pia zuckte zusammen, es fühlte sich an, als hätte sie einen elektrischen Schlag erhalten. Ein kurzer Ausdruck des Erstaunens huschte über Terlindens Gesicht.

»Soll ich Ihnen einen Kaffee holen oder einen heißen Kakao, damit Sie ein wenig auftauen?«

»Nein, nein, schon gut«, erwiderte Pia, verunsichert von der Intensität seines Blicks, die ihr unwillkürlich das Blut ins Gesicht trieb. Sie sahen sich ein wenig länger an als notwendig. Was war da eben passiert? Handelte es um eine simple, physikalisch zu erklärende statische Entladung oder etwas ganz anderes?

Bevor sie oder Bodenstein die erste Frage stellen konnten, erkundigte Terlinden sich nach Amelie.

»Ich mache mir große Sorgen«, sagte er ernst. »Amelie ist die Tochter meines Prokuristen, ich kenne sie gut.«

Pia erinnerte sich dunkel, dass sie eigentlich vorgehabt hatte, ihn hart anzugehen und ihm zu unterstellen, er sei scharf auf das Mädchen gewesen. Aber dieser Vorsatz war plötzlich wie weggeblasen.

»Wir haben leider noch keine neuen Erkenntnisse«, sagte Bodenstein. Ohne lange Vorrede kam er zur Sache. »Man hat uns erzählt, dass Sie Tobias Sartorius einige Male im Gefängnis besucht haben. Welchen Grund hatten Sie dafür? Und weshalb haben Sie die Schulden seiner Eltern übernommen?«

Pia schob die Hände in die Taschen ihrer Weste und versuchte sich zu erinnern, was sie Terlinden so dringend hatte fragen wollen. Aber ihr Gehirn war plötzlich so leer wie eine frisch formatierte Computerfestplatte.

»Hartmut und Rita wurden nach dieser schrecklichen Sache von den Leuten im Dorf wie Aussätzige behandelt«, antwortete Claudius Terlinden. »Ich halte nichts von Sippenhaft. Was auch immer ihr Sohn getan haben mag, sie konnten nun wirklich nichts dafür.«

»Obwohl Tobias Sie damals verdächtigte, etwas mit dem Verschwinden eines der beiden Mädchen zu tun zu haben? Sie sind durch seine Behauptung in ziemliche Schwierigkeiten geraten.«

Terlinden nickte. Er steckte die Hände in die Hosentaschen und legte den Kopf schief. Es schien seiner Selbstsicherheit nicht abträglich zu sein, dass Bodenstein ihn um einen Kopf überragte und er zu ihm aufblicken musste.

»Das habe ich Tobias nicht übelgenommen. Er stand unter immensem Druck, wollte sich einfach mit allen Mitteln verteidigen. Und es war ja tatsächlich so, dass Laura mich damals zweimal in äußerst peinliche Situationen gebracht hat. Als Tochter unserer Haushälterin war sie häufig bei uns im Haus und bildete sich ein, in mich verliebt zu sein.«

»Was für Situationen waren das?«, fragte Bodenstein nach.

»Das eine Mal hatte sie sich in mein Bett gelegt, als ich gerade im Bad war«, erwiderte Terlinden mit sachlicher Stimme. »Das zweite Mal zog sie sich vor mir im Wohnzimmer nackt aus. Meine Frau war verreist, Laura wusste das. Sie sagte mir in aller Deutlichkeit, dass sie mit mir schlafen wollte.«

Aus unerfindlichen Gründen zerrten seine Worte an Pias Nerven. Sie vermied es, ihn anzusehen, und betrachtete stattdessen die Einrichtung des Büros. Der mächtige Schreibtisch aus Massivholz mit imposanten Schnitzereien an den Seiten ruhte auf vier riesigen Löwentatzen. Vermutlich war er sehr alt und wertvoll, aber Pia hatte selten etwas Hässlicheres gesehen. Neben dem Schreibtisch stand ein antiker Globus, und an den Wänden hingen düstere, expressionistische Gemälde in schlichten Goldrahmen, ähnlich denen, die sie vorhin über die Schulter von Frau Terlinden in deren Villa erspäht hatte.

»Und was passierte dann?«, erkundigte sich Bodenstein.

»Als ich sie zurückwies, brach sie in Tränen aus und rannte weg. Genau in diesem Moment kam mein Sohn herein.«

Pia räusperte sich. Sie hatte sich wieder unter Kontrolle.

»Sie haben Amelie Fröhlich des Öfteren in Ihrem Auto mitgenommen«, sagte sie. »Das hat sie in ihrem Tagebuch geschrieben. Sie hatte den Eindruck, Sie würden regelrecht auf sie warten.«

»Gewartet habe ich nicht«, Claudius Terlinden lächelte, »aber ich habe sie ein paarmal mitgenommen, wenn sie mir auf dem Weg zur Bushaltestelle oder vom Dorf aus den Berg hoch zufällig begegnet ist.«

Er sprach ruhig und gelassen und machte nicht gerade den Eindruck, als habe er ein schlechtes Gewissen.

»Sie haben ihr den Kellnerjob im Schwarzen Ross besorgt. Warum?«

»Amelie wollte Geld verdienen, und der Wirt vom Schwarzen Ross suchte eine Kellnerin.« Er hob die Schultern. »Ich kenne hier im Dorf jeden, und wenn ich helfen kann, dann tue ich das gern.«

Pia betrachtete den Mann. Sein forschender Blick begegnete ihrem, und sie hielt ihm stand. Sie stellte Fragen, und er antwortete. Gleichzeitig lief zwischen ihnen etwas völlig anderes ab, aber was? Worin bestand diese eigentümliche Anziehung, die der Mann auf sie ausübte? Waren es seine dunklen Augen? Seine angenehme, sonore Stimme? Die Aura gelassener Selbstsicherheit, die von ihm ausging? Kein Wunder, dass er ein junges Mädchen wie Amelie beeindruckt hatte, wenn er sogar sie als erwachsene Frau in seinen Bann schlug.

»Wann haben Sie Amelie das letzte Mal gesehen?«, fragte nun wieder Bodenstein.

»Das weiß ich nicht genau.«

»Wissen Sie denn noch, wo Sie am vergangenen Samstagabend gewesen sind? Uns interessiert ganz konkret die Zeit zwischen 22 Uhr und 2 Uhr morgens.«

Claudius Terlinden nahm die Hände aus den Taschen und verschränkte die Arme vor der Brust. Über den Rücken seiner linken Hand zog sich ein blutiger Kratzer, der ziemlich frisch aussah.

»Ich war abends mit meiner Frau in Frankfurt essen«, erwiderte er nach kurzem Überlegen. »Weil Christine starke Kopfschmerzen hatte, habe ich sie zuerst zu Hause abgesetzt, dann bin ich hierhergefahren und habe den Schmuck in den Safe gelegt.«

»Wann sind Sie aus Frankfurt gekommen?«

»Gegen halb elf.«

»Also sind Sie zweimal am Schwarzen Ross vorbeigefahren«, bemerkte Pia.

»Ja.« Terlinden betrachtete sie mit der Konzentration eines Kandidaten bei einer Fernsehshow, wenn der Quizmaster die alles entscheidende Frage stellt, während er Bodensteins Fragen fast beiläufig beantwortet hatte. Diese Aufmerksamkeit irritierte Pia, und Bodenstein schien es ebenfalls zu bemerken.

»Und Ihnen ist dort nichts aufgefallen?«, fragte er. »Haben Sie irgendjemanden auf der Straße gesehen? Einen späten Spaziergänger vielleicht?«

»Nein, mir ist nichts aufgefallen«, antwortete Claudius Terlinden nachdenklich. »Aber ich fahre diese Strecke jeden Tag ein paarmal und achte nicht sonderlich auf die Umgebung.«

»Woher stammt der Kratzer da an Ihrer Hand?«, fragte Pia.

Terlindens Gesicht verdunkelte sich. Er lächelte nicht mehr. »Ich hatte eine Auseinandersetzung mit meinem Sohn.«

Thies – natürlich! Beinahe hätte Pia vergessen, was sie überhaupt hierher geführt hatte! Auch Bodenstein schien nicht mehr daran gedacht zu haben, bekam aber elegant die Kurve.

»Richtig«, sagte er. »Ihre Frau sagte uns eben, dass Ihr Sohn Thies gestern Abend eine Art Anfall erlitten hat.«

Claudius Terlinden zögerte kurz, dann nickte er.

»Um was für einen Anfall handelte es sich? Ist er Epileptiker?«

»Nein. Thies ist Autist. Er lebt in seiner eigenen Welt und empfindet jede Veränderung in seinem gewohnten Lebensumfeld als Bedrohung. Und darauf reagiert er mit autoaggressivem Verhalten.« Terlinden seufzte. »Ich fürchte, Amelies Verschwinden war der Auslöser für seinen Anfall.«

»Im Dorf geht das Gerücht um, Thies könne etwas damit zu tun haben«, sagte Pia.

»Das ist Unsinn«, widersprach Claudius Terlinden ohne jede Empörung, eher gleichgültig, als sei ihm dieses Gerede zur Genüge bekannt. »Thies mag das Mädchen ausgesprochen gern. Aber einige Leute im Dorf sind der Meinung, er gehöre in eine Anstalt. Natürlich sagen sie mir das nicht ins Gesicht, aber ich weiß es.«

»Wir würden gerne mit ihm sprechen.«

»Das ist im Augenblick leider nicht möglich.« Terlinden schüttelte bedauernd den Kopf. »Wir mussten ihn in die Psychiatrie bringen lassen.«

»Was passiert dort mit ihm?« Pia hatte sofort grausige Bilder von Menschen im Kopf, die gefesselt und mit Stromstößen traktiert wurden.

»Man versucht, ihn zu beruhigen.«

»Wie lange wird es dauern, bis wir mit ihm sprechen können?«

Claudius Terlinden hob die Schultern. »Ich weiß es nicht. Einen so schweren Anfall hatte Thies seit vielen Jahren nicht mehr. Ich fürchte, dass er durch dieses Ereignis in seiner Entwicklung wieder völlig zurückgeworfen wird. Das wäre eine Katastrophe. Für uns und für ihn.«

Er versprach, Bodenstein und Pia zu informieren, sobald die behandelnden Ärzte grünes Licht für ein Gespräch mit Thies gaben. Als er sie zum Aufzug begleitete und ihnen zum Abschied die Hand reichte, lächelte er wieder.

»Es hat mich gefreut, Sie kennenzulernen«, sagte er. Diesmal versetzte seine Berührung Pia keinen elektrischen Schlag, dennoch fühlte sie sich eigentümlich benommen, als sich endlich die Aufzugstür hinter ihnen schloss. Auf der

Fahrt nach unten bemühte sie sich, ihrer Verwirrung Herr zu werden.

»Na, der ist aber auf dich abgefahren«, bemerkte Bodenstein. »Und du auch auf ihn.« In seiner Stimme schwang leiser Spott.

»Quatsch!«, widersprach Pia und zog den Reißverschluss ihrer Jacke bis zum Kinn. »Ich habe nur versucht, ihn einzuschätzen.«

»Und? Zu welchem Ergebnis bist du gekommen?«

»Ich glaube, er war aufrichtig.«

»Ach ja? Ich glaube das Gegenteil.«

»Wieso? Er hat, ohne zu zögern, alle Fragen beantwortet, auch die unangenehmen. Er hätte uns zum Beispiel nicht erzählen müssen, dass Laura ihn damals zweimal in eine peinliche Situation gebracht hatte.«

»Genau das halte ich für seinen Trick«, entgegnete Bodenstein. »Ist es nicht ein eigenartiger Zufall, dass Terlindens Sohn just in dem Augenblick, in dem das Mädchen verschwindet, aus der Schusslinie gebracht wird?«

Der Aufzug hielt im Erdgeschoss, die Türen gingen auf.

»Wir sind kein bisschen weitergekommen«, stellte Pia mit plötzlicher Ernüchterung fest. »Niemand will das Mädchen gesehen haben.«

»Vielleicht will es uns auch nur niemand sagen«, entgegnete Bodenstein. Sie durchquerten die Halle, nickten dem jungen Mann hinter dem Empfangstresen zu und traten hinaus ins Freie. Eisiger Wind pfiff ihnen entgegen. Pia drückte auf die Fernbedienung des Autoschlüssels, und die Türen des BMW entriegelten sich.

»Wir müssen noch einmal mit Frau Terlinden sprechen.« Bodenstein blieb an der Beifahrertür stehen und blickte Pia über das Autodach an.

»Du verdächtigst also Thies und seinen Vater.«

»Ist doch möglich. Thies hat dem Mädchen etwas angetan, sein Vater will es vertuschen und steckt seinen Sohn in die Psychiatrie.«

Sie stiegen ein, Pia ließ den Motor an und fuhr unter dem schützenden Vordach hervor. Sofort bedeckte Schnee die Windschutzscheibe, die Scheibenwischer setzten sich dank feiner Sensoren in Bewegung.

»Ich will wissen, welcher Arzt Thies behandelt hat«, sagte Bodenstein nachdenklich. »Und ob die Terlindens am Samstagabend wirklich in Frankfurt essen waren.«

Pia nickte nur. Die Begegnung mit Claudius Terlinden hatte ein zwiespältiges Gefühl in ihr hinterlassen. Normalerweise ließ sie sich nicht so schnell von jemandem blenden, aber der Mann hatte sie tief beeindruckt, und sie wollte ergründen, woran das lag.

*

Nur die Wache war noch besetzt, als Pia um halb zehn das Gebäude der RKI betrat. Der Schnee hatte sich in Höhe von Kelkheim wieder in Regen verwandelt, und Bodenstein hatte trotz seiner Kopfverletzung darauf bestanden, allein nach Hause zu fahren. Eigentlich hatte Pia auch für heute Schluss machen wollen, Christoph wartete sicher schon auf sie, aber die Begegnung mit Claudius Terlinden ließ ihr keine Ruhe. Und Christoph hatte Verständnis dafür, dass sie hin und wieder länger arbeiten musste.

Sie ging durch die menschenleeren Flure und Treppenhäuser bis zu ihrem Büro, schaltete das Licht ein und setzte sich an ihren Schreibtisch. Christine Terlinden hatte ihnen den Namen der Ärztin genannt, die Thies seit vielen Jahren behandelte. Es war keine Überraschung, dass es sich dabei um Frau Dr. Daniela Lauterbach handelte, immerhin war sie eine langjährige Nachbarin der Terlindens und konnte in Krisensituationen schnell vor Ort sein.

Sie tippte ihr Passwort in die Tastatur. Seitdem sie das Büro von Claudius Terlinden verlassen hatten, ging sie in Gedanken wieder und wieder das Gespräch durch, versuchte, sich jedes Wort, jede Formulierung, alle subtilen Andeutungen in Erinnerungen zu rufen. Wieso war Bodenstein so davon überzeugt, dass Terlinden in Amelies Verschwinden verstrickt war, sie hingegen überhaupt nicht? Hatte die Anziehung, die er auf sie ausgeübt hatte, ihre Objektivität getrübt?

Sie gab Terlindens Name bei einer Suchmaschine ein und landete Tausende von Treffern. In der nächsten halben Stunde erfuhr sie einiges über seine Firma und Familie, über Claudius Terlindens vielseitiges soziales und karitatives Engagement. Er war in zig Aufsichts- und Stiftungsräten verschiedener Verbände und Organisationen aktiv, hatte Stipendien für begabte junge Menschen aus sozial schwachen Familien vergeben. Terlinden tat viel für junge Leute. Warum? Sein offizielles Statement dazu lautete, dass er als ein vom Schicksal begünstigter Mensch der Gesellschaft etwas zurückgeben wolle. Ein durchaus edles Motiv, an dem nichts auszusetzen war. Aber steckte vielleicht noch etwas anderes dahinter? Er hatte behauptet, Laura Wagner zweimal abgewiesen zu haben, als sie ihm eindeutige Avancen gemacht hatte. Stimmte das? Pia klickte die Fotos an, die die Suchmaschine von ihm gefunden hatte, und betrachtete nachdenklich den Mann, der so heftige Gefühle in ihr ausgelöst hatte. Wusste seine Frau, dass ihr Mann auf junge Mädchen stand, und kleidete sich deshalb so übertrieben jugendlich? Hatte er Amelie etwas angetan, weil sie sich seinen Annäherungen widersetzt hatte? Pia kaute auf ihrer Unterlippe. Sie mochte das einfach nicht glauben. Schließlich loggte sie sich aus dem Internet aus und gab seinen Namen bei POLAS, dem Computer-Fahndungssystem, ein. Nichts. Er war nicht vorbestraft, nie mit dem Gesetz in Konflikt geraten. Plötzlich fiel ihr Blick auf einen Link, der rechts unten eingeblendet war. Sie richtete sich auf. Am Sonntag, den 16. November 2008 hatte jemand um 1:15 Uhr Anzeige gegen Claudius Terlinden erstattet. Pia holte sich den Vorgang auf den Bildschirm. Ihr Herz begann zu klopfen, während sie las.

»Na, schau mal einer an«, murmelte sie.

Mittwoch, 19. November 2008

Der Wecker klingelte wie jeden Morgen pünktlich um 6:30 Uhr, aber heute brauchte er dieses Signal so wenig wie in den vergangenen Tagen. Gregor Lauterbach war längst wach. Die Angst vor Danielas Fragen hatte es ihm unmöglich gemacht, wieder einzuschlafen. Lauterbach richtete sich auf und schwang die Beine über die Bettkante. Er war nass geschwitzt, fühlte sich wie gerädert. Die Aussicht auf den vor ihm liegenden Tag mit zahllosen Terminen entmutigte ihn völlig. Wie sollte er sich konzentrieren, während in seinem Hinterkopf diese Bedrohung wie eine heimtückische Bombe tickte? Gestern war wieder ein anonymer Brief in der Büropost gewesen, der Inhalt noch beängstigender als der des ersten:

Ob deine Fingerabdrücke wohl noch an dem Wagenheber festzustellen sind, den du in die Jauchegrube geworfen hast? Die Polizei wird die Wahrheit herausfinden, und dann bist du dran!

Wer kannte diese Details? Wer schrieb ihm diese Briefe? Und warum erst jetzt, nach elf Jahren? Gregor Lauterbach stand auf und schleppte sich ins benachbarte Badezimmer. Die Hände auf das Waschbecken gestützt, starrte er sein unrasiertes, übernächtigtes Gesicht im Spiegel an. Sollte er sich krankmelden, auf Tauchstation gehen, bis der Sturm, der am

Horizont heraufzog, an ihm vorbeigerauscht war? Nein, unmöglich. Er musste so weiterleben wie bisher, durfte sich auf keinen Fall verunsichern lassen. Seine Karriereplanung war mit dem Amt des Kultusministers nicht beendet, er konnte in politischer Hinsicht noch sehr viel mehr erreichen, wenn er sich jetzt nicht von Schatten aus der Vergangenheit einschüchtern ließ. Er durfte nicht zulassen, dass eine einzige Verfehlung, die überdies schon elf Jahre zurücklag, sein Leben zerstörte. Lauterbach straffte die Schultern und warf seinem Spiegelbild einen entschlossenen Blick zu. Auf seinem Posten standen ihm jetzt Mittel und Möglichkeiten zur Verfügung, von denen er damals nicht zu träumen gewagt hätte. Und das würde er ausnutzen.

*

Es war noch dunkel, als Pia am geschlossenen Tor des Terlinden'schen Anwesens klingelte. Trotz der frühen Uhrzeit dauerte es nicht lange, bis die Stimme von Frau Terlinden aus der Sprechanlage klang. Kurz darauf öffneten sich die Flügel des Tores wie von Geisterhand. Pia setzte sich auf den Beifahrersitz des zivilen Dienstwagens, an dessen Steuer Bodenstein saß. Gefolgt von einem Streifenwagen und einem Abschleppwagen, fuhren sie über die noch jungfräuliche Schneedecke die gewundene Auffahrt entlang. Christine Terlinden erwartete sie mit einem freundlichen Lächeln an der Haustür, das unter den gegebenen Umständen so unangemessen war wie der höfliche Gruß, den Pia sich ihrerseits sparte. Ein guter Morgen würde es zumindest für Herrn Terlinden nicht werden.

»Wir möchten mit Ihrem Mann sprechen.«

»Ich habe ihm schon Bescheid gegeben. Er wird gleich hier sein. Kommen Sie doch herein.«

Pia nickte nur, auch Bodenstein blieb stumm. Sie hatte ihn

gestern noch angerufen und danach noch eine halbe Stunde mit dem zuständigen Staatsanwalt telefoniert, der einen Haftbefehl verweigert, aber einen Durchsuchungsbeschluss für Terlindens Auto genehmigt und beim Gericht beantragt hatte. Sie standen in der imposanten Eingangshalle und warteten. Die Hausherrin war verschwunden, irgendwo in einem entfernten Trakt bellten die Hunde.

»Guten Morgen!«

Bodenstein und Pia blickten auf, als Claudius Terlinden nun die Treppe aus dem oberen Stockwerk herunterkam, tadellos gekleidet in Anzug und Krawatte. Sein Anblick ließ Pia diesmal kalt.

»Sie sind früh unterwegs.« Er blieb lächelnd vor ihnen stehen, ohne ihnen die Hand zu reichen.

»Woher stammt die Delle im Kotflügel Ihres Mercedes?«, fragte Pia ohne jede Einleitung.

»Wie bitte?« Er hob erstaunt die Augenbrauen. »Ich weiß nicht, was Sie meinen.«

»Dann werde ich Ihnen mal auf die Sprünge helfen.« Pia ließ ihn nicht aus den Augen. »Am Sonntag erstattete ein Anwohner der Feldstraße Anzeige wegen Fahrerflucht, weil ihm jemand nachts in sein Auto gefahren ist. Er hatte es um zehn vor zwölf vor seinem Haus abgestellt und stand zufällig um 0:33 Uhr auf seinem Balkon, um eine Zigarette zu rauchen, als er ein Krachen hörte. Er konnte das Auto des Unfallverursachers sehen und sogar das Kennzeichen entziffern: MTK–T 801.«

Terlinden sagte keinen Ton. Sein Lächeln war verschwunden. Eine vom Hals aufsteigende Röte breitete sich auf seinem Gesicht aus.

»Am nächsten Morgen erhielt der Mann einen Anruf.« Pia erkannte, dass sie ihn getroffen hatte, und setzte gnadenlos nach. »Von Ihnen. Sie boten ihm an, die ganze Angelegenheit unbürokratisch zu regeln, und tatsächlich – der Mann zog seine Anzeige zurück. Leider war sie damit aber nicht aus dem Polizeicomputer verschwunden.«

Claudius Terlinden starrte Pia mit ausdrucksloser Miene an.

»Was wollen Sie von mir?«, fragte er mit mühsamer Beherrschung.

»Sie haben uns gestern angelogen«, entgegnete sie und lächelte liebenswürdig. »Da ich Ihnen wohl nicht erklären muss, wo sich die Feldstraße befindet, frage ich Sie jetzt noch einmal: Sind Sie auf dem Rückweg von Ihrer Firma am Schwarzen Ross vorbeigefahren, oder haben Sie den Schleichweg übers Feld und dann die Feldstraße entlang genommen?«

»Was soll das alles?« Terlinden wandte sich an Bodenstein, aber der schwieg. »Was wollen Sie mir unterstellen?«

»Amelie Fröhlich ist in dieser Nacht verschwunden«, antwortete Pia an Bodensteins Stelle. »Sie wurde das letzte Mal am Schwarzen Ross gesehen, etwa zu der Zeit, als Sie dort auf dem Weg in Ihre Firma vorbeigefahren sind, nämlich gegen halb elf. Erst zwei Stunden später, um halb eins, kamen Sie zurück nach Altenhain, und zwar aus einer anderen Richtung, als Sie behauptet haben.«

Er schob die Unterlippe vor, betrachtete sie aus schmalen Augen. »Und daraus schließen Sie, dass ich der Tochter eines Mitarbeiters aufgelauert, sie in mein Auto gezerrt und ermordet habe?«

»War das ein Geständnis?«, fragte Pia kühl.

Zu ihrer Verärgerung lächelte Terlinden beinahe amüsiert. »Mitnichten«, erwiderte er.

»Dann sagen Sie uns, was Sie zwischen halb elf und halb eins getan haben. Oder war es vielleicht gar nicht halb elf, sondern Viertel nach zehn?«

»Es war halb elf. Ich war in meinem Büro.«

»Sie haben zwei Stunden gebraucht, um den Schmuck Ihrer Frau in den Safe zu legen?« Pia schüttelte den Kopf. »Halten Sie uns für dämlich, oder was?«

Die Situation hatte sich um hundertachtzig Grad gewendet. Claudius Terlinden saß in der Klemme, und das wusste er. Aber selbst jetzt wahrte er die Fassung.

»Mit wem waren Sie essen?«, fragte Pia. »Und wo?«

Beharrliches Schweigen. Da fielen Pia die Kameras ein, die sie am Tor der Firma Terlinden gesehen hatte, als sie neulich auf dem Rückweg von Wagners am Firmengelände vorbeigefahren war.

»Wir können uns doch die Bänder aus den Überwachungskameras am Tor Ihrer Firma ansehen«, schlug sie vor. »Damit könnten Sie uns den Beweis liefern, dass Sie über den angegebenen Zeitpunkt tatsächlich die Wahrheit gesagt haben.«

»Sie sind clever«, sagte Terlinden anerkennend. »Das gefällt mir. Leider ist die Überwachungsanlage seit vier Wochen defekt.«

»Und die Kameras an Ihrem Tor unten an der Einfahrt?«

»Zeichnen nicht auf.«

»Tja, das ist dann wohl ziemlich schlecht für Sie.« Pia schüttelte in gespieltem Bedauern den Kopf. »Sie haben kein Alibi für die Zeit, in der Amelie verschwunden ist. Ihre Hände sind zerkratzt, als hätten Sie mit jemandem gekämpft.«

»Aha.« Claudius Terlinden blieb ruhig, hob die Augenbrauen. »Und was jetzt? Verhaften Sie mich, weil ich einen anderen Nachhauseweg genommen habe?«

Pia erwiderte seinen herausfordernden Blick unverwandt. Er war ein Lügner, möglicherweise sogar ein Verbrecher, der allerdings genau wusste, dass ihre Vermutungen viel zu vage waren, um eine Verhaftung zu rechtfertigen.

»Sie sind nicht verhaftet, nur vorübergehend festgenommen.« Ihr gelang ein Lächeln. »Und das nicht, weil Sie einen anderen Nachhauseweg genommen, sondern weil Sie uns angelogen haben. Sobald Sie uns ein plausibles, nachprüfbares Alibi für den fraglichen Zeitraum geliefert haben, dürfen Sie wieder gehen.«

»Gut.« Claudius Terlinden zuckte gelassen die Schultern. »Aber bitte keine Handschellen. Ich bin gegen Nickel allergisch.«

»Ich nehme nicht an, dass Sie flüchten werden«, entgegnete Pia trocken. »Im Übrigen sind unsere Handschellen aus rostfreiem Edelstahl.«

*

Das Telefon auf seinem Schreibtisch klingelte just in dem Augenblick, als er das Büro verlassen wollte. Lars Terlinden erwartete dringend noch den Rückruf des Derivatehändlers von der Crédit Suisse, mit dessen Hilfe er seinerzeit einen großen Teil des Kreditportfolios für diesen Hochstapler Mutzler an den Mann gebracht hatte, bevor er vor dem Vorstandstribunal erschien. Er legte seine Aktentasche ab und nahm den Anruf entgegen.

»Lars, ich bin's«, hörte er die Stimme seiner Mutter; am liebsten hätte er gleich wieder aufgelegt.

»Bitte, Mutter«, sagte er. »Lass mich in Ruhe. Ich habe jetzt keine Zeit.«

»Die Polizei hat heute Morgen deinen Vater verhaftet.«

Lars spürte, wie ihm erst kalt, dann heiß wurde.

»Besser spät als nie«, erwiderte er bitter. »Er ist eben doch nicht der liebe Gott, der in Altenhain schalten und walten kann, wie es ihm beliebt, nur weil er mehr Geld hat als alle anderen. Eigentlich ist er mit seinen Spielchen schon viel zu lange ungeschoren davongekommen.«

Er ging um den Schreibtisch herum und setzte sich auf seinen Sessel.

»Aber Lars! Dein Vater wollte immer nur das Beste für dich!«

»Falsch«, entgegnete Lars Terlinden kühl. »Er wollte immer nur das Beste für sich und für seine Firma. Und damals hat er die Situation ausgenutzt, so, wie er grundsätzlich jede Situation zu seinem Vorteil ausnutzt, und hat mich in einen Job gedrängt, den ich nie machen wollte. Mutter, glaub mir, es ist mir scheißegal, was mit ihm ist.«

Plötzlich war alles wieder ganz nah. Schon wieder pfuschte ihm sein Vater in sein Leben, gerade jetzt, wo er seine ganze Kraft und Konzentration brauchte, um seinen Job und seine Zukunft zu retten! Der Zorn kochte in ihm hoch. Warum konnten sie ihn nicht endlich in Ruhe lassen? Längst vergessen geglaubte Bilder drängten sich ihm auf, ungefragt und unerwünscht, aber er war machtlos gegen die Erinnerungen und die Empfindungen, die mit ihnen kamen. Er wusste, dass sein Vater Lauras Mutter, die damals als Haushälterin in der Villa gearbeitet hatte, regelmäßig in einem der Gästezimmer unterm Dach gevögelt hatte, wenn seine Mutter nicht da war. Aber das hatte ihm nicht ausgereicht. Er musste auch noch die Tochter seiner Leibeigenen, als die er seine Angestellten und das ganze Dorf zu betrachten pflegte, ins Bett zerren – *ius primae noctis*, wie ein Feudalherr im Mittelalter!

Während seine Mutter mit selbstmitleidiger Stimme irgendetwas vor sich hin quasselte, dachte Lars an jenen Abend. Er war vom Firmunterricht nach Hause gekommen und in der Diele beinahe mit Laura zusammengestoßen, die mit verheultem Gesicht an ihm vorbei ins Freie gestürmt war. Nichts hatte er kapiert damals, als sein Vater aus dem Wohnzimmer gekommen war, sein Hemd in den Hosenbund stopfend, hochrot im Gesicht, mit wirrem Haar. Dieses Schwein!

Laura war damals gerade vierzehn. Erst viele Jahre später hatte Lars seinem Vater vorgeworfen, mit Laura geschlafen zu haben, doch der hatte alles abgestritten. Das Mädchen sei in ihn verliebt gewesen, aber er habe ihre Annäherungsversuche zurückgewiesen. Lars hatte ihm geglaubt. Welcher Siebzehnjährige wollte von seinem Vater Schlechtes denken? Im Nachhinein hatte er an den Unschuldsbeteuerungen seines Vaters gezweifelt. Viel zu oft hatte er ihn angelogen.

»Lars?«, fragte seine Mutter. »Bist du noch dran?«

»Ich hätte der Polizei damals die Wahrheit sagen sollen«, antwortete er mit mühsam beherrschter Stimme. »Aber mein eigener Vater hat mich zum Lügen gezwungen, nur damit sein Name nicht beschmutzt wird! Was ist jetzt passiert? Hat er sich auch diesmal das Mädchen geschnappt, das vermisst wird?«

»Wie kannst du so etwas Ungeheuerliches sagen?« Die Stimme seiner Mutter klang schockiert. Christine Terlinden war eine Meisterin des Selbstbetrugs. Was sie nicht hören oder sehen wollte, das überhörte und übersah sie ganz einfach.

»Mach doch endlich mal die Augen auf, Mutter!«, sagte Lars scharf. »Ich könnte noch viel mehr sagen, aber ich tue es nicht. Weil für mich das ganze Kapitel beendet ist, verstehst du? Es ist vorbei. Ich muss jetzt Schluss machen. Ruf mich bitte nicht mehr an.«

*

Das Restaurant, in dem Claudius Terlinden den Samstagabend mit Ehefrau und Freunden verbracht hatte, lag in der Guiolettstraße, gegenüber den gläsernen Zwillingstürmen der Deutschen Bank, das hatte seine Frau Pia am Vorabend mitgeteilt.

»Lass mich hier aussteigen und komm nach, wenn du einen Parkplatz gefunden hast«, entschied Bodenstein, als Pia zum dritten Mal von der Taunusanlage in die Guiolettstraße eingebogen war. Parken war vor dem noblen Ebony Club unmöglich, deshalb warteten Pagen in englischen Wagenmeister-Uniformen vor der Eingangstür darauf, die Karossen der Gäste zu übernehmen und für die Dauer ihres Aufenthaltes in der Tiefgarage abzustellen. Pia fuhr rechts ran, Bodenstein stieg aus und lief mit eingezogenem Genick durch den strömenden Regen zur Eingangstür. Er wurde nicht aufgehalten, als er am *Please wait to be seated*-Schild vorbeiging. Der Empfangschef und die Hälfte des Personals machten gerade großes Aufheben um irgendeinen Promi mit seiner Entourage, der keinen Tisch vorbestellt hatte. Das Restaurant war um die Mittagszeit gut besucht, offenbar hatte die Krise den Managern aus den umliegenden Banken die Lust am Luxuslunch nicht verdorben. Bodenstein sah sich neugierig um. Er hatte schon viel vom Ebony Club gehört, das Restaurant im indischen Kolonialstil gehörte zu den teuersten und derzeit angesagtesten der Stadt. Sein Blick fiel auf ein Paar an einem Zweiertisch auf der Empore etwas weiter hinten. Ihm stockte der Atem. Cosima. Wie gebannt lauschte sie einem widerlich gutaussehenden Mann, der mit großen, temperamentvollen Gesten irgendetwas zu erklären schien. Die Art und Weise, wie Cosima dasaß, leicht vorgebeugt, die Ellbogen aufgestützt und das Kinn auf die verschränkten Hände gelegt, ließ sämtliche Alarmglocken in seinem Gehirn schrillen. Sie strich sich eine Haarsträhne aus dem Gesicht, lachte über irgendetwas, was dieser Kerl gesagt hatte, und legte dann auch noch ihre Hand auf seine. Bodenstein stand wie erstarrt mitten in dem Trubel, das Servicepersonal rannte geschäftig an ihm vorbei, als sei er unsichtbar. Am Morgen hatte Cosima ihm noch beiläufig erzählt, dass sie den ganzen Tag wieder im Schneideraum in Mainz zu tun habe. Hatte sich kurzfristig etwas an ihren Plänen geändert, oder hatte sie ihn wieder bewusst angelogen? Wie konnte sie auch ahnen, dass ihn seine Ermittlungen just an diesem Mittag in genau dieses eine von den vielen tausend Frankfurter Restaurants führen würden?

»Kann ich Ihnen helfen?« Eine junge, mollige Frau blieb vor ihm stehen und lächelte ein wenig ungeduldig. Sein Herz setzte mit der Gewalt eines Schmiedehammers wieder ein. Er zitterte am ganzen Körper, und ihm war speiübel.

»Nein«, antwortete er, ohne seine Augen von Cosima und ihrem Begleiter abzuwenden. Die Bedienstete warf ihm einen eigentümlichen Blick zu, aber es war ihm völlig gleichgültig, was sie von ihm denken mochte. Keine zwanzig Meter von ihm entfernt saß seine Frau mit dem Mann, auf dessen Gesellschaft sie sich mit drei Ausrufezeichen freute. Bodenstein konzentrierte sich angestrengt darauf, ein- und auszuatmen. Er wünschte, er wäre fähig, einfach an diesen Tisch zu gehen und dem Mann ohne Vorwarnung in die Visage zu schlagen. Aber weil er zu eiserner Selbstbeherrschung und höflichen Manieren erzogen war, blieb er einfach stehen und tat nichts. Ganz automatisch konstatierte der scharfe Beobachter in ihm die offensichtliche Vertrautheit der beiden, die nun ihre Köpfe zusammensteckten und tiefe Blicke tauschten. Bodenstein sah aus dem Augenwinkel, wie die junge Dame vom Service den Empfangschef, der inzwischen seinen Promi irgendwo adäquat untergebracht hatte, auf ihn aufmerksam machte. Entweder musste er jetzt zu Cosima und diesem Kerl hingehen oder auf der Stelle verschwinden. Da er sich nicht in der Lage fühlte, den arglos Erfreuten zu spielen, entschied er sich für Letzteres, wandte sich auf dem Absatz um und verließ das überfüllte Restaurant. Als er aus der Tür trat, starrte er einen Moment den Bauzaun auf der gegenüberliegenden Straßenseite an, bevor er wie betäubt die Guiolettstraße entlangging. Sein Puls raste, er hatte das Gefühl, sich übergeben zu müssen. Der Anblick von Cosima und diesem Kerl hatte sich unauslöschlich in seine Netzhaut eingebrannt. Nun war genau das eingetreten, wovor er sich so sehr gefürchtet hatte: Er hatte die Gewissheit, dass Cosima ihn betrog.

Plötzlich trat ihm jemand in den Weg. Er wollte ausweichen, aber die Frau mit dem Regenschirm machte ebenfalls einen Schritt zur Seite, so dass er stehen bleiben musste.

»Bist du schon fertig?« Die Stimme von Pia Kirchhoff durchdrang den Nebel, der ihn wie eine Wand umgab, und holte ihn schlagartig zurück in die Realität. »War Terlinden am Samstag dort?«

Terlinden! Den hatte er völlig vergessen.

»Ich ... ich habe gar nicht gefragt«, gab er zu.

»Ist alles in Ordnung?« Pia sah ihn prüfend an. »Du siehst aus, als hättest du einen Geist gesehen.«

»Cosima sitzt da drin«, erwiderte er tonlos. »Mit einem anderen Mann. Obwohl sie mir heute Morgen gesagt hat ...«

Er konnte nicht weitersprechen, seine Kehle war wie ausgetrocknet. Auf weichen Beinen wankte er zum nächsten Haus und setzte sich ungeachtet der Nässe auf eine Treppenstufe im Hauseingang. Pia betrachtete ihn stumm und, wie ihm schien, mitleidig. Er senkte den Blick.

»Gib mir eine Zigarette«, verlangte er mit heiserer Stimme. Pia kramte in den Taschen ihrer Jacke und reichte ihm wortlos ein Päckchen samt Feuerzeug. Er hatte seit fünfzehn Jahren nicht mehr geraucht und nichts vermisst, aber jetzt musste er feststellen, dass die Gier nach Nikotin noch immer in seinem tiefsten Innern schlummerte.

»Das Auto steht am Kettenhofweg, Ecke Brentanostraße.« Pia hielt ihm den Autoschlüssel hin. »Setz dich lieber rein, bevor du dir hier den Tod holst.«

Er nahm weder den Schlüssel noch gab er ihr eine Antwort.

Es war ihm völlig egal, ob er nass wurde oder die Passanten blöd glotzten. Ihm war alles egal. Obwohl er es insgeheim längst geahnt hatte, so hatte er doch verzweifelt auf eine harmlose Erklärung für Cosimas Lügen und SMS gehofft und war nicht im Geringsten darauf gefasst gewesen, sie in Gesellschaft eines anderen Mannes zu sehen. Gierig sog er an der Zigarette, inhalierte den Rauch so tief er konnte. Ihm wurde schwindelig, als rauche er einen Joint und keine Marlboro. Allmählich verlangsamte das Karussell der sich überstürzenden Gedanken seine rasende Fahrt und blieb stehen. In seinem Kopf herrschte eine tiefe, leere Stille. Er saß auf einer Treppenstufe mitten in Frankfurt und fühlte sich abgrundtief einsam.

*

Lars Terlinden hatte den Hörer auf die Gabel geknallt und saß nun seit ein paar Minuten reglos da. Oben wartete der Vorstand auf ihn. Die Herren waren extra aus Zürich angereist, um zu hören, wie er gedachte, die 350 Millionen, die er in den Sand gesetzt hatte, wieder aufzutreiben. Leider hatte er keine Lösung zur Hand. Sie würden ihn anhören und danach mit falsch-freundlichem Lächeln in Stücke reißen, diese arroganten Arschlöcher, die ihm vor einem Jahr wegen dieses gigantischen Deals noch kumpelhaft auf die Schulter geklopft hatten. Wieder klingelte das Telefon, diesmal die interne Leitung. Lars Terlinden ignorierte es. Er öffnete die oberste Schreibtischschublade und entnahm ihr einen Bogen Geschäftsbriefpapier und seinen Montblanc-Füllfederhalter, ein Geschenk seines Chefs aus besseren Zeiten, den er nur dazu benutzte, Verträge zu unterschreiben. Eine volle Minute starrte er auf das leere, cremefarbene Blatt, dann begann er zu schreiben. Ohne das Geschriebene noch einmal durchzulesen, faltete er das Blatt und steckte es in einen gefütterten

Umschlag. Er schrieb eine Adresse auf den Briefumschlag, stand auf, ergriff seine Aktentasche und den Mantel und verließ sein Büro.

»Das muss heute noch raus«, sagte er zu seiner Sekretärin und ließ den Umschlag auf ihren Schreibtisch fallen.

»Selbstverständlich«, erwiderte sie spitz. Früher einmal war sie Vorstandsassistentin gewesen, und noch immer hielt sie es für unter ihrer Würde, Sekretärin eines Abteilungsleiters zu sein. »Sie denken an Ihren Termin?«

»Natürlich.« Er ging schon weiter, blickte sie nicht einmal an.

»Sie sind schon sieben Minuten zu spät!«

Er trat hinaus auf den Flur. Vierundzwanzig Schritte bis zum Aufzug, der mit geöffneten Türen ungeduldig auf ihn zu warten schien. Oben, im zwölften Stock, saß seit sieben Minuten der versammelte Vorstand. Seine Zukunft stand auf dem Spiel, sein Ansehen, ja sein ganzes Leben. Hinter ihm schlüpften noch zwei Kolleginnen aus dem Backoffice in den Aufzug. Er kannte sie flüchtig vom Sehen, nickte ihnen abwesend zu. Sie kicherten und tuschelten, erwiderten sein grüßendes Nicken. Die Tür schloss sich lautlos. Er erschrak, als er im Spiegel den Mann mit dem eingefallenen Gesicht sah, der seinen Blick aus stumpfen, deprimierten Augen erwiderte. Müde war er, unendlich müde und ausgebrannt.

»Wohin geht's?«, fragte die Brünette mit den Kulleraugen. »Nach oben oder nach unten?«

Ihr Finger mit dem langen, künstlichen Fingernagel verharrte abwartend über dem digitalen Innentableau. Lars Terlinden konnte sich nicht vom Anblick seines Gesichts im Spiegel lösen.

»Nach unten geht's«, erwiderte er. »Ganz nach unten.«

*

Pia Kirchhoff betrat den Ebony Club und nickte dem Portier, der ihr schwungvoll die Tür geöffnet hatte, dankend zu. Erst kürzlich hatten Christoph und sie hier mit Henning und Miriam gegessen. Fünfhundert Euro hatte Henning für das Essen berappen müssen, völlig übertrieben in ihren Augen. Pia hatte nicht viel übrig für Schickimicki-Locations, kryptische Speisekarten und Weinkarten, in denen der Preis für eine einzige Flasche schon mal im vierstelligen Bereich liegen konnte. Da sie Weine nicht nach ihrem Etikett, sondern ihrem persönlichen Geschmacksempfinden beurteilte, reichte ihr zum Essen ein Bardolino oder Chianti in der Pizzeria um die Ecke für einen gelungenen Abend.

Der Empfangschef krabbelte von seinem Hochsitz und steuerte mit einem strahlenden Lächeln auf sie zu. Pia hielt ihm wortlos ihre Kripomarke vor die Nase. Sofort kühlte sein Lächeln um einige Grade ab. Eine potentielle Maharadscha-Menü-Kundin hatte sich vor seinen Augen unversehens in eine Kröte verwandelt, die niemand gerne schluckte. Die Kriminalpolizei war nirgendwo gern gesehen, schon gar nicht in einem Nobelrestaurant im Mittagsgeschäft.

»Darf ich erfahren, um was es geht?«, säuselte der Empfangschef.

»Nein«, erwiderte Pia trocken. »Dürfen Sie nicht. Wo ist der Manager?«

Das Lächeln verschwand völlig. Mit ihm die aufgesetzte Höflichkeit.

»Warten Sie hier.« Der Mann entfernte sich, und Pia blickte sich unauffällig um. Tatsächlich! An einem der Tische saß Cosima von Bodenstein in trauter Zweisamkeit mit einem Mann, der deutlich zehn Jahre jünger war als sie. Er trug einen zerknitterten Straßenanzug, ein am Hals offen stehendes Hemd ohne Krawatte. Seine lässige Körperhaltung strahlte Selbstbewusstsein aus. Das wirre, dunkelblonde Haar reichte bis auf seine Schultern, sein kantiges Gesicht mit dem aggressiv vorspringenden Kinn, dem Fünftagebart und der markanten Adlernase war von Wind und Wetter – oder auch vom Alkohol, wie Pia boshaft dachte – gegerbt. Cosima von Bodenstein redete lebhaft auf ihn ein, und er betrachtete sie lächelnd und mit offensichtlicher Faszination. Das war kein Arbeitsessen, auch kein zufälliges Treffen alter Bekannter – die erotischen Schwingungen zwischen den beiden konnten selbst einem oberflächlichen Betrachter nicht verborgen bleiben. Entweder kamen sie gerade aus dem Bett oder zögerten den Weg dorthin mit einem kleinen Lunch hinaus, um die Vorfreude noch zu steigern. Pia bedauerte ihren Chef ehrlich, dennoch brachte sie auch ein gewisses Verständnis für Cosima auf, die sich nach fünfundzwanzig Jahren ehelicher Routine nach einem Abenteuer sehnen mochte.

Das Erscheinen des Geschäftsführers riss Pia aus ihren Beobachtungen. Er war höchstens Mitte dreißig, wirkte durch sein schütteres, sandfarbenes Haar und das aufgedunsene Gesicht aber älter.

»Ich will Sie nicht lange aufhalten, Herr ...«, begann Pia und musterte den massigen Mann, der so unhöflich war, ihr weder die Hand zu reichen noch sich ihr namentlich vorzustellen.

»Jagielski«, ergänzte der Mann von oben herab und scheuchte seinen Empfangschef mit einer arroganten Handbewegung zurück auf seinen Hochsitz. »Was gibt es? Wir sind mitten im Mittagsgeschäft.«

Jagielski. Der Name weckte in Pia irgendeine vage Assoziation.

»Ach. Kochen Sie denn selbst?«, konterte sie ironisch.

»Nein.« Er verzog säuerlich die Lippen, sein irritierend unsteter Blick glitt immer wieder durch den Gastraum. Plötzlich wandte er sich um, hielt eine junge Kellnerin an und brachte sie mit einer gezischten Bemerkung zum Erröten.

»Geschultes Personal ist so gut wie nicht zu bekommen«, erklärte er Pia dann ohne den Anflug eines Lächelns. »Diese jungen Dinger sind eine Katastrophe. Haben einfach keine Einstellung.«

Neue Gäste trafen ein, sie standen im Weg. In dem Augenblick fiel ihr wieder ein, wo sie den Namen Jagielski schon gehört hatte. Die Chefin im Schwarzen Ross in Altenhain hieß ebenfalls so. Ihre Nachfrage bestätigte, dass die Namensgleichheit nicht zufällig war. Andreas Jagielski gehörte das Schwarze Ross ebenso wie der Ebony Club und ein anderes Lokal in Frankfurt.

»Also, was gibt's?«, fragte er. Höflichkeit war nicht seine Stärke. Diskretion ebenso wenig. Noch immer standen sie mitten im Foyer.

»Ich wüsste gerne, ob ein Herr Claudius Terlinden am vergangenen Samstagabend mit seiner Frau hier zum Essen war.«

Eine Augenbraue zuckte hoch. »Wieso will die Polizei das wissen?«

»Weil es die Polizei interessiert.« Allmählich ging Pia seine herablassende Überheblichkeit auf die Nerven. »Also?«

Ein winziges Zögern, dann ein knappes Nicken. »Ja, das war er.«

»Nur mit seiner Frau?«

»Das weiß ich nicht mehr genau.«

»Vielleicht kann sich Ihr Empfangschef daran erinnern. Sie führen doch sicher Buch über die Reservierungen.«

Widerstrebend winkte Jagielski dem zuvor verscheuchten Empfangschef und wies ihn an, ihm das Reservierungsbuch auszuhändigen. Abwartend hielt er die Hand ausgestreckt und wartete stumm, bis der Empfangschef auf seinen Hochsitz geklettert war und wieder heranwieselte. Der Geschäftsführer leckte seinen Zeigefinger an und blätterte langsam in der ledergebundenen Kladde.

»Ah ja, hier«, sagte er schließlich. »Sie waren zu viert. Ich erinnere mich jetzt auch wieder.«

»Wer war dabei? Namen?«, drängte Pia. Eine Gruppe von Gästen rüstete zum Aufbruch. Endlich führte Jagielski Pia Richtung Tresen.

»Ich wüsste nicht, was Sie das angeht.« Er dämpfte die Stimme.

»Hören Sie.« Pia wurde ungeduldig. »Ich ermittele im Fall Ihrer verschwundenen Kellnerin Amelie, die zuletzt am Samstag im Schwarzen Ross gesehen wurde. Wir suchen Zeugen, die das Mädchen danach noch gesehen haben.«

Jagielski starrte sie an, überlegte einen Moment und entschied wohl, dass eine Nennung von Namen unverfänglich sei.

»Das Ehepaar Lauterbach war dabei«, rückte er heraus.

Pia war erstaunt. Wieso hatte Claudius Terlinden ihnen verschwiegen, dass er und seine Frau mit den Nachbarn essen gewesen waren? In seinem Büro gestern Abend hatte er ausdrücklich nur von seiner Frau und sich gesprochen. Seltsam.

Der Begleiter von Cosima von Bodenstein bezahlte gerade seine Rechnung; die Kellnerin strahlte ihn an, offenbar war das Trinkgeld großzügig ausgefallen. Er erhob sich und ging um den Tisch herum, um Cosimas Stuhl zurückzuziehen. Mochte er äußerlich auch das komplette Gegenteil von Bodenstein sein, so hatte er zumindest ähnlich gute Manieren.

»Kennen Sie den Begleiter der rothaarigen Dame dort drüben?«, fragte Pia den Geschäftsführer Jagielski unvermittelt. Der musste nicht einmal den Kopf heben, um zu wissen, wen Pia meinte. Sie drehte sich um, damit Cosima sie nicht zufällig beim Hinausgehen erkannte.

»Ja, natürlich.« Seine Stimme hatte plötzlich einen fast ungläubigen Unterton, als könne er nicht fassen, dass jemand diesen Mann nicht kannte. »Das ist Alexander Gavrilow. Hat er etwa auch etwas mit Ihren Ermittlungen zu tun?«

»Möglich«, entgegnete Pia und lächelte. »Danke für Ihre Hilfe.«

*

Bodenstein saß noch immer auf der Treppenstufe und rauchte. Zu seinen Füßen lagen vier Zigarettenkippen. Einen Moment blieb Pia stumm vor ihrem Chef stehen, um den ungewöhnlichen Anblick in sich aufzunehmen.

»Und?« Er blickte auf. Sein Gesicht war bleich.

»Stell dir vor: Terlindens waren mit Lauterbachs essen«, verkündete Pia. »Und der Geschäftsführer vom Ebony Club ist gleichzeitig der Besitzer vom Schwarzen Ross in Altenhain. Ist das nicht ein Zufall?«

»Das meine ich nicht.«

»Was denn sonst?« Pia stellte sich begriffsstutzig.

»Hast du … sie gesehen?«

»Ja, hab ich.« Sie bückte sich nach dem Zigarettenpäckchen, das er neben sich auf die Treppenstufe gelegt hatte, und steckte es ein. »Komm. Ich hab keine Lust, mir hier den Arsch abzufrieren.«

Bodenstein erhob sich steif, zog noch einmal an der Zigarette und schnippte die Kippe auf die regennasse Straße. Im Gehen warf Pia ihm einen raschen Seitenblick zu. Hoffte er etwa noch immer auf eine harmlose Erklärung für dieses Tête-à-Tête seiner Gattin mit einem attraktiven Fremden?

»Alexander Gavrilow«, sagte sie und blieb stehen. »Der Polarforscher und Bergsteiger.«

»Wie bitte?« Bodenstein blickte sie verwirrt an.

»Das ist der Mann, mit dem Cosima gegessen hat«, erklärte Pia und ergänzte in Gedanken: ... *und mit dem sie hundertprozentig vögelt.*

Bodenstein fuhr sich mit der Hand übers Gesicht. »Natürlich.« Er sprach mehr zu sich selbst als zu Pia. »Irgendwie kam mir der Kerl bekannt vor. Cosima hat ihn mir einmal vorgestellt, ich glaube, auf ihrer letzten Filmpremiere. Sie haben vor Jahren ein gemeinsames Projekt geplant, aus dem aber nichts wurde.«

»Vielleicht ist es wirklich nur geschäftlich«, versuchte Pia gegen ihre eigene Überzeugung eine Beschwichtigung. »Kann doch sein, dass sie über ein Projekt sprechen, von dem du nichts wissen sollst, und du machst dir zu viele Sorgen.«

Bodenstein musterte Pia mit hochgezogenen Brauen. In seinem Blick blitzte für einen Moment ein spöttischer Funke auf, verlosch aber sofort wieder.

»Ich habe Augen im Kopf«, entgegnete er. »Und ich weiß, was ich gesehen habe. Meine Frau geht mit dem Kerl ins Bett, wer weiß wie lange schon. Vielleicht ist es gut, dass ich mir endlich nichts mehr vormachen kann.«

Er setzte sich entschlossen in Bewegung, und Pia musste beinahe rennen, um mit ihm Schritt zu halten.

*

Thies weiß alles, und die Polizei ist sehr neugierig. Du solltest zusehen, dass du die Sache in den Griff bekommst. Denn du hast alles zu verlieren!

Die Buchstaben auf dem Bildschirm verschwammen vor seinen Augen. Die E-Mail war an seine offizielle Adresse im Ministerium gerichtet! Großer Gott, wenn seine Sekretärin sie gelesen hätte! Sie druckte üblicherweise morgens seine

Mails aus und legte sie ihm vor, nur durch Zufall war er heute früher im Büro gewesen als sie. Gregor Lauterbach biss sich auf die Unterlippe und klickte den Absender an. *Schneewittchen1997@hotmail.com.* Wer verbarg sich dahinter? Wer, wer, wer? Diese Frage beherrschte seine Gedanken seit dem ersten Brief, Tag und Nacht konnte er an kaum etwas anderes denken. Die Angst überfiel ihn wie Schüttelfrost.

Es klopfte, die Tür ging auf. Er fuhr hoch, als hätte man ihn mit kochendem Wasser übergossen. Der freundliche Guten-Morgen-Gruß blieb Ines Schürmann-Liedtke bei seinem Anblick im Hals stecken.

»Geht es Ihnen nicht gut, Chef?«, fragte sie besorgt.

»Nein«, krächzte Lauterbach und ließ sich wieder in seinen Sessel sinken. »Ich glaube, mich hat die Grippe erwischt.«

»Soll ich Ihre Termine für heute absagen?«

»Ist etwas Wichtiges dabei?«

»Nein. Nichts wirklich Dringendes. Ich rufe Forthuber an, damit er Sie nach Hause fährt.«

»Ja, danke, Ines.« Lauterbach nickte und hustete ein bisschen. Sie ging hinaus. Er starrte die E-Mail an. Schneewittchen. Seine Gedanken rasten. Dann schloss er die Nachricht, blockierte mit einem Rechtsklick den Absender und schickte sie gleichzeitig als unzustellbar zurück.

*

Barbara Fröhlich saß am Küchentisch und versuchte vergeblich, sich auf ein Kreuzworträtsel zu konzentrieren. Nach drei Tagen und Nächten der Ungewissheit lagen ihre Nerven blank. Am Sonntag hatte sie die beiden Kleinen zu ihren Eltern nach Hofheim gebracht, und Arne war am Montag arbeiten gegangen, obwohl sein Chef ihm angeboten hatte, daheim zu bleiben. Aber was sollte er zu Hause ausrichten? Seitdem zogen sich die Tage unerträglich in die Länge. Amelie war und blieb verschwunden, es gab kein einziges Lebenszeichen. Ihre Mutter hatte dreimal aus Berlin angerufen, allerdings eher pflichtschuldig als besorgt. In den ersten beiden Tagen hatte sie noch Besuch von Frauen aus dem Dorf bekommen, die sie trösten und unterstützen wollten, aber da sie diese Frauen kaum kannte, hatten sie nur unbehaglich in der Küche gesessen, um Konversation bemüht. Gestern Abend war es auch noch zu einem heftigen Streit zwischen ihr und Arne gekommen, dem ersten überhaupt, seit sie sich kannten. Sie hatte ihm sein mangelndes Interesse am Schicksal seiner ältesten Tochter vorgeworfen und ihm voller Zorn sogar unterstellt, er sei wohl froh, wenn sie nicht mehr auftauchte. Genau genommen war es kein Streit gewesen, denn Arne hatte sie nur angesehen und geschwiegen. Wie immer.

»Die Polizei wird sie finden«, hatte er nur gesagt und war ins Badezimmer verschwunden. Sie war in der Küche zurückgeblieben, hilflos, sprachlos und allein. Und ganz plötzlich hatte sie ihren Ehemann mit anderen Augen gesehen. Feige flüchtete er in seine tägliche Routine. Würde er sich anders verhalten, wenn nicht Amelie, sondern Tim oder Jana verschwunden wären? Seine einzige Angst war die, dass er unangenehm auffallen könnte. Kein Wort hatten sie mehr miteinander gewechselt, stumm nebeneinander im Bett gelegen. Zehn Minuten später hatte er schon geschnarcht, ruhig und gleichmäßig, als ob alles in bester Ordnung sei. Nie zuvor in ihrem Leben hatte sie sich so verlassen gefühlt wie in dieser schrecklichen, endlosen Nacht.

Es klingelte an der Tür. Barbara Fröhlich zuckte zusammen und stand auf. Hoffentlich war es nicht wieder eine dieser Dorffrauen, die nur deshalb mit vorgetäuschtem Mitgefühl bei ihr ausharrten, um später im Laden einen Exklusivbericht der Lage abliefern zu können. Sie öffnete die Haustür. Vor ihr stand eine Unbekannte.

»Guten Tag, Frau Fröhlich«, sagte die Frau. Sie hatte dunkles, kurzes Haar, ein blasses, ernstes Gesicht mit bläulichen Augenringen und trug eine viereckige Brille. »Kriminaloberkommissarin Maren König vom K 11 in Hofheim.«

Sie präsentierte ihre Kripomarke. »Darf ich hereinkommen?«

»Ja, natürlich. Bitte.« Barbara Fröhlichs Herz klopfte ängstlich. Die Frau sah so ernst aus, als würde sie schlechte Nachrichten bringen. »Haben Sie etwas von Amelie gehört?«

»Nein, leider nicht. Aber meine Kollegen haben herausgefunden, dass Amelie von ihrem Freund Thies Bilder bekommen haben soll. In ihrem Zimmer wurde aber nichts gefunden.«

»Ich weiß auch nichts von irgendwelchen Bildern.« Sie schüttelte ratlos den Kopf, enttäuscht, dass die Polizistin ihr nichts Neues mitteilen konnte.

»Vielleicht könnten wir noch einmal in Amelies Zimmer schauen«, schlug Maren König vor. »Die Bilder, sollten sie tatsächlich existieren, könnten ausgesprochen wichtig sein.«

»Ja, natürlich. Kommen Sie.«

Barbara Fröhlich führte sie die Treppe hoch und öffnete die Tür zu Amelies Zimmer. Sie blieb im Türrahmen stehen und sah zu, wie die Kommissarin gründlich in den Wandschränken suchte, auf die Knie ging, unter dem Bett und unter dem Schreibtisch nachschaute. Schließlich rückte sie die Biedermeier-Kommode ein Stück von der Wand weg.

»Eine Tapetentür«, stellte die Kommissarin fest und drehte sich zu Barbara Fröhlich um. »Darf ich sie aufmachen?«

»Sicher. Ich wusste gar nicht, dass es da eine Tür gibt.«

»In vielen Häusern mit Dachschrägen werden die Abseiten als Abstellfläche genutzt«, erklärte die Polizeibeamtin und lächelte das erste Mal ein wenig. »Gerade dann, wenn man im Haus keinen Speicher hat.«

Sie ging in die Hocke, zog die Tür auf und kroch in den kleinen Raum zwischen Wand und Dachisolierung. Ein kalter Lufthauch drang herein. Wenig später kehrte sie zurück, in den Händen eine dicke, in Papier eingeschlagene Rolle, die sorgfältig mit einem roten Band umwickelt war.

»Mein Gott«, sagte Barbara Fröhlich. »Sie haben tatsächlich etwas gefunden.«

Kriminaloberkommissarin Maren König richtete sich auf und klopfte den Staub von ihrer Hose. »Ich nehme die Bilder mit. Wenn Sie möchten, quittiere ich Ihnen den Empfang.«

»Nein, nein, das ist nicht nötig«, versicherte Barbara Fröhlich rasch. »Wenn die Bilder Ihnen dabei helfen können, Amelie zu finden, dann nehmen Sie sie nur mit.«

»Danke.« Die Kommissarin legte ihr die Hand auf den Arm. »Und machen Sie sich nicht zu große Sorgen. Wir tun wirklich alles Menschenmögliche, um Amelie zu finden. Das kann ich Ihnen versprechen.«

Das klang so mitfühlend, dass Barbara Fröhlich mit aller Kraft gegen die aufsteigenden Tränen ankämpfen musste. Sie nickte nur stumm und dankbar. Kurz überlegte sie, ob sie Arne anrufen und ihm von den Bildern erzählen sollte. Aber sie war noch immer tief gekränkt über sein Verhalten, deshalb tat sie es nicht. Erst als sie sich etwas später einen Tee aufbrühte, fiel ihr auf, dass sie völlig vergessen hatte, sich die Bilder anzusehen.

*

Tobias ging unruhig im Wohnzimmer von Nadjas Wohnung auf und ab. Der große Fernseher an der Wand lief ohne Ton. Die Polizei suchte im Zusammenhang mit dem Verschwinden der siebzehnjährigen Amelie F. nach ihm, das hatte er eben im Videotext gelesen. Nadja und er hatten die halbe Nacht beratschlagt, wie er sich verhalten sollte. Sie hatte die Idee gehabt, nach den Bildern zu suchen. Gegen Mitternacht war sie eingeschlafen, aber er hatte wach gelegen und verzweifelt versucht, sich zu erinnern. Eins stand fest: Meldete er sich bei der Polizei, so würden sie ihn auf der Stelle verhaften. Er hatte keine plausible Erklärung dafür, wie das Handy von Amelie in seine Hosentasche gekommen sein konnte, und nach wie vor keine blasse Erinnerung an die Nacht von Samstag auf Sonntag.

Amelie musste irgendetwas über die Ereignisse von 1997 in Altenhain herausgefunden haben, etwas, das jemandem gefährlich werden konnte. Aber wer war dieser Jemand? Seine Gedanken führten ihn immer wieder zu Claudius Terlinden. Elf Jahre lang hatte er ihn für seinen einzigen Beschützer auf dieser Welt gehalten, im Knast hatte er sich auf seine Besuche gefreut, auf die langen Gespräche mit ihm. Was für ein Idiot er gewesen war! Terlinden hatte nur seinen eigenen Vorteil im Blick gehabt. Tobias ging nicht so weit, ihn für das Verschwinden von Laura und Stefanie verantwortlich zu machen. Aber er hatte die Notlage seiner Eltern rücksichtslos ausgenutzt, um das zu bekommen, was er haben wollte: den Schillingsacker, auf den er das neue Verwaltungsgebäude seiner Firma gebaut hatte.

Tobias zündete sich eine Zigarette an. Der Aschenbecher auf dem Couchtisch quoll bereits über. Er trat ans Fenster und blickte hinaus auf das schwarze Wasser des Mains. Die Minuten verrannen quälend langsam. Wie lange war Nadja schon weg? Drei Stunden? Vier Stunden? Hoffentlich hatte sie Erfolg! Ihr Plan war der einzige Strohhalm, an den er sich klammerte. Wenn es tatsächlich diese Bilder gab, von denen Amelie ihm am Samstag erzählt hatte, dann konnten sie mit ihnen vielleicht seine Unschuld beweisen und gleichzeitig herausfinden, wer Amelie entführt hatte. Ob sie noch lebte? Ob ... Tobias schüttelte unwillig den Kopf, aber der Gedanke ließ sich nicht vertreiben. Was, wenn das alles stimmte, was Psychologen, Gutachter und das Gericht ihm damals bescheinigt hatten? Wurde er unter dem Einfluss von zu viel Alkohol vielleicht tatsächlich zum Monster, wie von der Presse mit Genuss dargestellt? Früher war sein Aggressionspotential groß gewesen, Niederlagen hatte er nur schlecht wegstecken können. Es war für ihn selbstverständlich gewesen, zu bekommen, was er wollte – gute Schulnoten, Mädchen oder Erfolg im Sport. Selten hatte er Rücksicht genommen, und dennoch war er beliebt gewesen, der strahlende Mittelpunkt der Clique. Oder hatte er das nur geglaubt, blind und überheblich in seiner grenzenlosen Ichbezogenheit?

Das Wiedersehen mit Jörg, Felix und den anderen hatte vage Erinnerungen in ihm wachgerufen, an lange vergessene Ereignisse, die er für Kleinigkeiten gehalten hatte. Er hatte Laura damals Michael ausgespannt, ohne einen Anflug schlechten Gewissens seinem Kumpel gegenüber. Mädchen waren bloße Trophäen seiner Eitelkeit gewesen. Wie oft hatte er mit seiner Gedankenlosigkeit Gefühle verletzt, wie viel Zorn und Kummer verursacht? Richtig begriffen hatte er das erst in dem Moment, als Stefanie mit ihm Schluss gemacht hatte. Er hatte es nicht akzeptieren wollen, hatte sogar vor ihr gekniet und sie angebettelt, aber sie hatte ihn nur ausgelacht. Was hatte er dann getan? Was hatte er mit Amelie getan? Wie war ihr Handy in seine Hosentasche gelangt?

Tobias ließ sich auf das Sofa sinken, presste die Handflächen gegen seine Schläfen und versuchte verzweifelt, die Erinnerungsfetzen in einen logischen Zusammenhang zu bringen. Doch je mehr er sich zu zwingen versuchte, desto weniger wollte es ihm gelingen. Es war zum Verrücktwerden.

*

Obwohl ihre Praxis brechend voll war, ließ Dr. Daniela Lauterbach Bodenstein und Pia nicht lange warten.

»Was macht Ihr Kopf?«, erkundigte sie sich freundlich.

»Keine Probleme.« Bodenstein berührte wie im Reflex das Pflaster an seiner Stirn. »Ein bisschen Kopfschmerzen, sonst nichts.«

»Wenn Sie wollen, schaue ich es mir noch einmal an.«

»Das ist nicht nötig. Wir möchten Sie auch nicht lange aufhalten.«

»Na gut. Sie wissen ja, wo Sie mich finden.«

Bodenstein nickte lächelnd. Vielleicht sollte er wirklich seinen Hausarzt wechseln. Daniela Lauterbach unterschrieb rasch drei Rezepte, die ihre Sprechstundenhilfe auf den Empfangstresen gelegt hatte, dann führte sie Bodenstein und Pia in ihr Büro. Der Parkettfußboden knarrte unter ihren Schritten. Mit einer Geste bot die Ärztin ihnen die Besucherstühle an.

»Es geht um Thies Terlinden.« Bodenstein setzte sich, aber Pia blieb stehen.

Daniela Lauterbach nahm hinter ihrem Schreibtisch Platz und blickte ihn aufmerksam an. »Was möchten Sie über ihn wissen?«

»Seine Mutter sagte uns, er habe einen Anfall gehabt und sei nun in der Psychiatrie.«

»Das ist richtig«, bestätigte die Ärztin. »Viel mehr kann ich Ihnen darüber aber auch nicht sagen. Sie wissen ja, die Schweigepflicht. Thies ist mein Patient.«

»Man hat uns erzählt, dass Thies Amelie in der Vergangenheit verfolgt hat«, meldete sich Pia aus dem Hintergrund.

»Er hat sie nicht verfolgt, sondern begleitet«, korrigierte die Ärztin. »Thies mag Amelie sehr gerne, und das ist seine Art, Zuneigung zu zeigen. Amelie hat das übrigens von Anfang an richtig einschätzen können. Sie ist ein sehr sensibles Mädchen, trotz ihres etwas ungewöhnlichen Äußeren. Ein Glücksfall für Thies.«

»Thies' Vater hat nach einer Auseinandersetzung mit seinem Sohn blutige Kratzer an den Händen davongetragen«, sagte Pia. »Neigt Thies zu Gewalttätigkeiten?«

Daniela Lauterbach lächelte ein wenig bekümmert. »Da nähern wir uns schon sehr dem Gebiet, über das ich mit Ihnen eigentlich nicht sprechen darf«, entgegnete sie. »Aber ich vermute, dass Sie Thies im Verdacht haben, Amelie etwas angetan zu haben. Das halte ich für ausgeschlossen. Thies ist Autist und verhält sich anders als ein ›normaler‹ Mensch. Er ist nicht fähig, seine Gefühle zu zeigen oder gar zu äußern. Hin und wieder hat er diese … Ausbrüche, aber sehr, sehr selten. Seine Eltern kümmern sich großartig um ihn, und er verträgt die Medikamente, die er seit vielen Jahren bekommt, sehr gut.«

»Würden Sie Thies als geistig behindert bezeichnen?«

»Auf gar keinen Fall!« Daniela Lauterbach schüttelte heftig den Kopf. »Thies ist hochintelligent und hat eine außergewöhnliche Begabung für die Malerei.«

Sie wies auf die abstrakten großformatigen Bilder, die so ähnlich auch im Haus und im Büro von Terlinden an den Wänden hingen.

»Das hat Thies gemalt?« Pia schaute erstaunt die Bilder an. Auf den ersten Blick hatte sie es nicht wahrgenommen, aber nun erkannte sie, was sie darstellten. Sie schauderte, als sie menschliche Gesichter erkannte, verzerrt, verzweifelt, die Augen voll Qual, Angst und Entsetzen. Die Intensität dieser Bilder war beklemmend. Wie konnte man diese Gesichter tagtäglich ertragen?

»Im vergangenen Sommer hat mein Mann eine Ausstellung für ihn organisiert, in Wiesbaden. Sie war ein sensationeller Erfolg, alle 43 Bilder wurden verkauft.«

Das klang stolz. Daniela Lauterbach mochte den Sohn der Nachbarn, schien aber dennoch genügend professionelle Distanz zu haben, um ihn und sein Verhalten sachlich einzuschätzen.

»Claudius Terlinden hat die Familie Sartorius in den Jahren nach Tobias' Verurteilung großzügig unterstützt«, meldete sich nun Bodenstein zu Wort. »Er hat Tobias damals sogar einen Anwalt besorgt, einen sehr guten. Halten Sie es für möglich, dass er dies getan hat, weil er ein schlechtes Gewissen hatte?«

»Wieso sollte er?« Daniela Lauterbach hörte auf zu lächeln.

»Vielleicht weil er wusste, dass Thies damals etwas mit dem Verschwinden der Mädchen zu tun gehabt hatte.«

Für einen Moment war es ganz still, gedämpft klang das unablässige Läuten des Telefons durch die geschlossene Tür.

Die Ärztin runzelte die Stirn. »So habe ich das noch nie gesehen«, räumte sie nachdenklich ein. »Tatsache ist, dass Thies damals in Stefanie Schneeberger ganz vernarrt war. Er hat viel Zeit mit dem Mädchen verbracht, so wie heute mit Amelie ...«

Sie brach ab, als sie begriff, worauf Bodenstein hinauswollte. Ihr fragender Blick suchte seinen. »Großer Gott!«, sagte sie bestürzt. »Nein, nein, das kann ich nicht glauben!«

»Wir müssen wirklich sehr dringend mit Thies sprechen«, sagte Pia nachdrücklich. »Es ist eine Spur, die uns zu Amelie führen könnte.«

»Das verstehe ich. Aber es ist schwierig. Da ich befürchten musste, dass er sich in seinem Zustand selbst Schaden zufügen könnte, blieb mir nichts anderes übrig, als ihn in die geschlossene Psychiatrie zu überweisen.« Daniela Lauterbach legte die Handflächen aneinander und klopfte sich mit den Zeigefingern nachdenklich gegen die geschürzten Lippen. »Es liegt nicht in meiner Macht, Ihnen ein Gespräch mit Thies zu ermöglichen.«

»Aber falls Thies Amelie in seine Gewalt gebracht hat, schwebt sie in größter Gefahr!«, gab Pia zu bedenken. »Vielleicht hat er sie irgendwo eingesperrt, und sie kann sich nicht selbst befreien.«

Die Ärztin blickte Pia an. Ihre Augen waren dunkel vor Sorge.

»Sie haben recht«, sagte sie dann mit Entschlossenheit. »Ich rufe den Chefarzt der Psychiatrie in Bad Soden an.«

»Ach, noch etwas«, ergänzte Pia, als wäre es ihr gerade erst eingefallen. »Tobias Sartorius sagte uns, Amelie habe Ihren Mann im Zusammenhang mit den Ereignissen von 1997 erwähnt. Es ging damals wohl das Gerücht, Ihr Mann habe Stefanie Schneeberger die Hauptrolle in diesem Theaterstück gegeben, weil er dem Mädchen sehr zugetan war.«

Daniela Lauterbach hatte schon die Hand nach dem Telefonhörer ausgestreckt, ließ sie aber wieder sinken.

»Tobias hat damals jeden beschuldigt«, erwiderte sie. »Er wollte seinen Kopf aus der Schlinge ziehen, was ja durchaus verständlich ist. Aber alle Verdächtigungen gegen Dritte wurden im Laufe der Ermittlungen restlos ausgeräumt. Fakt ist, dass mein Mann als Leiter der Theater AG damals absolut begeistert von Stefanies Talent war. Dazu kam ihr Aussehen: Sie war einfach die Idealbesetzung für Schneewittchen.«

Sie legte ihre Hand wieder auf den Telefonhörer.

»Um wie viel Uhr haben Sie am Samstag den Ebony Club in Frankfurt verlassen?«, fragte nun Bodenstein. »Können Sie sich daran erinnern?«

Ein Ausdruck der Verwirrung flog über das Gesicht der Ärztin. »Ja, ich kann mich sogar ganz genau erinnern«, antwortete sie. »Es war halb zehn.«

»Und Sie sind dann alle gemeinsam mit Claudius Terlinden nach Altenhain zurückgefahren?«

»Nein. Ich hatte an dem Abend Bereitschaft, deshalb war ich mit meinem eigenen Auto dort. Um halb zehn wurde ich zu einem Notfall nach Königstein gerufen.«

»Aha. Und Terlindens und Ihr Mann? Wann sind die gefahren?«

»Christine fuhr mit mir. Sie machte sich Sorgen um Thies, er lag mit einer schlimmen Grippe im Bett. Ich habe sie unten an der Bushaltestelle abgesetzt und bin dann weiter nach Königstein gefahren. Als ich um zwei Uhr nach Hause kam, schlief mein Mann schon.«

Bodenstein und Pia wechselten einen raschen Blick. Über den Verlauf des Samstagabends hatte Claudius Terlinden also ordentlich gelogen. Nur warum?

»Als Sie von Ihrem Notfall kamen, sind Sie aber auch nicht direkt nach Hause gefahren, oder?«, forschte Bodenstein. Die Frage überraschte Daniela Lauterbach nicht.

»Nein. Es war kurz nach eins, als ich aus Königstein kam.« Sie seufzte. »Ich sah einen Mann auf der Bank an der Bushaltestelle liegen und hielt an. Da erst erkannte ich, um wen es sich handelte.« Sie schüttelte langsam den Kopf, ihre dunklen Augen waren voller Mitgefühl. »Tobias war sturzbetrunken und schon völlig unterkühlt. Er hatte sich übergeben, war ohne Bewusstsein. Es dauerte zehn Minuten, bis ich ihn im Auto hatte. Hartmut und ich haben ihn dann auf sein Zimmer und ins Bett gebracht.«

»Hat er irgendetwas zu Ihnen gesagt?«, wollte Pia wissen.

»Nein«, antwortete die Ärztin. »Er war gar nicht ansprechbar. Zuerst hatte ich auch überlegt, den Notarzt zu rufen und ihn ins Krankenhaus bringen zu lassen, aber ich wusste, dass er das auf gar keinen Fall gewollt hätte.«

»Woher?«

»Ich hatte ihn ja nur ein paar Tage vorher behandelt, als man ihn in der Scheune überfallen und zusammengeschlagen hat.« Sie beugte sich vor und sah Bodenstein so eindringlich an, dass ihm heiß wurde. »Er kann einem wirklich leidtun, egal, was er getan hat. Die anderen mögen sagen, zehn Jahre Gefängnis wären zu wenig gewesen. Ich denke, Tobias ist für den Rest seines Lebens bestraft.«

»Es gibt Hinweise darauf, dass er etwas mit Amelies Verschwinden zu tun haben könnte«, sagte Bodenstein. »Sie kennen ihn besser als viele andere. Halten Sie das für möglich?«

Daniela Lauterbach lehnte sich in ihrem Sessel zurück und schwieg eine volle Minute, ohne ihren Blick von Bodenstein zu wenden.

»Ich wünschte«, sagte sie schließlich, »ich könnte jetzt voller Überzeugung ›Nein‹ sagen. Aber das kann ich leider nicht.«

*

Sie zerrte sich die Kurzhaarperücke vom Kopf, ließ sie achtlos auf den Boden fallen. Ihre Finger zitterten zu sehr, um das rote Band, das die Rolle zusammenhielt, aufzuknoten, deshalb ergriff sie ungeduldig eine Schere und schnitt es durch. Mit klopfendem Herzen rollte sie die Bilder auf ihrem Schreibtisch auseinander. Acht Stück waren es, und ihr verschlug es den Atem, als sie mit Entsetzen erkannte, was darauf zu sehen war. Dieser elende Mistkerl hatte die Ereignisse des 6. September 1997 mit wahrhaft fotografischer Präzision auf Leinwand gebannt, kein noch so kleines Detail war ihm entgangen. Sogar der alberne Schriftzug und das stilisierte

Schweinchen auf den dunkelgrünen T-Shirts waren deutlich zu erkennen! Sie biss sich auf die Lippen, das Blut rauschte in ihren Ohren. Die Erinnerung war schlagartig wieder lebendig. Das demütigende Gefühl der Niederlage ebenso wie die wilde Genugtuung beim Anblick von Laura, die endlich das bekam, was sie verdiente, dieses verdammte überhebliche Flittchen! Sie zog die anderen Bilder hervor, glättete sie mit beiden Händen. Nackte Panik ergriff sie, genau wie damals. Unglaube, Fassungslosigkeit, kalter Zorn. Sie richtete sich auf und zwang sich, tief durchzuatmen. Dreimal, viermal. Ganz ruhig. Nachdenken. Das hier war keine Katastrophe, es war der absolute Super-GAU. Es konnte ihre sorgfältige Planung vollkommen zerstören, und das durfte sie nicht zulassen! Mit zittrigen Fingern zündete sie sich eine Zigarette an. Nicht auszudenken, was geschehen wäre, hätten die Bullen diese Bilder in die Hände bekommen! Ihr war ganz flau im Magen. Was sollte sie jetzt tun? Waren das wirklich alle Bilder, oder hatte Thies noch andere gemalt? Sie durfte kein Risiko eingehen, zu viel stand auf dem Spiel. Mit hastigen Zügen rauchte sie die Zigarette bis zum Filter, dann wusste sie, was zu tun war. Sie hatte schon immer alle Entscheidungen allein treffen müssen. Mit grimmiger Entschlossenheit ergriff sie die Schere und schnitt die Bilder, eines nach dem anderen, in kleine Stücke. Dann ließ sie alles durch den Reißwolf laufen, nahm den Sack mit den Papierschnipseln heraus und schnappte ihre Tasche. Nur jetzt nicht die Nerven verlieren, dann würde alles gutgehen.

*

Kriminaloberkommissar Kai Ostermann musste sich niedergeschlagen eingestehen, dass die Geheimschrift in Amelies Tagebuch für ihn ein unlösbares Rätsel war. Zuerst hatte er gedacht, es sei ein Leichtes, die Hieroglyphen zu entziffern, aber nun war er nahe daran, aufzugeben. Er erkannte einfach kein System. Offenbar hatte sie für die gleichen Buchstaben verschiedene Symbole benutzt, das machte es ihm so gut wie unmöglich, den Code zu knacken. Behnke kam zur Tür herein.

»Und?«, fragte Ostermann. Bodenstein hatte es Behnke überlassen, Claudius Terlinden zu vernehmen, der seit dem Morgen in einer der Arrestzellen saß.

»Sagt keinen Ton, das arrogante Schwein.« Behnke ließ sich frustriert auf den Stuhl hinter seinem Schreibtisch fallen und verschränkte die Arme hinter dem Kopf. »Der Chef hat gut reden! Ich soll den Kerl mit irgendetwas festnageln – ja, aber mit was denn? Ich hab versucht, ihn zu provozieren, ich war freundlich, ich hab ihm gedroht – er sitzt nur da und lächelt! Am liebsten hätte ich ihm in die Fresse geschlagen!«

»Das würde noch fehlen.« Ostermann warf seinem Kollegen einen raschen Blick zu. Sofort geriet Behnke in Harnisch.

»Du musst mich nicht dran erinnern, dass ich in der Scheiße sitze!«, blaffte er und schlug mit der Faust so heftig auf die Schreibtischplatte, dass die Tastatur einen Satz machte. »Ich glaube allmählich, der Alte will mich hier rausmobben, damit ich von selbst gehe!«

»So 'n Quatsch. Außerdem hat er dir nicht gesagt, dass du ihn festnageln, sondern nur etwas mürbe machen sollst.«

»Genau. Bis er mit seiner Kronprinzessin daherspaziert kommt und ein leichtes Spiel hat!« Behnke war zornrot im Gesicht. »Ich darf nur noch die Drecksarbeit machen.«

Ostermann hatte fast Mitleid mit Behnke. Er kannte ihn von der Polizeischule, sie waren zusammen Streife gefahren und zum SEK gegangen, bis Ostermann bei einem Einsatz seinen Unterschenkel verloren hatte. Behnke war noch ein paar

Jahre beim SEK gewesen, dann war er zur Kripo nach Frankfurt gewechselt und dort gleich beim K 11, in der Königsklasse, gelandet. Er war ein guter Polizist. Gewesen. Seitdem in seinem Privatleben alles schieflief, litt auch seine Arbeit. Behnke stützte den Kopf in die Hände und verfiel in dumpfes Brüten.

Da flog die Tür auf. Kathrin Fachinger marschierte herein, ihre Wangen glühten vor Zorn.

»Sag mal, hast du sie noch alle?«, fuhr sie ihren Kollegen an. »Lässt mich einfach mit dem Kerl alleine und haust ab! Was soll denn das?«

»Du kannst doch eh alles besser als ich!«, entgegnete Behnke sarkastisch. Ostermann blickte zwischen den beiden Streithähnen hin und her.

»Wir hatten eine Strategie«, erinnerte Kathrin ihren Kollegen. »Und dann rauschst du einfach ab. Aber stell dir vor, mit mir hat er geredet.« Ihre Stimme bekam einen triumphierenden Unterton.

»Na toll! Dann renn doch zum Chef und erzähl es ihm, du blöde Kuh!«

»Was hast du gesagt?« Kathrin baute sich vor ihm auf und stemmte die Arme in die Seiten.

»Blöde Kuh, hab ich gesagt!«, wiederholte Behnke laut. »Und ich sag's dir noch deutlicher: Du bist eine hinterhältige, egoistische kleine Zicke! Du hast mich angeschwärzt, und das vergesse ich dir nicht!«

»Frank!«, rief Ostermann und stand auf.

»Drohst du mir etwa?« Kathrin ließ sich nicht einschüchtern. Sie lachte geringschätzig. »Ich hab keine Angst vor dir, du … du Großmaul! Du kannst doch nur blöde Sprüche klopfen und anderen die Arbeit überlassen! Kein Wunder, dass deine Frau das Weite gesucht hat. Wer will schon mit einem wie dir verheiratet sein?«

Behnke lief dunkelrot an. Er ballte die Fäuste.

»Leute!«, mahnte Ostermann besorgt. »Bleibt doch cool!«

Es war zu spät. Behnkes lang aufgestauter Zorn gegen die jüngere Kollegin entlud sich explosionsartig. Er sprang auf, stieß seinen Stuhl um und versetzte Kathrin einen derben Stoß. Sie krachte gegen den Schrank, ihre Brille flog auf den Boden. Behnke trat mit voller Absicht darauf, knirschend zersplitterten die Gläser unter dem Absatz seines Schuhs. Kathrin kam auf die Füße.

»So«, sagte sie und grinste kalt. »Das war's hier für dich, Herr Kollege.«

Da rastete Behnke vollends aus. Bevor Ostermann ihn daran hindern konnte, ging er auf Kathrin los, traf sie mit der Faust mitten im Gesicht. Reflexartig riss sie ihr Bein hoch und rammte ihm ihr Knie in die Genitalien. Mit einem erstickten Schmerzenslaut ging Behnke zu Boden. Im selben Moment ging die Tür auf, und Bodenstein erschien im Türrahmen. Sein Blick flog von Kathrin Fachinger zu Behnke.

»Kann mir bitte jemand erklären, was hier los ist?«, fragte er mit mühsam beherrschter Stimme.

»Er hat mich angegriffen und mir die Brille aus dem Gesicht geschlagen«, erwiderte Kathrin Fachinger und deutete auf das zertretene Brillengestell. »Ich hab mich nur gewehrt.«

»Stimmt das?« Bodenstein sah Ostermann an, der hilflos die Hände hob und nach einem kurzen Blick auf den am Boden kauernden Kollegen nickte.

»Okay«, sagte Bodenstein. »Mir reicht es jetzt mit diesem Kindergarten. Behnke, stehen Sie auf.«

Frank Behnke gehorchte. Sein Gesicht war vor Schmerz und Hass verzerrt. Er öffnete den Mund, aber Bodenstein ließ ihn nicht zu Wort kommen.

»Ich dachte, Sie hätten verstanden, was Frau Dr. Engel und

ich Ihnen gesagt haben«, sagte er eisig. »Sie sind mit sofortiger Wirkung vom Dienst suspendiert!«

Behnke starrte ihn stumm an, dann ging er zu seinem Schreibtisch, schnappte die Jacke, die er über die Lehne seines Stuhles gehängt hatte.

»Die Marke und Ihre Dienstwaffe lassen Sie hier«, befahl Bodenstein.

Behnke schnallte die Waffe ab, warf sie und die Marke achtlos auf den Schreibtisch.

»Ihr könnt mich alle mal am Arsch lecken«, stieß er hervor, drängte sich an Bodenstein vorbei und verschwand. Für einen Moment herrschte völlige Stille.

»Was hat die Vernehmung von Terlinden ergeben?«, wandte Bodenstein sich an Kathrin Fachinger, als sei nichts geschehen.

»Ihm gehört der Ebony Club in Frankfurt«, erwiderte sie. »Genauso wie das Schwarze Ross und das andere Restaurant, von dem Andreas Jagielski Geschäftsführer ist.«

»Und? Was noch?«

»Mehr war nicht aus ihm herauszubekommen. Aber ich finde, das erklärt einiges.«

»Ach? Was denn?«

»Claudius Terlinden hätte Hartmut Sartorius nicht finanziell unterstützen müssen, hätte er ihm nicht selbst mit der Eröffnung vom Schwarzen Ross die Existenz zerstört«, entgegnete Kathrin. »Meiner Meinung nach ist er alles andere als ein barmherziger Samariter. Er hat Sartorius zuerst ruiniert, dann aber verhindert, dass er den Hof verliert und Altenhain verlässt. Garantiert hat er in dem Dorf noch mehr Leute in der Hand, zum Beispiel diesen Jagielski, den er zum Geschäftsführer seiner Restaurants gemacht hat. Es erinnert mich ein bisschen an die Mafia: Er beschützt sie, und dafür halten sie den Mund.«

Bodenstein blickte seine jüngste Mitarbeiterin an und runzelte nachdenklich die Stirn. Dann nickte er.

»Gut gemacht«, sagte er anerkennend. »Sehr gut.«

*

Tobias sprang wie elektrisiert von der Couch auf, als sich die Wohnungstür öffnete. Nadja kam herein, in der einen Hand hielt sie eine Plastiktüte, mit der anderen versuchte sie, ihren Mantel auszuziehen.

»Und?« Tobias half ihr aus dem Mantel und hängte ihn an die Garderobe. »Hast du etwas gefunden?« Nach Stunden des Wartens und der Anspannung konnte er seine Neugier kaum mehr bezähmen.

Nadja ging in die Küche, stellte die Tüte auf den Tisch und setzte sich auf einen Stuhl.

»Nichts.« Sie schüttelte müde den Kopf, löste ihren Pferdeschwanz und fuhr sich mit der Hand durch das offene Haar. »Ich habe das ganze verdammte Haus abgesucht. Allmählich glaube ich, diese Bilder waren nur eine Erfindung von Amelie.«

Tobias starrte sie an. Die Enttäuschung war bodenlos.

»Das kann doch nicht sein!«, widersprach er heftig. »Wieso sollte sie sich so etwas ausdenken?«

»Keine Ahnung. Vielleicht wollte sie sich wichtigtun«, antwortete Nadja achselzuckend. Sie sah erschöpft aus, unter ihren Augen lagen dunkle Schatten. Die ganze Situation schien ihr ebenso an die Nieren zu gehen wie ihm selbst.

»Lass uns erst mal essen«, sagte sie und langte nach der Tüte. »Ich hab uns was vom Chinesen mitgebracht.«

Obwohl Tobias den ganzen Tag noch nichts gegessen hatte, lockte ihn der appetitliche Duft, der den Pappboxen entströmte, überhaupt nicht. Wie konnte er jetzt an Essen denken? Amelie hatte sich das mit den Bildern nicht ausgedacht – nie und nimmer! Sie war nicht der Typ Mädchen, der sich wichtigmachen wollte, da lag Nadja völlig falsch. Schweigend sah er zu, wie sie eine Pappschachtel öffnete, die Holzstäbchen auseinanderbrach und zu essen begann.

»Die Polizei sucht nach mir«, sagte er.

»Das weiß ich«, erwiderte sie mit vollem Mund. »Ich tue ja auch alles, um dir zu helfen.«

Tobias biss sich auf die Lippen. Verdammt, er konnte Nadja wirklich keine Vorwürfe machen. Aber es machte ihn schier verrückt, so zur Tatenlosigkeit verdammt zu sein. Am liebsten wäre er losgegangen, um Amelie auf eigene Faust zu suchen. Nur würde man ihn auf der Stelle verhaften, sobald er einen Fuß vor die Tür setzte. Ihm blieb nichts anderes übrig, als sich in Geduld zu üben und Nadja zu vertrauen.

*

Bodenstein hielt auf der gegenüberliegenden Straßenseite an, stellte den Motor ab und blieb hinter dem Steuer sitzen. Von hier aus konnte er Cosima durch das hell erleuchtete Küchenfenster beobachten, wie sie geschäftig hin und her ging. Er hatte noch eine Besprechung mit Dr. Engel gehabt, wegen Behnke. Der Vorfall hatte sich natürlich wie ein Lauffeuer im ganzen Kommissariat herumgesprochen. Nicola Engel hatte die Suspendierung Behnkes gutgeheißen, aber nun hatte Bodenstein ein ernsthaftes Personalproblem. Nicht nur Behnke, sondern auch Hasse fehlte.

Auf der Fahrt nach Hause hatte Bodenstein darüber nachgegrübelt, wie er sich Cosima gegenüber verhalten sollte. Stumm seine Sachen packen und verschwinden? Nein, er musste die Wahrheit aus ihrem Mund hören. Er empfand keinen Zorn, nur das ganz und gar elende Gefühl bodenloser

Enttäuschung. Nach Minuten des Zögerns stieg er aus und überquerte langsam die regennasse Straße. Das Haus, das Cosima und er damals zusammen gebaut hatten, in dem er zwanzig Jahre gewohnt hatte und glücklich gewesen war, in dem er jeden Winkel kannte, erschien ihm plötzlich fremd. Jeden Abend hatte er sich gefreut, nach Hause zu kommen. Er hatte sich auf Cosima gefreut und auf die Kinder, auf den Hund und auf die Gartenarbeit im Sommer, aber jetzt graute ihm davor, die Haustür aufzuschließen. Wie lange schon lag Cosima nachts neben ihm im Bett und sehnte sich insgeheim nach einem anderen Mann, der sie streichelte und küsste und mit ihr schlief? Hätte er Cosima nur heute nicht mit diesem Kerl gesehen! Aber es war passiert, und nun schrie alles in seinem Innern *warum? Seit wann? Wie? Wo?*

Niemals hätte er geglaubt, dass er einmal in eine solche Situation geraten würde. Seine Ehe war gut gewesen, bis … ja, bis Sophia auf die Welt gekommen war. Danach hatte sich Cosima verändert. Sie war schon immer rastlos gewesen, ihre Expeditionen in ferne Länder hatten aber ihre Sehnsucht nach Freiheit und Abenteuer so weit befriedigt, dass sie in den restlichen Monaten den Alltag ertragen konnte. Er hatte das gewusst und ihre Reisen klaglos akzeptiert, obwohl er die langen Trennungen immer gehasst hatte. Seit Sophia auf der Welt war, seit knapp zwei Jahren also, war Cosima zu Hause. Sie hatte ihn nie spüren lassen, dass sie unzufrieden war. Aber rückblickend erkannte er die Veränderungen. Früher hatten sie nie gestritten, jetzt taten sie es häufig. Es ging immer nur um Kleinigkeiten. Sie machten sich gegenseitig Vorwürfe, kritisierten auf einmal die Marotten des anderen. Bodenstein stand mit gezücktem Schlüssel vor seiner Haustür, als plötzlich und unerwartet der Zorn in ihm aufflammte. Wochenlang hatte sie ihm damals ihre Schwangerschaft verheimlicht. *Sie* hatte sich ganz allein für das Kind entschieden, ihn vor vollendete Tatsachen gestellt. Dabei hatte ihr klar sein müssen, dass mit einem Baby mit ihrem Zigeunerleben wenigstens für eine Weile Schluss sein würde.

Er schloss die Tür auf. Der Hund sprang aus seinem Korb und begrüßte ihn erfreut. Als Cosima in der Küchentür erschien, sackte Bodenstein das Herz in die Kniekehlen.

»Hallo.« Sie lächelte. »Du bist spät dran heute. Hast du schon gegessen?«

Da stand sie, in demselben seladongrünen Kaschmirpullover, den sie auch heute Mittag im Ebony Club getragen hatte, und sah aus wie immer.

»Nein«, erwiderte er. »Ich habe keinen Hunger.«

»Falls doch, ich hab noch Frikadellen und Nudelsalat im Kühlschrank.«

Sie wandte sich ab, wollte zurück in die Küche gehen.

»Du warst heute nicht in Mainz«, sagte er. Cosima blieb stehen und drehte sich um. Er wollte nicht, dass sie ihn anlog, deshalb sprach er weiter, bevor sie etwas sagen konnte. »Ich habe dich heute Mittag im Ebony Club gesehen. Mit Alexander Gavrilow. Streite es bitte nicht ab.«

Sie verschränkte die Arme, blickte ihn an. Es war ganz still, der Hund spürte die plötzliche Spannung und verschwand lautlos in seinem Korb.

»Du bist in den letzten Wochen fast nie in Mainz gewesen«, fuhr Bodenstein fort. »Vor ein paar Tagen kam ich aus der Rechtsmedizin, da bist du zufällig vor mir hergefahren. Ich habe dich angerufen und gesehen, wie du das Telefon abgenommen hast. Und da hast du behauptet, du seiest noch in Mainz.«

Er verstummte. Hoffte noch immer in einem Winkel seines Herzens, dass sie ihm lachend eine völlig harmlose Erklärung bieten würde. Aber sie lachte nicht, stritt nichts ab. Stand einfach da mit verschränkten Armen. Keine Spur von Schuldbewusstsein.

»Sei bitte ehrlich zu mir, Cosima.« Seine Stimme hörte sich in seinen Ohren kläglich an. »Hast du ... hast du ... ein Verhältnis mit Gavrilow?«

»Ja«, erwiderte sie ruhig.

Die Welt stürzte für ihn ein, aber es gelang Bodenstein, äußerlich ebenso ruhig zu bleiben wie Cosima.

»Warum?«, fragte er nur selbstquälerisch.

»Ach, Oliver. Was willst du denn jetzt von mir hören?«

»Am liebsten die Wahrheit.«

»Ich habe ihn im Sommer zufällig auf einer Vernissage in Wiesbaden getroffen. Er hat ein Büro in Frankfurt, plant ein neues Projekt und sucht dafür Sponsoren. Wir haben ein paarmal telefoniert. Er hatte die Idee, ich könnte einen Film über seine Expedition machen. Ich wusste, dass dir das nicht gefallen würde, und wollte mir erst einmal anhören, was er für Vorstellungen hat. Deshalb habe ich dir nicht erzählt, dass ich mich mit ihm getroffen habe. Na ja. Und irgendwann ist es einfach ... passiert. Ich dachte, es wäre ein Ausrutscher, aber dann ...« Sie brach ab, schüttelte den Kopf.

Unfassbar, dass sie einen anderen Mann hatte treffen und mit ihm ein Verhältnis beginnen konnte, ohne dass er etwas davon geahnt hatte. War er zu blöd, zu vertrauensselig gewesen oder zu sehr mit sich selbst beschäftigt? Ihm fiel der Text eines Liedes ein, mit dem Rosalie in ihrer schlimmsten Pubertätsphase unablässig das ganze Haus beschallt hatte. *Was hat er, was ich nicht habe? Sag mir ehrlich, was es ist. Jetzt ist es zwar zu spät, aber was hast du vermisst?* So ein bescheuertes Lied – und jetzt auf einmal enthielt es so viel Wahrheit. Bodenstein ließ Cosima stehen, ging die Treppe hoch ins Schlafzimmer. Noch eine Minute länger, dann wäre er explodiert, hätte ihr ins Gesicht gebrüllt, was er von Abenteurern wie

Gavrilow hielt, die mit verheirateten Müttern kleiner Kinder eine Affäre anfingen. Wahrscheinlich hatte er überall auf der Welt seine Liebschaften verteilt, dieser Windhund! Er öffnete sämtliche Kleiderschränke, zerrte eine Reisetasche aus einem der oberen Fächer, stopfte sie wahllos mit Unterwäsche, Hemden, Krawatten voll und warf zwei Anzüge obendrauf. Dann ging er ins Bad und packte seine persönlichen Dinge in einen Toilettenbeutel. Nur zehn Minuten später schleppte er die Reisetasche die Treppe hinunter. Cosima stand noch an derselben Stelle wie vorhin.

»Wo gehst du hin?«, fragte sie leise.

»Weg«, erwiderte er, ohne sie anzusehen, öffnete die Haustür und trat hinaus in die Nacht.

Freitag, 21. November 2008

Um Viertel nach sechs wurde Bodenstein vom Klingeln seines Handys aus dem Tiefschlaf gerissen. Benommen tastete er nach dem Lichtschalter, bis er sich daran erinnerte, dass er nicht zu Hause in seinem eigenen Bett lag. Er hatte schlecht geschlafen und wirre Dinge geträumt. Die Matratze war zu weich, das Federbett zu warm, so dass er abwechselnd geschwitzt und gefroren hatte. Das Handy klingelte hartnäckig weiter, setzte kurz aus und klingelte erneut. Bodenstein wälzte sich aus dem Bett, tastete sich in der Dunkelheit orientierungslos durch den fremden Raum und knurrte einen Fluch, als er mit dem großen Zeh gegen ein Tischbein stieß. Endlich hatte er den Lichtschalter neben der Tür gefunden und kurz drauf sein Handy in der Innentasche des Jacketts, das er gestern Nacht über den Stuhl geworfen hatte.

Der Förster hatte auf einem Waldparkplatz unterhalb des Eichkopfes zwischen Ruppertshain und Königstein eine männliche Leiche in einem Auto entdeckt. Die Spurensicherung war schon unterwegs, ob er kurz vorbeifahren und sich die Sache ansehen würde. Natürlich würde er – was blieb ihm auch anderes übrig? Mit schmerzverzerrtem Gesicht humpelte er zurück zum Bett und ließ sich auf die Bettkante sinken. Die letzten Ereignisse erschienen ihm wie ein böser Traum. Fast eine Stunde war er ziellos durch die Gegend gefahren, bis er eher zufällig an der Abfahrt zum Gutshof vorbeigekommen war. Weder sein Vater noch seine Mutter hatten ihm Fragen gestellt, als er kurz vor Mitternacht bei ihnen vor der Haustür gestanden und um Asyl für eine Nacht gebeten hatte. Seine Mutter hatte ihm in einem der Gästezimmer unterm Dach ein Bett hergerichtet und war nicht weiter in ihn gedrungen. Sicher hatte sie seinem Gesicht angesehen, dass er nicht aus Spaß vorbeigekommen war. Er war dankbar für die Diskretion. Unmöglich hätte er darüber reden können, über Cosima und diesen Kerl.

Mit einem Seufzer erhob er sich, fischte den Toilettenbeutel aus der Reisetasche und ging über den Flur hinüber in das Badezimmer. Es war winzig und eiskalt und erinnerte ihn unangenehm an seine Kindheit und Jugend, in der Luxus Fehlanzeige gewesen war. Seine Eltern hatten gespart, wo sie konnten, denn das Geld war immer knapp gewesen. Drüben im Schloss, in dem er aufgewachsen war, wurden in den Wintermonaten nur zwei Räume geheizt, alle anderen Zimmer waren nur »überschlagen«, wie seine Mutter die knapp 18 Grad Raumtemperatur zu nennen pflegte. Bodenstein schnupperte an seinem T-Shirt und rümpfte die Nase. Um eine Dusche kam er nicht herum. Sehnsüchtig dachte er an die Fußbodenheizung in seinem Haus, an weiche, nach Lenor duftende Handtücher. Er duschte im Rekordtempo, trocknete sich mit einem rauen, zerfransten Handtuch ab und rasierte sich mit zitternden Fingern im fahlen Neonlicht des Allibert-Spiegelschranks. Unten in der Küche traf er seinen Vater, der an dem zerkratzten Holztisch Kaffee trank und die FAZ las.

»Guten Morgen.« Er blickte auf und nickte seinem Sohn freundlich zu. »Auch einen Kaffee?«

»Guten Morgen. Ja, gerne.« Bodenstein setzte sich. Sein Vater stand auf, holte eine Tasse aus einem der Schränke und schenkte ihm ein. Niemals hätte sein Vater ihn gefragt, weshalb er mitten in der Nacht aufgetaucht war und in einem der Gästezimmer übernachtet hatte. Auch was Worte anging, waren seine Eltern schon immer genügsam gewesen. Und er selbst verspürte keine Lust, morgens um Viertel vor sieben über seine Eheprobleme zu sprechen. Daher tranken Vater und Sohn ihren Kaffee in schweigendem Einvernehmen. Seit jeher wurde im Hause Bodenstein selbst im Alltag von Meißener Geschirr gegessen und getrunken – aus Sparsamkeit. Das Porzellan war Familienerbe, es gab keinen Grund, es nicht zu benutzen oder gar neues anzuschaffen. Es wäre wohl von unschätzbarem Wert gewesen, wäre nicht beinahe jedes Stück mittlerweile mehrfach geklebt worden. Auch Bodensteins Kaffeetasse hatte einen Sprung und einen angeklebten Henkel. Schließlich stand er auf, stellte seine Tasse in die Spüle und bedankte sich. Sein Vater nickte und wandte sich wieder seiner Lektüre zu, die er höflich zur Seite gelegt hatte.

»Nimm dir doch einen Haustürschlüssel mit«, sagte er beiläufig. »Am Schlüsselbrett neben der Tür hängt einer mit einem roten Anhänger.«

»Danke.« Bodenstein nahm den Schlüssel. »Bis später.«

Es war für seinen Vater offenbar ausgemachte Sache, dass er am Abend wiederkommen würde.

*

Scheinwerfer und blinkende Blaulichter erhellten den düsteren Novembermorgen, als Bodenstein auf den Waldparkplatz direkt hinter der Nepomuk-Kurve einbog. Er stellte sein Auto neben einem der Streifenwagen ab und machte sich zu Fuß auf den Weg. Der herbstliche Geruch nach feuchter Erde und verfaulendem Laub drang ihm in die Nase, ihm kamen Bruchstücke eines der wenigen Gedichte, die er auswendig kannte, in den Sinn. *Wer jetzt allein ist, wird es lange bleiben, wird in den Alleen hin und her unruhig wandern, wenn die Blätter treiben.* Das Gefühl der Verlassenheit sprang ihn an wie ein wütender Hund, und er musste sich mit aller Macht dazu zwingen, weiterzugehen, seinen Job zu tun, obwohl er sich am liebsten irgendwo verkrochen hätte.

»Morgen«, sagte er zu Christian Kröger, dem Leiter der Spurensicherung, der gerade seine Kamera auspackte. »Was ist denn da oben los?«

»Es hat sich wohl über den Polizeifunk herumgesprochen«, antwortete Kröger und grinste kopfschüttelnd. »Wie die kleinen Jungs!«

»Was hat sich herumgesprochen?« Bodenstein verstand noch immer nicht und wunderte sich über den Menschenauflauf. Trotz der frühen Stunde standen fünf Einsatzfahrzeuge auf dem geschotterten Parkplatz, ein sechstes bog gerade von der Straße aus ein. Schon von weitem hörte Bodenstein Stimmengewirr. Sämtliche Beamte, uniformiert oder in den weißen Overalls der Spurensicherung, waren in heller Aufregung.

»Ein Ferrari!«, teilte ihm einer der Streifenbeamten mit leuchtenden Augen mit. »Ein 599 GTB Fiorano! So einen habe ich nur einmal auf der IAA gesehen!«

Bodenstein drängte sich durch die Reihen der Kollegen. Tatsächlich! Ganz am Ende des Waldparkplatzes leuchtete ein knallroter Ferrari im Licht eines Scheinwerfers, ehrfurchtsvoll umringt von etwa fünfzehn Polizeibeamten, die sich mehr für Hubraum, PS-Zahl, Reifen, Felgen, Drehmomente und Beschleunigung des edlen Sportwagens als für den Toten auf dem Fahrersitz interessierten. Ein Schlauch reichte von einem der armdicken, chromglänzenden Auspuffrohre bis zum Fenster, das von innen sorgfältig mit silbernem Isolierband abgedichtet worden war.

»Das Ding kostet zweihundertfünfzigtausend Euro«, behauptete einer der jüngeren Beamten in diesem Moment. »Wahnsinn, oder?«

»Es dürfte über Nacht erheblich günstiger geworden sein«, entgegnete Bodenstein trocken.

»Wieso?«

»Es ist Ihnen vielleicht entgangen, aber auf dem Fahrersitz sitzt eine Leiche.« Bodenstein gehörte nicht zu den Männern, die beim Anblick eines roten Sportwagens komplett durchdrehten. »Hat jemand das Kennzeichen überprüft?«

»Ja«, ließ sich eine junge Beamtin aus dem Hintergrund vernehmen, die die Begeisterung ihrer männlichen Kollegen offenbar ebenso wenig teilte. »Das Fahrzeug ist auf eine Bank in Frankfurt zugelassen.«

»Hm.« Bodenstein sah zu, wie Kröger seine Fotos schoss und anschließend mit einem Kollegen die Fahrertür des Autos öffnete.

»Die Wirtschaftskrise fordert erste Opfer«, frotzelte jemand. Dann entbrannte eine neue Diskussion darüber, wie viel Geld man im Monat verdienen musste, um die Leasingraten für einen Ferrari Fiorano bezahlen zu können. Bodenstein sah einen weiteren Streifenwagen auf den Parkplatz rollen, gefolgt von zwei Zivilfahrzeugen.

»Lassen Sie den Parkplatz weiträumig absperren«, wies er die junge Polizeimeisterin an. »Und schicken Sie bitte die Kollegen weg, die hier nichts zu tun haben.«

Die junge Frau nickte und schritt energisch zur Tat. Wenige Minuten später war der Parkplatz abgesperrt. Bodenstein ging neben der geöffneten Fahrertür in die Hocke und betrachtete die Leiche. Der blonde Mann war noch jung, schätzungsweise Mitte dreißig. Er trug Anzug und Krawatte, am Handgelenk eine teure Uhr. Sein Kopf war zur Seite gekippt, auf den ersten Blick sah es aus, als ob er schliefe.

»Morgen, Bodenstein«, sagte eine vertraute Stimme hinter ihm, und Bodenstein warf einen Blick über die Schulter.

»Hallo, Dr. Kirchhoff.« Er erhob sich und nickte dem Rechtsmediziner zu.

»Ist Pia nicht hier?«

»Nein, heute darf ich mal ganz alleine ran«, erwiderte Bodenstein ironisch. »Fehlt sie Ihnen?«

Kirchhoff setzte ein müdes Lächeln auf, ging aber auf die Bemerkung nicht ein. Er schien ausnahmsweise nicht in der Stimmung für sarkastische Bemerkungen. Seine Augen hinter den Brillengläsern waren gerötet; auch er sah aus, als habe er letzte Nacht nicht viel Schlaf bekommen. Bodenstein machte dem Rechtsmediziner Platz und ging zu Kröger hinüber; dieser untersuchte gerade die Aktentasche, die auf dem Beifahrersitz des Ferraris gelegen hatte.

»Und?«, fragte er. Kröger reichte ihm die Brieftasche des Toten. Bodenstein zog den Personalausweis heraus und erstarrte. Er las den Namen ein zweites Mal. Konnte das bloßer Zufall sein?

*

Die Oberärztin der Psychiatrie hatte Pia so ausführlich, wie es die ärztliche Schweigepflicht erlaubte, über den Zustand von Thies Terlinden informiert; nun war Pia mehr als gespannt darauf, den Mann zu sehen. Sie wusste, dass sie nicht zu viel erwarten durfte. Wahrscheinlich, so hatte die Ärztin gesagt, würde Thies gar nicht auf ihre Fragen antworten. Eine ganze Weile betrachtete Pia den Patienten durch das Fenster in der Tür. Thies Terlinden war ein ausgesprochen hübscher junger Mann mit dichtem, blondem Haar und einem sensiblen Mund, dem man nicht ansah, mit welchen Dämonen er zu kämpfen hatte. Nur seine Bilder verrieten etwas über seine inneren Qualen. Er saß an einem Tisch in einem hellen, freundlichen Raum und malte konzentriert. Obwohl er sich unter dem Einfluss der Medikamente wieder beruhigt hatte, gab man ihm keine spitzen Gegenstände wie Bleistifte oder Pinsel, deshalb musste er mit Wachsmalkreide vorliebnehmen, was ihn jedoch nicht zu stören schien. Er blickte nicht auf, als Pia in Begleitung der Ärztin und eines Pflegers den Raum betrat. Die Ärztin stellte Pia vor, erklärte ihm, weshalb sie hier war und mit ihm sprechen wollte. Thies beugte sich tiefer über sein Bild, dann lehnte er sich ruckartig zurück und legte die Wachsmalkreide auf den Tisch. Die bunten Stifte lagen nicht einfach herum, er hatte sie akkurat nebeneinanderplaziert, wie Soldaten beim Appell. Pia setzte sich ihm gegenüber auf einen Stuhl und betrachtete ihn.

»Ich habe Amelie nichts getan«, sagte er mit einer seltsam monotonen Stimme, bevor Pia etwas sagen konnte. »Das schwöre ich. Ich habe Amelie nichts getan, nichts getan.«

»Das behauptet ja auch niemand«, erwiderte Pia freundlich.

Thies' Hände flatterten unkontrolliert, er wiegte den Oberkörper vor und zurück, sein Blick blieb starr auf das Bild gerichtet, das vor ihm lag.

»Sie mögen Amelie gerne, und sie war oft bei Ihnen, nicht wahr?«

Er nickte heftig.

»Ich habe auf sie aufgepasst. Auf sie aufgepasst.«

Pia wechselte einen Blick mit der Ärztin, die etwas abseits Platz genommen hatte. Thies ergriff wieder einen Kreidestift, beugte sich über das Bild und malte weiter. Es herrschte Stille. Pia überlegte, welche Frage sie als Nächstes stellen sollte. Die Ärztin hatte ihr geraten, ganz normal mit Thies zu sprechen, nicht wie mit einem kleinen Kind. Aber das erwies sich als nicht so einfach.

»Wann haben Sie Amelie das letzte Mal gesehen?«

Er reagierte nicht, malte wie besessen, wechselte die Farbstifte.

»Worüber haben Sie gesprochen, Amelie und Sie?«

Es war völlig anders als bei einer normalen Vernehmung. Thies' Gesicht war nichts anzusehen, seine Mimik so starr wie die einer Marmorfigur. Er antwortete auf keine Frage, schließlich stellte Pia keine mehr. Die Minuten verstrichen. Zeit bedeute Autisten nichts, hatte die Ärztin Pia erklärt, sie lebten in ihrer eigenen Welt. Geduld war angesagt. Aber um elf Uhr fand auf dem Friedhof in Altenhain die Beerdigung von Laura Wagner statt, dort wollte sie sich mit Bodenstein treffen. Als sie schon enttäuscht aufstehen und gehen wollte, ergriff Thies Terlinden unvermittelt das Wort.

»Ich habe sie an dem Abend gesehen, vom Adlerhorst aus.« Seine Sprechweise war klar und deutlich, er bildete korrekte Sätze. Nur die Satzmelodie fehlte, es hörte sich an, als spräche ein Roboter. »Sie hat im Hof an der Scheune gestanden. Ich wollte sie rufen, aber dann kam … der Mann. Sie haben geredet und gekichert und sind in die Scheune gegangen, damit keiner sieht, was sie tun. Ich habe es aber gesehen.«

Pia blickte verwirrt zu der Ärztin hinüber, die nur ratlos die Schultern zuckte. Scheune? Adlerhorst? Und welchen Mann hatte Thies gesehen?

»Ich darf aber nicht darüber reden«, fuhr er fort, »sonst komme ich in ein Heim. Und da muss ich bleiben, bis ich sterbe.«

Plötzlich hob er den Kopf und blickte sie aus hellen, blauen Augen an, so verzweifelt wie eine Figur auf den Bildern in Dr. Lauterbachs Arbeitszimmer.

»Ich darf nicht darüber reden«, wiederholte er. »Nicht darüber reden. Sonst komme ich in ein Heim.« Er schob Pia das Bild hin, das er gemalt hatte. »Nicht reden. Nicht reden.«

Sie betrachtete das Bild und schauderte. Ein Mädchen mit langem, dunklem Haar. Ein Mann, der wegläuft. Ein anderer Mann, der mit einem Kreuz auf den Kopf des dunkelhaarigen Mädchens einschlägt.

»Das ist nicht Amelie, oder?«, fragte Pia leise.

»Darf nicht reden«, flüsterte er heiser. »Nicht reden. Nur malen.«

Pias Herz klopfte heftiger, als sie begriff, was Thies ihr zu erklären versuchte. Jemand hatte ihm verboten, über das zu sprechen, was er gesehen hatte. Er sprach nicht von Amelie. Und auch das Bild zeigte nicht Amelie, sondern Stefanie Schneeberger und ihren Mörder!

Thies hatte sich wieder von ihr abgewandt, einen Stift ergriffen und malte hingebungsvoll an einem neuen Bild. Es schien, als habe er sich völlig in sich zurückgezogen, seine Gesichtszüge waren noch immer angespannt, aber er hatte aufgehört, seinen Oberkörper vor und zurück zu wiegen. Langsam verstand Pia, was dieser Mann in den letzten Jahren mitgemacht hatte. Man hatte ihn unter Druck gesetzt und bedroht, damit er niemandem erzählte, was er vor elf Jahren beobachtet hatte. Aber wer hatte das getan? Plötzlich war ihr auch klar, in welcher Gefahr Thies Terlinden schwebte, sollte dieser Jemand erfahren, was er soeben der Polizei mitgeteilt hatte. Sie musste, um ihn zu schützen, auch vor der Ärztin so tun, als sei es völlig unerheblich.

»Na ja«, sagte sie also. »Vielen Dank auf jeden Fall.« Sie erhob sich, die Ärztin und der Pfleger ebenfalls.

»Schneewittchen muss sterben, haben sie gesagt«, sagte Thies in diesem Moment. »Aber keiner kann ihr mehr etwas tun. Ich passe nämlich auf sie auf.«

*

Nieselregen und Nebel hielten niemanden in Altenhain davon ab, den sterblichen Überresten von Laura Wagner das letzte Geleit zu geben. Der Parkplatz vor dem Schwarzen Ross konnte die Anzahl der Autos nicht fassen. Pia parkte einfach am Straßenrand, stieg aus und ging mit schnellen Schritten zum Klang der Totenglocke Richtung Kirche, wo Bodenstein sie unter dem Vordach erwartete.

»Thies hat damals alles beobachtet«, platzte sie mit den Neuigkeiten heraus. »Er hat tatsächlich Bilder gemalt, wie Amelie es Tobias erzählt hat. Jemand hat ihn unter Druck gesetzt. Er würde in ein Heim kommen, sollte er über das, was er gesehen hat, jemals reden.«

»Was hat er über Amelie gesagt?« Bodenstein war ungeduldig, ein Zeichen dafür, dass auch er auf etwas Wichtiges gestoßen war.

»Nichts. Nur, dass er ihr nichts getan hat. Aber er hat über Stefanie gesprochen, sogar ein Bild gemalt.«

Pia nestelte das zusammengefaltete Papier aus ihrer Tasche, reichte es Bodenstein.

Der warf einen Blick darauf und runzelte die Stirn, dann deutete er zustimmend auf das Kreuz. »Das ist der Wagenheber. Die Tatwaffe.«

Pia nickte aufgeregt.

»Wer hat ihn bedroht? Sein Vater vielleicht?«

»Möglich. Es kann ihm nicht recht gewesen sein, den eigenen Sohn in ein solches Verbrechen verwickelt zu sehen.«

»Thies war doch nicht beteiligt«, widersprach Pia. »Er hat alles nur beobachtet.«

»Ich spreche auch nicht von Thies«, entgegnete Bodenstein. Die Glocke verstummte. »Heute Morgen wurde ich zu einem Suizid gerufen. Ein Mann hat sich auf dem Parkplatz an der Nepomuk-Kurve in seinem Auto das Leben genommen. Und dieser Mann ist Thies' Bruder, Lars Terlinden.«

»Wie bitte?« Pia war fassungslos.

»Ja.« Bodenstein nickte. »Was, wenn Lars der Mörder von Stefanie war und sein Bruder das gesehen hat?«

»Lars Terlinden ist sofort nach dem Verschwinden der Mädchen zum Studium nach England gegangen.« Pia versuchte, sich die Chronologie der Ereignisse vom September 1997 in Erinnerung zu rufen. Der Name von Thies' Bruder tauchte nicht einmal in den alten Akten auf.

»Vielleicht hat Claudius Terlinden seinen Sohn auf diese Weise aus den Ermittlungen herausgehalten. Und seinen anderen Sohn hat er unter Druck gesetzt, damit er den Mund hält«, vermutete Bodenstein.

»Aber was hat Thies damit gemeint, niemand könne Schneewittchen mehr etwas tun, weil er auf sie aufpassen würde?«

Bodenstein zuckte die Schultern. Die Angelegenheit wurde nicht klarer, sondern immer verworrener. Sie gingen um die Kirche herum zum Friedhof. Die Trauergesellschaft hatte sich unter aufgespannten Schirmen versammelt, drängte sich rings um das ausgehobene Grab, in das just in diesem Moment der weiße Sarg mit einem Bukett aus weißen Nelken hinabgesenkt wurde. Die Männer des Bestattungsinstitutes traten zurück, der Pfarrer begann zu sprechen.

Manfred Wagner hatte für die Beerdigung seiner ältesten Tochter Freigang aus der U-Haft bekommen, mit versteinerter Miene stand er neben seiner Frau und zwei älteren Jugendlichen in der ersten Reihe; die beiden Vollzugsbeamten, die ihn begleitet hatten, warteten ein Stück weit entfernt. Eine junge Frau eilte auf bleistiftdünnen Absätzen an Bodenstein und Pia vorbei, ohne sie anzusehen. Das leuchtend blonde Haar hatte sie zu einem schlichten Knoten frisiert, sie trug ein enganliegendes, schwarzes Kostüm und trotz der nebligen Düsternis eine große, dunkle Sonnenbrille.

»Nadja von Bredow«, erklärte Pia ihrem Chef. »Sie stammt hier aus Altenhain und war mit Laura Wagner befreundet.«

»Ah ja.« Bodenstein war in Gedanken ganz woanders. »Ich habe übrigens eben von Frau Dr. Engel die Zusage bekommen, dass sie sich um Gregor Lauterbach kümmert. Kultusminister hin oder her, er war an dem Samstag, als Amelie verschwand, mit Terlinden unterwegs.«

Pias Handy begann zu klingeln. Eilig kramte sie es hervor und verschwand um die Ecke der Kirche, bevor sie böse Blicke ernten konnte, und meldete sich.

»Pia, ich bin's«, hörte sie Ostermanns Stimme. »Du hast mir doch neulich erzählt, dass in den alten Akten Vernehmungsprotokolle fehlen.«

»Ja, genau.«

»Hör zu. Es fällt mir zwar schwer, das zu sagen, aber mir ist eingefallen, dass Andreas sich ziemlich für die Akten interessiert hat. Er war an einem Abend, als er eigentlich krankgeschrieben war, noch spät im Büro, und ich …«

Der Rest seiner Worte ging im plötzlichen Geheul der Sirene unter, die sich auf dem Dach des Schwarzen Rosses befand. Pia hielt sich das andere Ohr zu und bat den Kollegen, lauter zu sprechen. Drei Männer hatten beim Ertönen der Sirene die Trauergesellschaft verlassen und hasteten nun an Pia vorbei Richtung Parkplatz.

»… mich gewundert … Rezept … war aber in unserem Büro …«, hörte sie noch. »… keine Ahnung … ihn fragen … ist denn das?«

»Die Sirene.« Pia lauschte angestrengt in ihr Handy. »Es brennt wohl irgendwo. Also, noch mal. Was war mit Andreas?«

Ostermann wiederholte, was er zuvor gesagt hatte. Pia lauschte ungläubig.

»Das wäre ja der Hammer«, sagte sie. »Danke. Wir sehen uns später.«

Sie steckte das Handy ein und schritt nachdenklich zurück zu Bodenstein.

*

Tobias Sartorius ging an der Scheune vorbei und betrat den ehemaligen Kuhstall. Ganz Altenhain befand sich auf dem Friedhof, es würde ihn also niemand sehen, nicht einmal Nachbar Paschke, der alte Blockwart. Nadja hatte ihn oben am rückwärtigen Hoftor aussteigen lassen und war zum Friedhof gefahren, um an Lauras Beerdigung teilzunehmen. Tobias schloss die Tür der Milchküche auf und betrat das Haus. Das Gefühl, sich verstecken zu müssen, war grauenvoll. Er war für ein solches Leben nicht geeignet. Als er gerade die Treppe nach oben nehmen wollte, erschien sein Vater lautlos wie ein Schatten in der Küchentür.

»Tobias! Gott sei Dank!«, stieß er hervor. »Ich habe mir solche Sorgen um dich gemacht! Wo bist du gewesen?«

»Papa.« Tobias umarmte seinen Vater. »Ich war bei Nadja. Die Bullen würden mir ja doch nicht glauben und mich sofort einbuchten.«

Hartmut Sartorius nickte.

»Ich wollte mir nur ein paar Klamotten holen. Nadja ist auf die Beerdigung gegangen und holt mich später wieder ab.«

Erst jetzt fiel ihm auf, dass sein Vater an einem gewöhnlichen Vormittag zu Hause und nicht bei der Arbeit war.

»Sie haben mich entlassen.« Hartmut Sartorius zuckte die Schultern. »Haben irgendwelche fadenscheinigen Gründe vorgeschoben. Mein Chef ist doch der Schwiegersohn von Dombrowski.«

Tobias verstand. Die Kehle schnürte sich ihm zusammen. Nun war er auch noch daran schuld, dass man seinen Vater entlassen hatte!

»Ach, ich wollte sowieso kündigen«, sagte Hartmut Sartorius leichthin. »Ich will wieder richtig kochen, nicht nur dieses gefrorene Zeug auftauen und auf Teller schaufeln.« Dann schien er sich an etwas zu erinnern. »Für dich war heute ein Brief in der Post.«

Er wandte sich um und ging in die Küche. Tobias folgte ihm. Der Brief hatte keinen Absender. Am liebsten hätte er ihn sofort in den Mülleimer geworfen. Wahrscheinlich nur wieder eine gemeine Beschimpfung. Er setzte sich an den Küchentisch, riss den Umschlag auf und faltete den vornehmen chamoisfarbenen Papierbogen auseinander. Verständnislos betrachtete er den Briefkopf einer Schweizer Bank, bevor er den handschriftlich verfassten Text zu lesen begann. Schon die ersten Zeilen trafen ihn wie ein Faustschlag in den Magen.

»Von wem ist das?«, erkundigte sich sein Vater. Draußen donnerte ein Feuerwehrauto mit Blaulicht und Sirene vorbei, die Fensterscheiben klirrten. Tobias schluckte. Er blickte auf.

»Von Lars«, krächzte er heiser. »Von Lars Terlinden.«

*

Das Tor zum Grundstück der Terlindens stand weit offen. Der scharfe Brandgeruch drang selbst durch die geschlossenen Autofenster. Die Feuerwehrfahrzeuge waren quer über den Rasen gefahren und hatten tiefe Spuren in dem sumpfigen Boden hinterlassen. Aber nicht die Villa stand in Flammen, sondern ein Gebäude weiter hinten auf dem großen Gelände. Pia ließ das Auto auf dem Vorplatz des Hauses stehen und näherte sich mit Bodenstein zu Fuß dem Brandort. Der Qualm trieb ihnen die Tränen in die Augen. Die Feuerwehr schien das Feuer bereits unter Kontrolle zu haben, es waren keine Flammen mehr zu sehen, nur dichte, dunkle Rauchwolken quollen aus den Fensteröffnungen. Christine Terlinden war ganz in Schwarz gekleidet, offenbar war sie auf der Beerdigung gewesen oder hatte gerade hinfahren wollen, als sie das Feuer bemerkt hatte. Sie blickte schockiert auf das Spektakel, das Durcheinander von Schläuchen, die Feuerwehrleute, die durch die Beete trampelten und den Rasen zerstörten. Neben ihr stand ihre Nachbarin, Daniela Lauterbach, bei deren Anblick sich Bodenstein unwillkürlich an einen seiner wirren Träume der letzten Nacht erinnerte. Sie drehte sich um, als ob sie seine Gedanken gehört hätte, und kam auf ihn und Pia zu.

»Hallo«, sagte sie kühl und ohne die Spur eines Lächelns. Ihre blanken, haselnussbraunen Augen wirkten heute wie gefrorene Schokolade. »War Ihr Besuch bei Thies erfolgreich?«

»Nein«, erwiderte Pia. »Was ist hier los? Was für ein Gebäude brennt da?«

»Die Orangerie. Thies' Atelier. Christine macht sich große Sorgen, wie Thies reagieren wird, wenn er erfährt, dass seine ganzen Bilder verbrannt sind.«

»Wir haben leider noch weitere schlimme Nachrichten für Frau Terlinden«, sagte Bodenstein. Daniela Lauterbach hob eine ihrer wohlgeformten Brauen.

»Viel Schlimmeres kann ja kaum kommen«, entgegnete sie mit unüberhörbarer Schärfe. »Ich habe gehört, Sie halten Claudius noch immer fest. Warum?«

Bodenstein war einen Moment versucht, sie dafür um Verständnis zu bitten, sich zu rechtfertigen. Aber Pia kam ihm zuvor.

»Dafür haben wir unsere Gründe«, sagte sie. »Wir müssen Frau Terlinden leider mitteilen, dass sich ihr Sohn das Leben genommen hat.«

»Was? Thies ist tot?« Frau Dr. Lauterbach sah Pia an. War das Erleichterung, die kurz in ihrem Blick aufflackerte, bevor sich Bestürzung auf ihrem Gesicht breitmachte? Wie seltsam.

»Nein, nicht Thies«, erwiderte Pia. »Lars.«

Bodenstein überließ Pia das Gespräch. Es irritierte ihn, dass ihm so viel an Daniela Lauterbachs Wohlwollen lag. War es die verständnisvolle Warmherzigkeit, die sie ihm entgegengebracht hatte und in die er in seinem derzeitigen seelischen Notstand zu viel hineininterpretiert hatte? Er konnte den Blick nicht von ihrem Gesicht wenden und wünschte sich unsinnigerweise, sie würde ihn anlächeln.

»Er hat sich in seinem Auto mit Auspuffgasen vergiftet«, sagte Pia gerade. »Wir haben seine Leiche heute Morgen gefunden.«

»Lars? Großer Gott.«

Als Dr. Daniela Lauterbach bewusst wurde, welche neuerliche Hiobsbotschaft auf ihre Freundin Christine zukam, schmolz das Eis in ihrem Blick. Sie wirkte hilflos, aber dann straffte sie die Schultern.

»Ich sage es ihr«, sagte sie entschlossen. »Das ist besser so. Ich werde mich um sie kümmern. Rufen Sie mich später an.«

Sie wandte sich ab, ging zu ihrer Freundin, die die Augen kein einziges Mal von dem brennenden Gebäude abgewandt hatte. Daniela Lauterbach legte beide Arme um die Schulter der Freundin, sprach leise auf sie ein. Christine Terlinden stieß einen unterdrückten Schrei aus, sie taumelte leicht, aber Daniela Lauterbach hielt sie fest.

»Gehen wir«, sagte Pia. »Die kommen schon klar.«

Bodenstein riss sich vom Anblick der beiden Frauen los und folgte Pia den Weg zurück durch den verwüsteten Park. Gerade als sie das Auto erreichten, trat eine Frau auf sie zu, die er nicht sofort einordnen konnte.

»Hallo, Frau Fröhlich«, begrüßte Pia Amelies Stiefmutter. »Wie geht es Ihnen?«

»Nicht gut«, gab die Frau zu. Sie war sehr blass, wirkte aber gefasst. »Ich wollte mich bei Frau Terlinden erkundigen, was hier passiert ist, da habe ich Ihr Auto gesehen. Gibt es irgendwelche Neuigkeiten? Konnte Ihre Kollegin etwas mit den Bildern anfangen?«

»Welche Bilder?«, fragte Pia erstaunt. Barbara Fröhlich blickte verwirrt zwischen Pia und Bodenstein hin und her.

»A... aber gestern war doch Ihre Kollegin bei mir«, stotterte sie. »Sie ... sie sagte, Sie hätten sie geschickt. Wegen der Bilder, die Thies Amelie gegeben hat.«

Bodenstein und Pia wechselten einen raschen Blick.

»Wir haben niemanden geschickt«, antwortete Pia mit gerunzelter Stirn. Die ganze Sache wurde immer eigenartiger!

»Aber die Frau sagte doch ...«, begann Barbara Fröhlich, verstummte dann jedoch ratlos.

»Haben Sie die Bilder gesehen?«, wollte Bodenstein wissen.

»Nein ... Sie hat das ganze Zimmer durchsucht und hinter der Kommode eine Tapetentür gefunden. Und dahinter lag dann wirklich eine Rolle mit Bildern. Amelie muss sie dort versteckt haben ... Was auf den Bildern drauf war, habe ich nicht gesehen. Die Frau hat sie mitgenommen, wollte mir den Empfang sogar noch quittieren.«

»Wie sah sie denn aus, unsere angebliche Kollegin?«, erkundigte sich Pia. Barbara Fröhlich schien zu begreifen, dass sie einen Fehler gemacht hatte. Ihre Schultern sackten nach vorne, sie lehnte sich gegen den Kotflügel des Autos, eine Faust gegen die Lippen gepresst. Pia trat zu ihr hin, legte einen Arm um ihre Schulter.

»Sie ... sie hatte eine Polizeimarke«, flüsterte Amelies Stiefmutter und kämpfte gegen die Tränen. »Sie war ... so verständnisvoll und freundlich. Sie ... sie ... sagte, dass sie mit Hilfe dieser Bilder Amelie finden würden, und nur das war mir wichtig!«

»Machen Sie sich keine Gedanken«, versuchte Pia sie zu trösten. »Können Sie sich daran erinnern, wie die Frau ausgesehen hat?«

»Dunkle, kurze Haare. Eine Brille. Schlank.« Barbara Fröhlich hob die Schultern. In ihren Augen stand nackte Angst. »Glauben Sie, dass Amelie noch am Leben ist?«

»Aber ganz sicher«, erwiderte Pia gegen ihre eigene Überzeugung. »Wir werden sie finden. Machen Sie sich nicht zu viele Sorgen.«

*

»Thies' Bilder zeigen den wahren Täter, davon bin ich überzeugt«, sagte Pia wenig später zu ihrem Chef, als sie im Auto saßen und Richtung Neuenhain fuhren. »Er hat sie Amelie zur Verwahrung gegeben. Aber Amelie hat den Fehler gemacht, irgendjemandem von diesen Bildern zu erzählen.«

»Genau.« Bodenstein nickte düster. »Nämlich Tobias Sartorius. Und der hat jemanden zu Fröhlichs geschickt, um die Bilder zu holen. Wahrscheinlich hat er sie längst vernichtet.«

»Tobias kann es doch egal sein, wenn die Bilder ihn zeigen sollten«, widersprach Pia. »Er hat seine Strafe abgesessen. Was soll ihm passieren? Nein, nein, es muss jemand anders sein, der größtes Interesse daran hat, dass diese Bilder niemals auftauchen.«

»Und wer?«

Es fiel Pia schwer, ihren Verdacht auszusprechen. Sie begriff, dass der erste Eindruck, den sie von Claudius Terlinden gehabt hatte, nicht falscher hätte sein können.

»Thies' Vater«, sagte sie.

»Möglich«, bestätigte Bodenstein. »Es kann aber auch jemand gewesen sein, den wir noch gar nicht auf der Rechnung haben, weil wir ihn nicht kennen. Hier musst du links abbiegen.«

»Wo fahren wir eigentlich hin?« Pia setzte den linken Blinker, wartete den Gegenverkehr ab und bog in die Straße ein.

»Zu Hasse«, erwiderte Bodenstein. »Er wohnt im letzten Haus auf der linken Seite oben am Waldrand.«

Ihr Chef hatte keine Miene verzogen, als Pia ihm vorhin von Ostermanns Anruf erzählt hatte, aber er schien der Sache unverzüglich auf den Grund gehen zu wollen. Wenig später hielt sie vor dem Häuschen mit dem winzigen Vorgarten, von dem sie wusste, dass Andreas Hasse es am Tag seiner Pensionierung abbezahlt haben würde. Das erwähnte er regelmäßig, voller Groll über die seiner Meinung nach überaus miese Bezahlung im öffentlichen Dienst. Sie stiegen aus und gingen zur Haustür. Bodenstein drückte auf die Klingel. Hasse öffnete selbst. Er wurde sofort totenbleich und senkte betreten den Kopf. Ostermann hatte also mit seiner Vermutung ins Schwarze getroffen. Unglaublich.

»Dürfen wir hereinkommen?«, fragte Bodenstein. Sie betraten eine dunkle Diele mit abgewetztem Linoleumboden, Essensgeruch vermischt mit Zigarettenrauch hing in der Luft. Das Radio dudelte. Hasse schloss die Tür zur Küche. Er versuchte nicht einen Moment zu leugnen, sondern gab alles sofort zu.

»Ein Freund hatte mich um einen Gefallen gebeten«, sagte er unbehaglich. »Ich dachte, es wäre nicht so schlimm.«

»Mensch, Andreas, bist du wahnsinnig?« Pia war außer sich. »Du lässt Protokolle aus Akten verschwinden?«

»Ich konnte ja nicht wissen, dass der alte Kram noch irgendeine Bedeutung hat«, entgegnete er lahm. »Ich meine, das ist doch alles uralt, die ganze Sache längst abgeschlossen ...« Er verstummte, als er merkte, was er da sagte.

»Sie wissen, was das bedeutet«, sagte Bodenstein ernst. »Ich werde Sie vom Dienst suspendieren und ein Disziplinarverfahren gegen Sie einleiten müssen. Wo sind die Unterlagen?«

Hasse machte eine hilflose Handbewegung. »Ich habe sie vernichtet.«

»Und warum?« Pia konnte nicht fassen, was sie da hörte. Hatte er wirklich gedacht, es würde niemandem auffallen?

»Pia, der Sartorius hat zwei Mädchen umgebracht und jeden anderen verdächtigt – sogar seine Freunde und seinen Lehrer! Ich habe den Typ damals erlebt, ich war bei den Ermittlungen von Anfang an dabei! So ein eiskaltes Schwein – und jetzt will er die ganze Geschichte wieder aufkochen und sich ...«

»Das stimmt doch gar nicht!«, fiel Pia ihm ins Wort. »Ich bin es, die Zweifel bekommen hat. Tobias Sartorius hat überhaupt nichts damit zu tun!«

»Wie heißt der Freund, der Sie um diesen zweifelhaften Gefallen gebeten hat?«, wollte Bodenstein wissen. Hasse drückste noch ein wenig herum.

»Gregor Lauterbach«, gab er schließlich zu und ließ den Kopf hängen.

*

Das Schwarze Ross war bis auf den letzten Platz gefüllt. Der ganze Ort hatte sich nach der Beerdigung zum Leichenschmaus versammelt, aber man sprach bei Kaffee und belegten Brötchen weniger über Laura Wagner als über den Brand bei Terlindens, stellte Mutmaßungen und Spekulationen an. Michael Dombrowski war Wehrführer bei der Freiwilligen Feuerwehr Altenhain und hatte den Einsatz geleitet. Er hatte sich auf der Rückfahrt zum Feuerwehrgerätehaus am Schwarzen Ross absetzen lassen, den Geruch nach Qualm und Feuer noch in der Kleidung und den Haaren.

»Die Kripo geht von Brandstiftung aus«, berichtete er seinen Freunden Felix Pietsch und Jörg Richter, die mit düsteren Mienen an einem kleinen Tisch in einer Ecke zusammensaßen. »Ich frage mich nur, weshalb jemand die Gartenhütte anzündet.« Erst jetzt fiel ihm die gedrückte Stimmung seiner Kumpels auf. »Was ist denn los mit euch?«

»Wir müssen Tobi finden«, entgegnete Jörg. »Und diese ganze Sache jetzt ein für alle Mal zu Ende bringen.«

Felix nickte zustimmend.

»Was meinst du?«, fragte Michael verständnislos.

»Siehst du nicht, dass es hier wieder losgeht? Genau wie damals.« Jörg Richter legte das angebissene Käsebrötchen zurück auf den Teller und schüttelte angewidert den Kopf. »Ich stehe das nicht noch mal durch.«

»Ich auch nicht«, pflichtete Felix dem Freund bei. »Eigentlich bleibt uns gar nichts anderes übrig.«

»Seid ihr euch sicher?« Michael blickte unbehaglich von einem zum anderen. »Ihr wisst, was das bedeutet. Für jeden von uns.«

Felix und Jörg nickten. Ihnen war die Tragweite ihres Vorhabens bewusst.

»Was sagt Nadja?«

»Darauf können wir keine Rücksicht mehr nehmen«, sagte Jörg und holte tief Luft. »Wir können nicht länger damit warten. Sonst gibt's womöglich noch ein Unglück mehr.«

»Lieber ein Ende mit Schrecken als ein Schrecken ohne Ende«, ergänzte Felix zustimmend.

»Scheiße.« Michael rieb sich das Gesicht. »Ich kann das nicht! Ich … ich meine … es ist alles so lange her. Können wir es nicht einfach gut sein lassen?«

Jörg starrte ihn an. Dann schüttelte er entschlossen den Kopf.

»Ich nicht. Nadja hat eben auf dem Friedhof gesagt, dass Tobi zu Hause ist. Ich fahre jetzt zu ihm hin und mache dem Ganzen ein Ende.«

»Ich komme mit«, sagte Felix.

Michael zögerte noch, suchte verzweifelt nach einer Möglichkeit, sich herauszuhalten. »Ich muss später noch mal an den Brandort«, sagte er schließlich.

»Kannst du ja. Später«, entgegnete Jörg. »So lange wird es nicht dauern. Los, kommt.«

*

Daniela Lauterbach hatte die Arme vor der Brust verschränkt und betrachtete ihren Mann mit einer Mischung aus Unglauben und Verachtung. Als sie von der Nachbarin gekommen war, hatte er am Küchentisch gesessen, grau im Gesicht, um Jahre gealtert. Bevor sie ihre Jacke hatte ausziehen können, hatte er angefangen zu reden – von anonymen Drohbriefen, von E-Mails und Fotos. Wie ein Wasserfall waren die Worte aus ihm herausgesprudelt, bitter, verzweifelt, voller Selbstmitleid und Angst. Schweigend und mit wachsender Fassungslosigkeit hatte sie ihm zugehört, ohne ihn zu unterbrechen. Seine letzte Bitte hatte ihr vollends die Sprache verschlagen. Eine ganze Weile herrschte völlige Stille in der großen Küche.

»Was erwartest du jetzt von mir?«, fragte sie ihn kühl. »Ich habe dir damals weiß Gott mehr als genug geholfen.«

»Ich wünschte, du hättest es nicht getan«, erwiderte er dumpf. Bei diesen Worten überkam sie die Wut, eine heiße, wilde Wut, die all die Jahre tief in ihrem Innern geschlummert hatte. Was hatte sie nicht alles für ihn getan, für diesen rückgratlosen Schwächling, diesen Blender, der nichts anderes konnte als den großen Mann spielen und schöne Reden schwingen! Sobald er in Bedrängnis geriet, kam er angekrochen und hängte sich winselnd an ihren Rockzipfel. Früher einmal hatte es ihr gefallen, dass er auf ihren Rat hörte und sie um Hilfe bat, wenn er nicht mehr weiterwusste. Er war ihr hübscher Zauberlehrling gewesen, ihr Jungbrunnen, ihr Werk. Bei ihrer ersten Begegnung vor mehr als zwanzig Jahren hatte sie rasch die Talente des damals Einundzwanzigjährigen erkannt. Sie war schon damals eine erfolgreiche Ärztin gewesen, zwanzig Jahre älter als er und gutsituiert dank einer ordentlichen Erbschaft. Zuerst hatte sie ihn nur als Zeitvertreib fürs Bett betrachtet, aber dann hatte sie dem mittellosen Arbeitersohn das Studium finanziert, ihm Kunst, Kultur und Politik nahegebracht. Sie hatte ihm durch Beziehungen einen Job als Gymnasiallehrer vermittelt, ihm den Weg in die Politik geebnet; das Amt des Kultusministers war die Krönung. Aber nach der Sache vor elf Jahren hätte sie ihn rauswerfen sollen. Er war es nicht wert. Ein undankbarer Weichling, der ihre Bemühungen und Investitionen bis heute nicht zu schätzen wusste.

»Hättest du damals auf mich gehört und den Wagenheber im Wald vergraben, statt ihn mit bloßen Händen anzufassen und in Sartorius' Jauchegrube zu werfen, dann wäre überhaupt nichts passiert«, sagte sie. »Aber du wolltest ja schlauer sein. Wegen dir ist Tobias ins Gefängnis gegangen. Wegen dir, nicht wegen mir!«

Er duckte sich unter ihren Worten wie unter Peitschenhieben. »Ich habe einen Fehler gemacht, Dani! Ich stand einfach so unter Druck, mein Gott!«

»Du hast mit einer minderjährigen Schülerin geschlafen«,

erinnerte sie ihn mit eisiger Stimme. »Und jetzt kommst du an und verlangst allen Ernstes von mir, dass ich einen Augenzeugen aus dem Weg schaffe, der dazu auch noch ein Patient von mir ist und der Sohn unserer Nachbarn! Was bist du nur für ein Mensch?«

»Das verlange ich ja gar nicht von dir«, flüsterte Gregor Lauterbach. »Ich will doch nur mit Thies reden. Mehr nicht. Er muss einfach weiterhin den Mund halten. Du bist seine Hausärztin, dich werden sie zu ihm lassen.«

»Nein.« Daniela Lauterbach schüttelte entschlossen den Kopf. »Da mache ich nicht mit. Lass den Jungen in Ruhe, er hat es sowieso schwer genug. Überhaupt wäre es wohl am besten, wenn du für eine Weile von der Bildfläche verschwindest. Fahr nach Deauville ins Haus, bis sich hier die Wogen geglättet haben.«

»Die Polizei hat Claudius verhaftet!«, begehrte Gregor Lauterbach auf.

»Ich weiß.« Sie nickte. »Und ich frage mich, warum. Was habt ihr am Samstagabend wirklich gemacht, du und Claudius?«

»Bitte, Dani«, flehte er. Er rutschte von dem Stuhl und ging vor ihr auf die Knie. »Lass mich mit Thies reden.«

»Er wird dir nicht antworten.«

»Vielleicht doch. Wenn du dabei bist.«

»Dann erst recht nicht.« Sie blickte auf ihren Ehemann hinunter, der vor ihr kauerte wie ein ängstlicher kleiner Junge. Belogen und betrogen hatte er sie, immer wieder. Ihre Freunde hatten ihr schon vor der Hochzeit prophezeit, dass es so kommen würde. Gregor war zwanzig Jahre jünger, er sah blendend aus, war ein eloquenter Redner und besaß Charisma. Die Mädchen und Frauen himmelten ihn an, weil sie in ihm etwas sahen, was er nicht war. Nur sie selbst wusste, wie schwach er in Wirklichkeit war. Daraus, und aus seiner

Abhängigkeit, schöpfte sie ihre Kraft. Sie hatte ihm verziehen, unter der Bedingung, dass so etwas nie wieder passieren durfte. Ein Verhältnis mit einer Schülerin musste tabu sein. Seine wechselnden Geliebten hingegen interessierten sie nicht, sie belustigten sie sogar. Sie allein kannte seine Geheimnisse, seine Ängste und Komplexe, sie kannte ihn viel besser als er sich selbst.

»Bitte«, bettelte er wieder und blickte sie aus großen Augen bittend an. »Hilf mir, Dani. Lass mich nicht im Stich! Du weißt doch, was für mich auf dem Spiel steht!«

Daniela Lauterbach stieß einen tiefen Seufzer aus. Ihr Vorsatz, ihm diesmal nicht zu helfen, löste sich in Luft auf. Wie immer. Sie konnte ihm nie lange böse sein. Und diesmal stand wirklich sehr viel auf dem Spiel, da hatte er recht. Sie beugte sich zu ihm hinab, tätschelte seinen Kopf und grub ihre Finger in sein dichtes, weiches Haar.

»Gut«, sagte sie. »Ich werde zusehen, was ich tun kann. Aber du packst jetzt deine Sachen und fährst für ein paar Tage nach Frankreich, bis alles geregelt ist, okay?«

Er blickte zu ihr auf, ergriff ihre Hand und küsste sie.

»Danke«, flüsterte er. »Danke, Dani. Ich wüsste echt nicht, was ich jemals ohne dich tun sollte.«

Sie lächelte. Der Zorn auf ihn war verebbt. Sie spürte eine tiefe, ruhige Freude in sich aufsteigen. Alles war wieder im Gleichgewicht, mühelos würden sie die Bedrohung von außen meistern – solange Gregor nur zu schätzen wusste, was sie für ihn tat.

*

»Der Kultusminister?« Pia hatte von ihrem Kollegen eine völlig andere Antwort erwartet und war platt. »Woher kennst du den denn?«

»Meine Frau ist eine Cousine seiner Frau«, erklärte Andreas Hasse. »Wir haben uns immer mal wieder auf irgendwelchen Familienfeiern getroffen. Außerdem sind wir beide im Männergesangverein in Altenhain.«

»Na großartig«, sagte Bodenstein. »Ich kann Ihnen gar nicht sagen, wie enttäuscht ich von Ihnen bin, Hasse.«

Andreas Hasse blickte ihn an und schob trotzig das Kinn vor. »Tatsächlich?«, erwiderte er mit bebender Stimme. »Ich wusste gar nicht, dass *ich* Sie enttäuschen könnte, so wenig, wie Sie sich für meine Person jemals interessiert haben.«

»Wie bitte?« Bodenstein hob die Augenbrauen.

Und da sprudelte es aus Hasse heraus, jetzt, wo ihm klargeworden war, dass seine Tage im K 11 sowieso gezählt waren.

»Sie haben noch nie mehr als drei Sätze mit mir geredet. Ich sollte Leiter des K 11 werden, aber dann sind Sie aus Frankfurt dahergekommen, arrogant und überheblich, und haben erst mal alles umgekrempelt, als wäre alles mies gewesen, was wir dämlichen Dorfpolizisten vorher gemacht haben. Wir sind Ihnen doch alle völlig egal, jeder von uns! Dumme Bullen, denen sich der gnädige Herr *von* Bodenstein meilenweit überlegen fühlt!«, ätzte Hasse. »Sie werden schon noch sehen, was Sie davon haben. An Ihrem Stuhl wird gerade ordentlich gesägt.«

Bodenstein blickte Hasse an, als habe er ihm ins Gesicht gespuckt. Pia fand als Erste die Sprache wieder.

»Sag mal, spinnst du?«, fuhr sie den Kollegen an. Der lachte gallig.

»Du solltest auch aufpassen. Im Kommissariat weiß doch längst jeder, dass ihr heimlich was miteinander habt! Das ist mindestens genauso ein Verstoß gegen die Vorschriften wie Franks Nebenjob, von dem der gnädige Herr auch nie etwas mitbekommen hat!«

»Halt die Klappe!«, sagte Pia scharf. Hasse grinste anzüglich.

»Ich hab's von Anfang an gewusst, dass da was läuft. Die anderen haben es erst kapiert, seitdem ihr euch duzt.«

Bodenstein wandte sich grußlos ab und verließ das Haus. Pia sagte Hasse noch ein paar ziemlich unfreundliche Dinge, dann folgte sie ihrem Chef. Er saß nicht im Auto. Sie ging die Straße entlang und fand ihn oben am Waldrand auf einer Bank sitzend, das Gesicht in den Händen vergraben. Pia zögerte kurz, aber dann ging sie zu ihm und setzte sich stumm neben ihn auf die Bank, deren Holz von der Feuchtigkeit des Nebels glänzte.

»Hör doch nicht auf das blöde Geschwätz von diesem verbitterten, frustrierten Idioten«, sagte sie. Bodenstein antwortete nicht, blieb einfach so sitzen.

»Mache ich überhaupt noch irgendetwas richtig?«, murmelte er nach einer Weile dumpf. »Hasse intrigiert mit dem Kultusminister und klaut Protokolle aus Akten, Behnke arbeitet jahrelang heimlich in einer Kneipe, ohne dass ich es weiß, meine Frau betrügt mich seit Monaten mit einem anderen Kerl ...«

Er hob den Kopf, und Pia musste schlucken, als sie den Ausdruck abgrundtiefer Verzweiflung auf seinem Gesicht sah.

»Warum kriege ich das alles nicht mit? Bin ich wirklich so überheblich? Und wie soll ich überhaupt noch meinen Job machen, wenn ich mein eigenes Leben nicht mehr auf die Reihe kriege?«

Pia betrachtete die scharfen Konturen seines Profils und verspürte echtes Mitleid. Das, was Hasse oder auch andere als Arroganz und Überheblichkeit empfinden mochten, war eben Bodensteins Art. Er mischte sich nicht ein, spielte seine Autorität nie aus. Und auch wenn er mehr als neugierig war, würde er seinen Mitarbeitern nie indiskrete Fragen stellen. Das war keine Gleichgültigkeit, sondern Zurückhaltung.

»Ich hab doch von Behnkes Job auch nichts gewusst«, sagte Pia leise. »Und dass Hasse die Protokolle geklaut hat, hat mich genauso umgehauen.« Sie grinste. »Sogar von unserem heimlichen Verhältnis habe ich bis eben nichts geahnt.«

Bodenstein gab einen unartikulierten Laut von sich, zwischen Lachen und Seufzen. Dann schüttelte er mutlos den Kopf.

»Ich hab das Gefühl, mein ganzes Leben fällt in sich zusammen.« Er starrte vor sich hin. »Ich kann an nichts mehr anderes denken als daran, dass Cosima mich mit einem anderen Kerl betrügt. Weshalb? Was hat ihr gefehlt? Habe ich etwas falsch gemacht?«

Er beugte sich nach vorne und verschränkte seine Hände hinter dem Kopf. Pia biss sich auf die Lippen. Was sollte sie ihm sagen? Gab es für ihn in dieser Situation überhaupt irgendeinen Trost? Nach kurzem Zögern legte sie ihre Hand auf seinen Arm und drückte ihn sanft.

»Vielleicht hast du irgendetwas falsch gemacht«, sagte sie. »Aber wenn es Probleme in einer Beziehung gibt, ist nie nur einer schuld. Statt Erklärungen zu suchen, solltest du lieber darüber nachdenken, wie es weitergehen kann.«

Bodenstein rieb sich den Nacken und richtete sich auf.

»Ich musste im Kalender nachgucken, um mich zu erinnern, wann ich das letzte Mal mit ihr geschlafen habe«, sagte er mit plötzlicher Verbitterung. »Aber es ist auch gar nicht so einfach mit einem kleinen Kind, das alle naslang angelaufen kommt.«

Pia wurde unbehaglich zumute. Auch wenn ihr Verhältnis im letzten Jahr viel vertrauter geworden war als früher, so empfand sie es nach wie vor als peinlich, mit ihrem Chef über *so* intime Dinge zu sprechen. Sie holte ihr Zigarettenpäckchen aus der Jackentasche und hielt es ihm hin. Er nahm sich eine Zigarette, zündete sie an und rauchte ein paar Züge, bevor er weiterredete.

»Wie lange geht das schon? Wie viele Nächte habe ich ahnungsloser Trottel neben ihr gelegen, während sie an einen anderen Kerl gedacht hat? Dieser Gedanke macht mich ganz krank!«

Ah, aus der Verzweiflung wurde allmählich Zorn. Das war gut! Pia zündete sich ebenfalls eine Zigarette an.

»Frag sie einfach«, riet sie ihm. »Frag sie am besten sofort. Dann musst du dich nicht länger verrückt machen.«

»Und dann? Wenn sie mir die Wahrheit sagt? Ach, Scheiße! Am liebsten würde ich sie auch …« Er brach ab, trat die Zigarette mit dem Absatz aus.

»Dann tu es doch. Vielleicht geht's dir dann besser.«

»Was gibst du mir denn für Ratschläge?« Bodenstein warf Pia einen überraschten Blick zu, die Andeutung eines Lächelns zuckte um seine Mundwinkel.

»Sonst scheint dir ja keiner welche zu geben«, erwiderte sie. »Ich hatte in der Schule mal einen Freund, der mit mir Schluss gemacht hat. Am liebsten hätte ich mich umgebracht, so unglücklich war ich. Meine Freundin Miriam hat mich gezwungen, mit ihr auf eine Party zu gehen, und da lief mir irgendein Typ über den Weg. Der hat mir nur Komplimente gemacht. Na ja. Danach ging's mir besser. Auch andere Mütter haben schöne Söhne. Oder Töchter.«

Bodensteins Handy klingelte. Zuerst beachtete er es nicht, schließlich nahm er es mit einem Seufzer aus der Tasche und meldete sich.

»Das war Fachinger«, sagte er hinterher zu Pia. »Hartmut Sartorius hat angerufen. Tobias ist nach Hause gekommen.«

Er erhob sich von der Bank.

»Hoffentlich erwischen wir ihn noch. Sartorius hat schon

vor zwei Stunden angerufen, aber der KvD hat es Fachinger eben erst gesagt.«

*

Das Hoftor von Sartorius stand weit offen. Sie überquerten den Hof und klingelten an der Haustür, aber nichts tat sich.

»Die Tür ist nur angelehnt«, stellte Pia fest und drückte sie auf.

»Hallo?«, rief sie ins Haus hinein. »Herr Sartorius?«

Keine Antwort. Sie ging ein paar Schritte in den Flur und rief noch einmal.

»Er hat sich wohl schon wieder aus dem Staub gemacht.« Enttäuscht wandte sie sich um und ging zu Bodenstein zurück, der vor der Haustür wartete. »Und sein Vater ist auch nicht da. So ein Mist.«

»Lass uns hinten auf dem Hof nachsehen.« Bodenstein zückte sein Handy. »Ich rufe Verstärkung.«

Pia ging um das Haus herum. Tobias Sartorius war am Tag der Beerdigung von Laura Wagner wieder nach Altenhain gekommen. Er war natürlich nicht auf dem Friedhof gewesen, aber während der Begräbniszeremonie war das Atelier von Thies Terlinden in Flammen aufgegangen – mit Hilfe eines Brandbeschleunigers, wie Feuerwehr und Kollegen vom Dezernat für Brandsachen festgestellt hatten. Was lag näher als der Verdacht, dass Tobias die Orangerie in Brand gesteckt hatte und danach wieder abgetaucht war?

»… ohne Sirene, verstanden?«, hörte Pia Bodenstein sagen. Sie wartete, bis er bei ihr war.

»Tobias hat gewusst, dass das ganze Dorf auf dem Friedhof sein würde und er unbeobachtet das Feuer legen konnte«, äußerte sie ihre Vermutung. »Ich verstehe nur nicht, warum sein Vater bei uns angerufen hat.«

»Verstehe ich auch nicht«, gab Bodenstein zu. Er blickte sich auf dem Hof um. Bei früheren Besuchen waren Tor und sämtliche Türen immer sorgfältig verschlossen gewesen, verständlich nach all den Drohungen und dem Überfall auf Tobias. Wieso stand jetzt alles sperrangelweit offen? Gerade als sie um die Hausecke bogen, nahmen sie weiter oben im Hof eine Bewegung wahr. Zwei Männer verschwanden durch das obere Tor, wenig später knallten Autotüren, ein Motor heulte auf. Plötzlich hatte Pia ein ungutes Gefühl.

»Das waren nicht Tobias und sein Vater.« Sie griff in ihre Jacke und zog ihre Dienstwaffe hervor. »Irgendetwas stimmt hier nicht.«

Vorsichtig öffneten sie die Tür zur Milchküche, spähten hinein. Dann gingen sie hinüber zum alten Kuhstall. Am offenen Tor verständigten sie sich stumm, Pia hob die Waffe und betrat den Stall. Sie blickte sich um und erstarrte. Auf einem Hocker in einer Ecke saß Tobias Sartorius. Er hatte die Augen geschlossen, den Kopf gegen die Wand gelehnt.

»Scheiße«, murmelte Pia. »Ich glaube, wir kommen zu spät.«

*

Acht Schritte von der Tür bis zur Wand. Vier Schritte von der gegenüberliegenden Wand bis zu dem Regal. Ihre Augen hatten sich längst an die Dunkelheit gewöhnt, ihre Nase an den fauligen, modrigen Geruch. Tagsüber fiel ein wenig Licht durch eine winzige Ritze oberhalb des schmalen Kellerfensters, das von außen mit irgendetwas verschlossen war. So konnte sie wenigstens bestimmen, ob es Tag war oder Nacht. Die beiden Kerzen waren längst heruntergebrannt, aber sie wusste, was sich in dem Kasten im Regal befand. Vier Flaschen Wasser waren noch übrig, sie musste sparsam damit umgehen, denn sie hatte ja keine Ahnung, wie lange es reichen musste. Die Kekse wurden ebenfalls langsam knapp, ebenso wie die Dosenwurst und die Schokolade. Mehr gab es nicht. Wenigstens würde sie hier ein paar Kilo abnehmen, wo immer sie hier auch war.

Die meiste Zeit war sie müde, so müde, dass sie einfach einschlief, ohne sich dagegen wehren zu können. War sie wach, überkam sie manchmal tiefe Verzweiflung, dann trommelte sie mit den Fäusten gegen die Tür, weinte und schrie um Hilfe. Danach verfiel sie wieder in melancholische Gleichgültigkeit, lag stundenlang auf der stinkenden Matratze und versuchte, sich das Leben draußen vorzustellen, die Gesichter von Thies und von Tobias. Sie sagte auswendig Gedichte auf, an die sie sich erinnerte, sie machte Liegestützen und Tai-Chi-Chuan-Übungen – gar nicht einfach, in der Dunkelheit das Gleichgewicht zu halten – oder sang lauthals alle Lieder, die sie kannte, nur um nicht verrückt zu werden in diesem feuchten Verlies. Irgendwann würde jemand kommen und sie hier rausholen. Ganz sicher. Sie glaubte fest daran. Es fühlte sich einfach nicht so an, als ob der liebe Gott sie jetzt, noch vor ihrem achtzehnten Geburtstag, sterben lassen würde. Amelie rollte sich auf der Matratze zusammen und starrte in die Dunkelheit. Eines der letzten Stückchen Schokolade schmolz auf ihrer Zunge. Kauen und einfach runterschlucken wäre purer Frevel. Eine bleierne Müdigkeit kroch langsam in ihr hoch, saugte ihre Erinnerungen und Gedanken in ein schwarzes Loch. Immer und immer wieder grübelte sie darüber nach, was eigentlich passiert war. Wie war sie an diesen schrecklichen Ort gekommen? Das Letzte, an das sie sich erinnern konnte, war, dass sie verzweifelt versucht hatte, Tobias zu erreichen. Aber weshalb, das wollte ihr einfach nicht mehr einfallen.

*

Pia fuhr erschrocken zusammen, als Tobias Sartorius die Augen aufschlug. Er bewegte sich nicht, blickte sie nur stumm an. Die Blutergüsse in seinem Gesicht waren verblasst, aber er sah krank und müde aus.

»Was ist passiert?«, fragte Pia und steckte ihre Waffe wieder weg. »Wo sind Sie die ganze Zeit gewesen?«

Tobias antwortete nicht. Unter seinen Augen lagen tiefe Schatten, er hatte stark abgenommen, seit sie ihn das letzte Mal gesehen hatten. Mühsam, als ob es seine ganze Kraft erforderte, hob er einen Arm und hielt ihr ein zusammengefaltetes Blatt Papier hin.

»Was ist das?«

Er sagte kein Wort, deshalb nahm sie das Blatt aus seiner Hand, faltete es auseinander. Bodenstein trat neben sie, gleichzeitig lasen sie die handschriftlichen Zeilen.

Tobi, sicherlich wirst du dich wundern, dass ich dir nach so langer Zeit schreibe. In den letzten elf Jahren ist kein Tag vergangen, an dem ich nicht an dich gedacht und mich schuldig gefühlt hätte. Du hast meine Strafe abgesessen, und ich habe es zugelassen. Ich bin zur Karikatur eines Menschen geworden, wie ich ihn zutiefst verachte. Ich diene nicht Gott, so, wie ich das immer wollte, ich bin Sklave eines Götzen geworden. Elf Jahre lang bin ich weggerannt, habe mich gezwungen, mich nicht nach Sodom und Gomorrha umzusehen. Aber jetzt blicke ich zurück. Meine Flucht ist vorbei. Ich bin gescheitert. Ich habe alles verraten, was mir früher etwas bedeutet hat, ich habe einen Pakt mit dem Teufel geschlossen, als ich auf Anraten meines Vaters das erste Mal gelogen habe. Ich habe dich, meinen besten Freund, verraten und verkauft. Der Preis dafür waren unendliche Qualen. Jedes Mal wenn ich mein Gesicht im Spiegel gesehen habe, habe ich dich vor mir gesehen. Was für ein Feigling war ich! Ich habe Laura getötet. Nicht mit Absicht, es war ein dummer Unfall, aber sie war tot. Ich habe auf meinen Vater gehört und geschwiegen, selbst dann noch, als klar war, dass man dich verurteilen würde. Ich bin damals in eine falsche Richtung abgebogen, die mich direkt in die Hölle geführt hat. Ich war seitdem nie mehr glücklich. Verzeih mir, Tobi, wenn du kannst. Ich kann mir nicht verzeihen. Möge Gott mich richten.

Lars

Pia ließ den Brief sinken. Lars Terlinden hatte seinen Abschiedsbrief auf den Vortag datiert und das Geschäftspapier der Bank benutzt, bei der er gearbeitet hatte. Aber was war der Auslöser für dieses Geständnis und seinen Suizid gewesen?

»Lars Terlinden hat gestern Selbstmord begangen«, sagte Bodenstein und räusperte sich. »Wir haben heute Morgen seine Leiche gefunden.«

Tobias Sartorius reagierte nicht, er starrte nur stumm vor sich hin.

»Na ja.« Bodenstein nahm Pia den Brief ab. »Jetzt wissen wir wenigstens, weshalb Claudius Terlinden die Schulden Ihrer Eltern übernommen und Sie im Gefängnis besucht hat.«

»Kommen Sie.« Pia berührte Tobias' Arm. Er trug nur ein T-Shirt und Jeans, seine Haut fühlte sich kalt an. »Sie holen sich hier ja den Tod. Lassen Sie uns ins Haus gehen.«

»Sie haben Laura vergewaltigt, als sie aus unserem Haus kam«, sagte er plötzlich tonlos. »Genau hier, im Stall.«

Bodenstein und Pia wechselten einen überraschten Blick.

»Wer?«, wollte Bodenstein wissen.

»Felix, Jörg und Michael. Meine *Freunde*. Sie waren betrunken. Laura hatte sie den ganzen Abend scharfgemacht. Die Situation geriet außer Kontrolle. Dann rannte Laura weg, direkt in Lars' Arme. Sie stolperte, fiel hin und war tot.« Er sprach ohne jede Emotion, fast gleichgültig.

»Woher wissen Sie das?«

»Sie waren eben hier und haben es mir gesagt.«

»Elf Jahre zu spät«, bemerkte Pia. Tobias stieß einen Seufzer aus.

»Sie haben Laura in den Kofferraum meines Autos geladen und in den Tank am alten Flugplatz geworfen. Lars ist weggelaufen. Ich habe ihn nie wieder gesehen, meinen besten Freund. Und dann kam heute dieser Brief …«

Seine blauen Augen richteten sich auf Pia. Erst jetzt begriff sie, dass sie mit ihrer Vermutung, Tobias Sartorius sei unschuldig, tatsächlich gegen jede Vernunft recht behalten hatte.

»Was war mit Stefanie?«, fragte Bodenstein. »Und wo ist Amelie?«

Tobias holte tief Luft und schüttelte den Kopf.

»Ich weiß es nicht. Ehrlich. Ich hab absolut keine Ahnung.«

Jemand betrat hinter ihnen den Kuhstall, Bodenstein und Pia wandten sich um. Es war Hartmut Sartorius. Er war totenbleich und konnte nur mit äußerster Anstrengung seine Unruhe beherrschen.

»Lars ist tot, Papa«, sagte Tobias mit leiser Stimme. Hartmut Sartorius ging vor seinem Sohn in die Hocke und umarmte ihn unbeholfen. Tobias schloss die Augen und lehnte sich an seinen Vater. Der Anblick berührte Pia sehr. Würde der Leidensweg der beiden irgendwann ein Ende haben? Der Klingelton von Bodensteins Handy durchbrach die Stille. Er nahm das Gespräch entgegen und ging hinaus auf den Hof.

»Werden ... werden Sie Tobias jetzt verhaften?«, fragte Hartmut Sartorius mit unsicherer Stimme und blickte zu Pia auf.

»Wir haben einige Fragen an ihn«, erwiderte sie bedauernd. »Leider besteht noch immer der Verdacht, dass Tobias etwas mit dem Verschwinden von Amelie Fröhlich zu tun hat. Und solange dieser Verdacht nicht ausgeräumt ist ...«

»Pia!«, rief Bodenstein vom Hof aus. Sie drehte sich um und ging zu ihm hinaus. Mittlerweile war der angeforderte Streifenwagen eingetroffen, die beiden Beamten waren ausgestiegen und kamen näher.

»Das war Ostermann«, verkündete Bodenstein, während er eine Nummer in sein Handy eintippte. »Er hat die Geheimschrift in Amelies Tagebuch entziffert. In ihrer letzten Eintragung schreibt sie, dass Thies ihr im Keller unter seinem Atelier die Mumie von Schneewittchen gezeigt hat ... ja ... Bodenstein hier ... Kröger, ich brauche Sie und Ihre Leute auf dem Grundstück Terlinden in Altenhain. Da, wo es heute gebrannt hat. Ja, sofort!«

Er blickte Pia an, und sie verstand, was in seinem Kopf vor sich ging.

»Du meinst, Amelie könnte auch dort sein.«

Er nickte angespannt, dann rieb er nachdenklich sein Kinn und runzelte die Stirn.

»Ruf Behnke an, damit er mit ein paar Leuten die drei Männer aufs Kommissariat bringt«, wies er Pia an. »Ein Streifenwagen muss zu Lauterbach, zu seinem Privathaus und in sein Büro in Wiesbaden. Ich will aber heute noch mit ihm sprechen. Mit Claudius Terlinden müssen wir auch reden, er weiß ja noch nichts vom Suizid seines Sohnes. Und falls wir tatsächlich diesen Keller finden, brauchen wir einen Rechtsmediziner.«

»Du hast Behnke vom Dienst suspendiert«, erinnerte Pia

ihn. »Das kann aber auch Kathrin übernehmen. Und was ist mit Tobias?«

»Ich sage den Kollegen, dass sie ihn nach Hofheim bringen sollen. Da muss er halt auf uns warten.«

Pia nickte und griff zu ihrem Telefon, um die entsprechenden Anweisungen zu geben. Sie diktierte Kathrin die Namen von Felix Pietsch, Michael Dombrowski und Jörg Richter, dann ging sie zurück in den Kuhstall. Sie sah zu, wie Tobias mühsam auf die Beine kam und sich schwer auf seinen Vater stützte.

»Meine Kollegen werden Sie jetzt gleich nach Hofheim bringen«, sagte sie zu Tobias. »Sie warten draußen im Hof, bis Sie so weit sind.«

Tobias Sartorius nickte nur.

»Pia!«, rief Bodenstein ungeduldig von draußen. »Komm schon!«

»Also, wir sehen uns dann später.« Pia nickte den beiden Männern zu und ging hinaus.

*

Vor der Lauterbach'schen Villa hielt gerade ein Streifenwagen, als Bodenstein und Pia vorbeifuhren. Sie bogen ein paar Meter weiter in das offene Tor zum Grundstück von Terlindens ein, stiegen aus und gingen zu Fuß über den Rasen bis zu den noch immer rauchenden Trümmern der Orangerie. Die geschwärzten Seitenwände standen noch, das Dach war zur Hälfte eingestürzt.

»Wir müssen da sofort rein«, sagte Bodenstein zu einem der Feuerwehrleute, die zurückgeblieben waren, um den Brandort zu überwachen.

»Völlig unmöglich.« Der Feuerwehrmann schüttelte den Kopf. »Die Mauern können jeden Moment zusammenstürzen, das Dach ist instabil. Da geht jetzt erst mal keiner rein.«

»Doch«, beharrte Bodenstein. »Wir haben einen Hinweis bekommen, dass sich darunter ein Keller befindet. Und in dem Keller ist höchstwahrscheinlich das verschwundene Mädchen eingesperrt.«

Das veränderte die Sachlage völlig. Der Feuerwehrmann besprach sich mit seinen Kollegen, telefonierte. Bodenstein ging, ebenfalls telefonierend, auf und ab, umrundete das abgebrannte Gebäude. Er konnte unmöglich still stehen. Diese verdammte Warterei! Die Techniker von der Spurensicherung trafen ein, wenig später rollte ein Feuerwehrauto heran und ein dunkelblaues Fahrzeug vom Technischen Hilfswerk. Pia erfuhr von der Streife, dass bei Lauterbachs niemand zu Hause war. Sie ließ sich von Ostermann die Nummer des Chefsekretariats im Kultusministerium in Wiesbaden geben und bekam dort zur Antwort, dass der Herr Minister seit drei Tagen krank und nicht im Büro erschienen sei. Nur, wo war er dann? Sie lehnte sich an den Kotflügel, zündete sich eine Zigarette an und wartete, bis Bodenstein seinen Telefonmarathon für ein paar Sekunden unterbrach. Unterdessen hatten die Leute von der Feuerwehr und vom THW begonnen, die Dachreste und Mauern der Orangerie zu untersuchen. Mit schwerem Gerät räumten sie vorsichtig den qualmenden Schutt zur Seite und stellten Scheinwerfer auf, denn es begann schon zu dämmern.

Kathrin Fachinger rief an und meldete Vollzug: Felix Pietsch, Jörg Richter und Michael Dombrowski waren auf dem Kommissariat. Keiner von ihnen hatte bei der Festnahme Schwierigkeiten gemacht. Aber sie hatte noch eine Nachricht, und die versetzte Pia in helle Aufregung. Ostermann hatte in der Zwischenzeit an die 500 Fotos auf Amelie Fröhlichs iPod durchgesehen und dabei Aufnahmen von Bildern gefunden, bei denen es sich durchaus um die handeln konnte, die Thies ihr gegeben hatte. Auf der Suche nach Bodenstein stapfte Pia über den aufgeweichten Rasen, der sich unter den Reifen der Lkw nun in eine einzige Schlammwüste verwandelt hatte. Ihr Chef stand mit ausdrucksloser Miene vor der Orangerie und qualmte eine Zigarette. Gerade als sie ihm von den Bildern auf dem iPod erzählen wollte, begannen die Männer im Innern der Ruine zu rufen und zu winken. Bodenstein erwachte aus seiner Erstarrung, ließ die Kippe fallen und ging hinein. Pia folgte ihm auf dem Fuß. Es war noch immer sehr warm in dem Gebäude, das vor ein paar Stunden lichterloh gebrannt hatte.

»Wir haben etwas gefunden!«, verkündete der Feuerwehrmann, der die Leitung der Arbeiten übernommen hatte, nachdem der Wehrführer nicht aufgetaucht war. »Eine Falltür! Sie lässt sich sogar noch öffnen!«

*

Die Straße war trocken, der Stau auf der A5 hatte sich hinter dem Frankfurter Kreuz aufgelöst. Nadja gab Gas, sobald das Tempolimit aufgehoben war, und beschleunigte auf 200. Tobias saß auf dem Beifahrersitz. Er hatte die Augen geschlossen und noch keinen Ton gesagt, seitdem sie losgefahren waren. Das alles war zu viel für ihn. Seine Gedanken kreisten um das, was er an diesem Nachmittag erfahren hatte. Felix, Micha und Jörg. Er hatte sie für seine Freunde gehalten! Und Lars, der wie ein Bruder für ihn gewesen war! Sie hatten Laura getötet und ihre Leiche in dem Tank auf dem alten Flugplatz versteckt, aber nie etwas gesagt. Ja, sie hatten ihn durch die Hölle gehen lassen und elf Jahre lang geschwiegen. Warum hatten sie sich jetzt plötzlich dazu entschieden, ehrlich zu sein? Warum erst jetzt? Die Enttäuschung war grenzenlos, abgrundtief. Noch vor ein paar Tagen hatten sie mit ihm getrunken, gelacht und Erinnerungen an früher ausgetauscht – und dabei die ganze Zeit gewusst, was sie getan, was sie *ihm* angetan hatten! Er stieß einen tiefen Seufzer aus. Nadja ergriff seine Hand, drückte sie. Tobias öffnete die Augen.

»Ich kann gar nicht glauben, dass Lars tot ist«, flüsterte er, räusperte sich mehrmals, um den Frosch in seinem Hals loszuwerden.

»Es ist alles völlig unfassbar«, bestätigte sie. »Aber ich habe immer daran geglaubt, dass du unschuldig bist.«

Er rang sich ein Lächeln ab. Unter all den Enttäuschungen, der Bitterkeit und dem Zorn keimte ein winziges Pflänzchen der Hoffnung. Vielleicht würde ja doch alles gut werden, mit Nadja und ihm. Vielleicht hatten sie beide eine Chance, wenn die Schatten der Vergangenheit erst vertrieben und die ganze Wahrheit ans Licht gekommen war.

»Ich kriege Ärger mit den Bullen«, sagte er.

»Ach was«, sie zwinkerte ihm zu. »Du bist ja in ein paar Tagen zurück. Und dein Vater hat meine Handynummer, für alle Fälle. Es wird wohl jeder verstehen, dass du jetzt ein bisschen Abstand brauchst.«

Tobias nickte. Er entspannte sich etwas. Der allgegenwärtige, nagende Schmerz in seinem Innern wurde schwächer.

»Ich bin so froh, dass du da bist«, sagte er zu Nadja. »Wirklich. Du bist einfach wunderbar.«

Sie lächelte wieder, hielt den Blick aber auf die Straße gerichtet.

»Wir sind füreinander bestimmt, du und ich«, antwortete sie. »Das habe ich immer gewusst.«

Tobias führte ihre Hand an seine Lippen und küsste sie zärtlich. Vor ihnen lagen ein paar Tage Ruhe. Nadja hatte alle ihre Termine abgesagt. Niemand würde sie stören, er musste sich vor niemandem fürchten. Die leise Musik, die angenehme Wärme, die weichen Lederpolster. Er spürte, wie ihn die Müdigkeit übermannte. Mit einem Seufzer schloss er die Augen und war wenig später tief und fest eingeschlafen.

*

Die rostige Eisentreppe war schmal und führte steil nach unten. Er tastete an der Wand nach dem Lichtschalter. Sekunden später tauchte die 25-Watt-Birne den kleinen Raum in schummeriges Licht. Bodenstein spürte seinen Herzschlag bis in den Hals. Es hatte Stunden gedauert, bis die Ruine endlich so weit gesichert war, dass man sie gefahrlos betreten konnte. Der Bagger vom THW hatte den Schutt beiseitegeschoben, mit vereinten Kräften hatten die Männer die stählerne Falltür geöffnet. Einer der Männer in einem Schutzanzug war die Treppe hinuntergeklettert und hatte festgestellt, dass unten alles in Ordnung war. Der Keller hatte den Brand unbeschadet überstanden.

Bodenstein wartete, bis Pia, Kröger und Henning Kirchhoff den steilen Abstieg geschafft hatten und neben ihm in dem winzigen Raum standen. Er legte seine Hand auf die Klinke der schweren, eisernen Tür. Die schwang lautlos auf. Warme Luft drang ihnen entgegen, es roch süßlich nach verwelkten Blumen.

»Amelie?«, rief Bodenstein. Eine Taschenlampe hinter ihm flammte auf, leuchtete in einen erstaunlich großen, rechteckigen Raum.

»Ein ehemaliger Bunker«, stellte Kröger fest. Es klickte, als er den Lichtschalter betätigte, eine Neonröhre an der Decke sprang flackernd und summend an. »Die Stromleitungen sind separat verlegt, damit im Fall einer Beschädigung des Gebäudes der Keller weiterhin versorgt wird.«

Der Kellerraum war schlicht eingerichtet: ein Sofa, ein Re-

367

gal mit einer Stereoanlage. Der hintere Teil des Raumes war mit einer altmodischen spanischen Wand abgeteilt. Von Amelie keine Spur. Waren sie zu spät? »Puh«, murmelte Kröger. »Ist das eine Hitze hier drin.«

Bodenstein ging quer durch den Raum. Der Schweiß lief ihm über das Gesicht.

»Amelie?«

Er rückte die spanische Wand beiseite. Sein Blick fiel auf das schmale, eiserne Bett. Er musste schlucken. Das Mädchen, das dort lag, war tot. Ihr langes, schwarzes Haar war wie ein Fächer auf dem weißen Kopfkissen ausgebreitet. Sie trug ein weißes Kleid, die Hände gefaltet über dem Bauch. Der rote Lippenstift wirkte grotesk auf den vertrockneten Lippen der Mumie. Ein Paar Schuhe stand neben dem Bett. Verwelkte Blumen in einer Vase auf dem Nachttisch, daneben eine Flasche Cola. Es dauerte ein paar Sekunden, bis er begriff, dass es sich bei dem Mädchen auf dem Bett nicht um Amelie handeln konnte.

»Schneewittchen«, sagte Pia neben ihm leise. »Da bist du ja endlich.«

*

Es war kurz nach neun, als sie auf dem Kommissariat eintrafen. Vor der Tür des Wachraumes mussten sich drei Kollegen mit einem randalierenden Betrunkenen befassen, dessen weibliche Begleitung nicht minder betrunken war und herumpöbelte. Pia holte sich am Automaten eine Cola light, bevor sie in den Besprechungsraum im ersten Stock ging. Bodenstein stand über den Tisch gebeugt da und betrachtete die Fotos der Bilder, die Kathrin ausgedruckt hatte. Ostermann und Kathrin saßen ihm gegenüber. Er blickte auf, als Pia eintrat. Sie sah die Furchen der Erschöpfung in seinem

Gesicht, aber sie wusste, dass er sich jetzt keine Pause gönnen würde. Nicht so kurz vor dem Ziel und schon gar nicht jetzt, da er seine privaten Sorgen mit rastloser Aktivität verdrängen konnte.

»Wir nehmen sie uns alle drei auf einmal vor«, entschied Bodenstein und warf einen Blick auf die Uhr. »Mit Terlinden müssen wir auch reden. Und mit Tobias Sartorius.«

»Wo ist der denn?«, fragte Kathrin erstaunt.

»Ich denke, unten, in einer der Zellen.«

»Davon weiß ich nichts.«

»Ich auch nicht«, sagte Ostermann. Bodenstein sah Pia an. Sie hob die Augenbrauen.

»Du hast doch den Jungs von der Streife in Sartorius' Hof heute Mittag gesagt, dass sie ihn hierherbringen sollen, oder nicht?«

»Nein. Ich habe ihnen gesagt, sie sollen zu Lauterbach fahren«, erwiderte Bodenstein. »Ich dachte, du würdest eine andere Streife rufen.«

»Und ich habe gedacht, das hättest du getan«, sagte Pia.

»Ostermann, rufen Sie bei Sartorius an«, befahl Bodenstein. »Er soll auf der Stelle hierherkommen.«

Er schnappte die Fotos und verließ den Besprechungsraum. Pia verdrehte die Augen und folgte ihm.

»Darf ich mal die Bilder sehen, bevor wir da reingehen?«, bat sie ihn. Stumm reichte er ihr die Fotos, ohne seine Schritte zu verlangsamen. Er war sauer, weil ihm ein Fehler unterlaufen war. Ein Missverständnis, wie es vorkommen konnte, wenn sich die Ereignisse derart überschlugen. Im Vernehmungsraum war noch niemand. Bodenstein marschierte davon, kam wenig später wieder zurück.

»Hier klappt ja gar nichts«, knurrte er verärgert. Pia schwieg. Sie dachte an Thies Terlinden, der elf Jahre lang die Leiche von Stefanie Schneeberger bewacht hatte. Warum hatte er das getan? Hatte sein Vater es ihm befohlen? Weshalb hatte Lars Terlinden ausgerechnet jetzt diesen Brief an Tobias geschrieben und Selbstmord begangen? Wieso war heute das Atelier von Thies abgebrannt? Wusste jemand von Schneewittchen – oder galt der Brandanschlag Thies' Bildern? Dann konnte dieselbe Person dahinterstecken, die die falsche Polizistin zu Barbara Fröhlich geschickt hatte. Und wo war Amelie? Thies hatte ihr die Mumie von Schneewittchen gezeigt und sie anschließend wieder gehen lassen, sonst hätte sie kaum in ihr Tagebuch schreiben können. Was hatte sie Tobias erzählt? Warum war sie verschwunden? Hatte ihr Verschwinden vielleicht überhaupt nichts mit dem alten Fall zu tun?

Tausend Gedanken fluteten durch ihr Gehirn, es wollte ihr nicht gelingen, Ordnung in die unzähligen Informationen zu bringen. Bodenstein telefonierte schon wieder, diesmal offenbar mit Kriminalrätin Dr. Engel. Er hörte überwiegend mit grimmiger Miene zu, sagte nur hin und wieder »Ja« oder »Nein«. Pia seufzte. Der ganze Fall wuchs sich zu einem Albtraum aus, und das lag weniger an der Arbeit als an den Umständen, unter denen sie ermitteln mussten. Sie spürte Bodensteins Blick auf sich ruhen und hob den Kopf.

»Wenn wir den Fall abgeschlossen haben, wird sie hier durchgreifen, hat sie gesagt. Nein, eher gedroht.« Er legte den Kopf in den Nacken und lachte plötzlich auf, allerdings ohne jede Heiterkeit. »Sie hat heute nämlich einen anonymen Anruf bekommen.«

»Aha.« Das interessierte Pia nicht die Bohne. Sie wollte mit Claudius Terlinden sprechen, herausfinden, was er wusste. Jede zusätzliche Information, die sie jetzt bekam, erschwerte ihr das klare Denken.

»Jemand hat ihr erzählt, dass wir ein Verhältnis haben.« Bodenstein fuhr sich mit beiden Händen durchs Haar. »Man hat uns angeblich zusammen gesehen.«

»Na, das ist ja keine Kunst«, erwiderte Pia trocken. »Wir fahren schließlich den ganzen Tag zusammen durch die Gegend.«

Ein Klopfen an der Tür beendete ihr Gespräch. Die drei Freunde von Tobias Sartorius wurden hereingeführt. Sie setzten sich an den Tisch, Pia nahm ebenfalls Platz. Bodenstein blieb stehen, betrachtete die drei Männer der Reihe nach. Wieso hatte sie jetzt, nach elf Jahren, plötzlich die Reue gepackt? Er überließ es Pia, die Angaben zur Vernehmung, die aufgezeichnet wurde, zu machen. Dann legte er die acht Fotos auf den Tisch. Felix Pietsch, Michael Dombrowski und Jörg Richter betrachteten die Bilder und wurden blass.

»Kennen Sie diese Bilder?«

Kopfschütteln.

»Aber Sie erkennen, was sie darstellen.«

Nicken.

Bodenstein verschränkte die Arme. Er wirkte gelassen und ruhig, ganz so wie immer. Pia konnte nicht umhin, ihn für seine Selbstdisziplin zu bewundern. Niemand, der ihn nicht besser kannte, hätte geahnt, was wirklich in ihm vorging.

»Können Sie uns sagen, wer und was auf den Bildern zu sehen ist?«

Die drei Männer schwiegen einen Moment, dann ergriff Jörg Richter das Wort. Er zählte die Namen auf: Laura, Felix, Michael, Lars und er selbst.

»Und wer ist der Mann in dem grünen T-Shirt?«, fragte Pia. Die drei zögerten, wechselten kurze Blicke.

»Das ist kein Mann«, sagte Jörg Richter schließlich. »Das ist Nathalie. Also Nadja. Sie hatte früher ganz kurze Haare.«

Pia suchte die vier Bilder heraus, die den Mord an Stefanie Schneeberger zeigten.

»Und wer ist das?« Sie tippte mit dem Finger auf die Person, die Stefanie umarmte. Jörg Richter zögerte.

»Das könnte der Lauterbach sein. Vielleicht ist er Stefanie nachgegangen.«

»Was genau ist an dem Abend passiert?«, wollte Bodenstein wissen.

»Es war Kerb in Altenhain«, begann Richter. »Wir waren den ganzen Tag unterwegs, hatten ordentlich getrunken. Laura war eifersüchtig auf Stefanie, weil die auch noch zur Miss Kerb gewählt worden war. Da wollte sie Tobi wohl eifersüchtig machen und hat auf Teufel komm raus mit uns geflirtet. Nein, regelrecht heißgemacht hat sie uns. Tobi hat am Getränkestand im Zelt gearbeitet, mit Nadja zusammen. Irgendwann war er weg, es hatte wohl Zoff mit Stefanie gegeben. Laura ist ihm nachgelaufen und wir ihr.«

Er machte eine Pause.

»Wir sind obenrum gegangen, also die Waldstraße hoch, nicht die Hauptstraße entlang. Dann haben wir hinten im Hof von Sartorius herumgesessen. Plötzlich kam Laura durch die Milchküche in den Stall. Sie hat geheult und hatte Nasenbluten. Wir haben sie ein bisschen geärgert, sie wurde wütend und hat Felix eine geklebt. Und irgendwie ... ich weiß auch nicht mehr, wieso ... ist die Situation eskaliert.«

»Sie haben Laura vergewaltigt«, stellte Pia mit sachlicher Stimme fest.

»Sie hatte uns den ganzen Abend angemacht ohne Ende.«

»War der Geschlechtsverkehr mit ihr einvernehmlich oder nicht?«

»Na ja«, Richter biss sich auf die Unterlippe. »Wohl eher nicht.«

»Wer von Ihnen hatte Geschlechtsverkehr mit Laura?«

»Ich und ... und Felix.«

»Weiter.«

»Laura hat um sich getreten und geschlagen. Dann ist sie weggerannt. Ich bin hinter ihr her. Und plötzlich stand Lars da, Laura lag vor ihm auf dem Boden, und überall war Blut. Sie dachte wohl, er wollte auch was von ihr. Sie ist hingefallen, mit dem Kopf auf den Stein, mit dem das Tor festgestellt wurde. Lars war total entsetzt, er stammelte irgendwas und rannte dann weg. Wir … wir waren auch in Panik, wollten weglaufen, aber Nadja war ganz cool, wie immer, und sagte, wir sollten Laura verschwinden lassen, dann gäb's auch keine Spuren.«

»Wo kam denn Nadja plötzlich her?«, fragte Bodenstein.

»Sie … sie war die ganze Zeit dabei gewesen.«

»Nadja hat zugesehen, wie Sie Laura Wagner vergewaltigt haben?«

»Ja.«

»Aber warum wollten Sie Lauras Leiche verschwinden lassen? Ihr Tod war doch wohl ein Unfall.«

»Na ja, wir hatten sie immerhin … vergewaltigt. Und dann lag sie da. Das ganze Blut. Ich weiß auch nicht, warum wir das gemacht haben.«

»Was genau haben Sie denn gemacht?«

»Tobis Golf stand da, der Schlüssel steckte, wie immer. Felix hat Laura in den Kofferraum gelegt, und ich kam auf die Idee, sie zum alten Flugplatz nach Eschborn zu bringen. Ich hatte noch die Schlüssel einstecken, weil wir ein paar Tage vorher dort waren, um ein bisschen Rennen zu fahren. Wir haben sie in das Loch geworfen und sind wieder zurück. Nadja hat auf uns gewartet. Auf der Kerb hatte gar niemand gemerkt, dass wir weg gewesen sind. Waren ja alle schon ziemlich blau. Und später sind wir dann zurück zu Tobi und haben ihn gefragt, ob er mit zur Kerbewache kommt. Aber er wollte nicht.«

»Und was war mit Stefanie Schneeberger?«

Das wussten alle drei nicht. Auf den Bildern sah es so aus, als ob Nadja Stefanie mit dem Wagenheber erschlagen hätte.

»Nadja hat Stefanie auf jeden Fall gehasst wie die Pest«, sagte nun Felix Pietsch. »Seit sie aufgetaucht war, war mit Tobi kaum noch was anzufangen, so verknallt war er. Und dann hat sie Nadja auch noch die Hauptrolle in diesem Theaterstück weggeschnappt.«

»An dem Abend auf der Kerb hat Stefanie mit dem Lauterbach rumgeschäkert«, erinnerte sich Jörg Richter. »Er war total verrückt nach ihr, das konnte jeder sehen, der Augen im Kopf hatte. Tobi hat die beiden draußen vor dem Zelt beim Knutschen erwischt, deshalb ist er ja auch dann nach Hause gegangen. Ich hab Stefanie das letzte Mal mit dem Lauterbach zusammen vor dem Zelt gesehen.«

Felix Pietsch bestätigte das mit einem Nicken. Michael Dombrowski reagierte gar nicht. Er hatte noch kein einziges Wort gesagt, sondern saß nur blass da und starrte vor sich hin.

»Kann Nadja von diesen Bildern hier gewusst haben?«, fragte Pia.

»Gut möglich. Tobi hat uns letzten Samstag erzählt, was Amelie herausgefunden hat. Von den Bildern und dass angeblich der Lauterbach drauf zu sehen ist. Tobi hat das sicher auch Nadja erzählt.«

Pias Handy summte. Sie erkannte die Nummer von Ostermann und ging dran.

»Entschuldige, dass ich störe«, sagte er. »Aber ich glaube, wir haben ein Problem. Tobias Sartorius ist verschwunden.«

*

Bodenstein unterbrach die Vernehmung und ging hinaus. Pia sammelte die Fotos auf, steckte sie zurück in die Klarsichthülle und folgte ihm. Er wartete auf dem Flur, lehnte mit geschlossenen Augen an der Wand.

»Nadja musste wissen, was auf den Bildern zu sehen sein würde«, sagte er. »Sie war heute Morgen auf der Beerdigung von Laura, zur gleichen Zeit ist Thies' Atelier abgebrannt.«

»Sie kann auch die Frau gewesen ein, die sich bei Barbara Fröhlich als Polizistin ausgegeben hat«, mutmaßte Pia.

»Das glaube ich auch.« Bodenstein öffnete die Augen. »Und um ganz sicherzugehen, dass keine weiteren Bilder mehr auftauchen, hat sie die Orangerie angezündet, während ganz Altenhain auf dem Friedhof war.«

Er stieß sich von der Wand ab, ging den Flur entlang und die Treppen hinauf.

»Es konnte ihr absolut nicht recht sein, dass Amelie die Wahrheit über das Verschwinden der beiden Mädchen herausgefunden hat«, sagte Pia. »Amelie kannte sie, hatte keinen Grund, ihr zu misstrauen. Sie könnte sie ohne weiteres am Samstagabend unter irgendeinem Vorwand aus dem Schwarzen Ross und in ihr Auto gelockt haben.«

Bodenstein nickte nachdenklich. Die Möglichkeit, dass Nadja von Bredow die Mörderin von Stefanie Schneeberger war und aus Angst vor der Entdeckung ihrer Tat nach elf Jahren Amelie entführt und womöglich getötet hatte, wurde zu einer Wahrscheinlichkeit. Ostermann saß in seinem Büro, den Telefonhörer in der Hand.

»Ich habe mit dem Vater gesprochen, gleichzeitig eine Streife hingeschickt. Tobias Sartorius ist heute Nachmittag mit seiner Freundin weggefahren, sie hat dem alten Sartorius gesagt, sie würde ihn zu uns bringen. Aber da sie bisher nicht hier aufgetaucht sind, denke ich mal, dass sie ganz woanders hingefahren sind.«

Bodenstein runzelte die Stirn, Pia schaltete schneller.

»Mit seiner *Freundin*?«, vergewisserte sie sich. Ostermann nickte.

»Hast du noch Sartorius' Nummer drin?«

»Ja.«

Pia ging mit einer bösen Vorahnung um seinen Schreibtisch herum und angelte nach dem Telefon. Sie drückte die Wiederwahltaste, stellte den Lautsprecher an. Hartmut Sartorius meldete sich nach dem dritten Klingeln. Sie ließ ihn gar nicht erst zu Wort kommen.

»Wer ist Tobias' Freundin?«, fragte sie, obwohl sie es schon ahnte.

»Nadja. Aber ... aber sie wollte ihn doch ...«

»Haben Sie eine Handynummer von ihr? Das Kennzeichen ihres Autos?«

»Ja, natürlich. Aber was ist denn eigentlich ...«

»Bitte, Herr Sartorius. Geben Sie mir die Handynummer.« Ihr Blick begegnete dem von Bodenstein. Tobias Sartorius war mit Nadja von Bredow unterwegs und hatte womöglich keinen blassen Schimmer, was Nadja getan hatte und was sie vielleicht noch plante. Sobald sie die Nummer notiert hatte, beendete Pia das Gespräch und tippte die Handynummer von Nadja von Bredow ein.

The person you have called is temporarily not available ...

»Was jetzt?« Sie machte Bodenstein keinen Vorwurf, dass er heute Mittag die Streife zu Lauterbach geschickt hatte. Es war passiert und nicht mehr zu ändern.

»Wir geben sofort eine Fahndung raus«, bestimmte Bodenstein. »Dann muss das Handy geortet werden, sobald das möglich ist. Wo wohnt die Frau?«

»Kriege ich raus.« Ostermann rollte mit dem Stuhl wieder an seinen Schreibtisch und begann zu telefonieren.

»Was ist mit Claudius Terlinden?«, wollte Pia wissen.

»Der muss warten.« Bodenstein ging zur Kaffeemaschine, schwenkte die Kanne, die offenbar noch voll war, und goss sich einen Kaffee ein. Dann setzte er sich auf Behnkes leeren Stuhl. »Viel wichtiger ist Lauterbach.«

Gregor Lauterbach hatte sich am Abend des 6. September 1997 mit Stefanie Schneeberger, der Tochter seiner Nachbarn, auf der Kerb in Altenhain geküsst und war später mit ihr an der Scheune der Sartorius gewesen. Das eine Bild zeigte nicht etwa Nadja im Kampf mit Stefanie, sondern möglicherweise Lauterbach beim Geschlechtsverkehr mit dem Mädchen. Hatte Nadja von Bredow das mitbekommen und später, als sich eine günstige Gelegenheit bot, die verhasste Rivalin mit einem Wagenheber erschlagen? Thies Terlinden hatte beobachtet, was geschehen war. Wer wiederum wusste, dass Thies Augenzeuge der beiden Morde gewesen war? Pias Handy summte. Es war Henning, der bereits dabei war, die mumifizierte Leiche von Stefanie Schneeberger zu untersuchen.

»Ich brauche die Tatwaffe.« Er klang müde und angespannt. Pias Blick fiel auf die Uhr an der Wand. Es war halb elf und Henning noch im Institut. Ob er Miriam mittlerweile sein pikantes Problem gestanden hatte?

»Kriegst du«, erwiderte sie. »Glaubst du, du kannst an der Mumie noch fremde DNA feststellen? Das Mädchen hatte eventuell kurz vor dem Tod Geschlechtsverkehr.«

»Ich kann es versuchen. Die Leiche ist sehr gut erhalten. Ich schätze, sie hat all die Jahre in diesem Raum bei diesen Temperaturen gelegen, denn sie ist fast überhaupt nicht verwest.«

»Wie schnell können wir ein Ergebnis bekommen? Wir sind hier ziemlich unter Druck.« Das war eine glatte Untertreibung. Nicht nur, dass sie noch immer mit allen Mitteln und jedem verfügbaren Beamten nach Amelie suchten, sie waren auch dabei, zwei elf Jahre alte Mordfälle neu zu untersuchen. Letzteres mit vier Leuten.

»Wann seid ihr das nicht?«, entgegnete Henning. »Ich beeile mich.«

Bodenstein hatte seinen Kaffee ausgetrunken.

»Komm«, sagte er zu Pia. »Wir machen weiter.«

*

Bodenstein blieb erst noch eine Weile hinter dem Steuer sitzen, als er auf dem Parkplatz vor dem Gutshof seiner Eltern angehalten hatte. Es war kurz nach Mitternacht, er war völlig erschöpft, aber gleichzeitig zu aufgekratzt, um an Schlaf auch nur zu denken. Eigentlich hatte er Felix Pietsch, Jörg Richter und Michael Dombrowski nach der Vernehmung nach Hause schicken wollen, aber dann war ihm gerade noch die wichtigste Frage überhaupt eingefallen: War Laura schon tot gewesen, als sie sie in den Bodentank geworfen hatten? Minutenlang hatten die drei Männer geschwiegen. Plötzlich war ihnen bewusst geworden, dass es nicht mehr nur um Vergewaltigung oder um unterlassene Hilfeleistung ging, sondern um etwas weitaus Schlimmeres. Pia hatte das Verbrechen, dessen sie sich schuldig gemacht hatte, korrekt formuliert: billigende Inkaufnahme des Todes eines Menschen zur Verdeckung einer schweren Straftat. Daraufhin war Michael Dombrowski in Tränen ausgebrochen. Das hatte Bodenstein als Geständnis ausgereicht, er hatte Ostermann beauftragt, sich um Haftbefehle zu kümmern. Was die drei zuvor erzählt hatten, war jedoch mehr als aufschlussreich. Nadja von Bredow hatte sich jahrelang nicht bei ihren Freunden aus Jugendtagen gemeldet. Aber kurz bevor Tobias aus dem Gefängnis entlassen werden sollte, war sie in Altenhain aufgetaucht und hatte die drei Freunde von früher massiv unter Druck gesetzt, damit sie den Mund hielten. Da keiner von ihnen ein Interesse daran hatte, dass elf Jahre nach ihrer Tat die Wahrheit ans Licht kommen würde, hätten sie sicherlich auch weiter geschwiegen, wäre nicht wieder ein Mädchen verschwunden. Dass sie die Verantwortung für die Verurteilung ihres Freundes trugen, hatte ihr Gewissen über all die Jahre schwer belastet. Selbst als in Altenhain die Hexenjagd auf Tobias begonnen hatte, waren Feigheit und Angst vor den unausweichlichen Konsequenzen zu groß gewesen, um sich selbst der Polizei zu stellen. Jörg Richter hatte Tobias am vergangenen Samstag nicht aus alter Freundschaft angerufen. Nadja hatte ihn gebeten, Tobias an dem Abend zu sich einzuladen und zum Trinken zu animieren. Und das bestätigte Bodensteins Befürchtungen. Was ihm jedoch am meisten zu denken gab, war Jörg Richters Antwort auf die Frage, weshalb drei erwachsene Männer Nadja von Bredow aufs Wort gehorchten:

»Sie hatte schon damals etwas an sich, was einem Angst einjagen konnte.« Die anderen hatten bestätigend genickt. »Nadja ist nicht ohne Grund da gelandet, wo sie jetzt ist. Wenn sie etwas will, dann kriegt sie das auch. Ohne Rücksicht auf Verluste.«

Nadja von Bredow hatte Amelie Fröhlich als Bedrohung erkannt und das arglose Mädchen in ihre Gewalt gebracht. Dass sie vor Mord nicht zurückschreckte, verhieß nichts Gutes.

In Gedanken versunken saß Bodenstein in seinem Auto. Was für ein Tag! Zuerst die Leiche von Lars Terlinden, der Brand in Thies' Atelier, Hasses unglaubliche Unterstellungen, die Begegnung mit Daniela Lauterbach … Da erinnerte er sich daran, dass er sie später, wenn sie Christine Terlinden die schlimme Nachricht vom Freitod ihres Sohnes beigebracht hatte, noch hätte anrufen sollen. Er holte sein Handy hervor, suchte in der Innentasche seines Mantels, bis er die Visitenkarte der Ärztin gefunden hatte. Mit klopfendem Herzen wartete Bodenstein darauf, ihre Stimme zu hören. Aber vergeblich. Die Mailbox sprang an. Er sprach nach dem Piepton auf das Band und bat um Rückruf, egal um welche Uhrzeit. Vielleicht wäre er im Auto sitzen geblieben, hätte der Kaffee nicht so sehr auf seine Blase gedrückt. Es wurde sowieso Zeit, ins Haus zu gehen. Aus dem Augenwinkel nahm er eine Bewegung wahr und erschrak fast zu Tode, als plötzlich jemand an die Scheibe klopfte.

»Papa?« Es war Rosalie, seine älteste Tochter.

»Rosi!« Er öffnete die Tür und stieg aus. »Was machst du denn hier?«

»Ich hab gerade Feierabend«, erwiderte sie. »Aber was machst du hier? Warum bist du nicht zu Hause?«

Bodenstein seufzte und lehnte sich ans Auto. Er war todmüde und hatte keine Lust, mit seiner Tochter über seine Probleme zu reden. Den ganzen Tag über hatte er sich von den Gedanken an Cosima ablenken können, aber jetzt fiel das unerträgliche Gefühl des Scheiterns über ihn her.

»Oma hat mir erzählt, dass du schon gestern Nacht hier geschlafen hast. Was ist denn passiert?« Rosalie blickte ihn besorgt an. Im schwachen Licht der einzigen Laterne sah ihr Gesicht gespenstisch blass aus. Warum sollte er ihr nicht die Wahrheit sagen? Sie war alt genug, um zu verstehen, was los war, und würde es früher oder später ohnehin erfahren.

»Deine Mutter hat mir gestern Abend mitgeteilt, dass sie ein Verhältnis mit einem anderen Mann hat. Daraufhin habe ich es vorgezogen, für ein paar Tage woanders zu übernachten.«

»Was?« Rosalie verzog ungläubig das Gesicht. »Das ist doch ... Nein, das kann ich nicht glauben.«

Ihre Fassungslosigkeit war echt und Bodenstein erleichtert, dass seine Tochter sich nicht als heimliche Komplizin ihrer Mutter erwies.

»Tja«, er hob die Schultern. »Das konnte ich auch erst nicht. Es geht aber wohl schon eine ganze Weile.«

Rosalie stieß ein Schnauben aus, schüttelte den Kopf. Aber mit einem Mal fiel jede erwachsene Attitüde von ihr ab, sie war wieder ein kleines Mädchen, restlos überfordert von einer Wahrheit, die für sie ebenso unbegreiflich war wie für ihn. Bodenstein wollte ihr nicht vorgaukeln, es würde schon alles wieder ins Lot kommen. Zwischen ihm und Cosima würde nichts wieder so werden wie früher. Dazu war die Verletzung, die sie ihm zugefügt hatte, zu schwer.

»Ja und jetzt? Ich meine … wie … wie …« Rosalie brach ab. Ratlos. Hilflos. Auf einmal liefen ihr die Tränen über das Gesicht. Bodenstein nahm seine schluchzende Tochter in die Arme, drückte seinen Mund in ihr Haar. Er schloss die Augen und seufzte. Wie sehr wünschte er, auch einfach so seinen Tränen freien Lauf lassen, um Cosima, um sich und ihr ganzes Leben weinen zu können!

»Wir werden schon eine Lösung finden«, murmelte er und streichelte ihren Hinterkopf. »Ich muss das auch erst mal verdauen.«

»Aber warum tut sie das?«, schluchzte Rosalie. »Ich versteh das nicht!«

Sie verharrten eine ganze Weile so, dann nahm Bodenstein ihr tränenfeuchtes Gesicht in seine Hände.

»Fahr nach Hause, mein Schatz«, sagte er leise. »Mach dir keine Sorgen. Deine Mutter und ich kriegen das irgendwie wieder auf die Reihe, hm?«

»Aber ich kann dich doch jetzt hier nicht einfach allein lassen, Papa! Und … und bald ist Weihnachten, und wenn du nicht da bist, dann ist das doch kein Familienfest mehr!« Das klang verzweifelt und echt nach Rosalie. Schon als Kind hatte sie sich für alles, was in der Familie und in ihrem Freundeskreis geschah, verantwortlich gefühlt – und sich damit oftmals mehr aufgebürdet, als sie zu tragen vermochte.

»Bis Weihnachten sind es noch ein paar Wochen. Und ich

bin nicht allein«, versicherte er ihr. »Opa und Oma sind da, Quentin und Marie-Louise. Es ist nicht so schlimm.«

»Aber du bist doch sicher traurig.«

Dieser Logik hatte er nichts entgegenzusetzen.

»Ich habe im Moment so viel zu tun, dass ich gar nicht richtig dazu komme, traurig zu sein.«

»Ist das wahr?« Ihre Lippen zitterten. »Ich kann den Gedanken nicht ertragen, dass du traurig und alleine bist, Papa.«

»Mach dir keine Sorgen. Du kannst mich jederzeit anrufen oder mir eine SMS schreiben. Aber du musst jetzt ins Bett und ich auch. Morgen reden wir noch mal, okay?«

Rosalie nickte unglücklich und zog die Nase hoch. Dann gab sie ihm einen feuchten Kuss auf die Wange, umarmte ihn noch einmal, stieg in ihr Auto und ließ den Motor an. Er blieb auf dem Parkplatz stehen und blickte ihr nach, bis die Rücklichter ihres Wagens im Wald verschwunden waren. Mit einem Seufzer wandte er sich zum Gehen. Die Erkenntnis, dass ihm die Zuneigung seiner Kinder erhalten bleiben würde, selbst wenn seine Ehe in die Brüche gehen sollte, erleichterte und tröstete ihn.

Samstag, 22. November 2008

Sie fuhr hoch. Ihr Herz klopfte laut, mit weit aufgerissenen Augen blickte sie sich um, aber es war so stockdunkel wie immer. Was hatte sie geweckt? Hatte sie tatsächlich ein Geräusch gehört oder nur davon geträumt? Amelie starrte in die Dunkelheit und lauschte angestrengt. Nichts. Sie hatte es sich nur eingebildet. Mit einem Seufzer richtete sie sich von der modrigen Matratze auf, umfasste ihre Fußknöchel und massierte ihre kalten Füße. Auch wenn sie sich immer wieder sagte, dass man sie finden, dass sie diesen Alptraum hier überleben würde, so hatte sie insgeheim die Hoffnung aufgegeben. Wer auch immer sie hier eingesperrt hatte, hatte nicht vor, sie jemals wieder rauszulassen. Bislang hatte sich Amelie der regelmäßig wiederkehrenden Panikattacken erwehren können. Aber nun verließ sie immer häufiger der Mut, und sie lag nur einfach da und wartete auf den Tod. So oft hatte sie im Zorn zu ihrer Mutter gesagt *Ich wollte, ich wäre tot!* – aber jetzt begriff sie erst, was sie da so leichtfertig von sich gegeben hatte. Längst bereute sie bitter, was sie ihrer Mutter aus Trotz und Gleichgültigkeit angetan hatte. Wenn sie nur lebend hier rauskäme, würde sie alles, alles, alles anders machen. Besser. Keine Widerworte mehr geben, nie mehr von zu Hause abhauen oder undankbar sein.

Es musste einfach ein Happy End geben. Es gab doch immer eins. Meistens auf jeden Fall. Sie fröstelte, als ihr all die Zeitungsnotizen und Fernsehberichte einfielen, in denen es kein glückliches Ende gegeben hatte. Tote Mädchen, im Wald verscharrt, in Kisten eingesperrt, vergewaltigt, zu Tode gefoltert. Verdammt, verdammt, verdammt. Sie wollte nicht sterben, nicht in diesem Drecksloch, in der Dunkelheit, einsam und alleine. Verhungern würde sie so schnell nicht, aber verdursten. Es war nicht mehr viel zu trinken da, sie teilte sich das Wasser mittlerweile in Schlucke ein.

Plötzlich fuhr sie zusammen. Da waren Geräusche! Das bildete sie sich nicht ein. Schritte, draußen vor der Tür! Sie kamen näher und näher, hörten auf. Dann drehte sich ein Schlüssel quietschend im Türschloss. Amelie wollte aufstehen, aber ihr Körper war steif vor Kälte und von der Feuchtigkeit, die ihr nach den vielen Tagen und Nächten der Dunkelhaft in die Knochen gekrochen war. Ein greller Lichtschein fiel in den Raum, erhellte ihn für ein paar Sekunden und blendete sie. Amelie blinzelte, konnte aber nichts erkennen. Schon ging die Tür wieder zu, der Schlüssel drehte sich mit einem Knirschen, und Schritte entfernten sich. Die Enttäuschung griff mit Krakenarmen nach ihr, hielt sie fest umklammert. Kein frisches Wasser! Plötzlich glaubte sie, Atemzüge zu hören. War da jemand außer ihr im Raum? Die feinen Härchen in ihrem Nacken stellten sich auf, ihr Herz schlug wie rasend. Wer war das? Ein Mensch? Ein Tier? Die Angst drohte ihr die Luft abzudrücken. Sie presste sich gegen die feuchte Wand. Schließlich nahm sie allen Mut zusammen.

»Wer ist da?«, flüsterte sie heiser.

»Amelie?«

Ungläubig schnappte sie nach Luft. Ihr Herz machte einen Freudensprung.

»Thies?«, flüsterte sie und tastete sich an der Wand hoch. Es war gar nicht leicht, in der Dunkelheit das Gleichgewicht zu halten, obwohl sie mittlerweile jeden Quadratmillimeter des Raumes kannte. Mit ausgestreckten Armen machte sie zwei Schritte und zuckte zusammen, als sie einen warmen Körper berührte. Sie hörte die angespannten Atemzüge, umfasste Thies' Arm. Statt vor ihr zurückzuweichen, ergriff er ihre Hand und hielt sie fest.

»Oh Thies!« Plötzlich konnte Amelie die Tränen nicht mehr zurückhalten. »Was machst du hier? Oh Thies, Thies, ich bin so froh! So froh!«

Sie drängte sich an ihn, schlang ihre Arme um ihn und ließ ihren Tränen freien Lauf. Ihre Knie wurden weich, so groß war ihre Erleichterung, endlich, endlich nicht mehr allein zu sein. Thies ließ sich die Umarmung gefallen. Nicht nur das. Auf einmal spürte sie, dass er sie ebenfalls umarmte. Vorsichtig und ungeübt. Aber dann zog er sie fest an sich und legte eine Wange auf ihr Haar. Und ganz plötzlich war ihre Angst verschwunden.

*

Wieder weckte ihn das Handy. Diesmal war es Pia, diese gnadenlose Frühaufsteherin, die ihm um zwanzig nach sechs mitteilte, dass Thies Terlinden in der Nacht aus der Psychiatrie verschwunden war.

»Die Oberärztin hat mich angerufen«, erklärte Pia. »Ich bin hier schon in der Psychiatrie und habe mit dem Stationsarzt und der Nachtschwester gesprochen. Sie hat um 23:27 Uhr auf ihrer letzten Runde nach ihm gesehen, da lag er schlafend im Bett. Als sie um 5:12 Uhr das nächste Mal geschaut hat, war er weg.«

»Was haben sie für eine Erklärung?« Bodenstein hatte Mühe, aus dem Bett zu kommen. Nach höchstens drei Stunden Schlaf fühlte er sich wie gerädert. Erst hatte Lorenz bei ihm angerufen, kaum dass er eingeschlafen war. Dann Rosalie, der er nur mit aller Mühe ausreden konnte, sich wieder ins Auto zu setzen und zu ihm zu fahren. Mit einem unterdrückten Stöhnen gelang es ihm, in die Vertikale zu kommen und aufzustehen. Diesmal erreichte er den Lichtschalter an der Tür, ohne irgendwo anzustoßen.

»Keine. Alles wurde abgesucht, er hat sich nirgendwo versteckt. Die Tür seines Zimmers war abgeschlossen. Sieht aus, als hätte er sich in Luft ausgelöst, wie alle anderen auch. Es ist doch zum Kotzen.«

Weder von Lauterbach noch von Nadja von Bredow oder Tobias Sartorius gab es eine Spur, trotz bundesweiter Fahndung in Presse, Funk und Fernsehen.

Bodenstein wankte ins Badezimmer, in dem er nachts noch in weiser Voraussicht die Heizung aufgedreht und das gekippte Fenster geschlossen hatte. Sein Gesicht im Spiegel bot keinen erfreulichen Anblick. Während er Pia weiter zuhörte, rotierten seine Gedanken. Leichtfertig war er davon ausgegangen, dass Thies in der geschlossenen Psychiatrie sicher war, dabei hätte er wissen müssen, in welcher Gefahr der Mann schwebte. Er hätte ihn zum Schutz überwachen lassen müssen! Schon sein zweites schwerwiegendes Versäumnis innerhalb von vierundzwanzig Stunden. Wenn es so weiterging, war er der Nächste, der mit einer Suspendierung rechnen konnte! Er beendete das Gespräch, zog sich das verschwitzte T-Shirt und die Unterhose aus und duschte ausgiebig. Die Zeit lief ihm davon. Der ganze Fall drohte ihm zu entgleiten. Auf was kam es jetzt in erster Linie an? Wo musste er ansetzen? Nadja von Bredow und Gregor Lauterbach schienen die Schlüsselfiguren in dieser Tragödie zu sein. Sie galt es zu finden.

*

Claudius Terlinden nahm die Nachricht vom Freitod seines Sohnes Lars ohne äußerliche Regung auf. Nach vier Tagen und drei Nächten in Polizeigewahrsam war seine gelassene Liebenswürdigkeit verstocktem Schweigen gewichen. Bereits am Donnerstag hatte sein Anwalt Protest eingelegt, aber Ostermann war es gelungen, den Richter von einer möglichen Verdunklungsgefahr zu überzeugen. Lange würden sie ihn jedoch nicht mehr festhalten können, sollte es nicht bald stichhaltigere Beweise geben als die Tatsache, dass er für den Zeitraum von Amelies Verschwinden kein Alibi hatte.

»Der Junge war sein Leben lang zu weich«, war Terlindens einziger Kommentar. Mit offenstehendem Hemdkragen, Bartstoppeln und strähnigem Haar besaß er noch so viel Charisma wie eine Vogelscheuche. Vergeblich versuchte Pia sich zu erinnern, was sie an ihm so fasziniert hatte.

»Aber Sie«, sagte sie nun sarkastisch. »Sie sind hart, nicht wahr? Sie sind so hart, dass es Ihnen vollkommen egal ist, was Sie mit Ihren Lügen und Vertuschungen angerichtet haben. Lars hat Selbstmord begangen, weil er sein schlechtes Gewissen nicht mehr ertragen konnte, Tobias Sartorius haben Sie zehn Jahre seines Lebens gestohlen, und Thies haben Sie derart eingeschüchtert, dass er elf Jahre lang auf ein totes Mädchen aufgepasst hat.«

»Ich habe Thies niemals eingeschüchtert.« Claudius Terlinden blickte Pia das erste Mal an diesem Morgen an. In seinen geröteten Augen lag plötzlich ein wachsamer Ausdruck. »Und von welchem toten Mädchen reden Sie?«

»Ach, kommen Sie schon!« Pia schüttelte ärgerlich den Kopf. »Sie wollen mir ja wohl nicht weismachen, dass Sie nicht wussten, was im Keller unter der Orangerie in Ihrem Garten gelegen hat.«

»Nein. Ich war bestimmt zwanzig Jahre nicht mehr dort.«

Pia zog einen Stuhl unter dem Tisch hervor und setzte sich ihm gegenüber hin.

»Wir haben gestern im Keller unter Thies' Atelier die mumifizierte Leiche von Stefanie Schneeberger gefunden.«

»Was?« In seinen Augen flackerte zum ersten Mal Unsicherheit auf. Die Fassade eiserner Selbstbeherrschung bekam erste feine Risse.

»Thies hatte damals beobachtet, wer die beiden Mädchen getötet hat«, fuhr Pia fort, ohne Terlinden aus den Augen zu lassen. »Jemand hat das erfahren und Thies gedroht, er werde ihn in ein Heim stecken, sollte er jemals einen Ton darüber sagen. Ich bin fest davon überzeugt, dass Sie das waren.«

Claudius Terlinden schüttelte den Kopf.

»Thies ist seit heute Nacht aus der Psychiatrie verschwunden, nachdem er mir verraten hat, was er damals gesehen hat.«

»Sie lügen«, entgegnete Terlinden. »Thies hat Ihnen niemals etwas gesagt.«

»Stimmt. Sein Augenzeugenbericht war nonverbal. Er hat Bilder gemalt, die den Tathergang so detailliert darstellen wie Fotos.«

Endlich zeigte Claudius Terlinden eine Reaktion. Seine Pupillen zuckten hin und her, und seine ruhelosen Hände verrieten Nervosität. Pia frohlockte innerlich. Würde dieses Gespräch endlich den Durchbruch bringen, den sie so dringend brauchten?

»Wo ist Amelie Fröhlich?«

»Wer?«

»Ich bitte Sie! Sie sitzen mir schließlich hier gegenüber, weil die Tochter Ihres Nachbarn und Mitarbeiters Arne Fröhlich verschwunden ist.«

»Ach ja, stimmt. Das hatte ich für einen Moment vergessen. Ich weiß nicht, wo das Mädchen ist. Welches Interesse soll ich an Amelie haben?«

»Thies hat Amelie die Mumie von Stefanie gezeigt. Er hat ihr die Bilder gegeben, die er von den Morden gemalt hat. Das Mädchen war dabei, alle dunklen Geheimnisse von Altenhain aufzudecken. Da liegt es doch auf der Hand, dass Ihnen das nicht gefallen konnte.«

»Ich weiß nicht, wovon Sie reden. Dunkle Geheimnisse!« Ihm gelang ein spöttisches Auflachen. »Sie sehen wirklich zu viele Seifenopern! Im Übrigen müssen Sie mich bald gehen lassen. Es sei denn, Sie haben irgendetwas Konkretes in der Hand, was ich allerdings nicht glaube.«

Pia ließ sich nicht beirren. »Sie haben Ihrem Sohn Lars damals geraten, nicht zuzugeben, dass er etwas mit dem Tod von Laura Wagner zu tun hatte, obwohl es sich wahrscheinlich um einen Unfall gehandelt hat. Wir prüfen gerade, ob das für die Verlängerung des Haftbefehls reicht.«

»Weil ich meinen Sohn schützen wollte?«

»Nein. Wegen Behinderung der Justiz. Wegen Falschaussage. Suchen Sie sich etwas aus.«

»Das ist doch alles längst verjährt.« Claudius Terlinden musterte Pia kühl. Er war ein harter Knochen, Pias Zuversicht schwand.

»Wo waren Sie und Gregor Lauterbach, nachdem Sie den Ebony Club verlassen haben?«

»Das geht Sie nichts an. Wir haben das Mädchen nicht gesehen.«

»Wo waren Sie? Weshalb haben Sie Fahrerflucht begangen?« Pias Stimme wurde schärfer. »Waren Sie so sicher, dass niemand wagen würde, Sie anzuzeigen?«

Claudius Terlinden gab keine Antwort. Er ließ sich zu keiner unbedachten Bemerkung provozieren. Oder war er vielleicht wirklich unschuldig? In seinem Auto hatte die

Kriminaltechnik keinen Hinweis auf Amelie finden können. Ein Unfall mit Fahrerflucht war kein Grund, den Mann noch länger festzuhalten, und mit der Verjährung der Tatbestände hatte er leider recht. Verdammt.

*

Er fuhr die ihm inzwischen vertraute Hauptstraße entlang, vorbei an Richters Laden und dem Goldenen Hahn, und bog beim Kinderspielplatz links in die Waldstraße ein. Die Straßenlaternen brannten, es war einer jener Tage, an denen es nicht richtig hell wurde. Bodenstein hegte die Hoffnung, Lauterbach an einem frühen Samstagmorgen zu Hause anzutreffen. Weshalb hatte er Hasse dazu angestiftet, die alten Protokolle zu vernichten? Welche Rolle hatte er im September 1997 gespielt? Er hielt vor Lauterbachs Haus und stellte verärgert fest, dass entgegen seiner Anordnung weit und breit kein Streifenwagen und auch kein ziviles Polizeifahrzeug zu sehen war. Bevor er mit der Zentrale telefonieren und seinem Ärger Luft machen konnte, öffnete sich das Garagentor, und die Rücklichter eines Autos leuchteten auf. Bodenstein stieg aus und ging hinüber. Sein Herz machte einen Satz, als er Daniela Lauterbach hinter dem Steuer des dunkelgrauen Mercedes erkannte. Sie hielt neben ihm an und stieg aus. Ihrem Gesicht war anzusehen, dass sie in der letzten Nacht nicht viel Schlaf bekommen hatte.

»Guten Morgen. Was führt Sie so früh zu mir?«

»Ich wollte Sie fragen, wie es Frau Terlinden geht. Ich habe die ganze Nacht an sie gedacht.« Das war glatt gelogen, aber mitfühlendes Interesse am Zustand der Nachbarin würde Daniela Lauterbach sicher für ihn einnehmen. Er hatte sich nicht getäuscht. Ihre braunen Augen leuchteten auf, ein Lächeln flog über ihr müdes Gesicht.

»Ihr geht es schlecht. Einen Sohn auf diese Weise zu verlieren ist mehr als fürchterlich. Und dann auch noch der Brand in Thies' Atelier und die Leiche im Keller der Orangerie – das war alles zu viel für sie.« Sie schüttelte bedauernd den Kopf. »Ich war bei ihr, bis eben ihre Schwester eingetroffen ist, um sich um sie zu kümmern.«

»Ich bewundere wirklich, wie Sie sich für Ihre Freunde und Patienten einsetzen«, sagte Bodenstein. »Menschen wie Sie gibt es nur sehr selten.«

Sein Kompliment schien sie zu erfreuen. Ihr Lächeln kehrte zurück, jenes warme, mütterliche Lächeln, das ein kaum zu unterdrückendes Bedürfnis auslösen konnte, sich auf der Suche nach Trost in ihre Arme zu werfen.

»Manchmal nehme ich am Schicksal anderer mehr Anteil, als gut für mich ist.« Sie seufzte. »Ich kann einfach nicht anders. Wenn ich jemanden leiden sehe, muss ich helfen.«

Bodenstein fröstelte in der eisigen Morgenluft. Sie bemerkte es sofort.

»Ihnen ist kalt. Gehen wir doch ins Haus, wenn Sie noch Fragen an mich haben.«

Er folgte ihr durch die Garage eine Treppe hinauf in eine große Eingangshalle, in ihrer repräsentativen Nutzlosigkeit ein typisches Relikt der achtziger Jahre.

»Ist Ihr Mann auch zu Hause?«, fragte er beiläufig und blickte sich um.

»Nein.« Für den Bruchteil einer Sekunde zögerte sie etwas. »Mein Mann ist beruflich unterwegs.«

Falls das eine Lüge war, akzeptierte Bodenstein sie für den Moment. Vielleicht wusste sie aber wirklich nicht, welches Spiel ihr Mann spielte.

»Ich muss dringend mit ihm sprechen«, sagte er. »Wir haben herausgefunden, dass er damals eine Affäre mit Stefanie Schneeberger hatte.«

Der herzliche Ausdruck verschwand schlagartig von ihrem Gesicht, sie wandte sich ab.

»Das weiß ich«, gab sie zu. »Gregor hat es mir damals gestanden, allerdings erst, als das Mädchen verschwunden war.« Es fiel ihr offensichtlich schwer, über die Untreue ihres Mannes zu sprechen.

»Er sorgte sich, dass man ihn bei seinem … Schäferstündchen in Sartorius' Scheune gesehen haben und ihn verdächtigen könnte.« Bitterkeit lag in ihrer Stimme. Ihr Blick war düster. Die Kränkung schmerzte noch immer und erinnerte Bodenstein unwillkürlich an seine eigene Situation. Daniela Lauterbach mochte ihrem Mann nach elf Jahren vergeben haben, vergessen hatte sie die Demütigung ganz sicher nicht.

»Aber warum ist das jetzt wichtig?«, fragte sie verwirrt.

»Amelie Fröhlich hatte sich mit den Ereignissen von früher beschäftigt und muss das herausgefunden haben. Falls Ihr Mann das wusste, kann er Amelie als Bedrohung empfunden haben.«

Daniela Lauterbach starrte Bodenstein ungläubig an.

»Sie verdächtigen doch nicht etwa meinen Mann, etwas mit dem Verschwinden von Amelie zu tun zu haben?«

»Nein, wir verdächtigen ihn nicht«, beschwichtigte Bodenstein sie. »Aber wir möchten dringend mit ihm reden. Er hat nämlich etwas getan, was strafrechtliche Folgen für ihn haben könnte.«

»Darf ich wissen, was das sein soll?«

»Ihr Mann hat einen Mitarbeiter von mir dazu gebracht, die Vernehmungsprotokolle von 1997 aus den Akten zu entfernen.«

Diese Nachricht versetzte ihr offenbar einen Schock. Sie wurde blass.

»Nein.« Sie schüttelte entschieden den Kopf. »Nein, das kann ich nicht glauben. Weshalb sollte er das tun?«

»Das würde ich gerne von ihm wissen. Also, wo kann ich ihn finden? Wenn er sich nämlich nicht umgehend bei uns meldet, müssen wir ihn öffentlich zur Fahndung ausschreiben. Und das möchte ich ihm in seiner Position gerne ersparen.«

Daniela Lauterbach nickte. Sie holte tief Luft, behielt mit eiserner Beherrschung ihre Emotionen unter Kontrolle. Als sie Bodenstein wieder anblickte, war ein anderer Ausdruck in ihre Augen getreten. War es Furcht oder Zorn – oder beides?

»Ich werde ihn anrufen und ihm das mitteilen«, sagte sie, angestrengt darum bemüht, ihren Worten einen gleichmütigen Klang zu geben. »Da muss ein Missverständnis vorliegen, ganz sicher.«

»Das glaube ich auch«, pflichtete Bodenstein ihr bei. »Aber je schneller wir das geklärt haben, umso besser.«

*

Lange hatte er nicht mehr so tief und wunderbar traumlos geschlafen wie letzte Nacht. Tobias wälzte sich auf den Rücken und setzte sich gähnend auf. Er brauchte einen Moment, um zu begreifen, wo er war. Gestern Abend waren sie erst spät hier oben angekommen. Nadja hatte trotz heftiger Schneefälle die Autobahn bei Interlaken verlassen. Irgendwann hatte sie angehalten, Schneeketten angelegt und war unverdrossen weitergefahren, die steile Serpentinenstraße hinauf, höher und immer höher. Er war so müde und erschöpft gewesen, dass er das Innere der Hütte kaum wahrgenommen hatte. Auch Hunger hatte er keinen gehabt, war nur hinter ihr eine Leiter hinaufgeklettert und hatte sich ins Bett gelegt, das die gesamte Fläche der Empore einnahm. Kaum hatte sein Kopf das Kopfkissen berührt, war er schon eingeschlafen. Kein Zweifel, der tiefe Schlaf hatte ihm gutgetan.

»Nadja?«

Keine Antwort. Tobias kniete sich hin und blickte aus dem winzigen Fenster über dem Bett. Ihm stockte der Atem, als er den tiefblauen Himmel erblickte, den Schnee und das beeindruckende Bergpanorama im Hintergrund. Er war noch nie in den Bergen gewesen; Skiurlaub hatte es in seiner Kindheit und Jugend ebenso wenig gegeben wie Urlaub am Meer. Plötzlich konnte er es kaum noch erwarten, den Schnee zu spüren. Er kletterte die Leiter nach unten. Die Hütte war klein und gemütlich, mit Holz verkleidete Wände und Decke, eine Eckbank mit gedecktem Frühstückstisch. Es duftete nach Kaffee, und im Kamin knackten Holzscheite im Feuer. Tobias lächelte. Er schlüpfte in Jeans, Pullover, Jacke und Schuhe, stieß die Tür auf und trat ins Freie. Einen Augenblick lang verharrte er, geblendet von der gleißenden Helligkeit. Tief sog er die glasklare, eisige Luft in seine Lungen. Ein Schneeball traf ihn mitten im Gesicht.

»Guten Morgen!« Nadja lachte und winkte. Sie stand ein paar Meter unterhalb der Treppe und strahlte mit Schnee und Sonne um die Wette. Er grinste, sprang die Treppenstufen hinunter und versank bis über die Knie im pulverigen Schnee. Sie kam ihm entgegen, ihre Wangen waren gerötet, ihr Gesicht so schön wie nie unter der pelzbesetzten Kapuze.

»Wow, ist das toll hier!«, rief er begeistert.

»Gefällt es dir?«

»O ja! So was kenne ich ja nur aus dem Fernsehen.«

Er stapfte um die Hütte herum, die sich mit ihrem tiefgezogenen Dach an den steilen Hang schmiegte. Der meterdicke Schnee knirschte unter seinen Schuhen. Nadja ergriff seine Hand.

»Schau«, sagte sie. »Da drüben, das sind die bekanntesten Gipfel der Berner Alpen: die Jungfrau, der Eiger und der Mönch. Ach, ich liebe diesen Anblick.«

Dann wies sie hinunter ins Tal. Ganz unten, mit bloßem Auge kaum zu erkennen, lagen Häuser dicht aneinandergedrängt, und ein Stück weiter unten glitzerte blau ein langgestreckter See in der Sonne.

»Wie hoch sind wir hier?«, fragte er neugierig.

»1800 Meter. Über uns gibt es nur noch Gletscher und Gemsen.«

Sie lachte, schlang ihm die Arme um den Hals und küsste ihn mit kalten, weichen Lippen. Er hielt sie fest, erwiderte ihren Kuss. Ihm war so leicht und frei zumute, als hätte er die Sorgen der vergangenen Jahre irgendwo ganz weit unten in den Tälern zurückgelassen.

*

Der Fall nahm ihn so sehr in Anspruch, dass ihm keine Zeit blieb, über seine eigene Misere nachzugrübeln. Darüber war er froh. Seit Jahren wurde Bodenstein beinahe täglich mit menschlichen Abgründen konfrontiert, und zum ersten Mal erkannte er Parallelen zu sich selbst, vor denen er früher die Augen verschlossen hatte. Daniela Lauterbach schien so wenig über ihren Mann zu wissen, wie er über Cosima wusste. Es war erschreckend, aber man konnte offenbar fünfundzwanzig Jahre mit einem Menschen zusammen sein, in einem Bett schlafen und Kinder miteinander haben, ohne denjenigen wirklich zu kennen. Oft genug hatte es Fälle gegeben, in denen nichtsahnende Angehörige jahrelang mit Mördern, Pädophilen und Vergewaltigern zusammengelebt hatten und aus allen Wolken fielen, als sie die schreckliche Wahrheit erfuhren.

Bodenstein fuhr an Fröhlichs Haus und der rückwärtigen Einfahrt des Sartorius-Hofes vorbei bis zum Wendehammer am Ende der Waldstraße und bog in die Auffahrt der Terlindens ein. Eine Frau öffnete ihm die Haustür. Das musste die Schwester von Christine Terlinden sein, auch wenn er keine Ähnlichkeit feststellen konnte. Die Frau war groß und schlank; die Art, wie sie ihn musterte, zeugte von Selbstbewusstsein.

»Ja?« Der Blick aus grünen Augen war direkt und prüfend. Bodenstein stellte sich vor und äußerte den Wunsch, mit Christine Terlinden sprechen zu dürfen.

»Ich hole sie«, sagte die Frau. »Ich bin übrigens Heidi Brückner, die Schwester von Christine.«

Sie musste mindestens zehn Jahre jünger sein und wirkte im Gegensatz zu ihrer Schwester vollkommen ungekünstelt. Das glänzende braune Haar trug sie zu einem Zopf geflochten, ihr glattes, ebenmäßiges Gesicht mit hohen Wangenknochen war ungeschminkt. Sie ließ ihn ein und schloss die Haustür hinter ihm.

»Warten Sie bitte hier.«

Sie ging davon, blieb eine ganze Weile verschwunden. Bodenstein betrachtete eingehend die Gemälde an den Wänden, die unzweifelhaft auch von Thies stammten. Sie ähnelten den Bildern im Büro von Daniela Lauterbach in ihrer grauenhaft apokalyptischen Düsternis: verzerrte Gesichter, schreiende Münder, gefesselte Hände, Augen voller Angst und Qual. Schritte kamen näher, er wandte sich um. Christine Terlinden sah aus, wie er sie in Erinnerung hatte. Perfekt frisiertes Blondhaar, ein unbeteiligtes Lächeln auf einem faltenlosen Gesicht.

»Mein herzliches Beileid«, sagte Bodenstein und reichte ihr die Hand.

»Danke. Das ist sehr freundlich von Ihnen.« Sie schien ihm nicht nachzutragen, dass er ihren Mann seit Tagen festhalten ließ. Und auch der Suizid ihres Sohnes war äußerlich spurlos an ihr vorübergegangen, genauso wie der Brand des Ateliers und der Fund der Mumie von Stefanie Schneeberger. Erstaunlich. War sie eine Meisterin der Verdrängung, oder stand sie unter so starken Beruhigungsmitteln, dass sie das alles noch gar nicht realisiert hatte?

»Thies wird seit heute Morgen im Krankenhaus vermisst«, sagte er. »Er ist nicht zufällig nach Hause gekommen?«

»Nein.« Das klang beunruhigt, aber nicht über die Maßen besorgt. Man hatte sie auch noch nicht benachrichtigt, was Bodenstein eigenartig fand. Er bat sie, mehr über Thies zu erzählen, und ließ sich in dessen Zimmer im Souterrain führen. Heidi Brückner folgte ihnen in einigem Abstand, stumm und aufmerksam.

Thies' Zimmer war freundlich und hell. Da das Haus am Hang lag, erlaubten große Fensterscheiben einen schönen Ausblick über das Dorf. In Regalen standen Bücher, Stofftiere saßen auf einer Couch. Das Bett war gemacht, nichts lag herum. Das Zimmer eines zehnjährigen Jungen, nicht das eines dreißigjährigen Mannes. Außergewöhnlich waren nur die Bilder an den Wänden. Thies hatte seine Familie porträtiert. Und hier offenbarte sich, welch großartiger Künstler er wirklich war. Er hatte in den Porträts nicht nur die Gesichter der Menschen eingefangen, sondern auf eine subtile Art auch deren Persönlichkeit. Claudius Terlinden lächelte auf den ersten Blick freundlich, aber seine Körperhaltung, der Ausdruck seiner Augen und die Farben im Hintergrund gaben dem Bild etwas Bedrohliches. Die Mutter war rosig und hell gemalt, gleichzeitig flach und zweidimensional. Ein Bild ohne Tiefe für eine Frau ohne echte Persönlichkeit. Bemerkenswert. Das dritte Bild hielt Bodenstein zuerst für ein Selbstporträt, bis er sich daran erinnerte, dass Lars der Zwillingsbruder von Thies gewesen war. Es war ganz anders gemalt, beinahe verschwommen, und zeigte einen jungen Mann mit noch unfertigen Gesichtszügen und unsicheren Augen.

»Er ist hilflos«, antwortete Christine Terlinden auf Bodensteins Frage, wie Thies so sei. »Er kann sich im Leben nicht alleine zurechtfinden, und er hat nie Geld bei sich. Auto fahren kann er auch nicht. Wegen seiner Krankheit durfte er den Führerschein nicht machen, und das ist auch besser so. Er kann Gefahren nicht einschätzen.«

»Und Menschen?« Bodenstein sah Christine Terlinden an.

»Wie meinen Sie das?« Sie lächelte verwirrt.

»Ob er Menschen einschätzen kann. Weiß er, wer ihm wohlgesonnen ist und wer nicht?«

»Das … kann ich nicht beurteilen. Thies spricht ja nicht. Er meidet den Kontakt zu anderen Menschen.«

»Er weiß ganz genau, wer es gut mit ihm meint und wer nicht«, ließ sich Heidi Brückner von der Tür aus vernehmen. »Thies ist nicht geistig behindert. Eigentlich wisst ihr ja gar nicht so genau, was er wirklich hat.«

Bodenstein war überrascht. Christine Terlinden erwiderte nichts. Sie stand am Fenster und blickte hinaus in das trübe Grau des Novembertages.

»Autismus«, fuhr ihre Schwester fort, »ist ein weites Feld. Ihr habt einfach irgendwann aufgehört, ihn zu fördern, ihn stattdessen nur mit diesen Medikamenten vollgestopft, damit er ruhig ist und keine Probleme macht.«

Christine Terlinden drehte sich um. Ihr ohnehin regloses Gesicht wirkte wie eingefroren.

»Entschuldigen Sie mich«, sagte sie zu Bodenstein. »Ich muss die Hunde rauslassen. Es ist schon halb neun.«

Sie verließ das Zimmer, ihre Absätze klapperten auf der Treppe.

»Sie flüchtet sich in ihren Alltag«, bemerkte Heidi Brückner mit einem Anflug von Resignation in der Stimme. »So war sie schon immer. Und sie wird sich wohl nicht mehr ändern.« Bodenstein sah sie an. Die Schwestern verband keine große Zuneigung. Aber weshalb war sie dann hier?

»Kommen Sie«, sagte sie. »Ich zeige Ihnen etwas.«

Er folgte ihr die Treppe hinauf in die Eingangshalle. Heidi Brückner blieb kurz stehen, um sich zu vergewissern, dass ihre Schwester nicht in der Nähe war, dann ging sie mit schnellen Schritten zur Garderobe und ergriff eine Tasche, die an einem der Haken hing.

»Eigentlich wollte ich das einem befreundeten Apotheker geben«, erklärte sie leise. »Aber unter den gegebenen Umständen erscheint es mir besser, wenn es die Polizei bekommt.«

»Was ist das?«, fragte Bodenstein neugierig.

»Ein Rezept.« Sie reichte ihm einen gefalteten Zettel. »Dieses Zeug muss Thies seit Jahren nehmen.«

*

Pia saß mit finsterem Gesicht an ihrem Schreibtisch und tippte den Bericht über die Vernehmung von Pietsch, Dombrowski und Richter in den Computer. Sie ärgerte sich, weil sie keine Handhabe hatte, um Claudius Terlinden länger in Gewahrsam zu behalten. Sein Anwalt war erneut vorstellig geworden und hatte auf sofortige Freilassung seines Mandanten gedrungen. Nach Rücksprache mit Kriminalrätin Dr. Engel hatte Pia Terlinden schließlich gehen lassen müssen. Ihr Telefon klingelte.

»Dem Mädchen wurde der Schädel eindeutig mit diesem Wagenheber eingeschlagen«, sagte Henning mit Grabesstimme, ohne sich mit einem Gruß aufzuhalten. »Und wir haben in der Vagina tatsächlich eine fremde DNA festgestellt. Aber es dauert noch eine Weile, bis wir die genauer bestimmen können.«

»Ja, super«, erwiderte Pia. »Und was ist mit dem Wagenheber? Könnt ihr die Spuren von damals noch mal untersuchen?«

»Ich frage mal nach, wie beschäftigt unser Labor ist.« Er machte eine kurze Pause. »Pia …«

»Ja?«

»Hat sich Miriam bei dir gemeldet?«

»Nein. Wieso sollte sie?«

»Weil diese bescheuerte Kuh sie gestern angerufen und ihr gesagt hat, dass sie ein Kind von mir kriegt.«

»Ach du Scheiße. Und jetzt?«

»Tja.« Henning stieß einen Seufzer aus. »Miriam war ganz ruhig. Sie hat mich gefragt, ob das sein könnte. Als ich es ihr dann gestehen musste, hat sie keinen Ton mehr gesagt, hat ihre Tasche genommen und ist gegangen.«

Pia hütete sich davor, ihm einen Vortrag über Treue und Seitensprünge zu halten. Er machte nicht den Eindruck, als könne er dies im Augenblick verkraften. Obwohl es sie nichts mehr anging, tat ihr Exmann ihr leid.

»Hast du dir mal überlegt, ob die Löblich dich vielleicht reinlegen will?«, erwiderte sie. »An deiner Stelle würde ich Nachforschungen anstellen. Ist sie wirklich schwanger? Und wenn ja, kommt nicht eventuell ein anderer Mann in Frage?«

»Darum geht es gar nicht«, erwiderte er.

»Worum dann?«

Henning zögerte mit seiner Antwort.

»Ich habe Miriam betrogen, ich Idiot«, sagte er nach einer Weile. »Und das wird sie mir nicht verzeihen.«

*

Bodenstein betrachtete das Privatrezept, das Dr. Daniela Lauterbach ausgestellt hatte, und überflog die verschriebenen Medikamente. Ritalin, Droperidol, Fluphenazin, Fentanyl, Lorazepam. Auch als Laie wusste er, dass Autismus keine

Krankheit war, die man mit Psychopharmaka und Beruhigungsmitteln behandeln konnte.

»Es ist eben einfacher, Probleme mit der chemischen Keule zu lösen, als den mühsamen Weg über eine Therapie zu gehen.« Heidi Brückner sprach mit gedämpfter Stimme, aber der Zorn in ihren Worten war unüberhörbar. »Meine Schwester ist ihr Leben lang den Weg des geringsten Widerstandes gegangen. Als die Zwillinge klein waren, war sie lieber mit ihrem Mann unterwegs, als sich um die Kinder zu kümmern. Thies und Lars haben in ihrer frühen Kindheit eine extreme Vernachlässigung erfahren. Hausmädchen, die kein Wort Deutsch sprechen, sind ja wohl kaum der richtige Ersatz für eine Mutter.«

»Was wollen Sie damit sagen?«

Heidi Brückner blähte die Nasenflügel.

»Dass das Problem von Thies hausgemacht ist«, antwortete sie. »Es war schnell klar, dass er Schwierigkeiten hatte. Er war aggressiv, neigte zu Wutausbrüchen und gehorchte nicht. Bis er vier oder fünf Jahre alt war, sprach er kein Wort. Mit wem auch? Seine Eltern waren so gut wie nie da. Claudius und Christine haben nie versucht, dem Jungen mit Therapien zu helfen, sie haben schon immer auf Medikamente gesetzt. Wochenlang wurde Thies völlig ruhiggestellt, er saß nur teilnahmslos herum. Kaum setzten sie dann die Medikamente ab, flippte er aus. Sie schafften ihn in die Kinderpsychiatrie und ließen ihn jahrelang dort. Ein Drama. Der Junge ist sensibel und hochbegabt und musste zwischen geistig Behinderten leben!«

»Wieso hat nie jemand eingegriffen?«, wollte Bodenstein wissen.

»Wer denn?« Das klang sarkastisch. »Thies hatte ja nie Kontakt zu normalen Menschen oder Lehrern, die vielleicht gemerkt hätten, was mit ihm los ist.«

»Sie meinen, dass er gar kein Autist ist?«

»Doch, das schon. Aber der Autismus ist keine klar definierte Krankheit. Das reicht von wirklich schwerer geistiger Behinderung bis zu leichten Ausprägungen des Asperger-Syndroms, bei denen die Erkrankten durchaus in der Lage sind, ein eigenständiges, wenn auch eingeschränktes Leben zu führen. Viele erwachsene Autisten lernen, mit ihren Eigenarten zurechtzukommen.« Sie schüttelte den Kopf. »Thies ist ein Opfer seiner egoistischen Eltern. Und Lars ist es nun auch geworden.«

»Ach?«

»Lars war als Kind und Jugendlicher extrem schüchtern. Er bekam kaum den Mund auf. Dazu war er tief religiös, er wollte Priester werden«, erklärte Heidi Brückner sachlich. »Da Thies kaum die Firma übernehmen würde, setzte Claudius all seine Hoffnungen auf Lars. Er verbot ihm das Theologiestudium, schickte ihn nach England und ließ ihn dort Betriebswirtschaft studieren. Lars war niemals wirklich glücklich. Und jetzt ist er tot.«

»Wieso haben Sie nicht eingegriffen, wenn Sie das alles wussten?«, fragte Bodenstein befremdet.

»Ich habe es versucht, vor vielen Jahren.« Sie hob die Schultern. »Da mit meiner Schwester nicht zu reden war, sprach ich mit Claudius. Es war 1994, ich erinnere mich genau, denn ich war gerade aus Südostasien zurückgekommen, da hatte ich als Entwicklungshelferin gearbeitet. Es hatte sich hier viel verändert. Wilhelm, der ältere Bruder meines Schwagers, war ein paar Jahre zuvor gestorben, Claudius hatte die Firma übernommen und war in diesen Riesenkasten hier gezogen. Ich wäre gerne eine Weile geblieben, um Christine etwas unter die Arme zu greifen.«

Sie schnaubte verächtlich.

»Claudius war das nicht recht. Er hat mich nie leiden können, weil er mich nicht einschüchtern und beherrschen konnte. Ich blieb zwei Wochen und beobachtete das Drama. Meine Schwester trieb sich auf Golfplätzen herum, überließ die Fürsorge für die Jungen einem Hausmädchen aus dem Dorf und dieser Daniela. Eines Tages kam es zwischen Claudius und mir zu einem heftigen Streit. Christine war auf Mallorca, wie so oft. Das Haus einrichten.« Heidi Brückner lachte geringschätzig. »Das war ihr wichtiger als ihre Söhne. Ich hatte einen Spaziergang gemacht, war durchs Souterrain unbemerkt wieder ins Haus gekommen. Ich traute meinen Augen nicht, als ich ins Wohnzimmer kam und meinen Schwager mit der Tochter seiner Haushälterin überraschte. Das Mädchen war höchstens vierzehn oder fünfzehn …«

Sie brach ab, schüttelte angewidert den Kopf bei der Erinnerung an dieses Ereignis. Bodenstein lauschte aufmerksam. Ihre Darstellung deckte sich mit dem, was Claudius Terlinden selbst erzählt hatte – bis auf einen entscheidenden Punkt.

»Er war auf hundertachtzig, als ich ins Wohnzimmer kam und ihn anschrie. Das Mädchen rannte weg. Claudius stand vor mir mit heruntergelassener Hose, knallrot im Gesicht. Leugnen war kaum mehr möglich. Und plötzlich stand auch Lars da. Ich vergesse nie im Leben seinen Gesichtsausdruck. Sie können sich denken, dass ich seit diesem Tag hier nicht mehr erwünscht war. Christine hatte nie den Mumm, gegen ihren Mann aufzubegehren. Sie glaubte mir nicht einmal, als ich ihr brühwarm am Telefon erzählte, was ich gesehen hatte. Ich sei neidisch und eine Lügnerin, sagte sie. Wir haben uns heute zum ersten Mal seit vierzehn Jahren wiedergesehen. Und ehrlich gesagt: Ich werde nicht lange bleiben.«

Sie stieß einen Seufzer aus.

»Ich habe immer versucht, meine Schwester zu entschuldigen«, sprach sie nach einer Weile weiter. »Vielleicht auch, um mein schlechtes Gewissen zu beruhigen. Insgeheim habe ich immer befürchtet, dass es eines Tages zu einer Katastrophe kommen würde, aber so etwas habe ich dann doch nicht erwartet.«

»Und jetzt?«

Heidi Brückner verstand, was Bodenstein meinte.

»Heute Morgen habe ich endgültig kapiert, dass bloße Familienzugehörigkeit kein Grund ist, jemanden in Schutz zu nehmen. Meine Schwester überlässt alles dieser Daniela, wie früher schon. Was soll ich hier?«

»Sie mögen Frau Dr. Lauterbach nicht?«, fragte Bodenstein.

»Nein. Ich dachte früher schon, dass irgendetwas mit ihr nicht stimmt. Diese übertriebene Fürsorge für alle und jeden. Und wie sie ihren Mann bemuttert hat – das fand ich eigenartig, fast schon krankhaft.« Heidi Brückner strich sich eine vorwitzige Haarsträhne aus dem Gesicht. Bodenstein sah einen Ehering an ihrer linken Hand. Für einen winzigen Augenblick empfand er Enttäuschung und wunderte sich in der gleichen Sekunde über dieses absurde Gefühl. Er kannte die Frau überhaupt nicht und würde sie nach Abschluss der Ermittlungen kaum jemals wiedersehen.

»Seit ich diese Medikamentenberge gesehen habe, halte ich noch weniger von ihr als je zuvor«, fuhr Heidi Brückner fort. »Ich bin zwar keine Apothekerin, aber ich habe mich ausführlich mit Thies' Krankheitsbild beschäftigt. Mir muss diese Frau nichts erzählen.«

»Haben Sie sie noch gesehen, heute Morgen?«

»Ja, sie war kurz hier, um nach Christine zu schauen.«

»Wann sind Sie gekommen?«

»Gestern Abend gegen halb zehn. Ich bin sofort losgefahren, nachdem Christine mich angerufen hatte und mir erzählt hat, was passiert ist. Von Schotten aus brauche ich eine Stunde.«

»Das heißt, Frau Dr. Lauterbach war nicht die ganze Nacht hier?«, erkundigte sich Bodenstein überrascht.

»Nein. Sie kam vorhin gegen halb acht, blieb auf eine Tasse Kaffee und ging wieder. Warum?« Sie blickte ihn aus ihren grünen Augen fragend an, aber Bodenstein blieb ihr eine Antwort schuldig. Wie von selbst fielen die Bruchstücke einzelner Informationen an die richtige Stelle. Daniela Lauterbach hatte ihn angelogen. Und sicher nicht zum ersten Mal.

»Hier ist meine Nummer.« Er reichte ihr eine seiner Visitenkarten. »Und vielen Dank für Ihre Offenheit. Sie haben mir sehr geholfen.«

»Sehr gerne.« Heidi Brückner nickte und reichte ihm die Hand. Ihr Händedruck war warm und fest. Bodenstein zögerte.

»Ach, falls ich noch eine Frage haben sollte – wie kann ich Sie erreichen?«

Ein winziges Lächeln huschte über ihr ernstes Gesicht. Sie zückte ihr Portemonnaie und entnahm ihm eine Karte, die sie Bodenstein gab.

»Sehr lange werde ich wohl nicht mehr hier sein«, sagte sie. »Sobald mein Schwager nach Hause kommt, wird er mich nämlich auf der Stelle rausschmeißen.«

*

Nach dem Frühstück waren sie ein paar Stunden lang durch den tiefen Schnee gestapft und hatten die herrliche Aussicht auf die verschneiten Berner Alpen genossen. Dann war urplötzlich das Wetter umgeschlagen, typisch für das Hochgebirge. Der strahlend blaue Himmel hatte sich innerhalb von Minuten zugezogen, und unvermittelt hatte heftiger Schneefall eingesetzt. Hand in Hand waren sie zur Hütte zurückgelaufen, hatten sich atemlos ihrer völlig durchnässten

Kleidung entledigt und waren splitternackt die Leiter zur Empore hochgeklettert. Die Hitze des Ofens staute sich unter dem Dach. Eng aneinandergeschmiegt lagen sie auf dem Bett, während der Wind um die Hütte heulte und an den Fensterläden rüttelte. Sie sahen sich an. Ihre Augen waren dicht vor den seinen, er spürte ihren Atem. Tobias strich ihr das Haar aus dem Gesicht und schloss die Augen, als sie an seinem nackten Körper hinabglitt, über seine Haut leckte, ihn mit ihrer Zunge neckte. Der Schweiß brach ihm aus allen Poren, er keuchte, seine Muskeln waren zum Zerreißen gespannt. Mit einem Stöhnen zog er sie auf sich, sah ihr vor Lust verzerrtes Gesicht. Sie bewegte sich immer heftiger, voller Begierde nach ihm, ihr Schweiß tropfte auf ihn herab. Eine Flutwelle rauschhaften Glücks erfasste ihn, brach mit einer unerwarteten Gewalt über ihn herein, und ihm war, als ob die Wände wankten und der Boden unter ihm bebte. Eine Weile lagen sie nur da, erschöpft und glücklich, und warteten keuchend darauf, dass sich ihr Herzschlag wieder normalisierte. Tobias nahm ihr Gesicht in seine Hände und küsste lange und sanft ihren Mund.

»Das war wundervoll«, sagte er leise.

»Ja. So sollte es für immer und ewig bleiben«, flüsterte Nadja mit rauer Stimme. »Nur du und ich.«

Ihre Lippen streiften seine Schulter, lächelnd kuschelte sie sich enger an ihn. Er zog die Decke über sie beide und schloss die Augen. Ja, so sollte es bleiben. Seine Muskeln entspannten sich, er wurde müde.

Doch plötzlich sah er Amelies Gesicht vor sich. Es traf ihn wie ein Fausthieb, schlagartig war er hellwach. Wie konnte er hier so ruhig herumliegen, während sie noch immer verschwunden war und womöglich irgendwo um ihr Leben kämpfte?

»Was hast du?«, murmelte Nadja schläfrig. Es gehörte sich

nicht, im Bett von einer anderen Frau zu sprechen, aber Nadja machte sich ja auch Sorgen um Amelie.

»Ich habe gerade an Amelie gedacht«, erwiderte er also aufrichtig. »Wo sie wohl ist? Hoffentlich ist ihr nichts zugestoßen.«

Auf Nadjas Reaktion war er nicht gefasst. Sie erstarrte in seinen Armen, fuhr hoch und stieß ihn heftig von sich. Ihr schönes Gesicht war wutverzerrt.

»Ich glaube, du spinnst!«, schrie sie außer sich. »Du fickst mich und quatschst was von einer anderen Frau! Bin ich dir nicht genug?«

Sie ballte die Fäuste und trommelte ihm mit einer Kraft, die er ihr nicht zugetraut hatte, auf die Brust. Tobias hatte Mühe, sich ihrer zu erwehren. Keuchend und bestürzt über diesen Ausbruch, starrte er sie an.

»Du gemeines Arschloch!«, schrie Nadja, die Tränen quollen wie Sturzbäche aus ihren Augen. »Warum denkst du immer an andere Weiber? Schon früher musste ich mir immer anhören, was du mit dieser oder jener Tussi geredet und gemacht hast! Hast du dir nie überlegt, dass mich das verletzen könnte? Und jetzt liegst du hier mit mir im Bett und laberst von dieser ... dieser kleinen Schlampe!«

*

Der dichte, feuchte Nebel lichtete sich und löste sich oben im Taunus ganz auf. Als sie auf der B 8 hinter Glashütten den Wald verließen, begrüßte sie heller Sonnenschein. Bodenstein klappte die Sonnenblende nach unten.

»Lauterbach wird auftauchen«, sagte er zu Pia. »Er ist Politiker und um seinen Ruf besorgt. Seine Frau hat ihn sicher längst angerufen.«

»Na, hoffentlich.« Pia teilte den Optimismus ihres Chefs

nicht so recht. »Claudius Terlinden wird auf jeden Fall überwacht.«

Die Telefonleitungen zwischen K11, Staatsanwaltschaft und Gericht liefen heiß seit Jörg Richters Geständnis, Laura habe noch gelebt, als er und seine Freunde sie in den Bodentank geworfen hatten. Um ihr Leben gebettelt hatte sie, geweint und geschrien, bis sie den Deckel auf das Loch gewälzt hatten. Es war klar, dass es im Fall Laura Wagner zu einer Wiederaufnahme des Verfahrens kommen musste, in dessen Verlauf man Tobias Sartorius freisprechen würde. Wenn er wieder auftauchte. Bis jetzt fehlte von ihm jede Spur.

Bodenstein bog nach links ab und fuhr durch das Dörfchen Kröftel nach Heftrich. Kurz vor der Ortseinfahrt von Heftrich lag der Bauernhof, den die Eltern von Stefanie Schneeberger vor zehn Jahren gekauft hatten. Ein großes Schild wies auf den Hofladen hin, in dem nur Bioprodukte aus eigenem Anbau und eigener Zucht verkauft wurden. Bodenstein hielt auf dem blitzsauberen Hof. Sie stiegen aus und blickten sich um. Von der nüchternen Funktionalität des ehemaligen Aussiedlerhofes, wie sie in den sechziger Jahren massenhaft aus dem Boden gestampft worden waren, war kaum noch etwas zu erkennen. Man hatte an- und umgebaut; unter dem neuen Vordach des Mittelbaus, in dem sich der Hofladen befand, warteten herbstliche Gestecke auf Käufer. Die Dächer der Gebäude bestanden beinahe ausschließlich aus Solar- und Photovoltaikplatten. Zwei Katzen rekelten sich auf der Haustürtreppe und genossen die seltenen Sonnenstrahlen. Der Laden war zur Mittagszeit geschlossen, und auch im Haus öffnete niemand. Bodenstein und Pia betraten den hellen Stall, in dem in großen Laufboxen Kühe mit ihren Kälbern knietief im Stroh standen oder lagen und zufrieden wiederkäuten. Welch ein Anblick, verglichen mit der üblichen Viehhaltung in engen Ständern auf Spaltenböden! Auf dem hinteren Hof putzten zwei acht- oder neunjährige Mädchen gemeinsam ein Pferd, das sich die liebevolle Pflege geduldig gefallen ließ.

»Hallo!«, grüßte Pia die beiden Mädchen. Sie glichen einander wie ein Ei dem anderen und waren unverkennbar die jüngeren Schwestern der toten Stefanie. Dasselbe dunkle Haar, die großen, braunen Augen. »Sind eure Eltern zu Hause?«

»Mama ist da drüben im Stall«, antwortete die eine und wies auf den langgestreckten Anbau hinter dem Kuhstall. »Papa ist mit dem Traktor den Mist wegfahren.«

»Ah ja. Danke.«

Beate Schneeberger fegte gerade die Stallgasse, als Bodenstein und Pia den Pferdestall betraten. Sie blickte auf, als der Jack-Russel-Terrier, der in einer leeren Box nach Mäusen gestöbert hatte, anfing zu bellen.

»Hallo!«, rief Bodenstein und blieb sicherheitshalber stehen. Der Terrier war zwar klein, aber sicher nicht zu unterschätzen.

»Kommen Sie nur näher.« Die Frau lächelte freundlich, ohne ihre Arbeit zu unterbrechen. »Bobby macht nur Krach. Was kann ich für Sie tun?«

Bodenstein stellte sich und Pia vor. Beate Schneeberger hielt inne. Das Lächeln verschwand von ihrem Gesicht. Sie war eine schöne Frau, aber Kummer und Leid hatten deutliche Spuren in ihren ebenmäßigen Zügen hinterlassen.

»Wir sind gekommen, um Ihnen mitzuteilen, dass die Leiche Ihrer Tochter Stefanie gefunden wurde«, sagte Bodenstein.

Frau Schneeberger blickte ihn aus großen, dunklen Augen ruhig an und nickte. Ähnlich wie Lauras Mutter reagierte sie ruhig und gefasst.

»Lassen Sie uns ins Haus gehen«, sagte sie. »Ich rufe meinen Mann an. Er wird in ein paar Minuten da sein.«

Sie lehnte den Besen an eine der Boxentüren und kramte ihr Handy aus der Tasche ihrer Daunenweste.

»Albert«, sagte sie. »Kannst du bitte nach Hause kommen? Die Polizei ist hier. Man hat Stefanie gefunden.«

*

Amelie wachte auf, weil sie im Traum geglaubt hatte, ein leises Plätschern zu hören. Sie hatte Durst. Entsetzlichen, quälenden Durst. Ihre Zunge klebte am Gaumen, ihr Mund war so trocken wie Papier. Vor ein paar Stunden hatten Thies und sie die letzten beiden Kekse gegessen und das letzte Wasser getrunken, jetzt war nichts mehr da. Amelie hatte schon davon gehört, dass sich Menschen vor dem Verdursten gerettet hatten, indem sie ihren eigenen Urin tranken. Der schmale Lichtstreifen unter der Decke sagte ihr, dass außerhalb ihres Gefängnisses Tag war. Sie erkannte die Umrisse des Regals auf der anderen Seite des Kellerraumes. Thies lag zusammengerollt neben ihr auf der Matratze, den Kopf in ihrem Schoß, und schlief tief und fest. Wie war er hierhergekommen? Wer hatte sie beide hier eingesperrt? Und wo waren sie überhaupt? Amelies Verzweiflung wuchs. Am liebsten hätte sie geweint, aber sie wollte Thies nicht aufwecken, auch wenn ihr Bein unter dem Gewicht seines Kopfes schon ganz taub geworden war. Sie fuhr sich mit der trockenen Zunge über die ausgetrockneten Lippen. Da! Wieder das leise Glucksen und Plätschern! Als ob irgendwo ein Wasserhahn liefe. Wenn sie hier rauskäme, das schwor sie sich, würde sie nie mehr verschwenderisch mit Wasser umgehen. Früher hatte sie halbvolle Colaflaschen einfach ausgegossen, wenn die Cola schal geworden war. Was gäbe sie jetzt für einen Schluck lauwarme, abgestandene Cola!

Ihr Blick wanderte durch den Raum, fiel auf die Tür. Sie

traute ihren Augen nicht, als sie sah, dass tatsächlich Wasser unter der Türritze hindurchsickerte. Aufgeregt schob sie Thies von sich, fluchte, als ihr eingeschlafenes Bein ihr nicht gehorchen wollte. Auf allen vieren kroch sie über den Boden, der schon nass war. Wie ein Hund leckte sie gierig das Wasser auf, benetzte ihr Gesicht und lachte. Der liebe Gott hatte ihre verzweifelten Gebete gehört. Er ließ sie nicht verdursten! Immer mehr Wasser floss unter der Tür hindurch, plätscherte die drei Stufen hinunter wie ein hübscher, kleiner Wasserfall. Amelie hörte auf zu lachen, richtete sich auf.

»Es reicht jetzt mit dem Wasser, lieber Gott«, flüsterte sie, aber Gott hörte nicht. Das Wasser lief immer weiter, bildete schon eine große Lache auf dem nackten Betonfußboden. Amelie begann, am ganzen Körper vor Angst zu zittern. Sie hatte sich nichts sehnlicher gewünscht als Wasser, und nun ging dieser Wunsch in Erfüllung, allerdings so ganz anders als erhofft! Thies war aufgewacht. Er saß auf der Matratze, die Arme um die angezogenen Knie geschlungen, und wiegte seinen Oberkörper vor und zurück. Sie überlegte fieberhaft, ging zum Regal hinüber und rüttelte daran. Es war zwar rostig, schien aber relativ stabil zu sein. Wer auch immer sie und Thies hier eingesperrt hatte, musste das Wasser aufgedreht haben. Dieser Raum lag offenbar tiefer als der Rest des Kellers. Es gab keinen Abfluss im Boden, und das schmale Oberlicht lag direkt unter der Decke. Wenn das Wasser nun immer weiterlief, würde es irgendwann den Raum überschwemmen. Sie müssten ersaufen wie die Ratten! Amelie blickte sich wild um. Verdammt! Jetzt hatte sie so lange überlebt, ohne durchzudrehen, ohne zu verhungern oder zu verdursten, da würde sie sich nicht einfach so ersäufen lassen! Sie beugte sich über Thies und ergriff energisch seinen Arm.

»Steh auf!«, sagte sie scharf. »Los, Thies! Hilf mir, die Matratze da oben aufs Regal zu legen!«

Zu ihrem Erstaunen hörte er auf, sich hin und her zu wiegen, und stand auf. Gemeinsam gelang es ihnen, die schwere Matratze auf den obersten Regalboden zu wuchten. Vielleicht würde das Wasser ja nicht so hoch steigen, dann waren sie da oben in Sicherheit. Und mit jeder Stunde wuchs die Wahrscheinlichkeit, dass man sie finden würde. Das laufende Wasser musste doch irgendjemandem auffallen – den Nachbarn, dem Wasserwerk oder wem auch immer! Amelie kletterte auf das Regal, vorsichtig, damit es nicht noch umfiel. Als sie oben angelangt war, streckte sie die Hand nach Thies aus. Hoffentlich würde das alte, rostige Ding sie beide aushalten! Wenig später saß er neben ihr auf der Matratze. Das Wasser bedeckte mittlerweile den Boden des Kellerraumes und strömte mit unverminderter Geschwindigkeit unter der Türritze hindurch. Jetzt blieb ihnen nichts weiter übrig, als zu warten. Amelie verlagerte ihr Gewicht und streckte sich vorsichtig auf der Matratze aus.

»Na ja«, sagte sie mit einem Anflug von Galgenhumor. »Das hat man vom Wünschen! Ich wollte als Kind immer ein Hochbett haben. Jetzt hab ich's endlich.«

*

Beate Schneeberger führte Bodenstein und Pia ins Esszimmer und bot ihnen Platz an dem wuchtigen Esstisch an, direkt neben dem mächtigen Kachelofen, der eine behagliche Wärme ausstrahlte. Aus den vielen kleinen Zimmern des ehemaligen Bauernhauses war ein einziger großer Raum geworden, von den Zwischenwänden hatte man nur die Holzbalken stehen lassen. Das Ergebnis wirkte modern und war dennoch erstaunlich gemütlich.

»Bitte warten Sie, bis mein Mann da ist«, sagte Frau Schneeberger. »Ich mache uns einen Tee.«

Sie ging in die Küche, die auch zu allen Seiten offen war. Bodenstein und Pia wechselten einen Blick. Im Gegensatz zu den Wagners, die am Verschwinden ihrer Tochter zerbrochen waren, schien es dem Ehepaar Schneeberger gelungen zu sein, mit den Wunden weiterzuleben und ein neues Leben anzufangen. Die Zwillingsmädchen mussten danach zur Welt gekommen sein.

Keine fünf Minuten später betrat ein großer, hagerer, weißhaariger Mann in kariertem Hemd und blauer Arbeitshose das Esszimmer. Albert Schneeberger reichte erst Pia, dann Bodenstein die Hand, auch er war beherrscht und ernst. Sie warteten, bis Frau Schneeberger den Tee serviert hatte, dann teilte Bodenstein ihnen behutsam alle Details mit. Albert Schneeberger stand hinter dem Stuhl seiner Frau, seine Hände ruhten leicht auf ihren Schultern. Die Trauer der beiden war greifbar, aber auch die Erleichterung, endlich Gewissheit über das Schicksal ihres Kindes zu bekommen.

»Wissen Sie, wer es getan hat?«, fragte Beate Schneeberger.

»Nein, noch nicht mit Bestimmtheit«, entgegnete Bodenstein. »Wir wissen nur, dass es nicht Tobias Sartorius gewesen sein kann.«

»Dann ist er zu Unrecht verurteilt worden?«

»Ja. Es sieht ganz danach aus.«

Eine Weile schwiegen alle. Albert Schneeberger sah nachdenklich durch die großen Fensterscheiben zu seinen beiden Töchtern hinüber, die einträchtig das nächste Pferd putzten.

»Ich hätte mich niemals von Terlinden dazu überreden lassen dürfen, nach Altenhain zu ziehen«, sagte er plötzlich. »Wir hatten eine Wohnung in Frankfurt, suchten aber nach einem Haus auf dem Land, denn Stefanie drohte in der Stadt in zweifelhafte Gesellschaft zu geraten.«

»Woher kannten Sie Claudius Terlinden?«

»Eigentlich kannte ich Wilhelm, seinen älteren Bruder. Wir hatten zusammen studiert, wurden später Geschäftspartner. Nach seinem Tod lernte ich Claudius kennen. Meine Firma belieferte seine. Zwischen uns entwickelte sich etwas, das ich fälschlicherweise für Freundschaft hielt. Terlinden vermietete uns das Haus in seiner direkten Nachbarschaft, es gehörte ihm.« Albert Schneeberger stieß einen tiefen Seufzer aus und setzte sich neben seine Frau. »Ich wusste, dass er großes Interesse an meiner Firma hatte. Das Know-how und unsere Patente passten ideal in sein Konzept und waren wichtig für ihn. Er war damals gerade dabei, seine Firma in eine Aktiengesellschaft umzuwandeln, um an die Börse zu gehen. Irgendwann machte er mir ein Angebot. Es gab einige Interessenten. Die Konkurrenz für Terlinden war seinerzeit groß.«

Er machte eine Pause, nippte an seinem Tee.

»Dann verschwand unsere Tochter.« Seine Stimme klang sachlich, doch es war nicht zu übersehen, wie schwer es ihm fiel, sich die schrecklichen Ereignisse in Erinnerung zu rufen. »Terlinden und seine Frau waren sehr mitfühlend und aufmerksam. Echte Freunde, wie wir anfangs glaubten. Ich war kaum noch in der Lage, mich um mein Geschäft zu kümmern. Wir suchten mit allen Mitteln nach Stefanie, engagierten uns in den verschiedenen Organisationen, im Radio, im Fernsehen. Als Terlinden mir ein neues Angebot machte, ging ich darauf ein. Die Firma war mir völlig egal, ich konnte nur an Stefanie denken; ich hatte ja immer noch Hoffnung, dass sie wieder auftauchen würde.«

Er räusperte sich, versuchte, die Fassung zu bewahren. Seine Frau legte ihre Hand auf seine, drückte sie leicht.

»Wir handelten aus, dass Terlinden an der Unternehmensstruktur nichts verändern und alle Mitarbeiter weiter beschäftigen würde«, fuhr Schneeberger nach einer Weile fort. »Aber genau das Gegenteil trat ein. Terlinden fand einen

Schwachpunkt in den Verträgen. Er ging an die Börse, zerschlug meine Firma, verkaufte alles, was er nicht brauchte, und entließ 80 von 130 Mitarbeitern. Ich war nicht mehr in der Lage, mich zu wehren. Es war … entsetzlich. All diese Menschen, die ich so gut kannte, waren plötzlich arbeitslos. Das alles wäre mir nicht passiert, wenn ich zu dieser Zeit den Kopf frei gehabt hätte.«

Er fuhr sich mit der Hand über das Gesicht.

»Beate und ich beschlossen, Altenhain zu verlassen. Es war für uns unerträglich geworden, direkt neben diesem … diesem Menschen zu wohnen und seine Falschheit hautnah mitzuerleben. Wie er die Leute in seiner Firma und im Dorf unter Druck gesetzt und manipuliert hat, und das alles unter dem Deckmäntelchen der Großherzigkeit.«

»Glauben Sie, dass Terlinden Ihrer Tochter etwas angetan haben könnte, um an Ihre Firma zu kommen?«, fragte Pia.

»Da Sie Stefanies … Leiche auf seinem Grundstück gefunden haben, könnte es durchaus sein.« Schneebergers Stimme schwankte, er presste entschlossen die Lippen zusammen. »Ehrlich gesagt konnten meine Frau und ich uns nie wirklich vorstellen, dass Tobias unserer Tochter etwas angetan haben sollte. Aber dann waren da all die Indizien, die Aussagen. Wir wussten irgendwann selbst nicht mehr, was wir glauben sollten. Zuerst hatten wir Thies im Verdacht. Er folgte Stefanie ja immer wie ein Schatten …«

Er zuckte hilflos die Schultern.

»Ich weiß nicht, ob Terlinden so weit gegangen wäre«, sagte er dann. »Aber er nutzte unsere Situation aus, ohne mit der Wimper zu zucken. Der Mann ist ein übler Spekulant und Lügner, ohne jegliches Gewissen. Er geht buchstäblich über Leichen, um zu bekommen, was er will.«

*

Bodensteins Handy klingelte. Er hatte Pia das Steuer über-lassen und nahm den Anruf an, ohne auf das Display zu blicken. Als er unerwartet Cosimas Stimme vernahm, zuckte er zusammen.

»Wir müssen reden«, sagte Cosima. »Vernünftig.«

»Ich habe jetzt keine Zeit«, entgegnete Bodenstein. »Wir sind mitten in einer Vernehmung. Ich melde mich später.«

Damit drückte er das Gespräch einfach weg, ohne ein Wort des Abschieds. Das hatte er noch nie getan.

Sie hatten das Tal verlassen, der freundliche Sonnenschein war wie abgeschnitten, und düsterer, grauer Nebel umgab sie wieder. Schweigend fuhren sie durch Glashütten.

»Was würdest du an meiner Stelle machen?«, fragte Bo-denstein plötzlich. Pia zögerte. Sie erinnerte sich lebhaft an ihre Enttäuschung, als sie von Hennings Affäre mit Staats-anwältin Valerie Löblich erfahren hatte. Dabei hatten sie zu diesem Zeitpunkt schon seit mehr als einem Jahr getrennt gelebt. Aber Henning hatte es immer abgestritten, bis Pia ihn und die Löblich in flagranti erwischt hatte. Hätte ihre Ehe nicht sowieso in Scherben gelegen, wäre dies das Aus gewesen. An Bodensteins Stelle würde sie Cosima niemals wieder vertrauen können, schließlich hatte sie ihn wirklich übel belogen. Eine Affäre war auch etwas anderes als ein Seitensprung, der unter gewissen Umständen verzeihlich war.

»Du solltest mit ihr reden«, schlug sie ihrem Chef vor. »Im-merhin habt ihr ein kleines Kind. Und fünfundzwanzig Jahre Ehe wirft man nicht so einfach weg.«

»Ein super Ratschlag«, erwiderte Bodenstein spöttisch. »Vielen Dank. Und was denkst du wirklich?«

»Willst du das echt wissen?«

»Klar. Sonst würde ich wohl kaum fragen.«

Pia holte tief Luft.

»Wenn etwas zerbrochen ist, ist es zerbrochen. Und auch wenn man es klebt, wird es nie wieder ganz sein«, sagte sie. »Das ist meine Meinung. Tut mir leid, wenn du etwas anderes erwartet hattest.«

»Habe ich nicht.« Zu ihrem Erstaunen lächelte Bodenstein sogar, wenn auch alles andere als glücklich. »Deine Ehrlichkeit schätze ich ganz besonders an dir.«

Sein Handy meldete sich wieder. Diesmal schaute er vorher aufs Display, um sich eine weitere Überraschung zu ersparen.

»Das ist Ostermann«, sagte er und ging dran. Er lauschte ein paar Sekunden, nickte. »Rufen Sie Frau Dr. Engel an. Sie soll dabei sein, wenn wir mit ihm reden.«

»Tobias?«

»Nein.« Bodenstein atmete tief durch. »Der Herr Kultusminister ist aus der Versenkung aufgetaucht und wartet samt Anwalt auf uns.«

*

Sie besprachen sich vor der Tür des Verhörraumes, in den Bodenstein Gregor Lauterbach und seinen Anwalt hatte bringen lassen. Er wollte keine freundliche, zwanglose Atmosphäre; Lauterbach musste klar sein, dass er keine Sonderbehandlung zu erwarten hatte.

»Wie wollen Sie vorgehen?«, erkundigte sich Kriminalrätin Dr. Engel.

»Ich setze ihn massiv unter Druck«, erwiderte Bodenstein. »Wir haben keine Zeit mehr zu verlieren. Amelie ist jetzt seit einer Woche verschwunden, und wenn wir sie noch lebend wiederfinden wollen, können wir niemanden mehr mit Samthandschuhen anfassen.«

Nicola Engel nickte. Sie betraten den nüchternen Raum, in

dem eine Wand von einer großen verspiegelten Glasscheibe eingenommen wurde. Am Tisch in der Mitte saßen Kultusminister Lauterbach und sein Rechtsbeistand, der Bodenstein und Pia bestens bekannt und alles andere als sympathisch war. Dr. Anders verteidigte beinahe ausnahmslos Prominente, die in Mord und Totschlag verwickelt waren. Es störte ihn nicht, Prozesse zu verlieren, denn er war begierig darauf, seinen Namen in die Presse und seine Fälle möglichst vor den BGH zu bringen.

Gregor Lauterbach hatte den Ernst der Lage erkannt und gab sich auskunftsfreudig. Blass und sichtlich angeschlagen erzählte er mit leiser Stimme, was sich am 6. September 1997 abgespielt hatte. Er hatte sich an jenem Abend mit seiner Schülerin Stefanie Schneeberger in der Scheune des Sartorius-Hofes getroffen, um ihr klarzumachen, dass er nicht vorhabe, etwas mit einer Schülerin anzufangen. Dann sei er nach Hause gegangen.

»Am nächsten Tag habe ich erfahren, dass Stefanie und Laura Wagner spurlos verschwunden waren«, sagte Lauterbach. »Jemand rief bei uns an und erzählte, die Polizei würde Stefanies Freund, Tobias Sartorius, verdächtigen, die beiden Mädchen ermordet zu haben. Meine Frau hat in unserer Mülltonne einen blutigen Wagenheber gefunden. Ich habe ihr dann gesagt, dass ich mit Stefanie gesprochen habe, weil sie mich den ganzen Abend auf der Kerb bedrängt und angemacht hatte. Uns beiden war klar, dass Tobias den Wagenheber in unsere Mülltonne geworfen haben musste, nachdem er Stefanie aus Zorn erschlagen hatte. Daniela wollte verhindern, dass ich ins Gerede komme. Sie sagte mir, ich solle den Wagenheber irgendwo vergraben. Ich weiß auch nicht, warum ich das getan habe – es war wohl eine Kurzschlussreaktion –, aber ich habe den Wagenheber in die Jauchegrube von Sartorius geworfen.«

Bodenstein, Pia und Nicola Engel hörten schweigend zu. Auch Dr. Anders sagte nichts. Die Arme verschränkt und die Lippen geschürzt, starrte er wie unbeteiligt in die gegenüberliegende Spiegelscheibe.

»Ich ... ich war überzeugt, Tobias hätte Stefanie erschlagen«, sprach Lauterbach weiter. »Er hatte uns zusammen gesehen, und dann hat sie auch noch mit ihm Schluss gemacht. Indem er den Wagenheber in unsere Mülltonne geworfen hatte, wollte er mich in Verdacht bringen. Aus Rache.«

Bodenstein blickte ihn scharf an. »Sie lügen.«

»Nein, das tue ich nicht.« Lauterbach schluckte nervös. Sein Blick glitt zu seinem Anwalt, aber der war noch immer in die Betrachtung seines Spiegelbildes versunken.

»Wir wissen mittlerweile, dass Tobias Sartorius mit dem Mord an Laura Wagner nichts zu tun hatte.« Bodenstein sprach aggressiver, als es sonst seine Art war. »Wir haben die mumifizierte Leiche von Stefanie gefunden. Und wir haben den Wagenheber aus unserer Asservatenkammer geholt und ins Labor bringen lassen. Man kann noch immer Fingerabdrücke feststellen. Darüber hinaus hat der Rechtsmediziner in der Vagina der Leiche Spuren einer fremden DNA gefunden. Sperma. Wenn sich herausstellen sollte, dass es sich dabei um Ihres handelt, dann sitzen Sie richtig tief in der Patsche, Herr Lauterbach.«

Gregor Lauterbach rutschte auf seinem Stuhl hin und her, fuhr sich mit der Zungenspitze nervös über die Lippen.

»Wie alt war Stefanie damals?«, fragte Bodenstein.

»Siebzehn.«

»Und wie alt waren Sie?«

»Siebenundzwanzig.« Lauterbach flüsterte fast. Seine blassen Wangen färbten sich blutrot, er senkte den Kopf.

»Haben Sie am 6. September 1997 mit Stefanie Schneeberger geschlafen oder nicht?«

Lauterbach war wie erstarrt.

»Sie bluffen doch«, kam ihm endlich sein Anwalt zur Hilfe. »Das Mädchen kann mit wer weiß wem geschlafen haben.«

»Welche Kleidung trugen Sie am Abend des 6. September 1997?« Bodenstein ließ sich nicht beirren, er wandte seinen Blick nicht von Lauterbach ab. Der sah ihn verwirrt an und zuckte die Schultern.

»Ich sage es Ihnen. Sie trugen eine Jeans, ein hellblaues Hemd, darunter ein grünes T-Shirt vom Kerbeverein und hellbraune Schuhe.«

»Was tut denn das nun zur Sache?«, wollte Lauterbachs Anwalt wissen.

»Hier.« Bodenstein schenkte ihm keine Beachtung. Er nahm die Ausdrucke von Thies' Bildern aus der Akte und legte sie Lauterbach hin, eines nach dem anderen. »Diese Bilder hat Thies Terlinden gemalt. Er war Augenzeuge der beiden Morde, und das hier war seine Art, sich mitzuteilen.«

Er tippte mit dem Zeigefinger auf eine der Gestalten.

»Wer kann das sein?«, fragte er. Lauterbach starrte auf die Bilder und zuckte die Achseln.

»Das sind Sie, Herr Lauterbach. Sie haben sich mit Stefanie Schneeberger vor der Scheune geküsst, dann haben Sie mit ihr geschlafen.«

»Nein«, murmelte Gregor Lauterbach, schneeweiß im Gesicht. »Nein, nein, das stimmt nicht, das müssen Sie mir glauben!«

»Sie waren ihr Lehrer«, fuhr Bodenstein ungerührt fort. »Stefanie stand in einem Abhängigkeitsverhältnis zu Ihnen. Was Sie getan haben, ist strafbar. Das wurde Ihnen plötzlich bewusst. Sie mussten befürchten, dass Stefanie es ausplaudern könnte. Ein Lehrer, der mit seiner minderjährigen Schülerin schläft, ist erledigt.«

Gregor Lauterbach schüttelte den Kopf.

»Sie haben Stefanie erschlagen, den Wagenheber in die Jauchegrube geworfen und sind nach Hause gegangen. Dort haben Sie Ihrer Frau alles gebeichtet, und die hat Ihnen geraten, den Mund zu halten. Ihre Rechnung ging auf, wenn auch nicht ganz. Die Polizei hielt tatsächlich Tobias für den Mörder, er wurde verhaftet und verurteilt. Es gab nur ein kleines Problem: Stefanies Leiche war verschwunden. Jemand musste Sie und Stefanie beobachtet haben.«

Noch immer schüttelte Lauterbach unablässig den Kopf.

»Als Mitwisser hatten Sie Thies Terlinden in Verdacht. Damit er den Mund hält, hat Ihre Frau – als Thies' Ärztin – den jungen Mann regelrecht unter Drogen gesetzt und massiv eingeschüchtert. Das klappte gut. Elf Jahre lang. Bis Tobias Sartorius aus dem Gefängnis entlassen wurde. Sie erfuhren von Ihrem Bekannten Andreas Hasse, einem Mitarbeiter des K 11, dass wir uns für die alten Fälle interessieren, ja dass wir uns sogar die Akten haben kommen lassen. Und da haben Sie Hasse angestiftet, die entsprechenden Verhörprotokolle aus den Akten zu entfernen.«

»Das stimmt nicht«, flüsterte Lauterbach heiser. Schweißperlen glänzten auf seiner Stirn.

»Doch«, sagte nun Pia. »Hasse hat bereits gestanden und wurde deswegen vom Dienst suspendiert. Hätten Sie das übrigens nicht gemacht, säßen Sie jetzt nicht hier.«

»Was soll das alles?«, mischte sich nun Dr. Anders ein. »Selbst wenn mein Mandant damals mit seiner Schülerin geschlafen hätte, wäre der Tatbestand des Missbrauchs längst verjährt.«

»Aber der Mord nicht.«

»Ich habe Stefanie nicht ermordet!«

»Warum haben Sie Herrn Hasse dann dazu überredet, die Verhörprotokolle zu vernichten?«

»Weil ... weil ich ... ich ... ich dachte, es wäre besser, wenn ich meinen Namen aus allem heraushalte«, gab Lauterbach zu. Er schwitzte so stark, dass ihm der Schweiß über die Wangen lief. »Kann ich etwas zu trinken haben?«

Nicola Engel stand wortlos auf, verließ den Raum und kehrte wenig später mit einer Flasche Wasser und einem Glas zurück. Beides stellte sie vor Lauterbach auf den Tisch und setzte sich wieder. Lauterbach schraubte die Flasche auf, goss sich ein Glas Wasser ein und trank es aus, ohne einmal abzusetzen.

»Wo ist Amelie Fröhlich?«, fragte Pia. »Und wo ist Thies Terlinden?«

»Woher soll ich das wissen?«, fragte Lauterbach zurück.

»Sie wussten, dass Thies damals alles beobachtet hat«, erwiderte Pia. »Außerdem haben Sie erfahren, dass sich Amelie für die Ereignisse von 1997 interessiert. Die beiden stellten eine echte Bedrohung für Sie dar. Da liegt der Gedanke nicht so fern, dass Sie etwas mit ihrem Verschwinden zu tun haben. Sie und Terlinden waren zu der Zeit, als Amelie verschwand, genau dort, wo sie zum letzten Mal gesehen wurde.«

Gregor Lauterbach sah im grellen Licht der Neonröhren aus wie ein Zombie. Sein Gesicht glänzte vor Schweiß, er rieb nervös die Handflächen an seinen Oberschenkeln, bis sein Anwalt ihm die Hand auf den Arm legte.

»Herr Lauterbach.« Bodenstein stand auf, stemmte seine Hände auf die Tischfläche und beugte sich vor. Sein drohender Tonfall zeigte Wirkung. »Wir werden Ihre DNA mit der vergleichen, die in der Vagina von Stefanie Schneeberger gefunden wurde. Wenn sie übereinstimmt, werden Sie sich wegen Missbrauchs einer minderjährigen Schülerin verantworten müssen, ganz gleich, was Ihr Anwalt hier von Verjährung erzählt. Sie werden aufgrund dieser Vorwürfe ganz sicher die längste Zeit Kultusminister gewesen sein. Ich werde alles daransetzen, Sie vor Gericht zu bekommen, das verspreche ich Ihnen hier und jetzt. Was die Presse mit Ihnen macht, wenn herauskommt, dass wegen Ihres Schweigens ein junger Mann, noch dazu ein ehemaliger Schüler von Ihnen, zehn Jahre unschuldig im Gefängnis sitzen musste, das muss ich Ihnen wohl nicht erzählen!«

Er verstummte, ließ seine Worte wirken. Gregor Lauterbach zitterte am ganzen Körper. Was ängstigte ihn mehr – die zu erwartende Strafe oder eine mögliche öffentliche Hinrichtung durch die Presse?

»Sie bekommen von mir heute Abend noch eine Chance«, sagte Bodenstein nun mit ruhiger Stimme. »Ich werde unter Umständen von einer Anzeige bei der Staatsanwaltschaft absehen, wenn Sie uns helfen, Amelie und Thies zu finden. Denken Sie darüber nach und besprechen Sie sich mit Ihrem Anwalt. Wir machen jetzt eine Pause. Zehn Minuten lang.«

*

»Dieses Schwein«, sagte Pia und beobachtete Lauterbach grimmig durch die Glasscheibe. »Er war's. Er hat Stefanie umgebracht. Und jetzt hat er sich auch Amelie gekrallt, da bin ich mir ganz sicher.«

Sie konnten nicht hören, was Lauterbach mit seinem Anwalt besprach, denn Dr. Anders hatte darauf bestanden, das Mikrophon auszuschalten.

»Gemeinsam mit Terlinden.« Bodenstein furchte nachdenklich die Stirn und nippte an einem Becher Wasser. »Aber wie ist er darauf gekommen, dass Amelie etwas wissen konnte?«

»Keine Ahnung.« Pia zuckte die Schultern. »Vielleicht hat Amelie Terlinden etwas von den Bildern erzählt? Aber nein, das glaube ich nicht.«

»Ich auch nicht. Da fehlt noch ein Stück. Irgendetwas muss geschehen sein, was Lauterbach Angst gemacht hat.«

»Hasse?«, schlug Nicola Engel aus dem Hintergrund vor.

»Nein, der wusste nichts von diesen Bildern«, widersprach Pia. »Wir haben sie ja erst gefunden, als er nicht mehr dabei war.«

»Hm. Dann fehlt uns tatsächlich eine Verbindung.«

»Moment mal«, sagte Bodenstein. »Was ist denn mit Nadja von Bredow? Sie war dabei, als die Jungen Laura vergewaltigt haben. Und sie ist auch auf einem der Bilder mit Stefanie und Lauterbach im Hintergrund zu sehen.«

Nicola Engel und Pia blickten ihn fragend an.

»Was, wenn sie die ganze Zeit über im Hof war? Sie ist nicht mit den Jungs weggefahren, um Laura zu verstecken. Und Nadja wusste über die Bilder Bescheid. Tobias hat es ihr selbst erzählt!«

Dr. Engel und Pia verstanden gleichzeitig, worauf Bodenstein hinauswollte. Hatte Nadja von Bredow Lauterbach mit ihrem Wissen erpresst und ihn so zum Handeln gezwungen?

»Gehen wir wieder rein.« Bodenstein warf den Becher in den Mülleimer. »Damit kriegen wir ihn.«

*

Das Wasser stieg. Zentimeter um Zentimeter. Im letzten Licht des Tages hatte Amelie gesehen, dass es bis zur dritten Stufe stand. Ihr Versuch, das Wasser mit einer dicken Wolldecke am Eindringen zu hindern, war nur so lange von Erfolg gekrönt gewesen, bis der Wasserdruck die Decke weggespült hatte. Nun war es stockdunkel, aber sie hörte das unverminderte Rauschen in den Leitungen. Vergeblich versuchte sie auszurechnen, wann das Wasser das oberste Brett des Regals erreicht haben würde. Thies lag dicht neben ihr, sie konnte spüren, wie sich seine Brust hob und senkte. Hin und wieder hustete er keuchend. Seine Haut war fiebrig heiß, die kalte

Feuchtigkeit in diesem Loch würde ihm den Rest geben. Amelie erinnerte sich daran, dass er neulich schon krank ausgesehen hatte. Wie würde er das alles hier überstehen? Thies war so sensibel! Ein paarmal hatte sie versucht, mit ihm zu reden, aber er hatte ihr keine Antwort gegeben.

»Thies«, flüsterte sie. Es fiel ihr schwer, denn ihre Zähne klapperten so stark, dass sie kaum den Mund öffnen konnte. »Thies, sag doch was!«

Nichts. Und da verließ sie endgültig der Mut. Ihre eiserne Selbstbeherrschung, die sie in den letzten Tagen und Nächten davor bewahrt hatte, in der Dunkelheit durchzudrehen, war dahin. Sie brach in Tränen aus. Es gab keine Hoffnung mehr. Sie würde hier drin sterben, jämmerlich ertrinken! Schneewittchen war auch nie gefunden worden. Weshalb sollte sie mehr Glück haben? Die Angst überwältigte sie. Plötzlich zuckte sie zusammen. Sie spürte eine Berührung an ihrem Rücken. Thies legte einen Arm um sie, schlang sein Bein um ihres und zog sie dicht an sich. Die Hitze, die sein Körper ausstrahlte, wärmte sie.

»Nicht weinen, Amelie«, flüsterte er an ihrem Ohr. »Nicht weinen. Ich bin doch da.«

*

»Wie haben Sie von der Existenz dieser Bilder erfahren?«

Bodenstein hielt sich nicht mit einer langen Vorrede auf. Mit sicherem Blick vermochte er den Zustand von Gregor Lauterbach einzuschätzen. Der Herr Minister war kein sonderlich starker Mann, und der Druck machte ihm zu schaffen. Nach den zermürbenden Ereignissen der letzten Tage würde er nicht mehr lange standhalten.

»Ich habe anonyme Briefe und E-Mails bekommen«, erwiderte Lauterbach und brachte seinen Anwalt mit einer kraftlosen Handbewegung zum Verstummen, als dieser Protest einlegen wollte. »Ich hatte an dem Abend in der Scheune meinen Schlüsselbund verloren, und bei einem der Briefe war ein Foto des Schlüsselbundes dabei. Da wurde mir klar, dass jemand Stefanie und mich beobachtet hatte.«

»Wobei beobachtet?«

»Sie wissen es doch.« Lauterbach blickte auf, und Bodenstein las in seinen Augen nichts als Selbstmitleid. »Stefanie hat mich provoziert, schon die ganze Zeit. Ich … ich wollte nicht mit ihr … schlafen, aber sie hat mich so massiv bedrängt, bis ich … einfach nicht mehr anders konnte.«

Bodenstein wartete stumm, bis Lauterbach mit weinerlicher Stimme weitersprach.

»Als ich … als ich gemerkt habe, dass ich meinen Schlüsselbund verloren hatte, wollte ich ihn suchen. Meine Frau hätte mir den Kopf abgerissen, an dem Bund hingen auch die Schlüssel von ihrer Praxis!«

Er blickte auf, Verständnis heischend. Bodenstein musste sich anstrengen, um seine aufsteigende Verachtung hinter einer ausdruckslosen Miene zu verbergen.

»Stefanie sagte, ich solle lieber verschwinden. Sie würde den Schlüsselbund suchen und ihn mir später bringen.«

»Und das taten Sie dann auch?«

»Ja. Ich bin nach Hause gegangen.«

Bodenstein ließ es für den Moment dabei bewenden.

»Sie bekamen also Briefe und E-Mails«, sagte er. »Was stand da drin?«

»Dass Thies alles wüsste. Und dass die Polizei nichts erfahren würde, wenn ich weiterhin den Mund hielte.«

»Worüber sollten Sie denn den Mund halten?«

Lauterbach hob die Schultern und schüttelte den Kopf.

»Wer, denken Sie, hat Ihnen diese Briefe geschrieben?«

Wieder ein ratloses Schulterzucken.

»Sie müssen doch irgendeinen Verdacht haben! Herr Lauterbach!« Bodenstein beugte sich wieder vor. »Schweigen ist jetzt wirklich die schlechteste aller Lösungen!«

»Ich habe aber keine Ahnung!«, erwiderte Lauterbach in hilfloser Verzweiflung, die augenscheinlich nicht gespielt war. Auf sich allein gestellt und in die Enge getrieben, zeigte er sein wahres Wesen: Gregor Lauterbach war ein schwacher Mensch, der außerhalb des Windschattens seiner Frau zu einem rückgratlosen Männlein schrumpfte. »Ich weiß überhaupt nichts mehr! Meine Frau hat mir erzählt, dass es Bilder geben soll, aber Thies kann ja kaum die E-Mails und Briefe geschrieben haben.«

»Wann hat Sie Ihnen davon erzählt?«

»Irgendwann.« Lauterbach stützte die Stirn in die Hände, schüttelte den Kopf. »Ich weiß es nicht mehr genau.«

»Versuchen Sie, sich zu erinnern«, drängte Bodenstein. »War es bevor oder nachdem Amelie verschwunden ist? Und woher wusste Ihre Frau davon? Wer kann es ihr erzählt haben?«

»Mein Gott, ich weiß es nicht!«, jammerte Lauterbach. »Ich weiß es wirklich nicht!«

»Denken Sie nach!« Bodenstein lehnte sich wieder zurück. »Sie waren an dem Samstagabend, an dem Amelie verschwand, gemeinsam mit Ihrer Frau und dem Ehepaar Terlinden im Ebony Club in Frankfurt essen. Ihre Frau und Christine Terlinden fuhren gegen halb zehn nach Hause, Sie fuhren mit Claudius Terlinden zurück. Was haben Sie gemacht, nachdem Sie den Ebony Club verlassen hatten?«

Gregor Lauterbach dachte angestrengt nach und schien zu begreifen, dass die Polizei eine ganze Menge mehr wusste, als er angenommen hatte.

»Ja, ich glaube, meine Frau hat mir auf der Fahrt nach Frankfurt erzählt, dass Thies dem Nachbarsmädchen irgendwelche Bilder gegeben hätte, auf denen ich angeblich abgebildet sei«, gab er widerwillig zu. »Sie hatte es am Nachmittag erfahren, von einer anonymen Anruferin. Wir hatten dann keine Gelegenheit mehr, darüber zu sprechen. Daniela und Christine fuhren um halb zehn weg. Ich fragte Andreas Jagielski nach Amelie Fröhlich, ich wusste ja, dass sie im Schwarzen Ross bedient. Jagielski rief bei seiner Frau an, und die bestätigte, dass Amelie bei der Arbeit sei. Claudius und ich sind also nach Altenhain gefahren und haben auf dem Parkplatz vor dem Schwarzen Ross auf das Mädchen gewartet. Sie kam aber nicht.«

»Was wollten Sie denn von Amelie wissen?«

»Ob sie diese anonymen E-Mails und Briefe an mich geschrieben hat.«

»Und? Hat sie?«

»Ich konnte sie ja nicht fragen. Wir warteten im Auto, es war ungefähr elf oder halb zwölf. Da tauchte Nathalie auf. Ich meine, Nadja. Nadja von Bredow nennt sie sich ja jetzt.«

Bodenstein blickte kurz auf und begegnete Pias Blick.

»Sie lief auf dem Parkplatz herum«, fuhr Lauterbach fort, »guckte ins Gebüsch und ging schließlich hinüber zur Bushaltestelle. Da erst fiel uns auf, dass dort ein Mann saß. Nadja versuchte, den Mann zu wecken, aber vergeblich. Schließlich fuhr sie weg. Claudius rief vom Handy aus im Schwarzen Ross an und fragte nach Amelie, aber Frau Jagielski sagte ihm, sie sei schon lange weg. Daraufhin sind Claudius und ich in sein Büro gefahren. Er hatte die Befürchtung, dass die Polizei in Kürze herumschnüffeln würde. Eine Hausdurchsuchung konnte er nicht gebrauchen, deshalb wollte er ein paar brisante Unterlagen woanders hinbringen.«

»Welche Unterlagen?«, fragte Bodenstein.

Gregor Lauterbach sträubte sich ein wenig, aber nicht lange. Claudius Terlinden hatte sich seine Machtposition über Jahre hinweg mit Bestechung im großen Stil gesichert. Er sei zwar immer wohlhabend gewesen, aber richtig zu Geld sei er erst Ende der neunziger Jahre gekommen, als er mit seiner Firma expandiert hatte und an die Börse gegangen war. Dadurch hatte er großen Einfluss in Wirtschaft und Politik bekommen. Die besten Geschäfte habe er dann mit Ländern gemacht, gegen die offiziell ein Wirtschaftsembargo verhängt worden war, beispielsweise mit Iran und Nordkorea.

»Diese Unterlagen wollte er an dem Abend verschwinden lassen«, schloss Lauterbach. Nun, da es nicht mehr direkt um ihn ging, gewann er wieder an Selbstsicherheit. »Da er sie aber nicht vernichten wollte, haben wir sie in meine Wohnung nach Idstein gebracht.«

»Aha.«

»Ich habe mit dem Verschwinden von Amelie oder Thies nichts zu tun«, beteuerte Gregor Lauterbach. »Und ich habe auch niemanden ermordet.«

»Das wird sich zeigen.« Bodenstein schob die Bilder zusammen und legte sie zurück in die Akte. »Sie dürfen nach Hause fahren. Aber Sie stehen unter polizeilicher Beobachtung, und wir werden Ihr Telefon überwachen. Außerdem bitte ich Sie, sich zur Verfügung zu halten. Geben Sie mir auf alle Fälle Bescheid, bevor Sie Ihr Haus verlassen.«

Lauterbach nickte demütig. »Könnten Sie meinen Namen nicht wenigstens vorerst aus der Presse heraushalten?«, bat er.

»Das kann ich Ihnen beim besten Willen nicht versprechen.« Bodenstein streckte die Hand aus. »Den Schlüssel für Ihre Wohnung in Idstein bitte.«

Sonntag, 23. November 2008

Pia hatte eine schlaflose Nacht hinter sich und war schon auf den Beinen, als um 5:15 Uhr der Anruf des Überwachungsteams kam: Nadja von Bredow sei soeben in ihre Wohnung am Westhafen in Frankfurt zurückgekehrt. Allein.

»Ich komme sofort«, sagte Pia. »Wartet auf mich.«

Sie warf das Heu, das sie unter den Arm geklemmt hatte, über die Boxentür und steckte das Handy weg. Es war nicht nur der Fall, der sie wach gehalten hatte. Morgen um 15:30 Uhr hatte sie mit dem Bauamt der Stadt Frankfurt einen Ortstermin auf dem Birkenhof. Wenn man die Abrissverfügung nicht zurücknahm, würden sie, Christoph und die Tiere in Kürze obdachlos sein.

Christoph hatte sich in den letzten Tagen intensiv um die Angelegenheit gekümmert, und sein anfänglicher Optimismus hatte sich rasch verflüchtigt. Die Verkäufer des Birkenhofes hatten Pia verschwiegen, dass das Grundstück, auf dem das Haus stand, wegen der Hochspannungsleitungen der MKW überhaupt nicht bebaut werden durfte. Der Vater der Verkäufer hatte irgendwann nach dem Krieg einen Schuppen errichtet und diesen im Laufe der Jahre ohne jede Genehmigung ausgebaut. Sechzig Jahre lang hatte niemand etwas gemerkt, bis sie in Unkenntnis der Illegalität einen Bauantrag gestellt hatte. Pia fütterte noch schnell das Federvieh, dann rief sie Bodenstein an. Als er nicht abnahm, schrieb sie ihm eine SMS und ging nachdenklich zurück zum Haus, das ihr plötzlich fremd vorkam. Auf Zehenspitzen schlich sie ins Schlafzimmer.

»Musst du weg?«, fragte Christoph.

»Ja. Hab ich dich geweckt?« Sie machte das Licht an.

»Nein. Ich konnte auch nicht schlafen.« Er betrachtete sie, den Kopf in die Hand gestützt. »Ich habe die halbe Nacht überlegt, was wir tun können, wenn die Ernst machen.«

»Ich auch.« Pia setzte sich auf die Bettkante. »Auf jeden Fall verklage ich diese Mistkerle, die mir damals den Hof verkauft haben. Die haben mich arglistig getäuscht, ganz klar!«

»Das müssen wir denen aber erst mal nachweisen«, gab Christoph zu bedenken. »Ich bespreche das heute mit einem Freund von mir, der sich mit solchen Sachen auskennt. Vorher tun wir nichts.«

Pia seufzte. »Ich bin so froh, dass du da bist«, sagte sie leise. »Ich wüsste nicht, was ich jetzt alleine machen sollte.«

»Wäre ich nicht in deinem Leben aufgetaucht, hätten wir nie einen Bauantrag gestellt, und es wäre nichts passiert.« Christoph grinste schief. »Jetzt lass den Kopf nicht hängen. Mach deinen Job, und ich kümmere mich um diese Sache, okay?«

»Okay.« Pia gelang ein Lächeln. Sie beugte sich zu Christoph hinüber und gab ihm einen Kuss. »Ich habe leider keine Ahnung, wann ich heute nach Hause komme.«

»Mach dir um mich keine Gedanken.« Christoph lächelte auch. »Ich hab Dienst im Zoo.«

*

Er erkannte die vertraute Gestalt schon von weitem. Sie stand im Licht der Straßenlaterne neben seinem Auto auf dem Parkplatz, ihr rotes Haar war der einzige Farbtupfer in der diesigen Dunkelheit. Bodenstein zögerte einen Moment, bevor er entschlossen auf sie zuging. Cosima war eben keine Frau, die sich einfach von ihm das Telefon auflegen ließ. Eigentlich hätte er damit rechnen müssen, dass sie ihn früher oder später abpassen würde, doch der Fall hatte ihn zu sehr in Beschlag genommen. Deshalb fühlte er sich unvorbereitet und im Nachteil.

»Was willst du?«, fragte er unfreundlich. »Ich habe jetzt keine Zeit.«

»Du rufst mich ja nicht zurück«, erwiderte Cosima. »Ich muss mit dir reden.«

»Ach, auf einmal?« Er blieb vor ihr stehen, musterte ihr blasses, beherrschtes Gesicht. Sein Herz klopfte heftig, es gelang ihm nur mit Mühe, ruhig zu bleiben. »Wochenlang hattest du dieses Bedürfnis nicht. Rede mit deinem Russenfreund, wenn dir nach Reden zumute ist.«

Er zückte seinen Autoschlüssel, aber sie wich nicht von der Stelle und blieb vor der Autotür stehen.

»Ich will dir erklären ...«, begann sie. Bodenstein ließ sie nicht ausreden. Er hatte in der Nacht kaum geschlafen und musste dringend weg, denkbar schlechte Voraussetzungen für ein so wichtiges Gespräch wie dieses.

»Ich will es nicht hören«, unterbrach er sie. »Und ich habe jetzt wirklich keine Zeit.«

»Oliver, glaub mir bitte, ich wollte dir nicht weh tun!« Cosima streckte die Hand nach ihm aus, ließ sie aber wieder sinken, als er vor ihr zurückwich. Ihr Atem stand wie eine weiße Wolke in der kalten Morgenluft. »Ich wollte ja gar nicht so weit gehen, aber ...«

»Hör auf!«, schrie er unvermittelt. »Du *hast* mir weh getan! So weh, wie mir überhaupt noch nie ein Mensch getan hat! Ich will keine Entschuldigungen und Rechtfertigungen von dir hören, denn egal, was du auch sagst, du hast alles kaputtgemacht! Alles!«

Cosima schwieg.

»Wer weiß, wie oft du mich schon betrogen hast, so routiniert, wie du mich getäuscht und angelogen hast«, fuhr er mit zusammengebissenen Zähnen fort. »Was hast du auf all deinen Reisen getrieben? Durch wie viele Betten hast du dich gewälzt, während dein treudoofer, gutgläubiger Spießermann brav mit den Kindern zu Hause gesessen und auf dich gewartet hat? Vielleicht hast du sogar über mich gelacht, weil ich so dämlich war, dir zu vertrauen!«

Wie giftige Lava quollen diese Worte aus seinem gekränkten Innern empor; endlich entlud sich die aufgestaute Enttäuschung. Cosima ließ seinen Ausbruch über sich ergehen, ohne eine Miene zu verziehen.

»Wahrscheinlich ist Sophia überhaupt nicht mein Kind, sondern das von irgendeinem dieser zotteligen, windigen Filmtypen, mit denen du dich so gerne umgibst!«

Er verstummte, als ihm bewusst wurde, wie ungeheuerlich dieser Vorwurf war. Doch nun, da er ihn ausgesprochen hatte, ließ er sich nicht mehr zurücknehmen.

»Ich hätte für unsere Ehe beide Hände ins Feuer gelegt«, sagte er mit gepresster Stimme. »Aber du hast mich belogen und betrogen. Ich werde dir niemals wieder vertrauen können.«

Cosima straffte die Schultern.

»Ich hätte mir denken können, dass du so reagierst«, entgegnete sie kühl. »Selbstgerecht und kompromisslos. Du siehst die ganze Sache nur aus deinem egoistischen Blickwinkel.«

»Aus welchem soll ich sie sonst sehen? Aus dem von deinem Russenliebhaber, oder was?« Er schnaubte. »Die Egoistin von uns beiden, die bist du! Zwanzig Jahre lang hast du nicht nach mir gefragt und bist wochenlang unterwegs gewesen. Mir hat das nie gefallen, aber ich habe es akzeptiert, weil deine Arbeit eben ein Teil von dir ist. Dann warst du schwanger. Du hast mich gar nicht gefragt, ob ich noch ein Kind will, das hast du für dich entschieden und mich vor vollendete Tatsachen gestellt. Dabei wusstest du genau, dass du mit einem kleinen Kind nicht mehr um die Welt gondeln kannst. Aus lauter Langeweile hast du dich in eine Affäre gestürzt – und jetzt willst du mir vorwerfen, ich sei ein Egoist? Wäre es nicht alles so traurig, dann würde ich lachen!«

»Als Lorenz und Rosi klein waren, konnte ich trotzdem arbeiten. Da hast du auch mal die Verantwortung übernommen«, wandte Cosima ein. »Aber ich will mit dir auch nicht diskutieren. Es ist passiert. Ich habe einen großen Fehler gemacht, aber ich werde ganz sicher nicht in Sack und Asche gehen, bis du beliebst, mir zu verzeihen.«

»Und warum bist du dann gekommen?« Das Handy in seiner Manteltasche klingelte und vibrierte, aber er beachtete es nicht.

»Ich werde nach Weihnachten für vier Wochen die Expedition von Gavrilow durch die Nordostpassage begleiten«, verkündete Cosima ihm. »Du wirst dich in dieser Zeit um Sophia kümmern müssen.«

Bodenstein starrte seine Frau sprachlos an, als habe sie ihm soeben ins Gesicht geschlagen. Cosima war nicht etwa gekommen, um ihn um Verzeihung zu bitten, nein, sie hatte längst eine Entscheidung über ihre Zukunft getroffen. Eine Zukunft, in der für ihn offenbar nur noch der Job des Babysitters vorgesehen war. Seine Knie wurden weich wie Butter.

»Das ist jetzt nicht dein Ernst«, flüsterte er.

»Doch. Ich habe den Vertrag schon vor ein paar Wochen unterschrieben. Es war mir klar, dass es dir nicht gefallen würde.« Sie zuckte die Schultern. »Es tut mir leid, wie es gekommen ist, ehrlich. Aber ich habe in den letzten Monaten viel nachgedacht. Ich würde es bis ans Ende meines Lebens bereuen, wenn ich diesen Film nicht mache ...«

Sie redete noch weiter, aber ihre Worte kamen nicht mehr bei ihm an. Das Wichtigste hatte er begriffen: Innerlich hatte sie ihn längst verlassen, ihr gemeinsames Leben von sich abgeschüttelt. Eigentlich war er sich ihrer nie ganz sicher gewesen. All die Jahre hatte er geglaubt, die völlige Gegensätzlichkeit ihrer Charaktere sei das Besondere an ihrer Beziehung, das Salz in der Suppe, aber nun wurde ihm klar, dass sie einfach nicht zueinander passten. Sein Herz krampfte sich schmerzhaft zusammen.

Und jetzt tat sie dasselbe wie so viele Male zuvor: Sie hatte eine Entscheidung getroffen, die er zu akzeptieren hatte. Sie war diejenige, die die Richtung bestimmte. Sie hatte das Geld, mit dem sie das Grundstück in Kelkheim gekauft und das Haus gebaut hatten. Er hätte sich das alles nie und nimmer leisten können. Es tat weh, aber zum ersten Mal sah er in Cosima an diesem düsteren Novembermorgen nicht mehr die schöne, selbstbewusste, aufregende Gefährtin an seiner Seite, sondern nur noch die Frau, die rücksichtslos ihren Willen und ihre Pläne durchsetzte. Wie dumm und wie blind er die ganze Zeit gewesen war!

Das Blut rauschte in seinen Ohren. Sie hatte aufgehört zu reden und blickte ihn ungerührt an, als warte sie auf seine Antwort. Er blinzelte. Ihr Gesicht, das Auto, der Parkplatz – alles verschwamm vor seinen Augen. Sie würde weggehen, mit einem anderen Mann. Sie würde ihr Leben leben, in dem für ihn kein Platz mehr war. Plötzlich überwältigten ihn Eifersucht und Hass. Er machte einen Schritt auf Cosima zu, packte ihr Handgelenk. Erschrocken wollte sie vor ihm zurückweichen, aber er hielt ihre Hand umklammert wie ein

Schraubstock. Ihre kühle Überlegenheit war schlagartig verschwunden, sie riss angsterfüllt die Augen auf und öffnete den Mund, um zu schreien.

＊

Um halb sieben entschied Pia, alleine die Wohnung von Nadja von Bredow aufzusuchen. Bodenstein ging nicht an sein Handy und hatte auch auf keine SMS reagiert. Gerade als sie auf die Klingel drücken wollte, öffnete sich die Haustür, ein Mann kam heraus. Pia und die beiden Kollegen in Zivil, die die Wohnung überwacht hatten, gingen an ihm vorbei.

»Stopp!« Der Mann, ein leicht ergrauter Mittfünfziger mit runder Hornbrille, trat ihnen in den Weg. »So geht das hier nicht! Zu wem wollen Sie?«

»Das geht Sie nichts an«, entgegnete Pia schroff.

»Das tut es sehr wohl.« Der Mann baute sich vor dem Aufzug auf, verschränkte die Arme und musterte sie überheblich. »Ich bin der Vorsitzende der Eigentümergemeinschaft dieser Wohnanlage. Hier kann nicht jedermann einfach hereinspazieren.«

»Wir sind von der Kripo.«

»Ach ja? Haben Sie einen Ausweis?«

Pia begann vor Zorn zu kochen. Sie zückte ihre Marke und hielt sie dem Mann vor die Nase. Ohne ein weiteres Wort ging sie in Richtung Treppe.

»Du wartest hier unten«, wies sie einen der Kollegen an. »Wir beide gehen hoch.«

Kaum waren sie vor die Tür des Penthouseappartements getreten, ging diese auf. Ein kurzer Ausdruck des Erschreckens flog über das Gesicht von Nadja von Bredow.

»Ich habe Ihnen doch gesagt, dass Sie unten warten sollen«, sagte sie wenig freundlich. »Aber wenn Sie schon mal da sind, können Sie die Koffer gleich mitnehmen.«

»Sie verreisen?« Pia begriff, dass Nadja von Bredow sie nicht erkannte und wohl für die Taxifahrerin hielt. »Sie sind doch gerade erst nach Hause gekommen.«

»Was geht Sie das wohl an?«, entgegnete diese gereizt.

»Ich schätze, eine Menge.« Pia hielt ihr die Marke hin. »Pia Kirchhoff, Kripo Hofheim.«

Nadja von Bredow musterte sie und schob die Unterlippe vor. Sie trug eine dunkelbraune Wellensteyn-Jacke mit Pelzkragen, Jeans und Stiefel. Das blonde Haar hatte sie zu einem strengen Knoten frisiert, aber selbst das reichlich aufgetragene Make-up konnte nicht die Schatten unter ihren geröteten Augen verdecken.

»Sie kommen ungünstig. Ich muss dringend zum Flughafen.«

»Dann müssen Sie Ihren Flug verschieben«, entgegnete Pia. »Ich habe ein paar Fragen an Sie.«

»Ich habe jetzt keine Zeit für so was.« Sie drückte auf den Knopf des Aufzugs.

»Wo sind Sie gewesen?«, fragte Pia.

»Verreist.«

»Aha. Und wo ist Tobias Sartorius?«

Nadja von Bredow blickte Pia aus ihren grasgrünen Augen erstaunt an.

»Woher soll ich das denn wissen?« Ihre Überraschung wirkte echt, aber sie war nicht umsonst eine der bestbezahlten Schauspielerinnen Deutschlands.

»Weil Sie mit ihm nach der Beerdigung von Laura Wagner weggefahren sind, anstatt ihn bei uns zur Vernehmung abzuliefern.«

»Wer behauptet das denn?«

»Tobias' Vater. Also?«

Der Aufzug kam, die Tür glitt zur Seite. Nadja von Bredow wandte sich Pia zu und lächelte spöttisch.

»Ich hoffe, Sie glauben nicht alles, was der so erzählt.« Sie blickte Pias Kollegen an. »Die Polizei, dein Freund und Helfer. Würden Sie mir helfen, mein Gepäck in den Aufzug zu tragen?«

Als dieser tatsächlich Anstalten machte, die Koffer zu ergreifen, platzte Pia der Kragen.

»Wo ist Amelie? Was haben Sie mit dem Mädchen gemacht?«

»Ich?« Nadja von Bredow riss die Augen auf. »Gar nichts! Warum sollte ich mit ihr etwas machen?«

»Weil Thies Terlinden Amelie Bilder gegeben hat, die eindeutig beweisen, dass Sie nicht nur dabei waren, als Ihre Freunde Laura vergewaltigt haben, sondern auch zugesehen haben, wie Gregor Lauterbach mit Stefanie Schneeberger in der Scheune von Sartorius Sex hatte. Danach haben Sie Stefanie mit einem Wagenheber erschlagen.«

Zu Pias Überraschung begann Nadja von Bredow zu lachen.

»Wo haben Sie denn diesen Quatsch her?«

Pia konnte sich nur noch mit Mühe beherrschen. Am liebsten hätte sie die Frau gepackt und geohrfeigt.

»Ihre Freunde Jörg, Felix und Michael haben ein Geständnis abgelegt«, sagte sie. »Laura hat noch gelebt, als Sie den dreien damals den Auftrag gaben, sie wegzuschaffen. Sie mussten befürchten, dass Amelie durch Thies und seine Bilder die Wahrheit herausgefunden hatte. Deshalb lag es in Ihrem Interesse, das Mädchen aus dem Weg zu räumen.«

»Mein Gott.« Nadja blieb gänzlich unberührt. »So einen hanebüchenen Unsinn denken sich nicht einmal Drehbuchschreiber aus. Ich habe diese Amelie ein einziges Mal gesehen und weiß nicht, wo sie jetzt ist.«

»Sie lügen. Sie waren an dem Samstag auf dem Parkplatz vom Schwarzen Ross und haben den Rucksack von Amelie in ein Gebüsch geworfen.«

»Ach, tatsächlich?« Nadja von Bredow blickte Pia mit hochgezogenen Augenbrauen an, als sei sie unerträglich angeödet. »Wer behauptet das denn?«

»Sie wurden gesehen.«

»Ich kann ja einiges«, erwiderte sie sarkastisch. »Aber zur gleichen Zeit an zwei Orten sein, das kann ich noch nicht. Ich war an dem Samstag in Hamburg, dafür gibt es Zeugen.«

»Wen?«

»Ich kann Ihnen Namen und Telefonnummern geben.«

»Was haben Sie in Hamburg gemacht?«

»Gearbeitet.«

»Stimmt nicht. Ihr Manager hat uns gesagt, dass Sie an dem Abend keinen Drehtermin hatten.«

Nadja von Bredow blickte auf ihre teure Armbanduhr und verzog das Gesicht, als habe sie diese Zeitvergeudung satt.

»Ich war in Hamburg und habe vor schätzungsweise vierhundert Gästen zusammen mit meinem Kollegen Torsten Gottwald eine Gala moderiert, die vom NDR aufgezeichnet wurde«, sagte sie. »Ich kann Ihnen zwar nicht die Nummern aller anwesenden Gäste geben, aber die vom Regisseur, von Torsten und einigen anderen. Reicht das als Beweis dafür, dass ich zu dieser Zeit wohl kaum auf einem Parkplatz in Altenhain herumgelaufen sein kann?«

»Sparen Sie sich Ihren Sarkasmus«, entgegnete Pia scharf. »Suchen Sie sich einen von Ihren Koffern aus, den trägt mein Kollege gerne für Sie zu unserem Auto.«

»Ach, das ist ja toll. Die Polizei übernimmt Taxidienste.«

»Sogar mit dem größten Vergnügen«, erwiderte Pia kalt. »Und zwar direkt in die Zelle.«

»Das ist doch lachhaft!« Nadja von Bredow schien allmählich zu begreifen, dass sie ernsthaft in der Klemme steckte. Eine tiefe Falte erschien zwischen ihren sorgfältig gezupften Augenbrauen. »Ich habe einen wichtigen Termin in Hamburg.«

»Jetzt nicht mehr. Sie sind vorübergehend festgenommen.«

»Und weshalb, wenn ich fragen darf?«

»Weil Sie den Tod Ihrer Klassenkameradin Laura Wagner billigend in Kauf genommen haben.« Pia lächelte süffisant. »Sie kennen das ja sicher aus Ihren Drehbüchern. Man nennt das auch Beihilfe zum Mord.«

*

Nachdem die beiden zivilen Kollegen mit Nadja von Bredow auf dem Rücksitz in Richtung Hofheim aufgebrochen waren, versuchte Pia erneut, Bodenstein zu erreichen. Endlich ging er dran.

»Wo steckst du denn?«, fragte Pia ärgerlich. Sie klemmte das Handy zwischen Ohr und Schulter und angelte nach dem Sicherheitsgurt. »Ich versuche seit anderthalb Stunden, dich zu erreichen! Den Weg nach Frankfurt kannst du dir sparen. Ich habe Nadja von Bredow eben festgenommen und aufs Kommissariat bringen lassen.«

Bodenstein erwiderte etwas, aber er sprach so undeutlich, dass sie ihn nicht verstehen konnte.

»Ich hör dich nicht«, sagte sie gereizt. »Was ist denn los?«

»... hatte einen Unfall ... auf den Abschleppwagen warten ... Abfahrt Messe ... Tankstelle ...«

»Auch das noch! Dann warte dort. Ich hole dich ab.«

Fluchend drückte Pia das Gespräch weg und fuhr los. Sie hatte das Gefühl, allein auf weiter Flur zu stehen, und das ausgerechnet zu einem Zeitpunkt, in dem sie sich keinen Fehler erlauben und nicht den Überblick verlieren durfte. Eine winzige Unachtsamkeit, und der Fall wäre erledigt! Sie gab Gas. Die Straßen der Stadt waren um die frühe Uhrzeit an einem Sonntagmorgen wie leergefegt, sie benötigte für die Strecke quer durchs Gutleutviertel zum Hauptbahnhof und von dort aus Richtung Messe, für die sie an einem Wochentag eine halbe Stunde gebraucht hätte, kaum zehn Minuten. Im Radio lief ein Lied von Amy MacDonald, das Pia anfangs gefallen hatte; seit die Radiosender es jedoch rund um die Uhr bis zum Erbrechen spielten, ging es ihr auf die Nerven. Es war kurz vor acht, als sie auf der Gegenfahrbahn im heller werdenden Grau des Morgens die orangefarbenen Warnlichter des Abschleppwagens blinken sah, der gerade die Reste von Bodensteins BMW auflud. Sie wechselte am Westkreuz die Fahrtrichtung und hielt ein paar Minuten später vor dem Abschleppwagen und einem Streifenwagen. Bodenstein saß mit bleichem Gesicht auf der Leitplanke, die Ellbogen auf den Knien, und stierte ins Leere.

»Was ist passiert?«, fragte Pia einen der uniformierten Kollegen, nachdem sie sich ihm vorgestellt hatte, und beobachtete ihren Chef aus dem Augenwinkel.

»Ist angeblich einem Tier ausgewichen«, erwiderte der Beamte. »Das Auto ist Schrott, aber ihm ist wohl nichts passiert. Ins Krankenhaus will er auf jeden Fall nicht.«

»Ich kümmere mich um ihn. Vielen Dank.«

Sie wandte sich um. Der Abschleppwagen setzte sich in Bewegung, aber Bodenstein hob nicht einmal den Kopf.

»Hey.« Pia blieb vor ihm stehen. Was sollte sie zu ihm sagen? Nach Hause – wo auch immer das jetzt sein mochte – würde er wohl kaum wollen. Davon abgesehen durfte er jetzt nicht auch noch ausfallen. Bodenstein stieß einen tiefen Seufzer aus. Ein Ausdruck der Verlorenheit lag auf seinem Gesicht.

»Sie geht mit ihm vier Wochen auf Weltreise, gleich nach Weihnachten«, sagte er tonlos. »Ihre Arbeit ist ihr wichtiger als ich oder die Kinder. Sie hat schon im September den Vertrag unterschrieben.«

Pia zögerte. Eine blöde Floskel wie *Das wird schon wieder* oder *Kopf hoch* war hier völlig fehl am Platz. Er tat ihr aufrichtig leid, dennoch drängte die Zeit. Auf dem Kommissariat wartete nicht nur Nadja von Bredow, sondern jeder verfügbare Beamte der RKI.

»Komm, Oliver.« Obwohl sie ihn am liebsten am Arm gepackt und ins Auto gezerrt hätte, zwang sie sich zur Geduld. »Wir können hier nicht auf dem Seitenstreifen herumsitzen.«

Bodenstein schloss die Augen und rieb sich mit Daumen und Zeigefinger die Nasenwurzel.

»Ich befasse mich jetzt seit 26 Jahren mit Mördern und Totschlägern«, sagte er mit heiserer Stimme. »Aber ich konnte mir nie richtig vorstellen, was einen Menschen dazu treibt, einen anderen umzubringen. Heute Morgen habe ich zum ersten Mal begriffen, wie das ist. Ich glaube, ich hätte sie vorhin auf dem Parkplatz erwürgt, wenn mein Vater und mein Bruder nicht dazwischengegangen wären.«

Er schlang die Arme um seinen Oberkörper, als ob er fröre, und blickte Pia aus blutunterlaufenen Augen an. »Ich habe mich in meinem ganzen Leben noch nie so beschissen gefühlt.«

*

Der Besprechungsraum fasste kaum alle Beamten, die Ostermann in die Regionale Kriminalinspektion beordert hatte. Da Bodenstein nach dem Unfall außerstande schien, die Leitung des Einsatzes zu übernehmen, ergriff Pia das Wort. Sie bat um Ruhe, umriss die Situation, zählte die Fakten auf und erinnerte die Kollegen daran, was höchste Priorität hatte, nämlich das Auffinden von Amelie Fröhlich und Thies Terlinden. In Abwesenheit von Behnke stellte niemand Pias Autorität in Frage, jeder hörte aufmerksam zu. Pias Blick fiel auf Bodenstein, der ganz hinten neben Kriminalrätin Dr. Engel an der Wand lehnte. Sie hatte ihm an der Tankstelle einen Kaffee geholt und ein Fläschchen Cognac hineingeleert. Er hatte getrunken, ohne zu protestieren, und jetzt schien es ihm etwas besserzugehen. Aber er stand offenbar noch immer unter Schock.

»Hauptverdächtig sind Gregor Lauterbach, Claudius Terlinden und Nadja von Bredow«, sagte Pia nun und trat an die Leinwand, auf die Ostermann eine Karte von Altenhain und Umgebung projiziert hatte. »Diese drei haben am meisten zu verlieren, sollte herauskommen, was damals in Altenhain wirklich geschehen ist. Terlinden und Lauterbach kamen an dem Abend aus dieser Richtung.« Sie wies auf die Feldstraße. »Zuvor waren sie in Idstein gewesen, aber das Haus haben wir schon durchsucht. Wir konzentrieren uns jetzt auf das Schwarze Ross. Der Inhaber und seine Frau stecken mit Terlinden unter einer Decke, es ist durchaus denkbar, dass sie ihm einen Gefallen getan haben. Möglicherweise hat Amelie die Gaststätte überhaupt nicht verlassen. Außerdem wird nochmals jeder Anwohner rings um den Parkplatz befragt. Kai, sind die Haftbefehle da?«

Ostermann nickte.

»Gut. Jörg Richter, Felix Pietsch und Michael Dombrowski werden hierhergebracht, das übernimmt Kathrin mit Kollegen vom Streifendienst. Zwei Zweierteams sprechen gleichzeitig mit Claudius Terlinden und mit Gregor Lauterbach. Für die beiden haben wir ebenfalls Haftbefehle.«

»Wer fährt zu Lauterbach und Terlinden?«, fragte einer der Beamten.

»Hauptkommissar Bodenstein und Kriminalrätin Dr. Engel übernehmen Lauterbach«, erwiderte Pia. »Ich fahre zu Terlinden.«

»Mit wem?«

Gute Frage. Behnke und Hasse waren nicht mehr dabei. Pia betrachtete der Reihe nach die Gesichter der vor ihr sitzenden Kollegen, dann traf sie eine Entscheidung.

»Sven fährt mit mir.«

Der angesprochene Kollege vom SB 21 riss erstaunt die Augen auf und deutete fragend mit dem Finger auf sich. Pia nickte.

»Noch Fragen?«

Es gab keine mehr. Die Versammlung löste sich unter Stimmengewirr und Stühlerücken auf. Pia drängelte sich zu Bodenstein und Nicola Engel durch.

»War das okay, dass ich Sie mit eingeteilt habe?«, wollte sie wissen.

»Ja, natürlich.« Die Kriminalrätin nickte, dann nahm sie Pia beiseite.

»Warum haben Sie sich für KK Jansen entschieden?«

»Spontane Eingebung.« Pia zuckte die Achseln. »Ich habe des Öfteren von seinem Chef gehört, wie zufrieden er mit Sven ist.«

Nicola Engel nickte. Der unergründliche Ausdruck in ihren Augen hätte Pia unter anderen Umständen an ihrer Entscheidung zweifeln lassen, aber dazu war jetzt keine Zeit. Kriminalkommissar Sven Jansen trat zu ihnen. Während sie hinuntergingen, erklärte Pia rasch, was sie sich von der zeitgleichen Befragung der beiden Verdächtigen versprach und wie sie vorzugehen gedachte. Auf dem Parkplatz trennten sie sich. Bodenstein hielt Pia für einen Moment zurück.

»Gut gemacht«, sagte er nur. »Und – danke.«

*

Bodenstein und Nicola Engel warteten schweigend im Auto, bis Pias Anruf kam, dass sie und Jansen vor Terlindens Haustür standen. Dann stiegen sie aus und klingelten in derselben Sekunde bei Lauterbach, in der Pia dasselbe bei Terlinden tat. Es dauerte einen Moment, bis Gregor Lauterbach die Tür öffnete. Er trug einen Frotteebademantel, auf dessen Brusttasche das Logo einer internationalen Hotelkette prangte.

»Was wollen Sie?«, fragte er und musterte sie aus verquollenen Augen. »Ich habe Ihnen schon alles gesagt.«

»Wir stellen Fragen gerne mehrfach«, entgegnete Bodenstein höflich. »Ist Ihre Frau nicht da?«

»Nein. Sie ist auf einem Kongress in München. Wieso fragen Sie?«

»Nur so.«

Nicola Engel hielt noch immer das Handy am Ohr und nickte Bodenstein nun zu. Pia und Sven Jansen standen mittlerweile auch im Foyer von Terlindens Villa. Verabredungsgemäß stellte Bodenstein dem Kultusminister die erste Frage.

»Herr Lauterbach«, begann er. »Es geht noch mal um den Abend, als Sie mit Ihrem Nachbarn auf dem Parkplatz vor dem Schwarzen Ross auf Amelie gewartet haben.«

Lauterbach nickte unsicher. Sein Blick wanderte zu Nicola Engel. Es schien ihn zu irritieren, dass sie telefonierte.

»Sie haben Nadja von Bredow gesehen.«

Lauterbach nickte wieder.

»Sind Sie da ganz sicher?«

»Ja, das bin ich.«

»Woran haben Sie Frau von Bredow erkannt?«

»Ich … ich weiß nicht. Ich kenne sie eben.«

Er schluckte nervös, als Nicola Engel Bodenstein nun ihr Handy reichte. Bodenstein überflog die SMS, die Sven Jansen ihnen geschrieben hatte. Claudius Terlinden wollte – im Gegensatz zu Lauterbach – an jenem Samstagabend auf dem

445

Parkplatz vor dem Schwarzen Ross keine bestimmte Person gesehen haben. Mehrere Leute seien in die Gaststätte hineingegangen, andere hinaus. Außerdem habe er eine Gestalt an der Bushaltestelle sitzen sehen, aber nicht erkannt, um wen es sich handelte.

»Tja.« Bodenstein holte tief Luft. »Sie und Herr Terlinden hätten sich vielleicht ein wenig besser absprechen sollen. Im Gegensatz zu Ihnen will Herr Terlinden nämlich überhaupt niemanden erkannt haben.«

Lauterbach lief rot an. Er stotterte eine Weile herum, bestand darauf, Nadja von Bredow gesehen zu haben, wollte das sogar beschwören.

»Sie war an dem Abend in Hamburg«, schnitt Bodenstein ihm das Wort ab. Gregor Lauterbach hatte irgendetwas mit dem Verschwinden von Amelie zu tun, das glaubte er nun mit an Sicherheit grenzender Wahrscheinlichkeit zu wissen. Aber im selben Augenblick kamen ihm schon wieder Zweifel. Was, wenn Nadja von Bredow log? Hatten die beiden vielleicht gemeinsam die potentielle Gefahr aus dem Weg geschafft? Oder log Claudius Terlinden? Die Gedanken wirbelten in Bodensteins Kopf herum, und plötzlich erfüllte ihn die niederschmetternde Gewissheit, irgendetwas extrem Wichtiges übersehen zu haben. Er begegnete dem Blick von Nicola Engel, die ihn fragend ansah. Was zum Teufel hatte er gerade sagen wollen? Als habe sie seine Unsicherheit gespürt, ergriff die Kriminalrätin das Wort.

»Sie lügen, Herr Lauterbach«, sagte sie kühl. »Warum? Wie kommen Sie darauf, dass ausgerechnet Nadja von Bredow auf dem Parkplatz gewesen sein soll?«

»Ich sage ohne meinen Anwalt jetzt gar nichts mehr.« Lauterbach war mit den Nerven am Ende, wurde abwechselnd rot und blass.

»Das ist Ihr gutes Recht.« Dr. Nicola Engel nickte. »Bestellen Sie ihn nach Hofheim. Wir nehmen Sie nämlich jetzt mit.«

»Sie können mich nicht einfach verhaften«, protestierte Lauterbach. »Ich habe Immunität.«

Bodensteins Handy klingelte. Es war Kathrin Fachinger. Sie klang, als ob sie kurz vor einem hysterischen Anfall stünde.

»… weiß nicht, was ich machen soll! Der hatte plötzlich eine Waffe in der Hand und hat sich in den Kopf geschossen! Scheiße, Scheiße, Scheiße! Hier drehen alle durch!«

»Kathrin, bleiben Sie ganz ruhig!« Bodenstein wandte sich ab, während Nicola Engel Lauterbach den Haftbefehl präsentierte. »Wo sind Sie jetzt?«

Im Hintergrund hörte er Geschrei und Tumult.

»Wir wollten Jörg Richter festnehmen.« Kathrin Fachingers Stimme bebte. Sie war vollkommen überfordert mit der Situation, die offenbar eskalierte. »Sind zu seinen Eltern gefahren, haben ihm den Haftbefehl gezeigt. Und auf einmal geht der Vater zu einer Schublade, nimmt eine Pistole raus, hält sie sich an den Kopf und drückt ab! Und jetzt hat die Mutter die Pistole in der Hand und will uns daran hindern, ihren Sohn mitzunehmen! Was soll ich denn jetzt tun?«

Die Panik in der Stimme seiner jüngsten Kollegin riss Bodenstein aus seiner eigenen Verwirrung. Plötzlich funktionierte sein Gehirn wieder.

»Sie tun jetzt gar nichts, Kathrin«, sagte er. »Ich bin in ein paar Minuten da.«

*

Die Hauptstraße in Altenhain war gesperrt. Vor dem Laden der Richters standen zwei Notarztwagen mit blinkenden Lichtern, mehrere Streifenwagen standen quer. Schaulustige drängten sich hinter den Absperrbändern. Bodenstein fand

Kathrin Fachinger im Hof. Sie saß auf einer Treppenstufe, die zur Haustür hinter dem Laden führte, schneeweiß im Gesicht und unfähig, sich zu rühren. Er legte ihr kurz die Hand auf die Schulter und vergewisserte sich, dass sie unverletzt war. Im Innern des Hauses herrschte heilloses Chaos. Notarzt und Sanitäter versorgten Lutz Richter, der in einer Blutlache auf dem Fliesenboden der Diele lag, ein anderer Arzt kümmerte sich um seine Frau.

»Was ist passiert?«, erkundigte Bodenstein sich. »Wo ist die Waffe?«

»Hier.« Ein Streifenbeamter reichte ihm einen Plastikbeutel. »Eine Schreckschusspistole. Der Mann lebt noch, die Frau hat einen Schock.«

»Wo ist Jörg Richter?«

»Auf dem Weg nach Hofheim.«

Bodenstein blickte sich um. Durch das Ornamentglas einer geschlossenen Tür sah er verschwommen das Orange und Weiß von Sanitäteruniformen. Er öffnete die Tür und erstarrte beim Anblick des Wohnzimmers für einen Moment. Der Raum war bis unter die Decke vollgestopft, an den Wänden hingen Jagdtrophäen und allerhand Militaria – Säbel, historische Gewehre, Helme und Waffen –, auf der Anrichte, im offenen Schrank, auf dem Couchtisch, mehreren Beistelltischchen und auf dem Boden stapelten sich Zinngeschirr, Apfelweinbembel und so viel Ramsch, dass es ihm kurz den Atem verschlug. In einem der Plüschsessel saß mit erstarrter Miene Margot Richter, einen Tropf in der Armvene. Neben ihr stand eine Sanitäterin und hielt den Infusionsbeutel.

»Ist sie ansprechbar?«, wollte Bodenstein wissen. Der Notarzt nickte.

»Frau Richter.« Bodenstein ging vor der Frau in die Hocke, was angesichts des herumstehenden Krempels nicht ganz einfach war. »Was ist hier passiert? Warum hat Ihr Mann das getan?«

»Sie dürfen meinen Jungen nicht verhaften«, murmelte Frau Richter. Alle Energie und Bosheit schienen ihren mageren Körper verlassen zu haben, ihre Augen lagen tief in den Höhlen. »Er hat doch gar nichts getan.«

»Wer denn dann?«

»Mein Mann ist an allem schuld.« Ihr Blick irrte hin und her, streifte Bodenstein kurz und wanderte dann wieder in die Ferne. »Der Jörg wollte das Mädchen ja wieder da rausholen, aber mein Mann hat gesagt, er soll das seinlassen, das wär besser so. Er ist dann hingefahren, hat eine Platte über den Tank gelegt und Erde draufgeschüttet.«

»Wieso hat er das getan?«

»Damit endlich Ruhe ist. Die Laura hätte den Jungs das ganze Leben ruiniert, dabei ist ja eigentlich gar nichts passiert. Das war doch nur Spaß.«

Bodenstein traute seinen Ohren nicht.

»Dieses kleine Flittchen wollte ihre Freunde anzeigen, zur Polizei gehen. Dabei war sie selbst schuld daran. Sie hat die Jungs den ganzen Abend provoziert.« Übergangslos wechselte sie von der Vergangenheit in die Gegenwart. »Alles war in Ordnung, aber der Jörg, der musste ja unbedingt jedem erzählen, was damals los war! So ein Dummkopf!«

»Ihr Sohn hat eben ein Gewissen«, entgegnete Bodenstein kühl und erhob sich. Jegliches Mitgefühl für die Frau war in ihm erloschen. »Gar nichts war in Ordnung – im Gegenteil! Das, was Ihr Sohn getan hat, war kein Kavaliersdelikt. Vergewaltigung und Beihilfe zum Mord sind Kapitalverbrechen.«

»Pah!« Margot Richter machte eine verächtliche Handbewegung und schüttelte den Kopf. »Keiner hat mehr über die alte Geschichte geredet«, sagte sie bitter. »Und dann kriegen sie Schiss, nur weil der Tobias wieder aufgetaucht ist. Dabei wäre gar nichts rausgekommen, wenn sie nur die Klappe gehalten hätten, diese … diese Weichlinge!«

*

Nadja von Bredow nickte nur gleichgültig, als Pia ihr mitteilte, dass ihr Alibi für den Samstagabend überprüft worden und in Ordnung sei.

»Sehr gut.« Sie warf einen Blick auf ihre Uhr. »Dann kann ich jetzt ja wohl gehen.«

»Nein, noch nicht.« Pia schüttelte den Kopf. »Wir haben noch ein paar Fragen.«

»Na dann. Schießen Sie los.« Nadja sah Pia aus großen Augen gelangweilt an, als könne sie nur mit Mühe ein Gähnen unterdrücken. Sie wirkte nicht im mindesten nervös, und Pia konnte sich des Eindrucks nicht erwehren, dass sie eine Rolle spielte. Wie mochte wohl die echte Nathalie sein, die sich hinter der schönen, makellosen Fassade der Kunstfigur Nadja von Bredow verbarg? Gab es sie überhaupt noch?

»Warum haben Sie Jörg Richter gebeten, Tobias am Abend zu sich einzuladen und dafür zu sorgen, dass er so lange wie möglich bei ihm bleibt?«

»Ich habe mich um Tobi gesorgt«, erwiderte Nadja glatt. »Er hat den Überfall in der Scheune nicht wirklich ernst genommen. Ich wollte ihn einfach in Sicherheit wissen.«

»Tatsächlich?« Pia schlug die Akte auf und suchte, bis sie Ostermanns Übersetzung aus Amelies Tagebuch gefunden hatte. »Wollen Sie hören, was Amelie in ihrer letzten Tagebucheintragung über Sie geschrieben hat?«

»Sie werden es wohl gleich vorlesen.« Nadja verdrehte die Augen und schlug die langen Beine übereinander.

»Stimmt.« Pia lächelte. »... *Wie diese Blondie sich vorhin auf Tobias gestürzt hat, fand ich schon komisch. Und wie die mich angeguckt hat! Total eifersüchtig, als ob sie mich am liebsten aufgefressen hätte. Thies hat voll die Panik gekriegt, als ich den Namen ›Nadja‹ erwähnt hab. Da stimmt doch was nicht mit der ...*«

Pia blickte auf.

»Es passte Ihnen nicht, dass Amelie so vertraut mit Tobias war«, sagte sie. »Sie haben Jörg Richter als Aufpasser benutzt und dann dafür gesorgt, dass Amelie verschwand.«

»Quatsch!« Das gleichgültige Lächeln war von Nadjas Gesicht verschwunden. Ihre Augen sprühten plötzlich zornige Funken. Pia erinnerte sich an die Bemerkung von Jörg Richter, Nadja habe schon als junges Mädchen etwas an sich gehabt, das anderen Menschen Angst einjagen konnte. Als rücksichtslos hatte er sie bezeichnet.

»Sie waren eifersüchtig.« Pia kannte den Inhalt von Amelies Tagebuch. »Vielleicht hat Tobias Ihnen ja erzählt, dass Amelie hin und wieder bei ihm war. Ich glaube, Sie hatten ganz einfach Angst, dass zwischen Tobias und Amelie etwas laufen könnte. Ganz ehrlich, Frau von Bredow, Amelie sieht Stefanie Schneeberger ziemlich ähnlich. Und Stefanie war seine große Liebe.«

Nadja von Bredow beugte sich etwas vor.

»Was wissen Sie schon von der großen Liebe?«, flüsterte sie mit dramatisch gesenkter Stimme und weit geöffneten Augen, als habe sie eine Regieanweisung bekommen. »Ich liebe Tobias, seitdem wir uns kennen. Zehn Jahre lang habe ich auf ihn gewartet. Er brauchte meine Hilfe und meine Liebe, um nach dem Gefängnis im Leben wieder Fuß zu fassen.«

»Da machen Sie sich wohl etwas vor. Ihre Liebe beruhte ja offenbar nicht auf Gegenseitigkeit«, stichelte Pia und sah mit Befriedigung, wie ihre Worte ins Schwarze trafen. »Wenn

Sie ihm nicht einmal für vierundzwanzig Stunden vertrauen konnten.«

Nadja von Bredow presste die Lippen zusammen. Ihr schönes Gesicht verzerrte sich für den Bruchteil einer Sekunde.

»Das, was zwischen Tobias und mir ist, geht Sie nichts an!«, antwortete sie heftig. »Was soll überhaupt diese Scheißfragerei nach dem Samstagabend? Ich war nicht da, und ich weiß nicht, wo dieses Mädchen ist. Punkt. Aus.«

»Wo ist Ihre große Liebe denn jetzt eigentlich?«, bohrte Pia weiter.

»Keine Ahnung.« Lodernde grüne Augen sahen, ohne zu blinzeln, in ihre. »Ich liebe ihn zwar, aber ich bin nicht sein Kindermädchen. Also, darf ich gehen?«

In Pia keimte Enttäuschung auf. Sie konnte Nadja von Bredow nicht nachweisen, dass sie etwas mit Amelies Verschwinden zu tun hatte.

»Sie haben sich bei Frau Fröhlich als Polizistin ausgegeben«, meldete sich Bodenstein aus dem Hintergrund. »Das nennt man Amtsanmaßung. Sie haben die Bilder gestohlen, die Thies Amelie gegeben hatte. Und später haben Sie die Orangerie angezündet, um sicherzugehen, dass es keine weiteren Bilder mehr gibt.«

Nadja von Bredow blickte sich nicht nach Bodenstein um.

»Ich gebe zu, dass ich die Polizeimarke und eine Perücke aus der Requisite benutzt habe, um die Bilder in Amelies Zimmer zu finden. Aber den Brand habe ich nicht gelegt.«

»Was haben Sie mit den Bildern gemacht?«

»Ich habe sie in kleine Stücke geschnitten und durch den Reißwolf gelassen.«

»Klar. Weil die Bilder Sie als Mörderin entlarvt hätten.« Pia zog die Fotoabzüge der Bilder aus der Akte und legte sie auf den Tisch.

»Ganz im Gegenteil.« Nadja von Bredow lehnte sich zurück und lächelte kalt. »Die Bilder beweisen meine Unschuld. Thies ist wirklich ein phantastischer Beobachter. Im Gegensatz zu Ihnen.«

»Wieso?«

»Grün ist bei Ihnen gleich grün. Und kurzhaarig gleich kurzhaarig. Schauen Sie sich doch mal die Person, die Stefanie erschlägt, genauer an. Vergleichen Sie sie mit der Person, die zugesehen hat, wie Laura vergewaltigt wurde.« Sie beugte sich vor, betrachtete kurz die Bilder und tippte auf eine der Figuren. »Hier, sehen Sie. Die Person bei Stefanie hat eindeutig dunkle Haare, und wenn Sie dieses Bild mit Laura anschauen – da sind die Haare viel heller und lockig. Ich muss Ihnen dazu erklären, dass an jenem Abend in Altenhain beinahe jeder so ein grünes T-Shirt vom Kerbeverein anhatte. Da stand noch irgendein Spruch drauf, wenn ich mich richtig erinnere.«

Bodenstein verglich die beiden Bilder.

»Sie haben recht«, räumte er ein. »Aber wer ist dann die andere Person?«

»Lauterbach«, behauptete Nadja von Bredow und bestätigte damit, was Bodenstein ohnehin schon glaubte. »Ich hatte im Hof, hinten an der Scheune, auf Stefanie gewartet, weil ich unbedingt mit ihr reden wollte, wegen der Schneewittchen-Rolle. Ihr war die Rolle eigentlich völlig wurscht, sie hat das nur gemacht, um auch offiziell mehr Zeit mit Lauterbach verbringen zu können.«

»Moment«, unterbrach Bodenstein sie. »Herr Lauterbach hat uns gesagt, er habe nur ein einziges Mal Geschlechtsverkehr mit Stefanie gehabt. Nämlich an diesem Abend.«

»Da hat er gelogen.« Nadja schnaubte. »Die beiden hatten eine Affäre, den ganzen Sommer lang, obwohl sie offiziell mit Tobi zusammen war. Der Lauterbach war völlig verrückt nach ihr, und sie fand das toll. Ich stand also an der Scheune, als Stefanie aus Sartorius' Haus kam. Gerade als ich sie ansprechen wollte, tauchte Lauterbach auf. Ich versteckte mich in der Scheune und habe meinen Augen nicht getraut, als sie auch in die Scheune kamen und es miteinander im Heu trieben, keinen Meter von meinem Versteck entfernt. Ich hatte keine Chance, zu verschwinden, und musste mir das ansehen, eine geschlagene halbe Stunde lang. Und anhören, wie sie beide über mich hergezogen haben.«

»Und da wurden Sie so wütend, dass Sie Stefanie anschließend erschlagen haben«, vermutete Bodenstein.

»O nein. Ich habe keinen Ton gesagt. Plötzlich fiel dem Lauterbach auf, dass er beim Bumsen seinen Schlüsselbund verloren hatte. Hysterisch ist er auf allen vieren überall herumgekrochen und hätte fast geheult. Stefanie hat ihn ausgelacht. Da wurde er fuchsteufelswild.« Nadja von Bredow lachte gehässig. »Er hatte eine Riesenpanik vor seiner Frau, immerhin hatte die ja die Kohle, und ihr gehörte das Haus. Er war nur ein mickriger, kleiner, geiler Lehrer, der sich vor seinen Schülern wie der große Mann aufgespielt hat. Zu Hause hatte er nichts zu sagen!«

Bodenstein musste schlucken. Das kam ihm alles bekannt vor. Cosima hatte das Geld und er nicht viel zu sagen. Und heute Morgen, als ihm das bewusst geworden war, hätte er sie am liebsten umgebracht.

»Irgendwann ist Stefanie sauer geworden. Sie hatte sich das wohl alles romantischer vorgestellt und merkte, was für ein ängstlicher Spießer ihr großartiger Liebhaber in Wirklichkeit war. Sie schlug vor, seine Frau zu holen, damit sie ihm beim Suchen hilft. Das war natürlich als Spaß gemeint, aber Lauterbach verstand keinen Spaß mehr. Stefanie glaubte wohl, sie hätte die Situation im Griff. Sie reizte ihn immer mehr und drohte ihm, ihre Affäre bekannt zu machen, bis er durchdrehte. Als sie die Scheune verlassen wollte, hielt er sie fest. Sie haben miteinander gekämpft, sie hat ihn angespuckt, er hat sie geohrfeigt. Da wurde Stefanie böse, und der Lauterbach checkte, dass sie es tatsächlich fertigbringen und zu seiner Frau marschieren würde. Er griff sich den erstbesten Gegenstand, den er in die Finger bekam, und schlug zu. Dreimal.«

Pia nickte. Die Mumie von Stefanie Schneeberger wies drei Schädelfrakturen auf. Allerdings war es noch kein Beweis für Nadjas Unschuld, denn es konnte sich auch um Täterwissen handeln.

»Dann rannte er los, wie von der Tarantel gestochen. Übrigens in einem grünen T-Shirt. Das coole Jeanshemd hatte er beim Vögeln ausgezogen. Ich habe den Schlüsselbund gefunden. Und als ich aus der Scheune rauskam, hockte Thies neben Stefanie auf dem Boden. ›Dann pass mal schön auf dein teures Schneewittchen auf‹, hab ich zu ihm gesagt und bin gegangen. Den Wagenheber habe ich in Lauterbachs Mülltonne geworfen. Genau so war es und kein bisschen anders.«

»Sie haben also gewusst, dass Tobias weder Laura noch Stefanie getötet hat«, stellte Pia fest. »Wie konnten Sie zulassen, dass er ins Gefängnis gehen musste, wenn Sie ihn doch so sehr geliebt haben?«

Nadja von Bredow antwortete nicht sofort. Sie saß stocksteif da, ihre Finger spielten mit einem der Fotoabzüge.

»Ich war damals stinkwütend auf ihn«, sagte sie schließlich leise. »Jahrelang musste ich mir anhören, was er mit der und der geredet und gemacht hat, wie verliebt er war oder auch nicht mehr. Er ließ sich von mir Ratschläge geben, wie er seine Tussis am besten ins Bett kriegen oder loswerden konnte. Ich war seine *beste* Freundin, pah!«

Sie lachte bitter auf.

»Als Frau war ich für ihn uninteressant. Ich war eine Selbstverständlichkeit für ihn. Dann war er mit Laura zusammen, und die wollte nicht, dass ich dabei bin, wenn sie ins Kino gegangen sind oder ins Schwimmbad oder auf Feten. Ich war das fünfte Rad am Wagen, und Tobi hat das überhaupt nicht gemerkt!«

Nadja von Bredow presste die Lippen aufeinander, ihre Augen schwammen in Tränen. Plötzlich war sie wieder das gekränkte, eifersüchtige Mädchen, die Lückenbüßerin, die als Vertraute des coolsten Jungen im Dorf keine Aussicht darauf hatte, ihn jemals für sich zu gewinnen. Trotz aller Erfolge, die sie seitdem gefeiert hatte, hatten diese Enttäuschungen Narben auf ihrer Seele hinterlassen, die sie ihr ganzes Leben mit sich herumtragen würde.

»Und plötzlich war diese bescheuerte Stefanie da.« Ihre Stimme war tonlos, aber ihre Finger, die eines der Fotos in kleine Fetzen rissen, zeigten, wie es in ihrem Innern aussah. »Sie drängte sich in unsere Clique, schnappte sich Tobi. Alles war plötzlich anders. Und dann verdrehte sie auch noch Lauterbach den Kopf und bekam die Schneewittchen-Rolle, die er mir versprochen hatte. Mit Tobi war nicht mehr zu reden. Er wollte von niemandem mehr etwas wissen, für ihn gab's nur noch Stefanie, Stefanie, Stefanie!«

Nadjas Gesicht verzerrte sich vor Hass, sie schüttelte den Kopf.

»Niemand von uns konnte ahnen, dass die Polizei so blöd sein und man Tobi wirklich verknacken könnte. Ich dachte, ein paar Wochen U-Haft würden ihm nur recht geschehen. Als ich kapiert habe, dass man ihm den Prozess machen würde, da war es längst zu spät, um noch etwas zu sagen. Wir alle hatten schon zu viel gelogen und verschwiegen. Aber ich habe ihn nie im Stich gelassen. Ich habe ihm regelmäßig geschrieben und auf ihn gewartet. Ich wollte alles wieder gutmachen, ja, ich wollte alles für ihn tun. Und ihn davon abhalten, wieder nach Altenhain zurückzukehren, aber er war so stur!«

»Sie *wollten* ihn nicht davon abhalten«, bemerkte Bodenstein, »Sie *mussten* ihn davon abhalten. Denn es hätte ja sein können, dass er Ihre Rolle bei diesem traurigen Theaterstück durchschaut hätte. Und genau das durfte nicht passieren. Sie haben ihm ja die treue Freundin vorgespielt.«

Nadja von Bredow lächelte frostig und schwieg.

»Aber Tobias ist zu seinem Vater gegangen«, fuhr Bodenstein fort. »Sie konnten ihn nicht daran hindern. Und dann tauchte auch noch Amelie Fröhlich auf, die fatalerweise aussieht wie Stefanie Schneeberger.«

»Diese dumme kleine Kuh hat ihre Nase in Dinge gesteckt, die sie einen Scheißdreck angehen«, knirschte Nadja zornig. »Tobi und ich hätten irgendwo auf der Welt ein neues Leben angefangen. Ich habe genug Geld. Irgendwann wäre Altenhain nur noch eine böse Erinnerung gewesen.«

»Und Sie hätten ihm niemals die Wahrheit gesagt.« Pia schüttelte den Kopf. »Was für eine tolle Basis für eine Beziehung.«

Nadja würdigte sie keines Blickes.

»Sie haben Amelie als Bedrohung erkannt«, sagte Bodenstein. »Also haben Sie Lauterbach die anonymen Briefe und E-Mails geschrieben. Denn Sie konnten damit rechnen, dass er etwas unternehmen würde, um sich zu schützen.«

Nadja von Bredow zuckte die Schultern.

»Damit haben Sie Fürchterliches angerichtet.«

»Ich wollte verhindern, dass Tobias wieder verletzt wird«, behauptete sie. »Er hat schon genug gelitten, und ich …«

»Papperlapapp!«, schnitt Bodenstein ihr das Wort ab. Er trat an den Tisch heran und nahm ihr gegenüber Platz, so dass sie ihn ansehen musste. »Sie wollten verhindern, dass er herausfindet, was Sie damals getan – oder besser gesagt: nicht getan haben! Sie hätten ihn als Einzige vor der Verurteilung und dem Gefängnis bewahren können, haben das aber unterlassen. Aus gekränkter Eitelkeit, aus kindischer Eifersucht. Sie haben mit angesehen, wie seine Familie in diesem Dorf gedemütigt und vernichtet wurde, haben Ihrer großen Liebe aus purem Egoismus zehn Jahre seines Lebens gestohlen, nur damit er eines Tages ganz Ihnen gehören würde. Das ist so ziemlich der niedrigste Beweggrund, der mir seit langem untergekommen ist!«

»Sie verstehen das nicht!«, entgegnete Nadja von Bredow mit plötzlicher Verbitterung. »Sie haben ja keine Ahnung, wie es ist, ständig zurückgewiesen zu werden!«

»Und jetzt hat er Sie wieder zurückgewiesen, nicht wahr?« Bodenstein beobachtete scharf ihr Gesicht, registrierte ihr Mienenspiel, das von Hass über Selbstmitleid zu wütendem Trotz reichte. »Er glaubte, tief in Ihrer Schuld zu stehen, aber das reicht nicht. Er liebt Sie heute so wenig wie damals. Und Sie können ja nicht immer darauf hoffen, dass jemand Ihre Konkurrentinnen aus dem Weg schafft.«

Nadja von Bredow starrte ihn hasserfüllt an. Für einen Moment war es totenstill im Verhörraum.

»Was haben Sie mit Tobias Sartorius gemacht?«, fragte Bodenstein.

»Er hat gekriegt, was er verdient hat«, erwiderte sie. »Wenn ich ihn nicht haben kann, dann soll ihn auch keine andere haben.«

*

»Die ist ja total krank im Kopf«, sagte Pia fassungslos, als Nadja von Bredow von mehreren Polizisten abgeführt worden war. Sie hatte getobt und geschrien, als sie begriffen hatte, dass man sie nicht gehen lassen würde. Den Haftbefehl hatte

Bodenstein mit drohender Fluchtgefahr begründet, schließlich besaß Nadja von Bredow Häuser und Wohnungen im Ausland.

»Eine Psychopathin«, bestätigte er nun. »Zweifellos. Als ihr klarwurde, dass Tobias Sartorius sie noch immer nicht liebt, trotz allem, was sie für ihn getan hat, da hat sie ihn umgebracht.«

»Glaubst du, dass er tot ist?«

»Ich befürchte es zumindest.« Bodenstein erhob sich von seinem Stuhl, als Gregor Lauterbach nun von einem Beamten hereingeführt wurde. Sein Anwalt erschien nur Sekunden später.

»Ich will mich mit meinem Mandanten besprechen«, verlangte Dr. Anders.

»Das können Sie später tun«, erwiderte Bodenstein und musterte Lauterbach, der wie ein Häufchen Elend auf dem Plastikstuhl saß. »So, Herr Lauterbach. Jetzt reden wir Tacheles. Nadja von Bredow hat Sie soeben schwer belastet. Sie haben Stefanie Schneeberger am Abend des 6. September 1997 vor der Scheune des Sartorius-Hofes mit einem Wagenheber erschlagen, weil Sie befürchten mussten, dass Stefanie Ihrer Frau von Ihrer Affäre erzählen würde. Damit hatte Stefanie Ihnen gedroht. Was sagen Sie dazu?«

»Er sagt gar nichts dazu«, antwortete sein Anwalt an Lauterbachs Stelle.

»Sie hatten Thies Terlinden als Augenzeugen Ihrer Tat in Verdacht und haben ihn unter Druck gesetzt, damit er schweigt.«

Pias Handy meldete sich. Sie warf einen Blick auf das Display, stand auf und ging ein paar Meter vom Tisch weg. Es war Henning. Er hatte die Medikamente analysiert, die Frau Dr. Lauterbach Thies seit Jahren verschrieben hatte.

»Ich habe mit einem Kollegen, einem Professor für Psychia-

459

trie, gesprochen«, sagte Henning. »Er kennt sich mit Autismus bestens aus und war schockiert, als ich ihm das Rezept gefaxt habe. Diese Medikamente sind absolut kontraproduktiv für die Behandlung eines Asperger-Erkrankten.«

»Inwiefern?«, fragte Pia und hielt sich das andere Ohr zu, denn ihr Chef hatte seine Stimme erhoben und feuerte aus allen Kanonen auf Lauterbach und seinen Anwalt, der immer wieder »Kein Kommentar!« dazwischenrief, als befände er sich bereits inmitten der Pressemeute vor dem Gerichtsgebäude.

»Wenn man Benzodiazepine mit anderen zentral wirkenden Pharmaka wie Neuroleptika und Sedativa kombiniert, verstärkt sich ihre Wirkung wechselseitig. Diese Neuroleptika, die ihr gefunden habt, werden eigentlich bei akuten psychotischen Störungen mit Wahnvorstellungen und Halluzinationen eingesetzt, Sedativa zur Beruhigung und Benzodiazepine zur Angstlösung. Aber Letztere haben noch eine andere Wirkung, die für euch interessant sein könnte: Sie wirken amnestisch. Das bedeutet, dem Patienten fehlt für die Wirkdauer die Erinnerung. Auf jeden Fall gehört dem Arzt, der einem Autisten diese Mittel über einen längeren Zeitraum verschrieben hat, die Approbation entzogen. Das ist mindestens schwere Körperverletzung.«

»Kann dein Kollege ein Gutachten schreiben?«

»Ja, ganz sicher.«

Pias Herz begann vor Aufregung zu klopfen, als sie begriff, was das alles bedeutete. Frau Dr. Lauterbach hatte Thies über elf Jahre hinweg mit bewusstseinsverändernden Drogen vollgestopft, um ihn unter Kontrolle zu halten. Seine Eltern mochten geglaubt haben, die verschriebene Medikation würde ihrem Sohn nützen. Warum Daniela Lauterbach das getan hatte, lag klar auf der Hand. Sie wollte ihren Mann schützen. Aber plötzlich war Amelie aufgetaucht, und Thies hatte seine Medikamente nicht mehr genommen.

Bodenstein öffnete gerade die Tür; Lauterbach hatte sein Gesicht in den Händen verborgen und schluchzte wie ein kleines Kind, während Dr. Anders seine Aktentasche packte. Ein Beamter kam herein und führte den weinenden Gregor Lauterbach ab.

»Er hat gestanden.« Bodenstein wirkte äußerst zufrieden. »Er hat Stefanie Schneeberger erschlagen, ob im Affekt oder mit Vorsatz, spielt erst mal keine Rolle. Tobias ist auf jeden Fall unschuldig.«

»Das wusste ich die ganze Zeit schon«, entgegnete Pia. »Aber wir wissen noch immer nicht, wo Amelie und Thies sind. Wer die beiden aus dem Weg geschafft hat, ist mir jetzt allerdings klar. Wir waren die ganze Zeit auf der falschen Spur.«

*

Es war kalt, kalt, kalt. Der eisige Wind heulte und tobte, die Schneeflocken stachen wie winzige Nadeln in sein Gesicht. Er konnte nichts mehr sehen, alles um ihn herum war weiß, und seine Augen tränten so stark, dass er wie blind war. Füße, Nase, Ohren und Fingerspitzen spürte er nicht mehr, er taumelte durch den Schneesturm von einem Katzenauge zum nächsten, um nur ja nicht völlig die Orientierung zu verlieren. Zeitgefühl hatte er längst keines mehr und ebenso wenig Hoffnung auf einen zufällig vorbeikommenden Schneepflug. Warum lief er überhaupt noch weiter? Wo wollte er hin? Es gelang ihm kaum noch, seine zu Eisklumpen gefrorenen Füße in den dünnen Turnschuhen aus dem Schnee zu ziehen, und es bedurfte schier übermenschlicher Anstrengung, sich Schritt für Schritt durch diese weiße Hölle zu kämpfen. Wieder stürzte er, landete auf allen vieren im Schnee. Tränen liefen ihm über das Gesicht und gefroren zu Eis. Tobias ließ sich nach vorne sinken und blieb einfach liegen. Jede Faser seines Körpers schmerzte; sein linker Unterarm, den sie mit dem eisernen Schürhaken getroffen hatte, war völlig taub. Wie eine Wahnsinnige war sie über ihn hergefallen, hatte ihn geschlagen, getreten und angespuckt in einem rasenden, hasserfüllten Zorn. Dann war sie aus der Hütte gelaufen und einfach weggefahren, hatte ihn zurückgelassen im Nirgendwo der Schweizer Alpen. Stundenlang hatte er nackt auf dem Boden gelegen, unfähig, sich zu bewegen, wie unter Schock. Er hatte gleichzeitig gehofft und gefürchtet, sie würde zurückkommen und ihn holen. Aber das war nicht geschehen.

Was war überhaupt passiert? Sie hatten einen wunderbaren Tag im Schnee verbracht, unter stahlblauem Himmel, gemeinsam gekocht und gegessen und sich dann leidenschaftlich geliebt. Wie aus heiterem Himmel war Nadja ausgerastet. Aber warum nur? Sie war doch seine Freundin, seine allerbeste, engste, älteste Freundin, die ihn niemals im Stich gelassen hatte. Plötzlich durchzuckte ihn die Erinnerung wie ein gleißender Blitz. »Amelie«, murmelte er mit erstarrten Lippen. Er hatte Amelies Namen erwähnt, weil er sich um sie sorgte, und daraufhin war Nadja ausgerastet. Tobias presste die Fäuste an die Schläfen und zwang sich zum Nachdenken. Allmählich stellte sein benebeltes Gehirn die Zusammenhänge her, die er bis dahin nicht hatte erkennen wollen. Nadja war schon früher in ihn verliebt gewesen, aber er hatte es nie kapiert. Wie sehr musste es ihr weh getan haben, wenn er ihr von jeder Einzelheit seiner zahlreichen Abenteuer berichtet hatte! Aber sie hatte sich nie etwas anmerken lassen, ihm Tipps und Ratschläge gegeben, wie es eben ein guter Kumpel tat. Tobias hob benommen den Kopf. Der Sturm hatte nachgelassen. Er widerstand dem Drang, einfach im Schnee liegen zu bleiben, arbeitete sich keuchend auf die steifen Knie. Er rieb sich die Augen. Tatsächlich! Da unten im Tal konnte er

Lichter erkennen! Er zwang sich, weiterzugehen. Nadja war eifersüchtig auf seine Freundinnen gewesen, auch auf Laura und auf Stefanie. Und als sie ihn neulich am Waldrand beiläufig gefragt hatte, ob ihm Amelie gefallen würde, hatte er arglos mit »Ja« geantwortet. Aber wie hätte er auch darauf kommen sollen, dass Nadja, die berühmte Schauspielerin, eifersüchtig auf ein siebzehnjähriges Mädchen sein könnte? Hatte Nadja Amelie etwas angetan? Großer Gott! Die Verzweiflung brachte ihn auf die Füße und trieb ihn talabwärts. Nadja hatte einen Vorsprung von einer Nacht und einem Tag. Wenn Amelie etwas zustieß, dann war er ganz alleine daran schuld, denn er hatte Nadja von Thies' Bildern erzählt und davon, dass Amelie ihm helfen wollte. Er blieb stehen und öffnete den Mund zu einem wilden, zornigen Schrei, der von den Bergen zurückgeworfen wurde. Er schrie, bis seine Stimmbänder schmerzten und seine Stimme versagte.

*

Dr. Daniela Lauterbach war wie vom Erdboden verschluckt. In ihrer Praxis wähnte man sie auf dem Ärztekongress in München, aber Nachforschungen ergaben, dass sie dort nie angekommen war. Ihr Handy war ausgeschaltet, ihr Auto unauffindbar. Es war zum Verrücktwerden. In der Psychiatrie hielt man es für möglich, dass Dr. Lauterbach Thies abgeholt hatte. Sie war Belegärztin im Krankenhaus, und es fiel niemandem auf, wenn sie eine Station betrat. An jenem Samstagabend hatte sie keinen Notfalldienst gehabt. Sie hatte den Anruf vorgetäuscht und sich vor dem Schwarzen Ross auf die Lauer gelegt. Amelie kannte sie und war sicherlich ohne jeden Argwohn bei ihr ins Auto gestiegen. Um den Verdacht auf Tobias zu lenken, hatte Daniela Lauterbach Amelies Handy in seine Hosentasche geschoben, als sie ihn später nach Hause gebracht hatte. Es war perfekt eingefädelt, dazu war ihr der eine oder andere Zufall noch zu Hilfe gekommen. Die Wahrscheinlichkeit, Amelie Fröhlich oder Thies Terlinden lebend zu finden, tendierte gegen null.

Bodenstein und Pia saßen abends um zehn Uhr im Besprechungsraum und schauten sich das Hessenjournal an, in dem der Fahndungsaufruf nach Dr. Daniela Lauterbach gesendet und von der Verhaftung Nadja von Bredows berichtet wurde. Noch immer lungerten vor dem Kommissariat Reporter und zwei Fernsehteams herum, begierig auf Nachrichten über Nadja von Bredow.

»Ich glaube, ich fahre nach Hause.« Pia gähnte und streckte sich. »Kann ich dich irgendwohin fahren?«

»Nein, nein. Fahr nur«, erwiderte Bodenstein. »Ich nehme mir einen von den Dienstwagen.«

»Bist du so weit okay?«

»So weit ja.« Bodenstein zuckte die Schultern. »Das wird schon wieder. Irgendwie.«

Sie warf ihm noch einen zweifelnden Blick zu, dann ergriff sie Jacke und Tasche und ging hinaus. Bodenstein erhob sich und schaltete den Fernseher aus. Den ganzen Tag über hatte er die unerfreuliche Begegnung mit Cosima durch hektische Betriebsamkeit aus seinem Kopf verbannen können, aber jetzt kehrte die Erinnerung in einer üblen, gallebitteren Welle zurück. Wie hatte er nur derart die Beherrschung verlieren können? Er löschte das Neonlicht und ging langsam den Flur entlang zu seinem Büro. Das Gästezimmer im Haus seiner Eltern lockte ihn so wenig wie eine Kneipe. Genauso gut konnte er die Nacht auch hinter seinem Schreibtisch verbringen. Er schloss die Tür hinter sich und stand für einen Moment unschlüssig mitten im Raum, der von der Außenbeleuchtung in ein schwaches Licht getaucht wurde. Er war ein Versager als Mann und als Polizist. Cosima zog ihm einen

Fünfunddreißigjährigen vor, und Amelie, Thies und Tobias waren wahrscheinlich längst tot, weil er sie nicht rechtzeitig gefunden hatte. Die Vergangenheit lag in Trümmern hinter ihm, und die Zukunft schien nicht viel rosiger.

*

Wenn sie sich herabbeugte und den Arm ausstreckte, konnte sie mit den Fingerspitzen die Wasseroberfläche berühren. Das Wasser stieg viel schneller, als Amelie gedacht hatte, offenbar gab es nirgendwo einen Ablauf. Nicht mehr lange, und sie würden auch hier oben auf dem Regal im Wasser sitzen. Und selbst wenn sie nicht ertranken, weil das Wasser durch das Oberlicht abfloss, dann würden sie erfrieren. Es war nämlich scheißkalt. Zudem hatte sich Thies' Zustand dramatisch verschlechtert. Er zitterte und schwitzte, sein Körper glühte im Fieber. Meistens schien er zu schlafen, den Arm um sie gelegt, aber wenn er wach war, dann redete er. Was er sagte, war so fürchterlich und unheimlich, dass Amelie am liebsten geweint hätte.

Als ob man den schwarzen Vorhang in ihrem Kopf zur Seite gezogen hätte, war die Erinnerung an die Ereignisse, die sie in dieses Kellerloch geführt hatten, wieder glasklar. Die Lauterbach musste irgendein Gift ins Wasser und in die Kekse getan haben, deshalb war sie jedes Mal eingeschlafen, nachdem sie gegessen oder getrunken hatte. Aber nun wusste sie wieder alles. Sie hatte sie angerufen und auf dem Parkplatz gewartet, freundlich und besorgt, hatte sie gebeten, mit ihr zu Thies zu kommen, es gehe ihm schlecht. Amelie war, ohne zu zögern, in das Auto der Ärztin gestiegen – und in diesem Keller aufgewacht. Sie hatte geglaubt, sie habe in den Abrisshäusern, den Obdachlosenheimen und auf den Straßen Berlins schon alles gesehen, was es an Üblem auf dieser Welt gab, dabei hatte sie keinen blassen Schimmer gehabt, wie grausam Menschen sein konnten. In Altenhain, diesem idyllischen Dörfchen, das sie für so langweilig und öde gehalten hatte, lebten gnadenlose, brutale Monster, getarnt durch Masken spießiger Harmlosigkeit. Sollte sie jemals lebend aus diesem Keller herauskommen, würde sie niemals wieder in ihrem ganzen Leben jemandem vertrauen. Wie konnte ein Mensch einem anderen Menschen so etwas Entsetzliches antun? Warum hatten Thies' Eltern nie erkannt, was die nette, freundliche Nachbarin mit ihrem Sohn gemacht hatte? Wie konnte ein ganzes Dorf schweigend dabei zusehen, wie ein junger Mann für zehn Jahre unschuldig ins Gefängnis ging, während die wahren Täter unbehelligt blieben? In den langen Stunden in der Dunkelheit hatte ihr Thies nach und nach alles erzählt, was er über die schaurigen Ereignisse in Altenhain wusste, und das war eine Menge. Kein Wunder, dass Dr. Lauterbach ihn am liebsten töten wollte. Im gleichen Moment, als sie das dachte, erfüllte Amelie die niederschmetternde Gewissheit, dass genau das eintreten würde. Die Lauterbach war nicht dumm. Sie hatte ganz sicher dafür gesorgt, dass sie hier niemand fand. Oder erst dann, wenn es zu spät war.

*

Bodenstein hatte das Kinn in die Hand gestützt und betrachtete das leere Cognacglas. Wie hatte er sich so in Daniela Lauterbach täuschen können? Ihr Mann hatte Stefanie Schneeberger im Affekt erschlagen, aber sie war diejenige gewesen, die seine Tat eiskalt gedeckt und Thies Terlinden über Jahre hinweg bedroht, mit Medikamenten zugedröhnt und eingeschüchtert hatte. Sie hatte zugelassen, dass Tobias Sartorius ins Gefängnis gehen musste und seine Eltern durch die Hölle. Bodenstein griff nach der Flasche Rémy Martin, die er irgendwann einmal geschenkt bekommen hatte und die seit über einem Jahr unangebrochen in seinem Schrank stand. Er verabscheute das Zeug, aber ihm war nach etwas Alkoholischem zumute. Den ganzen Tag über hatte er keinen Bissen gegessen, dafür zu viel Kaffee getrunken. In einem Zug leerte er das dritte Glas innerhalb der letzten Viertelstunde und verzog das Gesicht. Der Cognac entfachte ein kleines, wohltuendes Feuer in seinem Magen, strömte durch seine Adern und entspannte ihn. Sein Blick wanderte zu dem gerahmten Foto von Cosima neben dem Telefon. Sie lächelte ihn an, wie seit Jahren. Er nahm es ihr übel, dass sie ihm heute Morgen aufgelauert und ihn provoziert hatte, Ungeheuerliches zu sagen und zu tun. Längst bereute er, derart die Kontrolle über sich verloren zu haben. Obwohl sie es war, die alles zerstört hatte, fühlte er sich im Unrecht. Und das ärgerte ihn mindestens genauso sehr wie sein überheblicher Glaube, eine perfekte Ehe zu führen. Cosima betrog ihn mit einem Jüngeren, weil er ihr als Mann nicht mehr genügt hatte. Sie hatte sich an seiner Seite gelangweilt und sich deshalb einen anderen gesucht, einen Abenteurer wie sie selbst. Dieser Gedanke machte seinem Selbstwertgefühl sehr viel mehr zu schaffen, als er es je für möglich gehalten hatte. Es klopfte an der Tür, als er seinen vierten Cognac herunterkippte.

»Ja?«

Nicola Engel steckte den Kopf zur Tür herein.

»Störe ich?«

»Nein. Komm rein.« Er rieb sich mit Daumen und Zeigefinger die Nasenwurzel. Sie betrat sein Büro, schloss die Tür hinter sich und kam näher.

»Ich habe eben Bescheid bekommen, dass man die Immunität von Lauterbach aufgehoben hat. Das Gericht hat den Haftbefehl für ihn und Frau von Bredow bestätigt.« Sie blieb vor seinem Schreibtisch stehen und musterte ihn. »Mein Gott, wie siehst du denn aus? Nimmt dich der Fall so sehr mit?«

Was sollte er darauf erwidern? Er war zu müde für eine taktisch kluge Antwort. Noch immer konnte er Nicola nicht richtig einschätzen. Fragte sie aus echtem menschlichen Interesse oder weil sie ihm aus seinen Fehlern und seinem Versagen den finalen Strick drehen wollte, der seine Tätigkeit als Leiter des K 11 beendete?

»Die Begleitumstände nehmen mich mit«, gab er schließlich zu. »Behnke, Hasse. Dieses ganze dumme Gerede über Pia und mich.«

»Da ist doch nichts dran, oder?«

»Ach was.« Er lehnte sich zurück. Sein Nacken schmerzte, er verzog das Gesicht. Ihr Blick fiel auf den Cognac.

»Hast du noch ein Glas?«

»Im Schrank. Links unten.«

Sie drehte sich um, öffnete die Schranktür, nahm ein Glas heraus und setzte sich auf einen der Besucherstühle vor seinem Schreibtisch. Er schenkte ein, ihr einen Fingerbreit, für sich selbst beinahe randvoll. Nicola Engel hob die Augenbrauen, sagte aber nichts. Er prostete ihr zu und trank, ohne abzusetzen.

»Was ist wirklich los?«, wollte sie wissen. Sie war eine scharfe Beobachterin, und sie kannte ihn. Schon sehr lange. Bevor er Cosima kennengelernt und recht bald geheiratet hatte, waren sie zwei Jahre lang ein Paar gewesen, Nicola und er. Wozu sollte er ihr etwas vormachen? Bald würde es sowieso jeder wissen, spätestens wenn er eine neue Adresse angab.

»Cosima hat einen anderen«, sagte er daher und versuchte, seine Stimme so gleichmütig wie möglich klingen zu lassen. »Ich hatte die ganze Zeit schon den Verdacht. Vor ein paar Tagen hat sie es zugegeben.«

»Ach.« Das klang nicht nach Schadenfreude. Zu einem *Das tut mir leid* konnte sie sich jedoch nicht durchringen. Es war ihm auch egal. Er ergriff die Flasche, füllte sein Glas erneut. Nicola sah ihm stumm dabei zu. Er trank. Spürte die Wirkung des Alkohols auf leeren Magen und konnte verstehen, weshalb Menschen unter bestimmten Umständen zu Trinkern wurden. Cosima verschwand ganz weit hinten in seinem Bewusstsein, und mit ihr verflüchtigten sich die Gedanken an Amelie, Thies und Daniela Lauterbach.

»Ich bin kein guter Polizist«, sagte er. »Und auch kein guter Chef. Du solltest nach jemand anderem suchen, der meinen Job macht.«

»Auf gar keinen Fall«, antwortete sie entschieden. »Als ich letztes Jahr hier angefangen habe, war das zwar meine Absicht, das gebe ich zu. Aber ich hatte jetzt ein Jahr Zeit, deine Arbeitsweise zu beobachten und auch die Art, wie du deine Mitarbeiter führst. Von deiner Sorte könnte ich hier noch ein paar gebrauchen.«

Er erwiderte nichts darauf, wollte sich einen nächsten Cognac einschenken, aber die Flasche war leer. Achtlos warf er sie in den Papierkorb und ließ das Foto von Cosima gleich folgen. Als er den Kopf hob, begegnete er Nicolas forschendem Blick.

»Du solltest für heute Schluss machen«, sagte sie mit einem Blick auf die Uhr. »Es ist gleich Mitternacht. Komm, ich fahr dich nach Hause.«

»Ich habe kein Zuhause mehr«, erinnerte er sie. »Ich wohne wieder bei meinen Eltern. Komisch, oder?«

»Besser als ein Hotel. Na, komm schon. Steh auf.«

Bodenstein rührte sich nicht. Er wandte seinen Blick nicht von ihrem Gesicht. Plötzlich erinnerte er sich daran, wie er sie damals, vor mehr als siebenundzwanzig Jahren, auf der Party eines Kommilitonen zum ersten Mal getroffen hatte. Mit ein paar Jungs hatte er den ganzen Abend in der winzigen Küche gestanden und Bier getrunken. Die anwesenden Mädchen hatte er gar nicht richtig wahrgenommen, denn die Enttäuschung über seine Jugendliebe Inka war zu frisch gewesen, als dass ihm der Sinn nach einer neuen Beziehung gestanden hätte. Vor der Klotür war ihm Nicola begegnet. Sie hatte ihn von Kopf bis Fuß gemustert und in ihrer unnachahmlich direkten Art etwas zu ihm gesagt, das ihn veranlasst hatte, auf der Stelle mit ihr gemeinsam die Party zu verlassen, ohne sich bei seinem Gastgeber zu verabschieden. Damals war er ähnlich angetrunken und ähnlich verletzt gewesen wie heute. Unvermittelt jagte eine Hitzewelle durch seinen Körper, schoss in seinen Unterleib wie glühende Lava.

»Du gefällst mir«, wiederholte er ihre Worte von damals mit rauer Stimme. »Hast du Lust auf Sex?«

Nicola sah ihn überrascht an, ein Lächeln schlich sich in ihre Mundwinkel.

»Warum nicht?« Sie hatte ihren allerersten Dialog so wenig vergessen wie er. »Ich muss nur noch mal schnell aufs Klo.«

Montag, 24. November 2008

»Dieses Hemd und die Krawatte hattest du doch gestern schon an«, bemerkte Pia mit scharfem Blick, als Bodenstein zu ihr in den noch leeren Besprechungsraum trat. »Und du bist nicht rasiert.«

»Deine Beobachtungsgabe ist wahrhaftig phänomenal«, erwiderte er trocken und ging zur Kaffeemaschine. »Bei meinem überstürzten Auszug konnte ich leider nicht meinen ganzen Kleiderschrank mitnehmen.«

»Soso.« Pia grinste. »Ich habe dich immer für jemanden gehalten, der selbst im Schützengraben noch jeden Tag frische Klamotten anzieht. Oder solltest du etwa meinen guten Rat befolgt haben?«

»Bitte keine unangemessenen Schlussfolgerungen.« Bodenstein setzte eine undurchdringliche Miene auf und gab einen Schuss Milch in seinen Kaffee. Pia wollte gerade etwas erwidern, als Ostermann in der Tür erschien.

»Welche schlechten Nachrichten bringen Sie mit, Herr Kriminaloberkommissar?«, fragte Bodenstein. Ostermann warf erst seinem Chef, dann Pia einen irritierten Blick zu. Die zuckte nur die Schultern.

»Tobias Sartorius hat sich gestern Nacht bei seinem Vater gemeldet. Er liegt in einem Krankenhaus in der Schweiz«, antwortete er. »Von Amelie, Thies oder Frau Dr. Lauterbach gibt es nach wie vor nichts Neues.«

Hinter ihm trat Kathrin Fachinger ein, gefolgt von Nicola Engel und Sven Jansen.

»Guten Morgen«, sagte die Kriminalrätin. »Ich bringe die versprochene Verstärkung. KK Jansen wird vorübergehend im Team des K 11 mitarbeiten, Bodenstein. Wenn Sie damit einverstanden sind.«

»Ja, bin ich.« Bodenstein nickte dem Kollegen vom Diebstahlsdezernat, der gestern mit Pia bei Terlinden gewesen war, zu und setzte sich an den Tisch. Die anderen folgten seinem Beispiel, nur Nicola Engel entschuldigte sich und ging zur Tür. Dort drehte sie sich noch einmal um. »Kann ich Sie noch einmal kurz unter vier Augen sprechen?«

Bodenstein stand wieder auf, folgte ihr hinaus auf den Flur und schloss die Tür hinter sich.

»Behnke hat eine einstweilige Verfügung gegen seine Suspendierung erwirkt und sich gleichzeitig krankgemeldet«, sagte Nicola Engel mit gesenkter Stimme. »Sein Rechtsbeistand ist ein Anwalt aus der Kanzlei von Dr. Anders. Wie kann er sich das leisten?«

»Anders macht so etwas gerne auch ohne Geld«, erwiderte Bodenstein. »Ihm sind doch nur die Schlagzeilen wichtig.«

»Na ja, warten wir ab, was passiert.« Nicola Engel musterte Bodenstein. »Ich habe eben noch etwas erfahren. Eigentlich wollte ich es dir in einem besseren Moment sagen, aber bevor du es durch irgendeine undichte Stelle von jemand anderem hörst ...«

Er blickte sie aufmerksam an. Jetzt konnte alles folgen, angefangen von seiner Suspendierung bis zu der Neuigkeit, dass sie die Leitung des BKA übernehmen würde. Es war eine von Nicolas typischen Charaktereigenschaften, sich nie in die Karten schauen zu lassen.

»Herzlichen Glückwunsch zur Beförderung«, verkündete sie ihm zu seiner Überraschung. »Erster Kriminalhauptkommissar Oliver von Bodenstein. Inklusive Erhöhung der Besoldungsstufe. Was sagst du dazu?«

Sie lächelte ihn erwartungsvoll an.

»Muss ich jetzt das Gefühl haben, ich hätte mich hochgeschlafen?«, entgegnete er. Die Kriminalrätin grinste, wurde dann aber ernst.

»Bereust du die letzte Nacht?«, wollte sie wissen. Bodenstein legte den Kopf schief.

»Das würde ich jetzt nicht behaupten«, antwortete er. »Und du?«

»Ich auch nicht. Obwohl mir Aufgewärmtes sonst nicht schmeckt.«

Er grinste, und sie wandte sich zum Gehen.

»Ach, Frau Kriminalrätin ...«

Sie blieb stehen.

»Vielleicht ... können wir es gelegentlich wiederholen.«

Da grinste sie auch.

»Ich denke darüber nach, Herr Hauptkommissar. Bis später!«

Er blickte ihr nach, bis sie verschwunden war, dann legte er die Hand auf die Türklinke. Ganz plötzlich und unerwartet erfüllte ihn ein fast schmerzhaftes Glücksgefühl. Nicht etwa, weil er sich gerächt und nun seinerseits Cosima betrogen hatte – und das auch noch mit seiner Chefin, die sie von Herzen verabscheute –, sondern weil er sich in dieser Sekunde so frei fühlte wie eigentlich noch nie in seinem Leben. In der letzten Nacht hatte sich seine Zukunft mit atemberaubender Klarheit vor ihm entfaltet, ihm ungeahnte Möglichkeiten offenbart, nachdem er wochenlang tief gekränkt und voller Selbstmitleid in einem Tal der Tränen herumgekrebst war. Nicht dass er sich an Cosimas Seite jemals gefangen gefühlt hatte, aber nun ahnte er, dass mit dem Scheitern seiner Ehe nicht alles vorbei sein musste. Ganz im Gegenteil. Nicht alle

Menschen bekamen mit fast fünfzig Jahren noch einmal eine neue Chance.

*

Amelies Beine waren zu Eis gefroren, trotzdem schwitzte sie am ganzen Körper. Mit aller Kraft versuchte sie, Thies' Kopf über Wasser zu halten. Allein der Auftrieb des Wassers, das mittlerweile gut vierzig Zentimeter über dem letzten Regalboden stand, hatte es ihr ermöglicht, seinen Körper in eine sitzende Position zu bringen. Glücklicherweise war das Regal fest in die Mauer geschraubt, sonst wäre es wahrscheinlich schon umgekippt. Amelie holte keuchend Luft und versuchte, ihre verkrampfte Muskulatur zu lockern. Mit ihrem rechten Arm hielt sie Thies umklammert, mit der linken Hand versuchte sie, die Decke zu berühren. Ein halber Meter Luft war noch übrig, mehr nicht.

»Thies!«, flüsterte sie und schüttelte ihn leicht. »Wach doch auf, Thies!«

Er reagierte nicht. Sie konnte ihn unmöglich noch höher ziehen, das ging über ihre Kräfte. Aber in ein paar Stunden würde sein Kopf unter Wasser sein. Amelie war nahe daran, aufzugeben. Es war so kalt! Und sie hatte eine so entsetzliche Angst vor dem Ertrinken. Immer wieder kamen ihr Bilder aus *Titanic* in den Sinn. Den Film hatte sie ein halbes Dutzend Mal gesehen und Rotz und Wasser geheult, als Leonardo DiCaprio von dem Brett abgeglitten und in den Tiefen des Meeres versunken war. Das Wasser des Nordatlantiks konnte kaum kälter gewesen sein als die Scheißbrühe hier!

Mit zitternden Lippen sprach sie unablässig auf Thies ein, bettelte ihn an, schüttelte ihn, kniff ihn in den Arm. Er musste einfach aufwachen!

»Ich will nicht sterben«, schluchzte sie und lehnte erschöpft ihren Kopf an die Wand. »Ich will nicht sterben, verdammt!«

Die Kälte lähmte ihre Bewegungen und ihre Gedanken. Mit größter Anstrengung strampelte sie mit den Beinen im Wasser hin und her, aber irgendwann wollte ihr auch das nicht mehr gelingen. Sie durfte nur nicht einschlafen! Wenn sie Thies losließ, würde er ertrinken und sie mit ihm.

*

Claudius Terlinden blickte unwillig von den Akten auf, die vor ihm auf dem Schreibtisch lagen, als seine Sekretärin Bodenstein und Pia Kirchhoff in sein Büro führte.

»Haben Sie meinen Sohn gefunden?« Er stand nicht von seinem Stuhl auf und gab sich keine Mühe, seinen Widerwillen zu überspielen. Aus der Nähe erkannte Pia, dass die Ereignisse der letzten Tage nicht spurlos an Terlinden vorübergegangen waren, wenngleich er äußerlich ungerührt wirkte. Er war blass und hatte dunkle Schatten unter den Augen. Flüchtete er sich in die tägliche Routine, um seine Sorgen zu vergessen?

»Nein«, bedauerte Bodenstein. »Leider nicht. Aber wir wissen, wer ihn aus der Psychiatrie entführt hat.«

Claudius Terlinden sah ihn fragend an.

»Gregor Lauterbach hat den Mord an Stefanie Schneeberger gestanden«, fuhr Bodenstein fort. »Seine Frau hat das vertuscht, um ihn und seine Karriere zu schützen. Sie wusste, dass Thies Augenzeuge der Tat gewesen war. Sie hat Ihren Sohn massiv bedroht und über Jahre hinweg mit Psychopharmaka behandelt, die er überhaupt nicht gebraucht hätte. Als sie befürchten musste, dass Amelie Fröhlich und Ihr Sohn ihrem Mann und ihr selbst gefährlich werden könnten, musste sie handeln. Wir befürchten, dass sie den beiden etwas angetan hat.«

Terlinden starrte ihn an. Seine Miene war wie versteinert.

»Wer, dachten Sie eigentlich, hat Stefanie ermordet?«, wollte Pia wissen. Claudius Terlinden nahm seine Brille ab und fuhr sich mit der Hand über das Gesicht. Er holte tief Luft.

»Ich dachte tatsächlich, dass es Tobias gewesen ist«, gab er nach einer Weile zu. »Ich habe angenommen, er hat Gregor mit dem Mädchen beobachtet und ist dann vor Eifersucht durchgedreht. Mir war klar, dass mein Sohn Thies etwas beobachtet haben musste, aber da er nicht spricht, habe ich nie erfahren, was er gesehen hat. Jetzt erklärt sich natürlich einiges für mich. Deshalb war Daniela immer so besorgt um ihn. Und deshalb hatte Thies so eine schreckliche Angst vor ihr.«

»Sie hat ihm gedroht, ihn in eine Anstalt zu bringen, sollte er jemals ein Sterbenswörtchen sagen«, erläuterte Pia. »Aber selbst sie wusste wohl nicht, dass Thies die Leiche von Stefanie im Keller der Orangerie versteckt hielt. Das muss sie von Amelie erfahren haben. Deshalb hat Frau Dr. Lauterbach auch das Feuer in der Orangerie gelegt. Sie wollte nicht die Bilder vernichten, sondern die Mumie von Schneewittchen.«

»Großer Gott!« Terlinden erhob sich von seinem Stuhl, trat an die Fensterfront und starrte hinaus. Ahnte er, wie dünn das Eis war, auf dem er sich bewegte? Bodenstein und Pia wechselten hinter seinem Rücken einen Blick. Man würde ihn wegen zahlloser Vergehen zur Verantwortung ziehen, nicht zuletzt für die großangelegte Bestechungsaffäre, die Gregor Lauterbach in dem feigen Versuch, sich selbst reinzuwaschen, aufgedeckt hatte. Davon wusste Claudius Terlinden noch nichts, aber sicher wurde ihm allmählich klar, welch gigantische Schuld er mit seiner Politik des Verschweigens und Vertuschens auf sich geladen hatte.

»Lutz Richter hat gestern versucht, sich das Leben zu nehmen, als unsere Kollegen seinen Sohn verhaftet haben«, sagte Bodenstein in die Stille. »Er hat vor elf Jahren eine Art Bürgerwehr gegründet, um die wahren Ereignisse zu vertuschen. Laura Wagner lebte noch, als Richters Sohn und seine Freunde sie in den leeren Bodentank auf dem Flugplatzgelände in Eschborn geworfen haben. Richter hat das gewusst und den Tank zugeschüttet.«

»Und als Tobias aus dem Gefängnis gekommen ist, hat Richter die Sache wieder in die Hand genommen und den Überfall auf ihn organisiert«, ergänzte Pia. »Haben Sie das veranlasst?«

Terlinden wandte sich um.

»Nein. Ich hatte es ihnen sogar ausdrücklich verboten«, antwortete er mit heiserer Stimme.

»Manfred Wagner hat Tobias' Mutter von der Brücke gestoßen«, setzte Pia nach. »Hätten Sie damals Ihren Sohn Lars nicht gezwungen, die Wahrheit zu verschweigen, dann wäre all das nicht geschehen. Ihr Sohn würde womöglich noch leben, Familie Sartorius wäre nicht ruiniert, Wagners hätten irgendwann mit der ganzen Sache abschließen können. Ist Ihnen klar, dass Sie ganz alleine die Schuld an dem Leid tragen, das diese Familien durchmachen mussten? Mal ganz abgesehen von Ihrer eigenen Familie, die durch Ihre Feigheit durch die Hölle gegangen ist!«

»Wieso ich?« Terlinden schüttelte verblüfft den Kopf. »Ich habe mich doch nur um Schadensbegrenzung bemüht!«

Pia konnte es nicht fassen. Ganz offensichtlich hatte Claudius Terlinden Rechtfertigungen für sein Tun und sein Unterlassen gefunden und log sich seit Jahren selbst in die Tasche.

»Welchen schlimmeren Schaden wollten Sie denn begrenzen?«, fragte sie sarkastisch.

»Die Dorfgemeinschaft drohte zu zerbrechen«, antwortete Terlinden. »Meine Familie trägt schon seit Jahrzehnten, wenn nicht seit Jahrhunderten eine große Verantwortung in diesem Dorf. Dieser musste ich gerecht werden! Die Jungen hatten eine Dummheit gemacht, sie waren betrunken, und das Mädchen hatte sie provoziert.«

Er hatte mit unsicherer Stimme begonnen, doch nun sprach er im Brustton der Überzeugung.

»Ich dachte, Tobias hätte Stefanie getötet. Er würde also auf jeden Fall ins Gefängnis gehen. Welche Rolle würde es spielen, ob er für ein oder für zwei Verbrechen verurteilt werden würde? Dafür, dass er seine vier Freunde aus der ganzen Sache herausgehalten hatte, habe ich seine Familie unterstützt und immer dafür gesorgt ...«

»Jetzt hören Sie aber auf!«, unterbrach Bodenstein den Mann. »Sie wollten einzig und allein Ihren Sohn Lars heraushalten! Ihnen ging es nur um Ihren guten Namen, der unweigerlich in die Presse geraten wäre, hätte man Lars mit den Mordfällen in Verbindung gebracht. Die jungen Leute und die Dörfler waren Ihnen vollkommen gleichgültig. Und wie egal Ihnen Familie Sartorius war, zeigt sich allein schon daran, dass Sie als Konkurrenz zum Goldenen Hahn das Schwarze Ross eröffnet und Sartorius' Koch als Pächter eingesetzt haben.«

»Darüber hinaus haben Sie die Umstände eiskalt ausgenutzt«, übernahm Pia. »Albert Schneeberger wollte Ihnen niemals seine Firma verkaufen, aber Sie setzten ihn in dieser für ihn entsetzlichen Situation so massiv unter Druck, bis er es tat. Danach haben Sie entgegen der Vereinbarungen die Mitarbeiter entlassen und die Firma zerschlagen. Sie sind der Einzige, der von dem ganzen Unglück damals profitiert hat – in jeder Hinsicht!«

Claudius Terlinden schob die Unterlippe vor und blickte Pia feindselig an.

»Aber jetzt ist doch alles ganz anders gekommen, als Sie es für möglich gehalten haben.« Pia ließ sich nicht einschüchtern. »Die Menschen in Altenhain haben nicht auf weitere Anordnungen gewartet, sondern selbst gehandelt. Und dann tauchte auch noch Amelie auf und stellte auf eigene Faust Nachforschungen an, mit denen sie ungewollt das halbe Dorf unter Zugzwang setzte. Und Sie hatten längst nicht mehr genug Macht, um die Lawine aufzuhalten, die mit Tobias' Rückkehr losgetreten worden war.«

Terlindens Miene verfinsterte sich. Pia verschränkte die Arme und erwiderte seinen erbosten Blick, ohne mit der Wimper zu zucken. Sie hatte mit absoluter Präzision seinen wunden Punkt getroffen.

»Wenn Amelie und Thies sterben«, sagte sie mit drohendem Unterton, »dann tragen Sie ganz allein die Verantwortung dafür!«

»Wo können die beiden sein?«, ließ sich Bodenstein vernehmen. »Wo ist Frau Dr. Lauterbach?«

»Ich weiß es nicht«, knirschte Claudius Terlinden zwischen zusammengebissenen Zähnen. »Ich weiß es verdammt noch mal wirklich nicht!«

*

Die tiefhängenden, dunkelgrauen Wolken über dem Taunus versprachen Schnee. In den letzten vierundzwanzig Stunden waren die Temperaturen um beinahe zehn Grad gefallen. Diesmal würde der Schnee liegen bleiben. Pia fuhr in Königstein durch die Fußgängerzone, ohne sich um die verärgerten Blicke der wenigen Passanten zu kümmern. Sie parkte vor dem Juweliergeschäft, über dem sich die Praxis von Dr. Daniela Lauterbach befand. Dort hielt eine Arzthelferin mittleren Alters tapfer die Stellung, bediente geduldig das unablässig klingelnde Telefon und vertröstete ungehaltene Patienten, die für den Tag einen Termin vereinbart hatten.

»Frau Dr. Lauterbach ist nicht da«, antwortete sie auf Bodensteins Frage. »Ich kann sie telefonisch nicht erreichen.«

»Auf dem Kongress in München ist sie aber auch nicht.«

»Nein, der war ja auch nur am Wochenende.« Die Frau hob hilflos die Hände, als das Telefon wieder klingelte. »Eigentlich wollte sie heute wieder da sein. Sie sehen ja, was hier los ist!«

»Wir vermuten, dass sie sich abgesetzt hat«, sagte Bodenstein. »Sie ist wahrscheinlich für das Verschwinden von zwei Menschen verantwortlich und weiß, dass wir ihr auf der Spur sind.«

Die Arzthelferin schüttelte mit großen Augen den Kopf.

»Aber das kann nicht sein!«, widersprach sie. »Ich arbeite seit zwölf Jahren für die Frau Doktor. Sie würde niemals einem Menschen Schaden zufügen. Ich meine, ich … ich kenne sie doch.«

»Wann haben Sie Frau Dr. Lauterbach das letzte Mal gesehen oder mit ihr gesprochen? Hat sie sich in den letzten Tagen irgendwie anders verhalten als sonst, oder war sie öfter weg?« Bodenstein warf einen Blick auf das Namensschildchen an der rechten Brusttasche des gestärkten weißen Kittels. »Frau Wiesmeier, bitte denken Sie nach! Ihre Chefin hat womöglich einen Fehler gemacht, obwohl sie es gut gemeint hat. Sie können ihr jetzt helfen, bevor etwas Schlimmeres geschieht.«

Die persönliche Ansprache und der dringliche Unterton in Bodensteins Stimme zeigten Wirkung. Waltraud Wiesmeier dachte so scharf nach, dass sich ihre Stirn in Falten legte.

»Ich habe mich gewundert, dass Frau Dr. Lauterbach letzte Woche alle Besichtigungstermine für die Villa von Frau Scheithauer abgesagt hat«, sagte sie nach einer Weile. »Sie hatte sich monatelang sehr bemüht, einen Käufer für den alten Kasten zu finden, und endlich gab es einen Interessenten, der am Donnerstag aus Düsseldorf kommen wollte. Aber ich musste ihm und zwei Maklern telefonisch absagen. Das war seltsam.«

»Was ist das für ein Haus?«

»Eine alte Villa im Grünen Weg mit Blick auf das Woogtal. Frau Scheithauer war eine langjährige Patientin. Sie hatte keine Erben, und als sie im April gestorben ist, hat sie ihr Vermögen einer Stiftung hinterlassen und Frau Dr. Lauterbach die Villa.« Sie lächelte verlegen. »Ich glaube, andersherum wäre es der Chefin lieber gewesen.«

*

»... erklärte ein Sprecher des Kultusministeriums auf einer Pressekonferenz heute Morgen den überraschenden Rücktritt von Kultusminister Gregor Lauterbach mit persönlichen Gründen ...«, klang die Stimme des Nachrichtensprechers aus dem Autoradio, als Pia vom Ölmühlweg in den Grünen Weg einbog. Langsam fuhr sie an den Neubauten vorbei und bog in eine Stichstraße ein, die vor einem großen, schmiedeeisernen Tor endete.

»Aus der Staatskanzlei wurde bisher noch nicht offiziell Stellung genommen. Der Regierungssprecher ...«

»Das muss es sein!« Bodenstein öffnete den Sicherheitsgurt und stieg aus, kaum dass Pia angehalten hatte. Das Tor war mit einer Kette und einem nagelneu aussehenden Vorhängeschloss zusätzlich gesichert, von der Villa war nur das Dach zu sehen. Pia rüttelte an den Gitterstäben, wandte den Blick nach links und nach rechts. Die Mauer war zwei Meter hoch und mit eisernen Spitzen bewehrt.

»Ich rufe einen Schlosser und Verstärkung.« Bodenstein zog sein Handy hervor. Sollte sich Daniela Lauterbach in der Villa aufhalten, war damit zu rechnen, dass sie sich nicht kampflos ergeben würde. Pia ging unterdessen an der Mauer des weitläufigen Anwesens entlang, stieß aber nur auf ein verschlossenes Törchen, das von dornigem Gestrüpp überwuchert war. Minuten später traf ein Schlosser ein; zwei Streifenwagen vom Königsteiner Revier hielten weiter oben in der Straße, die Beamten kamen zu Fuß näher.

»Die Villa steht seit ein paar Jahren leer«, wusste einer der Beamten. »Die alte Frau Scheithauer lebte im Rosenhof in Kronberg. Sie war weit über neunzig, als sie im April gestorben ist.«

»Und dann hat sie das ganze Anwesen ihrer Ärztin vermacht«, bemerkte Pia. »Wieso haben manche Leute nur so ein Glück?«

Der Schlosser hatte seinen Job getan und wollte wieder gehen, aber Bodenstein bat ihn, noch einen Moment zu warten. Die ersten winzigen Schneeflocken rieselten herab, als sie die geschotterte Auffahrt hinabgingen. Die Burgruine gegenüber war in den Wolken verschwunden, es war, als hätte die ganze Welt ringsum aufgehört, zu existieren. Ein weiterer Streifenwagen überholte sie im Schritttempo und blieb vor dem Eingangsportal stehen. Auch die Haustür war verschlossen, der Schlosser machte sich ans Werk.

»Hört ihr das?«, fragte Pia, die Augen und Ohren wie ein Luchs hatte. Bodenstein lauschte, aber er hörte nur das Rauschen des Windes in den hohen Tannen vor der Villa. Er schüttelte den Kopf. Die Tür ging auf, er trat in eine große, düstere Eingangshalle. Es roch unbewohnt und muffig.

»Hier ist niemand«, stellte er enttäuscht fest. Pia ging an ihm vorbei und drückte auf den Lichtschalter. Es tat einen Knall, Funken sprühten aus dem Schalter, und die beiden Kollegen vom Königsteiner Revier griffen nach ihren Waffen. Bodensteins Herz klopfte bis zum Hals.

»Nur ein Kurzschluss«, sagte Pia. »Entschuldigung.«

Sie gingen weiter von Raum zu Raum. Die Möbel waren mit weißen Laken abgedeckt, die Schlagläden vor den hohen Fenstern geschlossen. Bodenstein durchquerte den großen Raum, der sich links an die Eingangshalle anschloss. Der Parkettfußboden knarrte unter seinen Schritten. Er zog die klammen, mottenzerfressenen Samtvorhänge zur Seite, aber es wurde kaum heller.

»Da rauscht doch was«, sagte Pia von der Tür aus. »Seid doch mal leise!«

Die Beamten verstummten. Und tatsächlich, jetzt hörte Bodenstein es auch. Unten im Keller rauschte Wasser. Er ging zurück, folgte Pia bis zu einer Tür unterhalb der geschwungenen Freitreppe.

»Habt ihr zufällig eine Taschenlampe dabei?«, fragte sie und wollte die Tür öffnen, aber die bewegte sich nicht um einen Millimeter. Einer der Streifenpolizisten reichte Pia eine Stablampe.

»Ist nicht abgeschlossen und geht trotzdem nicht auf.« Pia bückte sich und leuchtete auf den Boden. »Schaut mal hier! Da hat jemand Silikon in die Türritze geklebt. Wieso das denn wohl?«

Der Königsteiner Kollege ging auf die Knie und ritzte mit seinem Taschenmesser das Silikon auf. Pia rüttelte an der Tür, bis sie aufsprang. Das Rauschen wurde lauter. Fünf oder sechs flinke Schatten huschten an ihr vorbei und verschwanden in den Tiefen des Hauses. »Ratten!« Bodenstein machte einen Satz nach hinten und prallte so heftig gegen den Streifenbeamten, dass dieser fast zu Boden gegangen wäre.

»Deswegen müssen Sie mich ja nicht gleich k. o. schlagen«, beschwerte sich der uniformierte Kollege. »Sie können jetzt auch von meinem Fuß runtergehen.«

Pia hörte ihnen nicht zu. Sie war in Gedanken ganz woanders.

»Wieso wurde die Kellertür mit Silikon abgedichtet?«, fragte sie sich laut, als sie die Treppe hinunterstieg und dabei mit der Taschenlampe vorausleuchtete. Nach zehn Stufen blieb sie wie angewurzelt stehen.

»Scheiße!«, fluchte sie. Sie stand bis an die Knöchel im eisigen Wasser. »Ein Wasserrohrbruch! Deshalb auch der Kurzschluss. Wahrscheinlich sitzt der Stromkasten unten.«

»Ich rufe beim Wasserwerk an«, sagte einer der Königsteiner Polizisten. »Die müssen die Hauptwasserleitung abdrehen.«

»Und am besten alarmieren Sie auch gleich die Feuerwehr.« Bodenstein hielt argwöhnisch Ausschau nach weiteren Ratten. »Komm, Pia. Die Lauterbach ist nicht hier.«

Pia hörte nicht auf ihn. In ihrem Kopf schrillten alle Alarmglocken. Das Haus stand leer und gehörte Daniela Lauterbach, die in der vergangenen Woche plötzlich lang geplante Besichtigungstermine mit potentiellen Käufern abgesagt hatte. Und das nicht deshalb, weil sie selbst sich in diesem Haus verstecken wollte! Da ihre Schuhe und ihre Hose ohnehin schon nass waren, ging Pia die Treppe weiter hinunter. Das Wasser gluckerte, die Kälte traf sie wie ein Schock.

»Was tust du denn da?«, rief Bodenstein ihr nach. »Komm da raus!«

Pia bückte sich und leuchtete um die Ecke in die Dunkelheit. Das Wasser reichte knapp einen Viertelmeter unter die Kellerdecke. Pia ging noch eine Stufe hinunter, klammerte sich mit einer Hand am Geländer fest. Jetzt stand sie bis an die Hüften im Wasser.

»Amelie!«, rief sie mit klappernden Zähnen. »Amelie? Hallo?«

Sie hielt den Atem an und lauschte angestrengt, die Kälte trieb ihr die Tränen in die Augen. Plötzlich erstarrte sie. Ein Adrenalinstoß zuckte so heftig durch ihren Körper, als habe man ihr einen Stromschlag versetzt.

»Hilfe!«, tönte es über das gleichmäßige Rauschen des Wassers. »Hilfe! Wir sind hier!«

*

Ungeduldig rauchend ging Pia in der Eingangshalle auf und ab. Sie spürte die nassen Kleider und Schuhe kaum, so aufgeregt war sie. Bodenstein zog es vor, im Schneefall vor dem Haus zu warten, bis der überflutete Keller endlich zugänglich war. Der Gedanke, sich mit einer Armada von Ratten unter einem Dach aufhalten zu müssen, verursachte ihm Unbehagen. Das Wasserwerk hatte die Hauptwasserleitung abgestellt, und die Männer der Königsteiner Freiwilligen Feuerwehr pumpten mit allen verfügbaren Schläuchen das Wasser aus dem Keller hangabwärts in den zugewucherten Park. Dank eines Notaggregates gab es Licht. Drei Notarztwagen waren eingetroffen, die Polizei hatte das Grundstück abgesperrt.

»Alle Lichtschächte, durch die das Wasser hätte ablaufen können, sind verstopft und mit Silikon abgedichtet worden«, berichtete der Einsatzleiter der Feuerwehr. »Unglaublich.«

Aber wahr. Es gab für Bodenstein und Pia keinen Zweifel, wer das getan hatte.

»Wir können reingehen!«, verkündete einer der Feuerwehrleute, der wie zwei seiner Kollegen eine wasserdichte Hose trug, die ihm bis zum Bauchnabel reichte.

»Ich gehe mit!« Pia warf ihre Zigarette achtlos auf den Parkettfußboden und trat sie aus.

»Nein, bleib hier!«, rief Bodenstein von der Tür aus. »Du holst dir doch den Tod!«

»Ziehen Sie wenigstens Gummistiefel an.« Der Einsatzleiter wandte sich um. »Warten Sie, ich hole Ihnen welche.«

Fünf Minuten später folgte Pia den drei Feuerwehrleuten durch das noch immer kniehoch stehende Wasser durch den Keller. Im Licht der Handscheinwerfer öffneten sie eine Tür nach der anderen, bis sie die richtige gefunden hatten. Pia drehte den Schlüssel im Schloss und drückte gegen die Tür, die mit einem durchdringenden Quietschen nach innen aufschwang. Ihr Herz klopfte zum Zerspringen, und sie bekam vor Erleichterung weiche Knie, als der Lichtkegel des Scheinwerfers in ein blasses, schmutziges Mädchengesicht leuchtete. Amelie Fröhlich blinzelte geblendet. Pia stolperte die beiden Treppenstufen hinunter in den tiefer gelegenen Raum, breitete die Arme aus und zog das hysterisch schluchzende Mädchen an sich.

»Ganz ruhig«, murmelte sie und streichelte das verfilzte Haar. »Jetzt wird alles gut, Amelie. Du musst keine Angst mehr haben.«

»Aber ... aber Thies«, stieß Amelie hervor. »Ich ... ich glaube, er ist tot!«

*

Die Erleichterung bei allen Mitarbeitern der Regionalen Kriminalinspektion war gewaltig. Amelie Fröhlich hatte die zehn Tage im Keller der alten Villa in Königstein ohne größere Verletzungen überstanden. Sie war erschöpft, dehydriert und abgemagert, würde aber von den schrecklichen Erlebnissen in physischer Hinsicht keine Schäden zurückbehalten. Man hatte sie und Thies ins Krankenhaus gebracht. Um Terlindens Sohn stand es nicht so gut. Er war in sehr schlechter körperlicher Verfassung und litt unter starken Entzugserscheinungen. Bodenstein und Pia fuhren nach der Besprechung im K 11 ins Krankenhaus nach Bad Soden und staunten nicht schlecht, als ihnen im Foyer Hartmut Sartorius und sein Sohn Tobias begegneten.

»Meine Exfrau ist aus dem Koma erwacht«, erklärte Sartorius. »Wir konnten eben kurz mit ihr sprechen. Es geht ihr den Umständen entsprechend gut.«

»Ach, das ist ja schön.« Pia lächelte. Ihr Blick fiel auf Tobias, der um Jahre gealtert wirkte. Er sah krank aus, unter seinen Augen lagen Schatten.

»Wo sind Sie gewesen?«, wandte sich Bodenstein an Tobias Sartorius. »Wir haben uns große Sorgen um Sie gemacht.«

»Nadja hat ihn auf einer Berghütte in der Schweiz zurückgelassen«, erklärte Hartmut Sartorius an dessen Stelle. »Mein Sohn ist zu Fuß durch den Schnee bis ins nächste Dorf gelaufen.«

Er legte seine Hand auf Tobias' Arm.

»Ich kann noch immer nicht fassen, dass ich mich so in Nadja geirrt haben soll.«

»Wir haben Frau von Bredow verhaftet«, sagte Bodenstein. »Und Gregor Lauterbach hat gestanden, dass er Stefanie Schneeberger erschlagen hat. Wir werden in den nächsten Tagen eine Wiederaufnahme der Verfahren gegen Sie beantragen. Sie werden freigesprochen.«

Tobias Sartorius zuckte nur mit den Schultern. Es war ihm offenbar gleichgültig. Die verlorenen zehn Jahre und den Ruin seiner Familie würde auch kein nachträglicher Freispruch wiedergutmachen.

»Laura hat noch gelebt, als die drei Jungen sie in den Bodentank geworfen haben«, fuhr Bodenstein fort. »Als sie Skrupel bekamen und das Mädchen wieder herausholen wollten, hat Lutz Richter das verhindert, indem er den Tank mit Erde bedeckt hat. Er war es auch, der in Altenhain eine

Bürgerwehr gegründet und dafür gesorgt hat, dass alle ihren Mund hielten.«

Tobias reagierte nicht, aber sein Vater wurde leichenblass. »Lutz?«

»Ja.« Bodenstein nickte. »Richter hat auch den Überfall auf Ihren Sohn in der Scheune organisiert, und er und seine Frau stecken hinter den Schmierereien an Ihrem Haus und den anonymen Briefen. Sie wollten mit allen Mitteln verhindern, dass die Wahrheit ans Licht kommt. Als wir seinen Sohn verhaftet haben, hat Richter sich in den Kopf geschossen. Er liegt noch im Koma, aber er wird überleben und dann zur Rechenschaft gezogen werden.«

»Und Nadja?«, flüsterte Hartmut Sartorius. »Hat sie das etwa alles gewusst?«

»Allerdings«, erwiderte Bodenstein. »Sie war Augenzeugin, als Lauterbach Stefanie erschlagen hat. Und sie hatte zuvor ihren Freunden befohlen, Laura in den Tank zu werfen. Sie hätte Tobias' Verurteilung abwenden können, aber sie hat geschwiegen. Elf Jahre lang. Als er aus dem Gefängnis kam, wollte sie mit allen Mitteln verhindern, dass er nach Altenhain zurückkehrt.«

»Aber warum?« Die Stimme von Tobias klang heiser. »Ich verstehe das nicht. Sie … sie hat mir immer geschrieben, auf mich gewartet und …«

Er verstummte, schüttelte den Kopf.

»Nadja war in Sie verliebt«, erwiderte Pia. »Aber Sie haben sie immer wieder zurückgewiesen. Es kam ihr nur gelegen, dass Laura und Stefanie von der Bildfläche verschwanden. Wahrscheinlich rechnete sie nicht damit, dass man Sie tatsächlich verurteilen würde. Als es geschah, beschloss sie, auf Sie zu warten und Sie auf diese Weise für sich zu gewinnen. Aber dann tauchte Amelie auf. Nadja empfand sie als Konkurrenz, vor allem aber als echte Bedrohung, denn Amelie hatte ja offenbar etwas herausgefunden. Sie hat sich als Polizistin verkleidet, um bei Fröhlichs nach den Bildern von Thies zu suchen.«

»Ja, ich weiß. Aber sie hat sie nicht gefunden«, sagte Tobias.

»O doch, das hat sie«, antwortete Bodenstein. »Allerdings hat sie die Bilder vernichtet, denn Sie hätten sofort erkannt, dass Nadja Sie angelogen hatte.«

Tobias starrte Bodenstein fassungslos an. Er schluckte mühsam, als er die gewaltige Dimension von Nadjas Lügen und Täuschungen erfasste. Das war beinahe mehr, als er verkraften konnte.

»Jeder in Altenhain hat die Wahrheit gewusst«, fuhr Pia fort. »Claudius Terlinden hat geschwiegen, um seinen Sohn Lars und seinen Namen zu schützen. Weil er ein schlechtes Gewissen hatte, hat er Sie und Ihre Eltern finanziell unterstützt und …«

»Das war nicht der einzige Grund«, unterbrach Tobias sie. In seine starren Gesichtszüge kehrte das Leben zurück, er warf seinem Vater einen Blick zu. »Aber jetzt kapiere ich langsam alles. Ihm ging es nur um seine Macht und um …«

»Um was?«

Tobias schüttelte nur stumm den Kopf.

Hartmut Sartorius schwankte. Die Wahrheit über seine Nachbarn und ehemaligen Freunde war für ihn niederschmetternd. Das ganze Dorf hatte geschwiegen und gelogen und aus egoistischen Beweggründen ungerührt dabei zugesehen, wie seine Existenz, seine Ehe, sein guter Ruf, ja sein ganzes Leben ruiniert worden waren. Er ließ sich auf einen der Plastikstühle an der Wand sinken und vergrub das Gesicht in den Händen. Tobias setzte sich neben ihn und legte den Arm um die Schultern seines Vaters.

»Aber wir haben auch noch gute Nachrichten.« Bodenstein fiel erst jetzt wieder ein, weshalb er und Pia ins Krankenhaus gekommen waren. »Eigentlich waren wir gerade auf dem Weg zu Amelie Fröhlich und Thies Terlinden. Wir haben die beiden heute Mittag im Keller eines Hauses in Königstein gefunden. Frau Dr. Lauterbach hatte sie entführt und dort versteckt.«

»Amelie lebt?« Tobias richtete sich wie elektrisiert auf. »Geht es ihr gut?«

»Ja. Kommen Sie doch mit. Amelie wird sich freuen, Sie zu sehen.«

Tobias zögerte einen Moment, aber dann erhob er sich. Auch sein Vater blickte auf und lächelte zaghaft. Aber Sekunden später erlosch das Lächeln, seine Miene verzerrte sich vor Hass und Zorn. Er sprang auf und schoss mit einer Schnelligkeit, die Pia überraschte, auf einen Mann zu, der eben das Foyer des Krankenhauses betreten hatte.

»Nein, Papa! Nein!«, hörte sie Tobias' Stimme, erst dann erkannte sie in dem Mann Claudius Terlinden, begleitet von seiner Frau und dem Ehepaar Fröhlich. Offenbar waren sie auf dem Weg zu ihren Kindern. Hartmut Sartorius packte Terlinden am Hals und würgte ihn, Christine Terlinden, Arne und Barbara Fröhlich standen wie gelähmt daneben.

»Du Schwein!«, knirschte Sartorius voller Hass. »Du dreckiges, hinterhältiges Schwein! Du hast meine Familie auf dem Gewissen!«

Claudius Terlinden war rot angelaufen, er ruderte verzweifelt mit den Armen, trat nach seinem Angreifer. Bodenstein erfasste die Situation und setzte sich in Bewegung, auch Pia wollte eingreifen, wurde aber von Tobias grob zur Seite gestoßen. Sie prallte gegen Barbara Fröhlich, verlor das Gleichgewicht und stürzte. Leute blieben gaffend stehen. Tobias hatte seinen Vater erreicht und wollte dessen Arm ergreifen, aber in diesem Moment gelang es Claudius Terlinden, sich aus der Umklammerung zu befreien; die Todesangst verlieh ihm übermenschliche Kräfte. Er stieß Sartorius von sich. Pia kam wieder auf die Beine und sah wie in Zeitlupe, wie Hartmut Sartorius durch den heftigen Stoß stolperte und rückwärts in eine offenstehende Feuerschutztür krachte. Tobias begann zu schreien und warf sich über seinen Vater. Plötzlich war überall Blut. Pia erwachte aus ihrer Schreckstarre. Sie zerrte Barbara Fröhlich den Schal vom Hals, kniete sich ungeachtet der Blutlache, die rasch zu einem See wurde, neben Sartorius und presste in der verzweifelten Hoffnung, die heftige Blutung irgendwie stoppen zu können, den hellblauen Paschminaschal gegen die klaffende Wunde an Sartorius' Hinterkopf. Die Beine des Mannes zuckten krampfartig, er röchelte gurgelnd.

»Ein Arzt! Schnell!«, schrie Bodenstein. »Verdammt, hier muss doch irgendwo ein Arzt sein!«

Claudius Terlinden kroch hustend und würgend ein Stück zur Seite, die Hände um seinen Hals gelegt. Die Augen quollen ihm aus dem Kopf.

»Das hab ich nicht gewollt«, stammelte er immer wieder. »Das ... das wollte ich nicht. Es war ... es war ein Unfall ...«

Pia hörte Schritte und Geschrei wie aus weiter Ferne. Ihre Jeans, ihre Hände, ihre Jacke waren voller Blut. Weiße Schuhe und Hosenbeine tauchten in ihrem Gesichtsfeld auf.

»Gehen Sie zur Seite!«, rief jemand. Sie rutschte ein Stück zurück, blickte auf und begegnete Bodensteins Blick. Es war zu spät. Hartmut Sartorius war tot.

*

»Ich konnte nichts machen.« Pia schüttelte schockiert den Kopf. »Es ging alles so rasend schnell.«

Sie zitterte noch immer am ganzen Körper und konnte die Cola, die Bodenstein ihr in die blutverschmierten Hände gedrückt hatte, kaum festhalten.

»Mach dir keine Vorwürfe«, erwiderte Bodenstein.

»Tue ich aber, verdammt. Wo ist Tobias?«

»Er war eben noch da.« Bodenstein blickte sich suchend um. Das Foyer war abgesperrt, dennoch wimmelte es von Menschen. Polizisten, Ärzte mit angespannten, schockierten Mienen und die Beamten vom Erkennungsdienst in ihren weißen Overalls sahen zu, wie gerade die Leiche von Hartmut Sartorius in einen Zinksarg gehoben wurde. Jede Hilfe war für Tobias' Vater zu spät gekommen. Er war nach dem Stoß, den Claudius Terlinden ihm versetzt hatte, offenbar so unglücklich gegen die Glastür gefallen, dass seine Schädeldecke zertrümmert worden war. Niemand hätte dem Mann mehr helfen können.

»Bleib hier sitzen.« Bodenstein legte Pia kurz seine Hand auf die Schulter und erhob sich. »Ich schaue mal nach Tobias und kümmere mich um ihn.«

Pia nickte und starrte auf das klebrige, getrocknete Blut an ihren Händen. Sie richtete sich auf, atmete tief ein und aus. Allmählich beruhigte sich ihr Herzschlag und sie konnte wieder klar denken. Ihr Blick fiel auf Claudius Terlinden, der zusammengesunken auf einem Stuhl saß und ins Leere stierte, vor ihm eine Polizistin, die offenbar versuchte, ein Protokoll der Geschehnisse aufzunehmen. Der Tod von Hartmut Sartorius war ein Unfall, daran gab es keinen Zweifel. Terlinden hatte in Notwehr und ohne Tötungsabsicht gehandelt, dennoch schien er allmählich zu begreifen, welche Schuld auf seinen Schultern lastete. Eine junge Ärztin ging vor Pia in die Hocke.

»Soll ich Ihnen etwas zur Beruhigung geben?«, fragte sie besorgt.

»Nein, ich bin okay«, erwiderte Pia. »Aber kann ich mir vielleicht irgendwo die Hände waschen?«

»Ja klar. Kommen Sie mit.«

Pia folgte der Ärztin mit zittrigen Knien. Sie hielt nach Tobias Sartorius Ausschau, sah ihn aber nirgendwo. Wo war er? Wie konnte er dieses entsetzliche Ereignis, den Anblick seines sterbenden Vaters, verkraften? Pia konnte eigentlich auch in Krisensituationen recht gut Distanz und einen kühlen Kopf bewahren, aber das Schicksal von Tobias Sartorius erschütterte sie zutiefst. Nach und nach hatte er alles verloren, was ein Mensch nur verlieren kann.

*

»Tobi!« Amelie richtete sich in ihrem Bett auf und lächelte ungläubig. So oft hatte sie an ihn gedacht in den letzten schrecklichen Tagen und Nächten, sie hatte in Gedanken mit ihm geredet, sich immer wieder ausgemalt, wie es sein würde, ihn wiederzusehen. Die Erinnerung an die Wärme in seinen meerblauen Augen hatte sie davon abgehalten, verrückt zu werden, und nun stand er leibhaftig vor ihr. Ihr Herz tat vor Glück einen wilden Satz. »Oh, das freut mich ja, dass du mich besuchen kommst! Ich hab so viel …«

Ihr Lächeln erlosch, als sie im Halbdunkel Tobias' verstörten Gesichtsausdruck bemerkte. Er schloss die Tür des Krankenzimmers hinter sich, kam mit unsicheren Schritten näher und blieb am Fußende ihres Bettes stehen. Er sah entsetzlich aus, totenbleich, mit blutunterlaufenen Augen. Amelie ahnte, dass etwas Furchtbares geschehen sein musste.

»Was ist passiert?«, fragte sie leise.

»Mein Vater ist tot«, flüsterte er heiser. »Es ist eben gerade … unten … im Foyer passiert. Der Terlinden kam uns entgegen … und mein Vater … und er …«

Er verstummte. Sein Atem ging stoßweise, er presste seine Faust gegen den Mund und kämpfte um Selbstbeherrschung. Vergeblich.

»O Gott.« Amelie starrte ihn entsetzt an. »Aber wie … ich meine, warum …«

Tobias verzog das Gesicht zu einer Grimasse, er krümmte sich zusammen, seine Lippen zitterten.

»Papa hat sich auf dieses … Schwein gestürzt.« Seine Stimme war tonlos. »Und er hat ihn … gegen eine Glastür gestoßen …«

Er brach ab. Die Tränen strömten über sein eingefallenes Gesicht. Amelie warf die Bettdecke zurück und streckte die Arme nach ihm aus. Tobias sackte schwer auf den Rand ihres Bettes und ließ zu, dass Amelie ihn an sich zog. Er presste sein Gesicht an ihren Hals, sein Körper wurde von wildem, verzweifeltem Schluchzen geschüttelt. Amelie hielt ihn ganz fest. Die Kehle wurde ihr eng, als sie begriff, dass Tobias außer ihr keinen Menschen mehr auf dieser Welt hatte, zu dem er gehen, dem er seinen grenzenlosen Kummer mitteilen konnte.

*

Tobias Sartorius war spurlos aus dem Krankenhaus verschwunden. Bodenstein hatte eine Streife zum Haus seiner Eltern geschickt, aber dort war er bisher nicht aufgetaucht. Claudius Terlinden war mit seiner Frau nach Hause gefahren. Ihn traf keine unmittelbare Schuld an Sartorius' Tod, es war ein Unfall gewesen, ein unglücklicher Zufall mit tragischem Ausgang. Bodenstein warf einen Blick auf die Uhr. Heute war Montag, also würde Cosima bei ihrer Mutter sein. Die Bridge-Abende im Hause Rothkirch waren ein verlässliches, jahrzehntealtes Ritual, er konnte also ziemlich sicher sein, ihr nicht zu begegnen, wenn er sich frische Kleider holte, bevor er zurück aufs Kommissariat fuhr. Schmutzig und verschwitzt, sehnte er sich nach einer ausgiebigen Dusche.

Zu seiner Erleichterung lag das Haus im Dunkeln, nur die kleine Lampe auf der Anrichte im Eingang brannte. Der Hund begrüßte ihn mit überschwenglicher Freude. Bodenstein streichelte ihn und blickte sich um. Alles wirkte so normal und war so schmerzlich vertraut, aber er wusste, dass er hier nicht mehr zu Hause war. Bevor er sentimental werden konnte, ging er entschlossen die Treppe hoch zum Schlafzimmer. Er machte Licht und erschrak, als er Cosima erblickte, die im Sessel am Fenster saß. Sein Herz machte unvermittelt ein paar schnelle Schläge.

»Warum sitzt du hier im Dunkeln?«, fragte er, weil ihm nichts Besseres einfiel.

»Ich wollte in Ruhe nachdenken.« Sie blinzelte in die Helligkeit, stand auf und trat hinter den Sessel, als wolle sie vor ihm Schutz suchen.

»Es tut mir leid, dass ich gestern Morgen so die Beherrschung verloren habe«, begann Bodenstein nach kurzem Zögern. »Es ... war alles ein bisschen viel für mich.«

»Schon gut. Ich bin ja selbst schuld dran«, erwiderte Cosima. Sie sahen sich stumm an, bis das Schweigen unbehaglich wurde.

»Ich bin nur gekommen, um mir ein paar Kleider zu holen«, sagte Bodenstein und verließ das Schlafzimmer. Wie konnte es sein, dass man für einen Menschen, für den man über fünfundzwanzig Jahre nichts als Zuneigung verspürt hatte, plötzlich überhaupt nichts mehr empfand? War es Selbsttäuschung, eine Art seelischer Schutzmechanismus – oder schlicht und einfach der Beweis dafür, dass seine Gefühle für Cosima längst nur noch bloße Gewohnheit gewesen waren? Bei den vielen kleinen Streitereien in den vergangenen Wochen und Monaten war jedes Mal ein Stückchen Zuneigung zu Bruch gegangen. Bodenstein wunderte sich über die Nüchternheit, mit der er die Situation analysierte. Er öffnete den Einbauschrank im Flur und betrachtete nachdenklich die Koffer, die dort standen. Er wollte keinen der Koffer mitnehmen, die Cosima schon rund um die Welt begleitet hatten. Deshalb entschied er sich für zwei eingestaubte, aber nagelneue Hartschalenkoffer, die Cosima zu sperrig fand. Als er an der Tür von Sophias Zimmer vorbeiging, hielt er inne. Für einen kurzen Blick auf die Kleine sollte Zeit genug sein. Er stellte die Koffer ab und betrat das Zimmer, das von einem Lämpchen neben dem Bett erhellt wurde. Sophia schlief friedlich, das Däumchen im Mund, umgeben von ihren Stofftieren. Bodenstein betrachtete seine jüngste Tochter und seufzte. Er beugte sich über das Bett, streckte die Hand aus und berührte leicht das schlafwarme Gesicht des Kindes.

»Es tut mir leid, meine Süße«, flüsterte er leise. »Aber selbst dir zuliebe kann ich nicht so tun, als wäre nichts geschehen.«

*

Wie diese Polizistin mitten in der riesigen Blutlache gekniet hatte, diesen Anblick würde Tobias niemals mehr vergessen. Er hatte gespürt, dass sein Vater tot war, noch bevor jemand dieses endgültigste aller Wörter ausgesprochen hatte. Wie versteinert hatte er dagestanden, taub und gefühllos, hatte sich von Ärzten, Sanitätern, Polizisten zur Seite drängen lassen. In seinem Inneren war nach all den schrecklichen Nachrichten kein Platz mehr für irgendein Gefühl. Wie bei einem Schiff, das mit Wasser vollgelaufen war, hatten sich die letzten schützenden Schotts geschlossen, um zu verhindern, dass es sank.

Tobias hatte das Krankenhaus verlassen und war losgelaufen. Niemand hatte versucht, ihn aufzuhalten. Er war quer durch den dunklen Eichwald marschiert, und die Kälte hatte allmählich Klarheit in das Durcheinander seiner Gedanken gebracht. Nadja, Jörg, Felix, Papa. Alle hatten ihn verlassen, verraten oder enttäuscht, es gab niemanden mehr, zu dem er gehen konnte. In das starre Grau seiner Hilflosigkeit mischten sich grellrote Sprenkel des Zorns. Mit jedem Schritt, den er machte, wuchs sein Groll auf die Leute, die sein Leben zerstört hatten, drückte ihm die Luft ab und ließ ihn keuchend innehalten. Sein Herz schrie nach Rache für all das, was man ihm und seinen Eltern angetan hatte. Er hatte nichts mehr zu verlieren, gar nichts mehr. In seinem Kopf fanden immer mehr lose Enden zusammen, plötzlich ergab alles einen Sinn. Ihm wurde schlagartig bewusst, dass er nach dem Tod seines Vaters wohl der Letzte war, der das Geheimnis von Claudius Terlinden und Daniela Lauterbach kannte. Tobias ballte die Hände zu Fäusten, als er sich an das Ereignis vor zwanzig Jahren erinnerte, das zu vertuschen sein Vater den beiden geholfen hatte.

Er war damals sieben oder acht Jahre alt gewesen und hatte wie so häufig den Abend im Nebenraum der Gaststätte verbracht. Seine Mutter war nicht da gewesen, deshalb hatte niemand daran gedacht, ihn ins Bett zu schicken. Irgendwann war er auf dem Sofa aufgewacht, es war mitten in der Nacht gewesen. Er war aufgestanden, zur Tür geschlichen und hatte ein Gespräch mit angehört, das er sich nicht hatte erklären können. Am Tresen hatten nur noch Claudius Terlinden und der alte Dr. Fuchsberger gesessen, der beinahe jeden Abend im Goldenen Hahn zu Abend aß. Tobias hatte schon oft genug Betrunkene gesehen, um zu erkennen, dass der ehrwürdige Notar Dr. Herbert Fuchsberger sternhagelvoll war.

»Was ist denn schon dabei?«, hatte Claudius Terlinden gesagt und dem Vater ein Zeichen gegeben, das Glas des Notars erneut zu füllen. »Meinem Bruder kann es doch wurscht sein, er ist tot.«

»Ich komme in Teufels Küche«, hatte Fuchsberger undeutlich genuschelt. »Wenn das rauskommt!«

»Wie soll das denn rauskommen? Es weiß doch niemand, dass der Willi sein Testament geändert hat.«

»Nein, nein, nein! Das kann ich nicht machen«, hatte Fuchsberger gejammert.

»Ich erhöhe den Einsatz«, hatte Terlinden erwidert. »Nein, ich verdopple ihn. Hunderttausend. Ist das nichts?«

Tobias hatte gesehen, wie Terlinden seinem Vater zugezwinkert hatte. So war es noch eine Weile weitergegangen, bis der alte Mann irgendwann nachgegeben hatte.

»Gut«, hatte er gesagt. »Aber du bleibst hier. Ich will nicht, dass dich einer zufällig in meiner Kanzlei sieht.«

Daraufhin war Tobias' Vater mit Dr. Fuchsberger im Schlepptau verschwunden, Claudius Terlinden hatte am Tresen die Stellung gehalten. Tobias hätte wohl nie verstanden, um was es an diesem Abend gegangen war, wenn er nicht Jahre später im Büro seines Vaters auf der Suche nach einer Deckungskarte für die Versicherung im Tresor ein Testament gefunden hätte. Er hatte sich nur kurz gewundert, weshalb das Testament von Wilhelm Terlinden im Tresor seines Vaters lag, aber die Zulassung seines ersten eigenen Autos war ungleich wichtiger gewesen. All die Jahre über hatte Tobias nicht mehr daran gedacht, es verdrängt und schließlich vergessen, aber als ob der Schock über den Tod seines Vaters eine geheime Kammer in seinem Gehirn geöffnet hätte, war plötzlich alles wieder präsent.

»Wo fahren wir hin?«

Amelies Stimme riss Tobias aus seinen düsteren Erinnerungen. Er blickte sie an, legte seine Hand auf die ihre, und ihm wurde warm ums Herz. Ihre dunklen Augen waren voll aufrichtiger Sorge um ihn. Ohne das ganze Metall in ihrem Gesicht und diese verrückte Frisur war sie wunderschön. Viel schöner, als Stefanie es jemals gewesen war. Amelie hatte keine Sekunde gezögert, mit ihm heimlich das Krankenhaus zu verlassen, als er gesagt hatte, dass er noch eine offene Rechnung zu begleichen habe. Ihre ruppige, kratzbürstige Art war nur Fassade, das hatte er gleich bei ihrer ersten Begegnung vor der Kirche erkannt. Nachdem man ihn so oft enttäuscht und verraten hatte, war Tobias immer wieder aufs Neue erstaunt über Amelies selbstlose Ehrlichkeit und das Fehlen jeglicher Berechnung.

»Wir fahren kurz zu mir nach Hause, und dann muss ich mit Claudius Terlinden sprechen«, erwiderte er nun. »Aber du bleibst solange im Auto. Ich will nicht, dass dir noch etwas passiert.«

»Ich lass dich doch nicht alleine mit diesem Schwein«, widersprach sie. »Wenn wir zusammen sind, wird er dir schon nichts tun.«

Trotz allem musste Tobias lächeln. Mutig war sie noch obendrein. Eine winzige Hoffnung flackerte in seinem Innern, wie eine Kerze, deren Licht einen Weg durch Nebel und Dunkelheit suchte. Vielleicht gab es ja doch noch eine Zukunft für ihn, wenn das hier alles vorbei war.

*

Cosima hatte sich nicht von der Stelle gerührt. Noch immer stand sie hinter dem Sessel und sah nun zu, wie Bodenstein die Koffer öffnete und den Inhalt seines Kleiderschrankes hineinpackte.

»Das hier ist dein Haus«, sagte sie nach einer Weile. »Du musst nicht ausziehen.«

»Das werde ich aber.« Er sah sie nicht an. »Das war *unser* Haus. Ich will hier nicht mehr wohnen. Ich kann die Wohnung im alten Kutscherhaus auf dem Gut bekommen, sie steht seit einer Weile leer. Das ist die beste Lösung. Wenn du dann weg bist, können meine Eltern oder Quentin und Marie-Louise auf Sophia aufpassen.«

»Das ging ja schnell«, sagte Cosima spitz. »Du hast also schon einen Schlussstrich gezogen.«

Bodenstein seufzte.

»Nein, nicht ich«, entgegnete er. »Das warst du. Ich akzeptiere lediglich deine Entscheidung, wie ich es schon immer getan habe, und versuche, mich mit der neuen Situation zu arrangieren. Du hast dich für einen anderen Mann entschieden, dagegen kann ich nichts tun. Ich habe aber vor, ungeachtet dessen weiterzuleben.«

Für eine Sekunde überlegte er, ob er Cosima von der Liebesnacht mit Nicola erzählen sollte. Er erinnerte sich an einige spitze Bemerkungen, die Cosima über Nicola gemacht hatte, seitdem sie wusste, dass er mit seiner Ex zusammenarbeitete. Aber das wäre niveaulos und billig.

»Alexander und ich arbeiten zusammen«, sagte Cosima gerade. »Ich habe mich nicht für ihn … entschieden.«

Bodenstein fuhr fort, seine Hemden in den Koffer zu schichten.

»Aber vielleicht passt er besser zu dir, als ich es je getan habe.« Er blickte auf. »Warum, Cosima? Haben dir die Abenteuer in deinem Leben so sehr gefehlt?«

»Nein, das nicht.« Cosima zuckte die Schultern. »Es gibt keine vernünftige Erklärung. Und auch keine Entschuldigung. Alex ist mir einfach zum falschen Zeitpunkt über den Weg gelaufen. Ich hatte mich über dich geärgert, auf Mallorca.«

»Und da bist du gleich mit ihm ins Bett gesprungen. Weil

du dich über mich geärgert hattest.« Bodenstein schüttelte den Kopf und schloss einen der Koffer. Er richtete sich auf. »Na super.«

»Oliver, bitte schmeiß nicht alles weg.« Cosimas Stimme klang bittend. »Ich habe einen Fehler gemacht, das weiß ich. Es tut mir aufrichtig leid. Aber es gibt so viel, das uns verbindet.«

»Und noch mehr, das uns trennt«, erwiderte er. »Ich werde dir nie mehr vertrauen können, Cosima. Und ohne Vertrauen kann und will ich nicht leben.«

Bodenstein ließ sie stehen und ging ins Badezimmer hinüber. Er schloss die Tür hinter sich, zog sich aus und trat unter die Dusche. Unter dem heißen Wasser lockerten sich seine verkrampften Muskeln, die Anspannung ließ ein wenig nach. Seine Gedanken wanderten zur vergangenen Nacht und zu den vielen Nächten, die in seinem Leben noch kommen würden. Nie wieder würde er wach liegen und sich mit der Sorge quälen müssen, was Cosima auf der anderen Hälfte der Erdhalbkugel gerade tat, ob es ihr gutging oder nicht, ob sie in Gefahr war, einen Unfall hatte oder gar mit einem anderen Kerl im Bett lag. Es überraschte ihn, dass er bei dieser Vorstellung keinerlei Wehmut empfand, nur tiefe Erleichterung. Er musste nicht länger nach Cosimas Spielregeln leben. Und er würde, das nahm er sich in genau diesem Moment fest vor, überhaupt nie wieder nach anderen Spielregeln leben als nach seinen eigenen.

*

Er hoffte, dass sie nicht zu spät kamen, aber sie hatten kaum eine Viertelstunde im Auto gewartet, als der schwarze Mercedes auftauchte und kurz vor dem spitzenbewehrten Tor der Terlinden-Werke anhielt. Wie von Geisterhand glitt das Tor zur Seite. Die Bremslichter des Mercedes erloschen, er fuhr an und verschwand.

»Schnell jetzt!«, zischte Tobias. Sie sprangen aus dem Auto, rannten los und schafften es gerade noch durch das Tor, bevor es sich wieder schloss. Das Häuschen des Portiers war leer. Nachts bewachten nur die Kameras das Gelände, einen Werkschutz wie früher gab es längst nicht mehr, das hatte Tobias von seinem Kumpel Michael erfahren, der bei Terlinden arbeitete. Gearbeitet hatte, verbesserte er sich in Gedanken. Jetzt saß Michael im Knast, genau wie Jörg und Felix und Nadja.

Leichter Schneefall hatte eingesetzt. Stumm folgten sie den Reifenspuren, die Terlindens Mercedes hinterlassen hatte. Tobias verlangsamte seine Schritte ein wenig. Amelies Hand fühlte sich eiskalt an in seiner. Sie hatte in den Tagen der Gefangenschaft stark abgenommen und war eigentlich viel zu schwach für eine Aktion wie diese. Aber sie hatte darauf bestanden, ihn zu begleiten. Schweigend gingen sie an den großen Werkshallen vorbei. Als sie um die Ecke bogen, sahen sie, wie im obersten Stockwerk des Verwaltungsgebäudes das Licht anging. Unten vor dem Eingangsportal stand der schwarze Mercedes im orangefarbenen Schein der Nachtbeleuchtung. Tobias und Amelie huschten über den unbeleuchteten Parkplatz und erreichten den Eingang des Gebäudes.

»Die Tür ist auf«, wisperte Amelie.

»Mir wäre es lieber, du würdest hier warten«, sagte Tobias und blickte sie an. Ihre Augen wirkten riesengroß in dem spitzen, blassen Gesicht, sie schüttelte entschlossen den Kopf.

»Auf keinen Fall. Ich komme mit.«

»Na gut.« Er holte tief Luft, dann umarmte er sie kurz und heftig. »Danke, Amelie. Danke für alles.«

»Quatsch nicht rum«, antwortete sie schroff. »Lass uns reingehen.«

Ein Lächeln flog über sein Gesicht, und er nickte. Sie durchquerten die große Eingangshalle, gingen am Aufzug vorbei und betraten das Treppenhaus, das ebenfalls unverschlossen war. Claudius Terlinden schien keine Einbrecher zu fürchten. Im vierten Stock war Amelie außer Atem und lehnte sich für einen Moment an das Geländer, bis sie wieder Luft bekam. Die schwere Glastür klackte, als Tobias sie öffnete. Er verharrte kurz und lauschte in die dunklen Flure, die nur von kleinen Lämpchen in Fußbodennähe schwach erhellt wurden. Hand in Hand schlichen sie den Flur entlang. Tobias spürte, wie sein Herz vor Aufregung gegen seine Rippen hämmerte. Er blieb stehen, als durch eine halbgeöffnete Tür an der Stirnseite des Flures die Stimme von Claudius Terlinden drang.

»... beeilen. Wenn es noch stärker schneit, wird die Maschine vielleicht gar nicht starten können.«

Tobias und Amelie wechselten einen kurzen Blick. Terlinden schien zu telefonieren. Offenbar waren sie gerade noch rechtzeitig gekommen, denn es hörte sich ganz so an, als ob er sich mit dem Flugzeug irgendwohin absetzen wollte. Sie gingen weiter. Plötzlich hörten sie eine zweite Stimme. Amelie fuhr bei ihrem Klang erschrocken zusammen und ergriff Tobias' Hand.

»Was ist mir dir?«, fragte Dr. Daniela Lauterbach. »Warum stehst du so herum?«

Die Tür ging ganz auf, heller Lichtschein flutete in den Flur. Tobias gelang es gerade noch rechtzeitig, die Tür eines Büros hinter sich zu öffnen. Er drängte Amelie in die Dunkelheit und blieb mit rasendem Herzklopfen neben ihr stehen.

»Scheiße, was macht die denn hier?«, flüsterte Amelie fassungslos. »Sie wollte mich und Thies umbringen! Das weiß der Terlinden doch!«

Tobias nickte angespannt. Er überlegte fieberhaft, wie er die beiden aufhalten konnte. Er musste verhindern, dass sie sich absetzten und für immer verschwanden. Wäre er allein gewesen, hätte er sie einfach zur Rede gestellt. Aber er durfte Amelie unter gar keinen Umständen in Gefahr bringen! Sein Blick fiel auf den Schreibtisch.

»Versteck dich da drunter«, sagte er leise. Amelie wollte protestieren, aber Tobias blieb stur. Er wartete, bis sie unter den Schreibtisch gekrochen war, dann nahm er den Telefonhörer ab und presste ihn ans Ohr. Im schwachen Schein der Außenbeleuchtung konnte er das Gerät kaum richtig erkennen. Er drückte eine Taste, von der er hoffte, dass es die für eine Amtsleitung war. Und tatsächlich! Das Freizeichen ertönte. Mit bebenden Fingern wählte er die 110.

*

Er stand vor dem geöffneten Safe, massierte mit einer Hand gedankenverloren seinen schmerzenden Hals und starrte vor sich hin. Seit diesem Unglück vorhin im Krankenhaus war er völlig durcheinander. Immer wieder glaubte er, sein Herz würde stolpern und für ein paar Schläge aussetzen. Ob das an dem kurzzeitigen Sauerstoffmangel lag? Sartorius war wie ein Berserker auf ihn losgegangen und hatte ihn mit unerwarteter Kraft gewürgt, bis er feurige Punkte vor den Augen gesehen hatte. Für ein paar Sekunden war er sicher gewesen, dass sein letztes Stündlein geschlagen hatte. Noch niemals zuvor war er körperlich angegriffen worden, der Ausdruck »Todesangst« war für ihn bis heute eine leere Worthülse gewesen. Aber nun wusste er, wie es sich anfühlte, dem Tod ins Auge zu blicken. Er konnte sich nicht erinnern, wie es ihm gelungen war, sich aus dem Klammergriff dieses Wahnsinnigen zu befreien, aber plötzlich hatte Sartorius auf dem Boden gelegen, in einer Blutlache. Einfach entsetzlich, absolut entsetzlich! Claudius Terlinden wurde bewusst, dass er noch immer unter Schock stand.

Sein Blick fiel auf Daniela, die unter seinem Schreibtisch kniete und mit konzentrierter Miene das Gehäuse des Computers wieder zusammenschraubte. Die Festplatte, die sie gegen eine andere getauscht hatte, steckte schon in einem der Koffer. Daniela hatte darauf bestanden, obwohl er es für unnötig hielt. Auf seinem Computer hatte er nichts gespeichert, was für die Polizei von Interesse sein könnte. Alles war anders gekommen, als er es geplant hatte. Im Nachhinein musste Claudius Terlinden sich eingestehen, dass die Vertuschung von Lars' Verstrickung in den Mord an Laura Wagner eine schwerwiegende Fehlentscheidung gewesen war. Er hatte nicht ausreichend bedacht, was es nach sich ziehen würde, wenn er den Jungen aus der Schusslinie nahm. Diese eine an und für sich unbedeutende Entscheidung hatte Dutzende anderer notwendig gemacht; das Geflecht der Lügen war so dicht und unübersichtlich geworden, dass es zu bedauerlichen, aber unvermeidlichen Kollateralschäden gekommen war. Wenn doch diese dummen Bauern nur auf ihn gehört hätten, anstatt auf eigene Faust zu handeln! Nichts wäre geschehen! Aber so war aus dem schmalen Riss, der durch die Rückkehr von Tobias Sartorius entstanden war, rasch ein gewaltiges Loch geworden, ein gähnender, schwarzer Abgrund. Und sein ganzes Leben, seine Regeln, die täglichen Rituale, die ihm Sicherheit gaben – alles wurde von diesem Strudel infernalischer Ereignisse mitgerissen.

»Was ist mit dir? Warum stehst du so herum?«

Die Stimme von Daniela riss ihn aus seinen Gedanken. Ächzend kam sie wieder auf die Füße und musterte ihn mit einem verächtlichen Gesichtsausdruck. Claudius Terlinden bemerkte, dass er noch immer seine Kehle umklammert hielt, und wandte sich ab. Sie musste seit langem damit gerechnet haben, dass alles auffliegen könnte. Ihr Fluchtplan war perfekt und bis ins kleinste Detail ausgeklügelt. Ihn hingegen hatte es kalt erwischt. Neuseeland! Was sollte er dort? Hier war sein Lebensmittelpunkt, hier, in diesem Dorf, in diesem Gebäude, in diesem Raum! Er wollte nicht aus Deutschland weg, selbst wenn das im ärgsten Fall ein paar Jahre Gefängnis bedeuten konnte. Der Gedanke, mit einer falschen Identität in irgendeinem fremden Land zu sitzen, verursachte ihm Unbehagen, ja Angst. Hier war er jemand, man kannte und respektierte ihn, und sicher würde sich alles wieder beruhigen. In Neuseeland würde er ein Nichts sein, ein namenloser Flüchtling, für immer und ewig.

Sein Blick wanderte durch den großen Raum. Sollte er das alles heute wirklich zum letzten Mal sehen? Nie mehr sein Haus betreten, die Gräber seiner Eltern und Großeltern auf dem Friedhof besuchen, das vertraute Panorama des Taunus betrachten? Die Vorstellung war unerträglich und trieb ihm tatsächlich die Tränen in die Augen. Er hatte doch so sehr gekämpft, um das Lebenswerk seiner Vorfahren zu noch größerem Erfolg zu führen – und nun sollte er alles stehen und liegen lassen?

»Mensch, Claudius, jetzt mach schon!« Danielas Stimme klang schneidend. »Es schneit immer stärker draußen! Wir müssen los!«

Er schob die Unterlagen, die er hier zurücklassen würde, in den Safe. Dabei berührte seine Hand den Kasten, in dem er die Pistole aufbewahrte.

Ich will nicht weg, dachte er. *Lieber bringe ich mich um.*

Er erstarrte. Wie war dieser Gedanke in seinen Kopf gekommen? Nie hatte er verstanden, wie jemand so feige sein und einen Selbstmord als einzigen Ausweg sehen konnte. Aber alles war anders geworden, nachdem ihm der Tod ins Gesicht gegrinst hatte.

»Ist außer uns noch jemand im Gebäude?«, fragte Daniela.

»Nein«, krächzte Terlinden und zog den Kasten mit der Waffe aus dem Safe.

»Aber eine der externen Telefonleitungen ist besetzt.« Sie beugte sich über die Telefonanlage, die mitten auf seinem Schreibtisch stand. »Die Nebenstelle 23.«

»Das ist die Buchhaltung. Da ist niemand mehr.«

»Hast du hinter dir abgeschlossen, als du reingekommen bist?«

»Nein.« Er erwachte aus seiner Erstarrung, öffnete den Kasten und betrachtete die Beretta.

*

Das Restaurant oberhalb des Opel-Zoos war voll. Es war düster, warm und laut, und das war Pia gerade recht. Christoph und sie saßen an einem Tisch direkt an der Fensterfront, aber Pia hatte weder ein Ohr für das, was die Leute vom Bauamt heute gesagt hatten, noch einen Blick für die Lichter Kronbergs oder die glitzernde Frankfurter Skyline in der Ferne. Vor ihr auf dem Teller lag ein verführerisch duftendes Rinderfiletsteak, perfekt gegrillt, aber ihr Magen war wie zugeschnürt.

Sie war vom Krankenhaus direkt nach Hause gefahren, hatte ihre Kleider in die Waschmaschine gesteckt und anschließend so lange geduscht, bis kein heißes Wasser mehr im Boiler war. Trotzdem fühlte sie sich noch immer schmutzig und besudelt. Pia war an Leichen gewöhnt, nicht aber daran, dass ein Mensch unter ihren Händen starb. Darüber hinaus noch ein Mann, den sie kannte, mit dem sie noch eine Minute zuvor gesprochen und für den sie tiefes Mitgefühl empfunden hatte. Sie schauderte.

»Sollen wir lieber nach Hause fahren?«, fragte Christoph in diesem Moment. Die Besorgnis in seinen dunklen Augen brachte Pia an den Rand ihrer Selbstbeherrschung. Plötzlich kämpfte sie mit den Tränen. Wo Tobias wohl war? Hoffentlich tat er sich nicht noch etwas an!

»Nein, schon gut.« Sie zwang sich zu einem Lächeln, aber der Anblick des Steaks, das im Fleischsaft auf dem Teller vor ihr lag, verursachte ihr Brechreiz. Sie schob den Teller weg. »Tut mir leid, dass ich heute keine besonders amüsante Gesellschaft bin. Ich mache mir nur solche Vorwürfe.«

»Das verstehe ich. Aber was hättest du denn tun sollen?« Christoph beugte sich vor, streckte die Hand aus und berührte ihre Wange. »Du hast doch selbst gesagt, dass alles rasend schnell ging.«

»Ja, natürlich. Es ist Quatsch. Ich konnte nichts tun, überhaupt nichts. Aber trotzdem ...« Sie stieß einen tiefen Seufzer aus. »In Augenblicken wie diesen hasse ich meinen Job aus tiefstem Herzen.«

»Na komm, Schatz. Wir fahren nach Hause, machen eine Flasche Rotwein auf und ...«

Das Klingeln von Pias Telefon ließ ihn verstummen. Sie hatte Bereitschaft.

»Das, was nach dem ›und‹ kommen sollte, würde mich jetzt interessieren.« Pia grinste schwach, und Christoph hob vielsagend die Augenbrauen. Sie ergriff das Handy und meldete sich.

»Ein Tobias Sartorius hat vor sieben Minuten einen Notruf abgesetzt«, teilte ihr der KvD aus der Einsatzzentrale mit. »Er ist im Gebäude der Firma Terlinden in Altenhain und hat gesagt, eine Frau Lauterbach sei dort. Ich habe schon eine Streife hingeschickt ...«

»Oh, Scheiße«, unterbrach Pia den Kollegen. Ihre Gedanken überschlugen sich. Was tat Daniela Lauterbach bei Claudius Terlinden? Warum war Tobias dort? Wollte er sich rächen? Zweifellos war Tobias Sartorius nach allem, was geschehen war, eine tickende Zeitbombe. Sie sprang auf. »Funk bitte sofort die Jungs an. Sie sollen um Gottes willen ohne Blaulicht und Sirene da hinfahren. Und sie sollen auf Bodenstein und mich warten!«

»Was ist passiert?«, fragte Christoph. Pia erklärte es ihm mit knappen Worten, während sie Bodensteins Nummer in ihrem Handy aufrief. Zu ihrer Erleichterung hatte sie ihren Chef nur Sekunden später am Ohr. Christoph signalisierte derweil dem Inhaber des Restaurants, den er als Direktor des benachbarten Zoos gut kannte, dass er später vorbeikommen und bezahlen würde.

»Ich fahre dich«, sagte er zu Pia. »Drei Sekunden, bis ich unsere Jacken geholt habe.«

Sie nickte, ging schon hinaus und wartete ungeduldig im Schneegestöber vor der Tür des Restaurants. Warum hatte Tobias einen Notruf abgesetzt? War ihm etwas zugestoßen? Hoffentlich kamen sie nicht zu spät!

*

»Verdammt«, flüsterte Tobias in hilflosem Zorn. Claudius Terlinden und Daniela Lauterbach hatten das Büro verlassen und gingen mit Koffern und Aktentaschen beladen den Flur entlang zum Aufzug. Was konnte er tun, um sie aufzuhalten? Wie lange brauchten die Bullen, bis sie hier waren? Verdammt, verdammt! Er drehte sich zu Amelie um, die unter dem Schreibtisch hervorlugte.

»Du bleibst hier«, sagte er mit vor Anspannung heiserer Stimme.

»Wo gehst du hin?«

»Ich muss sie in ein Gespräch verwickeln, bis die Polizei da ist.«

»Nein, bitte tu das nicht, Tobi!« Amelie schlüpfte aus ihrem Versteck. Im matten Lichtschein der Außenbeleuchtung wirkten ihre Augen riesengroß. »Bitte, Tobi, lass sie gehen! Ich hab Angst!«

»Ich kann sie doch nicht einfach abhauen lassen, nach allem, was sie getan haben! Das musst du doch verstehen!«, entgegnete er heftig. »Bleib hier, Amelie! Versprich mir das!«

Sie schluckte, schlang die Arme um ihren Oberkörper und nickte leicht. Er holte tief Luft und legte seine Hand auf die Türklinke.

»Tobi!«

»Ja?«

Sie kam auf ihn zu und berührte mit ihrer Handfläche seine Wange.

»Pass auf dich auf«, flüsterte sie. Eine Träne quoll aus ihrem Auge. Tobias starrte sie an. Für den Bruchteil einer Sekunde war er versucht, sie in die Arme zu nehmen, sie zu küssen und einfach bei ihr zu bleiben. Aber dann überwog der wilde Wunsch nach Rache, der ihn hierhergetrieben hatte. Er durfte Terlinden und die Lauterbach nicht entwischen lassen. Auf keinen Fall!

»Ich bin gleich zurück«, murmelte er. Bevor er es sich anders überlegen konnte, trat er hinaus auf den Flur und rannte los. Der Aufzug war bereits auf dem Weg nach unten, deshalb riss er die Feuerschutztür auf und lief die Treppe hinunter, immer drei oder vier Stufen auf einmal nehmend. Er erreichte die Halle genau in dem Augenblick, als die beiden aus dem Aufzug traten.

»Halt!«, schrie er, und seine Stimme hallte. Wie elektrisiert fuhren beide herum und starrten ihn fassungslos an. Terlinden ließ die Koffer fallen. Tobias spürte, dass er am ganzen Körper zitterte. Obwohl er sich am liebsten auf sie gestürzt und auf sie eingeprügelt hätte, musste er sich beherrschen und ruhig bleiben.

»Tobias!« Claudius Terlinden hatte sich als Erster gefasst. »Ich ... es ... es tut mir entsetzlich leid, was da passiert ist. Wirklich, du musst mir glauben, das wollte ich nicht ...«

»Hören Sie auf!«, schrie Tobias und ging in einem Halbkreis um die beiden herum, ohne sie aus den Augen zu lassen. »Ich kann die Scheißlügen nicht mehr hören! Sie sind doch an allem schuld! Sie und diese ... diese hinterhältige Hexe!«

Er zeigte anklagend mit dem Finger auf Daniela Lauterbach.

»Ihr habt immer so verständnisvoll getan, dabei habt ihr die ganze Zeit die Wahrheit gewusst! Trotzdem habt ihr zugelassen, dass man mich ins Gefängnis geschickt hat! Und jetzt wollt ihr euch wohl aus dem Staub machen, was? Nach mir die Sintflut, ha! Aber das kommt nicht in Frage. Ich habe die Polizei angerufen, sie wird gleich hier sein.«

Ihm entging nicht der rasche Blick, den Terlinden und die Lauterbach wechselten.

»Ich werde ihnen alles erzählen, was ich über euch weiß. Und das ist eine Menge! Mein Vater ist tot, er kann nichts mehr dazu sagen, aber ich weiß auch, was ihr damals getan habt!«

»Jetzt beruhige dich«, sagte Daniela Lauterbach und lächelte ihr freundliches Lächeln, mit dem sie die ganze Welt getäuscht hatte. »Wovon redest du überhaupt?«

»Ich rede von Ihrem ersten Mann.« Tobias kam näher und blieb direkt vor ihr stehen. Kalte braune Augen bohrten sich in seine. »Von Wilhelm, Onkel Willi, Claudius' älterem Bruder, und seinem Testament!«

»Aha.« Daniela Lauterbach lächelte ihn unverwandt an. »Und wieso glaubst du, dass das die Polizei interessieren könnte?«

»Weil es nicht das richtige Testament war«, entgegnete Tobias. »Das hat nämlich Dr. Fuchsberger meinem Vater gegeben, nachdem Claudius ihn betrunken gemacht und ihm hunderttausend Mark versprochen hatte.«

Das Lächeln auf dem Gesicht von Daniela Lauterbach wurde starr.

»Ihr erster Mann war todkrank, aber er fand es nicht so toll, dass Sie ihn mit seinem Bruder betrogen haben, deshalb hat er sein Testament zwei Wochen vor seinem Tod geändert und euch beide enterbt. Er hat die Tochter seines Chauffeurs als Alleinerbin eingesetzt, weil er kurz vor seinem Tod erfahren hatte, dass Claudius sie im Mai 1976 geschwängert hatte und Sie das Kind auf seinen Befehl hin abgetrieben haben.«

»Hat dein Vater dir diesen Unsinn erzählt?«, mischte sich Claudius Terlinden ein.

»Nein.« Tobias ließ Daniela Lauterbach nicht aus den Augen. »Das musste er gar nicht. Dr. Fuchsberger hatte ihm das Testament gegeben, er sollte es vernichten, aber das hat mein Vater nicht getan. Er hat es aufgehoben, bis heute.«

Nun blickte er Claudius Terlinden an.

»Deshalb haben Sie dafür gesorgt, dass er in Altenhain bleiben musste, nicht wahr? Weil er das alles wusste. Eigentlich gehört Ihnen die Firma nicht und auch nicht das Haus. Und Frau Dr. Lauterbach hätte auch ihr Haus und das ganze Geld nicht bekommen, wäre es nach ihrem ersten Mann gegangen. Laut Testament gehört das alles der Tochter von Wilhelm Terlindens früherem Chauffeur, Kurt Cramer ...« Tobias schnaubte. »Leider hatte mein Vater nie den Mumm, das Testament wiederauftauchen zu lassen. Schade, eigentlich ...«

»Ja, wahrhaftig schade«, sagte Daniela Lauterbach. »Aber da fällt mir etwas ein.«

Terlinden und Dr. Lauterbach standen mit dem Rücken zum Treppenhaus und konnten Amelie, die durch die Tür trat, nicht sehen, aber sie bemerkten, dass Tobias' Aufmerksamkeit für einen Moment abgelenkt war. Daniela Lauterbach griff nach dem Kasten, der unter Terlindens Arm klemmte, und Tobias blickte plötzlich in den Lauf einer Pistole.

»Ich hätte diesen grässlichen Abend beinahe vergessen, wenn du mich nicht gerade daran erinnert hättest. Du erinnerst dich, Claudius, wie Wilhelm plötzlich in der Tür vom Schlafzimmer stand und mit genau dieser Pistole auf uns gezielt hat ...« Sie lächelte Tobias an. »Danke, dass du mich auf die Idee gebracht hast, du kleiner Dummkopf.«

Ohne eine Sekunde zu zögern, drückte Daniela Lauterbach ab. Ein ohrenbetäubender Knall zerriss die Stille. Tobias verspürte einen heftigen Stoß und hatte das Gefühl, seine Brust würde explodieren. Ungläubig starrte er die Ärztin an, die sich bereits abwandte. Er hörte, wie Amelie mit schriller Stimme verzweifelt seinen Namen rief, wollte etwas sagen, bekam aber keine Luft. Die Beine knickten unter ihm weg. Tobias Sartorius spürte nicht mehr, wie er auf dem Granitfußboden aufschlug. Um ihn herum war alles schwarz und totenstill.

＊

Sie berieten gerade, wie sie auf das hermetisch abgeriegelte Gelände der Terlinden-Werke gelangen konnten, als sich von der anderen Seite des Tores mit aufgeblendeten Scheinwerfern und hoher Geschwindigkeit eine dunkle Limousine näherte. Das Tor glitt lautlos zur Seite.

»Das ist er!«, rief Pia und machte den Kollegen ein Zeichen. Claudius Terlinden, der am Steuer seines Mercedes saß, musste scharf bremsen, als ihm plötzlich zwei Streifenwagen den Weg versperrten.

»Er ist alleine im Auto«, stellte Bodenstein fest. Pia trat mit gezogener Waffe neben ihn und bedeutete Terlinden, die

Scheibe herunter zu lassen. Zwei weitere Polizeibeamte verliehen Pias Aufforderung Nachdruck, indem sie das Auto umstellten, die Waffen im Anschlag.

»Was wollen Sie von mir?«, fragte Terlinden. Er saß stocksteif da, seine Hände umklammerten das Lenkrad. Trotz der Kälte glänzte sein Gesicht vor Schweiß.

»Steigen Sie aus, öffnen Sie alle Türen und den Kofferraum«, befahl Bodenstein. »Wo ist Tobias Sartorius?«

»Woher soll ich das denn wissen?«

»Und wo ist Frau Dr. Lauterbach? Jetzt steigen Sie schon aus!«

Terlinden rührte sich nicht. In seinen weit aufgerissenen Augen lag nackte Panik.

»Er steigt nicht aus«, ertönte eine Stimme aus dem Inneren des Wagens, das hinter getönten Scheiben verborgen war. Bodenstein beugte sich ein wenig vor und erkannte Daniela Lauterbach auf der Rückbank. Und die Pistole, die sie Terlinden an den Hinterkopf presste.

»Machen Sie sofort den Weg frei, sonst erschieße ich den Mann«, drohte sie. Bodenstein spürte, wie ihm nun selbst der Schweiß ausbrach. Er zweifelte nicht an Daniela Lauterbachs Entschlossenheit. Die Frau hatte eine Waffe in der Hand und nichts mehr zu verlieren – eine äußerst gefährliche Kombination. Bei dem Mercedes verschlossen sich die Türen nach ein paar Metern Fahrt selbsttätig von innen, weder Bodenstein noch die Polizisten auf der anderen Seite hatten also die Möglichkeit, einfach die Türen aufzureißen und die Ärztin zu überwältigen.

»Ich glaube, sie meint es ernst«, flüsterte Terlinden heiser. Seine Unterlippe zitterte, er stand ganz offensichtlich unter Schock. Bodenstein überlegte fieberhaft. Sie würden kaum entkommen. Bei dem Wetter konnte auch ein S-Klasse-Mercedes mit Winterreifen höchstens 120 fahren.

»Ich lasse Sie gehen«, sagte er schließlich. »Aber sagen Sie mir erst, wo Tobias ist.«

»Wahrscheinlich bei seinem Papa im Himmel«, erwiderte Daniela Lauterbach an Terlindens Stelle und lachte kalt.

*

Bodenstein und ein Streifenwagen folgten dem schwarzen Mercedes aus dem Gewerbegebiet hinaus hoch zur B 8, während Pia über Funk Verstärkung anforderte und einen Rettungswagen zum Werk beorderte. Terlinden bog nach rechts auf die vierspurig ausgebaute Bundesstraße Richtung Autobahn ab. Schon bei Bad Soden schlossen sich ihnen zwei weitere Streifenwagen an, wenige Kilometer weiter tauchten noch drei auf. Zum Glück war der Feierabendverkehr vorbei. In einem Stau könnte die Sache leicht eskalieren, allerdings würde Daniela Lauterbach ihrem Chauffeur kaum während der Fahrt in den Kopf schießen. Bodenstein sah in den Rückspiegel. Mittlerweile folgten ihnen ein Dutzend Einsatzfahrzeuge mit eingeschaltetem Blaulicht und blockierten alle drei Fahrspuren für den nachfolgenden Verkehr.

»Sie fahren in die Stadt«, stellte Pia fest, als sich der schwarze Mercedes am Eschborner Dreieck rechts hielt. Unter Missachtung des Rauchverbots in sämtlichen Dienstwagen zündete sie sich eine Zigarette an. Aus dem Funkgerät quakten verschiedene Stimmen hektisch durcheinander. Die Kollegen in Frankfurt waren informiert und würden versuchen, die Straßen frei zu halten, sollte Terlinden tatsächlich in die City fahren.

»Vielleicht will sie zum Flughafen«, überlegte Bodenstein laut.

»Hoffentlich nicht«, erwiderte Pia, die auf Nachrichten von Tobias Sartorius wartete. Bodenstein warf einen raschen

Seitenblick auf das vor Anspannung blasse Gesicht seiner Kollegin. Was für ein Tag! Kaum war der immense Druck der vergangenen Wochen durch die Entdeckung von Thies und Amelie von ihnen gewichen, hatten sich die Ereignisse plötzlich überschlagen. War es wirklich erst heute Morgen gewesen, dass er in Nicolas Bett aufgewacht war?

»Sie fahren in die Stadt!«, rief Pia in diesem Augenblick ins Funkgerät, denn Terlinden rauschte geradeaus am Westkreuz vorbei, statt auf die A 5 abzubiegen. »Was haben sie vor?«

»Sie wollen uns in der Innenstadt abhängen«, vermutete Bodenstein. Die Scheibenwischer kratzten im Schnellgang über die Windschutzscheibe. Der Schnee hatte sich in starken Regen verwandelt, und Terlinden fuhr sehr viel schneller als erlaubt. Er würde wohl kaum an einer roten Ampel anhalten, und das Letzte, was sie jetzt noch brauchten, war ein überfahrener Fußgänger!

»Er ist jetzt an der Messe, biegt rechts in die Friedrich-Ebert-Anlage ein«, gab Pia durch. »Er hat mindestens achtzig drauf, haltet uns die Straßen frei!«

Bodenstein musste sich konzentrieren. Die regennasse Fahrbahn reflektierte die roten Bremslichter der Autos an den Straßenrändern und das Blaulicht der Streifenwagen, die tatsächlich sämtliche Seitenstraßen blockierten.

»Ich glaub, ich brauche bald eine Brille«, murmelte er und trat stärker aufs Gas, um Terlinden, der bereits die dritte rote Ampel überfuhr, nicht zu verlieren. Was hatte die Lauterbach vor? Wo wollte sie hin?

»Hast du dir mal überlegt, dass sie vielleicht …«, begann Pia, aber dann schrie sie: »Abbiegen! Rechts! Er biegt ab!«

Völlig unvermittelt, ohne das Tempo zu reduzieren oder gar den Blinker zu setzen, war Terlinden am Platz der Republik in die Mainzer Landstraße eingebogen. Bodenstein riss das Lenkrad ebenfalls nach rechts und biss die Zähne zusammen, als der Opel ins Schleudern kam und um ein Haar mit einer Straßenbahn kollidierte.

»Verdammt, das war knapp«, zischte er. »Wo ist er hin? Ich sehe ihn nicht mehr!«

»Links! Links!« Pia war in der Aufregung der Straßenname entfallen, obwohl sie viele Jahre genau gegenüber im alten Polizeipräsidium gearbeitet hatte. Sie fuchtelte mit dem Finger vor Bodensteins Gesicht herum. »Da ist er reingefahren, da!«

»Wo?«, quakte es aus dem Funkgerät. »Wo sind sie?«

»In die Ottostraße eingebogen«, erwiderte Bodenstein. »Ich sehe sie wieder, nein, doch nicht. Verdammt!«

»Die anderen sollen geradeaus weiter zum Bahnhof fahren!«, schrie Pia in das Funkgerät. »Vielleicht will er uns nur abschütteln!«

Sie beugte sich vor.

»Rechts oder links?«, rief Bodenstein, als sie die Poststraße an der Nordseite des Hauptbahnhofs erreicht hatten. Er musste scharf auf die Bremse treten, weil von rechts ein Auto angeschossen kam. Heftig fluchend gab er wieder Gas und entschied sich intuitiv, nach links abzubiegen.

»Meine Güte«, sagte Pia, ohne den Blick von der Straße zu wenden. »Ich wusste ja gar nicht, dass du solche Ausdrücke kennst!«

»Ich habe Kinder«, erwiderte Bodenstein und verlangsamte auf Schritttempo. »Siehst du das Auto irgendwo?«

»Hier stehen Hunderte von Autos herum«, beschwerte sich Pia. Sie hatte die Fensterscheibe heruntergelassen und spähte in die Dunkelheit. Weiter vorne standen Streifenwagen mit zuckenden Blaulichtern, Passanten blieben trotz des strömenden Regens stehen und blickten neugierig herüber.

»Da!«, schrie Pia so plötzlich, dass Bodenstein erschrocken

zusammenzuckte. »Da sind sie! Sie kommen aus dem Parkplatz raus!«

Tatsächlich! Sekunden später war der schwarze Mercedes wieder vor ihnen und beschleunigte auf der Baseler Straße so stark, dass Bodenstein alle Mühe hatte, sich nicht abhängen zu lassen. Sie rasten über den Baseler Platz auf die Friedensbrücke, und Bodenstein schickte stumme Stoßgebete zum Himmel. Pia gab unentwegt ihre Position durch. Mit 120 Stundenkilometern jagte der Mercedes die Kennedyallee entlang, gefolgt von einer Kolonne von Streifenwagen. Mittlerweile fuhren die Kollegen auch vorneweg, versuchten aber nicht, ihn zu stoppen.

»Sie wollen doch zum Flughafen«, sagte Pia in Höhe der Niederräder Rennbahn. Kaum hatte sie das ausgesprochen, zog Terlinden sein Auto von rechts quer über die dreispurige Fahrbahn ganz nach links, schrammte über den Bordstein und geriet auf die Straßenbahngleisen kurz ins Schleudern. Pia konnte kaum so schnell sprechen, wie Terlinden die Richtung wechselte. Die Streifenwagen vor ihm waren schon auf der Flughafenstraße und konnten nicht mehr wenden, aber Bodenstein und Pia blieben hinter dem Mercedes, als er in einem halsbrecherischen Manöver in die Isenburger Schneise einschwenkte. Auf der schnurgeraden Straße gab Terlinden rücksichtslos Gas, und Bodenstein schwitzte Blut und Wasser, als er es ihm gezwungenermaßen nachtat. Doch plötzlich leuchteten Bremslichter vor ihm auf, der schwere Mercedes schlingerte und geriet auf die Gegenfahrbahn. Bodenstein trat so heftig auf die Bremse, dass auch sein Auto ins Rutschen geriet. Hatte die Lauterbach etwa ihre Geisel bei voller Fahrt erschossen?

»Der Hinterreifen ist geplatzt!«, rief Pia, die die Situation sofort erfasst hatte. »Jetzt kommen sie nicht mehr weit!«

Und tatsächlich – Terlinden setzte nach der rasenden, irrsinnigen Fahrt brav den Blinker nach links und bog zur Ober-schweinstiege ein. Er tuckerte mit vierzig durch den Wald, überquerte die Bahngleise und hielt schließlich auf dem Wald-parkplatz einige hundert Meter weiter an. Bodenstein stoppte ebenfalls, Pia sprang aus dem Auto und bedeutete den Kol-legen in den Streifenwagen, einen Kreis um den Mercedes zu bilden, dann stieg sie wieder ein. Per Funk gab Bodenstein die Anweisung, in den Autos zu bleiben. Daniela Lauterbach war noch immer bewaffnet; er wollte kein unnötiges Risiko einge-hen und das Leben von Kollegen aufs Spiel setzen, zumal ein Mobiles Einsatzkommando in Kürze eintreffen würde. Doch plötzlich öffnete sich die Fahrertür des Mercedes. Bodenstein hielt die Luft an und richtete sich auf. Terlinden stieg aus. Er taumelte leicht, hielt sich an der offenen Autotür fest und blickte sich um. Dann hob er die Hände in die Luft. Im Licht der Scheinwerfer stand er reglos da.

»Was ist da los?«, klang es undeutlich aus dem Funkgerät.

»Er hat angehalten und ist ausgestiegen«, sagte Boden-stein. »Wir gehen jetzt raus.«

Er nickte Pia zu, sie stiegen aus und näherten sich Terlin-den. Pia hielt ihre Waffe auf den Mercedes gerichtet, bereit, bei der kleinsten Bewegung abzudrücken.

»Sie müssen auf niemanden schießen«, sagte Claudius Terlinden und ließ die Arme sinken. Pias Nerven waren zum Zerreißen gespannt, als sie die hintere Tür des Mercedes auf-riss und ins Innere zielte. Die Anspannung fiel von ihr ab und verwandelte sich in grenzenlose Enttäuschung. Die Rück-bank war leer.

*

»Sie stand plötzlich vor mir in meinem Büro und bedrohte mich mit einer Pistole.« Claudius Terlinden sprach stockend.

Bleich und zusammengesunken saß er an dem schmalen Tisch in einem der Mannschaftswagen; augenscheinlich stand er unter schwerem Schock.

»Weiter«, forderte Bodenstein ihn auf. Terlinden wollte sich mit der Hand über das Gesicht fahren, als ihm wieder einfiel, dass er Handschellen trug. Trotz Nickelallergie, dachte Pia zynisch und betrachtete ihn mitleidslos.

»Sie ... sie zwang mich, den Safe zu öffnen«, fuhr Terlinden mit zittriger Stimme fort. »Ich kann mich gar nicht mehr genau erinnern, was passiert ist. Unten in der Halle tauchte auf einmal Tobias auf. Mit dem Mädchen. Er ...«

»Mit welchem Mädchen?«, unterbrach Pia ihn.

»Mit dieser ... dieser ... ich kann mich nicht an ihren Namen erinnern.«

»Amelie?«

»Ja. Ja, so heißt sie wohl.«

»Gut. Reden Sie weiter.«

»Daniela hat Tobias, ohne zu zögern, niedergeschossen. Dann hat sie mich gezwungen, ins Auto zu steigen.«

»Was war mit Amelie?«

»Weiß ich nicht.« Terlinden hob die Schultern. »Ich weiß überhaupt nichts mehr. Ich bin nur gefahren, immer weiter. So, wie sie es mir befohlen hat.«

»Und am Hauptbahnhof ist sie ausgestiegen«, sagte Bodenstein.

»Ja. Sie rief: Jetzt rechts! Und dann: Jetzt links! Ich habe genau das gemacht, was sie gesagt hat.«

»Kann ich verstehen.« Bodenstein nickte, dann beugte er sich vor, und seine Stimme wurde scharf. »Was ich allerdings nicht verstehe, ist, warum Sie nicht schon am Bahnhof ausgestiegen sind! Weshalb noch diese lebensgefährliche Verfolgungsjagd quer durch die Stadt? Haben Sie eine Ahnung, wie leicht es einen Unfall hätte geben können?«

Pia kaute an ihrer Unterlippe und ließ Terlinden nicht aus den Augen. Gerade als Bodenstein sich zu ihr umwandte, beging Claudius Terlinden einen Fehler. Er tat etwas, was niemand unter schwerem Schock tun würde: Er blickte auf seine Armbanduhr.

»Sie lügen wie gedruckt!«, fuhr Pia ihn wütend an. »Das war alles ein abgekartetes Spiel! Sie wollten nur Zeit schinden! Wo ist die Lauterbach hin?«

Terlinden versuchte noch ein paar Minuten lang, die Tarnung aufrechtzuerhalten, aber Pia ließ nicht locker.

»Sie haben recht«, gestand er schließlich. »Wir wollten zusammen verschwinden. Die Maschine geht um 23:45 Uhr. Wenn Sie sich beeilen, erwischen Sie sie vielleicht noch.«

»Wohin? Wo wollten Sie hinfliegen?« Pia musste sich beherrschen, um den Mann nicht an den Schultern zu packen und durchzuschütteln. »Jetzt machen Sie schon den Mund auf! Die Frau hat einen Menschen erschossen! Das nennt man Mord. Und wenn Sie jetzt nicht allmählich mit der Wahrheit herausrücken, dann sind Sie mit dran, das schwöre ich Ihnen! Also, wird's bald? Welchen Flug will Daniela Lauterbach nehmen? Und unter welchem Namen?«

»Den nach São Paulo«, flüsterte Terlinden und schloss die Augen. »Als Consuela la Roca.«

*

»Ich fahre zum Flughafen«, entschied Bodenstein draußen vor dem Mannschaftswagen. »Du machst mit Terlinden weiter.«

Pia nickte. Es machte sie ganz nervös, dass sie noch nichts von den Kollegen aus Altenhain gehört hatte. Was war mit Amelie? Hatte die Lauterbach das Mädchen etwa auch erschossen? Sie bat einen der Streifenbeamten, sich nach Ame-

lies Befinden zu erkundigen, und kletterte zurück in den VW-
Bus.

»Wie konnten Sie das nur tun?«, fragte Pia. »Daniela Lauterbach hat um ein Haar Ihren Sohn Thies getötet, nachdem
sie ihn jahrelang mit Drogen vollgepumpt hat!«

Terlinden schloss für einen Moment die Augen.

»Sie verstehen das ja doch nicht«, erwiderte er müde und
wandte den Blick ab.

»Dann erklären Sie es mir«, forderte Pia ihn auf. »Erklären
Sie mir, warum Daniela Lauterbach Thies so misshandelt und
die Orangerie angezündet hat.«

Claudius Terlinden öffnete die Augen und starrte Pia an.
Eine Minute verstrich, eine zweite.

»Ich habe mich in Daniela verliebt, als mein Bruder sie das
erste Mal mit nach Hause brachte«, sagte er unvermittelt.
»Das war an einem Sonntag. Am 14. Juni 1976. Es war Liebe
auf den ersten Blick. Trotzdem hat sie ein Jahr später meinen
Bruder geheiratet, obwohl sie überhaupt nicht zueinander
passten. Sie waren kreuzunglücklich miteinander. Daniela hatte großen Erfolg in ihrem Beruf, mein Bruder stand in ihrem
Schatten. Er schlug sie immer häufiger, auch vor dem Personal.
Im Sommer 1977 erlitt sie eine Fehlgeburt, ein Jahr später eine
zweite und dann eine dritte. Mein Bruder wollte einen Erben,
er war wütend und gab ihr die Schuld. Als meine Frau dann
auch noch Zwillingssöhne bekam, war es ganz aus.«

Pia hörte schweigend zu und hütete sich davor, ihn zu unterbrechen.

»Vielleicht hätte Daniela sich scheiden lassen, aber ein paar
Jahre später erkrankte mein Bruder an Krebs. Unheilbar. Sie
wollte ihn in diesem Zustand nicht mehr verlassen. Er starb
im Mai 1985.«

»Wie praktisch für Sie beide«, bemerkte Pia sarkastisch.
»Das erklärt aber nicht, warum Sie ihr zur Flucht verhelfen

wollten, obwohl diese Frau Amelie und Thies entführt hatte und in einem Keller eingesperrt hat. Hätten wir die beiden nicht zufällig gefunden, wären sie ertrunken, denn Frau Lauterbach hatte den Keller geflutet.«

»Was reden Sie denn da?« Claudius Terlinden blickte irritiert auf.

Plötzlich dämmerte Pia, dass Terlinden vielleicht wirklich nicht wusste, was Daniela Lauterbach getan hatte. Er war vorhin im Krankenhaus auf dem Weg zu seinem Sohn gewesen, zu einem Gespräch war es aber durch den tragischen Zwischenfall wahrscheinlich nicht mehr gekommen. Davon abgesehen hätte Thies seinem Vater wohl kaum etwas erzählen können. Pia berichtete Claudius Terlinden also haarklein von Daniela Lauterbachs hinterhältigem Mordversuch an Amelie und Thies.

»Das ist nicht wahr«, flüsterte er immer wieder mit wachsender Fassungslosigkeit.

»Doch, das ist es. Daniela Lauterbach wollte Thies umbringen, weil er Augenzeuge war, als ihr Mann Stefanie Schneeberger erschlagen hat. Und Amelie sollte sterben, weil sie durch Thies hinter dieses Geheimnis gekommen war.«

»Großer Gott!« Terlinden fuhr sich mit beiden Händen über das Gesicht.

»Mir scheint, Sie haben Ihre große Liebe nicht wirklich gut gekannt, wenn Sie tatsächlich mit ihr fliehen wollten.« Pia schüttelte den Kopf.

Terlinden starrte vor sich hin.

»Ich Idiot. Ich bin an allem schuld! Ich selbst habe Albert Schneeberger damals das Haus angeboten.«

»Was hat denn Schneeberger damit zu tun?«

»Diese Stefanie hat Thies völlig den Kopf verdreht. Er war ganz verrückt nach ihr, und dann hat er irgendwann gesehen, wie sie mit Gregor ... na ja ... Sie wissen schon. Er hat einen

Wutanfall bekommen und Gregor angegriffen, wir mussten ihn in die Psychiatrie bringen. Eine Woche bevor das Unglück passiert ist, kam er zurück nach Hause. Er war wieder ganz vernünftig. Die Medikamente haben bei ihm Wunder gewirkt. Und dann hat Thies gesehen, wie Gregor Stefanie erschlagen hat.«

Pia stockte der Atem, beinahe wäre ihr der Mund aufgeklappt.

»Gregor wollte weglaufen, aber da stand Thies plötzlich vor ihm. Er stand einfach da, starrte ihn an und sagte kein Wort, wie es so seine Art ist. Gregor rannte in Panik nach Hause, er hat geheult wie ein Baby.« Terlindens Stimme bekam einen verächtlichen Klang. »Daniela rief mich an, wir trafen uns an Sartorius' Scheune. Thies saß neben dem toten Mädchen. Mir erschien es in dem Moment als das Beste, die Leiche irgendwo zu verstecken, und mir fiel dafür nur der alte Bunker unter der Orangerie ein. Aber es war unmöglich, Thies wegzuschicken. Er hielt Stefanies Hand umklammert. Da kam Daniela auf die Idee, ihm zu sagen, dass er auf Stefanie aufpassen solle. Es war nicht ungefährlich, aber es klappte. Elf Jahre lang. Bis diese Amelie aufgetaucht ist. Dieses neugierige, kleine Aas hat alles kaputt gemacht.«

Er und Daniela Lauterbach hatten die Wahrheit über Laura und Stefanie all die Jahre gewusst und geschwiegen. Wie hatten sie mit diesem entsetzlichen Wissen nur leben können?

»Und wer«, fragte Pia, »dachten Sie, hat das Mädchen und Ihren Sohn entführt?«

»Nadja«, erwidert Claudius Terlinden dumpf. »Ich hatte sie an dem Abend, als Gregor Stefanie erschlagen hat, in der Scheune gesehen, aber niemandem davon erzählt.«

Er stieß einen tiefen Seufzer aus.

»Später habe ich mit ihr darüber gesprochen«, fuhr er fort.

»Sie war ganz vernünftig, und als ich ihr über einen alten Freund einen Kontakt beim Fernsehen verschafft habe, versprach sie mir, niemals ein Wort darüber zu sagen. Sie verließ Altenhain, wie sie es immer vorgehabt hatte, und machte eine großartige Karriere. Damit war Ruhe eingekehrt. Alles war in Ordnung.« Er rieb sich die Augen. »Es wäre nichts passiert, hätte sich jeder an die Spielregeln gehalten.«

»Menschen sind keine Schachfiguren«, entgegnete Pia scharf.

»Doch«, widersprach Terlinden. »Die meisten Menschen sind glücklich und zufrieden, wenn ihnen jemand die Verantwortung für ihr mickriges Leben abnimmt und Entscheidungen trifft, zu denen sie selbst nicht fähig sind. Jemand muss den Überblick über das Große und Ganze behalten, die Fäden ziehen, wenn es nötig ist. Und dieser Jemand bin ich.« Ein Lächeln erschien auf seinem Gesicht, mit einer Spur von Stolz darin.

»Falsch«, entgegnete Pia nüchtern, nachdem sie nun alle Zusammenhänge verstanden hatte. »Das waren nicht Sie, sondern Daniela Lauterbach. Sie waren auch nur ein Bauer in ihrem Schachspiel, den sie nach Belieben hin und her geschoben hat.«

Terlindens Lächeln verschwand.

»Hoffen Sie, dass mein Chef sie am Flughafen noch erwischt. Sonst sind Sie nämlich der Einzige, der fette Schlagzeilen bekommt und für den Rest seines Lebens ins Gefängnis geht.«

*

»Nicht zu fassen.« Ostermann schüttelte den Kopf und blickte Pia an. »Wenn ich das richtig verstehe, dann gehört Tobias' Mutter von Rechts wegen halb Altenhain.«

»Genau.« Pia nickte. Vor ihnen auf dem Tisch lag der

dreiseitige Letzte Wille des Wilhelm Julius Terlinden, aufgesetzt und notariell beglaubigt am 25. April 1985, in dem er seine Ehefrau Daniela Terlinden geborene Kroner und seinen Bruder Claudius Paul Terlinden enterbte. Amelie hatte das Dokument in einem dicken Briefumschlag einem Kollegen gegeben, bevor sie in den Notarztwagen gestiegen war, der Tobias Sartorius ins Krankenhaus brachte. Der junge Mann hatte Glück im Unglück gehabt, denn die Waffe, mit der Daniela Lauterbach auf ihn geschossen hatte, hatte dank ihrer geringen Durchschlagskraft keine tödliche Wirkung gehabt. Dennoch hatte Tobias sehr viel Blut verloren und war auch nach der Notoperation noch nicht außer Lebensgefahr.

»Ich verstehe nicht ganz, warum das Testament von Wilhelm Terlinden im Besitz von Hartmut Sartorius war«, sagte Pia. »Es wurde nur ein paar Wochen vor seinem Tod aufgesetzt.«

»Wahrscheinlich hatte er da erst erfahren, dass die beiden ihn über Jahre hinweg betrogen hatten.«

»Hm.« Pia unterdrückte nur mit Mühe ein Gähnen. Sie hatte jedes Zeitgefühl verloren, war todmüde und gleichzeitig aufgekratzt. Tobias und seine Familie waren Opfer von üblen Intrigen, Geld- und Machtgier geworden, aber dank des Testaments, das Hartmut Sartorius aufbewahrt hatte, zeichnete sich zumindest in finanzieller Hinsicht ein einigermaßen gutes Ende für Tobias und seine Mutter ab.

»Komm, hau schon ab«, sagte Ostermann zu Pia. »Der Papierkram hat auch noch Zeit bis morgen.«

»Weshalb hat Hartmut Sartorius dieses Testament bloß nie geltend gemacht?«, fragte Pia.

»Vielleicht hatte er Angst vor den Konsequenzen, oder er hatte selbst Dreck am Stecken. Irgendwie ist er ja an dieses Testament gekommen, und das sicher nicht auf legalem

Weg«, erwiderte Ostermann. »Außerdem gelten in so einem Dorf andere Gesetze. Ich kenne das.«

»Wieso?«

Ostermann grinste und erhob sich.

»Du willst doch jetzt nicht etwa um halb vier morgens meine Lebensgeschichte hören, oder?«

»Halb vier? Mein Gott ...« Pia gähnte und streckte sich. »Wusstest du, dass Frank von seiner Frau verlassen wurde? Oder dass Hasse mit dem Kultusminister befreundet ist?«

»Ersteres ja, letzteres nein«, antwortete Ostermann und schaltete seinen Computer ab. »Warum fragst du?«

»Ich weiß auch nicht.« Pia zuckte nachdenklich die Schultern. »Aber da verbringt man mehr Zeit mit seinen Kollegen als mit seinem Partner und weiß doch nichts voneinander. Warum ist das so?«

Ihr Handy klingelte mit dem speziellen Klingelton, der Christoph vorbehalten war. Er wartete unten auf dem Parkplatz auf sie. Pia erhob sich mit einem Ächzen und angelte nach ihrer Tasche.

»Das macht mir echt zu schaffen.«

»Na, jetzt werd mal nicht philosophisch«, sagte Ostermann von der Tür aus. »Morgen erzähl ich dir alles über mich was du wissen willst.«

Pia grinste müde.

»Wirklich alles?«

»Klar.« Ostermann drückte auf den Lichtschalter. »Ich hab ja nichts zu verbergen.«

*

Auf der kurzen Fahrt von Hofheim nach Unterliederbach fielen Pia vor Erschöpfung die Augen zu. Sie bekam nicht mit, dass Christoph ausstieg, um das Hoftor zu öffnen. Als er sanft an ihrer Schulter rüttelte und ihre Wange küsste, schlug sie verwirrt die Augen auf.

»Soll ich dich ins Haus tragen?«, bot Christoph an.

»Lieber nicht.« Pia gähnte und grinste gleichzeitig. »Dann muss ich nächste Woche die Futtersäcke selber schleppen, weil du dir einen Bruch gehoben hast.«

Sie stieg aus und taumelte zur Haustür. Die Hunde begrüßten sie mit fröhlichem Gebell und forderten eine kurze Streicheleinheit. Erst als sie sich ihrer Jacke entledigte und die Stiefel von den Füßen streifte, fiel Pia der Termin mit dem Bauamt ein.

»Was ist eigentlich dabei herausgekommen?«, erkundigte sie sich. Christoph machte das Licht in der Küche an.

»Leider nichts Gutes«, antwortete er ernst. »Weder das Haus noch die Scheune sind jemals genehmigt worden. Und es ist so gut wie unmöglich, eine nachträgliche Genehmigung zu bekommen, wegen der Überlandleitungen.«

»Das kann doch nicht sein!« Pia hatte das Gefühl, als würde ihr der Boden unter den Füßen weggezogen. Das hier war ihr Haus, ihr Heim! Wo sollte sie denn hingehen mit all den Tieren? Sie starrte Christoph schockiert an. »Und jetzt? Was passiert jetzt?«

Er kam zu ihr, nahm sie in die Arme.

»Die Abrissverfügung bleibt bestehen. Mit einem Einspruch kann man das noch etwas herauszögern, aber leider nicht ewig. Außerdem gibt es noch ein kleines Problem.«

»Oh bitte nicht«, murmelte Pia, den Tränen nahe. »Was denn noch?«

»Eigentlich hat das Land Hessen ein Vorkaufsrecht für das Grundstück, weil irgendwann eine Autobahnabfahrt hierher gebaut werden soll«, erwiderte Christoph.

»Na super. Dann werde ich noch enteignet!« Pia machte sich aus seiner Umarmung los und setzte sich an den Küchentisch. Einer der Hunde stupste sie mit der Schnauze an, und sie streichelte ihm gedankenverloren den Kopf. »Das ganze Geld ist futsch!«

»Nein, nein, hör mir zu.« Christoph nahm ihr gegenüber Platz und ergriff ihre Hand. »Es gibt nämlich auch eine ganz gute Nachricht. Du hast drei Euro für den Quadratmeter bezahlt. Das Land zahlt dir fünf.«

Pia blickte ungläubig auf.

»Woher weißt du das?«

»Tja, ich kenne viele Leute. Und ich habe heute viel telefoniert.« Christoph lächelte. »Dabei habe ich etwas Interessantes erfahren.«

Da musste Pia auch lächeln.

»Wie ich dich kenne, hast du schon einen neuen Hof gefunden.«

»Du kennst mich gut, stelle ich fest«, erwiderte Christoph belustigt, wurde dann aber ernst. »Tatsächlich ist es so, dass der Tierarzt, der früher unsere Tiere im Zoo betreut hat, seine ehemalige Pferdeklinik im Taunus verkaufen will. Ich habe mir den Hof vor einer Weile mal angesehen, weil wir ja etwas suchen, wo man neue Tiere zur Quarantäne unterbringen kann. Dafür eignet sich der Hof nicht, aber … für dich und für mich und für deine Tiere wäre er ein Traum. Ich habe mir heute die Schlüssel geholt. Wenn du magst, fahren wir morgen einfach mal hin, hm?«

Pia blickte in seine dunklen Augen. Plötzlich verspürte sie ein tiefes, warmes Glücksgefühl in sich aufsteigen. Egal, was auch passierte – selbst wenn sie das Haus abreißen und den Birkenhof verlassen musste –, sie war nicht allein. Christoph stand ihr bei, wie Henning es nie getan hatte. Er würde sie nie im Stich lassen.

»Danke«, sagte sie leise und streckte die Hand nach ihm aus. »Danke, mein Schatz. Du bist einfach unglaublich.«

Er nahm ihre Hand und legte sie an seine raue Wange.

»Ich mache das alles nur, weil ich bei dir einziehen möchte«, entgegnete er lächelnd. »Dir ist wohl klar, dass du mich so schnell nicht mehr loswirst.«

Pia wurde die Kehle eng.

»Hoffentlich nie mehr«, flüsterte sie und lächelte auch.

Dienstag, 25. November 2008

Es war kurz nach fünf Uhr morgens, als Bodenstein das Krankenhaus verließ. Der Anblick von Amelie, die geduldig am Bett von Tobias Sartorius ausharrte, bis dieser aus der Narkose erwachte, hatte ihn tief berührt. Bodenstein schlug den Kragen seines Mantels hoch und machte sich auf den Weg zum Dienstwagen. In allerletzter Sekunde hatte er Daniela Lauterbach verhaften können. Sie hatte nicht in der Maschine nach Südamerika gesessen, sondern in der nach Australien. Bodenstein ging in Gedanken versunken um das Krankenhausgebäude herum. Der frische Schnee knirschte unter seinen Schuhsohlen. Es kam ihm vor, als seien seit dem Tag, an dem auf dem Eschborner Flughafen das Skelett von Laura Wagner gefunden worden war, Monate vergangen. Während er früher jeden Fall aus der nüchternen Perspektive des Außenstehenden betrachtet hatte, der einen Einblick in das Leben völlig Fremder bekam, so hatte er diesmal das Gefühl, persönlich in die Ereignisse involviert gewesen zu sein. Irgendetwas in seiner Einstellung hatte sich verändert, und er wusste, dass er nie wieder so empfinden würde wie früher. Er blieb vor dem Auto stehen. Es fühlte sich an, als wäre er auf dem ruhigen, langweiligen Fluss des Lebens unvermittelt einen Wasserfall hinabgerauscht und segelte nun auf einem anderen, stürmischeren Gewässer in eine gänzlich neue Richtung weiter. Diese Vorstellung war beängstigend und aufregend zugleich.

Bodenstein stieg ins Auto, ließ den Motor an und wartete, bis die Scheibenwischer den Schnee zur Seite geschaufelt hatten. Er hatte Cosima gestern zum Abschied versprochen, zum Frühstück vorbeizukommen und in Ruhe über alles zu sprechen, falls es seine Arbeit zuließ. Erstaunt stellte er fest, dass er keinen Groll mehr gegen sie hegte und sich durchaus in der Lage sah, sachlich über die ganze Situation zu sprechen. Bodenstein lenkte den Wagen vom Parkplatz und fuhr auf die Limesspange Richtung Kelkheim, als sich sein Handy, das im Bereich des Krankenhauses keinen Empfang gehabt hatte, mit einem Piepsen meldete. Er zog das Telefon aus der Tasche und drückte auf das Briefsymbol. Eine Rückrufbitte von 3:21 Uhr mit einer Handynummer, die er nicht kannte. Sofort drückte er auf die Nummer, die das Display anzeigte. Das Freizeichen ertönte.

»Hallo?« Eine verschlafene, ihm unbekannte weibliche Stimme meldete sich.

»Bodenstein«, sagte er. »Entschuldigen Sie bitte die frühe Störung, aber ich hatte eine Rückrufbitte auf meinem Handy und dachte, es sei dringend.«

»Ach ... hallo«, erwiderte die Frau. »Ich war noch mit meiner Schwester bei Thies im Krankenhaus und bin eben erst nach Hause gekommen. Aber ich wollte mich bei Ihnen bedanken.«

Jetzt erst begriff Bodenstein, wer am anderen Ende der Leitung war, und sein Herz machte einen erfreuten Satz.

»Wofür bedanken?«, erkundigte er sich.

»Sie haben Thies das Leben gerettet«, sagte Heidi Brückner. »Und das meiner Schwester wahrscheinlich auch. Wir haben im Fernsehen gesehen, dass Sie meinen Schwager und die Lauterbach verhaftet haben.«

»Hm. Ja.«

»Na ja.« Sie klang plötzlich verlegen. »Das war's eigentlich schon, was ich Ihnen sagen wollte. Sie … Sie hatten ein paar anstrengende Tage, wahrscheinlich sind Sie müde und …«

»Nein, nein«, sagte Bodenstein schnell. »Ich bin hellwach. Aber ich habe seit Ewigkeiten nichts gegessen und wollte jetzt irgendwo frühstücken gehen.«

Eine kurze Pause entstand, und er fürchtete schon, das Gespräch könnte unterbrochen worden sein.

»Etwas frühstücken könnte ich jetzt auch«, erwiderte sie dann aber. Bodenstein konnte ihr Lächeln förmlich sehen und lächelte ebenfalls.

»Wollen wir nicht zusammen irgendwo einen Kaffee trinken?«, schlug er vor und hoffte, dass es gelassen klang. Innerlich war er alles andere als gelassen, er hatte das Gefühl, seinen Herzschlag bis in die Fingerspitzen zu spüren. Es kam ihm beinahe vor, als ob er etwas Verbotenes tat. Wie lange war es her, dass er sich mit einer attraktiven Frau verabredet hatte?

»Das wäre toll«, antwortete Heidi Brückner zu seiner Erleichterung. »Aber ich bin leider schon wieder zu Hause. In Schotten.«

»Besser als in Hamburg.« Bodenstein grinste und wartete gespannt auf ihre Erwiderung. »Obwohl ich für einen Kaffee jetzt sogar glatt bis nach Hamburg fahren würde.«

»Dann kommen Sie doch lieber im Vogelsberg vorbei«, entgegnete sie. Bodenstein verlangsamte das Tempo, weil vor ihm ein Schneepflug fuhr. In einem Kilometer ging es rechts auf die B 8 nach Kelkheim. Zu Cosima.

»Das ist mir ein bisschen zu ungenau«, sagte er, obwohl er ihre Adresse dank ihrer Visitenkarte eigentlich hatte. »Ich kann ja nicht den ganzen Vogelsberg nach Ihnen absuchen.«

»Stimmt, das wäre schade um die Zeit.« Sie lachte. »Schlossgasse 19. Mitten in der Altstadt.«

»Okay. Das finde ich«, erwiderte er.

»Prima, dann bis später. Und fahren Sie vorsichtig.«

»Das mache ich. Bis gleich.« Bodenstein beendete das Gespräch und stieß einen Seufzer aus. Ob das eine gute Idee war? Im Büro wartete eine Menge Papierkram, und zu Hause wartete Cosima. Der Schneepflug kroch noch immer vor ihm her. Rechts ging es nach Kelkheim.

Die Arbeit hatte Zeit. Und das Grundsatzgespräch mit Cosima erst recht. Bodenstein holte tief Luft und setzte den Blinker. Nach links. Richtung Autobahn.

Danksagung

Von der ersten Idee bis zum fertigen Buch ist es immer ein langer, wenn auch aufregender Weg. Ich danke meinem Mann Harald für sein Verständnis, meinen Schwestern Claudia Cohen und Camilla Altvater, meiner Nichte Caroline Cohen, Simone Schreiber, Anne Pfenninger, Vanessa Müller-Raidt und Susanne Hecker für Probelesen und hilfreiche Anmerkungen in den verschiedenen Stadien der Entstehung des Buches. Ich danke Christa Thabor und Iska Peller für eine wunderbare Zusammenarbeit.

Mein Dank gilt Herrn Prof. Dr. Hansjürgen Bratzke, dem Leiter des Zentrums für Rechtsmedizin der Universität Frankfurt, für Beratung und Unterstützung in allen rechtsmedizinischen Belangen.

Danken möchte ich auch dem Team des K11 der Regionalen Kriminalinspektion in Hofheim, das Bodenstein, Pia & Co. freundlicherweise immer wieder seine Arbeitsplätze überlässt. Ohne die Ratschläge von KOR Peter Öhm, EKHK Bernd Beer, KOK Jochen Adler und vor allen Dingen KOKin Andrea Schulze könnte ich in meinen Büchern weitaus weniger realistisch die Arbeit der Kriminalpolizei darstellen.

Vielen Dank auch an alle Einwohner aus Altenhain, die mir hoffentlich nicht übelnehmen, dass ich ihr Dorf zum Schauplatz meines Buches gemacht habe. Ich kann versichern, dass alle Figuren und Ereignisse meiner Phantasie entsprungen sind.

Mein allerherzlichster Dank gilt meinen Lektorinnen Marion Vazquez und Kristine Kress. Marion, weil sie mich ermutigt hat, dieses Buch zu schreiben und meine Arbeit begleitet hat, und Kristine Kress, weil sie dem Buch den letzten Feinschliff gegeben hat. Die Zusammenarbeit hat mir sehr große Freude gemacht.

Zum Schluss möchte ich allen meinen wunderbaren Leserinnen und Lesern danken, den Buchhändlerinnen und Buchhändlern, die meine Bücher mögen und mich damit motivieren, weiterzuschreiben.

Nele Neuhaus, im November 2009

STECKBRIEFE

Erfahren Sie mehr über Nele Neuhaus' sympathisches Ermittler-Duo

PIA LUISE KIRCHHOFF

WAS SIE MAG
Neben Toastbrot mit salziger Butter und ganz viel Nutella mag die blonde Kriminalhauptkommissarin vor allem Tiere. Sie hat vier Pferde, vier Hunde, Katzen und Meerschweinchen.

IHR LEBENSTRAUM
Der Birkenhof in Unterliederbach. Nach der Trennung von dem Pathologen Henning Kirchhoff hat sie sich den Hof gekauft.

IHR LIEBLINGSBUCH
Kein bestimmtes. Aber als Polizistin liest sie auch in ihrer Freizeit gern Thriller und Kriminalromane.

IHRE LIEBLINGSMUSIK
Alles außer Rap und Freejazz.

WAS ZEICHNET SIE AUS?
Sie ist positiv, humorvoll, praktisch veranlagt, bodenständig, loyal und mutig. Entscheidungen trifft sie meist aus dem Bauch heraus und liegt intuitiv oft richtig. Das schätzt Oliver an ihr sehr.

DAS GEHT GAR NICHT!
Kleingeistigen, egoistischen und narzisstischen Menschen geht sie lieber aus dem Weg. Früher hat Pia ihren Eltern oder ihrem Mann zuliebe oft Dinge getan, die sie nicht tun wollte. Heute hat sie gelernt, auch mal „Nein" zu sagen.

OLIVER VON BODENSTEIN

WAS ER MAG
Lesen, Musik, Spaziergänge im Taunus, Gartenarbeit zur Entspannung. In seiner Jugend ist er gerne und gut geritten. Was der Graf auch mag: einen Porsche 911 Carrera natürlich.

WO ER HERKOMMT
Aus einer respektablen Familie. Seine Mutter ist Leonora Gräfin von Bodenstein, sein Vater Heinrich Graf von Bodenstein. Er hat noch zwei Geschwister: die ältere Schwester Theresa von Freyberg und den jüngeren Bruder Quentin.

SEINE SCHWÄCHE
Gutes Essen. Am liebsten italienisch oder Französisch.

SEINE LIEBLINGSMUSIK
Klassik, Rock, Pop.

SEIN LIEBLINGSFILM
Der Vater von drei Kindern schaut selten fern, aber wenn, dann bevorzugt er Dokumentationen, politische Talksendungen und TV-Krimis. Letzteres guckt er vor allem deshalb, weil er sich dabei so gut über die Darstellung der Polizeiarbeit amüsieren kann.

WAS ZEICHNET IHN AUS?
Er ist diszipliniert, rücksichtsvoll und immer formvollendet höflich. Manchmal zu gutmütig.

„GESTEHEN SIE, FRAU NEUHAUS!"

*Seit Jahren werden Pia Kirchhoff und
Oliver von Bodenstein von Nele Neuhaus zur
Verbrechensaufklärung geschickt und machen dabei
so einiges mit. Jetzt haben sie zum ersten Mal
Gelegenheit, den Spieß umzudrehen und
ihrer Autorin Fragen zu stellen:*

Oliver von Bodenstein: Frau Neuhaus, jetzt legen Sie doch gleich mal die Fakten auf den Tisch. Wo begehen Sie eigentlich Ihre Schreibtischtaten, und wann fällt Ihnen besonders viel Spannendes ein?.
NELE NEUHAUS: Ich gehe mit offenen Augen und Ohren durchs Leben. Im Alltag begegnen mir Menschen und Situationen, die mich inspirieren. Besonders gerne denke ich beim Hundespaziergang darüber nach, was ich schreiben möchte. Zum Schreiben brauche ich meinen PC und den Schreibtisch, die vielen Unterlagen und Notizzettel. Ich könnte nicht im Zug oder an einem Tisch im Café arbeiten, da bin ich fast ein bisschen spießig.

OvB: Die Recherche. Das ist ja zentral für alle fiktiv operierenden Schreibtischtäter. Wie vermeiden Sie Fehler, woher kommen die Informationen?
Die Recherche ist ein sehr wichtiger Bestandteil meiner Arbeit als Krimiautorin. Dazu nutze ich natürlich das Internet, lese viele Bücher und spreche mit Menschen, die betroffen sind oder Fachleuten auf dem entsprechenden Gebiet. Natürlich unterlaufen mir trotz sorgfältiger Recherche immer wieder kleine Fehler, aber meine Leser entdecken alles und schreiben mir oder dem Verlag, so dass wir das dann noch korrigieren können.

OvB und PK: Auch menschlich machen wir ja so einiges durch, da würden wir schon gerne wissen: Mit wem würde Nele Neuhaus lieber in den Urlaub fahren – mit Pia Kirchhoff oder mit Oliver von Bodenstein?

Ich denke mal, Pia und ich hätten eine Menge Spaß. Wir ähneln uns ja in unseren Vorlieben und Ansichten sehr. Und wenn wir vorher Klamotten einkaufen gehen würden, hätten wir denselben Geschmack und trügen dieselbe Kleidergröße. Ich bin mir auch ziemlich sicher, dass Pia – genau wie ich – lieber nach Irland, Sylt oder Frankreich fahren würde statt auf die Malediven oder nach Florida. Mit Ihnen, Herr von Bodenstein, würde ich gern ein paar Städtereisen unternehmen. Zum Beispiel nach Venedig, St. Petersburg oder nach New York.

PK: Ich bin ja neugierig auf die private Nele. Spielst Du „kurze Frage, kurze Antwort" mit mir?
Früh morgens: Kaffee oder Tee?
Weder noch – Müsli mit Obst und Cola light.

Abends vor dem Fernseher: Chips oder Schokolade? Chips.

Im Urlaub: Städtereise oder Natur erleben?
Bisher habe ich selten Urlaub gemacht, ich würde tatsächlich beides gerne mal ausprobieren.

Haustier: ja oder nein, welches?
Ich bin ein Hunde-Mensch. Mein Jack-Russell-Terrier Shelby begleitet mich seit 14 Jahren.

Für den Freundeskreis: Nachtmensch oder Frühaufsteher?
Frühaufsteher!

Jeans oder Haute Couture? Jeans. Auf jeden Fall.

Musik: Klassisch oder Modern? Beides, je nach Stimmung.

Um sich zu entspannen: Wellness oder Rockkonzert? Rockkonzert!

DER NEUESTE FALL!

An einem heißen Tag im Juli wird die Leiche einer 16-Jährigen aus dem Main bei Eddersheim geborgen. Sie wurde misshandelt und ermordet. Niemand vermisst sie. Auch nach Wochen hat das K11 keinen Hinweis auf ihre Identität. Die Spuren führen zu einem Kinderdorf im Taunus und zu einer Fernsehmoderatorin, die bei ihren Recherchen den falschen Leuten zu nahe gekommen ist. Pia Kirchhoff und Oliver von Bodenstein graben tiefer und stoßen inmitten gepflegter Bürgerlichkeit auf einen Abgrund an Bösartigkeit und Brutalität. *Ein fast normaler Fall, bis er plötzlich sehr persönlich wird.*

BÖSER WOLF · *Kriminalroman*
480 Seiten · ISBN 978-3-548-28589-4